武汉大学百年名典

劉永濟（1887—1966），字弘度，號誦帚、知秋翁，室名易簡齋、微睇室、誦帚庵。湖南新寧人。幼承家學，耽習文史。二十歲出湘，先後考入上海吴淞復旦公學、天津高等工業學校、北京清華留美預備學校就讀。後在上海自學有年，嘗從朱祖謀、況周頤研習詞學。三十歲時回長沙明德學校執教，十年後任東北大學國文系教授。“九·一八”事變不久,被國立武漢大學聘爲教授。在武漢大學長期擔任文學院院長、文科研究所主任，兼《文哲季刊》編輯部主任，幾度以院長身份代理校務。1949年以後，任中文系文學史教研組主任、武漢市政協常委、湖北省文聯副主席、《文學研究》編委。1956年被評爲一級教授。

劉永濟是武漢大學中國古代文學學科極爲重要的奠基人和引路人之一，被譽爲“五老”之首。他是中文系弘毅、篤實、尚真、求精傳統學風的重要締造者和體現者之一，許多著作都是厚積薄發，言簡意賅，經過多年的“打磨”（有的長達30年）才問世的。所著《文學論》、《十四朝文學要略》、《屈賦通箋》、《箋屈餘義》、《屈賦音注詳解》、《屈賦釋詞》、《詞論》、《宋詞聲律探原大綱》、《唐五代兩宋詞簡析》、《微睇室説詞》、《文心雕龍校釋·附徵引文録》、《唐樂府史綱要》、《元雜劇考》、《國風樂府合選》、《唐人絶句精華》、《宋代歌舞劇曲録要》、《元人散曲選》以及《默識録》等，幾乎無一

作者簡介

不是精品。每一書出，即在相關領域産生大的影響。如《文學論》，郭紹虞先生就是讀了它而對中國文學批評史發生興趣的。《文心雕龍校釋》被學人視爲二十世紀“龍學”研究的四大基石之一。《屈賦通箋》則“于并世諸家中獨樹一幟”（程千帆語），《唐樂府史綱要》“是迄今爲止，我國研究唐代樂府歷史的唯一專著”（同上），《詞論》是“二十世紀，中國詞學由傳統向現代化推進”的代表作（施議對語）。總之，劉永濟的學術研究，涵蓋古代文學諸多領域，每項研究都有獨到之處，而對“龍學”、屈賦和唐宋韵文的研究貢獻最大，他不愧爲二十世紀古代文學研究的頂級專家。

劉永濟治古代文學，强調“知”、“能”的統一，故其持論有識，擅長詩文寫作。所著《運巢詩存》、《誦帚庵詞》，流播海内，久爲專家所稱。其詞尤負盛名，繆鉞即謂其“沉健深摯”，“蕃艷其外，醇至其内”。朱光潛則激賞其融合衆家以成一家的風骨美，言其“諧婉”、“明快”、“冷峭”，洗盡鉛華，深秀在骨，是猶永嘉之未聞正始之音也”。大抵先生填詞，頗得朱、況真傳，“能用方筆”（朱祖謀語），發危苦之音而出以沉雄之氣，亦在在顯出先生的大師風采。

劉永濟教授全家福（1936年）

劉永濟夫婦與二女劉茂新及外孫劉小平（1964年1月20日）

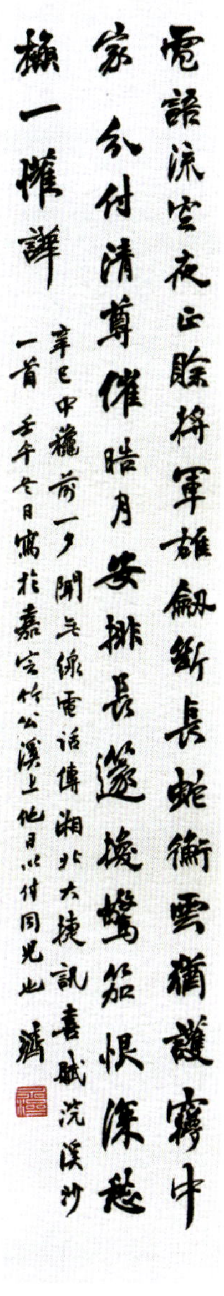

劉永濟教授手書條幅

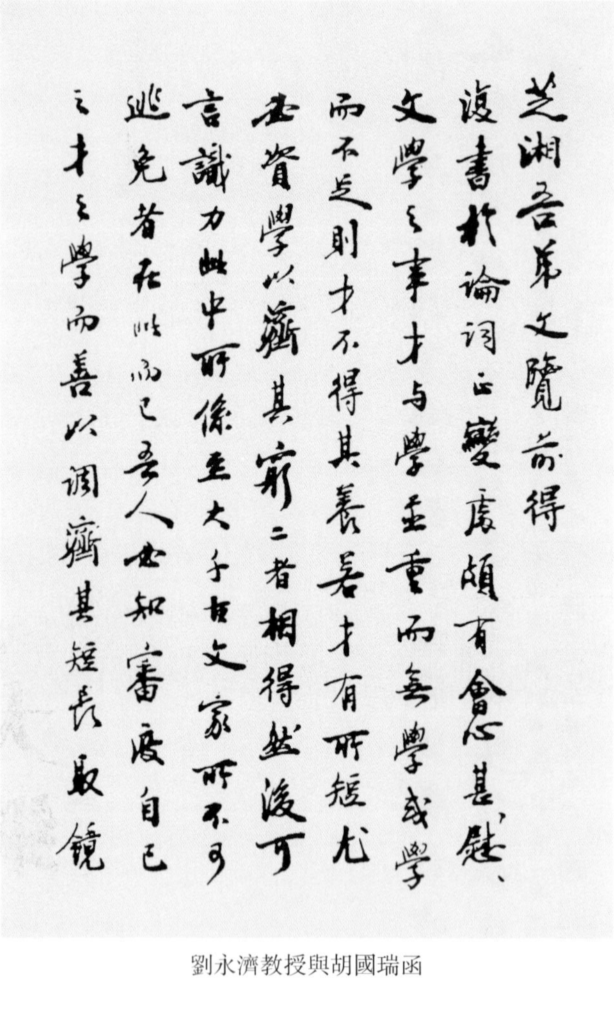
芝湘吾弟文覽：前得復書，於論詞之變處頗有會心，甚慰。文學之事，才與學並重，而無學或學而不足，則才不得其養；若才有所短，尤必資學以濟其窮。二者相得，然後可言識力。此中所係至大，千古文家所不可逃免者在此而已。吾人必知審度自己之才之學，而善以調濟其短長，取鏡

劉永濟教授與胡國瑞函

武漢大學
百年名典

詞論
宋詞聲律探源大綱
唐五代兩宋詞簡析
微睇室說詞

劉永濟 著

武漢大學出版社
WUHAN UNIVERSITY PRESS

圖書在版編目(CIP)數據

詞論·宋詞聲律探源大綱·唐五代兩宋詞簡析·微睇室説詞/劉永濟著.—武漢:武漢大學出版社,2013.10
武漢大學百年名典
ISBN 978-7-307-11566-8

Ⅰ.詞… Ⅱ.劉… Ⅲ.宋詞—詩詞研究 Ⅳ.I207.23

中國版本圖書館 CIP 數據核字(2013)第 210578 號

責任編輯:易　瑛　　責任校對:劉　欣　　版式設計:馬　佳

出版發行:**武漢大學出版社**　(430072　武昌　珞珈山)
(電子郵件:cbs22@whu.edu.cn　網址:www.wdp.com.cn)
印刷:武漢中遠印務有限公司
開本:720×1000　1/16　印張:27.5　字數:392 千字　插頁:6
版次:2013 年 10 月第 1 版　2013 年 10 月第 1 次印刷
ISBN 978-7-307-11566-8　定價:80.00 元

《武漢大學百年名典》出版前言

百年武漢大學，走過的是學術傳承、學術發展和學術創新的輝煌路程；世紀珞珈山水，承沐的是學者大師們學術風範、學術精神和學術風格的潤澤。在武漢大學發展的不同年代，一批批著名學者和學術大師在這裏辛勤耕耘，教書育人，著書立説。他們在學術上精品、上品紛呈，有的在繼承傳統中開創新論，有的集衆家之説而獨成一派，也有的學貫中西而獨領風騷，還有的因順應時代發展潮流而開學術學科先河。所有這些，構成了武漢大學百年學府最深厚、最深刻的學術底蘊。

武漢大學歷年累積的學術精品、上品，不僅凸現了武漢大學"自强、弘毅、求是、拓新"的學術風格和學術風範，而且也豐富了武漢大學"自强、弘毅、求是、拓新"的學術氣派和學術精神；不僅深刻反映了武漢大學有過的人文社會科學和自然科學的輝煌的學術成就，而且也從多方面映現了 20 世紀中國人文社會科學和自然科學發展的最具代表性的學術成就。高等學府，自當以學者爲敬，以學術爲尊，以學風爲重；自當在尊重不同學術成就中增進學術繁榮，在包容不同學術觀點中提昇學術品質。爲此，我們縱覽武漢大學百年學術源流，取其上品，掬其精華，結集出版，是爲《武漢大學百年名典》。

"根深葉茂，實大聲洪。山高水長，流風甚美。"這是董必武同志 1963 年 11 月爲武漢大學校慶題寫的詩句，長期以來爲武漢大學師生傳頌。我們以此詩句爲《武漢大學百年名典》的封面題詞，實是希望武漢大學留存的那些澤被當時、惠及後人的學術精品、上品，能在現時代得到更爲廣泛的發揚和傳承；實是希望《武漢大學百年名典》這一恢宏的出版工程，能爲中華優秀文化的積累和當代中國學術的繁榮有所建樹。

《武汉大学百年名典》编审委员会

編輯者：劉茂舒　劉茂新

本册收録《詞論》、《宋詞聲律探源大綱》、《唐五代兩宋詞簡析》、《微睇室説詞》四種。

《詞論》以上海古籍出版社一九八一年本校訂重排，《宋詞聲律探源大綱》以劉永濟先生手稿本録排。另增附《略談詞家用典的問題》與《略談詞家抒情的幾種方式》兩篇文章，以供參考。

《唐五代兩宋詞簡析》、《微睇室説詞》兩種，分别以上海古籍出版社一九八一年本和一九八七年本校訂重排。

總 目 録

詞　　論

目　録

卷上　通論

卷下　作法

卷上　通　論

名　誼　第　一

詞者，其始蓋衆制之通稱也。專目一體，未知所自。昔賢於此，亦多不詳。掇拾舊聞，約有兩誼：一者，樂家有聲有詞，古人緣詞製調，後人倚聲填詞，略聲舉詞，故曰詞也。

沈括《夢溪筆談》：古樂府皆有聲有詞，連屬書之，如曰“賀賀賀”、“何何何”之類，皆和聲也。今管絃中之纏聲亦其遺法也。唐人乃以詞填入曲中，不復用和聲。

方成培《香研居詞麈》：古者詩與樂合，而後世詩與樂分；古人緣詩而作樂，後人倚調以填詞。古今若是其不同，而鐘律宫商之理未嘗有異也。

按沈約《宋書》謂吴歌雜曲：“始皆徒歌，既而被之絃管，又有因絃管金石造歌以被之。”況周頤曰：“填詞家自度曲，率意爲長短句，而後協之以律。”此前一法也。前人本有此調，後人按腔填辭。此後一法也。

二者，詞者音内而言外，音屬宫調，言指歌詞，宫調内而難知，歌詞外而易見，簡内稱外，故曰詞也。

況周頤《蕙風詞話》：意内言外，詞家之恒言也。《韻會舉要》引《説文》作“音内言外”，當是所見宋本如是。以訓詩詞之詞，於誼殊優。凡物在内者恒先，在外者恒後。詞必先有調，而後以詞填之。調即音也。亦有自度腔者，先隨意爲長短句，後協以律。然律不外正宫、側商等名，則亦先有而在内者也。凡人聞歌詞，接於耳，即知其言，至其調或宫或商，則必審辨而始知，是其在内之徵也。唯其在内而難知，故古云知音者希也。

張惠言《詞選叙》：詞者，蓋出於唐之詩人采樂府之音以製新律，因係其詞，故曰詞。

按《説文解字》曰：“䛐，意内而言外也，從司言。”段玉裁曰：“有是意於内，因有是言於外，謂之䛐。……䛐與辛部之辭，其義迥别。辭者，説也，從𤔔辛。𤔔辛猶理辜，謂文辭足以排難解紛也。然則辭謂篇章也。䛐者，意内而言外，從司言。此謂摹繪物狀及發聲助語之文字也。……司者，主也。意主於内而言發於外，故從司言。陸機《文賦》曰：‘辭呈材以效伎，意司契而爲匠。’此字上司下言者，内外之意也。”段君以摹繪物狀及《文賦》語釋司言之意，與詩詞之詞雅切。況君從《韻會》釋作“音内”，陳義雖高，疑非正詁。又致堂胡氏《酒邊集序》曰：“名之曰曲，以其曲盡人情耳。”於理亦當，亦非確訓。

然則，詞之爲體，廣包聲律曲調；而詞之立名，局指字句篇章。非始製之正名，實約定而成俗，概可知矣。是以有宋一朝，異名殊衆。其曰曲子，曰樂府，曰樂章，曰琴趣，曰笛譜者，從其入樂而爲名也。

按王灼《碧鷄漫志》曰：“蓋隋以來，今之所謂曲子者漸興，至唐稍盛，今則繁聲淫奏殆不可數。古歌變爲古樂府，古樂府變爲今曲子，其本一也。”陳振孫《直齋書録解題》曰：“《東山寓聲樂府》三卷，賀鑄方回撰，以舊譜填新詞，而别爲名以易之，故曰寓聲。”今考宋人詞集：以曲名者，則有王安石臨川、姜夔白石、史浩鄮峰諸家；以樂府名者，則有蘇軾東坡、楊萬里誠齋、康與之伯可、曹勛松隱、周必大平園、姚寬西溪、楊冠卿客亭、陳深寧極諸家；以樂章名者，則有柳永耆卿、劉一止行簡、洪适景伯諸家；以琴趣外篇名者，則有歐陽修永叔、黄庭堅山谷、晁補之无咎、晁端禮次膺、葉夢得石林、趙彦端介庵諸家；而周密《草窗詞》名《蘋洲漁笛譜》，張輯《東澤詞》名《清江漁譜》：皆從入樂立名者也。

其曰樵歌，曰漁唱，曰浩歌者，從其可歌而爲名也。

按朱敦儒希真詞名《樵歌》，陳允平西麓詞名《日湖漁唱》，蔡枏堅老詞名《浩歌》，皆從可歌立名者也。

其曰詩餘，曰長短句者，從其體制篇章而爲名也。

按宋人詞名詩餘者至多，而南宋人集，前人詞名《草堂詩餘》，意謂詞體出於詩，爲詩之餘也；至如秦觀少游、辛棄疾稼軒、劉克莊後村諸家詞名長短句，亦謂詞體以長短雜言成之：皆從篇體立名者也。

竊嘗推闡其誼，蓋有可言者焉。夫論文學之始者，厥惟風謡。風謡之興，必資三者：一曰歌辭；二曰音樂；三曰舞蹈。歌辭以宣其情，音樂以象其聲，舞蹈以表其容，三者協和，而後文之爲藝也始精，其感人也始力。泛觀往古衆制，惟樂府爲能兼之。而詞者，樂府之正傳，有其長而通其變者也，故能發人情之秘奧、通樂理之精微、濟詩歌之絶運、開戲曲之先河，可謂兼包衆美者矣。此一事也。詩自五言倡於漢代，七言成於魏世，一句之中雜有單偶之辭，氣脈疏蕩，已較四言平整者爲優，然而錯綜之妙，變而未極。填詞遠承樂府雜言之體，故能一調之中長短互節，數句之内奇偶相生，調各有宜，雜而能理，或整若雁陣，或變若游龍，或碎若明珠之走盤，或暢若流泉之赴谷，莫不因情以吐字、準氣以位辭，可謂極織綜之能事者矣。此又一事也。文學之美，有色有聲。聲成於平、上、去、入，而極於清濁、陰陽，沈休文所謂宫羽相變、低昂舛節者，是也。詞家於此，尤爲擅場，既辨五聲，復嚴上、去。一聲或硋，則一句落腔；一句或乖，則全篇失調。研律之工，精入毫髮，而一準天籟，匪由力至，亦可謂得音理之微妙者矣。此又一事也。文家遣辭，雅言則違俗，俗言則傷雅。用之廊廟者，不諧於里巷；習於民衆者，不重於士夫。求其通上下之用、兼雅俗之宜，無施而不可者，厥惟填詞。故能高者比隆於《風》、《雅》，下者毗美於歌謡。經史之辭、民俗之諺、方里之音、古今之語，一入名手，俱皆妙諦。牢籠之廣、包舉之大，有文字以來殆無與比者焉。此又一事也。

總此四事，詞之本體已足度越往制。故雖分鑣詩賦而能奪幟文壇，雖晚出後代而能炳曜千古，非偶然也。世有以周、柳衍爲慢曲而後此體始廣，蘇、辛振以風力而後此體始尊者，豈探源之論哉。

緣起第二

溯詞體之緣起者多矣。綜比而觀，約有兩説。探索遠源者，謂詞者六代樂府之流變也，北曲之《捉搦》、《企喻》，南歌之《子夜》、《懊儂》，以及梁、隋君臣頌酒賡色之所作，皆其濫觴也。

朱弁《曲洧舊聞》：詞起於唐人，而六代已濫觴矣。梁武帝有《江南弄》，陳後主有《玉樹後庭花》，隋煬帝有《夜飲朝眠曲》，豈獨五代之主：蜀之王衍、孟昶，南唐之李璟、李煜，吴越之錢俶，以工小詞爲能文哉。

楊慎《詞品序》：詩、詞同工而異曲，共源而分派。在六朝若陶弘景之《寒夜怨》、梁武帝之《江南弄》、陸瓊之《飲酒樂》、隋煬帝之《望江南》，填詞之體已具矣。

沈雄《古今詞話》：楊用修云："填詞必泝六朝者，亦昔人探河窮源之意。"長短句，如梁武帝《江南弄》云："衆花雜色滿上林，舒芳耀彩垂輕陰，連手躞蹀舞春心。舞春心，臨歲腴。中人望，獨踟躕。"梁僧法雲《三洲歌》一解云："三洲。斷江口，水從窈窕河旁流。啼將别共來，長相思。"二解云："三洲。斷江口，水從窈窕河旁流。歡將樂共來，長相思。"梁臣徐勉《迎客曲》云："絲管列，舞曲陳，含聲未奏待嘉賓。羅絲管，陳舞席，斂袖嘿脣迎上客。"《送客曲》云："袖繽紛，聲委咽，餘曲未終高駕别。爵無算，景已流，空紆長袖客不留。"隋煬帝《夜飲朝眠曲》云："憶睡時，待來剛不來。卸妝仍索伴，解佩更相催。博山思結夢，沉水未成灰。　憶起時，投簽初報曉。被惹香黛殘，枕隱金釵裊。笑動林中烏，除却司晨鳥。"王叡《迎神歌》云："徆草頭花柳葉裙，蒲葵樹下舞蠻雲。引領望江遥滴淚，白蘋風起水生紋。"《送神歌》云："根根山響答琵琶，酒濕青莎肉飼鴉。樹葉無聲神去後，紙錢飛出木棉花。"此六朝風華靡靡之語，後來詞家之所本也。略輯於此。

王世貞《藝苑卮言》：詞者，樂府之變也。昔人謂李太白《菩薩蠻》、《憶秦娥》，楊用修又傳其《清平樂》二首，以爲調祖，不知隋煬帝已有《望江南》詞。蓋六朝諸君臣頌酒賡色，務裁艷語，默啓詞端，實爲濫觴之始。

徐世溥《悦安軒詩餘序》：樂府變爲吴趨越艷，雜以《捉搦》、《企喻》、《子夜》、《讀曲》之屬，流爲詩餘，詩餘流爲詞，詞變爲曲，而樂府盡亡。……《子夜》、《懊儂》諸辭，亦後世之風也。顧其淫聲甚於鄭衛，不可以入《風》，然而不害其爲樂府。繇是始生詩餘。則詩餘者，接樂府，通歌謡，開詞曲，合《風》、《雅》之餘而爲言，所兼豈不大哉。乃其源始於吴聲小令。

毛奇齡《西河詞話》：白樂天《花非花》詩、唐人《醉公子》詞、長孫無忌《新曲》、楊太真《阿那曲》，自是詞格。它若《回鶻》、《石州》、《阿鹘回》、《回波樂》、《烏鹽角》、《鷃濫堆》、《水調歌頭》諸名，俱是樂府，然其語有近詞者，則亦可以詞名之。如隋帝《望江南》、徐陵《長相思》，亦何嘗是詞，而句調可填，即爲填詞。由是推之，則梁武《江南弄》諸樂以及鮑照《梅花落》、陶弘景《寒夜怨》、徐勉《迎客》《送客》、王筠《楚妃吟》、梁簡文《春情》、隋煬《夜飲朝眠曲》，皆謂之古詞，何不可哉。

徐釚《詞苑叢談凡例》：填詞原本樂府。自《菩薩蠻》以前，追而溯之，梁武帝《江南弄》、沈約《六憶》詩，皆詞之祖。

推求近因者，謂詞乃唐人律、絶之所嬗化也，《竹枝》、《楊枝》之曲，《涼州》、《伊州》之歌，以及伶官、伎女旗亭畫壁之所唱，皆其權輿也。

王灼《碧鷄漫志》：唐時，古意亦未全喪。《竹枝》、《浪淘沙》、《抛球樂》、《楊柳枝》乃詩中絶句，而定爲歌曲，故李太白《清平調》詞三章皆絶句。元、白諸詩，亦爲知音者協律作歌。

又：今黄鐘商有《楊柳枝》曲，仍是七字四句詩，與劉、白及五代諸子所製並同，但每句下各增三字一句，此乃唐時和聲，如《竹枝》、《漁父》，今皆有和聲也。

又：今《涼州》見於世者凡七宫曲，曰黄鐘宫、道調宫、無射宫、中吕宫、南吕宫、仙吕宫、高宫，不知西涼所獻何宫也。然七曲中，知其三是唐曲，黄鐘、道調、高宫者是也。

又：《伊州》見於世者凡七商曲：大石調、高大石調、雙調、小石調、歇指調、林鐘商、越調，第不知天寶所製，七商中何調耳。

朱熹《語類》：古樂府只是詩中間添却許多泛聲，後來人怕失了那泛聲，逐一添個實字，遂成長短句。今曲子便是。

胡仔《苕溪漁隱叢話》：《蔡寬夫詩話》曰：大抵唐人歌曲本不隨聲爲長短句，多是五言或七言詩。歌者取其辭與和聲相疊成音耳。予家有古《涼州》、《伊州》辭，與今遍數悉同，而皆絶句也。豈非當時人之辭爲一時所稱者，皆爲歌人竊取，播之曲調乎？

宋翔鳳《樂府餘論》：謂之詩餘者，以詞起於唐人絶句，如：太白之《清平調》，即以被之樂府；太白《憶秦娥》、《菩薩蠻》，皆絶句之變格，爲小令之權輿；旗亭畫壁賭唱，皆七言斷句。後至十國，遂競爲長短句，自一字，兩字，至七字，以抑揚高下其聲，而樂府之體一變。則詞實詩之餘，遂名曰詩餘。

方成培《香研居詞麈》：古者詩與樂合，而後世詩與樂分；古人緣詩而作樂，後人倚調以填詞。古今若是其不同，而鐘律宫商之理，未嘗有異也。自五言變爲近體，樂府之學幾絶。唐人所歌，多五、七言絶句，必雜以散聲，然後可被之管絃，如《陽關》詩，必至三疊而後成音，此自然之理。後來遂譜其散聲，以字句實之，而長短句興焉。故詞者，所以濟近體之窮，而上承樂府之變也。

《四庫全書總目·詞曲類》：詞、曲二體，在文章、技藝之間，厥品頗卑，作者弗貴，特才華之士以綺語相高耳。然三百篇變而古詩，古詩變而近體，近體變而詞，詞變而曲，層累而降，莫知其然。究厥淵源，實亦樂府之餘音、風人之末派。其於文苑，同屬附庸，亦未可全斥爲俳優也。

按綜觀上述各條，當知三事：一者，詞句長短由填實字入泛聲、和聲、散聲而成也；二者，詞調皆承教坊曲調而廣變之也；三者，唐人歌詩之法與後世唱詞之法相關至切也。此皆從詞之成形及其與音樂之關係考之，知其源出唐人絶句也。至《樂府餘論》及《四庫總目》謂其出於近體，而近體實兼包律詩與絶句而言。今觀詞中，如皇甫松《怨回紇》，五言律也，馮延巳《瑞鷓鴣》，七言律也，特不如絶句之多耳。

至晉賢汪氏謂長短句法源出三代、兩漢。

汪森《詞綜序》：自有詩而長短句即寓焉，《南風之操》、《五子之歌》是已。周之《頌》三十一篇，長短句居十八；漢《郊祀歌》十九篇，長短句居其五；至《短簫鐃歌》十八篇，篇皆長短句：謂非詞之源乎？

藥園丁氏稱煩促詞調合於三百五篇。

丁澎《藥園閒話》：詞者，《詩》之餘也。然則，詞果合於《詩》乎？曰：按其調而知之也。《殷其雷》之詩曰："殷其雷，在南山之陽。"此三、五言調也。《魚麗》之詩曰："魚麗於罶，鱨鯊。"此二、四言調也。《還》之詩曰："遭我乎猺之間兮，並驅從兩肩兮。"此六、七言調也。《江汜》之詩曰："不我以，不我以。"此疊句調也。《東山》之詩曰："我來自東，零雨其蒙。鸛鳴於垤，婦嘆於室。"此換韻調也。《行露》之詩曰："厭浥行露。"其二章曰："誰謂雀無角。"此換頭調也。凡此煩促相宜，短長互用，以啓後人協律之原，豈非三百篇實祖禰哉。(引見《詞苑叢談》)

是又好古之士欲推崇此體者之論也。而輕之者，或以風氣貶之，或以體裁卑之。

按沈際飛《草堂詩餘四集序》："説者曰：周人製爲樂章，漢世則有樂府。晉宋之際有古樂府，與漢人之樂府不可同日語也。再變而爲隋、唐、五代之樂歌，又變而爲宋、元之長短句，愈降愈下矣。"此以風氣貶詞者也。或曰："曰風、曰雅、曰頌，三代之音；曰歌、曰吟、曰行、曰操、曰辭、曰曲、曰謠，兩漢之音；曰律、曰排律、曰絶句，唐人之音。詩至於唐而格備，至於絶句而體窮。宋不得不變而之詞，元不得不變而之曲。"此以體裁貶詞者也。

故沈天羽有體備情至之辨；

《草堂詩餘四集序》：詞吸三唐以前之液，孕勝國以後之胎。斟量推按，有爲古歌謡辭者焉；有爲騷賦、樂府者焉；有爲五、七言古者焉；有爲近體、歌行者焉；有爲五、七言律者焉；有爲五、七言絶者焉。而元人之曲，則大都吞剥之。故説者又曰：通乎詞者，言詩則真詩，言曲則真曲。斯爲平等觀歟。而又有似文者焉；有似論者焉；有似序記者焉；有似箴頌者焉。於戲！文章殆莫備於是矣！非體備也，情至也。情生文，文生情。何文非情，而以參差不齊之句寫鬱勃難狀之情，則尤至也。……夫李白之《憶秦娥》、《菩薩蠻》，王建之《調笑令》，白居易之《憶江南》，昔日以爲詩而非詞，今日以爲詞而非詩。讀者自作歧觀，而作之者夫何歧乎。故詩餘之傳，非傳詩也，傳情也，傳其縱古横今，體莫備於斯也。

秦士奇倡凡詩皆餘之論；

秦士奇《草堂詩餘序》：自三百而後，凡詩皆餘也。即謂騷賦爲詩之餘，樂府爲騷賦之餘，填辭爲樂府之餘，聲歌爲填辭之餘。遞屬而下，至聲歌亦詩之餘，轉屬而上，亦詩而餘聲歌，即以聲歌、填辭、樂府，謂凡餘皆詩可也。

而玉茗既有詞非詩餘之言；

湯顯祖《玉茗堂選花間集序》：當開元盛日，王之涣、高適、王昌齡詞句流播旗亭，而李白《菩薩蠻》等詞亦被之歌曲，逮及《花間》、《蘭畹》、《香奩》、《金荃》，作者日盛。古詩之於樂府，律詩之於詞，分鑣並轡，非有後先。有謂詩降而詞，以詞爲詩之餘者，殆非通論。

蕙風復申辨正詩餘之説。

《蕙風詞話》：詩餘之餘，作赢餘之餘解。唐人朝成一詩，夕付管絃，往往聲希節促，則加入和聲。凡和聲皆以實字填之，遂成爲詞。詞之情文節奏，並皆有餘於詩，故曰詩餘。世俗之説，若以詞爲詩之剩義，則誤解此餘字矣。

窺其用意，咸欲尊詞，故紛紛致詰於名實之間，雖抑揚未免過當，要亦沿波討源之論矣。

雖然，一體之興，其來有漸，核其因果，亦復多端：或沿體裁之因革，或由品格之降昇，或有意於變古，或無心而開今，而世運之隆污、風俗之厚薄，尤在在與之消長。是以文家體制，每變日新，雖曰消息甚微，而踪迹固在也。今即詞論諸家之説，固已探驪而得珠矣。苟核其實，則猶有未盡者焉。蓋唐之叔末，國力已微，上好煩聲，下習游盪，感發爲詩，漸成穠艷妖淫之作。論其風尚，殆與齊梁爲近。故詞體初出，即以柔麗爲宗，雖歐、晏巨僚不能盡革。此世運風俗之説也。

按詞體之興，在中唐以後。李太白《菩薩蠻》、《憶秦娥》諸調，昔人推爲詞祖，特以其辭雅旨高，不與《花間》爲近，謂非太白不能作。然考當時風尚，詩人所製，但爲五、七言詩，樂家協律，始雜以和聲增損之字，故《陽關曲》、《清平調》、《涼州》、《伊州》等曲，皆爲五、七言絶句也。至有以《菩薩蠻》調名起於宣宗之世，斷非李作者，則昔人已以教坊先有曲調，後世按調製詞駁之矣。然調出教坊，世異自多因革，而詞調所始未可爲詞體所始之證，則亦明甚。詩家所爲長短句之詞體，自當在中唐以後。《劉賓客外集》有“春去也”詞，題曰《和樂天春詞依〈憶江南〉曲拍爲句》，可證按調聲之曲折爲句度之短長，其風蓋昉於此時矣。唐自中葉以後，國力漸衰，詩歌之體亦降，惟長短句新起，又與音樂相輔，於是上而君相，下而士庶，競好聲伎，製作漸多。觀《全唐詩話》稱宣宗好唱《菩薩蠻》，丞相令狐綯假温飛卿撰詞以進，可證也。又晚唐人，如杜牧之、温飛卿、韓致光諸人，大抵流連聲伎，縱志酒色，以寄其抑鬱不偶之情，故其所作亦多翦紅刻翠之句。此詞體初創之故，有關於世運風俗者也。

晚唐詩家，歌行既取法齊、梁，律、絶尤務爲婉麗；於是比興之義，不用之詩歌，而用之詞曲。胎息相承，遂開小令宗風。此又品格昇降之説也。

陳善《捫虱新話》：唐末詩體卑陋，而小詞最爲奇絶。今人盡力追之，有不能及者。予故嘗以唐《花間集》當爲長短句之宗。

陸游《花間集跋》：唐季、五代，詩愈卑而倚聲輒簡古可愛。蓋天寶以後，詩人常恨文不逮，大中以後，詩衰而倚聲作。使諸人以其所長，格力施於所短，則後世孰得而議？筆墨馳騁則一，能此而不能彼，未易以理推也。

按陳、陸二説頗得詩詞品格昇降之故。蓋晚唐人歌行皆遜前人，獨律體尚可觀，而絶句尤能以低徊要眇擅長，與歌行之縱横軼蕩者相遠，而最宜於小令。大抵詩歌自張、王、元、白以明博深切相尚，遂蹈顯露之失，温、李承之，不得不變而微婉。而微婉者，小令之所宜也。此其一。又張炎《詞源》謂賀方回、吴夢窗之字面多從李長吉、温飛卿詩中來，此語最能道出詩與詞之關係。蓋昌谷之思空靈，飛卿之情婉麗，故二家遺辭亦要眇而閎美，而要眇閎美者，又詩餘之所宜也。此其二。夫微婉要眇之作，皆以六義之比興爲之，而比興之作多盛於衰微之世。此雖晚唐詩家品格所沿變，而亦世運使之然也。然則世人但以樂家增損五、七言律、絶爲此體之成因者，猶是形式之論矣。

二説之外，更有一事爲考藝事者之通則，即詩體變新之原，多由里巷風謡，漸見采於辭人才士也。昔仲洽《流别》謂西漢五、七言詩多用於俳諧倡樂，彦和《文心》論西京才士莫見五言。合二氏之説觀之，知後世五、七言古詩，其初蓋出於民間。及其采入樂府，奏之廟堂，辭人才士漸喜擬作，其體乃尊。準此而推，上而四言《雅》、《頌》必後於十五《國風》，下而唐人小令多沿於民謡國俗，又可知矣。

按劉賓客《竹枝詞序》曰："歲正月，余來建平，里中兒聯歌《竹枝》，吹短笛擊鼓以赴節。歌者揚袂睢舞，以曲多爲賢。聆其音，中黄鐘之羽。卒章激訐如吴聲，雖傖儜不可分，而含思宛轉，有《淇澳》之艷。昔屈原居沅、湘間，其民迎神，詞多鄙陋，乃爲作《九歌》，到於今荆楚鼓舞之。故余亦作《竹枝詞》九篇，俾善歌者揚之，附於末。後之聆巴渝，知變風之自焉。"蓋《竹枝》本巴渝民謡，夢得聞其聲調中黄鐘之羽，嫌其詞傖儜不可分，喜其含思宛轉有《淇澳》之艷，乃依其體作九篇，其後作者遂衆。又如《紇那曲》本北客之歌，《羅嗊曲》爲妓劉采春所作。唐時教坊曲調類此者正多。今以詞中小令與崔令欽《教坊記》曲目相較，同者十之六七。而《宋史・樂志》亦云："民間作新聲者甚衆。"是則填詞雖以唐樂府爲近源，而民謡又其星海矣。

然則專就一端以溯詞源者，雖得之而未能盡也。

宫 調 第 三

詞者，宋之燕樂也。燕樂者，本乎《風》、《雅》，而流爲南北曲。

方成培《香研居詞麈》：至於詩餘，則宋之燕樂，所以悦耳目、娱賓客，而南北曲之所從出也。本乎《國風》房中之樂，濫觴於唐，大盛於宋。上自帝王朝廷，下及士庶閭巷，莫不各製新腔，争相酬和。雖理學如朱子、真西山，德業如范文正、司馬温公，皆不免染指焉。何其盛也！

鄭文焯《詞源斠律序》：雅樂傳至左延年，惟《鹿鳴》一篇。《詩·小雅》，《鹿鳴》居其首，燕禮工於堂上歌之，是爲燕樂之所自昉。漢列於雅樂，以其爲《雅》之遺也。至晉而《鹿鳴》無傳，武帝作十二雅，郊祀與燕饗合奏，人鬼雜施而樂紀大墜。隋本《龜兹》，始用胡伎。鄭譯以意别雅、俗二部。唐以先王之樂爲雅樂，合胡部者爲燕樂，而名用始分。宋、元相沿，並不知燕樂之原於《雅》矣。……夫器數變古，人聲在今，樂府之遺，《風》、《雅》攸托。漢、魏之歌謡，隋、唐之長短句，南、北宋之詞，皆能興於微言，以相風動，可誦可絃。其始蓋出入《變風》、《小雅》之間，而流濫於燕樂。自元曲盛行，而燕樂一變，聲音之道寢衰。故燕樂亡而議者率求之虚數虚器，太常有設而不作者矣。

按方、鄭二氏皆據《儀禮》燕禮之文，以明燕樂之原甚大。燕禮或歌《風》，或歌《雅》，故二氏分舉《風》、《雅》爲言。《周禮》："磬師……教縵樂燕樂之鐘磬。"鄭注："燕樂，房中之樂。"賈疏曰："燕樂房中之樂者，此即《關雎》、二《南》也。"故方氏謂"本乎《國風》房中之樂"。雖然推原填詞之用，固同乎燕禮，至歌詞所用之器數，已非燕樂之舊矣。此本章所當述者也。其詳見後。

其用有四均二十八調，蓋出於龜兹琵琶，非古人累黍之遺也。然自隋鄭譯以意附會，名實混淆，致古今樂律判然不可復通，而唐、宋燕樂遺法不明於世。於是詞家所謂七宫十二調，不知何物。

張炎《詞源》：十二律吕各有五音，演而爲宫爲調。律吕之名，總八十四，分月律而屬之。今雅、俗只行七宫十二調，而角不預焉。

又《詞源・宫調應指譜》：

七宫：

黄鐘宫ㄦ仙吕宫ㄱ正宫ㄙ高宫マ南吕宫∧中吕宫-道宫ㄣ

十二調：

大石調マ小石調∧般涉調ㄱ歇指調ㄱ越調ㄙ仙吕調ㄣ中吕調ㄙ正平調マ高平調-雙調ㄣ黄鐘羽∧商調ㄦ

按此七宫十二調之名乃俗工所用，與後《燕樂四均二十八調表》參看。張玉田謂“雅、俗只行七宫十二調”，實則雅是指詞人所作之詞亦用此七宫十二調，非指調名。夢窗詞，雅俗名兼載。

殺聲、住字、犯調字譜，不知何指矣。

沈括《補筆談》：十二律配燕樂二十八調，除無徵音外，凡殺聲黄鐘宫，今爲正宫，用六字；黄鐘商，今爲越調，用六字；黄鐘角，今爲林鐘角，用尺字；黄鐘羽，今爲中吕調，用六字；大吕宫，今爲高宫，用四字；大吕商、大吕角、大吕羽、太簇宫，今燕樂皆無；太簇商，今爲大石調，用四字；太簇角，今爲越角，用工字；太簇羽，今爲正平調，用四字；夾鐘宫，今爲中吕宫，用一字；夾鐘商，今爲高大石調，用一字；夾鐘角，夾鐘羽，姑洗宫、商，今燕樂皆無；姑洗角，今爲大石角，用凡字；姑洗羽，今爲高平調，用一字；中吕宫，今爲道調宫，用上字；中吕商，今爲雙調，用上字；中吕角，今爲高大石角，用六字；中吕羽，今爲仙吕調，用上字；蕤賓宫、商、角、羽，今燕樂皆無；林鐘宫，今爲南吕宫，用尺字；林鐘商，今爲小石調，用尺字；林鐘角，今爲雙角，用四字；林鐘羽，今爲黄鐘調，用尺字；夷則宫，今爲仙吕宫，用工字；夷則商、角、羽，南吕宫，今燕樂皆無；南吕商，今爲歇指調，用工字；南吕角，今爲小石角，用一字；南吕羽，今爲般涉調，用工字；無射宫，今爲黄鐘宫，用凡字；無射商，今爲林鐘商，用凡字；無射角，今燕樂無；無射羽，今爲高般涉調，用凡字；應鐘宫、應鐘商，今燕樂皆無；應鐘角，今爲歇指角，用尺字；應鐘羽，今燕樂無。（按沈存中原文有訛誤，凌廷堪《燕樂考原》引之，多所改正。今從之。）

方成培《香研居詞麈·二十八調住字之圖》

正宫合字住清六字住。　高宫下四住。　中吕宫下一住清上五住，白石《揚州慢》、《長亭怨》二曲正同。　道宫上字住。　南吕宫尺字住。　仙吕宫下工住，白石《暗香》二曲同此。　黄鐘宫即無射宫，用下凡住，白石《惜紅衣》詞同。

（此以上七宫，其起調畢曲之字並與各宫住字同。）

大石調下四住清下五住，起畢一字。　高大石調下一住清五字住，起畢上字。　雙調上字住，起畢尺字。　小石調尺字住，起畢工字。　揭指調工字住，起畢凡字。　商調下凡住，起畢六字，白石《霓裳中序第一》兩旁譜作‖，即下凡上凡也，同此可證。　越調六字住，起畢四字，白石《石湖仙》詞兩結旁譜作夂の，即六字住兼上四畢曲也。　般涉調工字住，起畢勾字，即今高仩。　高般涉調下凡住，起畢尺字。　中吕調六字住，起畢亦用六字。　正平調下四住清五字住，起畢凡字。　南吕調下四住清下五住，起畢下凡。　仙吕調上字住，起畢下四清五字。　黄鐘調尺字住，起畢一字。　大石調凡字住，起畢下一。　高大石角六字住，起畢下一。　雙角上五住，起畢尺字。小石角上字住，起畢工字。　揭指角勾字住，今當用高仩，起畢下凡。商角下五住，起畢上字。　越角五字住，起畢勾字，今用高仩。

按上圖本之沈説而廣之，故附於沈説後。除住字外，兼及起調畢曲之字。

姜夔《白石集・淒涼犯序》：凡曲言犯者，謂以宫犯商，商犯宫之類。如道調宫“上”字住，雙調亦“上”字住，所住字同，故道調曲中犯雙調，或於雙調曲中犯道調。其他準此。唐人《樂書》云：“犯有正、旁、偏、側。宫犯宫爲正，宫犯商爲旁，宫犯角爲偏，宫犯羽爲側。”此説非也。十二宫所住字各不同，不容相犯；十二宫特可犯商、角、羽耳。(按淩氏曰：“本七宫而云十二宫，兼五中管調言之也。”)

《姜白石集・古今譜法》(張炎《詞源》同。)

黄合　大下四　太四　夾下一　姑一　仲上　蕤勾　林尺　夷下工　南工　無下凡　應凡　黄清六　大清下五　太清五　夾清一五

張炎《詞源・管色應指字譜》

六ス　凡儿　工ㄱ　尺人　上ㄣ　一一　四マ　勾ㄴ　合△　五す　尖一ゅ　尖上ㄣゅ　尖尺人ゅ　大住ㄐ夫　小住ㄌ　掣ll　折ㄣ　大凡儿　打ㄐ

按宋人詞集間注字譜，即此所記，與上所引古今字譜相同，其大小諸字，乃吹頭管者取聲高下之指法，近世失傳。其住、掣、折等，皆指舉指之深淺、用氣之輕重也。此宋人管色指法之僅存者，蓋當時樂工所習用，士大夫鄙夷之，率置而不論，故傳久益訛也。

清儒淩次仲始考燕樂之源：

按淩廷堪據《隋書・音樂志》，謂燕樂之源，出於龜兹琵琶，惟宫、商、角、羽四均，無徵聲。一均分爲七調，四均共二十八調。(通稱則七宫，亦稱調。)唐宋以來，雅、俗之樂皆用之。詞家所謂七宫十二調者，宋人只用宫、商、羽三均，共七宫十四調，又去二高調(高大石調、高般涉調)也。南渡以後，七商、七羽亦如七宫用黄、大、夾、仲、林、夷、無七律，故王晦叔、姜堯章、周公謹諸家所稱詞調，又異北宋。然律吕雖異，而殺聲字譜不殊，則名異而實同也。字譜者，其初蓋龜兹樂譜遺法，來自西域。鄭譯以其言不雅馴，乃以五聲二變代之；而五聲二變，又以黄、太、姑、蕤、林、南、應七律代之。後人遂生眩惑。蓋律有定聲無定字，譜可配聲，不可配律。今飾以律名，則失旋宫之用矣。殺聲者，白石所謂住字也。住字之用，樂工因之以知某曲當用某調奏之。如今言上字調、六字調也。犯調者，一均七調各不相犯，惟異均同調者乃可相犯，白石所謂“道調曲中犯雙調”者，道調上字住，雙調亦上字住，異均而同調也。（凌氏原書刊入《粤雅堂叢書》中，文繁不能具引，别製燕樂四均二十八調表附於本章之後，以備參考，而録其要於此。）

近賢鄭叔問更斠詞源之律，

按鄭文焯《詞源斠律》立説大體與凌氏相發明，而考訂樂色，可補凌氏之未備。論燕樂名用者，以此二書爲精詳矣。

一以明樂制變遷之關鍵，

凌廷堪《與阮伯元書》：隋以來之樂，以蘇只婆琵琶爲根。琵琶四絃，一絃七調，故爲二十八調。唐、宋以來之雅樂及燕樂宫調字譜，皆琵琶之遺聲也。然二十八調實止十四調，以七羽合於七宫，以七角合於七商也，觀段安節《樂府雜録》“商、角同用，宫逐羽音”二語，可知矣。北宋乾、興以來，通用者六宫十一調。（按《宋史・樂志》：“太宗所製曲，乾、興以來通用之。凡新奏十七調，總四十八曲。”蓋七宫闕高宫，七商闕高大石調，七羽闕高般涉調、正平調，七角不用，凡六宫十一調，合計十七宫調。）而自明至今，燕樂之宫調只七商一均而已。（按凌氏曰：“今俗所用之七宫，乃古燕樂之七商。”故此云只用七商一均。）此古今言樂之最要關鍵。……夫今笛與古律，中隔唐人燕樂一關。此關不通，而欲飛渡，何其傎也。

一以通雅樂聲詩之郵傳，

鄭文焯《詞源斠律序》：今《詞源》所録，於燕樂條理多所考見，足與史志相發明。間嘗稽撰以申淩説，薙其繁複而演贊其未備。能者從之審聲知音，將由燕樂而進於雅，歌詞而達於聲詩，咸於是編導其淵源。庶後之覽者，無敢等諸方伎而自外於絃誦之士也夫。

皆於燕樂多所考核，誠裨益詞學之盛業也。

或曰：填詞協律之事，今已等於絶學。則宫調之理雖明，字譜之用雖著，然欲於酒邊燈外擫笛高歌若宋賢之所爲，亦不可得。且詞自蘇、辛而後，不過詩之新體，姜、吴雖欲返本，而後世終不能傳其法。則今日而言宫調，亦摶沙作飯而已。雖然，有二義焉，亦學者所當知也：器數雖異，人聲具存，歌詞之法不傳，唱曲之事可考，苟能由曲而溯詞，因今以追古，亦未見其不可階，此一義也；六宫十一調，調各有情，人心之哀樂應之則諧，故感嘆傷悲者宜用南吕，惆悵雄壯者宜用正宫，是固天籟之發者然，此又一義也。

周德清《中原音韻》：大凡聲音，各應於律吕，分於六宫十一調，共計十七宫調：

仙吕宫清新綿邈	南吕宫感嘆傷悲	中吕宫高下閃賺
黄鐘宫富貴纏綿	正宫惆悵雄壯	道宫飄逸清幽
大石風流蘊藉	小石旖旎嫵媚	高平條暢滉漾
般涉拾掇坑塹	歇指急並虚歇	商角悲傷婉轉
雙調健捷激裊	商調悽愴怨慕	角調嗚咽悠揚

宫調典雅沉重　　越調陶寫冷笑

按德清之説雖爲曲設，而宫調之理，詞曲所同。此説亦見陶宗儀《輟耕録》，蓋元人相傳舊説也。惟周書間有訛字，如仙吕宫訛作仙吕調，條暢訛作條物，健捷訛作健栖，今悉依《輟耕録》改正。至淩、周二氏所謂六宫十一調，即《宋史・樂志》之十七宫調，但宫調、角調、商角調不同。淩次仲謂："元人不深於燕樂，見中吕、仙吕、黄鐘三調與六宫相復，故去之，妄易以宫調、角調、商角調耳。"是也。

又按玉田《詞源》有宫調分屬十二月之説，引楊守齋《作詞五要》曰："第二要擇律，律不應月則不美。如十一月調須用正宫，元宵詞必用仙吕宫爲宜也。"可見古人於宫調不苟用如此。

宫調之説，安可過而廢之哉。

【附】 燕樂四均二十八調表 據沈括《夢溪筆談》及淩廷堪《燕樂考原》列

四均	二十八調			殺聲字譜	
	北宋名	俗名	南宋名	古字	今字
七宮	黃鐘宮	正宮(即正黃鐘宮)	同	⿺麦夷	六
	大吕宮	高　宮	同	㋮	下四
	夾鐘宮	中吕宮	同	㊀	下一
	中吕宮	道宮(即道調宮)	同	ㄣ	上
	林鐘宮	南吕爲商之宮	同	∧	尺
	夷則宮	仙吕宮	同	(乛)	下工
	無射宮	黃鐘爲商之宮	同	㋸	下凡
七商	太簇商	大石調	黃鐘商	マ	四
	夾鐘商	高大石調	大吕商	㊀	下一
	中吕商	雙　調	夾鐘商	ㄣ	上
	林鐘商	小石調	中吕商	∧	尺
	南吕商	歇指調(即唐之水調)	林鐘商	乛	工
	無射商	林鐘商(即商調)	夷則商	㋸	下凡
	黃鐘商	越　調	無射商	⿺麦夷	六

續表

四均	二十八調			殺聲字譜	
	北宋名	俗名	南宋名	古字	今字
七角	姑洗角	大石角	無	ル	凡
	中呂角	高大石角	無	麹	六
	林鐘角	雙角	無	マ	四
	南呂角	小石角(一名正角)	無	一	一
	應鐘角	歇指角	無	ㄥ	下尺(勾)
	黄鐘角	林鐘角(即商角)	無	∧	尺
	太簇角	越角	無	ㄱ	工
七羽	南呂羽	般涉調	黄鐘羽	ㄱ	工
	無射羽	高般涉調	大吕羽	㋸	下凡
	黄鐘羽	中呂調	夾鐘羽	麹	六
	太簇羽	正平調(一曰平調)	中呂羽	マ	四
	姑洗羽	高平調(即南吕調)	林鐘羽	一	一
	中吕羽	仙吕調	夷則羽	ㄣ	上
	林鐘羽	黄鐘調(即黄鐘羽,一曰羽調)	無射羽	∧	尺

按黄鐘宫者，以黄鐘爲宫聲，餘則太簇爲商，姑洗爲角，南吕爲羽；大吕宫者，以大吕爲宫聲，餘則夾鐘爲商，中吕爲角，無射爲羽；其它依此類推。故日人稱此七宫、七商、七角、七羽爲“爲宫”、“爲商”、“爲角”、“爲羽”。太簇商者，以太簇爲商聲，亦即黄鐘之商也，故南宋名黄鐘商；其它類推。故日人稱此七商爲“之商”。南吕羽者，以南吕爲羽，亦即黄鐘之羽也，故南宋名黄鐘羽；其它類推。故日人稱此七羽爲“之羽”。

又此即古旋宫之法。蓋黄鐘爲宫，則太簇爲商，姑洗爲角，南吕爲羽；旋至大吕爲宫，則夾鐘爲商，中吕爲角，無射爲羽矣。以下夾鐘、中吕、林鐘、夷則、無射，皆同此法。商、角、羽，亦然。

【附】調名緣起

曲調有名，其來舊矣。自漢之《朱鷺》、《石留》，晉宋之《懊儂》、《子夜》，歷世增多。至唐崔令欽著《教坊記》，臚列曲名都凡三百二十有四。兩宋以來，詞體滋大，調名尤繁。論其緣起者，大抵散見宋以來筆記、詞話之中，而王晦叔之《碧鷄漫志》，考核獨精。

《四庫全書總目·詞曲類二》：“《碧鷄漫志》一卷，宋王灼撰。灼有《糖霜譜》，已著録。是編詳述曲調源流，前七條爲總論，述古初至唐、宋聲歌遞變之由；次列《涼州》、《伊州》、《霓裳羽衣曲》、《甘州》、《胡渭州》、《六幺》、《西河長命女》、《楊柳枝》、《喝馱子》、《蘭陵王》、《虞美人》、《安公子》、《水調歌》、《萬歲樂》、《夜半樂》、《河滿子》、《淩波神》、《荔枝香》、《阿濫堆》、《念奴嬌》、《清平樂》、《雨霖鈴》、《菩薩蠻》、《望江南》、《麥秀兩歧》、《文溆子》、《後庭花》、《鹽角兒》，凡二十八條，一一溯得名之緣起與其漸變宋詞之沿革。蓋三百篇之餘音，至漢而變爲樂府，至唐而變爲歌詩，及其中葉，詞亦萌芽。至宋而歌詩之法漸絶，詞乃大盛。其時士大夫多嫻音律，往往自製新聲，漸增舊譜。故一調或至數體，一體或有數名，其目幾不可殫舉，又非唐及五代之古法。灼作是編，就其傳授分明可以考見者，核其名義，正其宮調，以著倚聲所自始。其餘晚出雜曲，則不暇一一詳也。

餘如楊昇庵之《詞品》、都元敬之《南濠詩話》、毛奇齡之《西河詞話》，皆有考證，皆不免掇拾古語以牽合詞調，而毛稚黄之《填詞名解》又從而附會之，多有未足徵信者。萬氏《詞律》間有考證，亦未明言其故。

今就諸家所記綜合觀之，調名緣起，約有數端：有因樂府舊曲而名者，如《柳枝》出於《折楊柳》，《江南好》出於《望江南》，《采桑子》出於《楊下采桑》，是也；有用前人詩賦爲名者，如《蝶戀花》用梁元帝"翻階蛺蝶戀花情"，《滿庭芳》用吴融"滿庭芳草易黄昏"，《惜餘春》取太白賦語，《青玉案》取平子詩句，是也；有取本詞字句爲名者，如《如夢令》因唐莊宗詞句有"如夢，如夢，殘月落花煙重"也，《魚游春水》因古詞句有"鶯囀上林，魚游春水"也，而《念奴嬌》以東坡詞而改名《大江東去》，《臨江仙》以方回詞而改名《雁後歸》，則又文人好奇之習也；有以作者本事而名者，如《憶餘杭》因潘閬憶西湖而作也，《菊花新》因陳源念菊夫人而作也，《醉翁操》因東坡追思六一翁而作也；有以地名者，如《甘州子》、《伊州令》、《梁州令》、《青門引》、《氐州第一》等；有以物名者，如《蘇幕遮》、《菩薩蠻》、《尉遲杯》等；有以古事名者，如《阮郎歸》、《惜分釵》、《華胥引》、《高陽臺》等；有以時序名者，如《秋霽》、《夏初臨》、《湘春夜月》、《春從天上來》等；有以音節名者，如《聲聲慢》、《字字雙》、《三字令》、《一七令》等。它如偷聲、減字、攤破、促拍、摘遍、哨遍之名，引、近、令、慢、鬲指、過腔、轉調、犯調之目，而犯調又有倒犯、側犯、尾犯、花犯、三犯、四犯、八犯之分，皆從宫調而别者也。有合二調爲一調者，如《江月晃重山》合《西江月》、《小重山》而成也，《江城梅花引》合《江城子》、《梅花引》而成也；有一調犯數調而未明言犯者，如《六醜》共犯六調而成也。

此外，有同名而所入之宫調異者，如：《虞美人》、《片玉集》入正宫，《尊前集》又入中吕調；《菩薩蠻》、《尊前集》入中吕宫，《片玉集》又入正平調；《木蘭花》、《尊前集》入大石調，《樂章集》又入林鐘商；《傾杯樂》、《樂章集》入仙吕宫，《白石集》又入大石調：此則其異在聲而不在詞也。有名同而字句多少大異者，如：《長相思》本三十六字小令，又有百字長調；《三臺》本二十四字小令，又有百七十一字長調。有調異而别名偶同者，如《相見歡》、《錦堂春》俱别名《烏夜啼》，《浪淘沙》、《謝池春》俱别名《賣花聲》，是也。别有本係一調，或爲嘌唱家增減字句，或爲詞家改用韻脚，後人視爲異體且立異名者，如《釵頭鳳》本《摘紅英》，但尾疊少三字，《惜分釵》亦本《摘紅英》，但改用平韻尾疊兩字而名乃異，是也。

凡此種種，頗亦紛雜。理而董之，亦詞家之業，但與填詞之工拙無關。學者苟能依名家所作製詞，自無失調之譏矣。

聲韻第四

自永明四聲之説倡，而文藝之事一變，浸淫五百餘年，至於詞體之興，其法愈趨而愈密。昔人知其然，而未言其故。夫文家之用四聲，有定則焉：曰相間；曰相重。二者所以求音節協和之美，而别韻文於散體也。

休文浮聲切響之論，

沈約《宋書·謝靈運傳》：夫五色相宣，八音協暢，由乎玄黄律吕，各適物宜。欲使宫羽相變，低昂舛節，若前有浮聲，則後須切響。一簡之内，音韻盡殊；兩句之中，輕重悉異。妙達此旨，始可言文。

彦和飛沉雙疊之説，

劉勰《文心雕龍·聲律篇》：凡聲有飛沉，響有雙疊，雙聲隔字而每舛，疊韻離句而必睽；沉則響發而斷，飛則聲揚不還，並轆轤交往，逆鱗相比，迕其際會，則往蹇來連，其爲疾病，亦文家之吃也。

是矣，而語焉不詳。竊嘗論之，相間、相重之美，唐人近體已勝於漢、魏五言。惟是近體，章有定句，句有定字，長於整飭而短於錯綜，其弊也拘，能常而不能變者也，故其道易窮。而詞體承之以興，參奇偶之字以成句，合長短之句以成章，復重而爲雙疊，演而爲長慢，字句之錯綜既已極矣。(律詩八句中亦有錯綜，但太簡耳。)而五聲從之參伍其間，變乃無窮。故詞之腔調，彌近音樂。其異於近體而進於近體者，在此；其合於美藝之軌則而能集衆制之長者，亦在此。此紅友萬氏《詞律》之所爲作也。總其義例得五要焉：一曰，句讀宜明也；

萬樹《詞律發凡》：詞中惟五言、七言句，最易淆亂。七言有上四下三如唐詩一句者，若《鷓鴣天》“小窗愁黛淡秋山”，《玉樓春》“棹沉雲去情千里”之類；有上三下四句者，若《唐多令》“燕辭歸客尚淹留”，《爪茉莉》“金風動冷清清地”之類，易於誤認。諸家所選明詞，往往失調。故今於上四下三者不注，其上三下四者，皆注豆字於第三字旁，使人易曉無誤。整句爲句，半句爲讀，讀音豆，故借書豆字。其外有六字、八字語氣折下者，亦用豆字注之。五言有上二下三如詩句者，若《一絡索》“暑氣昏池館”，《錦堂春》“腸斷欲棲鴉”之類；有一字領句而下則四字者，如《桂華明》“遇廣寒宫女”，《燕歸梁》“記一笑千金”之類，尤易誤填。……又四字句有中二字相連者，如《水龍吟》尾句之類，與上下各二者不同。

二曰，詞格宜遵也；

同上：自沈吴興分四聲以來，凡用韻樂府，無不調平仄者。至唐律以後，浸淫而爲詞，尤以諧聲爲主。倘平仄失調，則不可入調。周、柳、萬俟等之製腔造譜，皆按宫調，故協於歌喉，播諸絃管。以迄白石、夢窗、草窗輩，各有所創，未有不悉音理而可造格律者。今雖音理失傳，而詞格具在，學者但宜依仿舊作，字字恪遵，庶不失其中矩矱。舊譜不知此理，將古詞逐字臆斷，平謂可仄，仄謂可平。夫一調之中，豈無數字可以互用，然必無通篇皆隨意通融之理。譜見略有拗處，則改順適，五、七言句，必成詩語。……或曰：改拗爲順，取其諧耳順口，君何必如此拘執？余曰：苟取順便，則何必用譜，何必用舊名乎？故不作詞則已，既欲作詞，必無杜撰之理。如美成造腔，其拗處乃其順處，所用平仄，豈慢然爲之邪？倘是慢然之者，何其第二首亦復如前？豈亦皆慢然爲之至再至三邪？方千里係美成同時，所和四聲無一字異者，豈方亦慢然爲之邪？後復有吴夢窗所作，亦無一字異者，豈吴亦慢然爲之邪？更歷觀諸名家，莫不繩尺森然者，其一二有所改變，或係另體，或係傳訛，或係敗筆，亦當取而折衷，歸於至當，烏可每首俱爲竄易乎？

按紅友《詞律》之作，蓋以明以來詞學失傳，舉世奉張綖《詩餘圖譜》、程明善《嘯餘譜》等書爲圭臬，而思有以糾正之，故其立説不得不嚴。然況蕙風平生守律最嚴，乃謂小令如《浣溪沙》、《浪淘沙》，慢詞如《賀新郎》、《沁園春》調之至習見者，無庸斤斤守律。間嘗思之，古人詞句平仄，亦非絶對不可移易，但移易亦必有法。大抵古人精於音律，故能隨律定聲，法由自造。後人不通音理，則不可任意更换，致失本調耳。及閲吴子律《蓮子居詞話》稱："西林先生言：'詞之興也，先有文字，從而宛轉其聲，以腔就辭者也。洎乎傳播通久，音律確然，繼起諸詞人不得不以辭就腔，於是必遵前詞字脚之多寡、字面之平仄，號曰填詞。或變易前詞仄字而平，或變易前詞平字而仄，要於音律無礙。或前詞字少而今多之，則融洽其多字於腔中，或前詞字多而今少之，則引伸其少字於腔外，亦仍與音律無礙。蓋當時作者、述者皆善歌，故製辭度腔而字之多寡、平仄參焉。今則歌法已失其傳，音律之故不明，變易、融洽、引伸之技，何由而施。操觚家按腔運辭，兢兢尺寸，不易之道也。'此論極韙。所謂融洽、引伸之旨，實發宜興萬氏所未發。"其説與余同。

三曰，上、去宜辨也；

同上：平仄固有定律矣。然平止一途，仄兼上、去、入三種，不可遇仄而以三聲概填。蓋一調之中，可概者十之六七，不可概者十之三四，須斟酌而後下字，方得無疵。此其故，當於口中熟吟，自得其理。夫一調有一調之風度聲響，若上、去互易，則調不振起，便成落腔，尾句尤爲吃緊。如《永遇樂》之"尚能飯否"、《瑞鶴仙》之"又成瘦損"，尚、又必仄，能、成必平，飯、瘦必去，否、損必上，如此然後發調。末二字若用平、上，或平、去，或去、去，上、上，上、去，皆爲不合。元人周德清論曲有煞句定格；夢窗論詞，亦云某調用何音煞。雖其言未詳，而其理可悟。……蓋上聲舒徐和軟，其腔低，去聲激厲勁遠，其腔高，相配用之，方能抑揚有致。

四曰，去聲與三聲宜分也；

同上：更有一要訣曰：名詞轉折跌宕處多用去聲。何也？三聲之中，上、入二者可以作平，去則獨異。故余嘗竊謂，論聲雖以一平對三仄，論歌則當以去對平、上、入也。當用去者，非去則激不起，用入且不可，斷斷勿用平、上也。

同上：上之爲音，輕柔而退遜，故近於平。今言詞則難信，姑以曲喻之。北曲《清江引》末一字，可平亦可上，如《西厢》之“下場頭那答兒發付我”，我字上聲；“香美娘處分破花木瓜”，瓜字平聲。《天下樂》“泛浮槎到日月邊”，邊字平聲；“安排着憔悴死”，死字上聲。如此等甚多，用上皆可代平，却用不得去聲字。但試於口吻間諷誦，自覺上聲之和協，而去聲之突兀也。

五曰，入聲派入三聲宜審也。

同上：入之派入三聲，爲曲言之也。（按入聲派入三聲，其說出周德清《中原音韻》，謂以廣其押韻耳。有才者，本韻自足矣。戈順卿有說見後。）然詞、曲一理。今詞中之作平者，比比而是，比上作平者更多，難以條舉。作者不可因其用入是仄聲，而概作上、去也。且有以入叶上者，不可用去，以入叶去者，不可用上，亦須知之。

其於四聲之用，可謂精微矣。而玉田論詞，既有輕清重濁之論；

張炎《詞源》：先人曉暢音律，有《寄閒集》，旁綴音譜，刊行於世。每作一詞，必使歌者按之。稍有不協，隨即改正。……又作《惜花春起早》云：“瑣窗深”，深字意不協，改爲幽字，又不協，再改爲明字，歌之始協。此三字皆平聲，胡爲如是？蓋五音有唇、齒、喉、舌、鼻，所以有輕清、重濁之分。故平聲字可爲上、入者，此也。

按周挺齋《中原音韻·作曲十法》之一："知韻：平聲，有陰有陽，入聲作平聲俱屬陽；上聲，無陰無陽，入聲作上聲亦然；去聲，無陰無陽，入聲作去聲亦然。"此可見詞、曲之理相同。近人有謂幽字改明，於律則協矣，於當時情景則不合。其論亦有見。但玉田舉此以明字分陰、陽，製詞協律不可苟且耳。大抵平分陰、陽，專就付之歌喉而設。作者之才，如能兼守陰、陽，而不爲之牽率，非更善乎?

順卿正韻，復嚴入作三聲之防。

戈載《詞林正韻發凡》：惟入聲作三聲，詞家亦多承用。(按入作三聲，非詞家承用曲韻，乃曲家因襲詞家，詞先於曲也。)如晏幾道《梁州令》"莫唱陽關曲"，曲字作邱雨切，叶魚、虞韻；柳永《女冠子》"樓臺悄似玉"，玉字作於句切，又《黄鶯兒》"暖律潛催幽谷"，谷字作公五切，皆叶魚、虞韻；晁補之《黄鶯兒》"兩兩三三修竹"，竹字作張汝切，亦叶魚、虞韻；黄庭堅《鼓笛令》"眼厮打、過如拳踢"，踢字作他禮切，叶支、微韻；辛棄疾《醜奴兒慢》"過者一霎"，霎字作雙鮓切，叶家、麻韻；杜安世《惜春令》"悶無緒、玉簫抛擲"，擲字作征移切，叶支、微韻；張炎《西子妝慢》"遥岑寸碧"，碧字作邦彼切，亦叶支、微韻；又《徵招》换頭"京洛染緇塵"，洛字須韻作郎到切，叶蕭、豪韻：此皆入聲作三聲而押韻也。又有作三聲而在句中者，如：歐陽修《摸魚子》"恨人去寂寂，鳳枕孤難宿"，寂寂叶精妻切；柳永《滿江紅》"待到頭、終久問伊着"，着字叶池燒切；又《望遠行》"斗酒十千"，十字叶繩知切；蘇軾(按原作載，誤)《行香子》"酒斟時、須滿十分"，周邦彦《一寸金》"便入魚釣樂"，十字、入字同；李景元《帝臺春》"憶得盈盈拾翠侶"，拾字亦同；周邦彦又有《瑞鶴仙》"正值寒食"，值字叶征移切；秦觀《望海潮》"金谷俊游"，谷字叶公五切，又《金明池》"才子倒、玉山休訴"，玉字叶語居切；吴文英《無悶》"鸞駕弄玉"，玉字同；黄庭堅《品令》"心下快活自省"，活字叶華戈切；辛棄疾《千年調》"萬斛泉”，斛字叶紅姑切；吕渭老《薄倖》“携手處、花明月滿”，月字叶胡靴切；姜夔《暗香》“舊時月色”，吴文英《江城梅花引》“帶書傍月自鉏畦”，兩月字同；萬俟雅言《梅花引》“家在日邊”，日字叶人智切；又《三臺》“餳香更、酒冷踏青路”，踏字叶當加切；方千里《瑞龍吟》“暮山翠接”，接字叶兹野切；又《倒犯》“樓閣參差簾櫳悄”，閣字叶岡懊切；陳允平《應天長》“曾慣識、淒涼岑寂”，識字叶傷以切；周密《醉太平》“眉鎖額黄”，額字叶移介切。諸如此類，不可悉數。故用其以入作三聲之例，而末仍列入聲五部，則入聲既不缺，而以入作三聲者，皆有切音，人亦知有限度，不能濫施以自便矣。

可知聲音之美，在詞體爲至要矣。

至於聲黨(宋人工詞曲者稱聲家，一曰聲黨，見王灼《碧鷄漫志》)用韻，則較詩家爲寬。其故亦可得而論也。嘗考詩韻之嚴，起於唐代，而流濫於宋人。唐代試士，有限韻之制；宋人和詩，以險韻見奇。及其風尚既成，遂堅不可破。詞則或起自閭巷，或用於燕閑，在當時爲小道，故平、仄既可通葉，方音亦能入韻，尋其軌迹，似反近於古詩。然細審宋賢所製韻部，分合之間亦隱然有界限焉。蓋人聲之發，自有矩度，本聲製韻，豈無條理。故毛氏之論詞韻，以六條統平、上、去三聲。

毛先舒《聲音韻統論》：古今詩、騷、詞、曲，體制不同，因造損益，相沿亦異。擬爲指示，益增眩惑。今余姑以唐人詩韻爲準，而約以六條，簡之有以統韻之繁，精之有以悉韻之變，標位明白，庶便通曉：一曰穿鼻；二曰展輔；三曰斂唇；四曰抵腭；五曰直喉；六曰閉口。穿鼻者，口中得字之後，其音必更穿鼻而出作收韻也，(按戈順卿亦用其説。)東、冬、江、陽、庚、青、蒸七韻是也。(按戈氏以東、冬、鐘爲一部，江、陽、唐爲一部，庚、耕、清、青、蒸、登爲一部，凡三部，屬此條。)展輔者，口之兩旁角爲輔，凡字出口之後，必展開兩輔如笑狀作收韻也，支、微、齊、佳、灰五韻是也。(按戈氏以支、脂、之、微、齊、灰爲一部，佳之半及皆、咍爲一部，凡二部，屬此條。)斂脣者，口半啓半閉，聚斂其脣作收韻也，魚、虞、蕭、肴、豪、尤六韻是也。(按戈氏以魚、虞、模爲一部，蕭、宵、肴、豪爲一部，尤、侯、幽爲一部，凡三部，屬此條。)抵腭者，其字將終時，以舌抵著上腭作收韻也，真、文、元、寒、删、先六韻是也。(按戈氏以真、諄、臻、文、欣、魂、痕爲一部，元、寒、桓、删、山、先、仙爲一部，凡二部，屬此條。)直喉者，收韻直如本音者也，歌、麻二韻是也。(按戈氏以歌、戈爲一部，佳之半及麻爲一部，凡二部，屬此條。)閉口者，却閉其口作收韻也，侵、覃、鹽、咸四韻是也。(按戈氏以侵爲一部，覃、談、鹽、沾、嚴、咸、銜、凡爲一部，凡二部，屬此條。)凡三十平聲，已盡於此，上、去即可緣是推之。唯入聲有異。余別著《唐人四聲表》以鈎稽之，斯理盡矣。(按《唐人四聲表》見附録。)凡是六條，其本條之内往往可通，出其外者即不相假借，或有通者，必竟作別讀乃相通耳。

自謂金石或泐，斯談不渝，非夸辭也。戈氏晚出，其説尤精。

按戈載《詞林正韻發凡》略謂，詞始於唐，唐時別無詞韻之書。宋朱希真嘗擬應製詞韻十六條，而外列入聲韻四部，其後張輯釋之，馮取洽增之。而其書久佚，目亦無自考矣。厲鶚謂曾見紹興二年刊《緑斐軒詞林要韻》一册，亦未之見。秦敦夫取阮芸臺家藏《詞林韻釋》一名《詞林要韻》重雕，雖題曰“宋緑斐軒刊本”，而跋中疑爲元、明之季謬託。國初沈謙曾著《詞韻略》，毛先舒爲之括略並注，又似紛雜。同時有趙鑰、曹亮、武均撰《詞韻》，與去矜大同小異。若李漁之《詞韻》四卷，以鄉音妄自分析，尤爲不經。至前此胡文焕《文會堂詞韻》平、上、去三聲用曲韻，入聲用詩韻，騎墻之見，亦無根據。近又有許昂霄輯《詞韻考略》，更不足道。今填詞家所奉爲圭臬信之不疑者，則莫如吴烺、程名世諸人所著之《學宋齋詞韻》。其書分韻太寬，疏謬百出。復有鄭春波作《緑漪亭詞韻》以附會之，而詞韻大紊。因參取李唐以來韻書，一以兩宋名家所用爲斷，博考互證，凡三閲寒暑而成。王半塘稱其書最晚出亦最精核，爲填詞家所不可少。誠不誣也。

尋其條流，約有三義：一曰入作三聲，宜有限度也；

按：見前。

二曰仄韻之調，宜審上、去、入也；

戈載《詞林正韻發凡》：詞之用韻，平仄兩途，而有可以押平韻，又可以押仄韻者，正自不少。其所謂仄，乃入聲也。如越調又有《霜天曉角》、《慶春宮》，商調又有《憶秦娥》。其餘則雙調之《慶佳節》，高平調之《江城子》，中吕宮之《柳梢青》，仙吕宮之《望梅花》、《聲聲慢》，大石調之《看花回》、《兩同心》，小石調之《南歌子》，用仄韻者，皆宜入聲。《滿江紅》有入南吕宮，有入仙吕宮。入南吕宮者，即白石所改平韻之體，而要其本用入聲，故可改也。外此，又有用仄韻而必須入聲者，則如越調之《丹鳳吟》、《大酺》，越調犯正宮之《蘭陵王》，商調之《鳳凰閣》、《三部樂》、《霓裳中序第一》、《應天長慢》、《西湖月》、《解連環》，黄鐘宮之《侍香金童》、《曲江秋》，黄鐘商之《琵琶仙》，雙調之《雨霖鈴》，仙吕宮之《好事近》、《蕙蘭芳引》、《六幺令》、《暗香》、《疏影》，仙吕犯商調之《淒涼犯》，正平調近之《淡黄柳》，無射宮之《惜紅衣》，正宮、中吕宮之《尾犯》，中吕商之《白苧》，夾鐘羽之《玉京秋》，林鐘商之《一寸金》，南吕商之《浪淘沙慢》。此皆宜用入聲韻者，勿概之曰仄，而用上、去也。其用上、去之調，自是通葉，而亦稍有差别。如黄鐘商之《秋宵吟》，林鐘商之《清商怨》，無射商之《魚游春水》，宜單押上聲；仙吕調之《玉樓春》，中吕調之《菊花新》，雙調之《翠樓吟》，宜單押去聲。復有一調中必須押上、必須押去之處，有起韻、結韻宜皆押上、宜皆押去之處，不能一一臚列。……作者宜細加考核，隨律押韻，更隨調擇韻，則無轉折怪異之病矣。

三曰方言叶韻，宜以有音切者爲限也。

同上：宋人詞有以方音爲葉者，如：黄魯直《惜餘歡》，閣、合同押；林外《洞仙歌》，鎖、考同押；曾覿《釵頭鳳》，照、透同押；劉過《轆轤金井》，溜、倒同押；吴文英《法曲獻仙音》，冷、向同押；陳允平《水龍吟》，草、驟同押。此皆以土音叶韻，究屬不可爲法。《中原音韻》諸書，則以庚、耕、清之横、烹、棚、榮、兄、轟、萌、瓊，登韻之崩、朋、薨、肱等字，俱入東、鐘；尤韻之罘、蜉入魚、虞。此在中州音則然，止可施之於曲，詞則無有用者。唯有借音之數字，宋人多習用之，如：柳永《鵲橋仙》“算密意幽歡，盡成辜負”，負字叶方布切；辛棄疾《永遇樂》“憑誰問、廉頗老矣，尚能飯否”，否字叶方古切；趙長卿《南鄉子》“要底圓兒糖上浮”，浮字叶房逋切；周邦彦《大酺》“況蕭索、青蕪國”，國字叶古六切；潘元質《倦尋芳》“待歸來、碎揉花打”，打字叶當雅切；姜夔《疏影》“但暗憶、江南江北”，北字叶逋沃切；韓玉《曲江秋》亦用國、北叶屋、沃韻；吴文英《端正好》“夜寒重、長安紫陌”，陌字叶末各切；《燭影摇紅》“相間金茸翠畝”，畝字叶忙補切；蔣捷《女冠子》“羞與鬧蛾兒争耍”，耍字叶霜馬切之類。略舉數家，已見一斑。相沿至今，既有音切，便可遵用。

按觀戈氏此條，知宋人詞韻多用宋代方音，與古同法，初無一定之限。惟文藝之事，恒有由參差而趨整齊之勢，故主除習用數字外不可濫用。然文人用韻，原與音韻學家有異。且詞語較詩爲近自然，有時以能酷肖口語爲佳。故俗字、俗語入詞，不但無妨，且增神味。然則俗音入韻，有不得不然之勢。即戈氏所舉各例，可見其理。則詞之爲體，彌近於曲，而漸遠於詩也。故填詞一道，守律宜嚴，用韻可寬。守律宜遵古，用韻不妨從今。但取神味深永，不宜爲韻所束。昔釋惠洪謂：“詩欲老健有英氣，當間用方、俗言爲妙。”而顧亭林論詩謂：“苟其義之至當，而不可以他字易，則無韻不害。漢以上往往有之。”二君之言，誠通論也。知此，則詞有用俗字、俗語之故可思矣。例如歐陽永叔《南歌子》"笑問雙鴛鴦字、怎生書"，"怎生"二字，酷肖女兒口吻，倘易以"若何書"，則反乏味矣。

餘如韻部分合之間，詞、曲異同之處，論列亦皆至當，與萬氏《詞律》若詞家之雙輪焉，學者得之而後行也。

雖然，聲理精矣，韻律當矣，而所爲工否，尚别有事在。譬之輪轅具飾，而駕御在心。古人所謂詞外求詞，其斯之謂歟。欲明此理，請俟更端。

【附】 毛先舒:唐人韻四聲表

	平	上	去	入	
穿 鼻	東	董	送	○	入聲無穿鼻韻
穿 鼻	冬	腫	宋	○	入聲無穿鼻韻
穿 鼻	江	講	絳	○	入聲無穿鼻韻
展 輔	支	紙	寘	質陌職	質、陌、職俱承寘;陌又承泰;職又承泰,又承隊
展 輔	微	尾	未	物	
斂 脣 斂 脣	魚 虞	語 麌	御 遇	藥	藥兩承御、遇,又三承嘯、效、號
展 輔	齊	薺	霽	月屑錫	月、屑、錫俱承霽;月又承隊
展 輔	佳	蟹	泰	陌職	陌、職俱承泰;陌又承寘;職又承寘,又承隊
展 輔	灰	賄	隊	月職	月、職俱承隊;月又承霽;職又承寘,又承泰

續表

	平	上	去	入	
抵腭	真	軫	震	○	入聲無抵腭韻
抵腭	文	吻	問	○	入聲無抵腭韻
抵腭	元	阮	願	○	入聲無抵腭韻
抵腭	寒	旱	翰	○	入聲無抵腭韻
抵腭	刪	潸	諫	○	入聲無抵腭韻
抵腭	先	銑	霰	○	入聲無抵腭韻
斂脣 斂脣 斂脣	蕭 肴 豪	篠 巧 皓	嘯 效 號	沃 覺 藥	沃、覺、藥俱三承嘯、效、號；藥又兩承御、遇。(沃、覺、藥派入蕭、肴、豪内，皆可通用)
直喉	歌	哿	箇	曷	
直喉	麻	馬	禡	黠	
穿鼻	陽	養	漾	○	入聲無穿鼻韻
穿鼻	庚	梗	映	○	入聲無穿鼻韻
穿鼻	青	迥	徑	○	入聲無穿鼻韻

續表

	平	上	去	入	
穿　鼻	蒸	拯	證	○	入聲無穿鼻韻
斂　脣	尤	有	宥	屋	
閉　口	侵	寑	沁	緝	
閉　口	覃	感	勘	合	
閉　口	鹽	琰	豔	葉	
閉　口	咸	豏	陷	洽	

風會第五

文藝之事，言派别不如言風會。派别近私，風會則公也。言派别，則主於一二人，易生門户之争；言風會，則國運之隆替、人才之高下、體制之因革，皆與有關焉。蓋風會之成，常因緣此三事，故其變也，亦非一二人偶爾所能爲。自來論者未能通明，故多偏主，或依時序爲分别，或以地域爲區畫，或據作家爲權衡。依時序爲分别，故有初、盛、中、晚之論：

劉體仁《七頌堂詞繹》：詞亦有初、盛、中、晚，不以代也。（按不與歷史之時代同也。）牛嶠、和凝、張泌、歐陽炯、韓偓、鹿虔扆輩，不離唐絶句，如唐之初未脱隋調也，然皆小令耳。至宋則極盛，周、張、柳、康，蔚然大家。至姜白石、史邦卿，則如唐之中。而明初比唐晚，蓋非不欲勝前人，而中實枵然，取給而已。於神味處，全未夢見。

有南、北兩宋之説：

俞仲茅《爰園詞話》：唐詩三變愈下，宋詞殊不然。歐、蘇、秦、黄足當高、岑、王、李；南渡以後，矯矯陡健，即不得稱中宋、晚宋也。惟辛稼軒自度粱肉不勝前哲，特出奇險爲珍錯供，與劉後村輩俱曹洞旁出。學者正可欽佩，不必反唇並捧心也。（按此以辛、劉並爲一談，未爲允當。説見後。）

周濟《介存齋論詞雜著》：兩宋詞各有盛衰。北宋盛於文士，而衰於樂工；南宋盛於樂工，而衰於文士。

又：北宋有無謂之詞以應歌，南宋有無謂之詞以應社。然美成《蘭陵王》、東坡《賀新涼》，當筵命筆，冠絶一時。碧山《齊天樂》之詠蟬，玉潛《水龍吟》之詠白蓮，又豈非社中作乎。故知雷雨鬱蒸，是生芝菌；荆榛蔽芾，亦産蕙蘭。

又：北宋詞：下者在南宋下，以其不能空，且不知寄託也；高者在南宋上，以其能實，且能無寄託也。南宋則下不犯北宋拙率之病，高不到北宋渾融之詣。

吴衡照《蓮子居詞話》：詞至南宋，始極其工。秀水創此論，爲明季人孟浪言詞者示救病刀圭，意非不足夫北宋也。蘇之大、張之秀、柳之艷、秦之韻、周之圓融，南宋諸老何以尚兹？

以地域爲區别，故有河朔、江南之辨：

況周頤《蕙風詞話》：自六朝已還，文章有南、北派之分，乃至書法亦然。姑以詞論。金源之於南宋，時代政同，疆域之不同，人事爲之耳，風會曷與焉。如辛幼安先在北，何嘗不可南。如吴彦高先在南，何嘗不可北。顧細審其詞，南與北確乎有辨，其故何邪？或謂《中州樂府》選政操之遺山，皆取其近己者。然如王拙軒、李莊靖、段氏遁庵、菊軒，其詞不入元選，而其格調氣息，以視元選諸詞，亦復如驂之靳，則又何説？南宋佳詞能渾至；金源佳詞近剛方。宋詞深致能入骨，如清真、夢窗是；金詞清勁能樹骨，如蕭閑、遁庵是。南人得江山之秀；北人以冰霜爲清。南或失之綺靡，近於雕文刻鏤之技；北或失之荒率，無解深裘大馬之譏。善讀者抉擇其精華，能知其並皆佳妙。而其佳妙之所以然，不難於合勘而難於分觀，往往能知之而難於明言之。然而宋、金之詞之不同，固顯而易見者也。

據作家爲權衡，故或别其同異：

按歷來衡論作家同異者，更僕難數。略舉之，論温、韋、後主者，則有飛卿嚴妝、端己淡妝、後主粗服亂頭不掩國色之喻(周止庵説)，有飛卿句秀(按句秀之評未的，當曰態秀)、端己骨秀、重光神秀之評(王静安説)；論李、韋、馮者，則有重光性靈、端己風度、正中堂廡之説(況蕙風説)；論子野、耆卿者，則有子野韻高、耆卿不及之語(晁補之説)；論子野、耆卿、少游者，則有子野詞勝情、耆卿情勝詞、少游情詞相稱之論(蔡伯世説)；論蘇、柳者，則有蘇詞須關西大漢銅琵琶鐵綽板唱“大江東去”、柳詞只合十七八女郎執紅牙板歌“楊柳岸曉風殘月”之别(俞文豹説)；論方回、美成、叔原、仲殊者，則有賀、周語意精新，用心甚苦，叔原秀氣勝韻，得之天然，仲殊之贍，晏反不逮之言(王晦叔説)；論蘇、辛者，則有蘇之自在，辛偶能到，辛之當行，蘇必不能到(止庵説)，與辛之於蘇，猶詩中山谷之視東坡也(吴子律説)，二説不同。又如宋尚木之品諸家也，以秀逸目永叔，以放誕目子瞻，以清華目少游，以娟潔目子野，以新鮮(田同之《西圃詞説》引作“鮮清”)目方回，以聰俊目小山，以妍婉目易安，以魯直蒼老而或傷於頹，以介甫劖削而或傷於拗，以无咎規檢而或傷於樸，以稼軒豪爽而或傷於霸，以務觀蕭散而或傷於疏。又謂屯田哀感頑艷而少寄託，清真蜿蜒流美而乏陡健，伯可排叙整齊而乏深邃，謝無逸則能寫景，僧仲殊則能言情，程正伯則能壯采，張安國則能用意，萬俟雅言則能協律，劉改之則能使氣，曾純甫則能書懷，吴夢窗則能疊字，姜白石則能琢句，蔣竹山則能作態，史邦卿則能刷色，黄花庵則能選格。張惠言之叙《詞選》也，則謂：唐之詞人，李白爲首，其後韋應物、王建、韓翃、白居易、劉禹錫、皇甫松、司空圖、韓偓並有述造，而温庭筠最高，其言深美閎約。五代之際，孟氏、李氏，君臣爲謔，競作新調，詞之雜流由此起矣。至其工者，往往絶倫。宋之詞家，張先、蘇軾、秦觀、周邦彦、辛棄疾、姜夔、王沂孫、張炎，淵淵乎文有其質；柳永、黄庭堅、劉過、吴文英之倫，則蕩而不反，傲而不理，枝而不物，亦各引其一端。凡此諸説，皆能各抒所見。學者精讀諸家詞集之後，以此諸説爲明辨之資，亦一助也。

或辨其正變：

《詞苑叢談》：李氏晏氏父子、耆卿、子野、美成、少游、易安，至矣，詞之正宗也。温、韋艷而促，黄九精而刻，長公麗而壯，幼安辨而奇，又其次也，詞之變體也。詞體大略有二：一體婉約；一體豪放。婉約者，欲其詞調藴藉；豪放者，欲其氣象恢宏。然亦存乎其人。如秦少游之作，多是婉約；蘇子瞻之作，多是豪放。大約詞體以婉約爲正，故東坡稱少游爲今之詞手，後山評東坡如教坊雷大使舞，雖極天下之工，要非本色。（按：詞以婉約爲正宗，其理由實因婉約派詞家如美成、白石、玉田皆知音，其詞皆協律，而詞本宋之樂府，樂府詩皆應協律。正宗之説，根據在此。如以詞之品格及内容言，則兩派不應分軒輊。）

王士禎《花艸蒙拾》：弇州謂蘇、黄、稼軒爲詞之變體，是也；謂温、韋爲詞之變體，非也。夫温、韋視晏、李、秦、周，譬賦有《高唐》、《神女》，而後有《長門》、《洛神》，詩有古詩録别而後有建安、黄初、三唐也。謂之正始則可，謂之變體則不可。

同上：張南湖論詞派有二：一曰婉約；一曰豪放。僕謂婉約以易安爲宗，豪放惟幼安稱首。

《介存齋詞辨序》：古稱作者，豈不難哉！自温庭筠、韋莊、歐陽修、秦觀、周邦彦、周密、吴文英、王沂孫、張炎之流，莫不藴藉深厚，而才艷思力各騁一途，以極其致。……南唐後主以下，雖駿快馳騖，豪宕感激，稍稍漓矣，然猶皆委曲以致其情，未有亢厲剽悍之習，抑亦正聲之次也。（按《介存齋論詞雜著》後記曰：“向次《詞辨》十卷，一卷起飛卿爲正，二卷起南唐後主爲變”云云。其書寫成，田生携以北，附糧艘行，舟覆失去。今存二卷，其一卷録温庭筠、韋莊、歐陽炯、馮延巳、晏氏父子、歐陽修、柳永、秦觀、周邦彦、陳克、史達祖、吴文英、周密、王沂孫、張炎、唐珏、李清照十八人，二卷録李後主、蜀主孟昶、鹿虔扆、范仲淹、蘇軾、王安國、辛棄疾、姜夔、陸游、劉過、蔣捷十一人。所謂正、變兩體，大概若此。至十卷原書，惜不可見矣。）

王國維《人間詞話》：詞至李後主而眼界始大，感慨遂深，遂變伶工之詞而爲士大夫之詞。周介存置諸温、韋之下，可謂顛倒黑白矣。“自是人生長恨水長東”、“流水落花春去也，天上人間”，《金荃》、《浣花》，能有此氣象邪？

或溯其源流。

按填詞雖無一定之派别，然源流亦隱然可尋。自來論者，於此亦有所論列。如劉貢父謂：晏元獻尤喜馮延巳詞，其所自作，亦不減延巳。陳質齋謂：歐陽公詞多有與《花間》、《陽春》相混。則歐、晏之詞，淵源於延巳矣。如王晦叔謂：或曰，蘇長公詞乃長短句中詩也。爲此論者，乃是遭柳永野狐涎之毒。則蘇、柳二家，顯然異趣矣。又謂：晁无咎、黄魯直、葉少藴、蒲大受皆學東坡，晁、黄韻制得七八，葉、蒲得其六七。蘇在庭、石耆翁入東坡之門矣，短氣局步，不能進也。惟趙德麟、李方叔皆東坡客，而氣味殊不近。則蘇公在北宋之末隱然爲此事宗主矣。又謂：沈公述、李景元、孔方平、處度叔侄、晁次膺、萬俟雅言，源流從柳氏來，病於無韻。則柳七之流風亦自深遠矣。又謂：長短句中作滑稽無賴語，起於至和，嘉祐之前，猶未盛也。熙豐、元祐間，兖州張山人以詼諧獨步京師。元祐間王齊叟彦齡、政和間曹組元寵，皆能文，每出長短句，膾炙人口。彦齡以滑稽語噪河朔，組作《紅窗迥》及雜曲數百解，聞者絶倒，滑稽無賴之魁也。同時有張兖臣者，組之流。其後祖述者益衆，嫚戲污賤，古所未有。則側艷之外，復有滑稽一派矣。此皆宋人論宋詞者也。近人如况蕙風謂：宋熙豐間，詞學極盛。蘇長公提倡風雅，爲一代山斗。黄山谷、秦少游、晁无咎皆長公之客。山谷、无咎詞體，於長公爲近；惟少游自辟蹊徑，卓然名家，故王晦叔稱少游俊逸精妙，與張子野並論，不言其學坡公。則少游詞派又在蘇、柳二家之外矣。又謂：劉改之詞格，本與辛幼安不同，在蔣竹山伯仲間。其激昂慨慷諸作，乃刻意撫擬幼安。則辛、劉非可混爲一家矣。汪森《詞綜序》則謂：鄱陽姜夔出，有史達祖、高觀國羽翼之，張輯、吴文英師之於前，趙以夫、蔣捷、周密、陳允平、王沂孫、張炎、張翥効之於後。譬之於樂，舞《箾》至於九變，而詞之能事畢矣。其餘或稱姜、史，或曰姜、張，或以中仙與玉田匹敵，或以白石與稼軒伯仲，而清真之流衍獨盛。故方千里、楊澤民和韻，西麓繼周。而功甫之美梅溪，則曰分鑣清真；梅津之論夢窗，則曰前有清真。故止庵周氏謂美成思力獨絶千古，如顔平原書雖未臻兩晉，而唐初之法至此大備。後有作者，莫能出其範圍矣。

雖評騭允當，而言靡條貫，故亦不能無所抵巽。於是，兩宋正、變之辨，清空、質實之争生焉。

按諸家正變之辨，已見前引，《蕙風詞話》於此亦有論列，如謂止庵《宋四家詞箋序》不以近世詞家推南宋爲正宗，姜、張爲山斗爲然，其説不盡是。謂張誠不足爲山斗，南宋安得不爲正宗？而王静安又以竹垞"詞至北宋而大，至南宋而深"之説爲非；而以止庵"北宋詞多就景叙情，故珠圓玉潤，四照玲瓏，至稼軒、白石一變而爲即事叙景，使深者反淺，曲者反直"，潘四農"詞濫觴於唐，暢於五代，而意格之閎深曲摯，則莫盛於北宋，詞之有北宋，猶詩之有盛唐，至南宋則稍衰"，以及劉融齋"北宋詞用密亦疏，用隱亦亮，用沉亦快，用細亦闊，用精亦渾，南宋只是掉轉過來"三説俱推尊北宋，與明季雲間諸公同一卓識。其立説之不同如此。然雲間諸公且欲廢宋尊唐；王阮亭即不謂然，况蕙風至謂唐、五代不必學。其持論又不同如此。至清空質實之論，發於玉田，其後竹垞宗之，浙中諸子復推闡之。而止庵則謂：玉田過尊白石，高語清空，後人不能細研詞中曲折深淺之故，群聚而和之。蕙風則謂：東南操觚之士，往往高語清空，而所得者薄；力求新艷，而所得者尖。其見解之不同又如此。學者苟不能觀其會通，不能明其立言之意，則幾何而不成門户之争。大抵古人立言，多在救時弊。南宋之末，詞尚雕繢，故玉田非之以質實。明季詞多浮采，故竹垞救之以清空。浙中諸子之弊也，故有止庵、蕙風之論。而静安之言，又爲近世詞學夢窗者之藥石也。

知風會之説，則知歐、晏之近延巳者，宋初猶五代風氣也；蘇、柳之分鑣並馳者，東坡才大而高朗，耆卿情放而落拓也。南渡之初，國勢日弱，朝廷日卑，而上下宴安，志士扼腕，故或放情山水，托莊老以自娱，或叱咤風雲，欲澄清而無路。於是有希真、石湖之閒逸，復有稼軒、同甫之激昂。其下者，謑髁(《莊子·天下篇》"謑髁無任"，釋文：訛倪不正貌。)自容，縱脱無行，而滑稽無賴之言以興。及恢復無期，國土日蹙，情志之蓄憤益深，發而爲言，婉而彌哀，放而彌痛。中仙、玉田之託物寓情，則其流也。此默深魏氏所謂世愈亂，情愈鬱，則詞愈幽也。若夫清真、伯可之儔，身在樂府，知音協律之事，所職宜然，故其所爲，韻律精切。白石、梅溪、夢窗、草窗諸君承其流風，彌見工麗。斯又體制因革之自然，此數君者動於不得已，非欲以此與前人競奇也。北宋士夫製詞，樂工協律；南宋諸公，既擅詞筆，復辨宫商。風會亦異也。至金、元之不及兩宋者，金、元工於小令、套數，爲曲家風會所轉移也。明詞不及金、元者，金、元猶存宋賢餘韻，明人純以傳奇手爲詞也。

吴衡照《蓮子居詞話》：金、元工於小令、套數而詞亡。論詞，於明並不逮金、元，遑言兩宋哉。蓋明詞無專門名家，一二才人，如楊用修、王元美、湯義仍輩，皆以傳奇手爲之，宜乎詞之不振也。

況周頤《蕙風詞話》：劉雲閒《虞美人·春殘念遠》云："子規解勸春歸去，春亦無心住。"下句淡而鬆，却未易道得。開上句解勸"解"字，亦爲之有精神。竊謂詞學，自宋迄元，乃至雲閑等輩，清妍婉潤，未墜方雅之遺。亦猶書法，自六朝迄唐，至褚登善、徐季海輩，餘韻猶存，風格毋容稍降矣。設令元賢繼起者，不爲詞變爲曲風會所轉移，俾肆力於倚聲，以語南渡名家，何遽多讓。雲閑輩所詣止此，豈曰其才限之邪？

且一時之風會，固有一時之作家爲其領袖，而其導源則常在此時以前。此中消息甚微，未易窺見。故止庵列後主以冠蘇、辛；蕙風指屯田爲金、元已還樂語所自出，

《蕙風詞話》：柳屯田《樂章集》爲詞家正體之一，又爲金、元已還樂語所自出。金《董解元西厢記》，搊彈體傳奇也。時論其品如“朱汗碧蹄，神采駿逸”。董有《哨遍》詞云：“太皡司春，春工着意，和氣生暘谷。十里芳菲，盡東風絲絲，柳搓金縷。漸漸次第，桃紅杏淺，水緑山青，春漲生煙渚。九十日光陰能幾，早鳴鳩呼婦，乳燕携雛，亂燕(按此字疑誤)滿地任風吹，飛絮蒙空有誰主？春色三分，半入池塘，半隨塵土。　滿地榆錢，算來難買春光住。初夏永、熏風池館，有藤床冰簟紗幮。日轉午。脱巾散髮，沉李浮瓜，寶扇摇紈素。着甚消磨永日？有掃愁竹葉，侍寢青奴。霎時微雨送新涼，些少金風退殘暑。韶華早暗中歸去。”此詞連情發藻，妥帖易施，體格於《樂章》爲近。明胡元瑞《筆叢》稱《董西厢記》精工巧麗，備極才情。蓋筆能展拓，則推演爲如干字何難矣。自昔詩、詞、曲之遞變，大都隨風會爲轉移。詞、曲之爲體，誠迥乎不同。董爲北曲初祖，而其所爲詞，於屯田有沆瀣之合。曲繇詞出，淵源斯在。

明須溪乃元、明以後詞派所導源：

同上：《須溪詞》中，間有輕靈婉麗之作。似乎元明以後詞派，導源乎此。詎時代已入元初，風會所趨，不期然而然者邪。如《浣溪沙·感别》云：“點點疏林欲雪天，竹籬斜閉自清妍。爲伊憔悴得人憐。　欲與那人携素手，粉香和淚落君前。相逢恨恨總無言。”前調《春日即事》云：“遠遠游蜂不記家，數行新柳自啼鴉。尋思舊事即天涯。　睡起有情和畫卷，燕歸無語傍人斜。晚風吹落小瓶花。”《山花子》後段云：“早宿半程芳草路，猶寒欲雨暮春天。小小桃花三兩樹，

得人憐。”此等小詞，乃至略似國初顧梁汾、納蘭容若輩之作，以謂《須溪詞》中之别調可耳。

皆有見乎風會之先而爲言耳。未可輒謂東坡、稼軒師法重光，金、元曲家步趨柳七也。故知文運之昇降，亦同春夏之潛移，其變也徐而不費，故人之感之也亦隱而不明。

夫風會之成，既與國運、人才有關，而體制因革，亦自具其條理。則學者立論，安可不參合會通而鹵莽爲之哉。

卷下　作　法

填詞之事，術亦多門。兹卷爲初學啓示涂軌，析爲數篇。篇中先薈萃昔賢懿話，間下己意引申證明之。昔陸士衡作《文賦》以述先士之盛藻，可謂曲盡其妙，乃曰："若夫隨手之變，良難以辭逮。"蓋大匠能誨人以規矩，不能誨人以巧也。然而劉彦和之言曰："陶鈞文思，貴在虛静，疏瀹五藏，澡雪精神，積學以儲寶，酌理以富才，研閲以窮照，馴致以繹辭。然後使玄解之宰，尋聲律而定墨；獨照之匠，窺意象而運斤。此蓋馭文之首術，謀篇之大端。"黄山谷之言曰："欲作楚辭，追配古人，直須熟讀楚辭，觀古人用意曲折處講學之，然後下筆，譬如巧女，文綉妙一世，若作錦，必得錦機乃能作錦。"近人况蕙風亦曰："詞中求詞，不如詞外求詞。詞外求詞之道：一曰多讀書；二曰謹避俗。俗者，詞之賊也。"合三君之説觀之，士衡所謂難以辭逮者，不啻盡言之矣。而劉君虛静之論，尤爲扼要。苟學者於此體察有素，則觀篇中各論，自能心領神會，及其自作，雖規矩弗存，而方圓自當矣。

總術第一

張炎《詞源》卷下：

詞要清空，不要質實；清空則古雅峭拔，質實則凝澀晦昧。姜白石詞如野雲孤飛，去留無迹；吴夢窗詞如七寶樓台，眩人眼目，碎拆下來，不成片段。此清空、質實之説。夢窗《聲聲慢》云“檀欒金碧，婀娜蓬萊，游雲不蘸芳洲”，前八字恐亦太澀。如《唐多令》云：“何處合成愁？離人心上秋。縱芭蕉不雨也颼颼。都道晚涼天氣好，有明月，怕登樓。　前事夢中休，花空煙水流。燕辭歸、客尚淹留。垂柳不縈裙帶住，謾長是，繫行舟。”此詞疏快却不質實。如是者集中尚有，惜不多耳。白石詞如《疏影》、《暗香》、《揚州慢》、《一萼紅》、《琵琶仙》、《探春》、《八歸》、《淡黄柳》等曲，不惟清空，且又騷雅。讀之使人神觀飛越。

陸韶《詞旨》：

清空二字，亦一生受用不盡。《指迷》之妙，盡在是矣。

周濟《介存齋論詞雜著》：

近人頗知北宋之妙，然終不免有姜、張二字横亘胸中。豈知姜、張在南宋亦非巨擘乎？論詞之人，叔夏晚出，既與碧山同時，又與夢窗别派，是以過尊白石，但主清空。後人不能細研詞中曲折深淺之故，群聚而和之，並爲一談，亦固其所也。

況周頤《蕙風詞話》卷一：

詞過經意，其蔽也斧琢；過不經意，其蔽也褦襶。不經意而經意，易；經意而不經意，難。

恰到好處，恰够消息。毋不及，毋太過。半塘老人論詞之言也。

詞太做，嫌琢；太不做，嫌率。欲求恰如分際，此中消息，正復難言。但看夢窗何嘗琢，稼軒何嘗率，可以悟矣。

真字是詞骨。情真、景真，所作必佳，且易脱稿。

作詞最忌一矜字。矜之在迹者，吾庶幾免矣；其在神者，容猶在所難免。兹事未遽自足也。

同上卷五：

納蘭容若……承元、明詞敝甚，欲推尊斯道，一洗雕蟲篆刻之譏。獨惜享年不永，力量未充，未能勝起衰之任。其所爲詞，純任性靈，纖塵不染，甘受和，白受采，進於沉着渾至何難矣。慨自容若而後，數十年間，詞格愈趨愈下。東南操觚之士，往往高語清空，而所得者薄；力求新艷，而其病也尖。微特距兩宋若霄壤，甚且爲元、明之罪人。箏琶競其繁響，蘭荃爲之不芳。豈容若所及料哉？

沈祥龍《論詞隨筆》：

詞宜清空，然須才華富藻采縟而能清空一氣者爲貴。清者，不染塵埃之謂；空者，不着色相之謂。清則麗；空則靈。“如月之曙，如氣之秋”，表聖品詩，可移之詞。

詞不宜過於設色；亦不宜過於白描。設色則無骨；白描則無采。如粲女試妝，不假珠翠，而自然濃麗；不洗鉛華，而自然淡雅。得之矣。

含蓄無窮，詞之要訣。含蓄者，意不淺露，語不窮盡，句中有餘味，篇中有餘意。其妙不外寄言而已。

詞能幽澀，則無淺滑之病；能皺瘦，則免痴肥之誚。觀周美成、張子野兩家詞自見。

詞於清麗圓轉中，間以壯闊之句，力量始大。玉田詞往往如此。四言如“浪挾天浮，山邀雲去”，五言如“月在萬松頂”，七言如“衰草淒迷秋更緑”等句，皆氣象壯闊，不作纖纖之態但可付女郎低唱也。

詞之妙在透過、在翻轉、在折進。“自是春心撩亂，非關春夢無憑”，透過也；“若説愁隨春至，可憐冤煞東風”，翻轉也；“山映斜陽天接水，芳草無情，更在斜陽外”，折進也。三者不外用意深而用筆曲。

按清空之論，發自玉田，至秀水朱竹垞氏病清初詞人專奉《草堂》，乃選《詞綜》，以退《草堂》而崇姜、張，以清空雅正爲主，風氣爲之一變，是曰浙派。及毗陵張臯文氏出，復以微婉相高，以求當言外意内之旨；其後周止庵氏益推闡之，退姜、張而進辛、王，尊夢窗而祖美成，風氣又爲之一變，是曰毗陵派。然觀玉田之論，特以救一時質實之失，初未自標一派也。而清空、質實之辨，不出意、辭之間。蓋作者不能不有意，而達意不能不鑄辭。及其蔽也，或意徑而辭不逮焉，或辭工而意不見焉。此況君經意、不經意之論也，必也意足以舉其辭，辭足以達其意。辭、意之間，有相得之美，無兩傷之失。此半塘老人恰到好處、恰够消息之論也。往歲爲《學衡》雜誌撰《文鑒篇》，舉孔子足志、足言之義，以謂作家所當深思明辨者，在足之一字。半塘老人兩言，即足字詮釋也。學者苟會通其義，則於兹事之妙，蓋已思過半矣。尚何斧琢、襛纖之失哉！

又按清空云者，詞意渾脱超妙，看似平淡，而義藴無盡，不可指實。其源蓋出於楚人之騷，其法蓋由於詩人之興，作者以善覺、善感之才，遇可感、可覺之境，於是觸物類情而發於不自覺者也。惟其如此，故往往因小可以見大，即近可以明遠。其超妙、其渾脱，皆未易以知識得，尤未易以言語道，是在性靈之領會而已。嚴滄浪所謂“水中之月，鏡中之象”，是也。然則清空之論，豈非詞家不易之理乎？苟非玉田之深於詞學，孰能指出？特學之者造詣未到，於此中甘苦疾徐之間有所未嘗，而高語清空，則未能無病。此介存所以有“過尊白石，但主清空”之語，而蕙風所以有“筝琶競響，蘭荃不芳”之嘆也。

《蕙風詞話》卷二：

填詞第一要襟抱。唯此事不可强，並非學力所能到。向伯恭《虞美人》過拍云：“人憐貧病不堪憂，誰識此心如月正涵秋。”宋人詞中，此等語未易多靚。

宋王沂公之言曰：“平生志不在温飽。”以梅詩謁吕文穆云：“雪中未問調羹事，先向百花頭上開。”吴莊敏詞《沁園春・詠梅》云：“雖虚林幽壑，數枝偏瘦，已存鼎鼐，一點微酸。松竹交盟，雪霜心事，斷是平生不肯寒。”二公襟抱，政復相同。一點微酸，即調羹心事；不志温飽，爲有不肯寒者在耳。

同上卷三：

韓致堯詩：“樹頭蜂抱花鬚落，池面魚吹柳絮行。”邵復孺詞“魚吹翠浪柳花行”，由韓詩脱化邪，抑與韓暗合邪？劉桂隱《滿庭芳・賦萍》云：“乳鴛行破，一瞬淪漪。”非胸次無一點塵，此景未易會得。静深中生明妙矣。邵句小而不纖，最有生氣，却稍不逮。桂隱近於精詣入神。

蜕岩詞《摸魚兒・王季境湖亭蓮花中雙頭一枝邀予同賞而爲人折去季境悵然請賦》云：“吴娃小艇應偷采，一道緑萍猶碎。”《掃花游・落紅》云：“一簾晝永。緑陰陰尚有、絳趺痕凝。”並是真實情景，寓於忘言之頃、至静之中，非胸中無一點塵，未易領會得到。蜕翁筆能達出，新而不纖，雖淺語却有深致。倚聲家於小處規橅古人，此等句即金針之度矣。

按襟抱、胸次，皆非專由學詞工力所能得，特工力深者始能道出之耳。襟抱、胸次，純在學養，但使情性不喪，再加以書卷之陶冶醖釀，自然超塵。但道出之時，非止不可强作，且以無形流露爲貴。况君所舉二例固佳，猶嫌着迹。予最愛東坡《定風波・沙湖道中遇雨》詞，能於不經意中見其性情學養。其詞曰：“莫聽穿林打葉聲，何妨吟嘯且徐行。竹杖芒鞋輕勝馬。誰怕？一蓑烟雨任平生。　料峭春風吹酒醒，微冷，山頭斜照却相迎。回首向來蕭瑟處，歸去，也無風雨也無晴。”誦之數過，而禍福不足摇之之精神自然流露。其沖虚之襟抱，至今猶能彷彿見之。此等處，在詩家惟淵明最勝。古人高處在此，其不易學處亦在此；而後人所當學處尤即在此。至桂隱、蜕岩之作，雖曰觀物之功，實亦學養所致。大凡人之觀物，苦不能深静，而不能深静之故，在浮、在鬧。浮與鬧之根，在不能遠俗。能遠俗，則胸次湛虛，由虛生明，觀物自能入妙。故文家之作，雖純狀景物，而一己之性情學問即在其中。蓋無此心即無此目，無此目即不能出諸口而形諸文。然則襟抱、胸次之説，皆作者臨文以前之事，安能憑學力以得之哉？

《蕙風詞話》卷一：

問：填詞如何乃有風度？答：由養出，非由學出。問：如何乃爲有養？答：自善葆吾本有之清氣始。問：清氣如何善葆？答：花中疏梅、文杏，亦復托根塵世，甚且斷井、頹垣，乃至摧殘爲紅雨，猶香。

王國維《人間詞話》：

昭明太子稱陶淵明詩"跌宕昭彰，獨超衆類；抑揚爽朗，莫之與京"。王無功稱薛收賦"韻趣高奇，詞義晦遠，嵯峨蕭瑟，真不可言"。詞中惜少此二種氣象。前者唯東坡，後者唯白石，略得一二耳。

《蕙風詞話》卷一：

作詞有三要，曰重、拙、大。南渡諸賢不可及處在是。

同上卷二：

重者，沉着之謂，在氣格，不在字句。於夢窗詞庶幾見之。即其芬菲鏗麗之作，中間雋句艷字，莫不有沉摯之思、灝瀚之氣，挾之以流轉。令人翫索而不能盡，則其中之所存者厚。沉着者，厚之發見乎外者也。

按自來品目文藝，有曰風度，有曰氣象，有曰氣格者，皆指性情得所養，而形諸筆墨者言也。性情有高明沉潛之異，得書卷以養之，則外物不能移易。及其涵濡既深，形而爲文藝，則如春氣之在林、光澤之在玉，使人寶玩無斁，如接其謦欬而瞻其丰采，乃得從而品目之。其事既非倉卒取辦，何可强作。故曰：“由養”，“非由學”也。其異於襟抱、胸次者，襟抱、胸次，偏於論人，得之詞外；風度、氣象，即人即詞，渾然不分。是故其人之風度、氣象，即其詞之風度、氣象。人之風度、氣象各殊，其詞亦隨之而異。故遺山追迹東坡者也，而遺山得東坡之渾厚，而無其豪雄(蕙風語)；中仙匹敵叔夏者也，而中仙有叔夏之清空，而遜其深遠(止庵語)。學者於此體認分明，自有悟入處矣。

《蕙風詞話》卷一：

人静簾垂，燈昏香直。窗外芙蓉殘葉颯颯作秋聲，與砌蟲相和答。據梧暝坐，湛懷息機。每一念起，輒設理想排遣之。乃至萬緣俱寂，吾心忽瑩然開朗如滿月，肌骨清涼，不知斯世何世也。斯時若有無端哀怨棖觸於萬不得已。即而察之，一切境象全失，惟有小窗虛幌、筆床硯匣，一一在吾目前。此詞境也。三十年前或月一至焉，今不可復得矣。

吾聽風雨，吾覽江山，常覺風雨、江山外有萬不得已者在。此萬不得已者，即詞心也。而能以吾言寫吾心，即吾詞也。此萬不得已者，由吾心醞釀而出，即吾詞之真也。非可强爲，亦無庸强求，視吾心之醞釀何如耳。吾心爲主，而書卷其輔也。書卷多，吾言尤易出耳。

同上卷二：

詞有穆之一境，静而兼厚、重、大也。淡而穆不易，濃而穆更難。知此，可以讀《花間集》。

詞境以深静爲至。韓持國《胡擣練令》過拍云：“燕子漸歸春悄，簾幕垂清曉。”境至静矣，而此中有人，如隔蓬山。思之思之，遂由淺而見深。蓋寫景與言情，非二事也。善言情者，但寫景而情在其中。此等境界，唯北宋人詞往往有之。持國此二句，尤妙在一“漸”字。

《人間詞話》卷上：

詞以境界爲最上。有境界則自成高格，自有名句。五代、北宋之詞所以獨絶者在此。

有造境，有寫境，此理想與寫實二派之所由分。然二者頗難分别。因大詩人所造之境，必合乎自然；所寫之境，亦必鄰於理想故也。

有有我之境，有無我之境。“淚眼問花花不語，亂紅飛過秋千去”，“可堪孤館閉春寒，杜鵑聲裏斜陽暮”，有我之境也；“采菊東籬下，悠然見南山”，“寒波淡淡起，白鳥悠悠下”，無我之境也。有我之境，以我觀物，故物皆着我之色彩；無我之境，以物觀物，故不知何者爲我、何者爲物。古人爲詞，寫有我之境者爲多，然未始不能寫無我之境。此在豪傑之士能自樹立耳。

無我之境，人唯於静中得之；有我之境，於由動之静時得之。故一優美，一宏壯也。

自然中之物，互相關係，互相限制。然其寫之於文學及美術中也，必遺其關係、限制之處。故雖寫實家，亦理想家也。又雖如何虚構之境，其材料必求之於自然，而其搆造，亦必從自然之法則。故雖理想家，亦寫實家也。

境，非獨謂景物也。喜怒哀樂，亦人心中之一境界。故能寫真景物、真感情者，謂之有境界。否則，謂之無境界。

境界有大小，不以是而分優劣。“細雨魚兒出，微風燕子斜”何遽不若“落日照大旗，馬鳴風蕭蕭”，“寶簾閑掛小銀鈎”何遽不若“霧失樓台，月迷津渡”也。

按品文家又有所謂詞境、意境、境界者，況君之言最微妙，王君之言最明晰，合參自見。大抵人心與物境相接，而後文生焉。此理彦和舍人之論神思盡之矣。如曰：“思理爲妙，神與物游。神居胸臆，而志氣統其關鍵；物沿耳目，而辭令管其樞機。樞機方通，則物無隱貌；關鍵將塞，則神有遁心。”如曰：“夫神思方運，萬涂競萌，規矩虚位，刻鏤無形，登山則情滿於山，觀海則意溢於海。我才之多少，將與風雲而並驅矣。”皆至精當。蓋神居胸臆之中，苟無外物以資之，則喜怒哀樂之情無由見焉；物在耳目之前，苟無神思以觀之，則聲音容色之美無由發焉。是故神、物交接之際，有以神感物者焉，有以物動神者焉。以神感物者，物固與神而徘徊；以物動神者，神亦隨物而宛轉。迨神、物交會，情、景融合，即神即物，兩不可分，文家得之，自成妙境。知此，則情在景中之論，有我、無我之説，寫實、理想之旨，詞境、意境之義，皆明矣。又文藝之事，析之有三端焉：一者，人情；二者，物象；三者，文詞。文詞者，人情、物象所由之以見者也；人情、物象者，文詞所依之以成者也。三者之相資，若形、神焉，不可須臾離也。故偏舉之，則或稱意境，或稱詞境；統舉之，則渾曰境界而已。其理與論襟抱、胸次、風度、氣象可以參會。蓋設境、造詞，司契在心，此心虛靈，即善感而善覺。此善感、善覺者，即況君所謂“詞心”也；其感、其覺，即況君所謂“萬不得已者”也。惟此心虛靈之候，必在世慮皆遣、萬緣俱寂之時，而涉世既深者，遣之殊不易矣。故曰，昔猶月至，今乃不可復得也。

《介存齋論詞雜著》：

按：此節所謂實，非玉田質實之實；此節所謂拙，非蕙風重、拙、大之拙。要當分別。

初學詞，求空，空則靈氣往來；既成格調，求實，實則精力彌滿。初學詞，求有寄託，有寄託則表裏相宣，斐然成章；既成格調，求無寄託，無寄託則指事類情，仁者見仁，智者見智。北宋詞，下者在南宋下，以其不能空，而不知寄託也；高者在南宋上，以其能實，且能無寄託也。南宋則下不犯北宋拙率之病；高不到北宋渾涵之詣。

《蕙風詞話》卷五：

詞貴有寄託。所貴者，流露於不自知，觸發於弗克自已。身世之感，通於性靈。既性靈，既寄託，非二物相比附也。橫亘一寄託於搦管之先，此物此志，千首一律，則是門面語耳，略無變化之陳言耳。於無變化中求變化，而其所謂寄託，乃益非真。昔賢論靈均書辭，或流於跌宕怪神，怨懟激發，而不可以爲訓。必非求變化者之變化矣。夫詞如唐之《金荃》、宋之《珠玉》，何嘗有寄託，何嘗不卓絶千古，何庸爲是非真之寄託邪？

按自毗陵張臯文氏以意内言外釋詞，選詞二卷，以指發古人言外之幽旨，學者宗之，知詞亦與古詩同義，其功甚偉。然張氏但知詞以有所寄託爲高，而未及無所寄託而自抒性靈者亦高，故介存齋有空、實之辨也。至介存所謂“指事類情，仁者見仁，智者見智”與況君所謂“即性靈，即寄託”，語異旨同。填詞必如此而後靈妙，是又無寄託而有寄託也。蓋研誦文藝，其道有三：一曰，通其感情；二曰，會其理趣；三曰，證其本事。三事之中，感情、理趣，可由其詞會通，惟本事以世遠時移，傳聞多失，不易得知。然苟察其所處何世、所友何人、所讀何書、所爲何事，再涵泳其言，而言外之旨亦不難見。此學者所當知者一也。至作者當性靈流露之時，初亦未暇措意其詞果將寄託何事，特其身世之感，深入性靈，雖自寫性靈，無所寄託，而平日身世之感即存於性靈之中，同時流露於不自覺，故曰“即性靈，即寄託”也。學者必深明此理，而後作者之詞雖流於跌宕怪神，怨懟激發，而自能由其性靈兼得其寄託，而此所寄託，即其言外之幽旨也，特非發於有意耳。此又學者所當知者二也。

取徑第二

《蕙風詞話》卷一：

讀前人雅詞數百闋，令充積吾胸臆，先入而爲主。吾性情爲詞所陶冶，與無情世事日背道而馳。其蔽也，不能諧俗，與物忤。自知受病之源，不能改也。

讀詞之法，取前人名句意境絶佳者，將此意境締構於吾想望中。然後澄思渺慮，以吾身入乎其中而涵泳翫索之。吾性靈與相浹而俱化，乃真實爲吾有而外物不能奪。三十年前，以此法爲日課，養成不入時之性情，不遑恤也。

學填詞，先學讀詞。抑揚頓挫，心領神會。日久，胸次鬱勃，信手拈來，自然丰神諧鬯矣。

兩宋人詞，宜多讀、多看，潛心體會。某家某某等處，或當學，或不當學，默識吾心目中。尤必印證於良師友，庶幾收取精用閎之益。洎乎功力既深，漸近成就，自視所作於宋詞近誰氏，取其全帙研貫而折衷之，如臨鏡然，一肌一容，宜淡宜濃，一經侔色揣稱，灼然於彼之所長、吾之所短安在，因而知變化之所當亟。善變化者，非必墨守一家之言。思游乎其中，精騖乎其外，得其助而不爲所囿，斯爲得之。當其致力之初，門徑誠不可誤。然必擇定一家，奉爲金科玉律，亦步亦趨，不敢稍有踰越，填詞智者之事，而顧認筌執象若是乎？吾有吾之性情，吾有吾之襟抱，與夫聰明才力。欲得人之似，先失己之真。得其似矣，即已落斯人後，吾詞格不稍降乎？並世操觚之士，輒詢余以倚聲初步何者當學，此余無詞以對者也。

按況君論讀詞之法，在取古人意境絶佳者，與己之性靈相浹而俱化，可謂於此道之秘奥盡宣之矣。且不獨詞然也，一切文藝，其意境超妙者，皆當用以涵養吾之性情也。憶昔年旅滬，嘗與況君過從。一日，君誦太白《惜餘春》、《悲清秋》二賦，謂余曰："此絶妙詞境也。"又《蕙風詞話》有一節引《織餘瑣述》云："蕙風嘗讀梁元帝《蕩婦思秋賦》，至'登樓一望，唯見遠樹含煙，平原如此，不知道路幾千'，呼娱而詔之曰：'此至佳之詞境也。看似平淡無奇，却情深而意真。求詞詞外，當於此等處得之。'"又不獨文藝然也，舉凡天地之間，人情、物態，何莫非至妙之詞境？靈心慧眼之人，自能隨處得之。昔人有對歐公誦文與可佳句者。歐公曰："此非與可語。世間原有此句，與可拾得。"山谷亦曰："世間清景，初不擇賢愚而與之遇。然吾特疑端爲我輩設。"凡此皆詞外求詞之法也。

又按況君論學詞不可先失己之真但求人之似，此語可破俗士輕學古與專摹擬之弊。須知學古之要，在取古人之法以爲己之鑒。而古人之法，又學之自然者。惟自然之中，妙文無限，妙法亦無限，故古今取用無盡。然初學操觚之士便欲直接取法自然，每苦不易，故必間接取法古人。即能取法自然，亦必借古以爲鑒。及其學古之功既深，然後即時即地皆能見自然之法則；能見自然之法則，然後能取以自爲；能取以自爲，則吾之性情、襟抱、聰明、才力與夫人事、物象、境遇、時序，皆可發抒盡致，摹略逼真。學古之道，如斯而已。此豈步趨古人者所能爲哉！

《介存齋論詞雜著》：

學詞先以用心爲主。遇一事，見一物，即能沉思獨往，冥然終日，出手自然不平。次則講片段。次則講離合。成片段而無離合，一覽索然矣。次則講色澤音節。

《蕙風詞話》卷一：

填詞要天資，要學力。平日之閱歷、目前之境界，亦與有關係。無詞境，即無詞心。矯揉而强爲之，非合作也。境之窮達，天也，無可如何者也；雅俗，人也，可擇而處者也。

填詞先求凝重。凝重中有神韻，去成就不遠矣。所謂神韻，即事外遠致也。即神韻未佳而過存之，其足爲疵病者亦僅，蓋氣格較勝矣。若從輕倩入手，至於有神韻，亦自成就，特降於出自凝重者一格。若並無神韻而過存之，則不爲疵病者亦僅矣。或中年以後，讀書多，學力日進，所作漸近凝重，猶不免時露輕倩本色，則凡輕倩處，即是傷格處，即爲疵病矣。天分聰明人最宜學凝重一路，却最易趨輕倩一路，苦於不自知，又無師友指導之耳。

詞學程序，先求妥帖、停匀，再求和雅、深(此“深”字只是“不淺”之謂)秀，乃至精穩、沉着。精穩，則能品矣；沉着，更進於能品矣。精穩之“穩”，與妥帖迥乎不同。沉着尤難於精穩。平昔求詞詞外，於性情得所養，於書卷觀其通。優而游之，饜而飫之，積而流焉。所謂滿心而發，肆口而成，擲地作金石聲矣。情真理足，筆力能包舉之，純任自然，不假錘煉，則“沉着”二字之詮釋也。

初學作詞，只能道第一義，後漸深入。意不晦，語不琢，始稱合作。至不求深而自深，信手拈來，令人神味俱厚。規橅兩宋，庶乎近焉。

按文家造詣，略有三境：其初純任性靈，彌見聰慧，其長處有非專恃學力者所能及，其弊也則或入於纖巧而傷格；及年事日增，學力日進，其長處則組織工煉、詞藻富麗，而弊在質實而傷氣；惟有性靈而不流於纖巧，有學力而不入於質實，以學力輔性靈，以性靈運學力，天人俱至，自造神奇之境，斯爲最上，斯爲成就。況君“凝重”之論，即纖巧之良藥。輕倩，初不失爲可造之資，然習而不察，一變而墮入纖巧，纖巧斯病矣。至止庵謂“學詞先以用心爲主”，即彥和“虚静”之義。惟虚始能受，惟静始能照。蓋外物之接於内心也，常千百其狀焉。不虚，則冥然不入於心；不静，則茫然無别於内。善覺、善感之謂何哉？此學養之最要，而詞家之始事也。

《詞旨》：

凡觀詞，須先識古今體制雅俗，脱出宿生塵腐氣，然後知此語咀嚼有味。

蘄王孫韓鑄字亦顔，雅有才思，嘗學詞於樂笑翁。一日與周公謹父買舟西湖，泊荷花而飲酒杯半，公謹父舉似亦顔學詞之意。翁指花云：“蓮子結成花自落。”

《蕙風詞話》卷一：

性情少，勿學稼軒。非絶頂聰明，勿學夢窗。

唐、五代詞，並不易學。五代詞，尤不必學。何也？五代詞人丁運會，遷流至極，燕酣成風，藻麗相尚。其所爲詞，即能沉至，只在詞中。艷而有骨，只是艷骨。學之能造其域，未爲斯道增重。矧徒得其似乎？其錚錚佼佼者，如李重光之性靈、韋端己之風度、馮正中之堂廡，豈操觚之士能方其萬一？自餘風雲月露之作，本自華而不實，吾復皮相求之，則嬴秦氏所云甚無謂矣。

明以後詞，纖庸少骨。二三作者，亦間有精到處。但初學抉擇未精，切忌看之。一中其病，便不可醫也。東坡、稼軒，其秀在骨，其厚在神。初學看之，但得其粗率而已。其實二公不經意處，是真率，非粗率也。余至今未敢學蘇、辛也。

同上卷二：

《花間》，至不易學。其蔽也，襲其貌似，其中空空如也，所謂麒麟楦也。或取前人句中意境而紆折變化之，而雕琢、句勒等弊出焉。以尖爲新，以纖爲艷，詞之風格日靡，真意盡漓，反不如國初名家本色語，或猶近於沉着、濃厚也。庸詎知《花間》高絶，即或詞學甚深，頗能窺兩宋堂奥，對於《花間》猶爲望塵却步耶。

詞衰於元。當時名人詞論，即亦未臻上乘。如陸輔之《詞旨》所謂警句，往往抉擇不精，適足啓晚近纖妍之習。宋宗室名汝茪者，詞筆清麗，格調本不甚高。《詞旨》取其《戀綉衾》句："怪别來、胭脂慵傅，被東風、偷在杏梢。"此等句不過新巧而已。余喜其《漢宫春》云："故人老大，好襟懷消減全無。漫贏得、秋聲兩耳，冷泉亭下騎驢。"以清麗之筆作淡語，便似冰壺濯魄，玉骨横秋，綺紈粉黛，回眸無色。但此等佳處，猶爲自詞中出者，未爲其至。如欲超軼王(碧山)、周(草窗)，伯仲姜(白石)、吴(夢窗)，而上企蘇、辛，其必由性情學問中出乎。

近人學夢窗，輒從密處入手。夢窗密處，能令無數麗字，一一生動飛舞，如萬花爲春，非若雕璚蹙綉，毫無生氣也。如何能運動無數麗字？恃聰明，尤恃魄力。如何能有魄力？唯厚乃有魄力。夢窗密處易學，厚處難學。

按初學填詞，取徑宜慎。古人高處，未可一蹴而至。大抵詞至南宋，法度森然，於初學最便。北宋初期，歐、晏諸公，品格極高，而渾融超妙，不易窺其涯際。唐、五代爲詞家星海，然不易窮其究竟。至蘇、辛之難及者，詞外之性情、學問也；夢窗之難及者，詞内之清氣、魄力也。無蘇、辛之性情、學問，則其失也，必至粗率獷悍；無夢窗之清氣、魄力，則其失也，必至生澀晦昧。蓋學古人之高妙，當學古人所以致此高妙者；否則，雖步趨不爽，終成優孟。而學其所以然之法，前篇論之備矣。苟於前篇所論修養有素，則五代、兩宋皆我之先矩，蘇、辛、夢窗皆我之良師。即舍五代、兩宋，蘇、辛、夢窗，而我亦不失其爲大家，不失其爲名手。如此，又豈五代、兩宋諸賢所能限哉？樂笑翁“蓮子結成花自落”之語，可謂巧譬善喻矣，但患解人難索耳。

又按古人之詞，亦自有其疵纇。在古人瑜足掩瑕，不爲深病。但初學須知鑒别，不可吐棄精華，餔啜糟粕。大抵空滑、纖巧之語，易爲初學所喜。而古人空滑、纖巧之處，或出偶然游戲，或由率爾操毫，本非其勝處。後人徒震於高名，又喜其悦目，遂於此等處求古人，則差之毫釐，謬以千里矣。例如秦少游贈歌妓陶心兒《南歌子》云：“玉漏迢迢盡，銀潢淡淡横。夢回宿酒未全醒。已被鄰鷄催起、怕天明。　臂上妝猶在，襟間淚尚盈。水邊燈火漸人行。天外一鈎殘月、帶三星。”末句暗藏“心”字，蓋偶然游戲之作也。夢窗之“何處合成愁，離人心上秋”，山谷之“女邊着子”、“門裏挑心”，亦同此類。而少游、夢窗、山谷之勝處，不在此也。張玉田《水龍吟·寄袁竹初》云“待相逢、説與相思，想亦在、相思裏”，許道真《眼兒媚》云“持杯笑道，鵝黄似酒，酒似鵝黄”，皆不免空滑。初看似有趣，細玩了無風味，皆率爾之句也。然張、許勝處，亦不在此也。又如梅溪深秀，而其失也巧，故周介存謂其“好用偷字，品格便不高”。夢窗麗密，而其失也澀，故張玉田謂其“七寶樓台，眩人眼目，碎拆下來，不成片段”。又有古人之詞本無短處，學者但得其似，而遺其真，則成疵病者。如東坡超妙處，非文字聲律所能拘束，故貌若粗豪。學者無其超妙，則真粗豪矣。美成精美處，無一聲一字不熨帖，故看似鈎勒。學者無其精美，則真鈎勒矣。耆卿婉麗處，盡委曲鋪叙之能，故似是敷衍。學者無其婉麗，則真敷衍矣。故善觀古人者，貴得其精神，必如唐太宗見魏徵爲"嫵媚"，則古人之短處，未始非即古人之長處，況本非古人之短處乎？

賦情第三

《詞源》卷下：

簸弄風月，陶寫性情，詞婉於詩。蓋聲出鶯吭燕舌間，稍近乎情可也。若鄰乎《鄭》、《衛》，與纏令何異也。如陸雪溪《瑞鶴仙》云："臉霞紅印枕。睡覺來、冠兒還是不整。屏間麝煤冷。但眉山壓翠，淚珠彈粉。堂深晝永。燕交飛、風簾露井。恨無人、説與相思，近日帶圍寬盡。　重省。殘燈朱幌，淡月紗窗，那時風景。陽臺路迥。雲雨夢，便無準。待歸來、先指花梢教看，却把心期細問。問因循、過了青春，怎生意穩？"辛稼軒《祝英臺近》云："寶釵分，桃葉渡，煙柳暗南浦。怕上層樓，十日九風雨。斷腸片片飛紅，都無人管，憑誰勸啼鶯聲住？　鬢邊覷，試把花卜歸期，才簪又重數。羅帳燈昏，哽咽夢中語。是他春帶愁來，春歸何處，却不解帶將愁去。"皆景中帶情，而存《騷》、《雅》。故其宴酣之樂，別離之愁，回文、題葉之思，峴首、西州之淚，一寓於詞。若能屏去浮艷，樂而不淫，是亦漢、魏樂府之遺意。

"春草碧色，春水緑波。送君南浦，傷如之何！"矧情至於離，則哀怨必至，苟能調感愴於融會中，斯爲得矣。白石《琵琶仙》云："雙槳來時，有人似、舊曲桃根桃葉。歌扇輕約飛花，蛾眉正愁絶。春漸遠、汀洲自緑，更添了、幾聲啼鴂。十里揚州，三生杜牧，前事休説！　又還是、宮燭分煙，奈愁裏、匆匆換時節。都把一襟芳思，與空階榆莢。千萬縷、藏鴉細柳，爲玉尊、起舞回雪。想見西出陽關，故人初别。"秦少游《八六子》云："倚危亭。恨如芳草，萋萋剗盡還生。念柳外青驄别後，水邊紅袂分時，愴然暗驚。　無端天與娉婷。夜月一簾幽夢，春風十里柔情。怎奈向、歡娱漸隨流水，素絃聲斷，翠綃香減，那堪片片飛花弄晚，蒙矇殘雨籠晴。正消凝。黄鸝又啼數聲。"離情當如此作，全在情景交煉，得言外意，有如"勸君更盡一杯酒，西出陽關無故人”，乃爲絶唱。

賀裳《皺水軒詞筌》：

傷離念遠之詞，無如查荎“斜陽影裏，寒煙明處，雙槳去悠悠”，令人不能爲懷。然尚不如孫光憲“兩槳不知消息，遠汀時起鸂鶒”，尤爲黯然。洪叔璵“醉中扶上木蘭舟，醒來忘却桃源路”，造語尤工，却微著色矣。兩君專以澹語入情。

凡寫迷離之況者，止須述景。如“小窗斜日到芭蕉，半床斜月疏鐘後”，不言愁而愁自見。因思韓致光“空樓雁，一聲遠，屏燈半滅”，已足色悲涼，何必又贅“眉山正愁絶”耶？覺首篇“時復見殘燈，和煙墜金穗”，如此結句，更自含情無限。

吴衡照《蓮子居詞話》卷二：

言情之詞，必藉景色映托，乃具深宛流美之致。白石：“問後約、空指薔薇，嘆如此溪山，甚時重至。”又：“想文君望久，倚竹愁生步羅韈。歸來後、翠尊雙飲，下了珠簾，玲瓏閑看月。”似此造境，覺秦七、黄九尚有未到，何論餘子。

《蕙風詞話》卷二：

翁五峰《摸魚兒》歇拍云：“沙津少駐。舉目送飛鴻，幅巾老子，樓上正凝佇。”東坡送子由詩“時見烏帽出復没”，是由送客者望見行人，極寫臨歧眷戀之狀。五峰詞乃由行人望見送者，客子消魂，故人惜别，用筆兩面俱到。

同上卷三：

周梅心《鷓鴣天·爲禁酒作》云：“曾唱《陽關》送客時，臨歧借酒話分離。如何酒被多情苦，却唱《陽關》去别伊。”句中有韻，能使無情有情，且若有甚深之情，是深於情、工於言情者，由意境醖釀得來，非小慧爲詞之比。

同上卷五：

問哀感頑艷，“頑”字云何詮釋？曰：拙不可及，融重與大於拙之中，鬱勃久之，有不得已者出乎其中而不自知，乃至不可解，其殆庶幾乎。猶有一言蔽之，若赤子之笑、啼然，看似至易，實至難者也。

按聲音、形色者，物象之著明者也，人情以爲表徵焉。然而情接於物，則聲音形色常依情而變，故感時則花亦濺淚，恨別則鳥亦驚心；物動其情，則情常因聲音形色而起，故聞鼓鼙則思壯士，見禾黍則憫宗周。此情物之交融，即文藝之所由作也。雖然，非易事也。情不真則物不能依而變，情不深則物不能引之起，此貴情之説也，而物亦有關焉。蓋物象有精、粗之别，真情之所得，必於其精者焉。物象有繁、簡之異，深情之所鐘，必擇其要者焉。故情、物當交接之際，而文家才藝高低見焉。才藝之美者，情得以暢宣，物得以具露，賦情無難達之辭，寫物非空泛之筆，自然融情入景，即景抒情。古人名作，莫不由此而成。故曰，非易事也。然則欲物爲我用者，其始在我情之真與深否，其終在我才之高與美否。前者屬之天，而學問可陶養也；後者屬之人，而天分其本質也。故填詞之事，天分、學力，兩不可缺者也。

又按表情之法，莫備於三百五篇之《詩》，其次則二十五篇之《騷》。即以賀、況兩君所舉之例論之，其法蓋取諸《詩·陟岵》，《陟岵》之詩不寫我懷父母及兄之情，而反寫父母及兄思我之情，而我之離思之深，自在言外。後世詞人，神明用之，其變乃多。如歐公《踏莎行》(“候館梅殘”)，前半闋寫行者，後半闋寫居者；柳永《八聲甘州》(“對蕭蕭暮雨灑江天”)，先寫行者念居者，復想居者思行者，而兩地之情，一時俱極：皆此法也。

又按況君詮釋“頑”字，歸本於赤子之笑、啼，實則一真字耳。情真之極，轉而成痴，痴則非可以理解矣。痴，亦“頑”字之訓釋也。天下惟情痴少，故至文亦少。情痴者，不惜犧牲一切以赴之，《柏舟》之詩人、《楚騷》之屈子，其千古情痴乎。有此痴情已難矣，而又能出諸口，形諸文，其難乃更甚。然而情之發本於自然，不容矯飾，但使一往而深，自然痴絶，故又曰“至易”。

《詞源》卷下：

難莫難於壽詞。倘盡言富貴，則塵俗；盡言功名，則諛佞；盡言神仙，則迂闊虚誕。當總此三者而爲之，無俗忌之詞，不失其壽可也。松、椿、龜、鶴，有所不免，却要融化字面，語意新奇。近代陳西麓所作，本制平正，亦有佳者。

沈義父《樂府指迷》：

壽曲最難作。切戒壽酒、壽香、老人星、千春、百歲之類。須打破舊曲規模，只形容當人事業才能，隱然有祝頌之意方好。

《蕙風詞話》卷二：

程文簡大昌《臨江仙·和正卿弟生日》云：“紫荆同本但殊枝。直須投老日，常似有親時。”《感皇恩·淑人生日》云：“人人戴白，獨我青青常保。只將平易處，爲蓬島。”此等句，非性情厚、閲歷深，未易道得。元劉静修《樵庵詞·王利夫壽》云：“吾鄉先友今誰健？西鄰王老時相見。每見憶先公，音容在眼中。　今朝故人子，爲壽無多事。但願歲長豐，年年社酒同。”余極喜誦之，與文簡詞庶幾近似。

同上卷三：

壽詞難得佳句，尤易入俗。古山《太常引·壽高丞相自上都分省回》云：“報國與憂時。怎瞞得、星星鬢絲。”《水龍吟·爲何相壽》云：“要年年霖雨，變爲醇酎，共蒼生醉。”此等句，渾雅而近樸厚，雖壽詞亦可存。

倪雲林《太常引·壽彝齋》云：“柳陰濯足水侵磯。香度野薔薇。芳草緑萋萋。問何事、王孫未歸。　一壺濁酒，一聲清唱，簾幙燕雙飛。風暖試輕衣。介眉壽、遥瞻翠微。”壽詞如此着筆，脱然畦封，方雅超逸。“壽”字，只於結處一點，可以爲法。

按介壽之詞，宋時最盛，亦人事所不能免。然必不諛不俗，而措詞渾雅，方爲合作。至施之朋友、骨肉之間，則亦貴有真性情語，方見歡欣祝頌之誠。如況君所舉程文簡《臨江仙》、劉静修《菩薩蠻》二詞，皆真性情中語，讀之使人增倫常之重。辛稼軒詞集中，此等處極多，有時雜以諧戲，尤足表歡愉之意。如《品令·族姑慶八十，來索俳語》云："更休説，便是個、住世觀音菩薩。甚今年、容貌八十歲，見底道、才十八。　莫獻壽星香燭，莫祝靈椿龜鶴。只消得、把筆輕輕去，十字上、添一撇。"又《感皇恩·慶嬸母王恭人七十》云："七十古來稀，未爲稀有。須是榮華更長久。滿床靴笏，羅列兒孫新婦。精神渾似個，西王母。　遥想畫堂，兩行紅袖。妙舞清歌擁前後。大男小女，逐個出來爲壽。一個一百歲，一杯酒。"此等詞愈樸質愈有真趣。似此，則壽酒、壽星、神仙、龜鶴等字，亦非不可用。又如《洞仙歌·爲葉丞相作》云："江頭父老，説新來朝野。都道今年太平也。見朱顔緑鬢，玉帶金魚，相公是，舊日中朝司馬。　遥知宣勸處，東閤華燈，别賜仙韶接元夜。問天上、幾多春，只似人間，但長見、精神如畫。好都取、山河獻君王，看父子貂蟬，玉京迎駕。"他如《滿江紅·壽趙茂嘉郎中前章記兼濟倉事》有"舊歲炊烟渾欲斷，被公扶起千人活"，《水龍吟·爲韓南澗尚書壽》有"待他年，整頓乾坤事了，爲先生壽"與"好都取、山河獻君王"語意同，皆寓箴規於頌禱中，不但"只形容當人事業才能"而已。似此，則他人之身分與自己之抱負兩面俱到，絶非貢諛之辭矣。陳西麓長於壽詞，較此殊有遜色。推之一切慶賀之作皆然。故知古人雖尋常酬應語亦非可及。如東坡《減字木蘭花·賀李公擇生子》云："維熊佳夢，釋氏老君親抱送。壯氣横秋，未滿三朝已食牛。　犀錢玉果，利市平分沾四坐。多謝無功，此事如何著得儂。"末句用晉元帝生子，宴百官，賜束帛，殷羡謝曰"臣等無功受賞"，帝曰"此事豈容卿有功乎"語意。雖戲謔之詞，而吐屬嫻雅如此。今日誦之，猶能想見當時舉坐絶倒光景也。

《詞源》卷下：

詞欲雅而正，志之所之，一爲情所役，則失其雅正之音。耆卿、伯可不必論，雖美成亦有所不免，如“爲伊淚落”，如“最苦夢魂，今宵不到伊行”，如“天便教人，霎時厮見何妨”，如“又恐伊尋消問息，瘦損容光”，如“許多煩惱，只爲當時，一晌留情”，所謂淳厚日變成澆風也。

《皺水軒詞筌》：

小詞以含蓄爲佳，亦有作决絶語而妙者，如韋莊“陌上誰家年少，足風流。妾擬將身嫁與，一生休。縱被無情棄，不能羞”之類，是也。牛嶠“須作一生拚，盡君今日歡”，抑亦其次。柳耆卿“衣帶漸寬終不悔，爲伊消得人憔悴”，亦即韋意，而氣加婉矣。

《人間詞話》删稿：

詞家多以景寓情。其專作情語而絶妙者，如牛嶠之“甘(按當作“須”)作一生拚，盡君今日歡”，顧敻之“换我心爲你心，始知相憶深”，歐陽修之“衣帶漸寬終不悔，爲伊消得人憔悴”(按乃柳耆卿詞句)，美成之“許多煩惱，只爲當時，一晌留情”。此等詞，求之古今人詞中，曾不多見。

《蕙風詞話》卷二：

元人沈伯時作《樂府指迷》，於清真詞推許甚至，唯以“天便教人，霎時厮見何妨”、“夢魂凝想鴛侣”等句爲不可學(按沈説引此二句以論填詞結尾之法，見後結構篇)，則非真能知詞者也。清真又有句云：“多少暗愁密意，唯有天知。”“最苦夢魂，今宵不到伊行。”“拚今生、對花對酒，爲伊淚落。”此等語愈樸愈厚，愈厚愈雅，至真之情由性靈肺腑中流出，不妨説盡而愈無盡。南宋人詞，如姜白石云“酒醒波遠，正凝想、明璫素韈”，庶幾近似，然已微嫌刷色。誠如清真等句，唯有學之不能到耳。如曰不可學也，詎必顰眉搔首，作態幾許，然後出之，乃爲可學耶？明已來詞，纖艷少骨，致斯道爲之不尊，未始非伯時之言階之厲矣。

按觀此數則，有當知者二事。一者，純作情語，比託情景中爲難工也。此類佳者，如：李後主“剪不斷，理還亂，是離愁，别是一般滋味在心頭”；范希文“都來此事，眉間心上，無計相迴避”；李姑溪“只願君心似我心，定不負相思意”；李易安“尋尋覓覓，冷冷清清，悽悽慘慘戚戚”；又“這次第，怎一個愁字了得”；又“此情無計可消除，才下眉頭，却上心頭”之類：皆非至情不能道出。且情果淳至，則辭雖樸質亦不傷雅，玉田、伯時所訶，蓋猶不免有習氣存也。二者，抒情固以含蓄爲貴，有時任意作決絶語，亦不失其爲佳。此類如陳以莊《菩薩蠻》云：“舉頭忽見衡陽雁，千聲萬字情何限。叵耐薄情夫，一行書也無。　泣歸香閣恨，和淚淹紅粉。待雁却回時，也無書寄伊。”與“早知潮有信，嫁與弄潮兒”，同爲不可以常理論，而實人間之真情。蓋所謂流爲“怨懟激發”，而不可爲訓者也。雖爲理之所無，不可謂非情不所有也。

《論詞隨筆》：

感時之作，必借景以形之。如：稼軒云“算只有殷勤，畫檐蛛網，盡日惹飛絮”；同甫元“恨芳菲世界，游人未賞，都付與鶯和燕”：不言正意，而言外有無窮感慨。

以詞爲小技，此非深知詞者。詞至南宋，如稼軒、同甫之慷慨悲涼，碧山、玉田之微婉頓挫，皆傷時感事，上與《風》、《騷》同旨，可薄爲小技乎？若徒作側艷之體、淫哇之音，則謂之小也亦宜。

榛苓思美人，風雨思君子。凡登臨弔古之詞，須有此思致，斯託興高遠，萬象皆爲我用。詠古即以詠懷矣。

《蕙風詞話》卷三：

元遺山以絲竹中年，遭遇國變。崔立采望，勒授要職，非其意指。卒以抗節不仕，憔悴南冠二十餘稔。神州陸沉之痛，銅駝荆棘之傷，往往寄託於詞。《鷓鴣天》三十七闋，泰半晚年手筆。其《賦隆德故宫》及《宫體》八首、《薄命妾辭》諸作，蕃艷其外，醇至其内，極往復低徊、掩抑零亂之致。而其苦衷之萬不得已，大都流露於不自知。此等詞，宋名家如辛稼軒固嘗有之，而猶不能若是其多也。遺山之詞，亦渾雅，亦博大，有骨幹，有氣象。以比坡公，得其厚矣，而雄不逮焉者，豪而後能雄，遺山所處，不能豪，尤不忍豪。牟端明《金縷曲》云："撲面胡塵渾未掃，强歡謳、還肯軒昂否？"知此，可與論遺山矣。設遺山雖坎坷，猶得與坡公同，則其詞之所造，容或尚不止此。

元詹天游(玉)《送童甕天兵後歸杭·齊天樂》云："相逢唤醒京華夢，吴塵暗斑吟髮。倚擔評花，認旗沽酒，歷歷行歌奇迹。吹香弄碧。有坡柳風情，逋梅月色。畫鼓紅船，滿湖春水斷橋客。　當時何限俊侣。甚花天月地，人被雲隔？却載蒼煙，更招白鷺，一醉修江又别。今回記得。更折柳穿魚，賞梅催雪。如此湖山，忍教人更説。"昇庵《詞品》謂："此伯顔破杭州之後，其詞絶無黍離之感、桑梓之悲，止以游樂爲言。宋季士習，一至於此。"昇庵斯言，微特論世少疏，即論詞亦殊未允。當元世祖威棱震疊，文字之獄，在所不免，第載籍弗詳耳。《鳳林書院草堂詩餘》，無名氏選至元、大德間諸人所作(天游詞録九首)，並皆南宋遺民詞，多悽惻傷感，不忘故國，而於卷首冠以劉藏春、許魯齋二家，以文丞相、鄧中齋、劉須溪三公繼之，若故爲之畦町。當時顧忌甚深，是書於有所不敢之中，僅能存其微旨，度亦幾經審慎而後出之。天游詞歇拍云"如此湖山，忍教人更説"，看似平淡，却含有無限悲涼。以此二句結束全詞，可知弄碧吹香，無非傷心慘目，游樂云乎哉！曲終奏雅，吾謂天游猶爲敢言。昇庵高明通脱，其於昔賢言中之意，不耐沉思體會，遽爾肆口譏評，是亦文人相輕，充類至義之盡矣。天游他詞，如《滿江紅·詠牡丹》云："何須怪、年華都謝，更爲誰容？銜盡吴花成鹿苑，人間不恨雨和風。便一枝流落到人家，清淚紅。"《一萼紅》云："閑着江湖佬寬，誰肯漁蓑？"忠憤至情，流溢行間句裏。《三姝媚》云："如此江山，應悔却、西湖歌舞"，則尤慨乎言之。昇庵涉獵群籍，大都一目十行，或並天游《齊天樂》詞未嘗看到歇拍，他詞無論已。其言烏足爲定評也。

劉起潛《菩薩蠻·和詹天游》云："故園青草依然綠，故宮廢址空喬木。狐兔穴巖城，悠悠萬感生。　胡笳吹漢月，北語南人說。紅紫鬧東風，湖山一夢中。"僅四十許字，而麥秀、黍離之感，流溢行間，所謂滿心而發，頗似包舉一長調於小令中。與天游《齊天樂·贈童甕天兵後歸杭》闋，各極慨慷低徊之致。

按觀上數則，有當知者二事。一者，文藝與時會相關至切也。遺山之不能豪雄，時爲之也；天游之含情悽惻，亦時爲之也。二人皆身丁亡國之餘，無可告愬之時，雖有滿腔忠憤，而終莫可爲，故其泄之於詞，極掩抑零亂、低徊往復之致，而不能軒昂激烈。此文家所謂優美也。晚唐詩人之作，大都如此。若夫時當可爲，國猶有主，中心感激，不妨大聲疾呼，以覬可追改，則其辭必雄豪奮發、悲壯淋漓。此文家所謂壯美也。唐之杜、韓，蓋其著也。在詞家，則稼軒足以當之。蓋時會影響人心，其力至大；而人心轉移時會，雖非不可能，要未可責之破家亡國之士也。二者，評騭文藝，當考其時、論其心，尤當合觀其全集。蓋文家用情至爲深曲，故其立言亦至爲微妙。窺一斑固易失真，即觀全豹，而以鹵莽出之，亦不能探其隱曲深微也。不能得其隱曲深微，則必誤會而生歧見。其極也，古人之美不由我而損其絲毫，獨我之所失將無從償其萬一。學者於此，其可忽諸！

體物第四

《詞源》卷下：

詩難於詠物，詞爲尤難。體認稍真，則拘而不暢；摹寫差遠，則晦而不明。要須收縱聯密，用事合題，一段意思，全在結句，斯爲絶妙。如史邦卿《東風第一枝·詠春雪》云："巧剪蘭心，偷粘草甲，東風欲障新暖。謾疑碧瓦難留，信知暮寒較淺。行天入鏡，做弄出、輕鬆纖軟。料故園、不卷重簾，誤了乍來雙燕。　　青未了、柳回白眼，紅欲斷、杏開素面。舊游憶着山陰，後盟遂妨上苑。熏爐重熨，便放慢、春衫針綫。恐鳳靴、挑菜歸來，萬一灞橋相見。”《綺羅香·詠春雨》云：“做冷欺花，將煙困柳，千里偷催春暮。盡日冥迷，愁裏欲飛還住。驚粉重、蝶宿西園，喜泥潤、燕歸南浦。最妨它、佳約風流，鈿車不到杜陵路。　　沉沉江上望極，還被春潮晚急，難尋官渡。隱約遥峰，和淚謝娘眉嫵。臨斷岸、新緑生時，是落紅、帶愁流處。記當日、門掩梨花，剪燈深夜語。”《雙雙燕·詠燕》云：“過春社了，度簾幙中間，去年塵冷。差池欲住，試入舊巢相並。還相雕梁藻井，又軟語、商量不定。飄然快拂花梢，翠尾分開紅影。　　芳徑，芹泥雨潤。愛貼地争飛，競誇輕俊。紅樓歸晚，看足柳昏花暝。應自棲香正穩，便忘了、天涯芳信。愁損玉人，日日畫闌獨憑。”白石……《齊天樂》賦促織云：“庾郎先自吟愁賦，淒淒更聞私語。露濕銅鋪，苔侵石井，都是曾聽伊處。哀音似訴。正思婦無眠，起尋機杼。曲曲屏山，夜涼獨自甚情緒。　　西窗又吹暗雨。爲誰頻斷續，相和砧杵？候館迎秋，離宫弔月，别有傷心無數。《豳》詩漫與。笑籬落呼燈，世間兒女。寫入琴絲，一聲聲更苦。”此皆全章精粹，所詠瞭然在目，且不留滯於物。

詩之賦梅，惟和靖一聯而已。世非無詩，不能與之齊驅耳。詞之賦梅，惟姜白石《暗香》、《疏影》二曲，前無古人，後無來者，自立新意，真爲絶唱。太白云“眼前有景道不得，崔顥題詩在上頭”，誠哉是言也。

東坡詞如《水龍吟》詠楊花、詠聞笛，又如《過秦樓》、《洞仙歌》、《卜算子》等作，皆清麗舒徐，高出人表。

《樂府指迷》：

如詠物，須時時提調。覺不分曉，須用一兩件事印證方可。如清真詠梨花《水龍吟》，第三、第四句，須用樊川、靈關事，又“深閉門”及“一枝帶雨”事，覺後段太寬，又用“玉容”事，方表得梨花。若全篇只説花之白，則是凡白花皆可用，如何見得是梨花。

詠物詞，最忌説出題字。如清真詠梨花及柳，何曾説出一個梨、柳字。梅川不免犯此戒，如《月上海棠·詠月出》，兩個月字，便覺淺露。他如周草窗諸人，多有此病。宜戒之。

劉體仁《七頌堂詞繹》：

詠物至詞更難於詩。即“昭君不慣風(按原作胡，此誤)沙遠，但時(按原作暗)憶江南江北”，亦費解。放翁“一個飄零身世，十分冷淡心腸”，全首比興，乃更遒逸。

彭孫遹《金粟詞話》：

詠物詞極不易工，要須字字刻畫，字字天然，方爲上乘。即間一使事，亦必脱化無迹乃妙。近在廣陵，見程村阮亭諸作，便爲嘆絶，殆幾幾乎與白石、梅溪頡頏今古矣。

《皺水軒詞筌》：

稗史稱：韓幹畫馬，人入其齋，見幹身作馬形。凝思之極，理或然也。作詩、文，亦必如此始工。如史邦卿詠燕，幾於形、神俱似矣。次則姜白石《詠蟋蟀》：“露濕銅鋪，苔侵石井，都是曾聽伊處。哀音似訴。正思婦無眠，起尋機杼。”又云：“西窗又吹暗雨。爲誰頻斷續，相和砧杵?”數語刻劃亦工。蟋蟀無可言，而言聽蟋蟀者，正姚鉉所謂賦水不當僅言水，而言水之前後左右也。然尚不如張功甫“月洗高梧，露溥幽草，寶釵樓外秋深。土花沿翠，螢火墜墻陰。静聽寒聲斷續，微韻轉、悽咽悲沉。争求侣，殷懃勸織，促破曉機心。
兒時，曾記得，呼燈灌穴，斂步隨音。任滿身花影，猶自追尋。携向華堂戲鬥，亭臺小、籠巧裝金。今休説，從渠床下，凉夜聽孤吟。”不惟曼聲勝其高調，兼形容處心細如絲髮，皆姜詞之所未發。常觀姜論史詞，不稱其“軟語商量”，而賞其“柳昏花暝”，固知不免項羽學兵法之恨。

王又華《古今詞論》：

毛稚黄曰：“沈伯時《樂府指迷》論填詞詠物不宜説出題字。余謂此論雖是，然作啞謎亦可憎。須令在神情離即間，乃佳。如姜夔《暗香・詠梅》云‘算幾番照我，梅邊吹笛’，豈害其佳。”

《論詞隨筆》：

詠物之作，在借物以寓性情。凡身世之感、君國之憂，隱然蘊於其內，斯寄託遥深，非沾沾焉詠一物矣。如王碧山詠新月之《眉嫵》、詠梅之《高陽臺》、詠榴之《慶清朝》，皆別有所指，故其詞鬱伊善感。

《蓮子居詞話》：

詠物雖小題，然極難作，貴有不粘、不脱之妙。此體，南宋諸老尤擅長。姜白石《蟋蟀》云“候館迎秋，離宫弔月，别有傷心無數”；高竹屋《梅》云“雲隔溪橋人不度，的皪春心未縱”；又“開遍西湖春意爛，算群花、正做江山夢”；史梅溪《春燕》云“還相雕梁藻井，又軟語商量不定。飄然快拂花梢，翠尾分開紅影”；王碧山《春水》云“别君南浦，翠眉曾照波痕淺。再來漲緑迷舊處，添却殘紅幾片”；《蟬》云“病翼驚秋，枯形閲世，消得斜陽幾度”；《櫻桃》云“薦笋同時，嘆故園春事，已無多了。貯滿筠籠，偏暗觸、天涯懷抱。謾想青兒初見，花陰夢好”；張玉田《春水》云“和雲流出空山，甚年年净洗，花香不了”；《孤雁》云“寫不成書，只寄得相思一點”：數語刻畫精巧，運用生動，所謂空前絶後矣。

《蕙風詞話》卷二：

仲彌性……《憶秦娥・詠木犀》後段云：“佳人斂笑貪先折，重新爲剪斜斜葉。斜斜葉。釵頭常帶，一秋風月。”末二句賦物上乘，可藥纖滯之失。

同上卷三：

李欽叔(獻能)，劉龍山外甥也，以純孝爲士論所重。詩詞餘事，亦卓越輩流。《江梅引・賦青梅》云：“冰肌夜冷滑無粟，影轉斜廊。冉冉孤鴻，煙水渺三湘。青鳥不來天也老，斷魂些、清霜静楚江。”

“冰肌”句，熨帖工緻。“冉冉”以下，取神題外，設境意中。“斷魂”二句，拍合略不吃力。允推賦物聖手。

同上卷五：

問：詠物如何始佳？答：未易言佳，先勿涉呆。一呆典故；二呆寄託；三呆刻畫，呆襯托。去斯三者，能成詞不易，矧復能佳，是真佳矣。題中之精蘊佳，題外之遠致尤佳。自性靈中出佳，從追琢中來亦佳。

以性靈語詠物，以沉着之筆達出，斯爲無上上乘。

《人間詞話》：

人知和靖《點絳唇》、聖俞《蘇幕遮》、永叔《少年游》三闋爲詠春草絶調，不知先有正中“細雨濕流光”五字，皆能攝春草之魂者也。

美成《青玉案》(按：當作《蘇幕遮》)詞：“葉上初陽乾宿雨。水面清圓，一一風荷舉。”此真能得荷之神理者。覺白石《念奴嬌》、《惜紅衣》二詞，猶有隔霧看花之恨。

東坡《水龍吟》詠楊花，和韻而似原唱；章質夫詞，原唱而似和韻。才之不可强也如是。

詠物之詞，自以東坡《水龍吟》爲最工，邦卿《雙雙燕》次之。白石《暗香》、《疏影》，格調雖高，然無一語道着，視古人“江邊一樹垂垂發”等句何如耶。

按諸家論詠物詞，大抵不出玉田“體認”十八字，而蕙風之言尤爲精妙。如所謂“取神題外，設境意中”，如“勿呆典故，呆寄託，呆刻畫，呆襯托”，如“以性靈語詠物，以沉着之筆達出”等語，可謂已盡宣斯事之秘奥矣。其理與前篇論寄託、論融景入情，理正相同。必先有性靈，然後能觀物，能觀物，然後能得題中之精蘊、題外之遠致，然後自然、追琢，兩皆無傷。充斯類也，用典而不爲典用，無寄託而有寄託，不刻畫襯托而自能攝取物之神理。伯時但知不露題面，所以爲後人訾議也。

又按諸家論詠物之詞，多舉東坡、清真、白石、邦卿、碧山諸闋爲例。至其評騭，亦有異同。劉公勇不解“昭君不慣胡沙遠，但暗憶、江南江北”，而玉田極稱之。賀黄公不取“柳昏花暝”，而玉田獨賞之。劉、賀求形似於題中，不知得遠致於題外。邦卿《詠燕》餘語皆題中精藴，惟“紅樓歸晚，看足柳昏花暝”，得題外遠致。讀之覺所詠之物與詠物之人融而成一，而“柳昏花暝”四字中，包涵無限之事，此無限之事，或不能説，或不忍説，或不敢説，而又不能不存之胸中，不能不形之筆墨，而“昏暝”二字，適足以盡之。此等句，必凝思至深而忽然得之。荆公所謂“成如容易却艱辛”，少陵所謂“下筆如有神”，是也。白石《暗香》、《疏影》，則通首取神題外，不規規於詠梅。“昭君”句，用徽宗在北所作《眼兒媚》詞“花城人去今蕭索，春夢繞胡沙。家山何處？忍聽羌笛，吹徹梅花”也，故有“暗憶江南江北”及“又却怨、玉龍哀曲”等句，其指二帝之蒙塵乎。惠言所論盡之矣。静安乃譏其無一語道着，其失與公勇同。東坡詠柳與質夫唱和二詞優劣，王君之言允當。蘇詞得題外遠致，章詞盡題中精藴；蘇詞即物即人，章詞純寫物態，此所以不及也。白石、功甫詠蟋蟀二詞，賀黄公之品評亦是姜不及張者，張詞結句能將以前模寫之筆盡成感慨之音，非詠蟋蟀，實自道胸臆耳。其不及東坡者，彼即物即人，兩不能别，此物物而不物於物也。

又按詞至南宋，姜、史、張、王，彌極工麗，法度既密，而能運用不滯，是爲詞學成熟之時。五代則奇花初胎，北宋則紅紫爛漫也。觀其時序，殆與其他文藝同一涂轍。近人有詆南宋諸公爲詞家匠石者，可謂失言。若劉改之詠《美人指甲》、詠《美人足》各詞，則品格極卑，真爲詞匠。然亦可見當時詠物之風彌盛也。詞至於成熟，能事已盡，後來者無以復加，於是專就組織巧妙，求勝前人，而用典雅切、遣詞細麗之作乃多。故沈伯時斤斤於用事、用字，而詞亦衰矣。學者當會通此事之終始，求其盛衰之故，然後知古人得失之正，勿庸妄測古人，輕肆譏彈也。

《詞源》卷下：

昔人詠節序，不惟不多，付之歌喉者，類是率俗，不過爲應時納祜之聲耳。所謂清明“拆桐花爛漫”、端午“梅霖初歇”、七夕“炎光謝”，若律以詞家調度，則皆未然。豈如美成《解語花》賦元夕云：“風消焰蠟，露浥洪爐，花市光相射。桂華流瓦，纖雲散，耿耿素娥欲下。衣裳淡雅。看楚女、纖腰一把。簫鼓喧，人影參差，滿路飄香麝。　因念帝城放夜，望千門如晝，嬉笑游冶。鈿車羅帕。相逢處，自有暗塵隨馬。年光是也。惟只見、舊情衰謝。清漏移，飛蓋歸來，從舞休歌罷。”史邦卿《東風第一枝》賦立春云：“草脚愁蘇，花心夢醒，鞭香拂散牛土。舊歌空憶朱簾，彩筆倦題綉户。黏鷄貼燕，想占斷、東風來處。暗惹起、一掬相思，亂若翠盤紅縷。　今夜覓、夢池秀句，明日動、探花芳緒。寄聲沽酒人家，預約嬉游伴侣。憐他梅柳，怎忍潤、天街酥雨。待過了、一月燈期，日日醉扶歸去。”黄鐘調《喜遷鶯》賦元夕云：“月波疑滴，望玉壺天近，了無塵隔。翠眼圈花，冰絲織練，黄道寶光相直。自憐詩酒瘦，難應接、許多春色。最無賴，是隨香趁燭，曾伴狂客。　踪迹，漫記憶。老了杜郎，忍聽東風笛。柳院燈疏，梅廳雪在，誰與細傾春碧？舊情未定，猶自學、當年游歷。怕萬一，悮玉人夜寒，窗際簾隙。”如此妙詞頗多，不獨措辭精粹，又且見時節風物之感，人家宴樂之同。

《蕙風詞話》卷二：

李方叔《虞美人》過拍云：“好風如扇雨如簾。時見岸花汀草、漲痕添。”春夏之交，近水樓臺，確有此景。“好風”句絶新，似乎未經人道。歇拍云：“碧蕪千里思悠悠。唯有霎時涼夢、到南州。”尤極淡遠清疏之致。

宋曹冠《燕喜詞・鳳棲梧》云：“飛絮撩人花照眼。天闊風微，燕外晴絲卷。”狀春晴景色，絶佳。每值香南研北，展卷微吟，便覺日麗風暄，淑氣撲人眉宇。全卷中似此佳句，竟不可再得。

織餘瑣述云："宋嚴仁詞《醉桃源》云：'拍隄春水蘸垂楊，水流花片香。弄花嚁柳小鴛鴦，一雙隨一雙。'描寫芳春景物，極娟妍鮮翠之致，微特如畫而已。政恐刺綉妙手，未必能到。"

按節序風物，感人彌深。故詞人每有所作，但貴能直寫我目、我心此時、此際所得，方不落套。故同一元夕也，少年與遲暮不同趣，盛世與晚季不同感；同一陽春也，歡愉與愁苦異其域，吉士與思婦分其疆。各就所得措辭，各從所感設境，乃爲上乘。玉田所舉諸作，大抵工麗之作，於題中精蘊可無遺憾，然尚不如東坡之"惟恐瓊樓玉宇，高處不勝寒"，山谷之"黄菊枝頭破曉寒"，白石之"巷陌風光縱賞時"，稼軒之"衆裏尋他千百度，驀然回首，那人却在，燈火闌珊處"，爲得題外遠致也。大抵南渡以後，王(碧山)、史(梅溪)、張(玉田)、周(草窗)諸公慢詞，其體勢辭句率如小賦，綿密工麗有餘，而高情遠致微減矣。其間惟稼軒才情俱勝，白石格調獨高，猶存北宋風流。好學深思之士，自不難通其消息也。

又按景物之接於人無私也，而慧眼詞人獨能得其靈妙，故山谷有特爲吾輩設之論。然景物自有精、粗之不同，而感人最深，必其精者。故當其由目入心之際，殆已加以揀擇而遺其粗迹；及乎由心出手之時，不過自寫吾心之照耳。然當時感興，或易失之俄頃，惟能默存於吾心而分明不遺者，方得摹略以成妙文。故東坡論求物之功，在先瞭然於心，而後能瞭然於口與手。至如何方能了然於心，則在吾心湛明虛静，照物不忘耳。今世文家或稱想像，想像之力，或由追攝，或由聯類，必使興象宛然，庶幾能以自感者感人也。

結構第五

《詞源》卷下：

作慢詞，看是甚題目，先擇曲名，然後命意；命意既了，思其頭如何起、尾如何結，方始選韻，而後述曲。最是過片不要斷了曲意，須要承上接下。如姜白石詞云“曲曲屏山，夜涼獨自甚情緒”，於過片則云“西窗又吹暗雨”，此則曲之意脈不斷矣。

大詞之料，可以斂爲小詞；小詞之料，不可展爲大詞。若爲大詞，必是一句之意引而爲兩三句，或引他意入來捏合成章，必無一唱三嘆。如少游《水龍吟》云“小樓連苑横空，下窺綉轂雕鞍驟”，猶且不免爲東坡見誚。

《詞旨》：

製詞須布置停匀，血脈貫穿，過片不可斷曲意，如常山之蛇，救首救尾。

《樂府指迷》：

作大詞，先須立間架，將事與意分定了。第一要起得好，中間只鋪叙，過處要清新，最緊是末句，須是有一好出場方妙。小詞只要些新意，不可太高遠，却易得古人句，同一要煉句。

《金粟詞話》：

長調之難於小調者，難於語氣貫串，不冗不復，徘徊宛轉，自然成文。

《皺水軒詞筌》：

作長詞最忌演湊，如蘇養直“獸環半掩”，前半皆景語也。至“漸迤邐、更催銀箭，何處貪歡，猶繫驕馬。旋剪燈花，兩點翠眉誰畫。香滅羞回空帳裏，月高猶在重簾下。恨疏狂，待歸來、碎揉花打”，則觸景生情，復緣情布景，節節轉换，穠麗周密，譬之織錦家，真竇氏回文梭也。(一云潘元質作。)

沈謙《填詞雜説》：

小調要言短意長，忌尖弱。中調要骨肉停匀，忌平板。長調要操縱自如，忌粗率。能於豪爽中着一二精致語，綿婉中着一二激厲語，尤見錯綜。

小令、中調，有排蕩之勢者，吴彦高之“南朝千古傷心事”、范希文之“塞下秋來風景異”，是也。長調極狎昵之情者，周美成之“衣染鶯黄”、柳耆卿之“晚晴初”，是也。於此足悟偷聲變律之妙。

詞要不亢不卑，不觸不悖；驀然而來，悠然而逝；立意貴新，設色貴雅，構局貴變，言情貴含蓄。如驕馬弄銜而欲行，粲女窺簾而未出，得之矣。

《古今詞論》：

毛稚黄曰：“前半泛寫，後半專叙，蓋宋詞人多此法。如子瞻《賀新涼》後段只説榴花，《卜算子》後段只説鳴雁，周清真寒食詞後段只説邂逅，乃更覺意長。”

又曰：“填詞，長調不下於詩之歌行長篇。歌行猶可使氣，長調使氣，便非本色。高手當以情致見佳。蓋歌行如駿馬驀坡，可以一往稱快；長調如嬌女步春，旁去扶持，獨行芳徑，徙倚而前，一步一態，一態一變，雖有强力健足，無所用之。”

鄒程邨曰：“朱承爵《存餘堂詩話》云：‘詩、詞雖同一機杼，而詞家意象，與詩略有不同。句欲敏，字欲捷，長篇須曲折三致意，而氣自流貫，乃得。’此語可爲作長調者法。蓋詞至長調，變已極矣。南宋諸家，凡偏師取勝者，莫不以此見長。而梅溪、白石、竹山、夢窗諸家，麗情密藻，盡態極妍，要其瑰琢處無不有蛇灰蚓綫之妙，則所謂一氣流貫也。”

《蕙風詞話》卷一：

詞筆固不宜直率，尤切忌刻意爲曲折。以曲折藥直率，即已落下乘。昔賢樸厚醇至之作，由性情學養中出，何至蹈直率之失。若錯認真率爲直率，則尤大不可耳。

詞能直，固大佳。顧所謂直，誠至不易。不能直，分也。當於無字處爲曲折，切忌有字處爲曲折。

詞不嫌方。能圓，見學力；能方，見天分。但須一落筆圓，通首皆圓；一落筆方，通首皆方。圓中不見方，易；方中不見圓，難。

作詞須知"暗"字訣。凡暗轉、暗接、暗提、暗頓，必須有大氣真力斡運其間，非時流小惠之筆能勝任也。駢體文亦有暗轉法，稍可通於詞。

同上卷二：

詞亦文之一體。昔人名作，亦有理脈可尋，所謂蛇灰蚓綫之妙。如范石湖《眼兒媚·萍鄉道中》云："酣酣日脚紫煙浮，妍暖試輕裘。困人天氣，醉人花底，午夢扶頭。　春慵恰似春塘水，一片縠紋愁。溶溶泄泄，東風無力，欲皺還休。""春慵"緊接"困"字、"醉"字來，細極。

馮深居《喜遷鶯》云："凉生遥渚。正緑芰擎霜，黄花招雨。雁外漁燈，蛩邊蟹舍，絳葉表秋來路。世事不離雙鬢，遠夢偏欺孤旅。送望眼，但憑舷微笑，書空無語。　慵看清鏡裏，十載征塵，長把朱顏污。借箸青油，揮毫紫塞，舊事不堪重舉。間闊故山猿鶴，冷落同盟鷗鷺。倦游也，便檣雲拖月，浩歌歸去。"此詞多矜煉之句，尤合疏密相間之法，可爲初學楷模。

同上卷三：

蕭東父《齊天樂》云："軟玉分裯，膩雲侵枕，猶憶噴蘭低語。"穠艷極矣，却不墮惡趣。下云："於今最苦。甚怕見燈昏，夢游間阻。"極合疏密相間之法。

按綜觀諸家所論，一調之中，以起、結、過拍爲最要。短調以言短意長爲正體，而忌尖弱平板；長調以局勢變换而氣脈貫串爲要則，而忌粗率冗復。蓋短調出於絶句，貴能含蓄；長調則非出於歌行，故不可使氣，而貴婉轉含蓄。然短調亦有以排蕩見長，長調亦有以敷叙取勝者。但排蕩而非粗厲，敷叙而非漫衍，斯不傷真美而仍爲佳詞也。

又按文藝之美有二要焉：一曰，條貫；二曰，錯綜。條貫者，全體一致融注之謂也；錯綜者，局勢疏蕩轉變之謂也。錯綜之極而仍不失全體融注之精神，條貫之極而仍不失局勢轉變之德性，此彥和所謂體勢相偶合也。條貫、錯綜，各有兩面：一主於情意；一主於筆姿，而筆姿又隨情意以設施者也。況君所謂“一落筆圓”則“通首皆圓”，“一落筆方”則“通首皆方”，條貫之以筆姿言者也，而情意在焉。陸、彭所謂須氣脈貫穿，況君所謂“有理脈可尋”，條貫之以情意言者也，而筆姿在焉。賀黄公所謂“觸景生情，復緣情布景，節節轉換”，錯綜之以情意言者也，而筆姿在焉。沈東江所謂“豪爽中著一二精致語，綿婉中著一二激厲語”，況蕙風所謂“疏密相間”，錯綜之以筆姿言者也，而情意在焉。至況君所謂“暗轉、暗接、暗提、暗頓”，即“無字處爲曲折”之詮釋，雖似以筆姿言，而實主情意立論。知“暗”字訣，然後極委曲婉轉，而仍不失其能直，然後直非率易，而曲亦非矯揉。此自然之妙文，而規矩之極致也。

《詞源》卷下：

詞之難於令曲，如詩之難於絶句，不過十數句，一句一字閑不得。末句最當留意，有有餘不盡之意，始佳。當以唐《花間集》中韋莊、温飛卿爲則。又如馮延巳、賀方回、吴夢窗，亦有妙處。至若陳簡齋“杏花疏影裏，吹笛到天明”之句，真是自然而然。大抵前輩不留意於此，有一兩曲膾炙人口，餘多鄰乎率。近代詞人却有用力於此者，倘以爲專門之學，亦詞家之射雕手。

《樂府指迷》：

大抵起句便見所詠之意，不可泛入閒事，方入主意。詠物尤不可泛。

過處多是自叙。若才高者，方能發起别意，然不可太野，走了原意。

結句須要放開，含有餘不盡之意，以景結情最好。如清真之“斷腸院落，一簾風絮”，又“掩重關、遍城鐘鼓”之類是也。或以情結尾，亦好。往往輕而露，如清真之“天便教人，霎時厮見何妨”，又云“夢魂凝想鴛侶”之類，便無意思，亦是詞家病，却不可學也。

《七頌堂詞繹》：

詞起、結最難，而結尤難於起，蓋不欲轉入别調也。“呼翠袖爲君舞”，“倩……盈盈翠袖，揾英雄淚”，正是一法。然又須結得有“不愁明月盡，自有夜珠來”之妙乃得。美成《元宵》云“任舞休歌罷”，則何以稱焉。

美成春恨《漁家傲》，以“黄鸝久住如相識”，“簾前重露成涓滴”作結，有離鈎三寸之妙。

古人多於過變乃言情，然其意已全於上段。若另作頭緒，不成章矣。

《填詞雜説》：

填詞結句，或以動盪見奇，或以迷離稱雋，著一實語，敗矣。康伯可“正是銷魂時候也，撩亂花飛”，晏叔原“紫騮認得舊游踪，嘶過畫橋東畔路”，秦少游“放花無語對斜暉，此恨誰知”，深得此法。

《古今詞論》：

張砥中曰：“凡詞前後兩結，最爲緊要。前結如奔馬收繮，須勒得住，尚存後面地步，有住而不住之勢。後結如衆流歸海，要收得盡，迴環通首源流，有盡而不盡之意。”

《論詞隨筆》：

詞起、結最難，而結尤難於起。結有數法：或拍合；或宕開；或醒明本旨；或轉出别意；或就眼前指點；或於題外借形。不外《白石詩説》所云“辭意俱盡”、“辭盡意不盡”、“意盡辭不盡”三者而已。

詩重發端，惟詞亦然。長調尤重。有單起之調，貴突兀籠罩，如東坡“大江東去”是。有對起之調，貴從容整煉，如少游“山抹微雲，天黏衰草”是。

《蕙風詞話》卷一：

近人作詞，起處多用景語虛引，往往第二韻方約略到題。此非法也。起處不宜泛寫景，宜實不宜虛，便當籠罩全闋，它題便挪移不得。唐李程作《日五色賦》，首云：“德動天鑒，祥開日華。”雖篇幅較長於詞，亦以二句櫽括之，尤有弁冕端凝氣象。此旨可通於詞矣。

曲有煞尾，有度尾。煞尾如戰馬收繮；度尾如水窮雲起。(見《董解元西厢記》眉評。)煞尾，猶詞之歇拍也。度尾，猶詞之過拍也。如水窮雲起，帶起下意也。填詞則不然。過拍只須結束上段，筆宜沉着；换頭另意另起，筆宜挺勁。稍涉曲法，即嫌傷格。此詞與曲之不同也。

同上卷三：

作慢詞，起處必須籠罩全闋。近人輒作景語徐引，乃至意淺筆弱，非法甚矣。元曾允元爲《草堂詩餘》之殿，其《水龍吟·春夢》起調云“日高深院無人，楊花撲帳春雲暖”，從題前攝起題神。已下逐層意境，自能迤邐入勝。其過拍云“盡雲山煙水，柔情一縷，又暗逐、金鞍遠”，尤極迷離惝怳、非霧非花之妙。

彭會心《拜星月慢·祠壁宫姬控絃可念》末段云：“多生不得丹青意，重來又、花鎖長門閉。到夜永、笙鶴歸時，月明天似水。”去路縹緲中仍收束完密，神不外散，是爲斲輪手。世之以空泛寫景語爲“江上峰青”者，直未喻個中甘苦也。

按諸家論填詞起、結皆同。惟結有過拍與歇拍兩種，過拍辭意，張氏以“住而不住”爲合，况君則謂“只須結束上段”，而以“帶起下意”爲曲法。吾從張説。蓋張氏之言與玉田、輔之所謂過片不可斷意之旨相同。宋詞如此者頗多。况君之意，大抵專指後段另起意者言耳。蓋後段另起意者，其意亦必與前段一致，特换筆另起，則過拍自以結束上段之意爲佳也。至况君論起處，極當。發端之辭，貴能開門見山，不可空泛。如能從題前着筆，精神猶易振起。又有以掃爲生之法，如歐陽永叔《采桑子》“群芳過後西湖好”，周清真《齊天樂》“緑蕪凋盡臺城路，殊鄉又逢秋晚”之類是也(譚復堂《詞辨》評語)。有先將題意説了，隨即側入另生一意者，如吴夢窗《憶舊游》“送人猶未苦，苦送春、隨人去天涯”，張玉田《解連環》“楚江空晚，悵離群萬里，恍然驚散”之類是也(復堂謂爲飛鳥側翅式)。有先説一層，隨即歸到題意者，如姜白石《齊天樂》“庾郎先自吟愁賦，凄凄更聞私語”，張玉田《臺城路》“十年前事翻疑夢，重逢可憐俱老”之類是也。有起句之前似有無限之語，而起處乃從千回百轉中突然而發者，如李易安《聲聲慢》“尋尋覓覓，冷冷清清，凄凄慘慘戚戚”，辛稼軒《摸魚兒》“更能消幾番風雨，匆匆春又歸去”，徐干臣《二郎神》“悶來彈雀，又攪碎、一簾花影”之類是也。至一起籠罩全首之語亦自有别，東坡之“大江東去”、“明月幾時有”與梅溪之“巧沁蘭心，偷粘草甲”、“草脚愁蘇，花心夢醒”有天工人巧之殊，而東坡之“似花還似非花”與質夫之“燕忙鶯懶芳殘”尤覺有河伯見海之嘆。學者苟能比勘，則法不勝用矣。結句，大約不出景結、情結兩種。情結以動盪見奇；景結以迷離稱雋。各家舉例，可以參玩。小令尤以結語取重，必通首蓄意、蓄勢，於結句得之，自然有神韻。如永叔《采桑子》前結“垂柳闌干盡日風”，後結“雙燕歸來細雨中”，神味至永，蓋芳歇紅殘，人去春空，皆喧極歸寂之語，而此二句則至寂之境，一路説來，便覺至寂之中，真味無窮，辭意高絶。又如子野“沉恨細思，不如桃杏，猶解嫁東風”一結，使通首所寫離思至此真有精神百倍之勢；而子京“整了翠鬟匀了面，芳心一寸情何限”，工力悉敵，而風度超妙則尚勝一籌。長調，如張功甫《滿庭芳》詠促織，以“今休説，從渠床下，涼夜聽孤吟”作結，則通首皆遲暮之感，而非泛叙促織之事矣；秦少游《滿庭芳》叙離思，以“憑闌久，疏煙淡日，寂寞下蕪城”作結，則通首皆索居之情，而非空寫冶游之事矣。又有結句還顧起句，收足全首者，如柳耆卿《八聲甘州》結句“争知我、倚闌干處，正恁凝愁”，回顧“對瀟瀟暮雨灑江天”，而通首皆倚闌凝愁之情事也；薩都剌《百字令》結句“傷心千古，秦淮一片明月”，回顧“石頭城上，望天低吴楚，眼空無物”，而通首皆登城觸目之情事也；詹天游《齊天樂》結句“如此湖山，忍教人更説”，而通首皆傷心慘目之情事矣。又有結句揚開，别出一意，而餘音不盡者，如李易安《壺中天慢》本寫春閨愁思，而結句乃曰“多少游春意，日高煙斂，更看今日晴未”，王沂孫《齊天樂》本詠秋樹鳴蟬，而結句乃曰“謾想熏風，柳絲千萬縷”，皆用反面映托，而情味更深。至前、後段之章法，或先點染情中之景，後入景中之情，或先追叙往時情事，後寫眼前景物，或兩段平列，而互相映照，初無一定之法，大抵依據吾心所感之先後而言，自成片段。蓋法根於心，事在文先，惟虚静者能令所感分明澄澈，故形諸筆墨，合自天然矩度。今爲初學示例，姑就古詞成法紬繹一二耳。學者於讀詞之頃隨時研討，自能深得也。

《詞源》卷下：

詞中句法，要平妥精粹。一曲之中，安能句句高妙？只要拍搭襯副得去，於好發揮筆力處，極要用工，不可輕易放過，讀之使人擊節可也。如東坡詞云：“似花還似非花，也無人惜從教墜。”又云：“春色三分，二分塵土，一分流水。”如美成《風流子》云：“鳳閣綉幃深幾許，聽得理絲簧。”如史邦卿春雨云：“臨斷岸、新緑生時，是落紅、帶愁流處。”燈夜云：“自憐詩酒瘦，難應接、許多春色。”如吴夢窗登靈巖云：“連呼酒，上琴臺去，秋與雲平。”閏重九云：“簾半卷，帶黄花、人在小樓。”姜白石《揚州慢》云：“二十四橋仍在，波心蕩、冷月無聲。”此皆平易中有句法。

詞之語句，太寬則容易，太工則苦澀。如起頭八字相對，中間八字相對，却須用功着一字眼，如詩眼亦同。若八字既工，下句便合稍寬，庶不窒塞；約莫太寬易，又着一句工緻者，便覺精粹。此詞中之關鍵也。（按此即況蕙風所謂“疏密相間之法”。）

《樂府指迷》：

遇兩句可作對，便須對。短句須剪裁齊整。遇長句，須放婉曲，不可生硬。

《七頌堂詞繹》：

長調最難工，蕪累與痴重同忌，襯字不可少，又忌淺熟。

詞中對句，正是難處，莫認作襯句。至五言對句、七言對句，使觀者不作對疑，尤妙。

《論詞隨筆》：

詞以自然爲尚。自然者，不雕琢，不假借，不着色相，不落言詮也。古人名句，如"梅子黃時雨"，"雲破月來花弄影"，不外自然而已。

運用書卷，詞難於詩。稼軒《永遇樂》，岳倦翁尚謂其用事太實。然亦有法：材富，則約以用之；語陳，則新以用之；事熟，則生以用之；意晦，則顯以用之；實處間以虛意；死處參以活語。如禪家轉法華，弗爲法華轉，斯爲善於運用。

詞不能堆垛書卷以夸典博，然須有書卷之氣味。胸無書卷，襟懷必不高妙，意趣必不古雅。其詞非俗即腐，非粗即纖。故山谷稱東坡《卜算子》詞："非胸中有萬卷書……孰能至此。"

詞中對句，貴整煉工巧、流動脱化，而不類於詩、賦。史梅溪之"做冷欺花，將煙困柳"，非賦句也；晏叔原之"落花人獨立，微雨燕雙飛"，晏元獻之"無可奈何花落去，似曾相識燕歸來"，非詩句也。然不工詩、賦，亦不能爲絶妙好詞。

詞之體各有所宜，如弔古，宜悲慨蒼涼；紀事，宜條暢滉漾；言悲，宜嗚咽悠揚；述樂，宜淋漓和暢；賦閨房，宜旖旎嫵媚；詠關河，宜豪放雄壯。得其宜，則聲情合矣。若琴瑟專一，便非作家。

《蕙風詞話》卷一：

填詞之難，造句要自然，又要未經前人説過。自唐、五代已還，名作如林，那有天然好語留待我輩驅遣。必欲得之，其道有二：曰性靈流露；曰書卷醞釀。性靈關天分；書卷關學力。學力果充，雖天分少逐，必有資深逢源之一日。書卷不負人也。中年以後，天分便不可恃。苟無學力，日見其衰退而已。江淹才盡，豈真夢中人索還囊錦耶。

詞貴意多。一句之中，意亦忌復。如七字一句，上四是形容月，下三勿再説月，或另作推宕，或旁面襯托，或轉進一層，皆可。若帶寫它景，僅免犯復，尤爲易易。

作詞不拘説何物事，但能句中有意即佳。意必己出，出之太易或太難，皆非妙造。難、易之中，消息存焉矣。唯易之一境，由於情景真，書卷足，所謂“滿心而發、肆口而成”者，不在此例。

同上卷二：

《小山詞·阮郎歸》云：“天邊金掌露成霜，雲隨雁字長。綠杯紅袖趁重陽，人情似故鄉。　蘭佩紫，菊簪黄，殷勤理舊狂。欲將沉醉換悲涼，清歌莫斷腸。”“綠杯”二句，意已厚矣；“殷勤理舊狂”，五字三層意。狂者，所謂一肚皮不合時宜，發見於外者也；狂已舊矣，而理之，而殷勤理之，其狂若有甚不得已者。“欲將沉醉換悲涼”，是上句注脚。“清歌莫斷腸”，仍含不盡之意。此詞沉着厚重，得此結句，便覺竟體空靈。小晏，神仙中人，重以名父之貽，賢師友相與沆瀣，其獨造處，豈凡夫肉眼所能見及。“夢魂慣得無拘管，又逐楊花過謝橋。”以是爲至，烏足與論《小山詞》耶？

東坡詞《青玉案·用賀方回韻送伯固歸吴中》歇拍云：“作個歸期天已許。春衫猶是，小蠻針綫，曾濕西湖雨。”上三句未爲甚艷。“曾濕西湖雨”，是清語，非艷語，與上三句相連屬，遂成奇艷、絶艷，令人愛不忍釋。坡公天仙化人，此等詞猶爲非其至者，後學已未易橅仿其萬一。

《鶴林詞·祝英臺近·春日感懷》云：“有時低按銀箏，高歌《水調》，落花外、紛紛人境。”末七字，余極喜之。其妙處難以言説，但覺芥子須彌，猶涉執象。

《梅溪詞》：“幾曾湖上不經過。看花南陌醉，駐馬翠樓歌。”下二語，人人能道；上七字妙絶，似乎不甚經意，所謂“得來容易却艱辛”也。

曾同季《點絳唇·賦芍藥》云：“君知否？畫闌幽處，留得韶光住。”尋常意中之言，恰似未經人道。《浣溪沙》前題云：“濃雲遮日惜紅妝。”所謂仁者見之謂之仁。

牟端明《金縷曲》云：“撲面胡塵渾未掃，强歡謳、還肯軒昂否？”蓋寓黍離之感。昔史遷稱項王悲歌慷慨；此則歡歌而不能激昂。曰“强”、曰“還肯”，其中若有甚不得已者。意愈婉，悲愈深矣。

宋汪晫《康範詩餘·水調歌頭·次韻荷净亭小集》云“落日水亭静，藕葉勝花香”，與秦湛“藕葉香風勝花氣”同意。藕葉之香，非静中不能領略。净而後能静，無塵則不囂矣。只此起二句，便恰是詠荷净亭，不能移到它處，所以爲佳。

《白石詞》：“少年情事老來悲。”宋朱服句：“而今樂事它年淚。”二語合參，可悟一意化兩之法。宋周端臣《木蘭花慢》云“料得今朝别後，它時有夢，應夢今朝”，與“而今”句同意。

同上卷三：

黨承旨《鷓鴣天》云“開簾放入窺窗月，且盡新涼睡美休”，瀟灑疏俊極矣。尤妙在上句“窺窗”二字。窺窗之月，先已有情。用此二字，便曲折而意多。意之曲折，由字裏生出，不同矯揉鈎致，不墮尖纖之失。

按劉彦和曰：“夫設情有宅，置言有位；宅情曰章，位言曰句。故章者，明也；句者，局也。”又曰：“夫人之立言，因字而生句，積句而成章，積章而成篇。篇之彪炳，章無疵也；章之明靡，句無玷也；句之清英，字不妄也。”故知句之於篇章，至關重要，而句之訓“局”，尤具精義。蓋一句之字，長不過八九，意行其中，彌見局促，貴能位置得宜。玉田所謂“一字閑不得”，蕙風所謂“詞貴意多，一句之中，意亦忌復”，皆言位置之當合宜也。至如何方能合宜，則況君“性靈”、“書卷”二語盡之矣。有性靈則易者不率；有書卷則難者不澀。難、易之間，措置均宜，則意多不痴重，意少亦不蕪累。玉田“襯副”之説，尤屬通方之論，其“好發揮筆力處，極要用工，不可輕易放過”數語，至爲重要。如無此等句，而通首襯副，則亦木偶而已。至何處方爲好發揮處，經營既熟，自然遇之。況君所舉各句即爲佳例。此等處，往往看似平易，却甚艱辛，惟能手方不致忽略，且能於上下句位置得宜，自然精神焕發。間嘗論東坡《後赤壁賦》“霜露既降，木葉盡脱，人影在地，仰見明月”十六字，無一字一句可顛倒。而“人影”二句，庸手爲之，必至互易。蓋“木葉盡脱”，必在“霜露既降”後，而“人影在地”，則在“木葉盡脱”後，至“仰見明月”，則因見地有人影，而後仰視，而後知月出也。此中次第，一絲不容或紊。且一一天成，絶非矯揉鈎致而得。惟常人無此閒情逸致，故易忽視，而不能領略。文人用心静細，於此見之。必有此心，而後能有此句。且如此等句，即謂之“滿心而發，肆口而成”者，亦無不可也。況君所舉各例，即可以此理通之。

又按屬對宜自然，使人不疑爲對句，與玉田“却須用功”之論，理似相反，而實相成，所謂自然從追琢中出也。陸輔之《詞旨》摘名家對句凡三十八則，今附録於後，以爲初學取法之助：

小雨分山，斷雲籠日。——田不伐《探春》

煙横山腹，雁點秋容。——吴叔《聲聲慢》

問竹平安，點花番次。——徐淵，失調名

稺柳蘇晴，故溪歇雨。——周美成《西平樂》

虚閣籠雲，小簾通月。——姜白石《法曲獻仙音》

蟬碧勾花，雁紅攢月。——丁宏庵，前調

落葉霞飄，敗窗風咽。——吴夢窗，前調

風拍波驚，露零秋冷。——前人，前調

花匣幺絃，象奩雙陸。——樓君亮《法曲獻仙音》

珠蹙花輿，翠翻蓮額。——前人，失調名《紫丁香》

汗粉難融，袖香新竊。——前人，失調名

種石生雲，移花帶月。——翁處静《齊天樂》

斷浦沉雲，空山掛雨。——史邦卿，前調

畫裏移舟，詩邊就夢。——前人，前調
硯凍凝花，香寒散霧。——周草窗，前調
繫馬橋空，移舟岸易。——黄雙溪，前調
疏綺籠寒，淺雲棲月。——丁宏庵，失調名《寒梅》
竹深水遠，臺高石出。——施梅川，失調名
香茸沾袖，粉甲留痕。——前人，失調名《去姬復來》
就船换酒，隨地攀花。——前人，失調名
調雨爲酥，催冰做水。——王通叟《慶清朝慢》
做冷欺花，將煙困柳。——史邦卿《綺羅香》
巧剪蘭心，偷黏草甲。——前人，《東風第一枝》
羅袖分香，翠綃封淚。——陳同甫《水龍吟》
池面冰膠，墻腰雪老。——姜白石《一萼紅》
枕簟邀涼，琴書换日。——前人，《惜紅衣》
薄袖禁寒，輕妝媚晚。——孫花翁《晝錦堂》
倒葦沙閑，枯蘭溆冷。——高竹屋《齊天樂》
緑芰擎霜，黄花招雨。——前人，按此二句見馮去非《喜遷鶯》詞
紫曲迷香，緑窗夢月。——李篔房《踏莎行》
暗雨敲花，柔風過柳。——前人，失調名
霜杵敲寒，風燈摇夢。——吴夢窗，失調名
盤絲繫腕，巧篆垂簪。——前人，《澡蘭香》
翠葉垂香，玉容消酒。——姜白石《念奴嬌》
金谷移春，玉壺貯暖。——張寄閑，失調名
擁石池臺，約花闌檻。——前人，失調名
問月賒晴，憑春買夜。——丁湖南《齊天樂》
醉墨題香，閑簫弄玉。——周草窗《長亭怨慢》

《詞源》卷下：

句法中有字面，蓋詞中一個生硬字用不得，須是深加鍛煉，字字敲打得響，歌誦妥溜，方爲本色語。如賀方回、吴夢窗皆善於煉字面，多於温庭筠、李長吉詩中來。字面亦詞中之起眼處，不可不留

意也。

詞與詩不同。詞之句語有二字、三字、四字，至六字、七、八字者，若堆疊實字，讀且不通，况付之雪兒乎？合用虚字呼喚，單字如“正”、“但”、“甚”、“任”之類，兩字如“莫是”、“還又”、“那堪”之類，三字如“更能消”、“最無端”、“又却是”之類。此等虚字，却要用之得其所，若使盡用虚字，句語又俗，雖不質實，恐不無掩卷之誚。

《樂府指迷》：

要求字面，當看温飛卿、李長吉、李商隱及唐人諸家詩句中字面好而不俗者，采摘用之。即如《花間集》小詞，亦多好句。

《七頌堂詞繹》：

重字良不易，錯錯錯與忡忡忡之類是也。然須另出，不是上句意，乃妙。

《金粟詞話》：

詞人用語助入詞者甚多，入艷詞者絶少，惟秦少游“悶則和衣擁”，新奇之甚。用“則”字，亦僅見此詞。

徐釚《詞苑叢談》卷一：

“庭院深深深幾許？楊柳堆煙，簾幕無重數。玉勒雕鞍游冶處，樓高不見章臺路。　　雨横風狂三月暮，門掩黄昏，無計留春住。淚眼問花花不語，亂紅飛過秋千去。”此歐陽文忠公《蝶戀花》春暮詞也。李易安酷愛其語，遂用作“庭院深深”調數闋。楊昇庵云：“一句中連三字者，如‘夜夜夜深聞子規’，又‘日日日斜空醉歸’，又‘更更更漏月明中’，又‘樹樹樹梢啼曉鶯’，皆善用疊字也。”

《蓮子居詞話》卷三：

詞有疊字，三字者易，兩字者難，要安頓生動。

《蕙風詞話》卷二：

《空同詞》喜煉字。《菩薩蠻》云："繫馬短亭西，丹楓明酒旗。"《南柯子》云："碧天如水印新蟾。"《阮郎歸》云："綠情紅意兩逢迎，扶春來遠林。"又云："羅衣金縷明。"兩"明"字、"印"字、"扶"字，並從追琢中出。又《鷓鴣天》云"瑩然初日照芙蕖"，能寫出美人之精神；《浪淘沙·別意》云"花霧漲冥冥，欲雨還晴"，能融景入情，得迷離惝恍之妙：皆佳句也。"漲"字亦煉。《行香子》云："十年心事，兩字眉婚。""眉婚"二字新奇，殆即目成之意，未詳所本。

詞家煉字法斷不可少。韓子耕《浪淘沙》云："試花霏雨濕春晴。三十六梯人不到，獨唤瑶箏。"妙在"濕"字、"唤"字。

黄東甫《柳梢青》云："花驚寒食，柳認清明。""驚"字、"認"字，屬對絶工。昔人用字不苟如是，所謂詞眼也。

李周隱《小重山》云："畫檐簪柳碧如城。一簾風雨裏、過清明。"又云："紅塵没馬翠埋輪。西泠曲，歡夢絮飄零。""簪"字、"没"字、"埋"字，并力求警煉，造語亦佳。

同上卷三：

清姒學作小令，未能入格。幡帋《中州樂府》得劉仲尹"柔桑葉大綠團雲"句，謂余曰："只一'大'字，寫出桑之精神，有它字以易之否?"斯語其庶幾乎。略知用字之法。

馮士美《江城子》换頭云："清歌皓齒艷明眸。錦纏頭，若爲酬。門外三更，燈影立驊騮。""門外"句，與姜石帚"籠紗未出馬先嘶"意境略同。"驊騮"字近方重，入詞不易合色。馮句云云，乃適形其俊。可知字無不可用，在乎善用之耳。其過拍云："月下香雲嬌墮砌。花氣重，酒光浮。"亦艷絶、清絶。

劉無黨《錦堂春·西湖》云："牆角含霜樹静，樓頭作雪雲垂。""静"字、"垂"字，得含霜作雪之神。此實字呼應法，初學最宜留意。

"舊話不堪長"，趙青山《望海潮》句。葉"長"字雋。儻易爲"詳"，則尋常，無韻致矣。可悟用字之法。

同上卷五：

明湯胤績，字公讓，……《浣溪沙》云："燕壘雛空日正長，一川殘雨映斜陽。鸕鷀曬翅滿魚梁。榴葉擁花當北户，竹根抽筍出東墻。小庭孤坐懶衣裳。"頗清潤入格。"擁"字煉，能寫出榴花之精神。

《唐秣陵崔夫人墓誌》，相傳即《會真記》之鶯鶯。拓本甚舊。或作題詞，就余商定。有"箋碧凝塵"句，"凝"字未愜，屢易字仍未安，最後得"棲"字，不禁拍案叫絶。此煉字之法也。

《人間詞話》：

"紅杏枝頭春意鬧"，着一"鬧"字，而境界全出；"雲破月來花弄影"，着一"弄"字，而境界全出矣。

按彦和論文，特著《練字》一篇。其言曰："善爲文者，富於萬篇，貧於一字。"其《物色》篇論詩人狀物之功則曰："詩人感物，聯類不窮。流連萬象之際，沉吟視聽之區。寫氣圖貌，既隨物以宛轉；屬采附聲，亦與心而徘徊。故'灼灼'狀桃花之鮮，'依依'盡楊柳之貌，'杲杲'爲出日之容，'瀌瀌'擬雨雪之狀，'喈喈'逐黄鳥之聲，'喓喓'學草蟲之韻。皎日、嘒星，一言窮理；'參差'、'沃若'，兩字窮形。並以少總多，情貌無遺矣。雖復思經千載，將何易奪。"夫物態萬殊，人情千變。以千變之情擬萬殊之態，用萬殊之態托千變之情，而功迹寄於一二字。其間隱顯、重輕，斟酌損益，大費經營，而權責止於手與心，豈非至難之事乎？然而苟能瞭然於心，則其出諸手也自易。蓋物以情觀者也，情志清明，則物無隱貌；手寫吾心者也，心象澄徹，則手無遁形。由是言之，觀物之功在於養情，而煉字之要尤在煉心矣。昔賢評品詩詞，每喜摘其用字精工之句以示後人，而不究極其理。後人見古人欣賞在此，又愛其新奇，遂亦致力於此，而不深求其本。故或務於字面推敲，或乞靈於古人詩句，縱能出奇，要非修辭立誠之道。其極也，必至飣餖堆砌、纖巧儇利不止。故特着彦和之論，以爲群言之宗。主學者先明舍人之言，後覽諸家之説，則於茲事本末，無顛倒之失矣。

又按《詞旨》有詞眼二十六則，皆摘自名家詞句用字精煉者。今録於後：

燕嬌鶯姹。——潘元質《倦尋芳》
緑肥紅瘦。——李易安《如夢令》
寵柳嬌花。——前人，《壺中天》
籠燈燃月。——周美成《意難忘》
醉雲醒雨。——吴夢窗《解蹀躞》
挑雲研雪。——王碧山，失調名
柳昏花暝。——史梅溪《雙雙燕》
翠陰香遠。——方千里《過秦樓》
玉嬌香怨。——高竹屋《齊天樂》
蝶悽蜂慘。——楊守齋《八六子》
柳腴花瘦。——楊西村《甘州》
綰燕吟鶯。——前人，失調名
漁煙鷗雨。——李秋崖《青玉案》
燕昏鶯晚。——同上
翠顰紅妬。——王可竹《齊天樂》
愁煙恨粉。——詞未見
月約星期。——樓君亮《玉漏遲》
雨今雲古。——張玉田《長亭怨》
恨煙顰雨。——張東澤《祝英臺近》
燕窺鶯認。——鐘梅心《步蟾宫》
愁羅恨綺。——翁處静《水龍吟》
移紅换紫。——張寄閑《瑞鶴仙》
聯詩唤酒。——周草窗《三犯渡江雲》
選歌試舞。——前人，《露華》
舞勾歌引。——前人，《月邊嬌》
三生春夢。——詞未見

聲 采 第 六

《樂府指迷》：

腔律豈必人人皆能按簫填譜，但看句中用去聲字，最爲緊要。然後更將古知音人曲，一腔三兩隻參訂，如都用去聲，亦必用去聲。其次如平聲，却用得入聲字替。上聲字最不可用去聲字替。不可以上、去、入盡道是側聲便用得，更須調停參訂用之。古曲亦有拗音，蓋被句法中字面所拘牽，今歌者亦以爲礙。如《尾犯》之用“金玉珠珍博”，“金”字當用去聲字；如《絳園春》之用“游人月下歸來”，（王鵬運注云：“按此夢窗《絳都春》句，或當時一名《絳園春》。它本未見。”）“游”字合用去聲字之類是也。

近世作詞者不曉音律，乃故爲豪放不羈之語，遂借東坡、稼軒諸賢自諉。諸賢之詞，固豪放矣，不豪放處，未嘗不葉律也。如東坡之《哨遍》、楊花《水龍吟》，稼軒之《摸魚兒》之類，則知諸賢非不能也。

古曲譜多有異同，至一腔有兩三字多少者，或句法長短不等者。蓋被教師改换，亦有嘌唱一家，多添了字。吾輩只當以古雅爲主，如有嘌唱之腔，不必作。且必以清真及諸家目前好腔爲先，可也。

俞彦《爰園詞話》：

詞全以調爲主，調全以字之音爲主。音有平、仄，多必不可移者，間有可移者。仄有上、去、入，多可移者，間有必不可移者。儻必不可移者，任意出入，則歌時有棘喉澀舌之病。故宋時一調作者多至數十人，如出一吻。今人既不解歌，而詞家染指，不過小令、中調，尚多以律詩手爲之，不知孰爲音、孰爲調，何怪乎詞之亡已。

吴興祚《詞律序》：

詩之變古而律，其法猶寬；至詩變而爲詞，其法不得不加密矣。何者？詞爲曲所濫觴，寄情歌詠，既取丰神之蘊藉，尤貴音調之協和。其倡爲名目諸公皆才士，而又精於聲音節簇之微妙。故凡其篇幅短長、字句平仄，皆非無故，決然爲一定不可移易焉者。世無知音，鮮識其奥，而作者又不自言其所以然，以告於後人。於是世之自命爲才人宿學，遂不問古作者製詞之所以然，而竊謂裁割字句、交互平仄之間，無事拘泥，可任情率意更改增減，詎知古調盡失，詞之名存而音亡矣。嘻！設詞可不拘成格，惟憑臆是逞，則何不以詩、以騷、以賦不必句櫛字比者爲之，而必詞之爲耶？夫既刻意爲詞，復故失其音節之所在，不惑之甚耶！

《論詞隨筆》：

詞調有生、熟，有諧、拗。熟者多諧，生者多拗。熟而諧者，貴逐字錘煉，求其新警；生而拗者，貴一氣旋轉，求其渾成。新警，則熟者不熟；渾成，則生者不生矣。

《蕙風詞話》卷一：

宋人名作，於字之應用入聲者，間用上聲，用去聲者絶少。檢《夢窗詞》知之。

入聲字於填詞最爲適用。付之歌喉，上、去不可通作，唯入聲可融入上、去聲。凡句中去聲字能遵用去聲固佳，若誤用上聲，不如用入聲之爲得也。上聲字亦然。入聲字用得好，尤覺峭勁娟雋。

《御選歷代詩餘》，每調臚列如干首。每填一調，就諸家名作參互比勘。一聲一字，務求合乎古人，毋托一二不合者以自恕。則不特聲韻無誤，即宫律之微，亦可由此研入。

同上卷二：

《壽樓春》，梅溪自度曲。前段："因風飛絮，照花斜陽。"後段："湘雲人散，楚蘭魂傷。""風"、"飛"，"花"、"斜"，"雲"、"人"，"蘭"、"魂"，並用雙聲疊韻字，是聲律極細處。

按聲律之論，《通論》第四章已盡之矣。兹所采諸家，皆斤斤於守律之宜嚴。大抵以詞本歌曲，一調有一調之音節，苟任意爲之，則失按譜填詞之義矣。竊嘗思之，填詞之事有三：一曰宫調；二曰聲韻；三曰歌辭。而聲韻介宫調與歌辭之間，既與唱曲相關，復與辭句密切。今唱法雖亡，而與之相關之聲律，尚可考見。嚴守聲律，不但保存詞調，且可進而研究唱法。故諸家於此不憚反復申明也。至守律之法，沈、況兩君之言至確。不可托一二不合者以自恕，不可借蘇、辛諸賢以自諉，二語尤深中時病。蓋不合者，或傳久而訛，或爲嘌唱家所改，或作者本非專家也。蘇、辛之作，論詞品則誠高妙，辨詞體則非本色也。止庵列蘇、辛二公之作於變體之中，此辨章之道宜然，非有所貶於二公也。

《詞源》卷下：

詞不宜强和人韻。若倡者之曲韻寬平，庶可賡歌；倘韻險又爲人所先，則必牽强賡和，句意安能融貫？徒費苦思，未見有全章妥溜者。東坡《次章質夫楊花水龍吟韻》，機鋒相摩，起句便合讓東坡出一頭地，後片愈出愈奇，真是壓倒今古。我輩倘遇險韻，不若祖其元韻隨意换易，或易韻答之。是亦古人三不和之説。

《樂府指迷》：

押韻不必盡有出處，但不可杜撰。若只用出處押韻，却恐窒塞。

詞中多有句中韻，人多不曉。不惟讀之可聽，而歌時最要叶韻應拍，不可以爲閑字而不押。如《木蘭花》云“傾城，盡尋勝去”，“城”字是韻；又如《滿庭芳》過處“年年，如社燕”，“年”字是韻：不可不察也。其它皆可類曉。又如《西江月》，起頭押平聲韻，第二、第四就平聲切去，押側聲韻。如平聲押東字，側聲須押董字、凍字韻方可。有人隨意押入他韻，尤可笑。

《皺水軒詞筌》：

作險韻者，以妥爲貴。史達祖《一斛珠》曰：“鴛鴦意愜。空分付、有情眉睫。齊家蓮子黄金葉。争比秋苔，靴鳳幾番躡。　墻陰月白花重疊，匆匆軟語頻驚怯。宫香錦字將盈篋。雨長新寒，今夜夢魂接。”語甚生新，却無一字不妥也。末語尤有致。

《蓮子居詞話》：

詞有借叶。借叶有二：否讀府，北讀卜，從方言也，唐及兩宋多有之；若辛幼安歌、麻合用，篠、有合用，則用古韻。大抵前人韻有不合處，以二者通之，靡不合也。

借叶之説興，而韻益紊。任取兩宋人所借之韻，因而旁通遞轉，縱逸無歸，古響方音，錯雜並奏，詞又何貴乎韻。所以爲是言者，蓋以著兩宋詞亦有此例，不獨古經、騷、賦、詩也。家數既殊，體裁斯判。且又止此數字庶幾近之。而有才者，本韻自足，何必然也。

吴彦高爲《中州樂府》之冠，不特詞高，其用韻亦謹飭有法。如《人月圓》，專用麻韻；《春從天上來》，專用青韻；《滿庭芳》，專用鹽韻：皆用《廣韻》。即《風流子》，陽、唐並用，只就近通融，不攔入江也。

王鵬運《詞林正韻跋》：

夫詞爲古樂府歌謡變體，晚唐、北宋間，特文人游戲之筆，被之伶倫，實由聲而得韻。南渡後，與詩並列，詞之體始尊，詞之真亦漸失。當其末造，詞已有不能歌者，何論今日。故居今日而言，詞韻實與律相輔，蓋陰陽、清濁，舍此更無從葉律，是以聲亡而韻始嚴。

《蕙風詞話》卷一：

初學作詞，最宜聯句、和韻。始作，取辨而已，毋存藏拙嗜勝之見。久之，靈源日浚，機括日熟，名章俊語紛交，衡有進益於不自覺者矣。手生重理舊彈者，亦然。離群索居，日對古人，研精覃思，寧無心得，未若取徑乎此之捷而適也。

作詠物、詠事詞，須先選韻。選韻未審，雖有絶佳之意、恰合之典，欲用而不能。用其不必用、不甚合者以就韻，乃至涉尖新、近牽强、損風格。其弊與强和人韻者同。

詞用虚字叶韻最難。稍欠斟酌，非近滑，即近佻。憶二十歲時作《綺羅香》，過拍云："東風吹盡柳綿矣。"端木子疇前輩(埰)見之，甚不謂然，申誡至再。余詞至今不復敢叶虛字。又如賺字、偷字之類，亦宜慎用，並易涉纖。兒字尤難用之至。（如船兒、葉兒、風兒、月兒云云。）此字天然近俚，用之得，如閨人口吻，即亦何當風格。乃至村夫子口吻，不尤不可嚮邇耶？若於此等難用之字，筆健能扶之使竪，意精能煉之使穩，庶極專家能事矣。斯境未易臻，仍以不用爲是。

同上卷二：

李蟆洲《拋球樂》云："綺窗幽夢亂如柳，羅袖淚痕凝似錫。"《謁金門》云："可奈薄情如此黠。寄書渾不答。""錫"、"黠"，叶韻雖新，却不墜宋人風格。然如"錫"韻二句，所爭亦止累黍間矣。其不失之尖纖者，以其尚近質拙也。學詞者不可不知。

按詞韻寬嚴之論，自來不一。極端主寬者，毛西河也。其説之違理，已爲前人駁斥矣。然詞韻實較詩韻爲寬，其理，則半塘翁由聲得韻之言得之矣。再證以沈義父"詞腔謂之均。均，即韻也"，及張玉田論結聲正訛不可轉入别腔之説，知韻之與唱，關係尤切。蓋一字之音，有發有收；而收音之部，不出穿鼻、展輔、斂唇、抵腭、直喉、閉口六者。此六者，乃唱曲家所宜别，亦韻部所由分。唱曲之訣，在唱一字不失本字之音；填詞之要，在用一韻不出本部之外。字歸本音，則音正；韻歸本部，則韻諧。音正、韻諧，則無棘喉澀舌之失。古人之詞，付之歌喉，唯求諧協。苟能諧協，即可爲韻，故東、冬、鐘可以合用，青、清、侵絶不相通。此王氏所謂由聲得韻也。後世唱法失傳，宫調不明，不得不就前人之詞，尋其用韻分合之迹，以定詞韻。其意亦與守律相同，務在與宫律相近而已。故不宜濫通，而用韻始嚴矣。至詞家用韻，有間句韻、每句韻、句中韻、平仄相韻、平仄換韻等式，大抵盡有詩家之長，而復參伍錯綜之。惟其如此，尤不可不有法度以貫之，使不至漫無友紀。此詞韻所以不得不作也。

《詞源》卷下：

詞之作必須合律，然律非易學，得之指授方可。若詞人方始作詞，必欲合律，恐無是理，所謂“千里之程，起於足下”，當漸而進可也。正如方得離俗爲僧，便要坐禪守律，未曾見道，而病已至，豈能進於道哉？音律所當參究，詞章先宜精思。俟語句妥溜，然後正之音譜。二者得兼，則可造極玄之域。今詞人才説音律，便以爲難，正合前説，所以望望然去之。苟以此論製曲，音亦易諧，將于于然而來矣。

《樂府指迷》：

初賦詞，且先將熟腔易唱者填了，却逐一點勘，替去生硬及平側不順之字。久久自熟，便覺拗者少。全在推敲吟嚼之功也。

《蓮子居詞話》：

《頻伽詞話》云：“詞有拗調、拗句，須渾然脱口，若不可不用此平仄聲字者，方爲作手。如未能極工，無難取成語之合者以副之，斯不覺其聱牙耳。”兹言最得拗體之訣。推之如《江城梅花引》、《喝火令》、《歸田樂》各體，雖未爲盡拗，然必極精融妥溜而出之。

詞有俗調，如《西江月》、《一翦梅》之類，最難得佳。《念奴嬌》之覽古，《沁園春》之體物，易地而爲之，未有能工焉者矣。

《蕙風詞話》卷五：

詞無不諧適之調，作詞者未能熟精斯調耳。昔人自度一腔，必有會心之處，或專家能知之，而俗耳不能悦之。不拘何調，但能填至二三次，愈填愈佳，則我之心與昔人會。簡淡生澀之中，至佳之音節出焉，難以言語形容者也。唯所作未佳，則領會不到。此詣力，不可强也。

澀之中有味、有韻、有境界。雖至澀之調，有真氣貫注其間，其至者，可使疏宕，次亦不失凝重，難與貌澀者道耳。

按戴文節公熙《習苦齋畫絮》論畫理精絶，多可通之詩詞。如曰："何子貞出楮索書，楮甚澀。澀楮澀墨，澀墨澀筆，澀筆澀思。思不澀不奥，筆不澀不斂，墨不澀不惜。澀寡過，澀亦有功也。萬事澀勝滑。子貞其無訶。"知此，可與論澀調矣。且調之苦澀者，特就詞句言耳。若以付之歌喉，則正其音節抗墜至極處。而詞之聲曲折固存於音譜，亦寄於平仄、清濁之間，細心吟諷，久久亦自可得，此况君"愈填愈佳"之説也。例如《醉翁操》之寫放琴聲，《壽樓春》之抒情沉而悲，皆於字音之中吟諷可得。而《六州歌頭》之繁音促節，尤足見沉鬱悲涼之情。凡此諸調，雖未付之管絃，而能得其音節。推之如《秋思耗》、《花犯》、《倒犯》、《看花回》、《鶯啼序》等，一調有一調之聲情，一調有一調之節奏，即一調有一調之韻味，一調有一調之境界。大抵調愈澀，句愈拗，其韻味愈深長，情節愈高古，境界愈幽奥。好學深思之士，自能得之於方寸。况君所謂"難以言語形容者"，此也。

《詞源》卷下：

詞用事最難，要體認着題，融化不澀。如東坡《永遇樂》云"燕子樓空，佳人何在，空鎖樓中燕"，用張建封事。白石《疏影》云"猶記深宫舊事，那人正睡裏，飛近蛾緑"，用壽陽事。又云"昭君不慣胡沙遠，但暗憶、江南江北。想珮環月夜歸來，化作此花幽獨"，用少陵詩。此皆用事不爲事所使。

《樂府指迷》：

詞中用事使人姓名，須委曲得不用出最好。清真詞多要兩人名對使，亦不可學他。如《宴清都》云"庾信愁多，江淹恨極"，《西平樂》云"東陵晦迹，彭澤歸來"，《大酺》云"蘭成憔悴，衛玠清羸"，《過秦樓》云"才減江淹，情傷奉倩"之類是也。

煉句下語，最是緊要。如説桃，不可直説破桃，須用"紅雨"、"劉郎"等字；説柳，不可直説破柳，須用"章臺"、"灞岸"等字。又用事，如曰"銀鈎空滿"，便是書字了，不必更説書字；"玉箸雙垂"，便是淚了，不必更説淚。如“緑雲繚繞”，隱然髻髮；“困便湘竹”，分明是簟。正不必分曉，如教初學小兒，説破這是甚物事，方見妙處。往往淺學俗流，多不曉此妙用，指爲不分曉，乃欲直捷説破，却是賺人與耍曲矣。如説情，不可太露。

《金粟詞話》：

作詞必先選料。大約用古人之事，則取其新僻，而去其陳因；用古人之語，則取其清雋，而去其平實；用古人之字，則取其鮮麗，而去其淺俗。不可不知也。

《皺水軒詞筌》：

作詞不待用事，用之妥切，則語始有情。劉叔安《水龍吟·立春懷内》曰：“雙燕無憑，尺書難表，甚時回首。想畫闌倚遍，東風閑負，却桃花咒。”此用樊夫人劉綱事，妙在與己姓暗合。若他人用之，雖亦好語，終減量矣。

《蓮子居詞話》：

周美成詠梨花云：“傳火樓臺，妬花風雨，長門深閉。亞簾櫳半濕，一枝在手，偏勾引、黄昏淚”，用“深閉門”及“一枝春帶雨”意，圓轉工切。黄德文則云：“一春花下，幽恨重重。又愁晴，又愁雨，又愁風”，却絶不使梨花事，然何嘗不是梨花耶？

《人間詞話》：

詞忌用替代字。美成《解語花》之“桂華流瓦”，境界極妙，惜以“桂華”二字代月耳。夢窗以下，則用代字更多。其所以然者，非意不足，則語不妙也。蓋意足則不暇代，語妙則不必代。此少游之“小樓連苑”、“綉轂雕鞍”，所以爲東坡所譏也。

沈伯時《樂府指迷》云：“説桃，不可直説破桃，須用‘紅雨’、‘劉郎’等字；詠柳，不可直説破柳，須用‘章臺’、‘灞岸’等字。”若惟恐人不用代字者。果以是爲工，則古今類書具在，又安用詞爲耶？宜其爲《提要》所譏也。

人能於詩詞中不爲美刺投贈之篇，不使隸事之句，不用粉飾之字，則於此道已過半矣。

以《長恨歌》之壯采，而所隸之事，只“小玉”、“雙成”四字，才有餘也。梅村歌行，則非隸事不辦。白、吴優劣，即於此見。不獨作詩爲然，填詞亦不可不知也。

按填詞純重情思與兼尚色澤，皆爲要論。惟僅有色澤，而情思平凡，乃爲下乘。至敷色濃淡之間，亦有斟酌。大抵須與情思相發，所謂“連情發藻，佯色揣稱”也。此中分寸，全在作者臨時自己商略。然人之好尚不同，性質各異，通脱者以情真思深爲極致，精密者用藻麗工細爲準繩。此所以或講用事之功，或主清空之論也。蓋用事乃文家修辭之技，修辭之要，劉彦和“以少總多，情貌無遺”八字盡之矣。然真美之文，亦必無施而不可。譬如美女，嚴莊麗飾固佳，亂頭粗服亦佳也。若單就修辭之技言之，則用事與隸事亦有别。用事者，取古人往事與作者所欲言者切合之處，以爲比附，而此欲言者，或不欲明言，或不敢明言，得此切合之處比附言之，則欲言者已可使人領略，不但精切，而且婉約，能以少字表多意，能以簡語達深情。而隸事，則徒徵故實，彌見餖飣，譬之事類賦之流，但使人賞其運典切題、記問淹博而已，是技而非道也。至代字之法，亦修辭家所許。蓋文之爲訓，本有文彩、文飾之義，即尋常語言，亦多粉飾之詞，所以動觀聽、增情趣也。但用之以不曲、不滯、不晦爲要。曲者，轉折太多。如乙本代甲，丙又代乙，作者嫌乙平近，用丙代之，以爲新奇，其失也生僻。例如秋風可代以商飆，而商屬金，風爲天籟，如以金籟代之，則生僻矣。滯者，以無生之字代有生之物，使之冥頑不靈。例如：白魚，活潑之物也，以玉尺代之，則滯矣；黄鶯，活潑之物也，以金梭代之，則滯矣。晦者，代者與所代者無連貫之義，使人閲之不明。例如：遠樹如薺，乃竟以薺代遠樹，如“遥望天邊薺”，則失其義矣。又言桃，不説破桃，言柳，不説破柳，亦避平近及免重複之意，未可便爲要訣。當相度全篇地位。如上文已言及桃、柳，此但形容桃花之色，或柳枝之態，自以用形容字爲宜。至如夢窗“檀欒金碧，婀娜蓬萊”八字所以被譏者，以“檀欒”代竹，“婀娜”代柳，“金碧”代樓臺，“蓬萊”代洲渚，八字全用代詞也。玉田譏其質實，蓋指敷色太濃而言。究之此等作法，實爲空甚。故其真質實景，必待略加思索始見。意在使其景物更加美麗，未必便爲疵病。詞家所重，固不在此。特詞至南宋，作家於情思之外，兼重敷藻之功，於是修辭之技亦在所精研。吾輩但觀其是否與情思相發，是否犯曲、滯、晦之忌而已。前人毀譽，自別有故。大抵意在救時弊者，立言或不免有偏宕之處，亦不可不細辨也。

餘論第七

《詞源》卷下：

詞既成，試思前後之意不相應，或有重疊句意，又恐字面粗疏，即爲修改。改畢，净寫一本，展之几案間，或貼之壁，少頃再觀，必有未穩處，又須修改；至來日再觀，恐又有未盡善者；如此改之又改，方成無瑕之玉。倘急於脱稿，倦事修擇，豈能無病，不惟不能全美，抑且未協音聲。作詩者且猶旬鍛月煉，況於詞乎？

《蕙風詞話》卷一：

佳詞作成，便不可改；但可改，便是未佳。改詞之法，如一句之中有兩字未協，試改兩字，仍不愜意，便須换意，通改全句。牽連上下，常有改至四五句者。不可守住元來句意，愈改愈滯也。

改詞須知挪移法。常有一兩句語意未協，或嫌淺率。試將上下互易，便有韻致。或兩意縮成一意，再添一意，更顯厚。此等倚聲淺訣，若名手意筆兼到，愈平易，愈渾成，無庸臨時掉弄也。

按此皆詞家自道甘苦之言，亦初學最宜留意之事。不可倦於修擇，以自然二字文飾。須知極自然之作，必從極不自然中層層修改而出。關於此事，昔撰《文學中相反相成之義》一文，論之甚詳。文中曾引釋皎然《詩式》之説而後引申其義，亦可以發張、況未發之奥也。

皎然《詩式》論取境曰："或云：詩不假修飾，任其醜樸，但風韻正、天真全，即名上等。予曰：不然。無鹽闕容而有德，曷若文王太姒有容而有德乎？又云：不要苦思，苦思則喪自然之質。此亦不然。夫不入虎穴，焉得虎子？取境之時，須至難至險，始見奇句；成篇之後，觀其氣貌，有似等閒，不思而得。此高手也。有時意静神至，佳句縱横，若不可遏，宛若神助；不然，蓋由先積精思，因神王而得乎？"皎然此論，可謂能發雕琢之奥義者矣，惜夫人之不深察也。蓋古今佳作，未有不經鍛煉之功者。其理至明。當其將成之時，莫不至難至險，及其既成之後，又必不存錘鑿之迹而自然華妙，乃爲高手。譬如良工之治玉然。未成之時，則鑿迹宛然；既成之後，則明潤悦懌。然而匠人未聞出其鑿迹宛然者求售，而人之市玉者，亦未聞舍明潤悦懌者而求鑿迹宛然者。蓋不有鑿迹宛然者，則不能明潤悦懌；玉必明潤悦懌，而後其美質乃彰也。爲文何獨不然。自然之美，豈矢口所能道，要當有雕琢之功，而後可見也。皎然所云"先積精思，因神王而得"，則句"若神助"，其義至精當。蓋作者每當天機流暢、興會標舉之時，忽得佳句，看似無奇，實非偶爾。曹植援牘，若成誦在心，借書於手；王粲屬文，舉筆便成，無所改定。此二者固由才思敏捷，亦非絶無學力。可能當其平居沉冥思索之時，即可以助倉卒臨文之用。杜甫作詩，古稱下筆如有神助，然而老杜固嘗言之曰："讀書破萬卷，下筆如有神。"下筆有神，必在讀破萬卷之後，則亦非淺學者所能妄擬矣。

雖然廢雕琢之功者，固不可造自然之境；而功之未至者及爲之太過者，亦足以損天真而減聲價也。故雕琢之事，自有適宜之限度。能達於適宜之限度者，增一分則太過，減一分則不及，尋之不見錘鑿之痕，覽之惟有天然之妙。當此之時，其酣暢舒愉、洽心當意，有非可言説者存，故東坡謂行文爲至樂之事也。歷來作家，往往因此適宜之限度難得，而積日夕之力以求之。其冥心苦索，誠有如士衡所謂“攬營魂以探賾，頓精爽以自求”者。薛道衡之閉門卧索、賈島之手作推敲、李賀之嘔心劌肝，每至於忘形、廢事而不自知者，皆以求洽心當意而未得也。故文學之事，其至難之端不在雕琢之工緻，而在雕琢有適宜之限度。古代名手之作，原稿多不可見。其用心之苦，遂非後人所能知。然而偶爾流傳之句，吾人得之，大可供研究之用。例如：杜甫曲江對酒詩“桃花細逐楊花落，黄鳥時兼白鳥飛”一聯，原稿上句作“桃花欲共楊花語”。今即此二句比較之：“欲共語”三字，不免有矯揉造作之狀，而“細逐落”三字，則自然工穩；且“細逐”二字含意無窮，固不止“欲共語”之一意也。他如洪邁《容齋隨筆》載，王荆公“春風又緑江南岸”一句，初作“又到”，圈去，注曰“不好”，改爲“過”，又圈去，改爲“入”，旋又改爲“滿”，如是改至十許字，始定爲“緑”。又黄魯直“高蟬正用一枝鳴”一句，“用”字初作“抱”，又改曰“占”、曰“在”、曰“帶”、曰“要”，至“用”字始定。凡此所記，豈故爲煩瑣，亦以適宜之限度，求之正自不易也。

按今人動譏古人鍛煉之功，以爲損自然之美，其粗淺之見，實不值一哂。又填詞者每以辛稼軒出語天然，以爲易學，群起效之。不知稼軒之看似平易，亦在讀破萬卷之後，加以天情開朗、工力深厚，故能渾然脱去畦町。此皎然所謂“先積精思，因神王而得”，蕙風所謂“愈平易，愈渾成”也。然則，學者安可不思研閲馴致之功，不講積學酌理之效，而輕擬古人哉！

宋詞聲律探源大綱

目　　录

一、總　　論

1. 何爲聲律

《禮記·樂記》：凡音之起，由人心生也（慰苦感樂）。人心之動，物使之然也（反映生活）。感於物而動，故形於聲（發爲詩歌，形成音樂）。……樂者，音之所由生也，其本在人心之感於物也（物兼事言，即人的生活）。……凡音者，生人心者也。情動於中，故形於聲，聲成文謂之音。是故治世之音安以樂，其政和（感樂）；亂世之音怨以怒，其政乖（慰苦）；亡國之音哀以思，其民困（抒哀）。聲音之道，與政通矣（反映政治和社會現狀）。

《尚書·舜典》：詩言志，歌永言，聲依永，律和聲。

（孔疏：詩言人之志意，歌詠其義以長其言。樂聲依此長歌爲節，律呂和此長歌爲聲。）

六律：黄鐘　太簇　姑洗　蕤賓　夷則　無射

六呂：大呂　應鐘　南呂　林鐘　仲呂　夾鐘

沈約《宋書·謝靈運傳論》：見後檢查齊梁新體詩總論中

劉彦和《文心雕龍·聲律篇》：夫音律所始，本於人聲者也。……故知器寫人聲，聲非學器者也。故言語者，文章神明樞機，吐納律呂，脣吻而已。……轆轤交往，逆鱗相比。（相重相間。）

2. 爲何要探宋詞的源

（甲）聲律與人情之關係。

（乙）聲律與韻文之關係。

（丙）聲律與音樂之關係。

(丁)韻文與音樂之關係。

(戊)宋詞爲聲律最完成的階段。

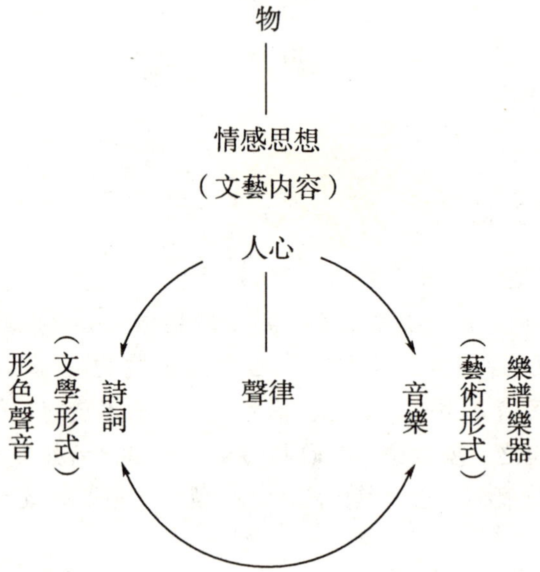

二、漢魏古詩之聲律出於自然

檢查《古詩十九首》之聲律，五言詩起源於漢、魏古詩，故從《古詩十九首》檢查開始。

以十代平　　以一代仄

《古詩十九首》之六：

1	涉江采芙蓉， －＋－＋＋	2	蘭澤多芳草。 ＋－＋＋－	三平二仄	三平二仄。
3	采之欲遺誰， －＋－＋＋	4	所思在遠道。 －＋－－－	三平二仄	一平四仄
5	還顧望舊鄉， ＋－－－＋	6	長路漫浩浩。 ＋－＋－－	二平三仄	二平三仄
7	同心而離居， ＋＋＋＋＋	8	憂傷以終老。 ＋＋－＋－	五平	三平二仄

1. 此八句中，一平四仄者一句，二平三仄者二句，三平二仄者四句，五平者一句。

2. 此八句中，惟 1 與 3 平仄排列相同。

3. 此八句中，無一合於律句者。

所謂律句的基本組織有平仄起兩種。

平起者爲：＋ ＋ － － ＋

仄起者爲：－ － ＋ ＋ －

一切變化皆由此而生，如：

＋ ＋ ＋ － －　　　　－ － － ＋ ＋

或＋ － － ＋ ＋　　　　－ ＋ ＋ － －

《古詩十九首》之十：

1	迢迢牽牛星， ＋＋＋＋＋	2	皎皎河漢女。 －－＋－－	五平	一平四仄
3	纖纖擢素手， ＋＋－－－	4	札札弄機杼。 －－－＋－	二平三仄	一平四仄
5	終日不成章， ＋－－＋＋	6	泣涕零如雨。 －－＋＋－	三平二仄	二平三仄
7	河漢清且淺， ＋－＋－－	8	相去復幾許。 ＋－－－－	二平三仄	一平四仄
9	盈盈一水間， ＋＋－－＋	10	脈脈不得語。 －－－－－	三平二仄	五仄

1. 此十句中，一平四仄者三句。二平三仄者三句，三平二仄者二句，五平者一句，五仄者一句。

2. 此十句中，無有兩句平仄排列相同者。

3. 此十句中，惟 6 與 9 兩句平仄合於律句。

《古詩十九首》之二：

1	青青河畔草， ＋＋＋－－	2	鬱鬱園中柳。 －－＋＋－	三平二仄	二平三仄
3	盈盈樓上女， ＋＋＋－－	4	皎皎當窗牖。 －－＋＋－	三平二仄	二平三仄
5	娥娥紅粉妝， ＋＋＋－＋	6	纖纖出素手。 ＋＋－－－	四平一仄	二平三仄
7	昔爲倡家女， －＋＋＋－	8	今爲蕩子婦。 ＋＋－－－	三平二仄	二平三仄
9	蕩子行不歸， －－＋－＋	10	空床難獨守。 ＋＋＋－－	二平三仄	三平二仄

1. 此十句中，三平二仄者四句，二平三仄者五句，四平一仄者一句。

2. 此十句中，惟 1 與 3，2 與 4，6 與 8 平仄排列相同。

3. 此十句中，惟 1、3、10 三句，2、4 兩句合於律句。

4. 此十句中，凡平仄排列相同者，皆單句與單句相重間雙句，雙句與雙句相重間單句。

《古詩十九首》之一：

1	行行重行行，	+++++	2	與君生別離。	−++−+	五平	三平二仄
3	相去萬餘里，	+−−+−	4	各在天一涯。	−−+−+	二平三仄	二平三仄
5	道路阻且長，	−−−−+	6	會面安可知。	−−+−+	一平四仄	二平三仄
7	胡馬依北風，	+−+−+	8	越鳥巢南枝。	−−+++	三平二仄	三平二仄
9	相去日已遠，	+−−−−	10	衣帶日已緩。	+−−−−	一平四仄	一平四仄
11	浮雲蔽白日，	++−−−	12	游子不顧返。	+−−−−	二平三仄	一平四仄
13	思君令人老，	++−+−	14	歲月忽已晚。	−−−−−	三平二仄	五仄
15	棄捐勿復道，	−+−−−	16	努力加餐飯。	−−++−	一平四仄	二平三仄

1. 此十六句中一平四仄者五句，二平三仄者四句，三平二仄者四句，五平者一句，五仄者一句。

2. 此十六句中，平仄排列相同者，惟 4 與 6，9 與 10、12。

3. 此十六句中，與律句相合者惟 16。

4. 此十六句中，雙句與雙句相重間單句者有 4 與 6，10 與 12。

《古詩十九首》之九：

1	庭中有奇樹，	++−+−	2	綠葉發華滋。	−−−++	三平二仄	二平三仄
3	攀條折其榮，	++−++	4	將以遺所思。	+−+−+	四平一仄	三平二仄
5	馨香盈懷袖，	++++−	6	路遠莫致之。	−−−−+	四平一仄	一平四仄
7	此物何足貴，	−−+−−	8	但感別經時。	−−−++	一平四仄	二平三仄

1. 此八句中，一平四仄者二句，二平三仄者二句，三平二仄者二句，四平一仄者二句。

2. 此八句中，合於律句者，惟 2 與 8 兩句。

陸士衡《擬古詩十九首·涉江采芙蓉》：

1	上山采瓊蕊， －＋－＋－	2	穹谷饒芳蘭。 ＋－＋＋＋	二平三仄　四平一仄
3	采采不盈掬， －－－＋－	4	悠悠懷所歡。 ＋＋＋－＋	一平四仄　四平一仄
5	故鄉一何曠， －＋－＋－	6	山川阻且難。 ＋＋－－＋	二平三仄　三平二仄
7	沈思鍾萬里， ＋＋＋－－	8	躑躅獨吟嘆。 －－－＋＋	三平二仄　二平三仄

1. 此八句中，一平四仄者一句，二平三仄者三句，三平二仄者二句，四平一仄者二句。

2. 此八句中，平仄排列相同者惟 1 與 5 兩句。

3. 此八句中，合於律句者有 6、7、8 三句。

《古詩十九首》之四：

1	今日良宴會， ＋－＋－－	2	歡樂難具陳。 ＋－＋－＋	二平三仄　三平二仄
3	彈箏奮逸響， ＋＋－－－	4	新聲妙入神。 ＋＋－－＋	二平三仄　三平二仄
5	令德唱高言， －－－＋＋	6	識曲聽其真。 －－－＋＋	二平三仄　二平三仄
7	齊心同所願， ＋＋＋－－	8	含意俱未申。 ＋－－－＋	三平二仄　二平三仄
9	人生寄一世， ＋＋－－－	10	奄忽若飆塵。 －－－＋＋	二平三仄　二平三仄
11	何不策高足， ＋－－＋－	12	先據要路津。 ＋－－－＋	二平三仄　二平三仄
13	無爲守貧賤， ＋＋－＋－	14	轗軻長苦辛。 －＋＋－＋	三平二仄　三平二仄

1. 此十四句中，二平三仄者九句，三平二仄者五句。

2. 此十四句中，平仄排列相同者，惟 5 與 6 與 10，3 與 9。

3. 此十四句中，與律句相同者有 4、5、6、7、10。

阮籍《詠懷》：

1	夜中不能寐， －＋－＋－	2	起坐彈鳴琴。 －－＋＋＋	二平三仄	三平二仄
3	薄帷鑒明月， －＋－＋－	4	清風吹我衿。 ＋＋＋－＋	二平三仄	四平一仄
5	孤鴻號外野， ＋＋＋－－	6	朔鳥鳴北林。 －－＋－＋	三平二仄	二平三仄
7	徘徊將何見， ＋＋－＋－	8	憂思獨傷心。 ＋＋－＋＋	三平二仄	四平一仄

1. 此八句中，二平三仄者三句，三平二仄者三句，四平一仄者二句。

2. 此八句中，平仄排列相同者惟 1 與 3。

3. 此八句中，合律句者惟 5 一句。

曹子建《雜詩》：

1	高臺多悲風， ＋＋＋＋＋	2	朝日照北林。 ＋－－－＋	五平	二平三仄
3	之子在萬里， ＋－－－－	4	江湖迴且深。 ＋＋－－＋	一平四仄	三平二仄
5	方舟安可極， ＋＋＋－－	6	離思故難任。 ＋－－＋＋	三平二仄	三平二仄
7	孤雁飛南游， ＋－＋＋＋	8	過庭長哀吟。 －＋＋＋＋	四平一仄	四平一仄
9	翹思慕遠人， ＋＋－－＋	10	願欲託遺音。 －－－＋＋	三平二仄	二平三仄

1. 此十句中，一平四仄者一句，二平三仄者二句，三平二仄者四句，四平一仄者二句，五平者一句。

2. 此十句中，平仄排列無一同者。如以律詩定律觀之，則 6、10 亦可相重，因“願”字在第一位，可不論也。

3. 此十句中，合於律句者，有 4、5、6、9、10 五句。

顔延之《五君詠·嵇中散》：

1	中散不偶世， ＋－－－－	2	本自餐霞人。 －－＋＋＋	一平四仄	三平二仄
3	形解驗默仙， ＋－－－＋	4	吐論知凝神。 －－＋＋＋	二平三仄	三平二仄
5	立俗忤流議， －－－＋－	6	尋山洽隱淪。 ＋＋－－＋	一平四仄	三平二仄
7	鸞翮有時鎩， ＋－－＋－	8	龍性誰能馴。 ＋－＋＋＋	二平三仄	四平一仄

1. 此八句中，一平四仄者二句，二平三仄者二句，三平二仄者三句，四平一仄者一句。

2. 此八句中，平仄排列相同者，惟 2 與 4 兩句。

3. 此八句中，合於律句者惟 6 一句。

謝靈運《石壁精舍還湖中作》：

1	昏旦變氣候， ＋－－－－	2	山水含清暉。 ＋－＋＋＋	一平四仄	四平一仄
3	清暉能娛人， ＋＋＋＋＋	4	游子憺忘歸。 ＋－－＋＋	五平	三平二仄
5	出谷日尚早， －－－－－	6	入舟陽已微。 －＋＋－＋	五仄	三平二仄
7	林壑斂暝色， ＋－－－－	8	雲霞收夕霏。 ＋＋＋－＋	一平四仄	四平一仄
9	芰荷迭映蔚， ＋＋－－－	10	蒲稗相因依。 ＋－＋＋＋	二平三仄	四平一仄
11	披拂趨南徑， ＋－＋＋－	12	愉悅偃東扉。 ＋－－＋＋	三平二仄	三平二仄
13	慮淡物自輕， －－－－＋	14	意愜理無違。 －－－＋＋	一平四仄	二平三仄
15	寄言攝生客， －＋－＋－	16	試用此道推。 －－－－＋	二平三仄	一平四仄

1. 此十六句中，一平四仄者四句，二平三仄者三句，三平二仄者四句，四平一仄者三句，五平者一句，五仄者一句。

2. 此十六句中，平仄相同者惟 1 與 7，2 與 10，4 與 12、14，13 與 16。

3. 此十六句中，合於律句者有 4、12、14 三句。

小　結

由上各例，檢查結果，知從漢、魏至晉、宋各家作者，對於詩之聲律皆出於自然，故其平仄排列，極無規律，然有當注意者六：

1. 凡平仄排列相同者，多爲單句與單句相重間雙句，或雙句與雙句相重間單句，如 1 與 3 間 2，或 2 與 4 間 3 是也。

2. 詩的句數，漸有由多句趨向少句之勢，由十句或十餘句趨向八句之勢。

3. 其各句排列之法，間有合於律句者，但合律者少，不合者多，所謂律句的基本排列式爲＋ ＋ 一 一 ＋與一 一 ＋ ＋ 一，此種排列式乃合於相重相間之原理也。

4. 律詩句法，五言者有兩定律，即

一、凡偶字句必平仄相間相重，否則拗。

二、凡奇字平仄可互易，惟第五字不可與第三字同聲，否則拗。

根據上二定律，則古詩五言之中，其合於律句者亦可以此理決定。

5. 凡入聲字有時可代平用，且作者多北人；北人遇入聲字多讀成平。

6. 古今音讀，有所不同，此點亦應注意。今據此時之音讀排列或有與古音讀不同者，因而更覺其聲律諧協者少。

三、永明新變體

齊永明(武帝蕭賾 483—493)年間，詩人有謝朓、王融、沈約諸人變古詩爲新體。其所謂新與變，最顯著者爲講求聲律。當時有四聲八病之説，其説甚苛，即沈約自作亦不能嚴守，然即此可見當時對於聲律之重視。故沈作《謝靈運傳論》，謂："自騷人以來，此秘未睹。"其自恃之高如此，其論聲律有"欲使宫羽相變，(《周禮》："大不逾宫，細不過羽。"《文心雕龍》："宫商響高，徵羽聲下。")低昂互節，若前有浮聲，則後須切響，一篇之内，音韻盡殊；兩句之中，輕重悉異，妙達此旨，始可言文。"觀其此論，於相間相重之理已有前知，惟當時鍾嶸著《詩品》反對此法，其意以爲："文制本須諷誦，不可蹇礙，但今清濁通流，口吻調利，斯爲足氣，至平上去入，則余病未能。"(見《詩品・序》)其不以沈説爲是，即此可見。其後陸厥致書沈約，不滿沈"此秘未睹"之言，故沈答陸書復申前説，謂"宫商之聲有五，文字之别累萬。以累萬之繁，配五聲之約，高下低昂，非思力所舉，又非止若斯而已也。十字之文，顛倒相配，字不過十，巧歷已不能盡，何況復過於此？靈均以來，未經用之於懷抱，固無從能得其彷彿矣。……自古辭人，豈不知宫羽之殊、商徵之别？雖知五音之異，而其中參差變動，所昧實多，故鄙意所謂此秘未睹者也。(又梁武帝問王融何謂四聲，融答曰："天子聖哲。")可見此事在文學上是一進步，而當時頗有争論。今試一檢查謝、沈諸人之作，則可知已與古詩不同而與唐律相近，是新變體者，唐律之先型，而韻文之進步也。

謝朓《望三湖》：

1	積水照赬霞，	2	高臺望歸翼。	二平三仄　三平二仄
	－－－＋＋		＋＋－＋－	
3	平原周遠近，	4	連汀見紆直。	三平二仄　三平二仄
	＋＋＋－－		＋＋－＋－	
5	葳蕤向春秀，	6	芸黃共秋色。	三平二仄　三平二仄
	＋＋－＋－		＋＋－＋－	
7	薄暮傷哉人，	8	嬋媛復何極。	三平二仄　三平二仄
	－－＋＋＋		＋＋－＋－	

1. 此八句中，二平三仄者一句，三平二仄者七句。
2. 此八句中，惟雙句 2、4、6、8 四句相重，而單句不相重。
3. 此八句中，與律句相合者有 1、3 二句。

謝朓《奉和隨王殿下詩十六首》之十一：

1	方池含積水，	2	明月流皎鏡。	三平二仄　三平二仄
	＋＋＋－－		＋＋－＋－	
3	規荷承日泫，	4	彯鱗與風泳。	三平二仄　三平二仄
	＋＋＋－－		＋＋－＋－	
5	上善葉淵心，	6	止川測動性。	二平三仄　一平四仄
	－－－＋＋		－＋－－－	
7	幸是方春來，	8	側點游濠盛。	三平二仄　二平三仄
	－－＋＋＋		－－＋＋－	

1. 此八句中，一平四仄者一句，二平三仄者二句，三平二仄五句。

2. 此八句中，1 與 3、5 與 7、2 與 4 相重，漸形成單句與單句、雙句與雙句兩兩相重之勢。

3. 此八句中，與律句相合者有 1、3、5、8 四句。

謝朓《曲池之水》：

1	緩步遵莓渚， －－＋＋－	2	披襟待蕙風。 ＋＋－－＋	二平三仄　三平二仄
3	芙蕖舞輕帶， ＋＋－＋－	4	苞筍出芳叢。 ＋－－＋＋	三平二仄　三平二仄
5	浮雲自西北， ＋＋－＋－	6	江海思無窮。 ＋－－＋＋	三平二仄　三平二仄
7	鳥去能傳響， －－＋＋－	8	見我綠琴中。 －－－＋＋	二平三仄　二平三仄

1. 此八句中，二平三仄者三句，三平二仄者五句。

2. 此八句中，如不計第一字，與律句合者有1、2、4、6、7、8六句。

3. 此八句中，1與7相重，3與5相重，皆單句也。雙句惟4與6相重，雖單、雙句同用一式而不全。

謝朓《同謝諮議詠銅爵臺》：

1	繐帷飄井干， －＋＋－－	2	樽酒若平生。 ＋－－＋＋	二平三仄　三平二仄
3	鬱鬱西陵樹， －－＋＋－	4	詎聞歌吹聲。 －＋＋－＋	二平三仄　三平二仄
5	芳襟染淚迹， ＋＋－－－	6	嬋娟空復情。 ＋＋＋－＋	二平三仄　四平一仄
7	玉座猶寂寞， －－＋－－	8	況乃妾身輕。 －－－＋＋	一平四仄　二平三仄

1. 此八句中，一平四仄者一句，二平三仄者四句，三平二仄者二句，四平一仄者一句。

2. 此八句中，雙句與單句大致各用一式。

3. 此八句中，4與6、2與8皆第一字平仄互易，故4句之仄可作平，8句之仄亦可作平。

4. 此八句中，與律句相合者有1、2、3、8四句(不計第一字)。

謝朓《離夜》：

1	玉繩隱高樹， −+−+−	2	斜漢耿層臺。 +−−++
3	高堂華燭盡， +++−−	4	别幌清琴哀。 −−+++
5	翻潮尚知恨， ++−+−	6	客思渺難裁。 −−−++
7	山川不可夢， ++−−−	8	況乃故人杯。 −−−++

1. 此八句中，二平三仄者四句，三平二仄者四句。

2. 此八句中，1 與 5、3 與 7，交互相重，2、4、6、8 連讀相重，亦備用同一式者。

3. 此八句中，與律句相合者有 2、3、6、8 四句(第一字不計)。

沈約《直學省愁卧》：

1	秋風吹廣陌， +++−−	2	蕭瑟入南闈。 +−−++
3	愁人掩軒卧， ++−+−	4	高窗時動扉。 +++−+
5	虚館清陰滿， +−++−	6	神宇曖微微。 +−−++
7	網蟲垂户織， −++−−	8	夕鳥傍檐飛。 −−−++
9	纓珮空爲忝， +−++−	10	江海事多違。 +−−++
11	山中有桂樹， ++−−−	12	歲暮可言歸。 −−−++

此式除 1、2、3、4 四句外，餘皆同用一式也(7、11 句第一、第三字可不計)。

沈約《別范安成》：

1	生平少年日， ＋＋－＋－	2	分手易前期。 ＋－－＋＋
3	及爾同衰暮， －－＋－－	4	非復別離時。 ＋－－＋＋
5	勿言一尊酒， －＋－＋－	6	明日難重持。 ＋－＋＋＋
7	夢中不識路， －＋－－－	8	何以慰相思。 ＋－－＋＋

此除 3、7 句外，單句、雙句各用一式者。

沈約《詠青苔》：

1	緣階已漠漠， －＋－－－	2	泛水復綿綿。 －－－＋＋
3	微根爲欲斷， ＋＋＋－－	4	輕絲似更聯。 ＋＋－－＋
5	長風隱細草， ＋＋－－－	6	深堂没綺錢。 ＋＋－－＋
7	縈鬱無人贈， ＋－＋＋－	8	葳蕤徒可憐。 ＋＋＋－＋

此詩 2 與 7 無相重者，餘皆用一式。

沈約《詠篪》：

1	江南簫管地， ＋＋＋－－	2	妙響發孫枝。 －－－＋＋
3	殷勤寄玉指， ＋＋－－－	4	含情舉復垂。 ＋＋－－＋
5	雕梁再三繞， ＋＋－－－	6	輕麈四五移。 ＋＋－－＋
7	曲中有深意， －＋－＋－	8	丹誠君詎知。 ＋＋＋－＋

此又單句用一式，雙句另用一式者。

沈約《携手曲》：

1	舍轡下離輅，	2	更衣奉御床。
	－－－＋－		＋＋－－＋
3	斜簪映秋水，	4	開鏡比春妝。
	＋＋－＋－		＋－－＋＋
5	所畏紅顔促，	6	君恩不可長。
	－－＋＋－		＋＋－－＋
7	鵁冠且容裔，	8	豈吝桂枝亡。
	－＋－＋－		－－－＋＋

此亦單句、雙句同式者，此交互全式。

王融《臨高臺》：

1	游人欲騁望，	2	積步上高臺。
	＋＋－̣－－		－－－＋＋
3	井蓮當夏吐，	4	窗桂逐秋開。
	－̣＋＋－－		＋－－＋＋
5	花飛低不入，	6	鳥散遠時來。
	＋＋＋－－		－－－＋＋
7	還看雲陣影，	8	含月共徘徊。
	＋＋＋－－		＋－－＋＋

此單句與雙句各用一式者，與前沈約《别範安成》詩相反。

王融《餞謝文學離夜》：

1	所知共歌笑，	2	誰忍别笑歌。
	－̣＋－＋－		＋－－－＋
3	離軒思黄鳥，	4	分渚愛青莎。
	＋＋－＋－		＋－－＋＋
5	翻情結遠旆，	6	灑淚與行波。
	＋＋－－－		－－－＋＋
7	春江夜明月，	8	還望情如何。
	＋＋－＋－		＋̣－＋̣＋＋

何遜《銅雀妓》：

1	秋風木葉落， ＋＋－－－	2	蕭瑟管絃清。 ＋－－＋＋
3	望陵歌對酒， －＋＋－－	4	向帳舞空城。 －－－＋＋
5	寂寂檐宇曠， －－＋－－	6	飄飄帷幔輕。 ＋＋＋－＋
7	曲終相顧起， －＋＋－－	8	日暮松柏聲。 －－＋－＋

此單句全，雙句不全者。

何遜《詠早梅》：

1	兔園標物序， －＋＋－－ （＋）	2	驚時最是梅。 ＋＋－＋＋
3	銜霜當路發， ＋＋＋－－	4	映雪擬寒開。 －－－＋＋ （＋）
5	枝橫却月觀， ＋＋－－－ （＋）	6	花繞臨風臺。 ＋－＋＋＋ （－）
7	朝灑長門泣， ＋－＋＋－	8	夕駐臨邛杯。 －－＋＋＋
9	應知早飄落， ＋＋－＋－	10	故逐上春來。 －－＋＋＋

此連續式之未全者（連續式無此者，《詠早梅》一首比較多用此式，《詠青苔》一首同，然已較聲律不協之古詩不同）。

庾信《詠畫屏風廿五首》之七：

1	高閣千尋跨，	＋－＋＋－	2	重檐百丈齊。	＋＋－－＋
3	雲度三分近，	＋－＋＋－	4	花飛一倍低。	＋＋－－＋
5	吹簫迎白鶴，	＋＋＋－－	6	照鏡舞山雞。	－－－＋＋
7	何勞愁日暮，	＋＋＋－－	8	未有夜烏啼。	－－－＋＋

此亦單雙句同一式者，此分段全式。

梁簡文帝蕭綱《玄圃納涼》：

1	登山想劍閣，	＋＋－－－	2	逗浦憶辰陽。	－－－＋＋
3	飛流如凍雨，	＋＋＋－－	4	夜月似秋霜。	－－－＋＋
5	螢翻競晚熱，	＋＋－－－	6	蟲思引秋涼。	＋－－＋＋ (－)
7	鳴波如礙石，	＋＋＋－－	8	暗草別蘭香。	－－－＋＋

此單雙句各用一式者。

小　結

1. 律句較多。
2. 排列之式較多。
3. 排列相重相間較多。

　　除單雙句同式者外，有半式者：如謝朓《望三湖》是；有複式者：王融《臨高臺》、謝朓《離夜》及《詠銅爵臺》是；有不全式者：如何遜《詠早梅》者是。

4. 連續式無全首者，其故以其太單調也。
5. 半式之詩多係雙句相重間單句，無單句相重間雙句者，其理與句中雙數必相間相重之理同。

合上檢查出來新變體之平仄排列方式，單雙句均同者，可得四種，今將其直列如下，假定皆是五言八句者。

(1)連續式

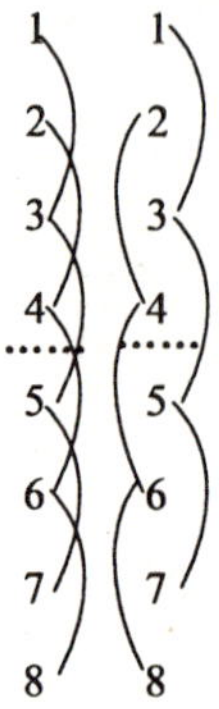

(2)分段式

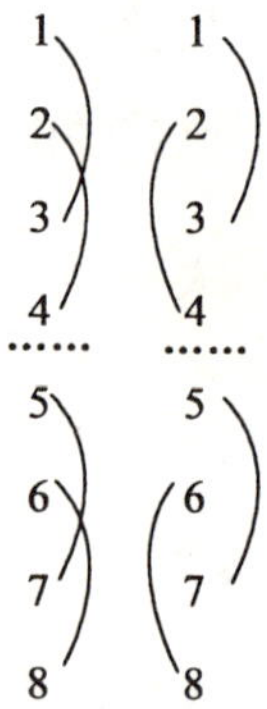

(3)雙抱式

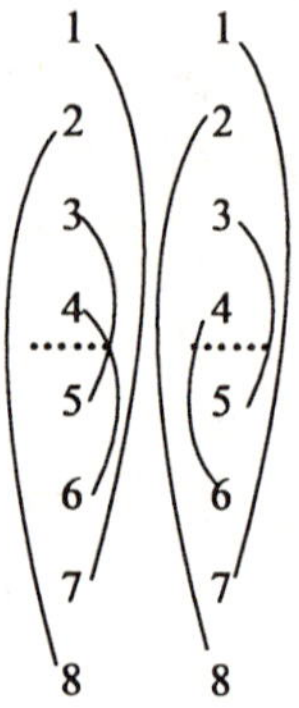

(4)交互式

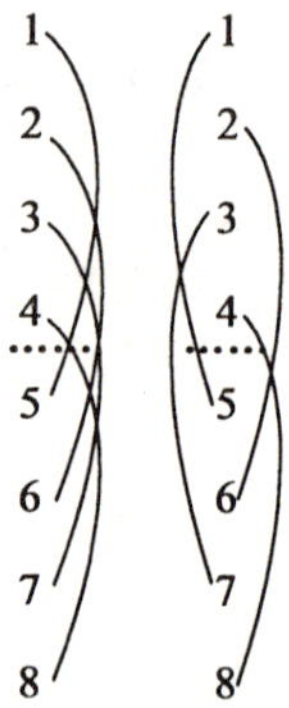

今命以上四種方式爲正式，將其參伍錯綜之，又可得十二種不同之式，當可盡永明體之變矣，命此十二式爲複式，其法如下：

以(1)式加(2)式，可得如下兩式爲第一、第二複式。

(1)

(2)

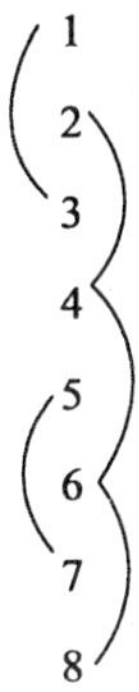

此兩式前或單句用連續式，雙句用分段式，後式則相反。

以(1)式加(3)式，可得如下兩式爲第三、第四複式。

(3)

(4)

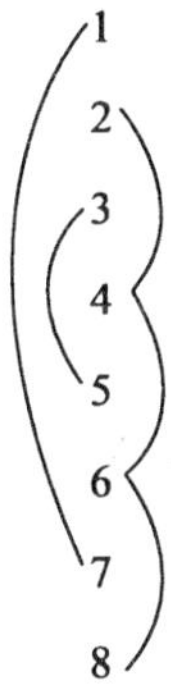

此兩複式前式用單句連續式，雙句用雙抱式，後式則相反。

以(1)式加(4)式可得如下兩式爲第五、第六複式。

(5)

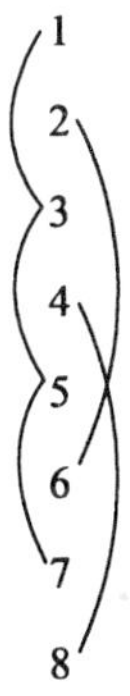

(6)

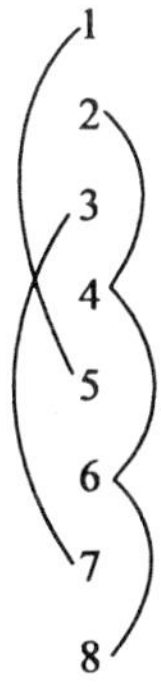

此兩複式，前式單句用連續式，雙句用交互式，後式則相反。

以(2)式加(3)式可得如下兩式爲第七、第八複式。

(7)

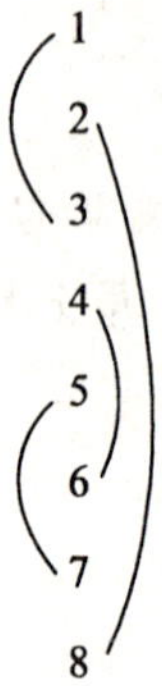

(8)

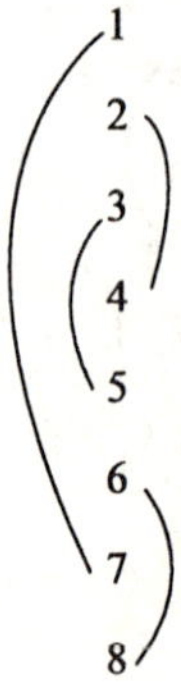

此兩式，前式單句用分段式，雙句用雙抱式，後式則相反。

以(2)式加(4)式，可得如下兩式爲第九、第十複式。

(9)

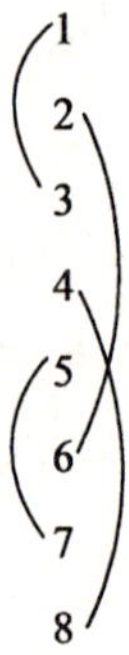

(10)

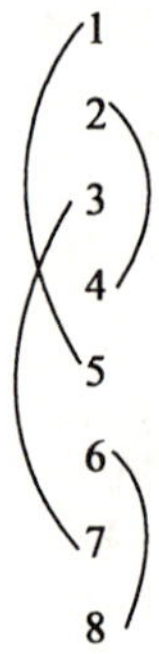

此兩複式，前式單句用分段式，雙句用交互式，後式則相反。

以(3)式加(4)式可得如下兩式，爲第十一、第十二複式。

(11)

(12)

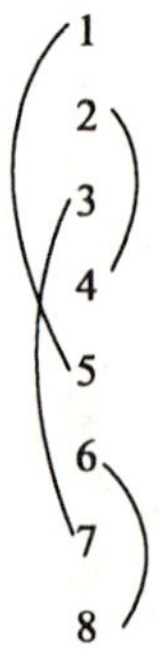

此兩複式，前式單句用雙抱式，雙句用交互式，後式則相反。

亦有殘式者，殘式之詩多係雙句相重單句不相重，故殘式之詩其雙句相重之式亦甚多，而分段者，雙抱式較少，連續式較多，但最多者仍是交互式。

四、唐人律詩

現在我們再將唐人律詩略加檢查，便可知以上四式之中，采用最多者乃交互式，但當律體尚未定型之時，律詩之聲律仍甚雜亂，有只單句有相重相間之美者，有只雙句有相重相間之美者，亦有不用互式者，然從大體上看，從多數看，以用交互式爲最多，故可說交互式即爲律詩定式。例如陳子昂《送別崔著作東征》：

1	金天方肅殺， ＋＋＋－－	2	白露始專征。 －－－＋＋ （＋）
3	王師非樂戰， ＋＋＋－－	4	之子慎佳兵。 ＋－－＋＋
5	海氣侵南鄙， －－＋＋－	6	邊風掃北平。 ＋＋－－＋
7	莫賣盧龍塞， －－＋＋－	8	歸邀麟閣名。 ＋＋＋－＋

此分段全式。此詩第二句“白”字居第一位，又可讀平，第八句“麟”字居第三位，可互易，故於聲律無害，通首1與3、5與7，單句相重間雙句，2與4、6與8，雙句相重間單句，乃分段全式也。

而《春夜別友人》一首，則爲不全之交互式：

1	銀燭吐青煙， ＋——＋＋	2	金尊對綺筵。 ＋＋——＋
3	離堂思琴瑟， ＋＋—＋—	4	别路繞山川。 ———＋＋
5	明月隱高樹， ＋——＋—	6	長河没曉天。 ＋＋——＋
7	悠悠洛陽去， ＋＋—＋—	8	此會在何年。 ———＋＋

此詩本應 1 與 5 相重，但因第一句應叶平韻，故不與第五句全同，又律詩第一句與第五句往往不同平仄，此其故因律詩前四句爲一氣，後四句又爲一氣，而第五句乃後半之第一句，爲全詩轉折之處，故其位與第一句同而平仄往往變而不同，此點甚重要，此即後來詞體之“换頭”也。詞之换頭，其地位相當於律之第五句也。

杜審言乃杜甫之祖，甫詩有家法，但審言之詩亦有與陳子昂《春夜别友》之作相同者，如《和晉陵陸丞早春游望》：

1	獨有宦游人， ———＋＋	2	偏驚物候新。 ＋＋——＋
3	雲霞出海曙， —＋＋——	4	梅柳渡江春。 ＋——＋＋
5	淑氣催黄鳥， ——＋＋—	6	晴光轉緑蘋。 ＋＋——＋
7	忽聞歌古調， ＋＋＋——	8	歸思欲沾襟。 ＋——＋＋

此詩惟雙句有相間相重者，其單句無之，乃半式也。

又《送高郎中北使》：

1	北狄願和親， ——— ＋＋	2	東京發使臣。 ＋＋———＋
3	馬銜邊地雪， —＋＋——	4	衣染異方塵。 ＋——＋＋
5	字句催行旅， ——＋＋—	6	恩榮變苦辛。 ＋＋——＋
7	歌鐘期重錫， ＋＋＋——	8	拜手落花春。 ———＋＋

此詩第八句第一字應平而仄，因在第一位可不論，第一句不與第五句相重，與陳子昂《春夜別友》詩同，知律詩自有此式也。説見前《春夜別友》詩。

亦有1與5相重而3與7反不相重者，例如駱賓王《在獄詠蟬》：

1	西陸蟬聲唱， ——＋＋—	2	南冠客思深。 ＋＋——＋
3	不堪玄鬢影， —＋＋——	4	來對白頭吟。 ＋——＋＋
5	露重飛難進， ——＋＋—	6	風多響易沉。 ＋＋——＋
7	無人信高潔， ＋＋—＋—	8	誰爲表予心。 ＋——＋＋

此即3與7不重，而與5相重之例，不可以前理説明，只是不全之交互式而已。

沈佺期在初唐爲發展律體人之一，今試一檢查其詩，例如《銅雀臺》：

1 昔年分鼎地，　2 今日望陵臺。
－＋＋－－　　＋－－＋＋
3 一旦雄圖盡，　4 千秋遺令開。
－－＋＋－　　＋＋＋－＋
5 綺羅君不見，　6 歌舞妾空來。
－＋＋－－　　＋－－＋＋
7 恩共漳河水，　8 東流無重回。
＋－＋＋－　　＋＋＋＋＋

此詩第七句“恩”應爲仄今作平，因第一字可互易也，此詩全首用交互式。

又如《游少林寺》詩：

1 長歌游寶地，　2 徙倚對珠林。
＋＋＋－－　　－－－＋＋
3 雁塔風霜古，　4 龍池歲月深。
－－＋＋－　　＋＋－－＋
5 紺園澄夕霽，　6 碧殿下秋陰。
－＋＋－－　　－－－＋＋
(＋)
7 歸路烟霞晚，　8 山蟬處處吟。
＋－＋＋－　　＋＋－－＋

此詩爲交互式，但第七句第二字不應易爲仄平耳。第五句“紺”字音贛，去聲字，因居第一位可不論。

又《被試出塞》：

1	十年通大漠，	一＋＋一一	2	萬里出長平。	一一一＋＋
3	寒日生戈劍，	＋一＋＋一	4	陰雲掛旆旌。	＋＋一一＋
5	飢烏啼舊壘，	＋＋＋一一	6	瘦馬戀空城。	＋一一＋＋
7	辛苦皋蘭北，	＋一＋＋一	8	胡霜損漢兵。	＋＋一一＋

此亦交互式也（惟第一句，“十”字應平，因居第一位，又“十”可讀平，故無害其爲相重之句也。

杜甫爲律詩能手，其集中五、七言律甚多，且自稱老來漸始於詩律細，然亦有與駱《在獄詠蟬》詩同者，如《春宿左省》詩：

1	花隱掖垣暮，	＋一一＋一	2	啾啾棲鳥過。	＋＋＋一＋
3	星臨萬户動，	＋＋一一一	4	月傍九霄多。	一一一＋＋
5	不寢聽金鑰，	一一一＋一 （＋）	6	因風想玉珂。	＋＋一一＋
7	明朝有封事，	＋＋一＋一	8	數問夜如何。	一一一＋＋

此詩第3與7不重。此詩在前人名之曰拗體律詩：凡單句或雙句無相重之平仄者曰拗律。

又《送遠》：

```
1 帶甲滿天地，     2 胡爲君遠行。
  －－－＋－         ＋＋＋－＋
3 親朋盡一哭，     4 鞍馬去孤城。
  ＋＋－－－         ＋－－＋＋
5 草木歲月晚，     6 關河霜雪清。
  －－－－－         ＋＋＋－＋
7 別離已昨日，     8 因見古人情。
  －＋－－－         ＋－－＋＋
```

此詩止雙句用交互式，所謂半式也。

《暫如臨邑至𡼖山湖亭奉懷李員外率爾成興》：

```
1 野亭逼湖水，     2 歇馬高林間。
  －＋－＋－         －－＋＋＋
 (＋)
3 鼉吼風奔浪，     4 魚跳日映山。
  ＋－＋＋－         ＋＋－－＋
5 暫游阻詞伯，     6 却望臨青關。
  ＋＋－＋－         －－＋＋＋
7 靄靄生雲霧，     8 唯應促駕還。
  －－＋＋－         ＋＋－－＋
 (＋)
```

交互全式。此詩單句雖亦相重而平仄排列非律句。

《孤雁》：

```
1 孤雁不飲啄，     2 長鳴聲念群。
  ＋－－－－         ＋＋＋－＋
3 誰憐一片影，     4 相失萬重雲。
  ＋＋－－－         ＋－－＋＋
5 望盡似猶見，     6 哀多如更聞。
  －－－＋－         ＋＋＋－＋
7 野鴉無意緒，     8 鳴噪自紛紛。
  －＋＋－－         ＋－－＋＋
```

此亦半式，止雙句交互相重者。

如《贈韋贊善別》：

1	扶病送君發， ＋－－＋－	2	自憐猶不歸。 －＋＋－＋
3	只應盡客淚， －＋－－＋	4	復作掩荊扉。 －－－＋＋
5	江漢故人少， ＋－－＋－	6	音書從此稀。 ＋＋＋－＋
7	往還二十載， －＋－－－	8	歲晚寸心違。 －－－＋＋

此詩第6句第一字應仄而易平可不論，其全首皆用交互式也。

《南征》：

1	春岸桃花水， ＋－＋＋－	2	雲帆楓樹林。 ＋＋＋－＋
3	媮生長避地， ＋＋＋－－	4	適遠更沾襟。 －－－＋＋
5	老病南征日， －－＋＋－	6	君恩北望心。 ＋＋－－＋ （＋）
7	百年歌自苦， －＋＋－－	8	未見有知音。 －－－＋＋

此詩用交互式，惟第六句“北”字可讀平，故與第2句相重。

《水檻遣興》：

1	去郭軒楹敞，	2	無村眺望賒。
	－－＋＋－		＋＋－－＋
3	澄江平少岸，	4	幽樹晚多花。
	＋＋＋－－		＋－－＋＋
5	細雨魚兒出，	6	微風燕子斜。
	－－＋＋－		＋＋－－＋
7	城中十萬户，	8	此地兩三家。
	＋＋－－－ （＋）		－－－＋＋ （＋）

此詩第八句“此”在第一位無害，第七句“十”該平也。

亦有1與5不相重與駱《在獄詠蟬》同爲不全之交互式者，如《促織》詩：

1	促織甚微細，	2	哀音何動人。
	－－－＋－		＋＋＋－＋
3	草根吟不穩，	4	床下夜相親。
	－＋＋－－		＋－－＋＋
5	久客得無淚，	6	放妻難及晨。
	－－－＋－		－＋＋－＋
7	悲絲與急管，	8	感激異天真。
	＋＋－－－		－－－＋＋

此詩第六、第八句第一字平仄互易無害，第三與第七不重，然第七句第一字應仄而平，第三字應平而仄，又三與五同聲，故前人稱爲拗體，實則拗體即整體之中加以錯綜也。

小　結

從上所檢查各詩，可得如下結論：唐初承新變體之後，一部分律詩仍未能整齊劃一，自沈佺期、宋之問以後，大概都采用交互式的排列方法，此後遂成定型。但可注意者：

1. 律詩第一句、第五句每不相重，係整齊之中有錯綜也。又第五句以下换意，與小令、長調换頭同。

2. 五言律詩句，第一字平仄可互易，第三字亦可互易，但不可與第五字同聲。

3. 入聲字可作平讀。

4. 律詩多以八句爲足則，過八句則爲長律。

補：此式用之於長律，則可繼續下去，例如杜甫《春歸》一詩：

1	苔徑臨江竹， ＋－＋＋－	2	茅檐覆地花。 ＋＋－－＋
3	別來頻甲子， －＋＋－－	4	倏忽又春華。 ＋－－＋＋
5	倚仗看孤石， －－＋＋－	6	傾壺就淺沙。 ＋＋－－＋
7	遠鷗浮水静， －＋＋－－	8	輕燕受風斜。 ＋－－＋＋
9	世路雖多梗， －－＋＋－	10	吾生亦有涯。 ＋＋－－＋
11	此身醒復醉， －＋＋－－	12	乘興即爲家。 ＋－－＋＋

今再以唐五代小令聲律加以檢查，便可知小令與律詩聲律全同，而小令從律詩而來之事實遂可無疑。

例如無名氏《憶秦娥》：

1 簫聲咽。
＋＋－

2 秦娥夢斷秦樓月。
＋＋－－＋＋－

3 秦樓月。
＋＋－

4 年年柳色，灞陵傷別。
＋＋－－ －＋＋－
（＋）

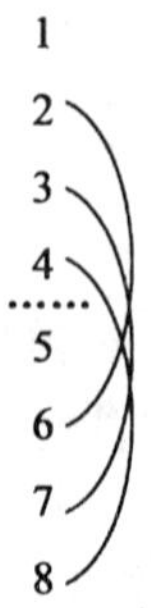

5　樂游原上清秋節。
　　—＋＋—＋＋—
　（＋）

6　咸陽古道音塵絶。
　　＋＋——＋＋—

7　音塵絶。
　　＋＋—

8　西風殘照，漢家城闕。
　　＋＋＋—　—＋＋—

1. 此詞八行，1 與 5 平仄不重，1 爲起調，5 爲换頭，與律詩 1、5 不重相同。

2. 第四行第三字應與第八行第三字相同，今第四行第三字爲“柳”，與“殘”不同聲，知柳以“卜”代“平”也。

唐·無名氏《菩薩蠻》：

1　平林漠漠煙如織。
　　＋＋——＋＋—

2　寒山一帶傷心碧。
　　＋＋——＋＋—

3　暝色入高樓。
　　———＋＋
　（＋）

4　有人樓上愁。
　　—＋＋—＋
　（＋）

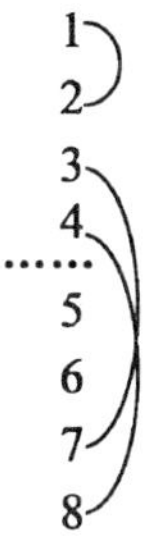

5　玉階空佇立。
　　—＋＋——

6　宿鳥歸飛急。
　　——＋＋—

7　何處是歸程。
　　＋——＋＋

8　長亭更短亭。
　　＋＋＋——

1. 此亦前式而稍變者，5 與 6 不重也。

2.“暝”“有”皆第一位可不論。

又如温庭筠《酒泉子》：

1　日映紗窗，
　　——＋＋

2　金鴨小屏山碧。
　　＋——＋＋—

3　故鄉春，煙靄隔。
　　—＋＋　＋——

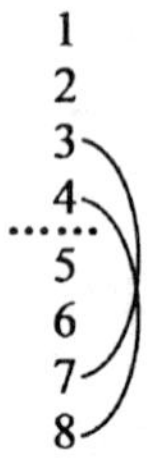

4　背蘭釭。
　　—＋＋

5　宿妝惆悵倚高閣。
　　—＋＋——＋—

6　千里雲影薄。
　　＋—＋——

7　草初齊，花又落。
　　—＋＋　＋——

8　燕雙雙。
　　—＋＋

此亦前式也。1與2爲起調，5與6爲换頭，1、2句字數不同亦不相重，因此調用平仄兩韻，1句之“窗”與4句之“釭”，8句之“雙”爲平韻，2句之“碧”與3句之“隔”，5句之“閣”，6句之“薄”，7句之“落”又爲仄韻也。

白居易《長相思》：

1　汴水流。
　　——＋

2　泗水流。
　　——＋

3　流到瓜洲古渡頭，
　　＋—＋＋——＋

4　吴山點點愁。
　　＋＋——＋

5　思悠悠。

—＋＋

6　恨悠悠。

—＋＋

7　恨到歸時方始休。

——＋＋＋—＋

8　月明人倚樓。

—＋＋—＋
(＋)(—)

1. 此仍前式，但1、2與5、6，一爲起調，一爲換頭，故不相重，而1與2，5與6，各自相重，2乃疊1而成，6又疊5而成也。

2. 月讀平，在第三位可不論。

又温庭筠《更漏子》：

1　柳絲長，春雨細。
—＋＋　＋——

2　花外漏聲迢遞。
＋——＋＋—

3　驚塞雁，起城烏。
＋——　—＋＋

4　畫屏金鷓鴣。
—＋＋—＋

5　香霧薄，透簾幕。
＋——　—＋—

6　惆悵謝家池閣。
＋——＋＋—

7　紅燭背，綉簾垂。
＋——　—＋＋

8　夢長君不知。
—＋＋—＋

1. 此仍前式而稍變者，1行六字爲起調，5行爲換頭也，3與7作兩行。

2. 歐陽炯有一首《更漏子》，後段起句爲“一向”二字，“向”字是韻，此句缺一平聲字，非有此二字起句體也。

又如韓偓《生查子》：

1 侍女動妝奩，
———++

2 故故驚人睡。
——++—

3 那知本未眠，
—+——+

4 背面偷垂淚。
——++—

5 懶卸鳳凰釵，
———++

6 羞入鴛鴦被。
——++—

7 時復見殘燈，
+——++

8 和煙墜金穗。
+——+—

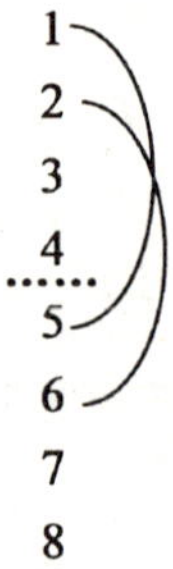

此詞1、2與5、6爲交互式，而3、4、7、8四句皆不相重。3、4爲前結過拍，7、8爲後結歇拍(亦稱畢曲)，過拍與歇拍在詞中有時亦不相重也。律詩中如駱賓王《獄中詠蟬》即3與7不相重而與5相重，與此略同，但駱詩4與8仍相重而此詞則4與8不重也。

五代小令承唐末來，故亦相同。
例如，韋莊《浣溪沙》：

1 夜夜相思更漏殘。
——+++—+

2 傷心明月憑闌干。
+++——++

3 想君思我錦衾寒。
—++——++

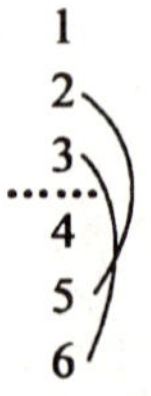

4 咫尺畫堂深似海，

———++——

5 憶來惟把舊燕看。

—++——++

6 幾時携手入長安。

—++——++

此亦前式也。1與4爲起調换頭，故不重。

又如《荷葉杯》：

1 絶代佳人難得。

——+++—

2 傾國。

+—

3 花下見無期。

+——++

4 一雙愁黛遠山眉。

—++——++

5 不忍更思維。

———++

(+)

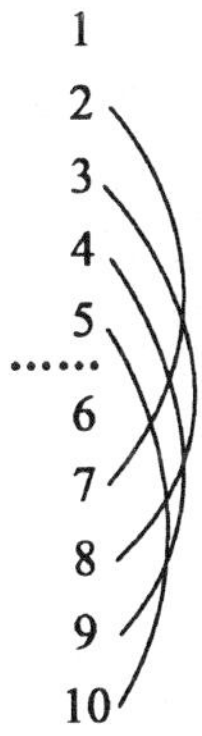

6 閑掩翠屏金鳳。

+——++—

7 殘夢。

+—

8 羅幕畫堂空。

+——++

9 碧天無路信難通。

—++——++

10 惆悵舊房櫳。

+——++

此亦前式也，1、6起調换頭，故不重。此整齊又錯綜也。

又魏承班《漁歌子》：

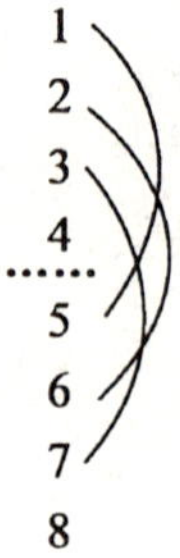

1　柳如眉，雲似髮。
　　－＋＋　＋－－
2　鮫綃霧縠籠香雪。
　　＋＋－－＋＋－
3　夢魂驚，鐘漏歇。
　　－＋＋　＋－－
4　窗外曉鶯殘月。
　　＋－－＋－－

5　幾多情，無處説。
　　－＋＋　＋－－
6　落花飛絮清明節。
　　－＋＋－＋＋－
7　少年郎，容易別。
　　－＋＋　＋－－
8　一去音書斷絶。
　　－－＋＋－－

此亦前式，過拍與後歇拍不重者，仍是交互式也。

又《撥棹子》：

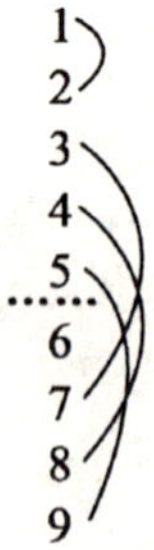

1　丹臉膩。
　　＋－－
2　雙靨媚。
　　＋－－
3　冠子縷金裝翡翠。
　　＋－－＋＋－－
4　將一朵瓊花堪比。
　　＋－－＋＋＋－
5　窠窠綉鸞鳳衣裳香窣地。
　　－－－－－＋＋＋－－
　　　　　（＋）

6　銀臺蠟燭，滴紅淚。
　　＋＋－－　－＋－

7　酥酒勸人教半醉。

　　－－－＋＋－－

　　(＋)

8　簾幕外，月華如水。

　　＋－－　－＋＋－

　　　　　(＋)

9　特地向寶帳顛狂不肯睡。

　　－－－－－＋＋＋－－

此中6乃換頭。

五代小令有極不一致的，如《河傳》一調，句法多少極不相同，因之平仄排列亦不一致，此乃調無定型之故。

歐陽炯《三字令》：

1　春欲盡，日遲遲。

　　＋－－　－＋＋

2　牡丹時。

　　－＋＋

3　羅幌卷，綉簾垂。

　　＋－－　－＋＋

4　彩箋書，紅粉淚，兩心知。

　　－＋＋　＋－－　－＋＋

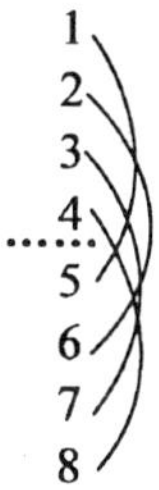

5　人不在，燕空歸。

　　＋－－　－＋＋

6　負佳期。

　　－＋＋

7　香燼落，枕函欹。

　　＋－－　－＋＋

8　月高明，花澹薄，惹相思。

　　－＋＋　＋－－　－＋＋

此詞全用交互式，爲最整齊之調。

又《西江月》：

1 月映長江秋水，
－－＋＋＋－
2 分明冷浸星河。
＋＋－－＋＋
3 淺沙汀上白雲多。
－＋＋－－＋＋
4 雪散幾叢蘆葦。
－－－＋＋－
5 扁舟倒影寒潭裹。
＋＋－－＋＋－
6 煙光遠罩烟波。
＋＋－－＋＋
7 笛聲何處向漁歌。
－＋＋－－＋＋
8 兩岸蘋香暗起。
－－＋＋－－

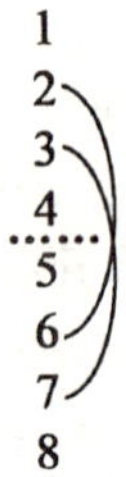

此詞起調、過拍、換頭、歇拍皆變而不相重，爲詞中最常見之形式，整齊又錯綜，爲美術之一原則，律詩與詞皆有之。

牛嶠《定西番》：

1 紫塞月明千里，
－－－＋＋－
2 金甲冷，
＋＋－
3 戍樓寒。
－＋＋
4 夢長安。
－＋＋

5 鄉思望中天闊，
－－－＋＋－
6 漏殘星亦殘。
－＋＋－＋

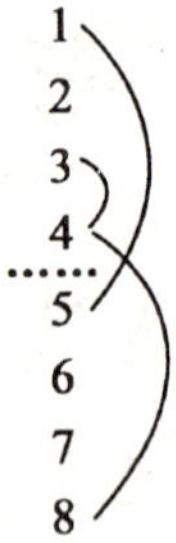

7　畫角數聲嗚咽，
———++—
8　雪漫漫。
—++

牛嶠《女冠子》：

1　綠雲高髻，
—++—
2　點翠匀紅時世。
——+++—
3　月如眉。
—++
4　淺笑含雙靨，
——++—
5　低聲唱小詞。
++——+

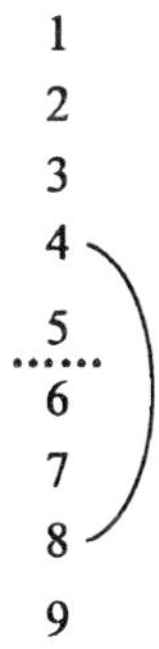

6　眼看唯恐化，
—++——
7　魂夢欲相隨。
+——++
8　玉趾回嬌步，
——++—
9　約佳期。
—++

此皆未定型之小令也。

（舉毛文錫《醉花間》例，云，此亦交互式，“休相問”二句與“昨夜雨”二句不重，略。又《柳含煙》詞，“隋堤柳”，略。亦交互式同。）

毛熙震《木蘭花》：

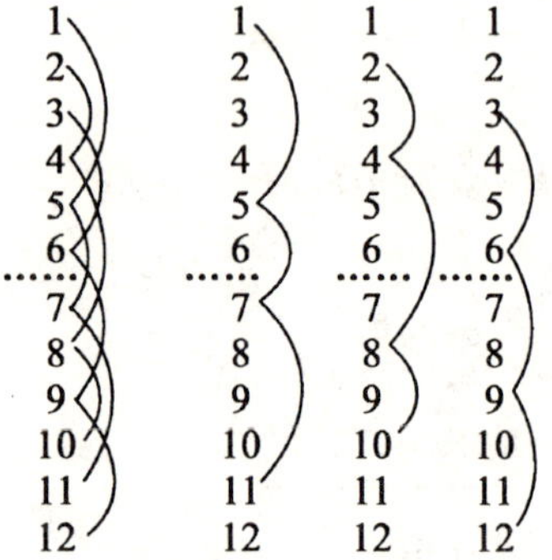

1　掩朱扉，
　　—＋＋

2　鉤翠箔。
　　＋——

3　滿院鶯聲春寂寞。
　　——＋＋＋——

4　勻粉淚，
　　＋——

5　恨檀郎，
　　—＋＋

6　一去不歸花又落。
　　———＋＋——
　　　（＋）

7　對斜暉，
　　—＋＋

8　臨小閣。
　　＋——

9　前事豈堪重想着。
　　＋——＋＋——
　　　（＋）

10　金帶冷，
　　＋——

11　畫屏幽，
　　—＋＋

12　寶帳慵熏蘭麝薄。
　　——＋＋＋——

此複用式，其中1、5、7、11平仄相重爲一組，2、4、8、10平仄相重爲一組，3、6、9、12平仄相重爲一組，皆交互式也。

閻選《虞美人》：

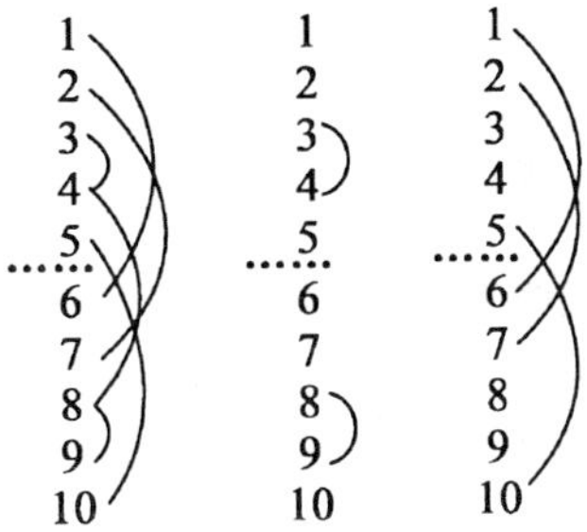

1　楚腰蠐領團香玉。
－＋＋－＋＋－
2　鬢疊深深綠。
－－＋＋－
3　月蛾星眼笑微頻。
－＋＋－－＋＋
4　柳夭桃艷不勝春。
－＋＋－－＋＋
5　晚妝勻。
－＋＋
6　水紋簟映青紗帳。
－＋＋－＋＋－
7　霧罩秋波上。
－－＋＋－
8　一枝嬌卧醉芙蓉。
－＋＋－－＋＋
9　良宵不得與君同。
＋＋－－－＋＋
(－)(＋)
10　恨忡忡。
－＋＋

1、6與2、7交互，1、6又與5、10交互，3、4、8、9，連續。

李煜《浪淘沙》：

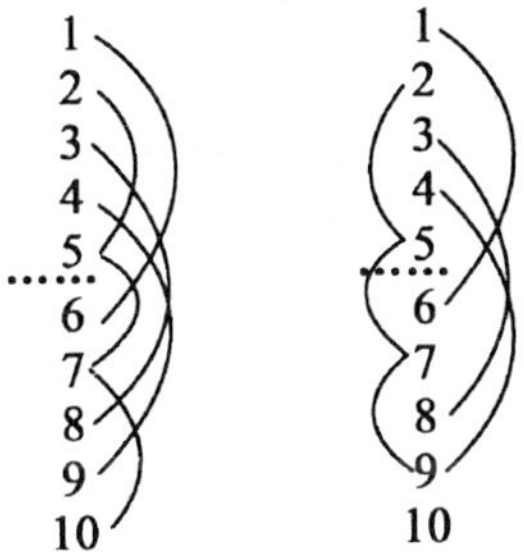

1　簾外雨潺潺。
＋－－＋＋
2　春意闌珊。
＋－＋＋
3　羅衾不耐五更寒。
＋＋－－－＋＋
4　夢裏不知身是客，
－－－＋＋－－
5　一餉貪歡。
－－＋＋

6　獨自莫憑欄。
　　———++
7　無限江山。
　　+—++
8　别時容易見時難。
　　—++——++
9　流水落花春去也，
　　+——++——
10 天上人間。
　　+—++

此亦複式也，其中 1、6 爲一組，2、5、7、10 爲一組，3、8 爲一組，4、9 爲一組，其中 1、6 與 3、8 交互，3、8 與 4、9 亦交互，而 2、5、7、10 則連續式也。

小　結

1. 由上所檢查者觀之，唐律除極少數者外，皆用交互式爲之，此其一；

2. 其有單句無相重之平仄，惟雙句有之者，昔人所謂拗體，由今觀之，實乃半式也；

3. 唐五代小令亦如律詩多用交互式，其句法多者雖用交互式，而複雜性則較律詩更甚；

4. 唐律定式皆八句，易於平板，故小令更加的錯綜而方式乃更多；

5. 小令中每句遇單數字亦同律詩，可平仄互易。

五、宋詞格律

1. 宋詞小令與唐五代無異，故不再檢查，今但取宋詞中中調及長調各若干闋檢查之。

2. 檢查律詩與小令但分平仄即可知其排列之方式，檢查宋詞則必分四聲，因宋詞之聲律較唐律及唐五代小令爲密，但用平仄必不够用也。

3. 因此之故，十一符號已不够用，昔人有以黑白圈、半黑圈，半白圈作符號用者，容易錯誤，且嫌不簡便，分易定符號十六種如下——

平上去入	└ ┌ ┐ ┘
入作平上去	⊔ _┌ ⊐
上作平	⊏
必作平上去入	╚ ╔ ╗ ╝
入作平上去，上作平者亦同	
陰陽平	└̇ └̣
雙聲	$\overline{└└}$ 上去入雙聲則於上去入符號上加——以別之
疊韻	$\underline{└└}$ 上去入疊韻則於上去入符號下加——以別之

周美成《早梅芳近》八十字(爲簡明計，中調仍以十一代平仄，不用四聲符號)：

1　花竹深，房櫳好。
　 ＋－＋　＋＋－

2　夜闃無人到。
　 －－＋＋－

3　隔窗寒雨，向壁孤燈弄餘照。
　 －＋＋－　－－＋＋－＋－

4　淚多羅袖重，意密鶯聲小。
　 －＋＋－－　－－＋＋－

5　正魂驚夢怯，門外已知曉。
　 －＋＋－－　＋－－＋－

6　去難留，話未了。
　 －＋＋　－－－

7　早促登長道。
　 －－＋＋－

8　風披宿霧，露洗初陽射林表。
　 ＋＋－－　－－＋＋－＋－

9　亂愁迷遠覽，苦語縈懷抱。
　 －＋＋－－　－－＋＋－

10　漫回頭，更堪歸路杳。
　 －＋＋　－＋＋－－

此詞 1 爲起頭，5 爲過拍，6 爲换頭，10 爲歇拍，故皆不相重，除句前後皆有相重者，爲詞調聲律之基本形式。第三行第一句“隔”字與“寒”字平仄互易，因一在第一位，一在第三位，可互易也。

周美成《蘇幕遮》：

1　燎沉香，消溽暑。
　 －＋＋　＋－－

2　鳥雀呼晴，侵曉窺檐語。
　 －－＋＋　＋－＋＋－
　 　　　　　(－)

3　葉上初晴乾宿雨。
　 －－＋＋＋－－

4　水面清圓，一一風荷舉。
　 －－＋＋　－－＋＋－

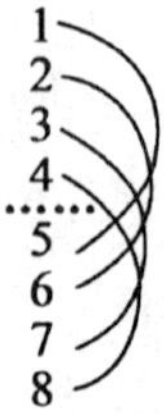

第 2 句，又一首此句第一字作“不”。

第 6 句，又一首此句第一字作“鳳”。

5 故鄉遥，何日去。
一十十　十一一

6 家住吴門，久作長安旅。
十一十十　一一十十一
(一)

7 五月漁郎相憶否。
一一十十十一一

8 小楫輕舟，夢入芙蓉浦。
一一十十　一一十十一

此詞前後闋各句皆相重，即起調同於換頭，過拍同於歇拍，亦詞中常見者，其中前半第二行第二句第一字“侵”可讀仄，後半第二行第一字“家”在第一位可互易也。以後遇單數字平仄互易者，不再指出。

周美成《蕙山溪》八十二字：

1 湖平春水。1
十十十一

2 藻荇縈船尾。2
一一十十一

3 空翠入衣襟，拊輕楖，游魚驚避。3
十一一十十　一十十　十十一

4 晚來潮上，迤邐没沙痕，
一十十一　一一一十十

5 山四倚。4
十一一

6 雲漸起。5
十一一

7 鳥度屏風裏。6
一一十十一

8 周郎逸興，
十十一一

9 黄帽侵雲水。7
十一十十一

10 落日媚滄州，泛一棹，夷猶未已。8
一一一十十　一一一　十十一一
(十)

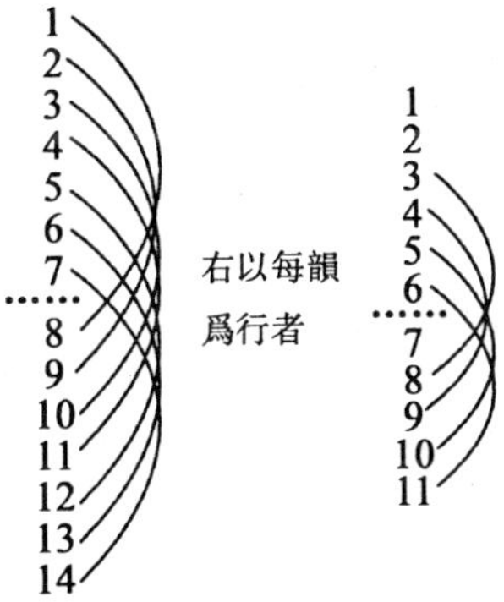

11 玉簫金管，不共美人游，
－＋＋－　－－－＋－

12 因個甚，9
＋－－

13 烟霧底。10
＋－－

14 偏愛蒓羹美。11
＋－＋＋－

此詞 12 行“甚”字乃二十六寢中之韻，美成以之協低韻，當是用方音，此就周詞言也，然此調前後兩六字或協或不協，或前協後不協，或後協前不協，其例不一，或可不拘矣。

周美成《蝶戀花》五十八字：

1 月皎驚烏棲不定。
－－＋＋＋－－

2 更漏將闌，轣轆牽金井。
＋－＋＋　－－＋＋－

3 喚起兩眸清炯炯。
－－－＋＋－－
（＋）

4 淚花落枕紅綿冷。
－＋－－＋＋－
（＋）

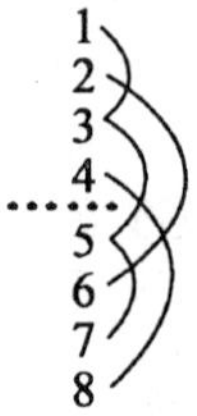

5 執手霜風吹鬢影。
－－＋＋＋－－

6 去意徘徊，別語愁難聽。
－－＋＋　－－＋＋－

7 樓上闌干橫斗柄。
＋－＋＋＋－－

8 露寒人遠鷄相應。
－＋＋－＋＋－

此復用式也，1、3、5、7 爲連續式，2、6、4、8 爲交互式。

周美城《六么令》九十四字：

1　快風收雨，1 亭館清殘燠。2
　－＋＋－　＋－＋＋－

2　池光靜橫秋影，3 岸柳如新沐。4
　＋＋－－＋－　－－＋＋－

3　聞道宜城酒美，5 昨日新醅熟。6
　＋－＋＋－－　－－＋＋－

4　輕鑣相逐。7
　＋＋＋－

5　御風策馬，來折東籬半開菊。8
　＋＋－－　＋－＋＋－＋－

6　華堂花艷對列，9 一一驚郎目。10
　＋＋＋－－－　－－＋＋－

7　歌韻巧共泉聲，11 間雜琮琤玉。12
　＋－－－＋＋　－－＋＋－

8　惆悵周郎已老，13 莫唱當時曲。14
　＋－＋＋－－　－－＋－－

9　幽歡難卜。15
　＋＋＋－

10　明年誰健，更把茱萸再三囑。16
　＋＋＋－　－－＋＋－＋－

簡式（乃將每韻列一行）　　詳式（乃將每一句列一行）

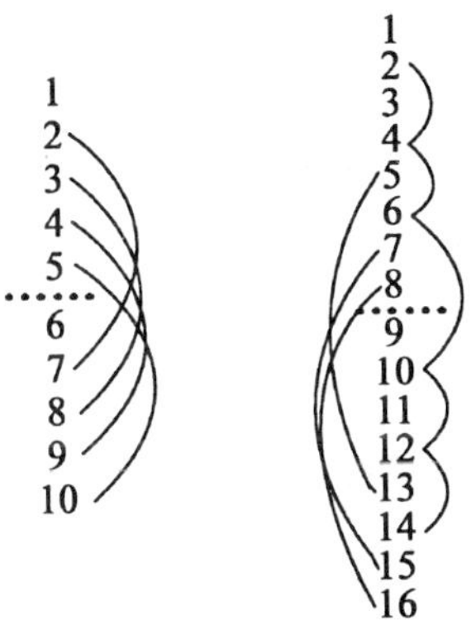

簡式爲交互式，詳式爲複式，其中2、4、6與10、12、14爲連續式，5與13、7與15、8與16爲交互式，則其式爲複式，即連續與交互並用也。

周美成《滿江紅》：

1　晝日移陰，攬衣起，春帷睡足。1
　－－＋＋　＋＋－　＋＋－－

2　臨寶鑑，
　＋－－

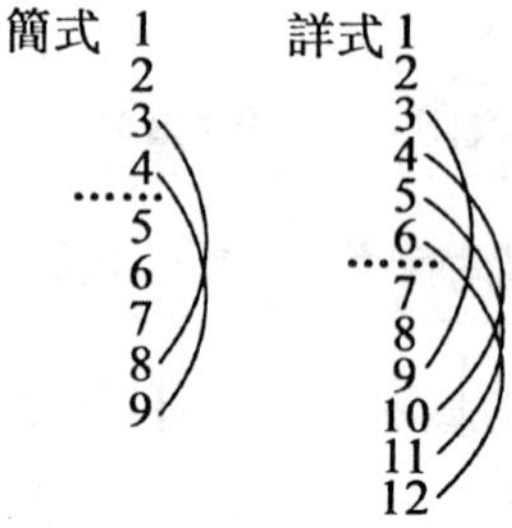

3 綠雲撩亂，未忺妝束。2

－＋＋－　－－＋＋
(＋)

4 蝶粉蜂黃都褪了，

－－＋＋＋－－

5 枕痕一綫紅生玉。3

－＋－－＋－－

6 背畫闌，脈脈悄無言，尋棋局。4

－－＋　－－－＋＋　＋＋－

7 重會面，猶未卜。5

＋－－　＋－－

8 無限事，縈心曲。6

＋－－　＋－－

9 (想)秦箏依舊，尚鳴金屋。7

－　－＋＋－　－－＋＋
　(＋)

10 芳草連天迷遠望，

＋＋＋＋＋＋－
(－)　(－)

11 寶香薰被成孤宿。8

－＋＋－＋＋－

12 最苦是、蝴蝶滿園飛，無心撲。9

－－－　＋－－＋＋　－＋－

此詞中9行“悲”字當是襯字，因其餘八字皆與前半3行八字平仄相重也。

周美成《應天長·寒食》九十八字：

1 條風布暖，霏霧弄晴，池臺遍滿春色。1
＋＋－－　＋－═╗＋　＋＋－－＋－

2　正是夜臺無月。
　　－－－＋＋－

3　沉沉暗寒食。[2]
　　＋＋－＋－

4　梁間燕，社前客。[3]
　　＋＋－　＋╕－

5　似笑我閉門愁寂。[4]
　　－╕╒╕＋＋－

6　亂花過，隔院芸香，滿地狼藉。[5]
　　－＋－　－－＋＋　－－＋－

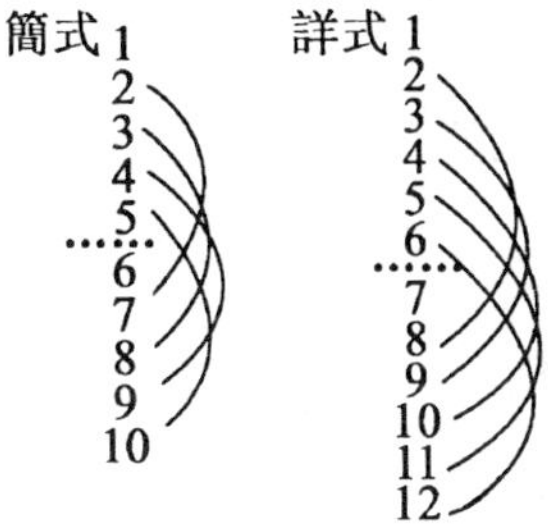

7　長記那回時，邂逅相逢，效外駐油壁。[6]
　　＋－－＋＋　－－＋＋　＋－╕＋－

8　又見漢宮傳燭。
　　－－－＋＋－

9　飛煙五侯宅。[7]
　　＋＋－＋－

10　青青草，迷路陌。[8]
　　＋＋－　＋－－

11　强載酒，細尋前迹[9]。
　　－－╒　╕＋＋－

12　市橋遠，柳下人家，猶自相識。[10]
　　－＋－　－－＋＋　－－＋－

此最整齊之交互式，1 起調，7 換頭。

周美成《金陵懷古・西河》：

1　佳麗地。
　　＋－－

2　南朝盛事誰記。
　　＋＋－－＋－

3　山圍故國繞清江，
　　＋＋－－－＋＋

4 髻鬟對起。
－＋－－

5 怒濤寂寞打孤城，
－＋－－－＋＋

6 風檣遥度天際。
＋＋＋－＋－

7 斷崖樹，
－＋－

8 猶倒倚。
＋－－

9 莫愁艇子曾繫。
－＋＋－＋－

10 空留舊迹鬱蒼蒼，
＋＋－－－＋＋

11 霧沉半壘。
－＋－－

12 夜深月過女墻來，
－＋－－－＋＋

13 傷心東望淮水。
＋＋＋－＋－

14 酒旗戲鼓甚處市。
－＋－－－－－

15 想依稀王謝鄰里。
－＋＋＋－＋－

16 燕子不知何世。
－－－＋＋－

17 向尋常巷陌，
－＋＋－－

18 人家相對。
＋＋＋－

19 如說興亡斜陽裏。
＋＋＋＋＋＋－

周美成《意難忘》九十二字：

1 衣染鶯黃。1
＋－＋＋

2 愛停歌駐拍，
－＋＋－－

3 勸酒持觴。2
－－＋＋

4 低鬟蟬影動，
＋＋＋－－

5 私語口脂香。3
＋－－＋＋

6 蓮露滴，
＋－－

7 竹風涼。4
－＋＋

8 拚劇飲淋浪。5
＋－－＋＋

9 夜漸深，籠燈就月，
－－＋　＋＋－－

10 仔細端相。6
－－＋＋

11 知音見說無雙。7
＋＋－－＋＋

12 解移宮換羽，
－＋＋－－

13 未怕周郎。8
－－＋＋

14 長顰知有恨，
＋＋＋－－

15 貪耍不成妝。9
＋－－＋＋

詳式

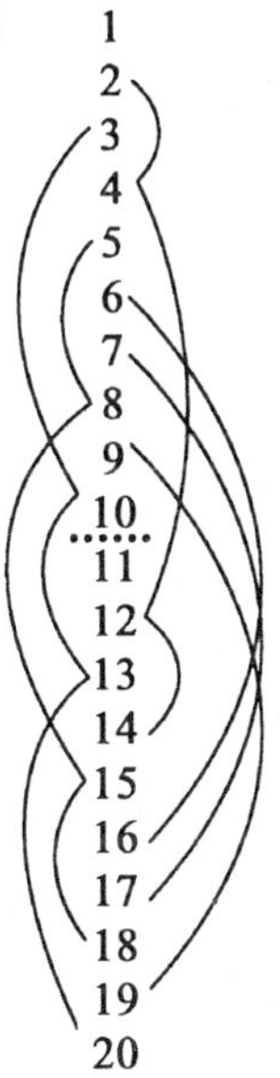

16 些個事，
＋－－

17 惱人腸。10
－＋＋

18 試説與何妨。11
－－－＋＋

19 又恐伊尋消問息，
－－－＋＋－－

20 瘦減容光。12
－－＋＋

簡式

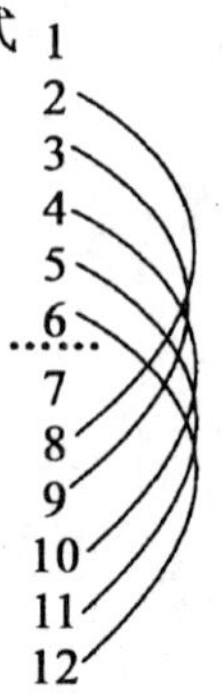

周美成《瑞龍吟》：

1 章臺路。
└ └ ┐
＋ ＋ －

2 還見褪粉梅梢，
└ ┐ ┐ ┌ └ └
＋ － － － － －

3 試華桃樹。
┐ └ └ ┐
－ ＋ ＋ －

4 愔愔坊陌人家，
└ └ └ ┘ └ └
＋ ＋ ＋ － ＋ ＋

5 定巢燕子，
┐ └ ╗ ╔
－ ＋ － －

6 歸來舊處。
└ └ ╗ ╔
＋ ＋ － －

7 黯凝佇。
┐ └ ┐
－ ＋ －

8 因記個人痴小，
└ ┐ └ └ └ ┌
＋ － ＋ ＋ ＋ －

9 乍窺門户。
┐ └ └ ┌
－ ＋ ＋ －

10 侵晨淺約宮黃，
└ └ ┌ ┘ └ └
\+ \+ − − \+ \+

11 障風映袖，
┐ └ ┐ ┐
− \+ − −

12 盈盈笑語。
└ └ ┐┌
\+ \+ − −

13 前度劉郎重到，
└ ┐ └ └ └ ┐
\+ − \+ \+ \+ −

14 訪鄰尋里，
⊏ └ └ ┌
− \+ \+ −
(+)

15 同時歌舞。
└ └ └ ┌
\+ \+ \+ −

16 惟有舊家秋娘，
└ ┌ ┐ └ └ └
\+ − − \+ \+ \+

17 聲價如故。
└ ┐* └ └
\+ − \+ \+

18 吟箋賦筆，
└ └ ┐┌
\+ \+ − −

19 猶記燕臺句。
└ ┐ └ └ ┐
\+ − \+ \+ −

20 知誰伴，
└ └ ┐
\+ \+ −

21 名園露飲，
└ └ ┐┌
\+ \+ − −

22 東城閒步。
└ └ └ ┐
\+ \+ \+ −

23 事與孤鴻去。
┐ ┌ └ └ ┐
− − \+ \+ −

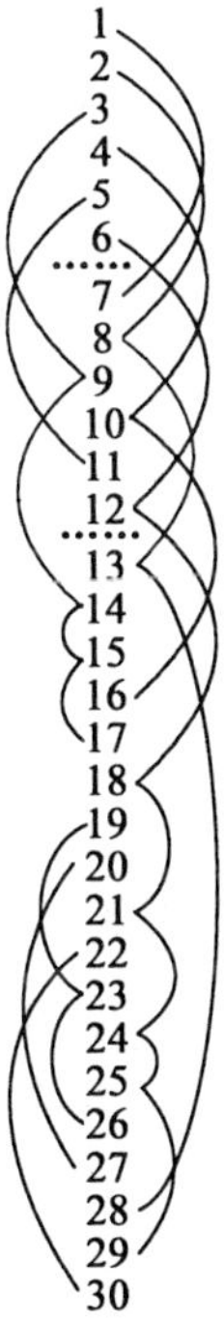

24 探春盡是，
└ └ ╗╔
\+ \+ − −
25 傷離情緒。
└ └ ╗╔
\+ \+ − −
26 官柳低金縷。
└ ┌ └ └ ┌
\+ − \+ \+ −
27 歸騎晚，
└ └ ┌
\+ \+ −
28 纖纖池塘飛雨。
└ └ └ └ └ ┌
\+ \+ \+ \+ \+ −
29 斷腸院落，
┐ └ ╗╔
− \+ − −
30 一簾風絮。
⊔ └ └ ┐
− \+ \+ −
(+)

此詞唯第 17 句第二字應平而借去，第 27 句第二字應仄而作平，二字俱居偶位，與常例不合，除句皆相重之句，後來和韻者亦字字聲聲皆同此詞，此調以此詞爲標準也。即此可見美成在南宋影響之大。

周美成《解連環》：

1 怨懷無託。1
┐ └ └ ┘
− \+ \+ −
2 嗟情人斷絶，
└ └ └ ┐ ┘
\+ \+ \+ − −
3 信音遼邈。2
┐ └ └ ┘
− \+ \+ −
4 縱妙手能解連環，
┐ ╗╔ └ ┌ └ └
− − − \+ − \+ \+

5 似風散雨收，
┌└┐⊏└
− + − − +
(+)

6 霧輕雪薄。3
┐└└┘

7 燕子樓空，
┐┌└└

8 暗塵鎖、一床絃索。4
╗*└╓ └└┘

9 想移根換葉。
┌└└┐┘

10 盡是舊時，
┌┌└└

11 手種紅藥。5
┌┐└┘

簡式

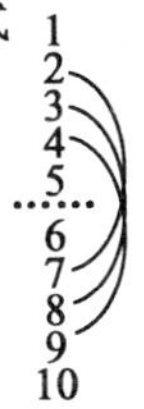

12 汀洲漸生杜若。6
└└┐└┐┘

13 料舟依岸曲，
┐└└┐┘

14 人在天角。7
└⊏└┘

15 漫記得當日音書，
┐ ╗┘┌└┘┌└└

16 把閑語閑言，
┌└┌└└

17 待總燒却。8
┐⊏└┘

18 水驛春回，
┌┘└└

19 望寄我，江南梅萼。9
╗*┐╓ └└└┘

20 拚今生對花對酒，
┐└└╗└╗╓

21 爲伊淚落。
╗└╗┘

詳式

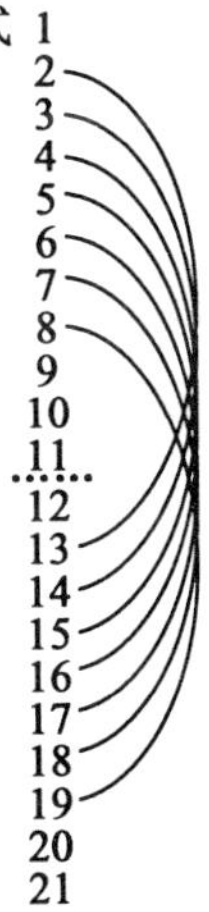

* 去上聲有中隔一字者。

史邦卿(達祖)《雙雙燕》：

1 過社春了，
└└╗╔
2 度簾幕中間，去年塵冷。
┐└⊔└└，┐└└┌
3 差池欲住，試入舊巢相並。
└└⊔┐，╗╝╔┐└└┌
4 還相雕梁藻[1]井。
└┐└└╗ ╔
5 又軟語商量不[2]定。
┐┌┌└└⊔ ┐
6 飄然快拂花梢，翠尾分開紅影。
└└┐⊐└└，┐┌└└└┌

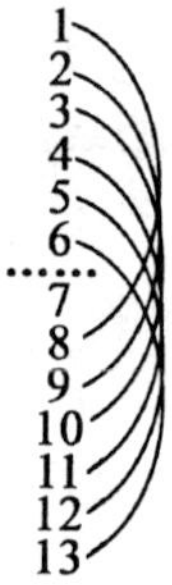

7 芳徑。
└┐
8 芹泥雨潤。
└└┌┐
9 愛貼地爭飛，競誇輕俊。
┐⊔┐└└，┐└└┐
10 紅樓歸晚，看足柳昏花暝[3]。
└└└┐，╗╝┌└└┌
11 應自棲香正穩。
┐┐└└╗╔
12 便忘了天涯芳訊。
┐└┌└└└┐
13 愁損翠黛雙娥，日日畫闌獨憑。
└┌┐┐└└，⊐┘┌┐└⊔┌

注：[1]"藻"今讀上，宋人或讀去。

[2]"不"字讀平聲。

[3]"暝"今讀去，但此句與上闋應同，或當時讀上聲也，讀上聲調較美。

此梅溪自度曲，調情與辭情相切合，詞中多用上聲，故讀來亦像燕子之輕俊。此詞多用上、去聲叶韻，上聲由低而高，去聲由高而低而配合之，故能輕俊。十二韻中有六上聲字，六去聲字。

史邦卿《壽樓春》：

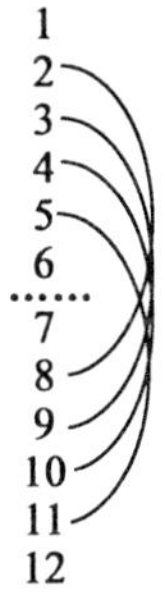

1 裁春衫尋芳。
└└└└└

2 記金刀素手，同在晴窗。
┐└└┐┌，└┌└└

3 幾度因風飛絮，照花斜陽。
┌┐└└└┐，┐└└└

4 誰念我今無裳。
└┐┌└└└

5 自少年消磨疏狂。
┐┐└└└└└

6 但聽雨挑燈，攲枕病酒，多夢睡時妝。
┐┐┌└└，└└┐┌，└┐┐└└

7 飛花去，良宵長。
└└┐，└└└

8 有絲闌舊曲，金譜新腔。
┌└└┐┘┌，└┌└└

9 最恨湘雲人散，楚蘭魂傷。
┐┐└└└┐，┌└└└

10 身是客，愁爲鄉。
└┐┘，└└└

11 算玉簫猶逢韋郎。
┐┘└└└└└

12 近寒食人家，相思未忘蘋藻香。
┌└┘└└，└└┐└└┌└

此詞乃邦卿自度曲，調情非常沉著，表示一種悲痛之情，蓋邦卿悼其夫人而作者，詞止一百零一字，而用平聲字至六十五，五字皆平者亦有二句，其中前半第三行第四、五字與第八、九字，後半第九行第四、五字與第八、九字或用雙聲或用疊韻乃定格。原本“飛絮”作“殘絮”不合格。“殘”乃“飛”誤，結句“忘”字乃句中韻。

張孝祥《六州歌頭》：

1 長淮望斷，
└└┐┐

2 關塞莽然平。(1)
└┘┌└└

3 征塵暗，
└└┐

4 霜風勁，
└└┐

5 悄邊聲。(2)
┌└└

6 黯銷凝。(3)
┐└└

7 追想當年事，
└┌└└┐

8 殆天數，
┐└┐

9 非人力。
└└┘

10 洙泗上。
└┐┌

11 絃歌地。
└└┐

12 亦膻腥。(4)
┘└└

13 隔水氈鄉，
┘┌└└

14 落日牛羊下，
┘┘└└┐

15 區脱縱横。(5)
└┘└└

16 看名王宵獵。
┐└└└┘

17 騎火一川明。(6)
└┌┘└└

18 笳鼓悲鳴。(7)
└┌└└

19 遣人驚。(8)
┌└└

20 念腰間箭，
┐└└┐

21 匣中劍，
┘└┐

22 空埃蠹，
└└┐

23 竟何成。(9)
┐└└

24 時易失，
└┐┘

25 心徒壯，
└└┐

26 歲將零。(10)
┐└└

27 渺神京。(11)
┌└└

28 干羽方懷遠，
└┌└└┌

29 静烽燧，
┐└┐

詳式

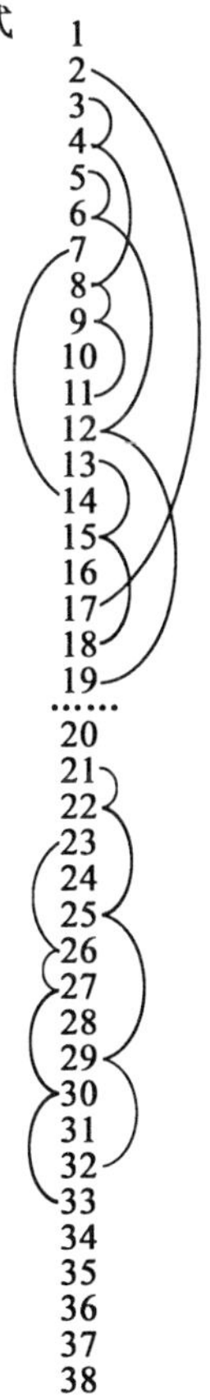

30 且休兵(12)
┌└└
31 冠蓋使，
└┐┌
32 紛馳騖，
└└┐
33 若爲情。(13)
┘└└
34 聞道中原遺老，
└┌└└└┌
35 常南望，翠葆霓旌。(14)
└└┐，┐┌└└
36 使行人到此，
┌└└┌┌
37 忠憤氣填膺。(15)
└┐┐└└
38 有淚如傾。(16)
┌┐└└

簡式
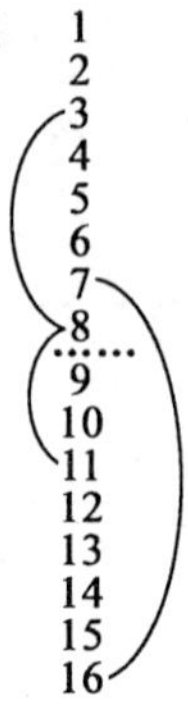

吴文英《鶯啼序》二百四十字：

1 殘寒正欺病酒，
└└┐└╗╔
2 掩沈香綉户。(1)
┌└└╗╔
3 燕來晚，飛入西城，
┐└┌ ╗╔└└
4 似説春事遲暮。(2)
┌┘└┐└┐
5 畫船載，清明過却，
┐┘┐ └└╗╝
6 晴煙冉冉吴宫樹。(3)
└└┌⊏└└┐
7 念羈情，游盪隨風。
┐└└ └┐└└

8 化爲輕絮。(4)
┘└└┐

9 十載西湖，
⊔┐└└

10 傍柳繫馬，
╖╓╖╓

11 趁嬌塵軟霧。(5)
┐└└┌┐

12 溯紅漸，招入仙溪，
┐└┐ ╙╝└└

13 錦兒偷寄幽素。(6)
┌└└┐└┐

14 倚銀屏，春寬夢窄，
┌└└ └└╖╝

15 斷紅濕，歌紈金縷。(7)
┐└┘┌ └└└┌

16 暝堤空，輕把斜陽，
┌└└ └┌└└

17 總還鷗鷺。(8)
┌└└┐

18 幽蘭漸老，
└└╖╓

19 杜若還生，
╖╝└└

20 尚水鄉寄旅[1]。
╖╓└╖╓

21 别後訪，六橋無信，(9)
┘┌┌ ┘└└┐

22 事往花委，
╓╓└└

23 瘞玉埋香，
┐コ└└

詳式

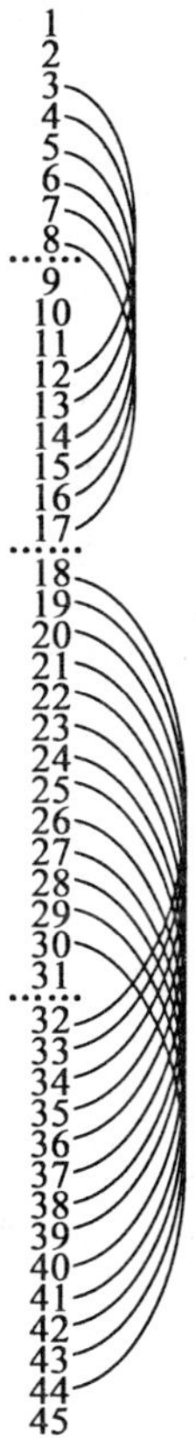

24 幾番風雨。(10)
┌└└┌

25 長波妬盼，
└└╓╓

26 遥山羞黛，
└└└┐

27 漁燈分影春江宿。
└└└┌└└コ

28 記當時，短楫桃根渡。(11)
┐└└ ┌╝└└┐

29 青樓彷彿臨分，
└└┌ʃ└└

30 敗壁題詩，
╕╝└└

31 淚墨慘淡塵土。(12)
┐⊔┌┌└┌

32 危亭望極，
└└╕╓

33 草色天涯，
╓╝└└

34 嘆鬢侵半苧。(13)
╕╓└╕╓

35 暗點檢，離痕歡唾。
┐┌┌ └└└┐

36 尚染鮫綃，
╕╓└└

37 嚲鳳迷歸，
┌┐└└

38 破鸞慵舞。(14)
┐└└┌

39 殷勤待寫，
└└╕╓

40 書中長恨，
└└└┐

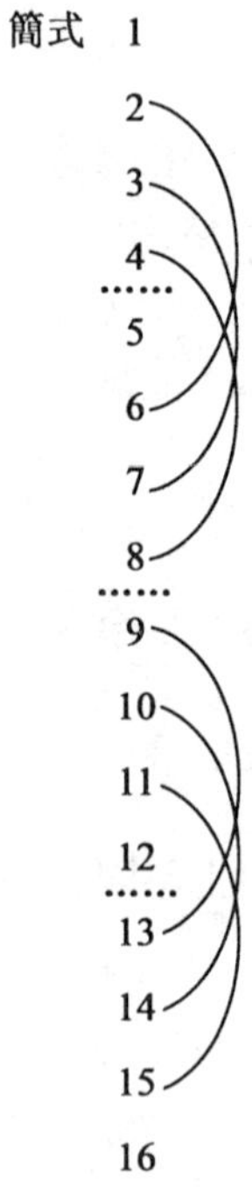

41 藍霞遼海沉過雁，
└ └ └ ┌ └ └ ┐

42 漫相思，彈入哀箏柱。(15)
┐└ └ └ ╝└ └ ┐

43 傷心千里江南，
└ └ └ ┌ └ └

44 怨曲重招。
╕ ╝└ └

45 斷魂在否。(16)
┐└ ┌ ┌

注：[1]原作"水鄉尚寄旅"，此句與後段"嘆鬢似半苧"句同。當是"尚水鄉寄旅"，今改正。

姜夔《暗香》九十七字：

1 舊時月色。(1)
┐└ 凵└

2 算幾番照我，
┐┌ └ ┐┌

3 梅邊吹笛。(2)
└ └ └ ┘

4 喚起玉人。
┐┌ ┘└

5 不管清寒與攀摘。(3)
┘┌ └ └ ┌ └ ┘

6 何遜而今漸老，
└ ┐└ └ ┌ ┌

7 都忘却春風詞筆。(4)
└ └ ┘└ └ └ ┘

8 但怪得竹外幽花。
┐┐┘凵┐└ └

9 香冷入瑶席。(5)
└ ┌ ┘└ ┘

10 江國。
└ ┘

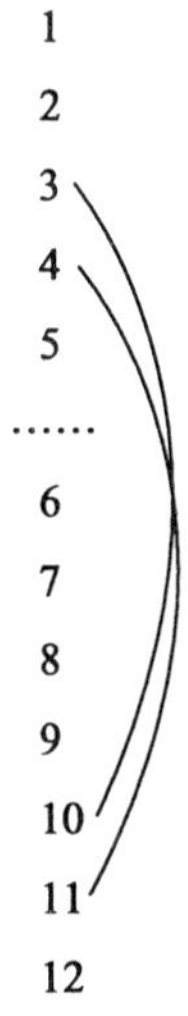

11 正寂寂。(6)
┐⊔┘

12 嘆寄與路遥，(7)
┐┐┌┐└

13 夜雪初積。(8)
┐⊔└┘

14 翠樽易泣。(9)
┐└┐┘

15 紅萼無言耿相憶。(10)
└┘└└┌└┘

16 長記曾携手處。
└┐└└┌┘

17 千樹壓西湖寒碧。(11)
└┐┘└└└┘

18 又片片吹盡也。
┐┐┐└┐┌

19 幾時見得。(12)
┌└┐┘

姜夔《疏影》一百十字：

1 苔枝綴玉。(1)
└└┘┘

2 有翠禽小小，
┌┐└┌┌

3 枝上同宿。(2)
└┌└┘

4 客裏相逢，
└┌└└

5 籬角黄昏，
└┘└└

6 無言自倚修竹。(3)
└└┐┌└┘

7 昭君不慣胡沙遠，
└└┘┐└└┌

8 但暗憶江南江北。(4)
┐┐┘└└└┘

9 想珮環，月夜歸來，
┌┐└ ┘┐└└

10 化作此花幽獨。(5)
┘┘┌└└┘

11 猶記深宫舊事，
└┐└└┐┐

12 那人正睡裏，
┐└┐┐┌

13 飛近蛾緑。(6)
└┌└┘

14 莫似春風，
┘┌└└

15 不管盈盈，
┘┌└└

16 早與安排[1]金屋。(7)
┌┌└└ └┘

17 還教一片隨波去，
└└┘┐└└┐

18 又却怨玉龍哀曲。(8)
┐┘┐┘└└┘

19 等恁時，重覓幽香，
┌┐└ └┘└└

20 已入小窗横幅。(9)
┌┘┌└└┘

注：[1]“早與安排”與“無言自倚”四字平仄不同，據吴夢窗作，“無言自倚”四字，亦可作仄仄平平。

六、總　結

從以上各階段檢查可得如下之結論——

我國古典文學詩歌詞曲中之聲律，自永明體詩人沈約、王融、謝朓等開始，中經唐律、唐五代小令以及宋詞逐漸發展而後達於完備，其間經歷七八百年之久，無有專門研究之者，雖在沈約當時已將聲律最基本之法則，即相間相重之美已經確定，而後代詩人雖日日運用此一法則，亦無明確之認識。此爲清代王士禎等與其弟子論及詩之聲律(有古詩平仄論)，趙秋谷求王說不得，憤而發唐人詩集，排比鈎稽，著爲《聲調譜》，翁方綱撰五言詩平仄舉隅，皆初步研究詩歌聲律之作者。其後董文煥(研樵)復根據趙氏之説加以增訂爲《聲調四譜》一書，大都於某體某句某字應平應仄可平可仄之處論之較詳，如文有所謂拗救等各因，雖似研究甚細，實未得其本原。詞則自明代以來，作者任意爲長短句，遂定有定譜之詞而變爲長短句之詩，雖有張綖之《詩餘圖譜》、程明善之《嘯餘譜》等書，用意在訂正詞調，然錯誤百出，等於不知妄作，萬樹因而發憤著《詞律》二十卷，痛糾其失，徐本立復拾萬氏之遺，成《補調》、《補律》、《補注》共八卷。二家雖於詞之平仄斤斤較量，仍不免支離破碎，未能得其條理。於是清末塡詞家遂偶有嚴守古詞四聲之説，實乃捨本求末、救弊補偏不得已之事也。以上名録皆於沈約原聲切論之理，劉勰飛沉雙疊之説未加詳論，實則聲律論不明於世已千餘年矣，今因檢查宋詞聲律上溯至永明諸家，始將其源流變遷尋得其條理，據初步檢查可得下列結論：

1. 從檢查永明體及唐詩，發現古典韻文平仄排列方式四種命之曰正式，永明體詩之變新古詩者在此，其影響唐律下及宋詞者在此。

2. 從檢查永明體詩及唐律，除四正式外，復參互配合得十二複式，此十二複式可將不合於四正式之永明體詩與唐律包括無餘，此外當有止用半式者。律詩與詞又運用整齊與錯綜相結合之規律亦不可不知。

3. 從檢查唐律中，可知唐律最通用之式爲四正式中之交互式，唐五代小令及宋詞長至二百四十字之《鶯啼序》亦不出此交互式，是則詩詞之體雖異，其聲律一脈相傳。雖詞能化平板之律體爲參差之句法，而貫穿其間之聲律除加以錯綜外，乃無大異也。

4. 唐五代即見收入萬樹《詞律》者，爲調 660，爲體 1180，見收入徐本之詩詞補遺者，爲調 165，爲體 495，兩家合計共得 825 調，1675 體。根據初步檢查，此 1675 體詞中，前後段平仄排列方式全合者 310，有合而有不合者 873，加之得 1176，其絶大數是以交互式爲主要方式，通首無平仄相合之聲律者亦有極少數，此其故有四，或係古調訛誤，或由詞人新製之詞[1]，或因嘌唱家增減字句[2]，或出於民間新聲宮調不正者。

5. 從檢查聲律中，有助於校勘工作，正詞中之誤字、襯字、脱字、誤句以及分段分句之誤。

6. 從檢查聲調中，可知詞一調有一調之調情，蓋名家製詞定譜皆煞費苦心，不可任意妄填，致令詞調聲情之美爲之破壞。至於譜詞入樂尤與聲律有關，蓋樂譜必以聲律爲根據也。昔人論聲音必與宮調相應，有南吕宮感嗟傷悲，正宮惆悵雄壯，黄鐘宮富貴纏綿，大石調風流蘊藉，小石調旖旎嫵媚，商調悽愴怨慕，角調嗚咽悠揚，越調陶寫冷笑等説。

7. 從檢查聲律中，可知詞中上去二聲分别當嚴，一也；入可代平上去，二也；上聲可代平，三也；有必須用平用上用去用入者不可混填，四也；連用平聲字者必使陰陽平相間相重之美，五也；有句中韻者不可忽略，六也；有當用雙聲疊韻之處亦不可忽略，七也；除上各點外，其中亦有可以通融之處不必字字嚴守古詞四聲，八也。

注：[1]姜夔《長亭怨後序》曰：“予頗喜自製曲，初率意爲長短句，然後協以律，故前後闋多不同。”

[2]柳永詞最不易考訂，有同一調而字句多少平仄排列不相同者，因柳永詞當時傳唱很廣，唱者增減了字句也。沈義父《樂府指迷》："古曲譜多有異同，至一腔有兩三字多少者，或句法長短不等者，蓋被教師改換，亦嘌唱家多添了下字。"

【附録】

略談詞家用典的問題

詞家用典有用古事與用成語兩項。用古事包括用事與隸事兩項。用成語亦包括取義與借字兩項。用事與隸事，取義與借字，在詞家雖屬常有之事，但用事與取義比隸事與借字重要，因前者有關詞的內容，而後者則屬於詞的形式。但講求形式而内容貧乏之作，形式雖美，仍無價值，故論詞者往往輕視。

詞家用事比取義爲難，讀詞者於詞家用事有時不易明瞭，因用事比較複雜，今略加説明於後。

用事必因作者的情思不易直達，或嫌於質實，或過於顯露，或有難言之隱，乃取古事用之。讀者由其所用之事，進而追求其用此事的命意所在，然後方能得其情思之真相，此其一。再者，作者用古事，有時係節取其中與情思相合之一點，而非全用，所謂斷章取義是也。讀者必須先熟悉作者生平行事，或其時歷史背景，然後方能知其用此事的主旨，此其二。

今取王安石千秋歲引一詞爲例説明。

别館寒砧，孤城畫角。

一派秋聲入寥廓。東歸燕從海上去，南來雁向沙頭落。楚臺風，庾樓月，宛如昨。

無奈被些名利縛。無奈被他情擔閣。可惜風流總閑却。當初漫留華表語，而今誤我秦樓約。夢闌時，酒醒後，思量着。

此詞前半闋但寫眼前所見所聞的景物，而以“楚臺風，庾樓月”兩故事，將古人欣賞風月的地方用來引起下半闋，“風流總閑却”的意思，以見風月當如昔而我却未能欣賞。

下半闋换頭兩句是白描語，一句是説自己爲名利所縛束，不得自由，一句是説自己爲神宗所信任，不能擺脱，因此所有風流韻事都閑却了。

其中“華表語”，“秦樓約”兩故事，驟然讀去，頗不易明瞭。但細看歇拍三句説“夢闌”、“酒醒”的時候“思量着”了，知其全詞的主旨在此二句的故事。此二故事有關全詞如此，則讀者必須將此二故事明瞭方能知其情思所在。

“華表語”是用《搜神記》載遼東城門華表上一日飛來一白鶴。白鶴作人語曰：“有鳥有鳥丁令威，去家千歲今來歸。城郭如故人民非，何不學仙塚纍纍。”

“秦樓約”是用《列仙傳》言秦穆公女弄玉嫁蕭史。史教弄玉吹簫，弄玉吹簫引來鳳凰。二人相約駕鳳凰仙去。

細看此二故事雖不同，但其中學仙與仙去兩點却相同，知王氏用此二故事即節取其中這兩點。再看他於華表句中用“漫留”二字，於秦樓句中用“誤我”二字，又知王氏用此二故事來表達情思，全在此四字。我們就詞言詞，所得的意義，似乎是説，當初空留白鶴所説的學仙去，而今却不能如蕭史弄玉相約仙去，是誤了我也。但此種情況，我是在“夢闌”“酒醒”了以後才“思量着”的。

我們如果再進一步追求王氏爲什麽要如此説？究竟爲什麽？有些什麽情思必須用此二故事表達？則必須結合王氏生平和當時史實，方能瞭然。王安石是勵行新法的人，當時在朝老一輩人都不贊成，他只得引用少年人。其時吕惠卿就是他最賞識的少年。史稱吕惠卿由王安石引進，及王氏罷相，知江寧府，(神宗熙寧七年)吕惠卿參政，(同年)排斥安石，恐其再入相。王氏作此詞當即此時。據此，知此詞之意，蓋指吕惠卿當初曾與我有約同退，今則我退而吕進，不特不如前約而且力排我。吕之爲人，我在身退事過之後，方才想到，所以説“夢闌時，酒醒後，思量着”也。

劉彦和《文心雕龍》對於用典有專篇討論。他在其書第三十八《事類》篇中説“事類者，蓋文章之外，據事以類義，援古以證今者也。”他將據事類義，援古證今分爲兩項：一、“舉人事以徵義”，二、“引成辭以明理”。前者即用古事，後者即用成語。他説“舉人事”在“徵義”，“引成辭”在“明理”。可見用古事與用成語皆是爲了使文章的内容更加鮮明可信。但在宋齊時，作者過於講究用典，遂有全篇堆積古事和成語的作品，而無義可徵，無理可明。所以鍾嶸著《詩品》極力反對用典，主張“直尋”，説用典是“補假”。他説“大明、泰始中，（大明爲宋孝武帝劉駿的年號，泰始爲宋明帝劉彧的年號。）文章殆同書抄”。他這話片面反對用典，不如劉彦和所説的道理通達全面。他二人所論的是詩文，這個道理自然可以適用於詞曲。

詞到南宋末年婉約派詞風盛行，詞家講究諧聲協律，同時也講究用典。一般作者爲之太過，自不免有如鍾嶸所譏的。即豪放派辛棄疾亦所不免。辛棄疾的《永遇樂》詞，用事太多，岳珂即對他提了意見，他當時虚心接受，將原詞修改，但今傳此詞用事仍然不少。從此説來，一切文學表達情思應有一定的適當的方法，太過與不及都不能算好作品。

略談詞家抒情的幾種方法

抒寫情感是文學家最普遍和最主要的工作，因爲情感是千變萬化，曲折複雜，常常蟠結在作者心坎深處，既不易捉摸，又不易吐露。因此，歷來詩人、詞客都費盡無限的心力，創出許多方法，來達到他們傾吐爲快的願望。王安石說"看似尋常最奇崛，成如容易却艱辛"(《題張司業詩》)最能道出作者的苦心。惟其如此，當我們欣賞一種作品時，總以能發掘出作者的情感的深處、真處爲滿足。如果他的情感愈深、愈真，則感染人愈有力，因而給人的享受也更多。如果他的情感是高貴的，有如屈原、杜甫等，對國家、對人民有着深情熱愛，這就更具有很强的教育意義。即使是寫男女愛情的，或是對自然景物的愛好的，只要是真實的、純潔的，也能給人以美的感受，能給人以美的感受，也就能起陶情養性的作用。文學之所以具有潛移默化的力量，所以被稱爲鬥争的武器，其原因就在此。

今且試舉詞家抒情的幾種方法談談，或者對於讀詞的人多少有些用處。這些方法，約舉之有如下的幾種：

一、有辭愈質樸情愈真實的

例如韋莊夢見他被蜀主王建奪去的愛妾後作的《女冠子》詞兩首，其一曰：

> 四月十七。正是去年今日。别君時。忍淚佯低面，含羞半斂眉。　不知魂已斷，空有夢相隨。除却天邊月，没人知。

其二曰：

昨夜夜半。枕上分明夢見。語多時。依舊桃花面，頻低柳葉眉。　　半羞還半喜，欲去又依依。覺來知是夢，不勝悲。

這兩首詞，前首是回想愛妾臨去時的情事，後首是因想成夢，寫的是夢中情事。明説“四月十七，正是去年今日”，毫不模糊，因爲這一日，是愛妾被迫與他離别的一日，是他最傷心的一日，所以記得很分明。“忍淚”、“含羞”皆迫於强權，抑制情感的情狀。“魂斷”、“夢隨”則是彼此情牽夢縈的情狀。第二首乃是從夢後回憶夢中，“分明”二字，説記得很真也。“羞”與“喜”，“欲去”與“又依依”均並在一句，都是寫愛妾心中複雜矛盾的情緒。這兩首皆寫得非常樸質，讀之使人生真實之感，此詞曲家所謂“本色當行”之作。兩首全是老老實實地把心中的情感説出，不須半點妝飾的詞藻，主要是作者先有一段真情實感，創作時把它如實寫出，就是好詞。

二、有辭愈説盡情愈無窮的

例如孫光憲的《謁金門》詞曰：

留不得。留得也應無益。白紵春衫如雪色，揚州初去日。　　輕離别，甘拋擲。江上滿帆風疾。却羨鴛鴦三十六，孤鸞還一隻。

這是代閨人抒寫怨情的詞。所怨的人在閨人心目中是如此無情無義，所以一開口便肯定“留不得”，就“留得也應無益”。後半更指責那人本來就是“輕離别”、“甘拋擲”的人。你看他坐了船，掛了帆，去得那般地快。這就把話説到了盡頭了，好似已經和那人決裂了。但是他却又把那人臨去時穿的春衫記得很清楚，又羨鴛鴦成雙成對，嘆自己如一隻孤鸞，則是愛他的情還是很深。正因爲愛他的情太深，所以怨他的情就更切，於是説出的話即使是冤枉他，也顧不得了。於是就把怨他的情盡量地傾吐出來了。這種寫法可謂體貼入微，又極其自然。

在閨情詞中可稱神品。

三、有辭愈無關情愈難堪的

例如李清照《浣溪沙》詞曰：

樓上晴天碧四垂，樓前芳草接天涯，勸君莫上最高梯。
新筍已成堂下竹，落花都入燕巢泥，忍聽林表杜鵑啼。

這詞中所寫的筍已長成竹，花已化成泥，樹頭上杜鵑在啼，都是些不相干的景物，作者爲什麽要關心這些？言外有一種難堪的苦情，見了這些就引起了。這種苦情是什麽？作者雖没有説出，但從上三句看來則是一種傷高懷遠的苦情，從忍聽杜鵑啼看來又是一種春暮感懷的苦情。總之作者當國破家亡，孤身獨處的時候，事事都惹人苦惱，樣樣都感覺難堪也。（此詞又見《清真集》，疑誤。）

四、有辭愈從容情愈迫切的

例如辛棄疾鵝湖歸病起作的《鷓鴣天》詞曰：

枕簟溪堂冷欲秋，斷雲依水晚來收。紅蓮相倚渾如醉，白鳥無言定自愁。　書咄咄，且休休。一丘一壑也風流。不知筋力衰多少，但覺新來懶上樓。

辛棄疾這詞乃被讒罷官，退居上饒時所作。考這時他方四十多歲，想要恢復中原的心情正非常熾烈。這詞末尾三句雖則從容不迫，然言外却有劉備閒居荆州，自傷久不騎馬，髀裏肉生的感慨。他在《永遇樂·北固亭懷古》詞中有“憑誰問、廉頗老矣，尚能飯否?”也是此意。所以他又有“書咄咄、且休休”的話。“咄咄”是用《殷浩傳》説浩被黜時，終日書空作“咄咄怪事”四字。“休休”是用《唐書·卓行傳》中《司空圖傳》説司空圖感於國事艱難，自已不爲世知，乃退而作亭，名曰休休，以明已當休退。從這兩故事看，他那不平與不甘的感慨是何等的深厚。這就可知他想用世的情是迫切的。

五、有辭雖曠達情實鬱抑的

例如蘇軾的《虞美人》詞曰：

> 持杯遥勸天邊月。願月圓無缺。持杯更復勸花枝。且願花枝長在莫離披。　　持杯月下花前醉。休問榮枯事。此歡能有幾人知。對酒逢花不飲待何時。（“酒”疑是“月”誤）

蘇軾一生屢遭讒害。但他學養甚深，雖有鬱抑不聊之感，每爲其豪情所掩，使人但見其放曠的一面。這首詞語語豪放，惟“休問榮枯事”五字略露鬱抑不聊的感慨而已，如果他真忘了榮枯，則必無休問的話了。不過他所説的榮枯，指的不是個人的名位，而是包括很廣的，小之個人志業的成敗，大之國勢的盛衰，都可説是榮枯。因爲蘇軾是在政治上有作爲的人，他的志業不得實現的情感不便直説，所以用了“榮枯”二字，我們不能被他瞞過。從這樣看，他的心情鬱抑就不難知了。

六、有辭雖含蓄情却分明的

例如陸游春日游摩呵池作的《水龍吟》曰：

> 摩呵池上追游路，紅綠參差春晚。韶光妍媚，海棠如醉，桃花欲暖。挑菜初閑，禁煙將近，一城絲管。看金鞍争道，香車飛蓋，争先占，新亭館。　　惆悵年華暗换。黯銷魂，雨收雲散。鏡奩掩月，釵梁折鳳，秦箏斜雁。身在天涯，亂山孤壘，危樓飛觀。嘆春來只有，楊花和恨，向東風滿。

摩呵池在成都，這詞當是他緣事罷官，閑住成都時所作。陸游愛國之情，隨處流露。但他雖救國有心而無從施展其才。這詞雖寫士女游春的盛況，實乃指南宋君臣偷安苟且，國勢日衰而不知畏懼，一味争名奪利，貪圖逸樂。詞人此時看着那些游春的車馬喧闐和争先恐後的景象，聽着“一城絲管”的熱鬧聲音，不由得不引起感慨。後半首即寫他的感慨。“銷魂”以及“鏡奩掩月”等句，都是“雨收雲散”後的情事，與上半“金鞍”、“香車”恰成對比。此時詞人却“身在天涯，亂山孤壘，危樓飛觀”之中，雖有滿腔忠憤，而無可施爲，不但無可施爲，且這種恨惱的情懷也無有知者，只有和楊花一樣，飛滿空中而已。這詞前半措辭皆含蓄，惟於末尾用一“恨”字，方把真情流露出來，且有了這一“恨”字便把前半所寫的士女游春的事，化爲烟雲，而“只有楊花”四字，更可見詞人的孤憤。所以説辭雖含蓄而情却分明。

上面所舉六種方法是就一時想到的提出來供愛好讀詞者參考，詞家抒情的方法，當然不止此數，可以作例證的詞也不只是這些。

1962年4月22日寫於珞珈山易簡齋

唐五代兩宋詞簡析

目　　録

總　　論

詞體的形成，約有四源：第一，是六朝以來尤其是南朝的小樂府；第二，是唐人的律詩、絶句；第三，是民間的新曲（《宋史·樂志》說："民間作新聲者甚衆。"又政和間樂府奏言："燕樂之諸宫調多不正，皆里俗所傳。"今人從敦煌收集的《雲謡集雜曲子》，更是唐代民間流傳的曲子）；第四，在音樂方面，除原有的樂調外，有許多來自邊疆民族的詞調。這四個來源中，從形式和作法方面説，則唐人律、絶的影響要算是最直接的了。唐人唱律詩和絶句，起初是由樂工采取詩人的詩，加以裁截重叠，成爲長短句，方始合律。至宣宗李忱時代，始有詩人按譜式爲長短句者，如白居易有《憶江南》三首，劉禹錫題"春去也"二詞曰"和樂天春詞，依《憶江南》曲拍爲句"，即其明證。

五代、十國是我國歷史上最紊亂、最黑暗的時代。那時唐朝在黄巢起義以前，中央大權早已移於强豪軍閥手中。自朱全忠（國號後梁，傳二主凡十六年）篡位以後，李存勗（國號後唐，傳四主凡十三年）、石敬瑭（國號後晉，傳二主凡十一年）、劉知遠（國號後漢，傳二主凡四年）、郭威（國號後周，傳三主凡九年），相繼篡奪，這就是所謂五代。他們輪流佔據中原地區，直到宋太祖趙匡胤才統一。此外，邊區則有劉崇（國號北漢，傳四主凡二十九年，據有太原十州）、王建（國號前蜀，傳二主凡三十五年，據有川漢六十四州）、孟知祥（國號後蜀，傳二主凡四十年，據有山南及劍南四十六州）、高季興（國號荆南，傳五主凡五十七年，據有荆、歸、峽三州）、馬殷（國號楚，傳六主凡五十七年，據有湖南北十州）、楊行密（國號吴，傳四主凡四十六年，據有江淮二十八州）、李昪（原名徐知誥，國號南唐，傳三主凡三十九年，據有長江下流二十一州）、錢鏐（國號吴越，傳五主凡八十六年，據有浙東西十一州）、王審知（國號閩，傳六主凡四十九年，據有閩中五州）、劉隱（國號南漢，傳五主凡六十七年，據有嶺南北四十七州），分别割地自主，這就是所謂十國。還有北方的契丹也乘隙侵入，燕、薊十六州就是這時被石敬瑭割給契丹的。

這些大大小小的國君互相争奪，在他們的統治區内，賦税苛重，兵役繁興，甚至專以嚴刑重罰，殺人立威。當時人民的生活非常痛苦。有時因戰争關係，人民至於絶食，軍士至於吃人。惟邊區十國比中原安穩些，賦役也比較輕些，而江南與四川地方肥沃，生産力漸次發達，加以南唐與西蜀的國君頗愛文學，自能填詞，所以文人才士都萃聚於這兩處。西蜀詞人最多，後蜀趙崇祚編輯的《花間集》，共收詞人十八家，詞五百首，其中除温庭筠、皇甫松爲唐人外，大多數是蜀人或遊宦在蜀的。（只和凝是梁、唐、晉、漢、周五朝人，張泌是南唐人，孫光憲是荆南人。）南唐作家則無總集，然而影響宋代的詞人却在南唐，如李後主煜及他的宰相馮延巳都是與北宋詞有密切關係的人。我們於五代詞人中應當特别注意他們二人。

五代、十國的紊亂如前所述，那時的詞所反映的多是荒淫享樂的景象，反映人民生活、社會狀況的，幾乎没有。我們從統治者的荒淫享樂這一面，便可知被統治者痛苦的一面。又有些文人，因生當極亂的時代，無心也無法挽救統治者的墮落，又不能潔身而退，於是也以醇酒婦人陶醉自己，不知不覺便成了一般的風氣。於是那時的詞便都是用來描寫男女相悦的情事，内容不出悲歡離合四字。但是他們各出心裁，用各種不同的寫法來表達同樣的主題，形成五光十色的景象。我們比較讀來，在藝術上會看到許多表達情感的方式。並且齊、梁小樂府和民間歌曲以及唐人入樂的律、絶，本來多是描寫男女情愛的，因之，五代的詞可算是它們的繼承者。還有一點，在五代的詞中看不出作者個人的情思，只有其中少數人，例如南唐李後主，因爲他先爲國主，享受榮華，後來身遭亡國慘禍，所以他的一部分詞中有國家興亡之感；又如李珣，因爲他的祖先是漢化的波斯人，不曾爬上最高政治舞臺，所以他的一部分詞中帶有隱逸的氣味。此外，還有李珣、歐陽炯的風土詞，具有特殊地方風俗的色彩。這些都是在描寫男女相悦之外擴大了詞的視野的作品。

北宋初期的詞仍離不了五代的風氣，那時的詞通常是士大夫燕客時歌唱來娛賓的，所以稱詞樂爲燕樂。但是在這些作品中，有時也可把作者對政治的情緒和他的人生觀連帶流露出來。這就是後人所謂"流連光景，及時行樂"的情緒。這種情緒，從好的方面説來，是和《楚辭》中"恐年歲之不吾與"、"恐美人之遲暮"一樣的。這是感覺人生倏忽，恐盛年一過，則所學、所志皆付之流水，願及時有爲的意思，不過直説嫌於自衒，故託之及時行樂。從壞的方面説來，就不免有"今朝有酒今朝醉"的頽廢思想了。這兩種如何分别呢？那就得把作者的地位、行爲、學術以及與當時政治的影響，各方面聯繫起來看，不能孤立地看。大概宋初詞人都是士大夫階層，他們都各有一肚皮的經濟才(這原是經世濟民的意思，至是否真能這樣，乃另一問題，與現今所説的有所不同)，但是實行起來，每每遇到挫折，就不免有些感慨。加之原來統治階級内部矛盾很多，始終是黨同伐異，使有爲之士不能久於其位，例如范仲淹、晏殊、歐陽修、王安石等雖居高位，都不免此。蘇軾在那時是因反對新法病民，受黨禍最烈的一人。與他交遊的，如秦觀、黄庭堅等也同陷入黨禍之中，遭到謫貶而死。蘇軾的詞在北宋是一大家。他的詞風就是"一洗綺羅香澤之態"，把自己整個面貌、胸懷和學術都呈現出來。在宋初，詞的品格是提高了，範圍是擴大了，提高、擴大到和詩相等。同時有柳永，他這個人落拓不羈，功名不得志，因而生活放蕩，專在勾欄中混，替妓女作了許多言情説愛的詞給她們唱，他自己也與她們有了感情。他順着五代抒寫愛情的小令把詞發展成長調。因爲長調更比小令便於描寫，所以他的詞是長於鋪叙的。在他的一些詞中，也反映了北宋未亂以前社會經濟的繁榮、市民生活的逸樂。他有首《望海潮》詞，把杭州的都會繁華寫得很具體，甚至有人把金主亮的起兵南侵説成是因爲聽到唱這首詞而引起垂涎。這當然只是一個傳説，但説明他的鋪叙的能力是很高明的。他的詞還有一點值得注意的，是盡可能采用了人民口頭語言，所以流行最廣泛，人民都愛唱，那時就説"凡有井水飲處，即能歌柳詞"。這一來也就把專供士大夫燕樂的詞風大體上改變了。所以在詞壇上與蘇軾有對等的地位。一個是代表學人，一個是代表才人。一個是以豪放爲主，一個是以柔麗爲宗。一個把詞拉上去與詩同等，一個爲後來的曲開了門徑。以後的詞人不能越出這兩派的範圍，因之他兩家可算是發展詞體的代表。

填詞在宋代已經從詩的領域中分割出一個疆土來，成爲獨立的文體，是新興的文體，所以它能取得代表一個朝代文學的資格。在宋代，上自帝王，下至士庶，都能填詞，影響所及，連金主完顏亮也能填詞。由上述兩大派中，又有滑稽一派产生。這種詞，在蘇、柳兩家的作品中也有，兩家以外的作者中如秦、黄諸人也都有一些。但以此出名的，如仁宗元祐間的王齊叟，徽宗政和間的曹元寵，皆以滑稽語有名於河朔。他們全用人民口語填詞，内容又以滑稽調笑爲主，而滑稽調笑是後來散曲成份之一，由此可知此派與元曲不無關聯。它與里俗新曲爲近，與文人學士的雅調不同，因此不爲他們所重而流傳極少。(這其中或許埋没了一些與人民生活有關的作品，今已無從收集。但通俗的詞，後來詞人集中往往有之，可能是此派的餘波。)論理，此時詞的舊形式應有所變更，但除了上述兩點外，無大改動，直至元曲家方始把新形式和新内容統一起來，因而元曲又與宋詞分疆獨立，在我國文學史上發出異彩。我們研究滑稽派之所以不能大變詞體的原因，除不爲文士所重外，舊的勢力這時還很强，也是原因之一。舊派中的周邦彦既長文學，又善音律，他的詞是與柳永相近的，所以後人把周、柳並稱。他雖也寫放蕩生活，却大體上歸之文雅，又音律諧切，技巧精工，因之他的影響在南宋最大。把他的詞全部和作的有方千里、楊澤民、陳允平三家，即此可見他的影響之大了。滑稽派不能與之相敵。又當其時國勢日衰，外族入侵，中原已成極亂之局，結果趙宋失掉了半壁河山，偏安江左。當時詞家多爲愛國熱情所激動，填詞便轉入慷慨激昂的路數，滑稽詞派也就被壓倒。這種爲愛國情緒所激動的詞，是與蘇軾的詞派接近的。其中最顯著的作者是辛棄疾，後人因此把蘇、辛並稱。在辛前有岳飛、張元幹、葉夢得、朱敦儒諸人。辛棄疾本山東人，金人入侵，山東淪没。後來金主亮南侵被弑，金國内亂，山東義民起而反正。他是山東忠義軍耿京的書記，奉耿命南歸納土。他雖想恢復中原，而南宋君臣偷安苟且，含耻忍辱，稱臣稱侄，獻金獻帛，一味求和，在寧宗開禧年間雖曾一度北伐，結果又因主戰者韓侂胄無能而失敗，從此不敢言戰。辛棄疾的一生志願便始終不曾實現。他的詞可分爲兩類：一類是慷慨激昂的；一類是悠游恬淡的。兩類之不同，是由於他的一生出處無常。出則獻身國事，填詞多爲慷慨之音；處則浮沉鄉里，填詞便有恬淡之趣。他與蘇軾並不全同，大抵内容之富，蘇尚不如他，這是兩人所處的時代有所不同的緣故。我們可以稱辛棄疾是詞中豪傑，蘇軾則只是學人而已。與辛棄疾時代相同的作家，如張孝祥、杜旟、陸游、陳亮等都有慷慨悲歌的詞。這些人一方面是受時代的激動，一方面又是受了辛棄疾的影響，因此把詞體更解放了。宋代詞風，至此又一變。當南、北宋之間，還有一女詞人李清照，這裏可以附帶提一提。後人論詞，每喜把李清照同李煜並稱爲二李，原因是他們所遭遇的時代都是由盛而衰，都是經過國破家亡的慘痛，又都是能用尋常的語言表達深婉的情感。李清照詞學甚深，在宋代詞人中是能獨樹一幟者。雖一個是國主，一個不過是貴婦人，在詞壇上是曾經取得同等地位的。

南宋末年，國力日削，那時文人的作品，大都氣格衰颯，即有憤慨國事的，也都帶悲涼意味。如宋未亡前之德祐太學生，宋亡後遺民中之張炎、劉辰翁、劉將孫、鄧剡，被虜人中之文天祥、王清惠等，皆不能如辛棄疾之豪雄，正是所謂“亡國之音哀以思”。這時有些詞人把憂國之情寄託在詠物之中，其中如王沂孫便最有名。他的詞從技巧上説是長於比興的，然而辭氣不振，故宋亡以後，他不免屈節元朝。言爲心聲，於此可見。在他前後的作家，如姜夔、史達祖、周密、吴文英等，也還各有内容，各有成就；其他的人便不免專講聲音色澤之美了。從文學史整個過程來看，各種文體到了專講求形式之美，便要僵化，詞體到了這時，一般作者就漸歸衰退，無甚可觀了。

總結起來，詞在唐、五代方始萌芽，體制短狹，内容簡單，到了北宋漸次發展，蘇、柳兩家爲主要人物。中間雖然出現滑稽一派，却是變而未成。周邦彦出而重整詞體，他是與柳永相近的。辛棄疾出，更恢張詞境，是近於蘇軾的。自此以後，近周的有姜、史、王、吴等人，近辛的有張、杜、陸、陳諸家。從大體上考察，仍不出柔麗與豪放兩大流派。但是以前的詞家都認柔麗爲正宗，豪放爲别派，因爲詞體是以柔麗開宗的。我們現在研究起來，柔麗一派的詞多是抒寫才情，而豪放一派則可見作者的思想。柔麗派内容狹隘，往往局限於作者個人的生活，不如豪放派的恢宏，不當以後者爲别派而輕視它。又宋代許多詞人皆非專門詞家，他們心目中認詞爲“小道”，每每以作詩的餘力爲詞，故詞體有“詩餘”之稱。有此二因，所以詞中的社會意義和人民生活便顯得比詩不如。然而在這方面有當説明的兩點：一是被它的形式局限着，不如杜甫、白居易他們的新樂府，字句無定，可以任意發揮；二是被它的藝術性局限着，它是以比興爲主的，不如用賦體的可以明顯敍説。因此，我們如果要知道詞中所包含的人民生活和社會意義，有時要從它表現的反面，或者從它的文字之外去體會，以作者所處的時代去印證。以前文論家所謂“言外之意”，所謂“言在此而意在彼”，便成了讀詞的方法。再者，南、北兩宋詞還有一大區别，就是：北宋詞人不諳音律，詞之入樂，皆由樂工，是先有調然後按調製詞，故曰“填詞”；南宋有名詞人多善音律，能自製曲調，因之就音律精切而言，是北不如南的。在宋代，詞是音樂文學。盡管它有本身的局限性，從文學發展史的角度來看它的價值和地位，它是繼承唐代樂府而來的，由它産生了宋代的歌舞劇，又由它過渡到元人的散曲和雜劇，它在文學發展史上是不可忽視的一環。

凡　例

一、本書之作，用意在將唐、五代、兩宋詞的主要流派，系統地介紹於讀者，或者有助於瞭解祖國文學遺産中此體之内容及形式，以爲創作現代文學作品之借鑒。所選録之作品與對作品之分析，必有未當者，姑存之以待專家之批評。

二、注釋的文字不用語體而用淺近文言者，因以語體解詞，比用文言有困難之處，且用語體的文字必三四倍於用文言者，又不免有過繁之弊。

三、本書釋義中，於前人詞話有可資以説明詞學上某一問題，或可使讀者對某一作家的瞭解得到明確的觀念者，方始采用。采用之詞話，未及註明某人、某書者，用意不在此也。且選者之意，以爲前人詞話未必全書皆佳，如未精研作品，先看詞話，不知辨别，往往被引入歧途。又此類書籍亦非秘本，好學之士求之不難故也。

四、本書選録之標準，總論略有説明。未及入選的作家、作品，佳者尚多，好學之士自可泛覽及之，本書原不求備也。

一、唐五代各家閨情詞

附敦煌石室所出唐時民間詞曲

温庭筠

庭筠本名岐，字飛卿，太原人。唐宣宗李忱大中年間，累應進士試不第。庭筠才思艷麗，每入試，押官韻作賦，凡八叉手而成八韻，時號温八叉，又最善鼓琴吹笛。宣宗好微行，常於旅店中遇温。温傲然問曰："公非長史司馬之流?"宣宗曰："非也。"又問曰："得非六參簿尉之類?"曰："非也。"又宣宗喜唱《菩薩蠻》，宰相令狐綯請温代作二十首以進，並戒勿泄。温乃揚言於外，且譏之曰："中書堂内坐將軍。"又令狐綯曾以舊事訪之庭筠。對曰："事出《南華》，非僻書也。或冀相公，燮理之暇，時宜覽古。"綯因積怒，乃奏庭筠有才無行，不予登第，終於方城尉。唐詞，在庭筠前，詩人偶爾爲之。庭筠專力此體，始有專集。其集名《金筌》，今無傳本。朱孝臧刻温詞名《金奩集》，共一百四十七首，不盡温作，真温詞六十二首，加《尊前集》真温作《菩薩蠻》四闋，實得六十六首。

菩薩蠻

小山〔1〕重疊金明滅〔2〕，鬢雲〔3〕欲度香腮雪。懶起畫蛾眉，弄妝梳洗遲。　　照花前後鏡，花面交相映。新帖綉羅襦〔4〕，雙雙金鷓鴣〔5〕。

注：〔1〕小山：枕屏上所畫之景。　〔2〕金明滅：屏上之金碧山水，因日

久剥落，故或明或滅。　〔3〕鬢雲：唐時婦女挽鬢作環如雲之狀。〔4〕襦：短衣也。　〔5〕金鷓鴣：以金綫綉鷓鴣鳥於短衣上。

此調本二十首，今存十四首，此則十四首之一。二十首之主題皆以閨人因思别久之人而成夢，因而將夢前、夢後、夢中之情事組合而成。此首則寫夢醒時之情思也。首言思婦睡夢初醒，見枕屏而引動離情。“小山重叠”，興起人遠之感；“金明滅”，牽動别久之思。次句言睡餘之態。三、四句，梳妝也；曰“懶”、曰“遲”，以見梳妝時之心情。五、六句，簪花也；花面交映，言其美也。七、八句，着衣也；“雙雙”句，又從見衣上之鳥成雙引起人孤單之感。全首以人物之態度、動作、衣飾、器物作客觀之描寫，而所寫之人之心情乃自然呈現。此種心情，又爲因夢見離人而起者，雖詞中不曾明言，而離愁别恨已縈繞筆底，分明可見，讀之動人。此庭筠表達藝術之高也。

前　調

翠翹〔1〕金縷〔2〕雙鸂鶒〔3〕，水文細起春池碧。池上海棠梨〔4〕，雨晴紅滿枝。　　綉衫遮笑靨〔5〕，菸草黏飛蝶。青瑣〔6〕對芳菲，玉關〔7〕音信稀。

注：〔1〕翠翹：鳥尾長毛也。　〔2〕金縷：本金綫，此比言鳥毛也。〔3〕鸂鶒：水鳥。　〔4〕海棠梨：即海棠花。　〔5〕靨：面頰也。　〔6〕青瑣：刻有青色連瑣紋之門。　〔7〕玉關：玉門關，在今甘肅敦煌西北，唐時西邊重地也。唐代閨情詩，多言婦人思念久戍邊疆之夫婿，故詞家亦以此作題材。

此亦十四首之一。此首追叙昔日歡會時之情景也。上半闋描寫景物，極其鮮艷，襯出人情之歡欣。下半闋前二句補明歡欣之人情。後二句則以今日孤寂之情，與上六句作對比，以見芳菲之景物依然，而人則音信亦稀，故思之而怨也。

皇甫松

松，一作嵩，字子奇，睦州人，工部郎中湜之子也。松自稱檀欒子，遂以名其集。王國維從《花間》、《尊前》及《全唐詩》共輯得其詞二十二首。

采蓮子

菡萏[1]香連十頃陂舉棹，小姑貪戲采蓮遲年少。晚來弄水船頭濕舉棹，更脱紅裙裹鴨兒年少。

前　調

船動湖光灩灩[2]秋舉棹，貪看年少信船流年少。無端隔水抛蓮子舉棹，遥被人知半日羞年少。

注：〔1〕菡萏：荷花也。　〔2〕灩灩：秋水光明也。

此二首中之“舉棹”、“年少”，皆和聲也。采蓮時，女伴甚多，一人唱“菡萏香連十頃陂”一句，餘人齊唱“舉棹”和之。第二、三、四句亦同。此二首寫采蓮女子之生活片段，非常生動，讀之如見電影鏡頭，將當日采蓮情景攝入，有非畫筆所能描繪者。蓋唐時禮教不如宋以後之嚴，婦女尚較自由活潑也。

韋　莊

莊字端已，杜陵人。唐昭宗李曄乾寧元年登進士第，官左補闕，奉使宣諭西川節度使王建，爲建所留。及建據蜀稱帝，莊爲之規劃制度，後官至吏部尚書同平章事。莊有寵姬，姿質艷麗，兼擅詞翰。建聞之，託以教内人，强奪去。莊徒追念悲傷而已。後姬人得莊所作《小重山》詞，不食死。五代國君之荒淫、文士之軟弱以及婦女之被淩辱而能以死自明，於此可見。

女冠子

四月十七，正是去年今日，别君時。忍淚佯[1]低面，含羞半斂眉[2]。　　不知魂已斷，空有夢相隨。除却天邊月，没人知。

前　調

昨夜夜半，枕上分明夢見，語多時。依舊桃花面，頻低柳葉眉。半羞還半喜，欲去又依依。覺來知是夢，不勝悲。

注：〔1〕佯：僞也。　〔2〕斂眉：蹙眉也。

此二首乃追念其寵姬之詞。前首是回憶臨别時情事；後首則夢中相見之情事也。明言"四月十七"者，姬人被奪之日，不能忘也。"忍淚"、"含羞"，皆迫於强權、抑制情感之狀。魂斷、夢隨，則情感縈繫無已之語。次首乃從夢後憶夢中。"分明"二字，言記憶甚真也。"羞"與"喜"並在一句，"欲去"與"又依依"亦並在一句，遂使心中複雜矛盾之情均能表達，既喜又羞，既不敢留又不忍去，寫來甚工細而出語却自然。此種手法，與温飛卿異曲同工，故後人以之與飛卿並稱温、韋。

小重山

一閉昭陽[1]春又春。夜寒宫漏[2]永，夢君恩。卧思陳事[3]暗銷魂。羅衣濕，紅袂有啼痕。　　歌吹隔重閽[4]。繞庭芳草緑，倚長門[5]。萬般惆悵[6]向誰論？凝[7]情立，宫殿欲黄昏。

注：〔1〕昭陽：本漢殿名，此借指王建之宫。　〔2〕宫漏：古時宫中以銅壺滴漏計時早晚。　〔3〕陳事：陳舊之事也。　〔4〕重閽：宫門也。　〔5〕長門：漢宫名，漢武帝陳皇后失寵退居長門宫，此處借用。　〔6〕惆悵：想望失意也。　〔7〕凝：本水凝結成冰也，此言情凝結不開解也。

此代其姬人抒離情也。“春又春”，不止一年也。“夢君恩”，夢昔日韋之恩情也。下即因夢而更細思前事，不禁痛哭濕衣袂也。“歌吹”句，言别殿正在作樂；而己則獨倚長門，滿腹憂愁，無人可語，但凝情而對黄昏耳。細觀此詞，表面乃寫漢陳皇後退居長門故事，實則代其姬人抒情，因恐犯王建之忌，故託言之也。其姬人能通文詞，深知此意，故爲之不食而死。

和　凝

凝字成績，後唐時爲翰林學士，知制誥。石晉天福年中拜中書侍郎同中書門下平章事。後漢時加太子太傅，封晉國公。周顯德中卒，贈侍中。凝好爲曲子，契丹號爲曲子相公。集名《紅葉稿》。

采桑子

蝤蠐〔1〕領上訶梨子〔2〕，綉帶雙垂。椒户〔3〕閑時，競學摴蒱〔4〕賭荔支。　　叢頭鞋子〔5〕紅編細，裙窣〔6〕金絲。無事嚬眉〔7〕，春思翻教阿母疑。

注：〔1〕蝤蠐：蝎蟲也，體白而長，詩人以比婦人之頸。　〔2〕訶梨子：訶梨花白子黄，似橄欖而有六路，婦人綉作衣領上花飾。　〔3〕椒户：以椒末塗户，取其香也。　〔4〕摴蒱：古代博戲也。〔5〕叢頭鞋子：婦女鞋頭作花叢起，所以約束裙幅，便行步也。〔6〕窣：行時裙作響也。〔7〕嚬眉：蹙眉也。

此寫才動春情之少女也。一、二句，上身服飾也。三、四句，言其閨中嬉戲之事。五、六句，下身服飾也。末二句，少女煩悶之情，已爲阿母所覺也。此詞體會少女生活，極其細緻，而用語不多，故是能手。

牛　嶠

嶠字松卿，一字延峰，隴西人，唐宰相牛僧孺之後。僖宗李儇乾符五年進士，歷官拾遺、補闕、校書郎。王建鎮蜀，闢爲判官。後事蜀爲給事中。王國維從《花間集》録出嶠詞三十二首爲一卷。

憶江南

銜泥燕，飛到畫堂前。佔得杏梁安穩處，體輕惟有主人憐，堪羨好因緣。

前　調

紅綉被，兩兩間鴛鴦。不是鳥中偏愛爾，爲緣交頸睡南塘，全勝薄情郎。

此二首乃借詠物以寫閨人之怨情。前首羡燕子得人憐而安穩住在杏梁，以見人之不如燕。後首罵"薄情郎"不及被上所綉之鴛鴦，兩兩交頸不相離也。凡詠物之詞，非專止描寫物態，必須寄託人情。此二詞，前三句皆寫物態，兩尾句點明人情，最爲生動。詞家論詠物有"不黏不脱"之説。此二首前三句，不脱也；後一句，不黏也。

菩薩蠻

玉樓冰簟[1]鴛鴦錦[2]，粉融香汗流山枕[3]。簾外轆轤[4]聲，斂眉含笑驚。　　柳陰煙漠漠，低鬢蟬釵[5]落。須作一生拚[6]，盡君今日歡。

注：〔1〕冰簟：涼簟也。　〔2〕鴛鴦錦：錦被織有鴛鴦圖案也。　〔3〕山枕：古人用屏風圍枕，謂之枕屏，屏上畫有山水，故詞家稱山枕；亦或枕上綉有山水也。亦或指兩端突起似山之凹形枕。　〔4〕轆轤：井上汲水用之轉輪木也。　〔5〕蟬釵：釵上飾以金蟬也。　〔6〕拚：舍棄也。

此首寫男女歡會之私情。觀七、八兩句，有舍棄一切、拚却一生以求暫時之樂之意，可知此女必爲封建制度所束縛，以致情愛無從自由發抒。正如《西厢記》之鶯鶯，一遇張生，便傾心相許也。三、四句，言歡情正洽，天已將明，早晨汲井之聲，將其驚起。而第四句五字之中，表達三種態度，寫生之妙，非畫筆所能相比。後半闋所寫乃臨别片時之情事。柳煙漠漠，正天方曉之景色。“低鬟”句，則臨别片時低頭沉思之態度。“須作一生拚”，又情感傾瀉之語也。末兩句雖止十字，可抵千言萬語。

西谿子

捍撥〔1〕雙盤金鳳〔2〕，蟬鬢〔3〕玉釵揺動。畫堂前，人不語，絃解語。彈到《昭君怨》〔4〕處，翠蛾〔5〕愁，不擡頭。

注：〔1〕捍撥：撥琵琶絃之器也。　〔2〕雙盤金鳳：琵琶上刻鏤金鳳花紋也。　〔3〕蟬鬢：婦女鬢髮如蟬翼也。　〔4〕《昭君怨》：琵琶曲名。〔5〕翠蛾：眉如蛾而翠色也。

此從旁觀者眼中寫琵琶樂妓之幽怨也。首句，言琵琶。次句，言彈琵琶時態度。三、四、五句，聽琵琶時之情況，因彈得好，人皆静聽也。六、七、八句，言彈者自感曲調而引出本身之怨情，不覺低眉尋思而生愁也。

魏承班

承班，字、里無考。《歷代詩餘》謂其父弘夫爲王建養子，賜姓名王宗弼，封齊王。承班爲駙馬都尉，官至太尉。王國維從《花間集》、《全唐詩》輯出承班詞二十一首爲一卷。

滿宫花

寒夜長，更漏永，愁見透簾月影。王孫〔1〕何處不歸來，應在倡樓酩酊[2]。　　金鴨[3]無香羅帳冷，羞更雙鸞[4]交頸。夢中幾度見兒夫[5]，不忍罵伊薄倖[6]。

注：〔1〕王孫：出淮南小山《招隱士》賦，其詞曰“王孫游兮不歸，春草生兮萋萋”，本招隱士出仕也。此藉以指其夫。　〔2〕酩酊：醉甚貌。　〔3〕金鴨：香爐形如鴨。　〔4〕雙鸞：指綉有雙鸞之被。　〔5〕兒夫：古女人稱夫之詞。　〔6〕薄倖：薄行之聲轉，猶言薄情也。

此寫寒閨思婦之情也，從唐人《醉公子》詩來。言其夫浪遊倡家，閨人思之，不能無怨，然因猶得夢中相見，故“不忍罵”他薄情，以形容思念之切。得見夢中，聊勝不見也。表怨情而從不忍怨説，故更加深切。

顧　敻

敻，字、里不傳，前蜀時官刺史，後事孟知祥，累遷至太尉。王國維輯其詞五十五首爲一卷。

訴衷情

永夜抛人何處去？絶來音。香閣掩，眉斂，月將沉，争[1]忍不相尋？怨孤衾。换我心，爲你心，始知相憶深。

注：〔1〕争：即怎之平讀也。

此亦閨人怨情之詞。“换我心”三句，乃人人意中語，却能説出，所以可貴。

歐陽炯

《歷代詩餘》謂炯益州人，事王衍爲中書舍人，後事孟知祥及孟昶，官翰林學士，進侍郎、門下同平章事。從昶歸宋，授左散騎常侍。王國維考其《花間集序》，知其爲舍人在孟昶時，並從《花間集》、《尊前集》輯出炯詞四十八首。

定風波

暖日閒窗映碧紗，小池春水浸晴霞。數樹海棠紅欲盡。争忍，玉閨深掩過年華。　獨憑[1]綉床方寸[2]亂，腸斷，淚珠穿破臉邊花[3]。鄰舍女郎相借問，音信？教人羞道未還家。

注：〔1〕憑：音平，此讀去聲，依靠也。　〔2〕方寸：指心也。　〔3〕臉邊花：臉美如花也。

此詞前半闋之"忍"字，從上三句春日麗景生出，下句即不忍之事，言好景不忍虛過，隱喻青春不忍空度之意。後半闋因鄰女見其落淚，問有無音信回來。又不願説音信亦無，故曰"教人羞道"，情思極其曲折。表怨情而從不願人知説，故更婉約。

更漏子

玉欄干，金甃[1]井，月照碧梧桐影。獨自個[2]，立多時，露華濃濕衣。　□一向[3]，凝情望，待得不成模樣。雖叵耐[4]，又尋思，怎生[5]嗔得伊。

注：〔1〕甃：井磚也。　〔2〕個：語尾助詞。　〔3〕一向：或作一晌，或作一餉，常時也。　〔4〕叵耐：叵，不可二字合音也。　〔5〕怎生：怎麽也。生字無義，唐人習慣用作語尾助詞。

此詞上半闋寫夜景。"立多時"，即下所謂"凝情"也。"待得不成模樣"，相思之苦，瘦損容貌也。末三句，言雖難忍耐，却不能怪他。由此可知其夫之不歸，必有不得已之事，如兵役或因公事也。表怨情而從原諒他説，故更深厚。此詞换頭五字，考各家皆作三字兩句，平仄無定，或作平仄仄，或作仄平仄。此處疑開首脱一平聲字，或係空字。按萬樹《詞律》亦疑脱一字。"向"字是韻，脱首字無疑。

張　泌

泌一作佖，字子澄，淮南人。南唐時官句容尉，上書陳治道。後主李煜徵爲監察御史，歷考功員外郎，進中書舍人，改内史舍人。後隨後主降宋，仍入史館，遷郎中，歸家毗陵。有集一卷。《花間集》收泌詞二十七首，《全唐詩》同。

江城子

碧欄干外小中庭。雨初晴，早鶯聲。飛絮落花，時節近清明。睡起卷簾無一事，匀面〔1〕了，没心情。

前　調

浣花溪上見卿卿〔2〕。臉波〔3〕明，黛眉〔4〕輕。高綰緑雲，低簇〔5〕小蜻蜓〔6〕。好是問他來得麼？和笑道："莫多情。"

注：〔1〕匀面：傅粉也。　〔2〕卿卿：男對女之愛稱。　〔3〕臉波：眼波也。　〔4〕黛眉：畫眉也。　〔5〕簇：叢聚也。　〔6〕蜻蜓：此處指蜻蜓形之釵飾。

此詞相傳有實事。蓋泌少時與鄰浣衣女相愛，後女嫁别人，泌寄以一詩云："别夢依依到謝家，小廊回合曲闌斜。多情只有春庭月，猶爲離人照落花。"浣衣女得詩，流淚而已。封建社會，婚姻不得自由，如此事者甚多。此二首或追叙少時相愛情事。前首寫其居處及妝罷自憐之情；後首則寫初會面時之事。末作對話，詞中甚不多見。"莫多情"三字，含意甚深而天真可愛。

孫光憲

光憲字孟文，貴平人。唐時爲陵州判官。後唐李嗣源天成初，避地江陵。高季興據荆南，署爲從事，歷事三世，累官荆南節度副使、檢校秘書兼御史中丞。後勸高繼沖降宋。宋太祖授以黄州刺史，將用爲學士，未及而卒。其詞，《花間集》録六十一首。王國維從《全唐詩》補二十三首爲一卷。

謁金門

留不得！留得也應無益。白紵[1]春衫如雪色，揚州初去日。

輕別離，甘抛擲，江上滿帆風疾。却羨彩鴛三十六[2]，孤鸞[3]還一隻。

注：〔1〕白紵：白而細之麻織物。　〔2〕彩鴛三十六：古詩："鴛鴦七十二，羅列自成行。"漢霍光園中開大池，養鴛鴦三十六對，望之爛若錦綉。七十二即三十六對也。　〔3〕孤鸞：鳳類，一曰即鳳凰之異名。

此寫别情而特爲强烈。首句言不可留，留亦無益，語中已帶憤怒意。次言去者初離時之衣衫如雪者，眼中之人，記得甚分明也。下半闋前二句，即證明上半闋二語之意，曰"輕"、曰"甘"，責其毫無留意，所以留亦無益也。"江上"句，又從去舟之速證明其毫無留意。此雖不合理，然確是怨極之詞。去者未必便真如此，怨者必有此想法也。末二句，言鸞雖美於鴛鴦，而常孤飛，則反不如鴛鴦猶得雙飛、雙宿也。

浣溪沙

風遞殘香出綉簾，團窠金鳳[1]舞襜襜[2]。落花微雨恨相兼。

何處去來狂太甚，空推宿酒[3]睡無厭。争教人不别猜嫌？

注：〔1〕團窠金鳳：簾上所綉之團花鳳也。　〔2〕襜襜：摇動貌。
〔3〕宿酒：前時所飲酒也。

上半闋寫風雨中景，景中襯出恨情，故曰“相兼”。下半闋寫人雖回家，却推酒醉，沈睡不醒，似此情況，安得不令人生疑？蓋寫妒情也。

【附】敦煌石室所出唐時民間詞曲

敦煌石室中有唐代舊藏《雲謡集雜曲子》一卷，朱孝臧刻入所輯《彊村叢書》中。原倫敦博物館所收殘本，止十八首，後以巴黎圖書館所藏殘本補之，共得三十首。此外，從寫於各種書卷中及書卷紙背上收集者爲多。王重民總輯成《敦煌曲子詞集》三卷，但文字多有殘闕及訛誤者。此類詞曲，皆無作者名氏。其中不盡是寫男女情愛之作，亦有“邊客遊子之呻吟，忠臣義士之壯語，隱君子之頤情悦志，少年學子之熱望與失望，以及佛子之讚頌，醫生之歌訣”(王重民《敦煌曲子詞集》自序)。文句有極樸拙可喜者，亦有藻飾文雅者，大抵出自民間無名文人之手，或本民間口唱之詞，經其加工寫以文字者，實爲詞體之雛形。玆選數首，皆言情之作，亦溯河尋源之意也。

菩薩蠻

霏霏點點回塘雨，雙雙隻隻鴛鴦語。灼灼野花香，依依金柳黄。　盈盈江上女，兩兩谿邊舞。皎皎綺羅光，輕輕雲粉妝。

此首描寫江上女子在春光鮮麗中歌舞之景色，甚爲生動。每句皆用偶字作成，而不嫌板滯。

前　調

枕前發盡千般願，要休且待青山爛。水面上秤塠浮，直待黃河徹底枯。　　　　白日參辰現，北斗回南面。休即未能休，且待三更見日頭。

此男女情誓也。此詞，句中有襯字，須加辨別，第三句中之“上”字及第四句、末句中之“直待”、“且待”，皆襯字。“塠”應作錘。休者，兩情不相愛而罷休也。“水面”二句，言要休除非秤錘能浮，黃河水枯，合上“青山爛”，皆必無之事也。“白日”二句，言白日見星，北斗出於南方，合末句“三更見日(原誤作‘月’)頭”，亦必無之事，皆以見休之不能也。

望江南

天上月，遙望似一團銀。夜久更闌風漸緊，爲奴吹散月邊雲，照見負心人。

此怨詞也，寫怨情而帶怒意。奴乃婦人自稱，或作兒，音亦同奴。“雲”原誤作“銀”。第二句中“似”字乃襯字。

鵲踏枝

叵耐靈鵲[1]多謾語，送喜何曾有憑據？幾度飛來活捉取，鎖上金籠休共語。　　　　比擬好心來送喜，誰知鎖我在金籠裏。欲他征夫早歸來，騰身却放我向青雲裏。

注：〔1〕靈鵲：古人以鵲靈能報人之喜。

此亦怨詞。後半闋作鵲對語，頗樸拙，如古樂府。“謾”原誤作“滿”。“誰知”句中之“我”字及末句中之“却”字、“向”字皆襯字。“比擬”當是“本擬”之誤。

天仙子

燕語啼時三月半，煙蘸[1]柳條金綫亂。五陵[2]原上有仙娥，携歌扇，香爛漫，留住九華[3]雲一片。　　犀玉滿頭花滿面，負妾一雙偷淚眼。淚珠若得似真珠，拈不散，知何限，串向紅絲應百萬。

注：〔1〕蘸：本以物投水也，此以言煙染於柳條上。　〔2〕五陵：漢五帝之陵地也。漢徙强豪子弟以處之，故後世稱五陵豪俠。李白《少年行》"五陵年少金市東，銀鞍白馬度春風"，是也。　〔3〕九華：九華山，在今安徽青陽縣西南。

此亦怨詞也。末尾設想甚奇。

二、變新詞風作家李煜及開宋風氣作家馮延巳　附隱逸詞及風土詞

李　煜

煜字重光，中主李景第六子，在位十五年，降宋，封違命侯。宋太宗趙光義登極，封隴西公。後因七夕在賜第作樂，太宗聞之怒，更得其“小樓昨夜又東風，故國不堪回首月明中”詞，賜牽機藥死。

憶江南

多少恨，昨夜夢魂中。還似舊時游上苑〔1〕，車如流水馬如龍，花月正春風。

前　調

多少淚，沾袖復橫頤。心事莫將和淚滴，鳳笙〔2〕休向月明吹，腸斷更無疑。

注：〔1〕上苑：苑乃古帝王養禽獸、植蔬果之地。漢時有上苑、下苑，此借用。　〔2〕笙：笙有參差十三管，形如鳳翼。

此二首爲李煜降宋後作。前首因夢昔時春游苑囿車馬之盛況，醒而含恨。後首乃念舊宮嬪妃之悲苦，因而作勸慰之語，故曰“莫將”、“休向”。更揣其此時必已腸斷，故曰“更無疑”。後主已成亡國之“臣虜”，乃不暇自悲而慰人之悲，亦太痴矣。昔人謂後主亡國後之詞，

乃以血寫成者，言其語語真切，出於肺腑也。

相見歡

林花謝了春紅，太匆匆。無奈朝來寒雨晚來風！　胭脂淚，相留醉，幾時重？自是人生長恨水長東。

前　調

無言獨上西樓，月如鈎。寂寞梧桐深院鎖清秋。　剪不斷，理還亂，是離愁。別是一般滋味在心頭。

此亦李煜降宋後作。前首上半闋表面似惜花，實乃自悲如林花已謝，且謝得“太匆匆”，而朝雨、晚風尚摧殘之不已，故曰“無奈”。下半闋因念，今日雖欲求如臨別之時淚眼留醉亦不可得矣，何況重返故國，故曰“人生長恨”如“水長東”。後首上半闋言所處之寂寞。下半闋滿腹離怨，無語可以形容，故樸直說出。“別是”句，尤爲沉痛。蓋亡國君之滋味，實盡人世悲苦之滋味無可與比者，故曰“別是一般”。

此二首表面似春、秋閨怨之詞，因不敢明抒己情，而託之閨人離思也。

浪淘沙

簾外雨潺潺〔1〕，春意闌珊〔2〕。羅衾不耐五更寒。夢裏不知身是客，一餉貪歡。　獨自莫憑欄！無限江山，別時容易見時難。流水落花春去也，天上人間。

注：〔1〕潺潺：本水流貌，此以形容雨。　〔2〕闌珊：凋落也。

此亦託爲別情，實乃思念故國之詞。“流水”句，以比“見時難”也。“流水”、“落花”、“春去”，三事皆難重返者，當未流、未落、未去之時，比之已流、已落、已去之後，有如天上之比人間，以見重見別後之江山，其難易相差，亦如此也。

虞美人

春花秋月何時了？往事知多少。小樓昨夜又東風，故國不堪回首月明中。　　雕欄玉砌應猶在，只是朱顔改。問君能有幾多愁？恰似一江春水向東流。

此詞明言“故國”，明言“雕欄玉砌”，故宋太宗聞之，即賜牽機藥以死之。

浣溪沙

紅日已高三丈透，金爐次第添香獸〔1〕。紅錦地衣〔2〕隨步皺。
佳人舞點〔3〕金釵溜，酒惡〔4〕時拈花蕊齅〔5〕，别殿遥聞簫鼓奏。

注：〔1〕香獸：以香末和炭作獸形，供燒爐之用。　〔2〕地衣：猶今之地毯也，以錦爲之。　〔3〕點：讀去聲，音店，舞態傾斜也。〔4〕酒惡：酒醉時心中作惡。　〔5〕齅：同嗅，嗅花蕊以解酒也。

此南唐未亡前李煜所寫宫中行樂之詞。此時江南，生産力已發達，統治者享受極其侈靡。錦作地衣，即其證。

菩薩蠻

花明月暗籠輕霧，今宵好向郎邊去。剗韈〔1〕步香階，手提金縷鞋。　　畫堂南畔見，一晌偎人顫。奴爲出來難，教君恣意〔2〕憐。

注：〔1〕剗韈：脱去鞋以韈行也。　〔2〕恣意：盡情也。

此非泛寫閨情之詞，乃後主記與小周后幽會之事。馬令《南唐書》載後主繼室周后，即昭惠后之妹也。昭惠感疾，后嘗在禁中，先與後主私，後主作《菩薩蠻》云云。按此詞，後主自記，情景甚真。偎人顫者，又驚又喜之態也。

馮延巳

延巳一名延嗣，字正中，廣陵人。事南唐二主，累官中書侍郎、左僕射同平章事，後改太子太傅。有《陽春集》。延巳爲人敏給而險詐，初諂事宋齊丘，與弟延魯、陳覺、魏岑、查文徽號“五鬼”，互相連結，排斥正人如常夢錫、嚴續等。延巳好大言，常謂人主躬親庶務，宰相備位而已。元宗悉以庶政委之，又無所措施。又常云：烈祖喪師數千而輟食咨嗟者旬日，此田舍翁耳；今上暴師數萬於外而宴樂擊鞠不輟，此真英雄主也。其議論如此。後國力日衰，湖湘之地盡失，始引咎自劾。其詞却極佳，詞中表達之情極其複雜，有猜疑者，有希冀者，有留戀者，有怨恨者，有放蕩者，而皆能隨意寫出，藝術甚高。宋初詞人，皆受其影響。

謁金門

風乍起，吹皺一池春水。閒引鴛鴦香徑裏，手挼〔1〕紅杏蕊。

鬥鴨欄〔2〕干獨倚，碧玉搔頭〔3〕斜墜。終日望君君不至，舉頭聞鵲喜。

注：〔1〕挼：手搓摩也。　〔2〕鬥鴨欄：古人養鴨於欄，使鬥以爲遊戲。〔3〕搔頭：婦人髮飾，釵之類，可用以搔頭癢，故名。

此閨情詞也。上半闋寫一閨人行於池旁芳徑中，且行且以紅杏花蕊拋入水中，引鴛鴦爲戲。下半闋寫其行至鬥鴨欄邊，忽聞鵲噪，舉頭而聽，不覺搔頭墜地。蓋鵲能報喜，因思行人或將歸來也。全首如觀電影之活動鏡頭，閨中少婦之行動、情思、態度，歷歷呈現，極其生動。相傳中主李景見馮此詞問曰：“‘吹皺一池春水’，干卿甚事?”馮對曰：“未如陛下‘小樓吹徹玉笙寒’。”中主乃悦。此事昔人以爲南唐君臣以詞相戲，不知實乃中主疑馮詞首句譏諷其政務措施，紛紜不安，故責問與之何干。馮詞首句，無端以風吹池皺引起，本有諷意，因中主已覺，故引中主所作閨情詞中佳句，而自稱不如，以爲掩飾。意謂我亦作閨情詞，但不及陛下所作之佳耳。二人之言，針鋒相對，非戲謔也。試以史稱馮作相時，不滿於“人主躬親庶務，宰相備位”之語證之，二人言外所指之意，自然分明。此雖詞家故事，而吾人讀詞之法亦可於此得之。蓋諷刺之作，往往意在言外，所謂“言在此而意在彼也”。但必須先明瞭作者之地位、行爲與其時代背景之後，方能證明其言外之意，否則必同於猜謎矣。此其一。又詞中言外之意，止於一二句，不可以全首句句比附來説，否則必然牽强附會失作者原意。此其二。

南鄉子

細雨濕流光，芳草年年與恨長。煙鎖鳳樓〔1〕無限事，茫茫，鸞鏡〔2〕鴛衾兩斷腸。　　魂夢任悠揚，睡起楊花滿綉床。薄倖不來門半掩，斜陽，負你殘春淚幾行。

注：〔1〕鳳樓：晉宮闕有儀鳳樓、翔鳳樓，又洛陽有鳳凰樓、丹鳳樓。此乃泛指閨人住處。　　〔2〕鸞鏡：相傳鸞見鏡中影而舞，故古人鏡臺上雕作鸞形。

此亦託爲閨情以自抒己怨望之情。觀“煙鎖”句，所謂“無限事”，所謂“茫茫”，言外必有具體事在，特未明言耳。“鸞鏡”指朝朝，“鴛衾”指夜夜，此言朝朝夜夜思之斷腸也。後半闋即就閨思描寫怨望之情事，“楊花滿綉床”，是一片迷離景象，與“悠揚”之“魂夢”正相合，亦即前半“茫茫”二字之意，總之皆寫心事之紛紜複雜也。末句則無可奈何之詞，寫得幽怨動人，與和凝、歐陽炯輩之純作艷情詞不同，不可並論。

蝶戀花

幾度鳳樓同飲宴。此夕相逢，却勝當時見。低語前歡頻轉面，雙眉斂恨春山〔1〕遠。　　蠟燭淚〔2〕流羌笛怨〔3〕。偷整羅衣，欲唱情猶懶。醉裏不辭金爵[4]滿，《陽關》[5]一曲腸千斷。

注：〔1〕春山：指美人眉色。　〔2〕燭淚：燭油下流如淚也。　〔3〕羌笛怨：羌人吹笛往往引起戍邊者思歸之情，故曰"羌笛怨"。　〔4〕金爵：飲器也。爵，雀也，刻其形於器上，故名飲器爲爵。　〔5〕《陽關》：王維所作《送元二使安西》詩，名《渭城曲》，又名《陽關曲》。陽關在今甘肅敦煌縣西南古董灘附近。

此首所表之情，極其複雜。首句，念昔日之舊歡也。二、三句，則今日之新歡。四、五句，又由今日相會之歡追想昔日別離之苦。後半闋則專就今日臨別言。"醉裏"句，因不勝今別之苦，希圖從"醉裏"作別，或可減少苦情也。馮延巳曾兩度作宰相，此詞表面以歡會與惜別爲言，其中實有得失之心，但一託之閨情，便覺纏綿宛轉。故張惠言評此首與後"幾日行雲"一首曰："忠愛纏綿，宛然《騷》、《辯》之義。延巳爲人，專蔽嫉妒，又敢爲大言。此詞蓋以排間異己者，其君之所以信而弗疑也。"此論甚是。昔人論文，每以"言爲心聲"，似當表裏如一。然苟作者藝術甚高，則必能爲巧言以飾其僞，故讀者必當聯繫作者之行爲與時代背景，全面觀察，而後可得其真相。蓋巧僞之言，可以欺當世，不可以欺後世也。

前　調

幾日行雲[1]何處去？忘却歸來，不道春將暮。百草千花寒食[2]路，香車繫在誰家樹？　淚眼倚樓頻獨語。雙燕來時，陌上相逢否？撩亂春愁如柳絮，悠悠夢裏無尋處。

注：〔1〕行雲：宋玉《高唐賦序》言神女"旦爲朝雲，暮爲行雨，朝朝暮暮，陽臺之下"。後人遂以男女歡會爲"行雲"、"行雨"。此言心中之人不知在何處與人尋歡也。　〔2〕寒食：去冬至一百五日謂之寒食，古人是日禁火。

此詞因心中所思之人久出不歸，遂疑其別有所歡，故曰"香車繫在誰家樹"。後半闋前三句，言消息不知；後二句，言愁思甚苦也。

其中既有猜忌，又有留戀與希冀之意。其情感極其曲折，此張惠言所謂“忠愛纏綿”，能使其君信而弗疑也。

采桑子

昭陽〔1〕記得神仙侶，獨自承恩，水殿燈昏，羅幕輕寒夜正春。　如今別館添蕭索，滿面啼痕，舊約猶存，忍把金環別與人。

注：〔1〕昭陽：漢殿名。

此託宮怨之詞也。前半闋言昔日之恩情，後半闋言今日幽怨，末句猜疑嫉妒之語也。

虞美人

玉鈎鸞柱〔1〕調鸚鵡，宛轉留春語。雲屏〔2〕冷落畫堂空，薄晚春寒無奈落花風。　搴簾燕子低飛去，拂鏡塵鸞舞。不知今夜月眉彎，誰佩同心雙結〔3〕倚欄干？

注：〔1〕玉鈎鸞柱：鸚鵡架也，玉、鸞，言其華飾。　〔2〕雲屏：畫雲紋之屏風。　〔3〕同心雙結：結作同心形，婦人佩帶多作此種結，示雙心相愛也。

此亦妒詞也，而託之閨情。上半闋言所居之悽寂，下半闋以簾燕、鏡鸞，形其孤單。末二句則猜疑之詞也。

金錯刀

雙玉斗，百瓊壺〔1〕，佳人歡飲笑喧呼。麒麟〔2〕欲畫時難偶，鷗鷺〔3〕何猜興不孤。　歌婉轉，醉模糊，高燒銀燭卧流蘇〔4〕。只銷幾覺懵騰〔5〕睡，身外功名任有無。

注：〔1〕玉斗、瓊壺：皆飲器也。　〔2〕麒麟：漢有麒麟閣，其中圖畫功臣，自霍光至蘇武凡十一人之像。　〔3〕鷗鷺：指同列之人。　〔4〕流

蘇：帳也，以盤結繪綉之球，五色錯雜爲同心而下垂者也。　〔5〕懵騰：昏睡態也。

正中本功名之士，而故爲此放任曠盪之言。本多猜忌，而曰“鷗鷺何猜”；本於國政無所措施，而曰“麒麟欲畫時難偶”；本貪禄位，而曰“身外功名任有無”。如只讀其詞，必爲所欺。故孟子論誦詩讀書者當知人論世也。知人，則考其人之生平行事；論世，則證以所處之時世背景。如此，則縱有詭詐巧言，而無從逃過讀者之目矣。

【附】隱逸詞及風土詞

李　珣

珣字德潤，先世本波斯人，家於梓州，蜀主王衍昭儀李舜絃之兄也。爲蜀秀才，常與賓貢，有《瓊瑶集》一卷。王國維從《花間集》録出珣詞三十七首，補以《尊前集》之十七首爲一卷。

漁　父

水接衡門〔1〕十里餘，信船歸去卧看書。輕爵禄，慕玄虚，莫道漁人只爲魚。

前　調

避世垂綸不計年，官高争得似君閑？傾白酒，對青山，笑指柴門待月還。

前　調

棹警鷗飛水濺袍，影隨潭面柳垂縚〔2〕。終日醉，絶塵勞，曾見錢塘八月濤。

注：〔1〕衡門：衡，古通横，二字出《詩經·陳風》"衡門之下，可以棲遲"。注："衡門，横木爲門，言淺陋也。棲遲，遊息也。" 〔2〕綹：同緣，編絲繩也。

此皆託漁父之閒適，以見作官受禄者終日塵勞爲不如。衡門乃淺陋之門，言賢者居之，不出仕也。

漁歌子

楚山青，湘水緑，春風澹蕩[1]看不足。草芊芊[2]，花簇簇，漁艇棹歌相續。 信浮沉，無管束，釣回乘月歸灣曲。酒盈尊，雲滿屋，不見人間榮辱。

前　調

荻花秋，瀟湘夜，橘洲[3]佳景如屏畫。碧煙中，明月下，小艇垂綸初罷。 水爲鄉，蓬作舍，魚羹稻飯常飡也。酒盈杯，書滿架，名利不將心掛。

注：〔1〕澹蕩：水摇動貌。 〔2〕芊芊：草茂也。 〔3〕橘洲：在長沙縣湘江中。

此亦以漁父自由爲可樂也。

定風波

志在煙霞慕隱淪[1]，功成歸看五湖春。一葉舟中吟復醉，雲水，此時方認自由身。 花鳥爲鄰鷗作侣，深處，經年不見市朝[2]人。已得希夷[3]微妙旨，潛喜，荷衣蕙帶絶纖塵。

注：〔1〕隱淪：淪，没也。隱者藏名没聲故曰淪。 〔2〕市朝：市爲交易之場，朝乃施政之所，此統言人世塵勞之地也。 〔3〕希夷：二字出《老

子》。老子曰“視之不見名曰夷，聽之不聞名曰希”，所謂微妙之道也。

此以范蠡功成，扁舟泛於五湖爲高尚，故詠其事以見己志也。

南鄉子

歸路近，扣舷[1]歌，采真珠處[2]水風多。曲岸小橋山月過，煙深鎖，荳蔻花[3]垂千萬朵。

前　調

傾綠蟻[4]，泛紅螺[5]，閒邀女伴簇笙歌。避暑信船輕浪裏，閒遊戲，夾岸荔支紅蘸水。

前　調

漁市散，渡船稀，越南雲樹望中微。行客待潮天欲暮，送春浦，愁聽猩猩啼瘴雨。

前　調

相見處，晚晴天，刺桐[6]花下越臺前。暗裏回眸深屬意，遺雙翠，騎象背人先過水。

前　調

雙髻墜，小眉灣，笑隨女伴下春山。玉纖遥指花深處，爭回顧，孔雀雙雙迎日舞。

前　調

山果熟，水花香，家家風景有池塘。木蘭舟[7]上珠簾卷，歌聲遠，椰子酒傾鸚鵡盞[8]。

注：〔1〕舷：船邊也。　〔2〕采真珠處：古珠崖郡因崖邊出真珠得名。又合浦郡土地墝埆，無田可耕，百姓以采珠爲業。　〔3〕荳蔻花：荳蔻生南

方，其花密集成穗狀，色淡黃。　〔4〕緑蟻：濁酒有滓如蟻浮於酒面。　〔5〕紅螺：以螺爲飲器。　〔6〕刺桐：桐之一種，體有刺，實如楓。一名海桐。　〔7〕木蘭舟：據《述異記》載："木蘭川在潯陽江中，多木蘭樹。……七里洲中，有魯班刻木蘭爲舟。"　〔8〕鸚鵡盞：酒盞雕作鸚鵡形。

六闋所寫皆南方風俗，其草木鳥獸皆南土産物。即此可見當時南方比較中原爲安謐，故人民生活尚比較優裕。第三首"送"字疑誤，此處應用平聲字。嘗見陸游《題楊廷秀寄〈南海集〉》詩有曰"飛卿數闋嶠南曲，不許劉郎誇《竹枝》"，原注："温飛卿《南鄉子》九首，其工不減夢得《竹枝》。"考今存飛卿六十六闋中，不見此調，而李德潤《瓊瑶集》中此調多至十七闋，其中詠南嶠風土者十一闋，疑温詞有混入者，記此以存疑。閩、廣等處，統可以南嶠稱之，故放翁稱飛卿詠南方風土之詞爲"嶠南曲"。《竹枝》，係唐人詠風土之絶句。劉禹錫之《竹枝詞》最有名。

歐陽炯

字、里見前。

南鄉子

嫩草如煙，石榴花發海南天。日暮江亭春影緑，鴛鴦浴，水遠山長看不足。

前　調

畫舸停橈，槿花籬外竹横橋。水上遊人沙上女，□回顧，笑指芭蕉林裏住。

前　調

遠岸沙平，日斜歸路晚霞明。孔雀自憐金翠尾，臨□水，認得行人驚不起。

前　調

路入南中，桄榔[1]葉暗蓼花紅。兩岸人家微雨後，收紅豆[2]，樹底纖纖擡素手。

注：〔1〕桄榔：榔本作桹，出南方，皮如椶樹，爲常緑喬木。　〔2〕紅豆：生嶺南，花似皂莢，莢似扁豆，朱紅色，或有黑色斑點，或半紅半黑，可嵌首飾。一名相思子。

此亦詠南嶠風土者。第二首缺字疑是争，第三首缺字疑是緑。

三、宋初各家小令

晏　殊

殊字同叔，臨川人。仁宗趙禎朝官至集賢殿大學士，同中書門下平章事，兼樞密使，卒謚元獻。殊七歲能文，性剛簡，文章富麗，爲詩閒雅有情思，雖自奉清儉而喜賓客，每宴客必佐以樂歌，尤喜馮延巳詞，其所自作亦不下於延巳。今存《珠玉詞》。

玉樓春

綠楊芳草長亭路，年少拋人容易去。樓頭殘夢五更鐘，花底離愁三月雨。　　無情不似多情苦，一寸還成千萬縷。天涯地角有窮時，只有相思無盡處。

此詞有一段故事。相傳殊幼子叔原嘗語蒲傳正曰："先君一生小詞，未嘗作婦人語。"傳正曰："'綠楊芳草長亭路，年少拋人容易去'，豈非婦人語?"叔原曰："因公言乃解樂天詩'欲留"所歡"待富貴，富貴不來"所歡"去'。"傳正笑而悟其言之失。今觀此詞首句記別時、別地，次句言作別之人，三句言"殘夢"，四句言"離愁"。後半闋首句言"多情苦"，末句言"相思無盡處"。故蒲傳正舉以爲作婦人語之證。叔原不以爲然，引樂天詩"欲留年少待富貴，富貴不來年少去"，以"所歡"代"年少"。意謂其父此詞之年少亦同於樂天詩，譏蒲誤以爲婦人稱其"所歡"也。通過此故事，可知宋初諸公雖非不作閨情詞，但出語不欲如五代諸家之藻飾艷麗，一也。宋初諸公之閨情詞，乃託閨情以抒己情，與五代諸家之純寫閨情别無寄託者不同，二也。晏殊此詞合下録之《踏莎行》二闋讀之，便可知其爲託閨情以抒己情，非專作婦人思其夫之語。蓋因所託之情，關涉朝政，不便明言，故託之閨情也。叔原深知此詞所託之意，亦不便明言，故引樂天詩以譏傳正使之自悟。傳正聞叔原言，亦體會出叔原之意，知己之前言，但見表面，未得作者本意，故笑而悟其言之失。於此又可知宋初詞家之所以於五代諸家中獨喜馮延巳詞之故。蓋馮詞即託閨情以言己情者，前選馮詞可證也。李煜之詞除宫中行樂諸詞外，亦有託閨情以寫悲痛者。故此二人在五代諸家中影響宋詞特大也。

踏莎行

細草愁煙，幽花怯露，憑闌總是銷魂[1]處。日高深院静無人，時時海燕雙飛去。　　帶緩[2]羅衣，香殘蕙炷，天長不禁迢迢路。垂楊只解惹春風，何曾繫得行人住。

前　調

小徑紅稀，芳郊緑遍，高臺樹色陰陰見。春風不解禁楊花，蒙蒙亂撲行人面。　　翠葉藏鶯，珠簾隔燕，爐香静逐遊絲轉。一場愁夢酒醒時，斜陽却照深深院。

注：〔1〕銷魂：江淹《别賦》："黯然銷魂者，惟别而已矣。"　〔2〕帶緩：帶鬆也，愁多腰瘦，則帶鬆緩也。

此二首表面皆寫閨情，而言外寄託之意固甚爲分明。前首言垂楊只知招惹春風，却不能留住行人。古人臨行有折柳贈别之習，故詩人用楊柳與離别有關。後首説春風不知禁止楊花，以致楊花蒙矇亂撲行人之面。兩首之"春風"、"行人"皆同，惟前首用"垂楊"，後首變而用"楊花"者，因所託之意有不同也。考仁宗朝朋黨之禍已興，晏殊與孔道輔、范仲淹、余靖、尹洙、歐陽修相善，而與吕夷簡不合。及夷簡爲相，就因故貶逐孔、范、余、尹諸人。此二詞當即暗指此事。前首之垂楊似指同黨之諫官，言諫官雖犯顔諫諍皇上（春風），何嘗能留住被逐之人（行人）。後首則言皇上（春風）不能禁止異黨之小人（楊花），致使彼輩紛紛排斥同黨之正人（蒙矇亂撲行人面）。其餘各句，則不過從景物中襯出離别後之情感而已。由此可知前《玉樓春》詞所描寫别離之人，即此二詞之“行人”；《玉樓春》詞之“離愁”和“相思”，即此二詞之“銷魂”和“愁夢”也。前人有因此便句句比附來説者，太覺牽强，不可從。

破陣子

燕子來時新社[1]，梨花落後清明[2]。池上碧苔三四點，葉底黄鸝一兩聲，日長飛絮輕。　　巧笑東鄰女伴，采桑徑裏逢迎。疑怪昨宵春夢好，原是今朝鬥草[3]贏，笑從雙臉生。

注：〔1〕社：舊時春季之一節日。農家於此日祭土地之神，且以祈歲之豐穰。相傳燕子亦於此日開始從南方來。　〔2〕清明：農曆之一節日。此日士女皆出遊郊野，宋時此風尤盛。　〔3〕鬥草：古時女子郊遊，各采異草，互相比賽，以爲戲樂。

此乃純用旁觀者之言描寫春日游女戲樂之情景，因見游女鬥草得勝之笑，而代寫其心情。言今朝鬥草得勝，乃昨宵好夢之驗，可謂能深入人物之内心者。此種詞雖無寄託，而描繪人情物態極其新鮮生動，使讀者如親見其人、其事，而與作者同感其樂，單就藝術性説來，亦有可採之處也。

范仲淹

仲淹字希文，吴縣人。仁宗朝歷任樞密副使，參知政事，陝西、河東宣撫使，知邠、鄧、荆南、杭、青等州，卒謚文正。

漁家傲

塞下秋來風景異，衡陽雁[1]去無留意。四面邊聲連角[2]起。

千嶂裏，長煙落日孤城閉。　　濁酒一杯家萬里，燕然[3]未勒歸無計。羌管[4]悠悠霜滿地。人不寐，將軍白髮征夫淚。

注：〔1〕衡陽雁：舊傳雁南飛至衡陽而止。　〔2〕角：古軍中所用之樂器。　〔3〕燕然：後漢竇憲大破北單于，刻石勒功於燕然山，紀漢威德。　〔4〕羌管：竹管有七孔，羌人所用之樂器。

此詞寫邊塞征人思歸之情與邊地蒼涼之景。仲淹久任邊帥，防禦西夏元昊。羌人至呼爲"龍圖老子"而不名，范時官龍圖閣學士也。此詞雖有思歸之情而無怨尤之意。蓋抵禦侵略，義不容辭，然征夫久戍，亦非所宜，故詞旨雖雄壯而取境却蒼涼也。相傳歐陽修見范此詞，戲呼爲"窮塞主"。及王素出守平涼，歐亦作《漁家傲》送之。其末句曰："戰勝歸來飛捷奏，傾賀酒，玉階遥獻南山壽。"顧謂王曰："此真元帥之事也。"後人有謂范詞可使人主知邊庭之苦，歐詞止於阿諛人主耳。此論甚正，然范詞乃自抒己情，歐詞乃送人出征，用意自然不同也。

歐陽修

修字永叔，廬陵人。仁宗朝累官翰林學士，樞密副使，参知政事。神宗趙頊朝遷兵部尚書，以太子少師致仕卒，謚文忠。修晚年自號六一居士，有《六一詞》。

采桑子

群芳過後西湖好[1]，狼藉[2]殘紅，飛絮濛濛，垂柳闌干盡日風。　　笙歌散盡遊人去，始覺春空，垂下簾櫳[3]，雙燕歸來細雨中。

注：〔1〕西湖：指潁州(今安徽阜陽)之西湖。　〔2〕狼藉：零亂也。　〔3〕櫳：窗户格也，又欄檻也。

此詞雖意在寫暮春景物，而作者胸懷恬適之趣，同時表達出之。作者此詞則從世俗繁華生活之中滲透一層着眼。蓋世俗之人多在群芳正盛之時游觀西湖；作者却於飛花、飛絮之外，得出寂静之境。世俗之遊人皆隨笙歌散去；作者却於人散、春空之後，領略自然之趣。其後蘇軾作詞，皆直寫胸懷，因而將詞體提昇與詩同等。此種風氣，歐陽修已開其端，特至東坡方大加發展，遂令詞風爲之一變。蓋風氣之成，必有其漸，非可突然而至也。

踏莎行

候館梅殘，溪橋柳細，草薰風暖摇征轡〔1〕。離愁漸遠漸無窮，迢迢不斷如春水。　　寸寸柔腸，盈盈粉淚，樓高莫近危欄〔2〕倚。平蕪〔3〕盡處是春山，行人更在春山外。

注：〔1〕轡：牽馬之索也。　〔2〕危欄：高樓上欄干也。　〔3〕平蕪：草原之通稱。

此亦託爲閨人别情，實乃自抒己情也，與晏殊《踏莎行》二詞同。上半闋行者自道離情；下半闋則居者懷念行者。此詞之行者，當即作者本人。歐陽修因作書責高若訥不諫吕夷簡排斥孔道輔、范仲淹諸人，被高將其書呈之政府，因而被貶爲夷陵令。

少年游

欄干十二獨憑春，晴碧〔1〕遠連雲。千里萬里，二月三月，行色苦愁人。　　謝家池〔2〕上，江淹浦〔3〕畔，吟魄與離魂。那堪疏雨滴黄昏，更特地〔4〕憶王孫〔5〕。

注：〔1〕晴碧：草色也。　〔2〕謝家池：謝靈運夢見其弟惠連，醒而得句曰："池塘生春草，園柳變鳴禽。"　〔3〕江淹浦：江淹《别賦》曰："春草碧色，春水绿波。送君南浦，傷如之何？"　〔4〕特地：猶言特别也。〔5〕王孫：淮南小山《招隱士》賦曰"王孫游兮不歸，春草生兮萋萋"，言賢者

不出仕而招之也。

此詠春草之詞也。上半闋前四句言草生之地與時，結句聯繫行人。後半闋三用春草故事，吟魄指謝詩，離魂指江賦，以見謝池、江浦之草雖亦感人，不如疏雨黄昏中之草，使人更特别思念王孫，隱喻時衰則思賢更切也。

晏幾道

幾道字叔原，號小山，晏殊之幼子。神宗元豐年間，監潁昌府許田鎮。有《小山詞》。黄庭堅序其詞集，目爲“人英”，舉其生平痴絶處有四：一曰“仕宦連蹇，而不能一傍貴人之門”；二曰“論文自有體，不肯一作新進士語”；三曰“費資千百萬，家人寒飢，而面有孺子之色”；四曰“人百負之而不恨，己信人，終不疑其欺己”。即此可見叔原之爲人。蓋叔原本貴公子，才氣飛揚，在朝皆其父友，而不能低首下之，故沉於下位。又爲文不趨時尚，不爲新進士語。凡此皆以見其不慕富貴。而人百負之而不恨，己信人而終不疑，尤爲難能。其詞能於小令之中，具有長調之氣格。查慎行有詩曰：“收拾光芒入小詩。”叔原可謂能收拾光芒入小詞者。昔人評其詞“清壯頓挫”，亦因其能“收拾光芒”，故能“清壯頓挫”也。

浣溪沙

日日雙眉鬥畫長，行雲飛絮共輕狂，不將心嫁冶遊郎[1]。
濺酒滴殘歌扇[2]字，弄花熏得舞衣香，一春彈淚説淒涼。

注：〔1〕冶遊郎：浪蕩之人也。　〔2〕歌扇：古者舞妓有扇，上記所能之歌曲名，故曰歌扇。

此詞乃寫一舞妓之内心矛盾，亦即其内心之痛苦。於上、下兩闋之前兩句，極力寫出此舞女之日常輕狂生活，而於兩結句寫其心理之痛苦，更從其生活與心理之矛盾上顯出其個性。上半闋結句，言其不輕以身許人，則其上二句所言妝飾之美、舉止之狂，非以媚人，實自憐也。下半闋結句，言其一春彈淚，則其上二句所言濺酒、弄花、歌舞之樂，非真感樂，實慰苦也。作者將此一舞女之生活和内心寫得如此酣暢，其自身幾已化爲此女。蓋由作者自身亦具有此種矛盾之痛苦，亦同有此舞女之個性，故能體認真切。此舞女，直可認爲作者己身之寫照。此種寫法，又較託閨情以抒己情者更加親切，因之更加動人。論者稱其詞頓挫，即從此等處看出也。

前　調

二月和風到碧城[1]，萬條千縷緑相迎，舞煙眠雨過清明。
妝鏡巧眉偷葉樣[2]，歌樓妍曲借《枝》名[3]，晚秋霜霰[4]莫無情。

注：〔1〕碧城：仙人有碧霞城，此借用。　〔2〕巧眉偷葉樣：古婦人眉樣有柳葉眉。　〔3〕妍曲借《枝》名：歌曲有《楊柳枝》。　〔4〕霰：俗謂之雪子，大雪之先，雨凝成冰子下降也。

此詞通首詠柳，細味之皆含諷意。上半闋言其盛時。下半闋一、二句，言趨附者之多也。末句似諷、似憐，又似以盛衰無常警戒之。蓋柳盛於二月時而衰於晚秋，似得勢者有盛必有衰也。作者意中必有所指之人，必係權勢煊赫於一時者。考宋仁宗朝，吕夷簡權勢最盛，子公綽、公弼、公著、公孺皆榮顯。《宋史・吕夷簡傳》論曰："吕氏更執國政，三世四人，世家之盛，則未之有也。"神宗朝王安石得君雖專，然不如吕氏之三世執政。此詞所諷，當指吕氏。

賀　鑄

鑄字方回，衛州人，孝惠皇后之族孫也。元祐中通判泗州，後爲太平倅。賀爲人有俠氣，雖顯貴權傾一時者，有不合，詆之不少假借，因之沉在下位。晚年退居慶湖，自號慶湖遺老。有《東山寓聲樂府》。其詞與小晏爲近，世之詞人多稱道之。

芳心苦

（即《踏莎行》調，賀喜立新名，故名其詞集爲《寓聲樂府》。）

楊柳回塘，鴛鴦别浦，緑萍漲斷〔1〕蓮舟路。斷無蜂蝶慕幽香，紅衣〔2〕脱盡芳心苦。　　返照迎潮，行雲帶雨，依依似與騷人〔3〕語。當年不肯嫁春風〔4〕，無端却被秋風誤。

注：〔1〕緑萍漲斷：緑萍滿生則采蓮之舟如被遮斷去路。　〔2〕紅衣：荷花瓣也。　〔3〕騷人：屈原有《離騷》，後人因以爲詩人之通稱。　〔4〕不肯嫁春風：凡花皆盛於春，荷花非春時之花，如女子之不肯慕虚榮而以身輕許不知己之人也。

此詞表面係詠荷花，實則以荷花自比。此又在託閨詞以抒情之外别立一格，古所謂“索物言情”也。上半闋前三句，言荷開之地。“緑萍”句，似言己爲人障蔽，不得行其志。結二句，託意顯然，言荷有幽香而非蜂、蝶所慕，蓋荷花開時無蜂、蝶也。“芳心苦”，蓮子心苦也，句意與宋玉《九辯》之“惆悵兮而私自憐”同。下半闋前三句，言荷開之時。“依依”句，似言世無可與語者，可語只有“騷人”，因屈原有“製芰荷以爲衣”之句也。結二句，言本不慕富貴，故“不肯嫁春風”，今則不開於春而開於秋，故曰“無端却被秋風誤”。蓋賀以卑位無知其才者，故不樂仕進也。杜甫寄薛璩、畢曜詩云：“不嫁惜娉婷。”陳師道用其意作《放歌行二首》曰：“春風永巷閉娉婷，長使青樓誤得名。不惜卷簾通一顧，怕君著眼未分明。”“當年不嫁惜娉婷，抹白施朱作後生。説與旁人須早計，隨宜梳洗莫傾城。”張先有《一叢花令》，末句曰：“沉恨細思，不如桃杏，猶解嫁東風。”晏幾道有《蝶戀花》詞，亦詠荷花。其前半闋結句曰：“照影弄妝嬌欲語，西風豈是繁華主。”後半闋結句曰：“朝落暮開空自許，竟無人解知心苦。”張之“嫁東風”，即賀之“嫁春風”也。晏之“西風豈是繁華主”，即賀之“却被秋風誤”，而“竟無人解知心苦”，即賀之“紅衣脱盡芳心苦”也。於此可説明一事。古稱“士爲知己者死，女爲悦己者容”，言賢者不輕以身許人，亦如佳人不輕以身嫁人者同。杜、陳之詩是也。張、晏、賀三人則又以花比人，言賢者不肯輕慕榮華，亦如荷花之不開於春風桃杏競放之時，此從賢者立身高潔者言之也。若不考其人之生平果賢否，而以爲此等語言正其慕榮華而不得者之表現，則亦恐厚誣古人。蓋賢者非不欲上進，非不欲用世，但不願輕於上進，亦即不願趨附顯貴以求上進，不是慕榮華而求上進。必在上者亦爲賢者，又能知賢善任，而後可以身相許也。且此所謂相許，亦非以身許在上者個人，而是以身許國也。此中分别甚微，而結果甚相遠。吾人論世知人，極當嚴辨。故於此詞詳論之如此。

四、發展詞體作家蘇軾及柳永

蘇　軾

軾字子瞻，號東坡，眉山人。仁宗嘉祐二年進士，累官至翰林學士，禮部尚書。哲宗趙煦紹聖初，因坐訕謗貶惠州，徙昌化，徽宗趙佶即位，赦還。卒於常州，謚文忠。詞集有《東坡樂府》傳世。東坡之詞，昔人稱其"一洗綺羅香澤之態"，又謂其"無意不可入，無事不可言"。詞至東坡，内容大加擴充，因之形式得以解放，使詞體與詩同等，爲北宋詞一大轉變。後世學人之詞，以豪放爲主者，皆其流派也。

念奴嬌　赤壁懷古

大江東去，浪淘盡、千古風流人物〔1〕。故壘〔2〕西邊，人道是、三國周郎赤壁〔3〕。亂石崩雲，驚濤裂岸，卷起千堆雪。江山如畫，一時多少豪傑。　　遥想公瑾〔4〕當年，小喬〔5〕初嫁了，雄姿英發〔6〕。羽扇綸巾〔7〕，談笑間〔8〕、强虜灰飛煙滅。故國神遊，多情應笑我，早生華髮〔9〕。人間如夢，一尊還酹〔10〕江月。

注：〔1〕風流人物：凡人之才華或行爲照耀一時，聲名爲群衆所企慕不及者，曰風流人物。　〔2〕故壘：舊時駐軍防守之營舍。　〔3〕周郎赤壁：漢獻帝劉協建安十三年，曹操攻入荆州，孫權遣周瑜等，會合劉備、諸葛亮等迎擊於赤壁，大破曹軍。赤壁山本即今湖北武昌縣西赤磯山，黄州有赤鼻磯，世人訛傳爲破曹軍之赤壁山。東坡在黄州作《赤壁賦》及此詞，亦沿

俗傳説以爲即赤壁山，故曰“人道是、三國周郎赤壁”。〔4〕公瑾：周瑜之字也。〔5〕小喬：孫策攻皖得橋公二女，皆國色，策自納大橋，周瑜納小橋，世稱二橋。橋通作喬。〔6〕英發：英才焕發也。〔7〕羽扇綸巾：此指諸葛亮也。綸巾爲青絲製之頭巾。亮在軍中常執羽扇、戴綸巾也。一説此句承前三句，仍指周瑜。〔8〕間：讀去聲。〔9〕華髮：白髮也。〔10〕酹：古時祭神以酒沃地曰酹酒。

蘇軾在神宗朝以作詩譏諷新法，貶黄州團練副使本州安置。此詞即在黄州所作。詞中主題雖係懷古，而於懷念古代英豪之中，寫感嘆自身失意之情。但東坡胸懷豁達，故才一涉己身，便以“人間如夢”推開，不欲發泄胸中牢騷，亦有鑒於前此因詩得罪也。此詞首韻二句，籠罩全首，而“浪淘盡”句，將南朝人物一齊包括其中，以便下文獨提出赤壁戰中之豪傑，使主題更爲分明。蓋黄州有赤鼻磯，世人訛傳爲破曹軍之赤壁山，東坡亦即以赤壁當之，故曰“人道是、三國周郎赤壁”。赤壁一戰，三國英豪皆在，故曰“一時多少豪傑”。後半闋更從“多少豪傑”中獨提出最典型之周瑜及諸葛亮二人，而以“强虜”包括曹操。寫周瑜則以“小喬初嫁”襯託周之少年“英發”。寫諸葛亮則以“羽扇綸巾”顯示其氣象雍容，而以“談笑間”三字結合周瑜，言二人共謀禦敵時有如此閒暇之情狀。凡此皆以細節表示全體之寫法也。而“强虜”句，却將曹操之敗寫得十分狼狽，更以見周瑜、諸葛亮之軍事才能爲不可及，使二人之典型性特别突出。下文落到己身，又設想周瑜、諸葛亮之英靈如於此時來游故國，必笑我頭白無成。文情至此已帶感慨，便以“人間如夢”四字推開，而以“酹江月”作結，蓋此游至月上時也。

定風波

三月七日，沙湖道中遇雨，雨具先去，同行皆狼狽，余獨不覺。已而遂晴。故作此。

莫聽穿林打葉聲，何妨吟嘯且徐行。竹杖芒鞋輕勝馬，誰怕？一蓑烟雨任平生。　　料峭[1]春風吹酒醒，微冷，山頭斜照却相迎。回首向來蕭瑟[2]處，歸去，也無風雨也無晴。

注：〔1〕料峭：微寒貌。　〔2〕蕭瑟：寒涼之意。

東坡時在黄州，此詞乃寫途中遇雨之事。中途遇雨，事極尋常，東坡却能於此尋常事故中寫出其平生學養。上半闋可見作者修養有素，履險如夷，不爲憂患所摇動之精神。下半闋則顯示其對於人生經驗之深刻體會，而表現出憂、樂兩忘之胸懷。蓋有學養之人，隨時隨地，皆能表現其精神。東坡一生在政治上之遭遇，極爲波動，時而内召，時而外用，時而位置於清要之地，時而放逐於邊遠之區，然而思想行爲不因此而有所改變，反而愈遭挫折，愈見剛强，挫折愈大，聲譽愈高。此非可倖致者，必平日有修養，臨事能堅定，然後可得此效果也。

浣溪沙

徐州石潭謝雨，道上作五首。潭在城東二十里，常與泗水增減，清濁相應。

照日深紅暖見魚，連村緑暗晚藏烏，黄童白叟聚睢盱[1]。
麋鹿逢人雖未慣，猿猱聞鼓不須呼，歸來説與采桑姑。

前　調

旋抹紅妝看使君，三三五五棘籬門，相排踏破茜[2]羅裙。
老幼扶携收麥社[3]，烏鳶翔舞賽神村，道逢醉叟卧黄昏。

前　調

麻葉層層檾[4]葉光，誰家煮繭一村香？隔籬嬌語絡絲娘。
垂白杖藜抬醉眼，捋[5]青搗麨[6]輭[7]飢腸，問言豆葉幾時黄？

前　調

簌簌衣巾落棗花，村南村北響繰車[8]，牛衣[9]古柳賣黄瓜。酒困路長惟欲睡，日高人渴漫思茶，敲門試問野人家。

前　調

軟草平莎過雨新，輕沙走馬路無塵，何時收拾耦耕[10]身。日暖桑麻光似潑[11]，風來蒿艾氣如薰，使君元是此中人。

注：〔1〕睢盱：樸質貌。　〔2〕茜：染絳色之草。　〔3〕社：封土以祭地神之處也。　〔4〕檾：麻類，可績作布。　〔5〕捋：取植物之子也。　〔6〕麨：以麥蒸磨作屑也。　〔7〕輭：同軟。　〔8〕繰車：從繭取絲出曰繰。繰車，取繭絲之器也。　〔9〕牛衣：編亂麻所成之衣。　〔10〕耦耕：二人爲耦。古以人耕，二人共挽一犂而耕爲耦耕。此借言歸農也。　〔11〕潑：本棄水也。此言桑、麻葉雨後光澤如潑水其上也。

此五詞乃東坡爲徐州太守因謝雨寫途中所見農村景象。凡勞動人民生活各方面均寫到，如收麥、賽神、繰絲、煮繭、搗麨、賣瓜等事，皆帶有雨後人民喜悦與農作物欣欣向榮之意。凡農村景物，如池魚、樹烏、棗花、桑、麻、蒿、艾等，皆帶有雨後日出，非常鮮潔色彩。而農家婦女争看太守下鄉，太守口渴，敲門求飲等事，又將官民一片融洽之情，輕輕寫出。第五首更將太守本來自田間一層意思點明作結，尤見有一體相關之意。細讀之，覺此時東坡但有與民同樂之感想，而無絲毫以官長自居之態度。古語有“民吾同胞，物吾同與”之説，此五詞頗具此意味。詞至東坡手中，已不可目爲“詩餘”矣。

滿庭芳

元豐七年四月一日，余將去黄移汝[1]，留别雪堂[2]鄰里二三君子，會李仲覽自江東來别，遂書以遺之。

歸去來兮[3]！吾歸何處？萬里家在岷峨[4]。百年强半[5]，來日苦無多。坐見黃州再閏[6]，兒童盡、楚語吴歌。山中友，鷄豚社酒[7]，相勸老東坡。　　云何，當此去？人生底事，來往如梭？待閑看秋風，洛水[8]清波。好在堂前細柳，應念我、莫翦柔柯。仍傳語，江南父老，時與曬漁蓑。

注：〔1〕去黃移汝：神宗元豐七年，命東坡由黃州移汝州安置。　〔2〕雪堂：軾謫居黃州年餘，生活日困，馬夢得代請得故營地數十畝躬耕其中。其地名東坡。後又於東坡廢圃中築堂五間。堂成於大雪中，因畫雪於四壁，名曰東坡雪堂，始自號東坡居士。　〔3〕歸去來兮：用陶潛《歸去來辭》首句也。　〔4〕岷峨：四川有岷山、峨眉山，東坡四川眉山人也。　〔5〕百年强半：韓愈詩："年皆過半百，來日苦無多。"　〔6〕黃州再閏：東坡謫居黃州五年，陰曆三年一閏，故曰"再閏"。　〔7〕鷄豚社酒：古時農家最重社日，此日鄰里相邀結集，以鷄豚飲酒爲樂。　〔8〕洛水：洛水出弘農，經洛陽，與汝州近。

此詞乃東坡留别黃州鄰里父老所作。首用淵明《歸去來辭》，表示思歸西蜀故里，但移汝乃君命，此時仍在待罪之中，不能自由歸去也。次言在黃州久與其地鄰里友愛甚洽，表示不忍别去之意。下半闋言不得不去，因嘆人生無定，來往如梭。末則留戀黃州雪堂也。漁蓑乃東坡在雪堂釣魚所服。全首詞氣和平，情致温厚，如見此老當日情事。蓋東坡被罪謫黃，人皆知其冤，黃州父老皆敬愛之，故臨去有此依依之情也。

柳　永

永字耆卿，初名三變，崇安人。仁宗景祐年間舉進士，官屯田員外郎。有《樂章集》。永爲人放蕩不羈。仁宗方提倡理道，不喜浮艷之文。柳爲艷詞傳播四方，有"忍把浮名，换了淺斟低唱"之句。及舉進士，仁宗特落之，曰："此人風前月下好去'淺斟低唱'，何要'浮名'？且填詞去！"永因此自稱"奉旨填詞"。觀此事，一面知統治階級以科舉籠絡人才，見有不愛“浮名”者，則不喜之；一面知永之性格，與統治階級不相容，故寧願向“烟花巷陌”尋訪“意中人”，不要“浮名”。其詞長於鋪叙，因之所作長調特多，詞體發展更大。後來論者多不滿其浮艷，然東坡當日評其《八聲甘州》曰：“世言柳耆卿曲俗，非也。如《八聲甘州》云‘霜風淒緊，關河冷落，殘照當樓’，此語於詩句不減唐人高處。”可見耆卿非不能作文雅之詞。其通俗之作，本代歌妓抒情，自必爲此輩所喜聞樂道者，故其所作，傳佈極爲廣泛。世人所謂“凡有井水飲處，即能歌柳詞”，非虚美也。又相傳柳卒後，家無餘財，群妓合金葬之，每年清明上冢，謂之弔柳會。可見其爲此輩喜愛之深。柳詞除此類外，又多寫羈旅離别之苦及節序風物之麗，後世惟周美成可以並美，故有周、柳之目。

八聲甘州

對瀟瀟[1]暮雨灑江天，一番洗清秋。漸霜風淒緊[2]，關河冷落[3]，殘照當樓。是處[4]紅衰翠減，冉冉[5]物華[6]休。惟有長江水，無語東流。　　不忍登高臨遠，望故鄉渺邈[7]，歸思難收。嘆年來踪迹，何事苦淹留？想佳人、妝樓顒望，誤幾回、天際識歸舟[8]。争知我、倚欄干處，正恁凝愁[9]。

注：〔1〕瀟瀟：風雨聲。　〔2〕淒緊：風涼而疾也。　〔3〕冷落：寒冷寂寞也。　〔4〕是處：處處也。　〔5〕冉冉：漸漸也。　〔6〕物華：物色芳華也。　〔7〕渺邈：遠也。　〔8〕天際識歸舟：謝朓詩：“天際識歸舟，雲中辨江樹。”　〔9〕凝愁：凝結愁思也。

此爲羈旅離别之詞。蓋旅人每遇節候遷移，景物變换，即動歸思，而秋氣蕭索，尤易生人悲感。故《楚辭·九辯》獨於秋生悲。此詞上半闋因秋雨引起離愁。“霜風”三句，乃秋雨望中遠景，寫得壯闊，故東坡稱之。“紅衰翠減”，即“物華休”，乃秋雨望中近景。“長江”二句，見景物皆變，不變者惟有“長江”耳。下半闋即寫引起之歸思。“年來”二句，言客中情味索然，以見歸之不可緩。“想佳人”以下，又從對面着想，寫家人念遊人，不知遊人此時亦正思家人也。觀倚“欄干處”句，知首句“對瀟瀟暮雨”以下所見遠近景物，皆倚欄干時眼中之物象也。全首布置井井，正其巧於鋪叙之處。

鶴衝天

黄金榜[1]上，偶失龍頭[2]望。明代暫遺賢、如何向[3]。未遂風雲[4]便，争不恣游狂蕩？何須論得喪，才子詞人，自是白衣[5]卿相。

烟花巷陌[6]，依約[7]丹青[8]屏障。幸有意中人、堪尋訪。且恁偎紅倚翠[9]，風流事[10]、平生暢。青春都一餉，忍把浮名，换了淺斟[11]低唱。

注：〔1〕黄金榜：宋代進士榜上用金字題新進士名。　〔2〕龍頭：狀元也。　〔3〕如何向：宋時俗語，向乃語尾聲，與“奈何向”意同，即奈何也。宋詞中有作“怎奈向”、“怎向”、“奈向”者，皆怎奈何之意。徐伸《轉調二郎神》有云“動是愁端如何向”，黄庭堅《好女兒》有云“擬待不思量，怎奈嚮日下悽惶”，秦觀《鼓笛慢》有云“使何人細與丁寧問呵，我如今怎向”，盧祖皋《洞仙歌》有云“更奈向月明露濃時候”，是也。　〔4〕風雲：古稱君臣遇合爲風雲際會，此處用之指以龍頭登金榜也。　〔5〕白衣：無官職者之服。〔6〕烟花巷陌：娼樓妓館所在地之通稱。　〔7〕依約：猶言仿佛也。〔8〕丹青：畫圖也。　〔9〕偎紅倚翠：紅翠指妓女之服飾，偎倚乃與之親暱之意。　〔10〕風流事：冶遊之事。　〔11〕斟：酌酒也。

此詞即仁宗據以落柳永之第者。封建時代，如有失意於科第之人，便生不重視科第之念，乃人主所深惡。此詞乃永初試不及第所作，語皆狂放。相傳永初名三變，至景祐中及第，改名永，始得磨勘轉官。是柳永於科第曾幾經挫折而後始得者，其“才子詞人，自是白衣卿相”之説、“忍把浮名，换了淺斟低唱”之語，乃失意後自傲之言，未必真能輕視科第、不屑求名者。然如柳之市民階級狂放性格與統治者仁宗僞崇理道之心理，究竟矛盾，此於其應制作老人星見之詞可以知之。仁宗時太史奏老人星見。仁宗甚喜，命左右詞臣作樂章夸耀其事。内侍以屬柳永。永譜《醉蓬萊》調奏上。仁宗見其首句有“漸”字，已不悦，讀至“宸游鳳輦”句，乃與仁宗御製真宗挽詞暗合，不覺慘然，及讀至“太液波翻”，曰：“何不言‘波澄’?”遂怒投之於地，自此後不復擢用。今就此事觀之，仁宗之怒，即柳之不善阿諛。柳之不善阿諛，即柳狂放之才不善作應制官樣之文也。然則，即使擢用，亦未必終合統治者之要求，此其所以畢生落拓也。

雨霖鈴

寒蟬悽切，對長亭晚，驟雨初歇。都門帳飲[1]無緒，留戀處，蘭舟[2]催發。執手相看淚眼，竟無語凝噎[3]。念去去、千里烟波。暮靄[4]沉沉楚天闊。　　多情自古傷離别，更那堪、冷落清秋節。今宵酒醒何處？楊柳岸、曉風殘月。此去經年，應是、良辰好景虚設。便縱有、千種風情[5]，更與何人説。

注：〔1〕帳飲：送别之宴也。　〔2〕蘭舟：木蘭舟也。出處見前。　〔3〕凝噎：中情凝結，言語哽塞也。　〔4〕暮靄：日暮時之霧氣。　〔5〕風情：風流情事，或風流心情。

此乃别京都戀人之詞，當是出爲屯田員外郎時所作。上半闋叙臨别時之情景；下半闋乃設想别後相思之苦。從今宵以至經年均一時想到。“今宵”二句，傳誦一時，蓋所寫之景與别情相切合。今宵别酒醒時恰是明早舟行已遠之處，而“楊柳岸、曉風殘月”又恰是最淒涼之景，讀之自然使人感到一種難堪之情，故一時傳誦以爲名句。

慢卷紬

閒窗燭暗，孤幃夜永，攲[1]枕難成寐。細屈指尋思，舊事前歡，都來[2]未盡，平生深意。到得如今，萬般追悔，空只添憔悴。對好景良辰，皺著眉兒，成甚滋味。　　紅茵[3]翠被，當時事、一一堪垂淚。怎生得[4]依前，似恁[5]偎香倚暖，抱著日高猶睡。算得伊家，也應隨分[6]，煩惱心兒裏。又争似[7]從前，淡淡相看，免恁[8]牽縈。

注：〔1〕攲：斜靠也。　〔2〕都來：猶今言總算起來也。都，總也。〔3〕茵：褥也。　〔4〕怎生得：生，語尾詞，言怎得也。　〔5〕似恁：猶言像那樣也。　〔6〕隨分：隨所接觸之事物。　〔7〕争似：怎似也，怎平讀便成争。　〔8〕免恁：猶言免得如此也。

此乃别後追念舊歡之情。上半闋從獨處無寐引起回憶，覺從前共處之時，總算起來，還是未盡相愛之情，今日追悔，但使人消瘦，即遇良好時光，也皺眉不樂。下半闋先言舊時歡事，今日思之皆生悲感，怎得如從前之共同歡樂，因而想對方之人，亦必多所苦惱。像這樣，倒不如從前淡淡相看，免得如此牽掛。前言舊日，不够盡情，後又言不如淡淡相看者，凡情到極深時，必然會有此矛盾心理也。五代閨情詞皆寫女性相思之苦，柳詞换寫男性，却也能委婉屈折如此，可稱抒情能手。還有當注意者，封建社會重男輕女，男子每玩弄女性，況妓女之社會地位甚低，根本是供男子尋樂之用者，而柳詞中之男性對女性却無此種痕迹。即如此詞表情極爲真摯而深厚，絶無輕薄之語，故不可以浮艷目之也。

定風波

自春來、慘緑愁紅〔1〕，芳心是事可可〔2〕。日上花梢，鶯穿柳帶，猶壓香衾卧。暖酥〔3〕銷，膩雲〔4〕嚲〔5〕，終日厭厭〔6〕倦梳裹。無那，恨薄情一去，音書無個。　早知恁麽〔7〕，悔當初、不把雕鞍鎖。向鷄窗〔8〕、只與蠻箋象管〔9〕，拘束教吟課。鎮〔10〕相隨，莫拋躲〔11〕，針綫閑拈伴伊坐。和我，免使年少，光陰虚過。

注：〔1〕慘緑愁紅：紅、緑，花、柳也。慘、愁，有離恨者見花柳而慘愁也。　〔2〕是事可可：對任何事都不感興味之意。　〔3〕暖酥：面脂也。〔4〕膩雲：鬢髮也。　〔5〕嚲：垂下貌。　〔6〕厭厭：音淹，厭倦貌。〔7〕恁麽：猶今言這般麽。　〔8〕鷄窗：書窗也。鷄者，言其鷄鳴而起，勤讀之意。　〔9〕蠻箋象管：古稱蜀箋曰蠻箋；象管指以象牙作筆管之筆。　〔10〕鎮：鎮有定止義，此則俗語“鎮日”之省，鎮日，言常常也。

〔11〕抛躲：宋時方言，抛棄躲避也。

此代妓女抒寫離情之詞。詞意極明，當是爲妓女歌唱而作者。

木蘭花慢

拆桐花爛漫，乍疏雨，洗清明。正艷杏燒林，緗桃[1]綉野，芳景如屏。傾城，盡尋勝賞，驟雕鞍紺幰[2]出郊坰[3]。風暖繁絃脆管，萬家競奏新聲。　　盈盈，鬥草踏青[4]，人艷冶，遞逢迎。向路旁往往，遺簪墮珥[5]，珠翠縱横。歡情，對佳麗地，任金罍[6]罄竭玉山傾[7]。拚却明朝永日，畫堂一枕春酲[8]。

注：〔1〕緗桃：緗，淺黄色也。漢武帝上林苑中有緗核桃。　〔2〕紺幰：紺，青中帶赤之色；幰，古時車上所張之幔。　〔3〕坰：古分都邑外之地爲五：邑外曰郊，郊外曰牧，牧外曰野，野外曰林，林外曰坰。此泛言郊外也。　〔4〕踏青：唐以來，遇清明日，士女出城郊遊，名曰踏青。　〔5〕珥：耳飾也。　〔6〕金罍：酒樽上刻有雲雷紋者。　〔7〕玉山傾：《世説新語·容止》形容嵇康醉倒"若玉山之將崩"。　〔8〕酲：病酒也，一曰酒醉而醒也。

此詞反映汴京清明節日，男女游樂之事也。首二韻寫春初景物鮮麗。次寫郊游車馬、音樂之盛況。下半闋寫婦女嬉游之事。"遺簪墮珥"，見其服飾之侈靡；"金罍"、"玉山"，寫其酒食之酣暢。"拚却"二句，言不管明日酒困倦卧，且圖今日盡情狂樂也。《東京夢華録》記："清明節……四野如市，往往就芳樹之下或園圃之間，羅列杯盤，互相勸酬，都城之歌兒舞女，遍滿園亭，抵暮而歸。"可證此詞皆爲實寫。又可知北宋之初，上下晏安景象，固由生産發達、商業繁盛所致，而富家豪室如此奢侈淫靡，亦足以召亂致亡。後來遼、金人侵，未必不與此有關也。

望海潮

東南形勝[1]，江吴都會，錢塘自古繁華。煙柳畫橋，風簾翠幕，參差十萬人家。雲樹繞堤沙。怒濤卷霜雪，天塹[2]無涯[3]。市列珠璣[4]，户盈羅綺競豪奢。　　重湖叠巘[5]清佳，有三秋桂子，十里荷花。羌笛弄晴，菱歌泛夜，嬉嬉釣叟蓮娃。千騎擁高牙[6]。乘醉聽簫鼓，吟賞烟霞。異日圖將好景，歸去鳳池[7]誇。

注：〔1〕形勝：地勢勝便也。　〔2〕天塹：塹本繞城水，古稱長江爲天塹，言其天然險要也。　〔3〕無涯：無邊也。　〔4〕璣：小珠也。　〔5〕巘：山峰也。　〔6〕高牙：古者大將出，立牙旗前導，旗上以象牙爲飾。　〔7〕鳳池：晉荀勗由中書監遷尚書令，不樂。人有賀者。荀曰："奪我鳳凰池，諸君何賀也?"後人遂以中書省爲鳳池。

柳永初與孫何爲布衣交。及孫守杭州，門禁甚嚴，柳不得入見，乃作此詞令名妓楚楚於孫宴會時歌之。孫問知係柳作，遂延與共宴。詞皆鋪叙杭州風景人物之富美。傳金主亮見其"三秋桂子，十里荷花"之句，興投鞭渡江之志。淳熙中謝處厚有詩曰："誰把杭州曲子謳?荷花十里桂三秋。那知卉木無情物，牽動長江萬里愁!"即詠此事也。末句祝孫他日内召也。

五、女詞人李清照

李清照

清照，濟南人，晚自號易安居士。有《漱玉詞》。清照爲京東提刑李格非之女，嫁太學生趙明誠。明誠父挺之官至宰相。明誠好聚金石書畫，藏書甚富。及金人南侵，喪失略盡。清照有《金石録後序》，言之甚詳。當高宗趙構南渡之初，金兵渡江之時，明誠宦死建康。清照失偶後，由台州往越州、衢州，復回越州，往杭州，終依其弟迒於金華。如此流轉中，其生活至爲悽苦，可以想見。清照善爲詩文，復工畫，詞學造詣甚深。昔人稱其能以平常言語入之聲律，與南唐後主同稱二李。嘗評宋初各家之詞，俱中肯綮。清照好譏彈人，由是怨家造爲誹語，謂其改嫁張汝舟，復以訟事被張遺棄。清俞正燮作《易安居士事輯》，特辨其誣。吴衡照、陸心源、李慈銘、況周頤亦有文證其非實。蓋宋世無賴文人，每有此惡習，如對歐陽修之名德，尚誣其盜甥，且僞作小詞以污蔑之。清照寡居無助，尤易被人欺侮。而趙彦衛《雲麓漫鈔》、胡仔《苕溪漁隱叢話》、李心傳《建炎以來繫年要録》，均不加考核，竟筆之於書，故俞、吴、陸、李諸人爲之辨白，亦詞家一故事也。

永遇樂

落日鎔金，暮雲合璧[1]，人在何處？染柳煙濃，吹梅笛怨[2]，春意知幾許。元宵佳節，融和天氣，次第[3]豈無風雨？來相召、香車寶馬，謝他酒朋詩侶。　　中州[4]盛日，閨門多暇，記得偏重三五[5]。鋪翠冠[6]兒，捻金雪柳[7]，簇帶[8]争濟楚[9]。如今憔悴，風鬟霧鬢[10]，怕見夜間出去。不如向、簾兒底下，聽人笑語。

注：〔1〕暮雲合璧：江淹擬僧惠休《别怨》詩："日暮碧雲合，佳人殊未來。" 〔2〕吹梅笛怨：笛曲有《梅花落》。 〔3〕次第：意猶接下去或轉眼間。 〔4〕中州：河南爲中州，宋代建都開封，故曰中州。 〔5〕三五：即正月十五日。 〔6〕鋪翠冠：宋貴婦人冠也。 〔7〕捻金雪柳：唐宋時婦女春時團柳花成球以爲首飾。 〔8〕簇帶：裝飾也。 〔9〕濟楚：濟讀上聲，濟濟，本衆盛貌，楚楚，本鮮明貌，合言之則爲濟楚，指婦女裝飾盛美也。 〔10〕風鬟霧鬢：風霧言風塵飄泊，鬟鬢不整，即上文憔悴也。

此建炎三年春清照南下時與趙明誠同居建康作。元宵節同居建康，惟此一年。清照因明誠病於建康，再來，乃七月間。八月，明誠病亡。柳、梅皆初春之物，見景物依然好也。"香車寶馬"，即"酒朋詩侣""來相召"出遊也。下半闋因今日之元宵，追憶汴京之元宵，兩兩比較，自有今昔盛衰之感。而"聽人笑語"，又有人己苦樂不同之意。

聲聲慢

尋尋覓覓，冷冷清清，悽悽慘慘戚戚。乍[1]暖還寒時候，最難將息[2]。三杯兩盞淡酒，怎敵他、晚來風急？雁過也，正傷心，却是舊時相識。　　滿地黄花堆積，憔悴損，如今有誰堪摘？守著窗兒，獨自怎生得黑？梧桐更兼細雨，到黄昏、點點滴滴。這次第[3]，怎一個愁字了得。

注：〔1〕乍：剛才也。 〔2〕將息：猶言保重也。 〔3〕這次第：此處猶言這一過程或這種情況。

此清照逃難至南方，其夫死後所作。一種悽苦難堪之情，自肺腑中噴薄而出，似淺而深，沉痛無比。昔人稱清照能以尋常言語入之音律，抒寫深切之感情，不假雕飾，自然動人，與李後主相同，故有詞家二李之稱。此詞首用十四個叠字，後又用兩個叠字，昔人稱爲難能。然此十四叠字，亦有一定層次，首四字尤非有深切情感者不易道出。《古詩十九首》中有一首可作此四字注解。古詩曰："明月何皎皎，照我羅床幃。憂愁不能寐，攬衣起徘徊。客行雖云樂，不如早旋歸。出户獨彷徨，愁思當告誰。引領還入房，淚下沾裳衣。"此詩寫一人愁思不寐，披衣出户，彷徨久之，復行入房，即此詞所謂"尋尋覓覓"也。簡言之，即心中如有所失。蓋獨處傷心之人，確有此情況也。"冷冷清清"者，境之悽寂也。"悽悽慘慘戚戚"者，心之悲苦也。"乍暖還寒"，固是秋末氣候，而愁苦之人當此時候，又感適應不易，故曰"最難將息"。"雁過"而曰"舊時相識"者，雁逢秋而南下，清照亦北人南來，故與雁爲舊識也，且以比獨處悽寂之況。"滿地黄花"二句，與其盛時所作《醉花陰》詞"簾卷西風，人比黄花瘦"句，有今昔不同之感。"守著窗兒"以下，更因黄昏細雨，增人悲感，故曰"這次第，怎一個愁字了得"也。一個愁字不能了，故有十四個叠字，十四個叠字不能了，故有全首。總由生活痛苦，不得不吐而出之，絶非無此生活而憑空想寫作者可比也。

武陵春

風住塵香花已盡，日晚倦梳頭。物是人非事事休，欲語淚先流。
　　聞説雙溪[1]春尚好，也擬泛輕舟。只恐雙溪舴艋舟[2]，載不動、許多愁。

注：〔1〕雙溪：在今浙江金華縣境。　〔2〕舴艋舟：小舟也。

此清照五十三歲依其弟迒於金華時所作。其詞情悽惻，不但有故鄉之思，且寡居悽寂之情，亦躍然紙上。

清平樂

年年雪裏，常插梅花醉。挼盡梅花無好意，贏得[1]滿衣清淚。

今年海角天涯，蕭蕭兩鬢生華〔2〕。看取〔3〕晚來風勢，故應〔4〕難看梅花。

注：〔1〕贏得：猶言只有也。〔2〕兩鬢生華：兩鬢有白髮也。〔3〕看取：古言看取，即看也，猶今言聽取即聽也。〔4〕故應：猶言自應該也。

此詞亦清照老年所作。細觀末二句，似指當時南宋情勢甚惡，今年老飄泊天涯，看此情勢，即有梅花，自應難以賞玩。其詞情如此迫切者，蓋南渡之初，偏安之局尚未穩定，大有朝不保夕之勢。如就個人而言，則有年事已老，恐不及看花開之意。

六、柔麗派詞人周邦彦及其同派各家

周邦彦

邦彦字美成，錢塘人，少不自檢束，不爲鄉里所重，而博涉百家之書。元豐初，游京師，獻《汴都賦》，自太學生一命爲正。居五年，出爲廬州教授，知溧水縣，還京爲國子主簿。哲宗趙煦朝，官至直龍圖閣，知河中府。徽宗趙佶復召入拜秘書監，提舉大晟府，出知順昌府，徙處州，卒。邦彦通樂律，能自度曲，有《清真集》。北宋詞至東坡以後，漸與音樂相遠，清照所謂“句讀不葺之詩耳，又往往不協音律”。至滑稽派作家，復不講詞彩，流於俚俗。邦彦既知音，又長於文學，其所作詞，音律流美，詞彩和雅，故一時詞體，復歸於正，影響南宋詞學甚大，如方千里、楊澤民、陳允平皆追和其詞。吴文英所作與清真同者五十八調，音律悉依清真，其嚴如此。清真亦喜抒寫麗情，長於叙述羈旅離别之苦，故昔人以與柳永並稱周、柳。然寫物之工、叙情之雅，耆卿比之，似尚不及。至詞情飛動，措語自然，則柳又勝周也。

華胥引　秋思

川原澄映，煙月冥蒙，去舟如葉。岸足沙平，蒲根水冷留雁唼[1]。别有孤角吟秋，對曉風嗚軋[2]。紅日三竿[3]，醉頭扶起還怯。　離思相縈，漸看看、鬢絲堪鑷[4]。舞衫歌扇，何人輕憐細閲。點檢[5]從前恩愛，有鳳箋[6]盈篋。愁翦燈花，夜來和淚雙疊。

注：〔1〕唼：鳥食物作聲也。　〔2〕鳴軋：角聲也。　〔3〕三竿：日出如三竹竿之高也。　〔4〕鑷：拔發之器曰鑷，此作動詞用。　〔5〕點檢：猶今言檢查也。　〔6〕鳳箋：箋紙有鳳凰花紋者，李商隱詩："收將鳳紙寫相思。"鳳箋上原缺一字，戈載選本補有字，今從之。

此美成出知順昌府時所作。前半闋離京後舟中之見聞。"川原"三句，見之遠者；"岸足"二句，見之近者。"孤角"則此時所聞也。前結用"醉頭"，蓋昨夜餞行之酒今尚未醒，以引起後半闋之"離思"。後半闋即就"離思"著筆。"舞衫歌扇"，所思之人也；"鳳箋盈篋"，所思之事也。"和淚雙疊"，正孤獨無聊之情況。此詞與柳永《雨霖鈴》詞，情事相同，寫法各别，可以參看。

解語花　上元

風銷絳蠟〔1〕，露浥〔2〕紅蓮〔3〕，燈市光相射。桂華〔4〕流瓦，纖雲散、耿耿〔5〕素娥〔6〕欲下。衣裳淡雅，看楚女〔7〕、纖腰一把。簫鼓喧，人影參差，滿路飄香麝。　因念都城放夜〔8〕，望千門如晝，嬉笑游冶。鈿車〔9〕羅帕〔10〕，相逢處、自有暗塵隨馬〔11〕。年光〔12〕是也，惟只見、舊情衰謝。清漏〔13〕移，飛蓋〔14〕歸來，從舞休歌罷。

注：〔1〕絳蠟：紅蠟燭也。　〔2〕浥：濕也。　〔3〕紅蓮：蓮花燈也。　〔4〕桂華：古傳神話言月中有桂樹，華者，光華也，此以代月光。　〔5〕耿耿：明也。　〔6〕素娥：古神話言月中有嫦娥，此以代月。　〔7〕楚女：清真在荆南作此詞，荆南楚地，故謂游女爲楚女。　〔8〕放夜：京都平時禁夜行，惟元宵前後各一夜不禁，曰放夜。　〔9〕鈿車：嵌蚌殼於木中曰螺鈿，車上有此飾，故曰鈿車。　〔10〕羅帕：用覆鞍上者。　〔11〕暗塵隨馬：蘇味道詩："暗塵隨馬去。"　〔12〕年光：猶言年華也。　〔13〕清漏：古以銅壺滴漏計時。　〔14〕蓋：古官長出外，車上有圓蓋，以色别尊卑，用以遮日也。

此清真在荆南遇元宵節觀燈所作，可與李清照《永遇樂》詞參看。此詞前半闋寫荆南之元宵。首三句，元宵之燈；"桂華"二句，元宵之月；“衣裳”二句，元宵之游女；“簫鼓”三句，元宵之音樂及游人也。後半闋追憶汴京元宵之盛況。“年光”以下，見年華如舊而人情已衰，歸到自己。“清漏”下結束一日之游樂。按宋時京都元宵，燈火極盛，上自帝王，下至士庶，皆出游觀，故宋人詩詞多喜寫此事。外州繁盛都會，亦有此風。《晁氏客話》記一事可以作此詞之證。《客話》謂蔡君謨守福州，上元日，命民間一家點燈七盞。有陳烈者作大燈長丈餘，其上大書一詩曰：“富家一盞燈，太倉一粒粟。貧家一盞燈，父子相對哭。風流太守知不知，猶恨笙歌無妙曲。”君謨見之，還輿罷燈。即此一事觀之，可得如下之結論：一、統治者以燈多爲樂，遂强派人民點燈；二、人民迫於威勢，至有點燈一盞，父子相對而哭者；三、由此可知外州太守可以此强迫人民，則京都之帝王卿相更可以此强迫人民。然則統治者此三夜之娱樂，不知人民父子相對而哭者幾多家。詞人但寫富豪游樂之盛，而不見人民被迫之苦，豈非階級不同者，但知其事之可樂，而忘其病民耶？陳烈一詩，可謂能反映人民苦痛者矣。

早梅芳 別恨

花竹深，房櫳好，夜闃[1]無人到。隔窗寒雨，向壁孤燈弄餘照。淚多羅袖重，意密鶯聲小。正魂驚夢怯，門外已知曉。　去難留，話未了，早促登長道。風披宿霧[2]，露洗初陽射林表。亂愁迷遠覽，苦語縈懷抱。謾回頭，更堪歸路杳。

注：〔1〕闃：静無人也。　〔2〕宿霧：夜霧也。

此別戀人之詞也。前半闋寫臨別之前；後半闋從別時寫至別後。窗雨壁燈，房内天曉之景；“淚多”、“意密”，所別之人之情也。“風披”、“露洗”，户外晨時之景；“亂愁”、“苦語”，作別之人之情也。全首用情、景相間寫法，將所別之人與作別之人所處之境地與其情狀，都表現得極其真切。

蝶戀花　早行

月皎驚烏棲不定。更漏將闌，轆轤[1]牽金井[2]。喚起兩眸清炯炯[3]，淚花落枕紅綿[4]冷。　　執手霜風吹鬢影。去意徘徊，别語愁難聽。樓上闌干[5]横斗柄[6]，露寒人遠鷄相應。

注：〔1〕轆轤：井上車水轉輪轉動聲。　〔2〕金井：井口用鐵闌作圍，故曰金井。　〔3〕炯炯：光明也。　〔4〕紅綿：枕内綿絮，染以紅色者。〔5〕闌干：横斜貌。　〔6〕斗柄：北斗星之柄也。

此亦别情詞也。前半闋寫將别之人聞烏驚聲、車水聲，知天已曉，喚起所别之人。而此時所别之人睡夢初醒，尚不及知即將離别。“兩眸清炯炯”五字，刻畫此種神情，非常逼真。“淚花”句，則已覺知别在即刻之情況也。後半闋寫别時與别後一段情事。寫别時極盡依依難舍之狀。寫别後以天方曉之景作結，襯出人去後之情。全首一直寫下，與前詞寫法又别，而各極其妙，蓋皆能寫出真情真景也。

姜　夔

夔字堯章，鄱陽人。長於音律，嘗著《大樂議》，欲正廟樂。寧宗趙擴慶元三年，詔付奉常有司收掌，令太常寺與議，不合，且嫉其能。乃歸鄱陽，後流寓吴興，與白石洞天爲鄰，自號白石道人。有《白石道人歌曲》傳世。夔詞音律之美，與清真同，而風格雅健，則或過之。蓋白石人格頗高，當韓侂胄伐金敗後，史彌遠爲相，一味求和，白石往來維揚，深感外患日逼，内政不修，因之其詞有《黍離》之悲。周止庵評其詞變稼軒之雄健爲清剛，黄花庵則稱其精妙不減清真。蓋其清同周，而其剛則近辛也。

揚州慢

淳熙丙申至日，予過維揚[1]。夜雪初霽，薺麥彌望。入其城，則四顧蕭條，寒水自碧，暮色漸起，戍角悲吟。予懷愴然，感慨今昔，因自度此曲。千岩老人[2]以爲有《黍離》[3]之悲也。

淮左[4]名都，竹西[5]佳處，解鞍少駐初程。過春風十里，盡薺麥青青。自胡馬、窺江去後[6]，廢池喬木，猶厭言兵。漸黃昏、清角吹寒，都在空城。　　杜郎[7]俊賞，算而今、重到須驚。縱荳蔻詞[8]工，青樓夢[9]好，難賦深情。二十四橋[10]仍在，波心蕩、冷月無聲。念橋邊紅藥[11]，年年知爲誰生?

注：〔1〕維揚：即揚州。　〔2〕千岩老人：蕭東夫號千岩。
〔3〕《黍離》：周大夫至西周，過宗廟宮室，盡爲禾黍，感而作《黍離》之詩。
〔4〕淮左：揚州位於淮河之左，因稱淮左。　〔5〕竹西：揚州府城東北，有竹西亭，杜牧《題揚州禪智寺》詩曰“誰知竹西路，歌吹是揚州”，是也。
〔6〕胡馬窺江去後：高宗趙構紹興三十一年，金主亮大舉渡淮南侵，宋江淮軍大敗。及亮爲其臣下所弑，宋復收兩淮州郡。姜詞序稱丙申，乃孝宗趙昚淳熙三年，距江淮之敗已十六年。　〔7〕杜郎：杜牧也。　〔8〕荳蔻詞：杜牧在揚州《贈別》詩曰：“娉娉裊裊十三餘，荳蔻梢頭二月初。春風十里揚州路，卷上珠簾總不如。”　〔9〕青樓夢：杜牧詩：“十年一覺揚州夢，赢得青樓薄倖名。”　〔10〕二十四橋：杜牧《寄揚州韓綽判官》詩曰：“青山隱隱水迢迢，秋盡江南草未凋。二十四橋明月夜，玉人何處教吹簫?”橋皆在府内，悉用城市坊巷爲名，蓋隋時所造。　〔11〕紅藥：黃庭堅芍藥詩：“紅藥梢頭初繭栗，揚州風物鬢成絲。”

此堯章過揚州感懷之詞也。揚州自隋開運河後已成南北運輸要道，因之商賈雲集，歌樓舞榭，林立其間。及宋南渡，與金隔河相守，於是昔日繁華都會，一變而成邊徼。自紹興三十一年，完顏亮大舉渡淮以後，已殘破不堪。至堯章作此詞時，已十六年矣。此詞序所謂“感慨今昔”也。此詞首言小駐“名都”。“過春風”以下，極形其荒蕪之狀，而“空城”、“清角”，尤足引人悲感。後半闋設想杜牧重來，深情難賦。蓋唐末杜牧曾游此地，有詩歌記事，故下文即用杜牧詩事。“二十四橋”遺迹雖存，而波心冷月，景象淒涼；吹簫玉人固已不見，而"橋邊紅藥"，年年猶生。曰"知爲誰生"者，傷"俊賞"無人也。言外更有舉國無人、危亡可懼之意，不但感一地之盛衰也。詞中之"重到""杜郎"，蓋堯章自謂也。堯章嘗喜以杜牧自比，如《鷓鴣天》詞有句曰："東風歷歷紅樓下，誰識三生杜牧之?"《琵琶仙》詞有句曰："十里揚州，三生杜牧，前事休説!"蓋杜牧生當唐末，其詩多傷時閔亂語，又其人風流儒雅，堯章所企慕也。

暗　香

辛亥〔1〕之冬，予載雪詣石湖〔2〕，止既月〔3〕，授簡〔4〕索句，且徵新聲，作此兩曲。石湖把玩不已，使工伎〔5〕隸習之，音節諧婉，乃名之曰《暗香》、《疏影》〔6〕。

舊時月色，算幾番照我，梅邊吹笛？喚起玉人，不管清寒與攀摘。何遜〔7〕而今漸老，都忘却、春風詞筆。但怪得、竹外〔8〕疏花，香冷入瑶席〔9〕。　　江國，正寂寂。嘆寄與路遥〔10〕，夜雪初積。翠樽易泣，紅萼無言耿相憶。長記曾携手處，千樹壓、西湖寒碧。又片片、吹盡也，幾時見得。

注：〔1〕辛亥：光宗趙惇紹熙二年。　〔2〕石湖：范成大，吴郡人，罷官後居石湖，自稱石湖居士。　〔3〕既月：既，盡也。既月，盡一月也。　〔4〕簡：古者以竹簡書字，後世用紙，此襲用舊名也。　〔5〕工伎：樂工也。　〔6〕此詞與後詞，皆堯章自製新調。調名用林逋《山園小梅》"疏影横斜水清淺，暗香浮動月黄昏"詩句也。　〔7〕何遜：梁何遜爲揚州法曹，有《詠早梅》詩。　〔8〕竹外：蘇軾梅詩："竹外一枝斜更好。"　〔9〕瑶席：古人坐地，以席爲薦，美之則曰瑶席，字出屈原《九歌》。　〔10〕寄與路遥：陸凱與范曄相善，自江南寄梅一枝至長安與曄，並贈詩曰："折梅逢驛使，寄與隴頭人。江南無所有，聊贈一枝春。"

此紹熙二年冬，堯章至石湖所作，與後《疏影》詞爲堯章集中有名之作。詞雖詠梅而非敷衍梅花故實。蓋寄身世之感於梅花，故其辭雖不離梅而又不黏著於梅。此首前半闋就作者本身言；後半闋則其感於世事之詞。“月色”而曰“舊時”，一起即有今昔之感。“梅邊吹笛”、“玉人”“攀摘”，皆舊時賞梅情事也。“何遜而今漸老”以下，則今日觀梅之情。何遜以自比也。今何遜雖“忘却春風詞筆”，然逢花遇酒，亦不能不興感。後半闋即就所感著筆。“江國，正寂寂”句，言外有南宋朝政昏闇之意。“寄與路遥”，雖暗用陸凱寄梅故事，實追指被金人擄去之二帝、后妃及宗室而言。“路遥”、“夜雪”皆北地也。思念及此，故有“翠樽”之“泣”，與“紅萼”之“憶”。翠樽非能泣，紅萼非能憶，泣與憶皆此飲翠樽與觀紅萼之人也。而“千樹壓西湖”與“片片吹盡”句，則又以昔盛今衰作結，仍歸到梅花。此種寫法，在技術上，合於詩人比興之義，而以身世之感貫穿於詠梅之中，似詠梅而實非詠梅，非詠梅又句句與梅有關，用意空靈，此石湖所以“把玩不已”也。

疏　影

苔枝綴玉，有翠禽〔1〕小小，枝上同宿。客裏相逢，籬角黄昏〔2〕，無言自倚修竹〔3〕。昭君不慣胡沙遠〔4〕，但暗憶、江南江北。想珮環、月夜歸來〔5〕，化作此花幽獨。　　猶記深宫舊事〔6〕，那人正睡裏，飛近蛾緑。莫似春風，不管盈盈，早與安排金屋〔7〕。還教一片隨波去，又却怨、玉龍哀曲〔8〕。等恁時、重覓幽香，已入小窗横幅〔9〕。

注：〔1〕翠禽：隋趙師雄遷羅浮，日暮，於林間酒肆旁舍見美人素妝出迎，與語，言極清麗，芳香襲人，與之叩酒家共飲。一緑衣童子歌於側。師雄醉寐，東方既白，就視梅花樹上有翠羽剌嘈相顧，所見蓋花神。此暗用其事。　〔2〕黄昏：用林逋詩：“暗香浮動月黄昏。”　〔3〕倚修竹：杜甫《佳人》詩：“天寒翠袖薄，日暮倚修竹。”　〔4〕昭君不慣胡沙遠：用徽宗趙佶被擄在北所作《眼兒媚》詞：“花城人去今蕭索，春夢繞胡沙。家山何處？忍聽羌管，吹徹《梅花》。”　〔5〕珮環月夜歸來：杜甫《詠懷古迹》詩：“環珮空歸月下魂。”　〔6〕深宫舊事：宋武帝劉裕女壽陽公主卧含章殿檐下，梅花落公主額上，拂之不去。皇后留之，自後有梅花妝。此亦暗用其事。　〔7〕金屋：漢武帝劉徹爲膠東王時，長公主指女阿嬌問其得婦如此好否，帝笑曰：“若得阿嬌，當作金屋貯之。”　〔8〕玉龍哀曲：玉龍，笛

名。羅隱詩：“玉龍無主渡頭寒。”笛調有《梅花落》，此以指落梅，故曰哀曲。

〔9〕小窗橫幅：畫中梅花也。

此詞更明顯爲徽、欽二帝作。起數句，暗用趙師雄夢見花神事以形容梅花之麗。“客裏”三句，以梅花比倚竹美人，“無言”者，見其情岑寂也。“昭君”二句，明用徽宗《眼兒媚》詞語。徽宗此詞有故國之思，故曰“暗憶江南江北”。“珮環”二句，言魂歸故國，此時徽、欽二帝均死於北地也。後半闋一起點明“深宫舊事”，乃追念北宋未亡前，徽宗荒淫逸樂之事。“睡裏”者，正斥其醉生夢死也。“莫似”三句，又責其不重國事，而以不能惜花相比。“一片”二句，則言其國亡被擄，空託詞語以念家國。“玉龍哀曲”，即指徽宗《眼兒媚》詞中“忍聽羌管”語也。“等恁時”二句，則表面言梅花落後，只有向畫中尋覓，言外却悲國事已壞，欲重如舊時之盛，惟有空想而已。此首比前首更爲悲憤，但皆以梅花託言，故非個中人知當時事如范成大者，不能感受其深意所在也。此詞後人誤解甚多，大都不知“昭君”句之用意何在，故説來多不瑩徹。

史達祖

達祖字邦卿，汴人，爲韓侂冑堂吏，凡奉行文字、擬帖、撰旨，皆出其手。有《梅溪詞》。其詞妥帖輕圓，清新閒婉。張鎡序其詞，稱其“分鑣清真，平睨方回”。其人不得第進士，屈爲權相堂吏。韓敗，被黥面，人每以此輕之。今讀其《雙雙燕》詞“看足柳昏花暝”句與《滿江紅》詞“好領青衫，全不向詩書中得”，“三徑就荒秋自好，一錢不值貧相逼”等句，則亦非不自愛惜者。特無守貧之操，遂不免投身權門，雖能自悔悟，而不能決然引去也。

雙雙燕　詠燕

過春社了，度簾幕中間，去年塵冷。差池〔1〕欲住，試入舊巢相並。還相雕樑藻井〔2〕，又軟語、商量不定。飄然快拂花梢，翠尾分開紅影。　　　芳徑，芹泥[3]雨潤。愛貼地爭飛，競夸輕俊。紅樓歸晚，看足柳昏花暝。應自棲香正穩，便忘了、天涯芳訊[4]。愁損翠黛雙蛾，日日畫欄獨憑。

注：〔1〕差池：《詩・邶風》："燕燕于飛，差池其羽。"　〔2〕藻井：漢時殿上作藻井，以壓火災。藻井即殿頂中央作深洞倒垂，上繪菱藻之屬。〔3〕芹泥：杜甫詩："芹泥隨燕嘴。"　〔4〕天涯芳訊：燕子春社從南來，秋社去，故謂之社燕。此指燕子一去便忘了芳訊也。

此邦卿詠燕之作，古今詞家所盛稱者。其詞曲盡燕子之情狀，然非純詠燕，乃託燕以寫閨情，寫閨情又即自抒情也。但觀其"紅樓歸晚，看足柳昏花暝"之句，言外蓋有所指。考邦卿爲韓侂冑中書省堂吏，凡韓有所作爲，邦卿無不知者，其間不少昏暝之事，皆邦卿所"看足"也。又邦卿"看足"此種昏暝之事，乃不早自引去，卒與同敗，實由"歸晚"。觀此語，則邦卿亦非全無感覺者，但意志不堅耳。此等處是否作者無意流露心事，雖不可知，然證以作者另一首《滿江紅・書懷》詞"一錢不值"之句，則其悔悟之心亦甚深刻。此詞前半闋全描畫燕子初來定巢之情狀。後半闋直至"柳昏花暝"句，始將題中燕字寫畢。"應自"以下，乃盼望燕子之詞。"愁損"二句，始出盼望燕子歸來之人。細味此詞結尾各句，實閨人想望心中人，託燕以抒情也。"棲香正穩"，"忘了天涯芳訊"，謂之指社燕可，謂之指遊人亦可。且從此二句體會，則以上所寫之燕，乃此閨人所設想之燕，燕實未歸來也。全詞運思非常空靈，筆勢亦如燕子之"輕俊"，至尾句始出閨情，真有畫龍點睛之妙，故此詞爲古今傳誦不絕。後人有謂爲堂吏被黥面乃一與邦卿同姓名之人，此或愛其詞因而欲護其過者之言，實無根據，故今不之從。

七、豪放派愛國詞人辛棄疾及其同派各家　附宋遺民詞

辛棄疾

棄疾字幼安，號稼軒，濟南人。南宋高宗趙構紹興三十一年，金主完顔亮大舉南侵，爲其臣下所殺，中原人民紛起抗金。時濟南人耿京起兵，節制山東、河北諸路忠義軍。辛爲耿掌書記，勸耿南歸，耿乃於次年命辛奉表南歸。高宗授辛承務郎，命其以天平節度使印告召京。耿部將張安國時已殺耿降金，辛即率其衆入金營，擒張歸宋斬之。後由承務郎累官至湖北、江西、湖南、福建及浙東安撫使。辛南歸初意，欲以國家力量，恢復中原，故其在安撫任内，務儲軍實，練鄉兵爲北伐準備。乃自韓侂胄冒昧北伐失敗以後，朝廷日謀與金議和，不惜稱臣、稱侄。朝野上下一意苟安，不思恢復，而嫉辛者復多方攻擊之，因之恢復之策終不得行。其詞務爲慷慨激發以達其忠義之志，而亦有恬淡閒適之作。此則一方面由其内心之矛盾，一方面由其遭際之多變。詞體因此乃更恢宏，同時作家多受其影響，與周邦彦一派並轡分馳，各極其致，成爲詞學上兩大主流。雖音律精切、詞藻秀麗不及邦彦，而愛國之情、忠義之氣，自有此體以來，殆無可與相比者。今存《稼軒長短句》。

永遇樂　京口〔1〕北固亭〔2〕懷古

千古江山，英雄無覓，孫仲謀〔3〕處。舞榭歌臺，風流總被，雨打風吹去。斜陽〔4〕草樹，尋常巷陌，人道寄奴〔5〕曾住。想當年、金

戈鐵馬[6]，氣吞萬里如虎。　　元嘉[7]草草[8]，封狼居胥[9]，贏得倉皇[10]北顧。四十三年[11]，望中猶記，烽火揚州路。可堪回首，佛貍[12]祠下，一片神鴉[13]社鼓[14]。憑誰問、廉頗[15]老矣，尚能飯否？

注：〔1〕京口：今江蘇鎮江市。　〔2〕北固亭：亭在鎮江城北江岸北固山上。梁武帝蕭衍改名北顧，示不忘中原也。　〔3〕孫仲謀：孫權字仲謀。赤壁之戰，曹操敗後，權曾駐京口。　〔4〕斜陽：劉禹錫詩："朱雀橋邊野草花，烏衣巷口夕陽斜。舊時王謝庭前燕，飛入尋常百姓家。"　〔5〕寄奴：南朝宋武帝劉裕小名。裕曾率兵北伐，消滅南燕及後秦。　〔6〕鐵馬：被甲戰馬。　〔7〕元嘉：宋文帝劉義隆年號。　〔8〕草草：輕率也。〔9〕封狼居胥：封，築土成堆以爲紀念也。狼居胥，山名，約在今内蒙古自治區境内。西漢大將軍霍去病大破匈奴，追過戈壁，登此山，於其上築土紀功。　〔10〕倉皇：慌忙也。　〔11〕四十三年：辛自渡江歸宋至作此詞時，恰爲四十三年。　〔12〕佛貍：北魏太武帝拓跋燾之小名。〔13〕神鴉：鴉於鄉民祭社神時飛來求食也。　〔14〕社鼓：鄉民迎神賽會之鼓。　〔15〕廉頗：趙將名。趙使頗攻秦，秦以反間之計，使趙王以趙括代頗。頗遂奔魏。趙以數爲秦兵所困，復思用頗，頗亦思復用於趙。趙王因頗老，使人視頗，尚可用否。頗乃一飯斗米，肉十斤，被甲上馬，以示可用。

此詞乃稼軒知鎮江府時所作。詞意乃即景生感，因以寄其忠憤也。起三句，言江山猶昔，而當時之英雄如孫權者，則已不見，言外有無人可御外侮之意。"舞榭"三句，言不但英雄無覓處，即其遺迹亦不可見，言外有江山寂寞、時勢消沉之意。"斜陽"三句，暗用劉禹錫弔古詩意，以見與此江山有關之英雄去後，其故居都呈一片荒涼之象。"想當年"二句，極寫劉裕北伐時之聲威，表示仰慕，以見己抗敵情切。"元嘉"三句，言欲恢復中原必須先有準備，否則必致敗亡，因舉宋文帝故事以見此意。宋文帝欲恢復中原，王玄謨迎合其意，大言可行。文帝因謂侍臣曰："聞玄謨陳説，令人有封狼居胥意。"次年，即分命王玄謨等率師北伐，卒乃大敗。北魏太武帝遂大舉南侵，直抵揚州，江南震動。文帝自登建康幕府山觀望形勢，故曰“草草”，曰“倉皇北顧”。考此詞作於寧宗開禧元年韓侂胄定議伐金之時。稼軒以此事準備不足，近於冒昧，與玄謨貪功相同，故舉宋元嘉往事而言。稼軒爲各州安撫使時，必儲糧練兵以爲用兵準備，今見韓氏無備而舉事，不免憂慮，故於登覽山川之際，感慨及之。或謂侂胄北伐之議，稼軒所贊成，觀此詞知其不然。“四十三年”三句，則由今憶昔，有“美人遲暮”之感。蓋四十三年之前率衆南歸，其時具有大志，思憑國力恢復中原，乃今老矣，登亭遠望，山川如故而國事日非，能無感嘆！“可堪回首”三句，更由此而驚心。蓋江北各地淪陷已久，民俗安於外族之統治，故於“佛貍祠下”迎神賽會，如此熱鬧。此稼軒遠聞鼓聲不覺驚起之故也。末二句，有廉頗思復用於趙之志，無奈朝廷無復用己之心，故以廉頗自比，而言外嘆其不如也。

摸魚兒

淳熙[1]己亥[2]，自湖北漕[3]移湖南，同官王正之置酒小山亭，爲賦。

更能消[4]、幾番風雨，匆匆春又歸去。惜春長怕花開早，何況落紅無數。春且住！見説道、天涯芳草無歸路。怨春不語。算只有殷勤，畫檐蛛網，盡日惹飛絮。　　長門[5]事，準擬佳期又誤，蛾眉[6]曾有人妒。千金縱買相如賦，脈脈[7]此情誰訴？君莫舞！君不見、玉環[8]飛燕[9]皆塵土。閒愁最苦。休去倚危欄，斜陽正在，煙柳斷腸處。

注：〔1〕淳熙：南宋孝宗趙眘年號。　〔2〕己亥：淳熙六年也。　〔3〕漕：水道運輸穀米曰漕。宋時簡稱轉運使曰漕司，此又漕司之簡稱。〔4〕消：消受也，禁當也。　〔5〕長門：孝武帝陳皇后因妒退居長門宮，愁悶悲思，聞蜀郡司馬相如工爲文，奉黄金百斤求其文。相如爲作《長門賦》以悟武帝，陳皇后得復幸。　〔6〕蛾眉：《離騷》：“衆女嫉余之蛾眉兮。”　〔7〕脈脈：含情未申之貌。　〔8〕玉環：楊貴妃小名。　〔9〕飛燕：趙飛燕，漢成帝劉驁后，與妹合德專寵後宫，多所賊害。

此詞所寫身世之感極深。起首一句，雖不過惜春一意，然觀“更能消”三字，知如此風雨殘春，經過已多，還能消受幾次。曰“又歸去”者，示春殘不止一次，故可傷也。“惜春”二句，以春前珍惜春花尚且如此，何況今已春歸花落，此情何堪。“春且住”二句，乃於無可奈何之中强作留春之語，然如此天涯，春歸何處，故曰“無歸路”。“怨春不語”者，留春而春仍不住，故不免“怨春”。“算只有”三句，言無有留春者，有之惟“畫檐蛛網，盡日惹飛絮”而已。此半闋以惜春、留春、怨春三層意思曲折説來，總之不過感“美人”之“遲暮”。至“美人”何以如此“遲暮”，其中必有無限具體之事在，特不願明説，故借春發抒。詞人大抵喜以春比盛時，在身則爲少壯之光陰，在世則指有爲之時勢。然則此處之意，實可作雙關身、世觀，但只可從抽象聯繫，而不當作機械比附。後半闋用古來人事比説今日本身所遭遇，詞意分明而具體。“長門”五句，言希望又成空也，而成空之故，在有人讒害。讒害甚深，故縱然求得爲己申辨之人，而此被讒之情亦無法自明。“君莫舞”二句，則警戒讒人終必毁滅，以見憎恨之深刻。最後四句，則抛開已身之遭遇，説到國家局勢之危急，“斜陽”以比國勢之衰微，“煙柳”則比朝政之昏闇，此正所以令人“斷腸”之處也。觀結尾之意，可知所惜之春非止一身之遭遇，實乃身、世雙關。此詞頗似屈子《離騷》。蓋讒諂害明，賢人失志，爲古今所同慨也。相傳孝宗趙昚見此詞頗不悦，然終未加罪。

賀新郎 賦琵琶

鳳尾龍香撥〔1〕。自開元、《霓裳曲》〔2〕罷，幾番風月？最苦潯陽江頭客〔3〕，畫舸亭亭待發。記出塞〔4〕、黄雲堆雪。馬上離愁三萬里，望昭陽〔5〕宫殿孤鴻没。絃解語，恨難説。　　遼陽驛使〔6〕音塵絶。瑣窗寒、輕攏慢捻〔7〕，淚珠盈睫。推手含情還却手〔8〕，一抹《梁州》〔9〕哀徹。千古事、雲飛煙滅。賀老〔10〕定場〔11〕無消息，想沉香亭〔12〕北繁華歇。彈到此，爲嗚咽。

注：〔1〕鳳尾龍香撥：蘇軾詩：“數絃已品龍香撥，半面猶遮鳳尾槽。”唐

天寶中宦官白秀正使西蜀回，獻雙鳳琵琶，以邏迯檀爲槽，以龍香板爲撥，潤若圭璧，有金縷紅紋蹙成雙鳳，楊貴妃每自奏於梨園。〔2〕《霓裳曲》：唐玄宗李隆基開元時所作曲名。〔3〕潯陽江頭客：白居易爲江州司馬，夜送客至潯陽，聞鄰舟琵琶聲，爲作《琵琶行》以敘淪落之苦。〔4〕出塞：漢時匈奴單于請婚，元帝劉奭以昭君配之，昭君出塞時於馬上彈琵琶以敘離思。〔5〕昭陽：漢宮殿名。〔6〕遼陽驛使：司空圖詩："遼陽音信近來稀。"沈佺期詩："十年征戍憶遼陽。"蓋此地爲戍邊之所，故有驛使往來。驛，傳遞之館也。〔7〕輕攏慢捻：攏、捻，彈琵琶之手法也。白居易《琵琶行》："輕攏慢捻抹復挑。"〔8〕推手、却手：凡彈琵琶推手前曰琵，引手後曰琶，引手後即却手。〔9〕《梁州》：琵琶曲名。〔10〕賀老：唐琵琶名手賀懷智。〔11〕定場：凡奏樂至最妙時，使場中人皆靜聽，曰定場。〔12〕沉香亭：唐玄宗與楊貴妃坐沉香亭，召李白進新樂章。李白詩："解釋東風無限恨，沉香亭北倚欄干。"

此詞雖題爲《賦琵琶》，言外仍是借琵琶以寫其所懷也。觀其起結皆用開元琵琶事，以見盛衰之感，而結以時無賀老，暗指朝中無人，國勢衰微，故有"彈到此，爲嗚咽"之句。中間歷敘琵琶故事。上半闋用《霓裳曲》、潯陽江上妓及昭君馬上彈琵琶事，後半闋則虛用戍邊人家室之琵琶，皆與怨思有關者，而總以"千古事、雲飛煙滅"一句結束之。文家原有託物以言情之法，所託之物，雖無一定，然所託之情，爲何種情，則其間大有區别。此詞以琵琶乃抒寫怨思之物，故歷舉琵琶故事皆與怨思有關，又借時無琵琶能手如賀懷智者，一彈可以"定場"，以託其憂國無人之情，雖題曰《賦琵琶》，實非但描寫琵琶也。

清平樂　獨宿博山〔1〕王氏庵〔2〕

繞床飢鼠，蝙蝠翻燈舞。屋上松風吹急雨，破紙窗間自語。
平生塞北江南，歸來白髮蒼顏。布被秋宵夢覺，眼前萬里江山。

注：〔1〕博山：在今江西廣豐縣境内，辛棄疾家居上饒時常往遊覽。〔2〕庵：小草屋也。

此詞乃辛棄疾罷去江西安撫使任，家居上饒時所作。此詞有“烈士暮年，壯心不已”之慨。前半闋從眼前景物，寫出悽寂難堪之境，因而引起心情中之矛盾。蓋抱有熱烈之志之人不能堪此種境界也。後半闋即寫因此種境界而引起之感慨。辛本先在北後歸南，故曰“平生塞北江南”。此詞作於辛年近五十歲時，故曰“白髮蒼顏”。言外有年歲已老，志業未成之意。“布被”二句，爲一夢初醒時之感覺，即此“眼前萬里江山”六字，已大足表現辛棄疾無時能忘却祖國江山。而此“萬里江山”，乃在悽寂之境中倏現“眼前”，其情之悲憤如何，讀者不難想象。

鷓鴣天　代人賦

陌上柔桑破嫩芽，東鄰蠶種已生些。平岡細草鳴黄犢，斜日寒林點暮鴉。　　山遠近，路横斜，青旗沽酒有人家。城中桃李愁風雨，春在溪頭薺菜花。

此詞乃作者退居時所作。詞中鮮明畫出一幅農村生活圖象，而末尾二句，可見作者之人生觀。蓋以“城中桃李”與“溪頭薺菜”對比，覺“桃李”方“愁風雨”摧殘之時，而“薺菜”則得春而榮茂，是桃李不如薺菜，亦即城市生活不如田野生活也。此詞與東坡《望江南》後半闋“微雨過，何處不催耕？百舌無言桃李盡，柘林深處鵓鴣鳴，春色屬蕪菁”，用意相同，皆以城市繁華難久，不如田野之常得安適。再推言之，則熱心功利之輩，常因失意而愁苦，不如無營、無欲者之常樂。此種思想與道家樂恬退、安淡泊之理相合。蓋稼軒出仕之時，歷盡塵世憂患，退居以來，始知田野之可樂，故見溪頭薺菜而悟及此理也。

前　調　戲題村舍

鷄鴨成群晚未收，桑麻長過屋山[1]頭。有何不可吾方羡，要底都無飽便休。　　新柳樹，舊沙洲，去年溪打[2]那邊流。自言此地生兒女，不嫁金家即聘周。

注：〔1〕屋山：屋側梁架，形如山字，曰屋山。　〔2〕打：宋時方言，猶向也。

此詞全首皆描畫農村生活圖象，惟“有何不可”三句，透露作者對此圖象所生之感情，與前首樂恬退、安淡泊一意。稼軒詞中抒寫此類思想感情者甚多，不及備選。

清平樂　博山道中即事

柳邊飛鞚〔1〕，霧濕征衣重。宿鷺窺沙孤影動，應有魚蝦入夢。　一川明月疏星，浣紗人影娉婷〔2〕。笑背行人歸去，門前稚子啼聲。

注：〔1〕鞚：馬勒也。　〔2〕娉婷：美貌。

此亦農村圖畫也。即事，乃即眼前所見之事有感於心者寫之。此詞“宿鷺”二句，雖係眼前實景，而作者對此體會極深刻。蓋見睡熟之鷺，孤影搖動，因而體會其搖動之故，必係作夢；又從鷺鳥之夢，體會必係見着魚蝦。層層深入，心細於髮。且即此又可見作者此時情感中還帶有譏笑熱心名利者夢寐不忘得失之意。詞人抒情，隨事觸發，若隱若現，不可拘泥看，亦不可簡單看，必與其人之生活遭遇、學術思想、時代背景互相結合，而後不致武斷附會，流於主觀。

岳　飛

飛字鵬舉，湯陰人。徽宗宣和間應真定宣撫募，累立戰功。南渡後，歷官少保、河南北諸路招討使，率兵北伐，大破金兵於朱仙鎮。秦檜力主和議，召飛還，罷爲樞密副使，尋誣陷之，斃於大理寺獄。孝宗趙昚淳熙六年，贈謚武穆。

滿江紅

怒髮衝冠[1]，憑欄處、瀟瀟雨歇。擡望眼、仰天長嘯，壯懷激烈。三十功名塵與土，八千里路雲和月。莫等閒、白了少年頭，空悲切。　　靖康耻[2]，猶未雪。臣子恨，何時滅？駕長車踏破，賀蘭山[3]缺。壯志飢餐胡虜肉，笑談渴飲匈奴血。待從頭、收拾舊山河，朝天闕[4]。

注：〔1〕怒髮衝冠：《史記·廉頗藺相如列傳》："相如因持璧却立，倚柱，怒髮上衝冠。"　〔2〕靖康耻：靖康，宋欽宗趙桓年號。靖康二年春，金兵破汴京，虜徽宗、欽宗、后妃、王子、百官北去。

〔3〕賀蘭山：在今寧夏回族自治區西北邊境與内蒙古自治區交界處，此借指金人所在地。　〔4〕天闕：朝廷也。

此詞乃作者直抒其痛憤國耻，期於復仇之志。情辭慷慨，至爲明切。"三十"二句，蓋言年已三十，功名未就，直同塵土之無價值，但空經過八千里路之雲月，言遠征無成也。"壯志"二句，正見其痛恨侵略者之深刻，故言之不覺激烈如此。飛力圖恢復，大功可期，乃爲檜賊所陷害，冤死獄中。後世正義之士，同深憤惋，多發爲歌詠。明文徵明有《滿江紅》詞云："拂拭殘碑，敕飛字、依稀堪讀(高宗曾有手敕賜飛慰問)。慨當初、倚飛何重，後來何酷。果是功成身合死，可憐事去言難贖。最無辜、堪恨又堪悲，風波獄。　　豈不念，中原蹙。豈不念，徽欽辱。念徽欽既返，此身何屬？千載休談南渡錯，當時自怕中原復。笑區區、一檜亦何能，逢其欲。"最能説出高宗所以縱任秦檜誣殺岳飛之心理。此詞，有人疑非岳飛作。

張元幹

元幹字仲宗，號蘆川居士，長樂人。宋高宗紹興八年，樞密院編修胡銓因上疏請斬秦檜，被謫監廣州鹽倉。元幹作《賀新郎》詞送之，爲檜所嫉，除名。有《蘆川詞》傳世。

賀新郎　送胡邦衡待制赴新州

夢繞神州路。悵秋風、連營畫角，故宮離黍〔1〕。底事〔2〕崑崙傾砥柱〔3〕，九地黄流〔4〕亂注？聚萬落〔5〕、千村狐兔。天意從來高難問〔6〕，況人情老易悲難訴。更南浦〔7〕，送君去。　　涼生岸柳催殘暑。耿斜河〔8〕、疏星淡月，斷雲微度。萬里江山知何處？回首對床夜語〔9〕。雁不到〔10〕、書成誰與？目盡青天懷今古，肯兒曹〔11〕恩怨相爾汝〔12〕？舉大白〔13〕，聽《金縷》〔14〕。

注：〔1〕離黍：《詩經・王風・黍離》有"彼黍離離"句，蓋周大夫見西周故宗廟宫室盡爲禾黍，悲傷而作也。　〔2〕底事：猶言何事也。　〔3〕崑崙傾砥柱：砥柱山，在黄河中。此言河自崑崙山下流沖倒砥柱山，以喻宋政權之傾覆於金也。　〔4〕九地黄流：九地，九州之地；黄流，黄河之水。〔5〕落：人所聚居處。　〔6〕天意從來高難問：屈原有《天問》篇。又杜甫詩："天意高難問，人情老易悲。"　〔7〕南浦：《九歌》："送美人兮南浦。"江淹《别賦》："送君南浦，傷如之何？"　〔8〕耿斜河：耿，明也。斜河，天河也。〔9〕對床夜語：韋應物詩："寧知風雨夜，復此對床眠。"　〔10〕雁不到：相傳雁南飛至衡陽回雁峰而止。　〔11〕兒曹：猶言兒女子輩。　〔12〕恩怨相爾汝：韓愈《聽穎師琴歌》："昵昵兒女語，恩怨相爾汝。"　〔13〕大白：大酒杯也。　〔14〕《金縷》：《賀新郎》調又名《金縷曲》。

此詞乃元幹送胡銓被謫廣州而作。銓因諫議和、請斬秦檜而得罪，故詞中前半闋述時事，後半闋叙别情。其述時事則悲憤抑塞，叙别情則篤摯悱惻。上半闋述中原淪陷之慘狀而託之夢者，因中原已陷不可去，其淪陷之慘但可於夢中見之也。"黄流"、"狐兔"，猶言洪水猛獸也。"天意"二句，言外有天高難測，何以衣冠華族淪於異種，實乃人事使然。"人情老易"句，言天意既難測，而人情老易悲。今有深仇而不思報，甚可悲憫；甚可悲憫，故曰"悲難訴"。後半闋"涼生"數句，别時景物，寫得甚爲衰颯。"萬里"三句，言胡銓此去甚遠，既難期"對床夜語"之樂，且寄書亦不易到也。"目盡"句，有四顧蒼茫之慨。“肯兒曹”三句，言大丈夫不當效兒女子輩啼啼哭哭以恩怨相爾汝，且飲大杯，聽我歌《金縷曲》，蓋此别因國事而非私情也。史言胡被謫，人莫敢近，元幹獨作詞送行。其不畏權勢，主持正義如此。

張孝祥

孝祥字安國，歷陽烏江人。高宗紹興二十四年狀元及第，孝宗朝歷官建康留守，荆南、湖北路安撫使，進顯謨閣直學士。卒年三十八。有《于湖詞》傳世。

六州歌頭　建康留守席上作

長淮望斷，關塞[1]莽然平。征塵暗，霜風勁，悄邊聲。黯銷凝[2]。追想當年事，殆天數，非人力，洙泗[3]上，弦歌地，亦羶腥[4]。隔水氈鄉[5]，落日牛羊下，區脱[6]縱横。看名王[7]宵獵，騎火一川明。笳[8]鼓悲鳴，遣人驚。　念腰間箭，匣中劍，空埃蠹，竟何成！時易失，心徒壯，歲將零。渺神京。干羽方懷遠[9]，静烽燧[10]，且休兵。冠蓋使[11]，紛馳鶩，若爲情？聞道中原遺老，常南望、翠葆霓旌[12]。使行人到此，忠憤氣填膺[13]，有淚如傾。

注：[1]長淮、關塞：宋、金隔淮相持，故淮水爲關塞。　[2]銷凝：銷魂凝神之義，合言之有一往情深，或魂傷意奪，或低徊躊躇之義。此處用爲魂傷意奪也。　[3]洙、泗：二水名，在今山東境内，孔子設教之所，故曰“絃歌地”。　[4]羶腥：羶，羊臭也。腥，臭也。此言爲侵略者所污也。　[5]氈鄉：氈，毛織物，北人衣被所用，故曰氈鄉。　[6]區脱：邊境上斥候之屋。　[7]名王：匈奴王也，此借指金主。　[8]笳：胡樂名。　[9]干羽方懷遠：干，盾也，羽，雉羽也，樂舞者所執。昔禹舞干戚而有苗來服。此言不用武力，但修文教，蓋譏朝廷主和也。　[10]烽燧：古者見敵則舉烽，有難則焚燧，皆報警之烟火也。　[11]冠蓋使：朝廷所派通問之使者。　[12]翠葆霓旌：飾以翠羽之車蓋曰翠葆，繪以虹霓之旌旗曰霓旌，皆皇帝御用之物，此以代表皇帝。　[13]膺：胸也。

此孝宗隆興元年孝祥任建康留守時，因朝廷忍辱求和，憤慨而作。時張浚以都督江淮軍事駐建康，孝祥於其宴席上作此詞。張浚聞之，罷飲而入。張亦主戰派也。此詞音節蒼涼，多三字句，讀之有嗚咽之聲。起二句，即足引人悲憤，蓋淮河流域本中國腹地，今則成爲莽然邊塞也。下三句，略寫邊塞景象。“黯銷凝”七句，深慨華夏淪爲異域。舉“洙泗”者，見孔子設教之地亦淪陷也。“殆天數，非人力”，乃無可奈何，只得委之於天，意實謂造成此禍亂者，豈有天數而非人力有所未盡耶？“隔水”七句，極寫敵勢之盛，令人驚心，以見和不可恃，軍備當修也。後半闋起七句，自念志不得伸，而時機易失，壯心雖在，而年歲已老也。“渺神京”以下七句，則深痛一味求和、不修邊備之輩。用“干羽”、“冠蓋”等詞，表面似歌頌和平，實乃正言若反。考《續通鑑》，隆興元年十一月，投降派首領湯思退遣王之望使金求和；次年七月，盡撤兩淮邊備以示求和誠意。此詞“静烽燧，且休兵”，即指此而言。然曰“且”，即表示不滿之意，下文“紛馳騖”之“紛”字，亦有紛亂匆遽之意，而“若爲情”三字猶言煞似有情，皆譏詞也。“聞道”二句，則嚴正訴説遺民想望收復失地之心甚切，以見如能北伐，中原之人民定能響應也。然則和議爲大失人心之舉，不言可知矣。此所以有“忠憤氣填膺”之句也。考宋史，自虞允文采石大捷，中原人心大奮，紛紛起義，抗擊金兵。及張浚視師江淮時，淮北之來歸者日不絶，山東豪傑，悉願受其節度。可見孝祥“中原遺老”等句，乃當時真實情況。蓋人民有抗敵之心，而統治者但圖苟安，故有志之士引爲深痛也。史稱孝祥素爲湯思退所知，後又爲張浚所薦，出入二人之門，兩持和、戰之説，以此惜之。然孝祥入對孝宗，有“二相當同心戮力，以副陛下恢復之志”之言，又曰“靖康以來，惟和、戰兩言，遺無窮禍，要先立自治之策以應之”；則其意固欲整飭内政，修明軍備，然後可戰可和，然後和非苟安，戰非冒險，不可曰持兩端也。

陸　游

游字務觀，號放翁，山陰人。孝宗隆興初賜進士出身，官至秘書監、寶章閣待制，致仕，卒，年八十五。今傳《放翁詞》。游爲南宋愛國詩人，臨歿時尚作《示兒》詩曰：“死去原知萬事空，但悲不見九州同。王師北定中原日，家祭無忘告乃翁。”讀者至今憐之。其詞多慷慨之音。

桃源憶故人　題華山圖

中原當日三川震[1]，關輔[2]回頭煨燼[3]。淚盡兩河[4]征鎮[5]，日望中興運。　　秋風霜滿青青鬢[6]，老却新豐[7]英俊。雲外華山千仞，依舊無人問。

注：[1]三川震：《國語・周語》曰：“西周三川皆震。”注：“三川，涇、渭、洛也。”　[2]關輔：關中及三輔之總稱，今陝西。　[3]煨燼：猶言灰燼也。　[4]兩河：指黄河、渭河之間地區。　[5]征鎮：大將駐守之重鎮。　[6]霜滿青青鬢：原爲黑髮，今白如霜也。　[7]新豐：在今陝西臨潼縣境。此指馬周未遇時困處新豐事。

此放翁感慨關輔人民日望恢復，而朝廷竟棄置不問也。

卜算子　詠梅

驛外斷橋邊，寂寞開無主。已是黄昏獨自愁，更著風和雨。
無意苦爭春，一任群芳妒。零落成泥碾作塵，只有香如故。

此亦作者身世之感，但借梅抒寫出之。上半闋寫所遇之世，如此堪愁。下半闋寫其生平，不慕榮華而品質堅貞，如梅之耐寒，雖“零落成泥”而香不滅也。

陳　亮

亮字同父，婺州永康人。隆興初，與金定和約，天下忻然幸得蘇息，亮獨持不可。婺州方以解頭薦，因上《中興五論》，奏入不報，乃歸而講學。孝宗即位，又詣闕上書，其警句有“今世之儒士，自以爲得正心誠意之學者，皆風痹不知痛癢之人也。……今世之才臣，自以爲得富國强兵之術者，皆狂惑以肆叫呼之人也。”孝宗命宰相詢問，不合，再上書。孝宗欲官之。亮笑曰：“吾欲爲社稷開數百年之基，寧用博一官乎！”急渡江歸。亮家居累爲人誣陷入獄，幸得救免。光宗趙淳朝策進士第一，授僉書建康府判官廳公事，未至官卒。有《龍川詞》。

賀新郎　寄辛幼安和見懷韻

老去憑誰説。看幾番、神奇臭腐[1]，夏裘冬葛。父老長安今餘幾？後死無仇可雪。猶未燥、當時生髮[2]。二十五絃[3]多少恨，算世間、那有平分月。胡婦弄，漢宮瑟。　　樹猶如此[4]堪重別。只使君、從來與我，話頭[5]多合。行矣置之無足問，誰换妍皮痴骨[6]。但莫使、伯牙絃絶[7]。九轉丹砂[8]牢拾取，管精金、只是尋常鐵。龍共虎[9]，應聲裂。

注：〔1〕神奇臭腐：《莊子》：“萬物一也，臭腐化爲神奇，神奇化爲臭腐。”

〔2〕未燥當時生髮：宋高祖遣中將軍田奇告北魏太武帝拓拔燾，索河南地。燾大怒，謂奇曰：“我生髮未燥，便聞河南是我家地，此豈可得。”

〔3〕二十五絃：《史記·封禪書》：太帝使素女鼓五十絃瑟，悲，帝禁不止，故破其瑟爲二十五絃。　〔4〕樹猶如此：桓温北伐，行經金城，見少時所種柳，嘆曰：“木猶如此，人何以堪！”庾信《枯樹賦》曰：“樹猶如此，人何以堪！”　〔5〕話頭：猶言談鋒也。今俗猶有“話不對頭”之言。　〔6〕妍皮痴骨：晉時諺語：“妍皮不裹痴骨。”　〔7〕伯牙絃絶：伯牙善彈琴，其友鍾子期善聽。子期死，伯牙爲之絶絃。　〔8〕九轉丹砂：道家有煉金成丹砂之説。丹有九品，曰九轉。　〔9〕龍共虎：道士煉丹有黄帝龍虎中丹之術。

辛棄疾有《賀新郎》詞寄同父，故同父和其韻以答之。辛詞有小序，謂同父自東陽來，留十日，與之同游鵝湖，且會朱晦庵於紫溪。朱未至，同父亦東歸。同父既別，辛復追至鷺鷥林，以雪深泥滑不得前進，獨飲方村，頗恨挽留不遂。夜半宿吴氏泉湖四望樓，聞鄰笛悲甚，爲賦《賀新郎》以見意。繼此詞後，二人和答尚有數首。相傳同父初來時，辛在樓上遠望，見一人騎馬過橋，馬驚不上橋，其人下馬，抽刀殺馬，步行過橋。及至，乃同父也。《古今詞話》又言，陳同父過稼軒，縱談天下事。同父夜思稼軒素嚴重，恐爲所忌，竊乘其厩馬以去。此説出於傳聞，未可信。然二人皆豪傑之士，交誼甚篤，會談中縱言天下事，則無可疑者。觀同父"話頭多合"句，何至有恐辛見忌之事，故知傳聞之言，難以置信。此詞起處用莊子"神奇化爲臭腐"語，乃總括辛一生事迹變幻甚多也。"父老"三句，言中原淪没已久，遺老俱盡，新生之人不知國仇未雪，故用拓拔燾語，其意極爲悲憤。而"世間那有平分月"三句，言金人久據中原，漸已漢化，而宋之君臣忍耻苟安，甘心與敵平分中國，故曰"世間那有平分月"，言不可也。後半闋叙别。"堪重别"者，言不堪重别也。"誰换"句，見不能媚世諧俗之意。"莫使"句，言辛之知己，亦如鍾子期之知伯牙，願交情能長久也。"管精金"句，言那管"精金"之爲"尋常鐵"，但當自求神丹。此詞末數句頗晦澀。史稱同父家居，與狂士飲，醉中戲爲大言，言涉犯上，被人告發，下獄笞掠，竟至誣服謀爲不軌。及奏入取旨，孝宗知其賢，謂"秀才醉後妄言，何罪之有"，乃得免死。觀此一事，二人縱談所及，必有犯時忌者，故同父此詞，語意殊爲隱約也。稼軒答詞有"硬語盤空誰來聽，記當時只有西窗月"，細味詞語似指同父議論非常，而"記當時"之句，則有言出君口入我耳之意，亦所以解其顧慮也。

杜　旟

旟字伯高，邵武人。吕祖謙之門人，淳熙、開禧間兩以制科薦。有《橋齋集》，不傳。伯高與弟仲高、叔高、幼高、季高俱有名，人稱金華五高。陸游、陳亮皆稱其文。

酹江月　石頭城

江山如此，是天開萬古，東南王氣[1]。一自髯孫[2]橫短策，坐使英雄鵲起[3]。《玉樹》[4]聲銷，金蓮[5]影散，多少傷心事。千年遼鶴[6]，並疑城郭非是。　　當日萬駟[7]雲屯，潮生潮落處，石頭[8]孤峙。人笑褚淵[9]今齒冷，只有袁公不死。斜日荒煙，神州[10]何在？欲墮新亭[11]淚。元龍[12]老矣，世間何限餘子[13]。

〔1〕王氣：《新五代史·吴越世家》："豫章人有善術者，望牛斗間有王氣。牛斗，錢塘分也。"庾信《哀江南賦序》："將非江表王氣，終於三百年乎！"　〔2〕髯孫：此指孫權割據江南。權紫髯，故曰"髯孫"。　〔3〕鵲起：《莊子》："失時則鵲起。"《顔氏家訓》曰："莊生有乘時鵲起之説。"　〔4〕《玉樹》：《玉樹後庭花》，陳後主陳叔寶所作曲也。　〔5〕金蓮：齊東昏侯蕭寶卷鑿金爲蓮花以貼地，令潘妃行其上。　〔6〕遼鶴：《搜神記》："遼東城門有華表柱，忽有一白鶴來集，言曰：'有鳥有鳥丁令威，去家千歲今來歸。城郭如故人民非，何不學仙冢纍纍。'"　〔7〕駟：一車四馬也。　〔8〕石頭：即石頭城，故址在今江蘇南京市清涼山。晉庾亮有恢復之志，率大軍十萬據石頭城，爲諸軍聲援。　〔9〕褚淵：《南史》："樂預謂徐孝嗣曰：'人笑褚淵今齒冷。'"褚淵與袁粲俱爲宋室顧命大臣，其後蕭道成篡立，褚失節，袁死節。宋時《石城謡》曰："寧爲袁粲死，不作褚淵生。"　〔10〕神州：《史記·孟子荀卿列傳》謂鄒衍以爲中國名曰赤縣神州。　〔11〕新亭：《晉書》："過江人士，每至暇日，相要出新亭飲宴。周顗中坐而嘆曰：'風景不殊，舉目有江河之異。'皆相視流涕。惟（王）導愀然變色曰：'當共戮力王室，克服神州，何至作楚囚對泣耶！'"　〔12〕元龍：三國時，陳登，字元龍，在廣陵有威名。後許汜與劉備在劉表坐中，共論天下人物曰："陳元龍，湖海之士，豪氣未除。"　〔13〕餘子：猶言其餘等人也。蘇軾詩："氣吞餘子無全目。"

此詞嘆恢復無人也。略與稼軒《永遇樂》詞相似。上半闋言孫吴立國江南，一時多少英雄。"玉樹"二句，言齊、陳末主當日荒淫之事，今已"聲銷"、"影散"，但覺可憐，言外蓋斥當時君臣苟且偷安，使人傷心也。"千年"二句，言今日不但人民已非，城郭亦變，言外有滄海桑田之感。下半闋起處，似指庾亮屯兵石頭城故事，今則惟有石頭城孤峙，見此時無人如庾也。“褚淵”二句，言失節事仇之可耻，盡節死忠之可敬。“斜日”三句，言中原不見，但滿目“斜日荒煙”，蓋有故宫黍離之悲，故曰“欲墮新亭淚”。末二句，一悲己身已老，志業無成，一嘆餘子雖多，而無可用，以見人才衰歇也。

陳人杰

人杰號龜峰，有《龜峰詞》傳世。

沁園春 丁酉歲感事

誰使神州，百年陸沉[1]，青氈[2]未還？悵晨星殘月，北州豪杰；西風斜日，東帝江山。劉表坐談[3]，深源輕進[4]，機會失之彈指間。傷心事，是年年冰合，在在風寒。　　說和説戰都難，算未必江沱[5]堪宴安[6]。嘆封侯心在，鱣鯨[7]失水；平戎策就，虎豹當關[8]。渠自無謀，事猶可做，更剔殘燈抽劍看。麒麟閣，豈中興人物，不畫儒冠。

注：[1]陸沉：《莊子》：“是陸沉者也。”注：“人中隱者，譬之無水而沉也。”後人引用謂大陸沉淪，非由洪水，以喻禍由人造也。《晉書·桓温傳》：“温……眺矚中原，慨然曰：‘遂使神州陸沉，百年丘墟，王夷甫諸人不得不任其責。’”　[2]青氈：有賊偷王子敬青氈，王謂偷兒曰：“青氈我家舊物，可特置之。”此引之以喻國家淪陷之舊土地也。　[3]劉表坐談：劉表使劉備襲許，曹操部下多恐。郭嘉曰：“劉表坐談客耳，必不能信用備。”　[4]深源輕進：深源，殷浩字。浩於東晉永和九年北伐，以輕進爲姚襄所敗。　[5]江沱：水别流者爲沱。江沱，泛稱江、淮之間。　[6]宴安：《左傳》：“宴安鴆毒，不可懷也。”　[7]鱣、鯨：皆大魚也。　[8]虎豹當關：《楚辭·招魂》：“虎豹九關，啄害下人些。”

此詞題爲《丁酉歲感事》，考此丁酉，爲理宗嘉熙元年。在此前三年，宋與元共滅金後，宋即倉卒進兵中原。元人遂藉口宋破壞盟約，連年出兵南侵。宋力不能禦，又復彷徨於和戰兩端。此詞所感之事，蓋爲國家一貫失策，以致志士無由爲國展力，而國勢愈趨不振，然己則以爲時勢尚有可爲，當勉力圖治也。首三句，追究誤國之人。“晨星”二句，言北方豪傑雖思奮起，然已零落如“晨星殘月”，無多人也。“西風”二句，則言南宋國勢衰微也。“西風”、“斜日”，皆衰微之景象。合此四句觀之，南北情況皆可嘆息，故曰“悵”。“劉表”三句，言“坐談”與“輕進”皆足貽誤事機。“傷心”三句，言年年因循，不能定策，最可傷心。“冰合”、“風寒”，有《詩經》“北風”、“雨雪”之意。下半闋“説和”二句，言和、戰兩端固不易決，但必有自强之道，不可一味偷安江左也。“嘆封侯”四句，言智謀之士扼於姦險小人而不得見用於世也。“渠自”三句，言事尚有可爲也。剔燈看劍，即有爲之志鬱而不申之表現。末三句，言儒生何嘗不可立功，因舉漢事爲證。

李好古

好古字仲敏。

謁金門

花過雨，又是一番紅紫。燕子歸來愁不語，舊巢無覓處。
誰在玉關辛苦，誰在玉樓歌舞？若使胡塵吹得去，東風侯萬户[1]。

注：〔1〕萬户：萬户侯，食邑萬户者。

此詞譏諷當朝者不知國耻，極爲深刻。上半闋言朝局變幻，亦如紅紫繽紛，而燕覓舊巢不見，亦第宅累易新主意。下半闋以“玉關”、“玉樓”對比，見苦、樂之不同。南宋偏安日久，達官貴人日尋湖山之樂，故西湖當日有“銷金窩”之稱，或又比西湖爲西施，蓋言吴因西施而亡，南宋亦以西湖游樂而亡也。末二句，諷刺尤深刻，言“胡塵”如可被東風“吹去”，則“東風”當封萬户侯，以譏諷抗敵之無人也。

褚　生

德祐時太學生。

百字令　德祐乙亥

半堤花雨，對芳辰、消遣無奈情緒。春色尚堪描畫在，萬紫千紅塵土。鵑促歸期，鶯收佞舌，燕作留人語。繞欄紅藥，韶華留此孤主。　　真個恨殺東風，幾番過了，不似今番苦。樂事賞心磨滅盡，忽見飛書傳羽。湖水湖煙，峰南峰北，總是堪傷處。新塘楊柳，小腰猶自歌舞。

《湖海新聞》有解釋此詞之語，大都可信。大意謂：三、四句，言衆宮女行也；五句，言朝士去也；六句，臺官默也；七句，太學生上書也；八、九句，只陳宜中猶在也；“東風”，賈似道也；“飛書傳羽”，北兵至也；“新塘楊柳”，指賈似道之妾張淑芳也。考乙亥乃趙顯德祐元年，賈似道出師禦元兵至太平州魯港，未見敵而潰。似道請和，元丞相伯顔不許，乃奔揚州，江淮悉陷。朝官多逃者，以陳宜中知樞密。右相章鑒亦遁，以陳宜中相。太學生上書請罷陳宜中，被下獄治罪。白居易妾名小蠻，白有句曰“楊柳小蠻腰”，故此“楊柳”指賈妾張淑芳。張淑芳者，西湖樵家女也。理宗選妃日，賈似道匿爲己妾。淑芳知賈必敗，營别業以遁迹，賈敗，自度爲尼。淑芳能爲詞，有《浣溪沙》曰：“散步山前春草香，朱欄緑水繞吟廊，花枝驚墮綉衣裳。　　或定或摇江上柳，爲鸞爲鳳月中篁，爲誰掩抑鎖芸窗？”附録於此，以見權臣之罪惡，不但下虐人民，而且上欺君主。

文天祥

天祥字宋瑞，又字履善，號文山，江西吉水人。理宗寶祐四年狀元。天祥官江西安撫副使時，元兵入寇，天祥受詔勤王，以兵萬人入衛。及元兵迫臨安，天祥以右丞相兼樞密使奉使赴元軍議和，以正義責元軍統帥伯衛，被執，於北行途中遁回。時端宗趙昰即位於福州，拜天祥爲右丞相，封信國公。天祥募兵轉戰於江西、嶺南，兵敗被執，囚居燕京三年，作《正氣歌》以見志，終不屈死。

沁園春

爲子死孝，爲臣死忠，死又何妨。自光岳氣分〔1〕，士無全節，君臣義缺，誰負剛腸？罵賊睢陽，愛君許遠〔2〕，留得聲名萬古香。後來者，無二公之操，百煉之鋼。　　人生翕歘〔3〕云亡，好烈烈轟轟做一場。使當時賣國，甘心降虜，受人唾罵，安得流芳？古廟幽沉，遺容儼雅〔4〕，枯木寒鴉幾夕陽。郵亭下，有奸雄過此，仔細思量。

〔1〕光岳氣分：天祥《正氣歌》曰："天地有正氣，雜然賦流形，在地爲河岳，在天爲日星。"　〔2〕睢陽、許遠：唐天寶十四載安禄山反，張巡起兵雍丘，與許遠合守睢陽。賊兵圍攻十月，以食盡援絶城陷。此處即以"睢陽"稱張巡。城陷後，巡罵賊將曰："我爲君父死，爾附賊，乃犬彘也。"卒與許遠悉被害。睢陽人爲二人立廟祠享，號爲雙廟。　〔3〕翕歘：疾速也。　〔4〕儼雅：端莊貌。

此天祥被執北行，路經雙廟所作。首舉"死孝"、"死忠"者，封建制度下之最高道德標準也。宋亡之際，叛國降虜者甚多。天祥過雙廟，念張巡、許遠遺烈，不覺感慨，發爲此詞，忠義之氣，凛然紙上。此等作品，不可以尋常詞觀之也。

【附】宋遺民詞

張　炎

炎字叔夏，號樂笑翁，西秦人，僑居臨安，循王俊之後也。宋亡後，落魄浪游。滄桑之感，一寄於詞，造語多奇致。詞名《山中白雲集》。

高陽臺　西湖春感

接葉巢鶯，平波卷絮，斷橋[1]斜日歸船。能幾番游？看花又是明年。東風且伴薔薇住，到薔薇、春已堪憐。更淒然，萬綠西泠[2]，一抹荒煙。　　當年燕子[3]知何處？但苔深韋曲[4]，草暗斜川[5]。見説新愁，如今也到鷗邊。無心再續笙歌夢，掩重門、淺醉閒眠。莫開簾，怕見飛花，怕聽啼鵑。

注：〔1〕斷橋：在杭州西湖，本段家橋，訛成斷橋。　〔2〕西泠：即西湖。〔3〕當年燕子：劉禹錫詩："當時王謝堂前燕，飛入尋常百姓家。"　〔4〕韋曲：在陝西長安皇子陂西，唐時諸韋所居地。　〔5〕斜川：陶潛有《游斜川》詩。斜川大約在今江西廬山附近，未詳究係今何地。

此宋亡後，張炎重到西湖所作，其一種淒涼怨慕之情，躍然紙上。"萬綠"兩句，將亂後西湖景象全副寫出。蓋當賈似道當國時，西湖葛嶺、裏湖一帶皆其別墅所占地，遊人無敢過者。都城在籍妓女皆隸屬賈家，終日歌舞爲樂，人無敢犯者。今則成爲"一抹荒煙"矣。下半闋則將兩宋滅亡之感，一齊託出。"當年燕子"，用劉禹錫弔古詩，哀北宋之亡也；"新愁"，則哀南宋也。"飛花"、"啼鵑"，暗有所指，殆皆故宫人及遺民之流落可哀者。

劉辰翁

辰翁字會孟，廬陵人。少舉進士。時賈似道專政，殺直臣以塞言路。辰翁因對策極論之，忤似道，置丙第。以親老，請長濂溪書院。江萬里薦居史館，又除太學博士，皆固辭。宋亡，託方外以歸。有《須溪詞》傳世。

六州歌頭

乙亥二月賈平章似道督師至太平州魯港，未見敵，鳴鑼而潰。後半月聞報，賦此。

向來人道，真個勝周公[1]。燕然渺，浯溪[2]小，萬世功，再建隆。十五年[3]宇宙，宫中贋[4]，堂中伴[5]，翻虎鼠[6]，搏鶤雀，覆蛇龍。鶴髮龐眉[7]，憔悴空山久，來上東封[8]。便一朝符瑞[9]，四十萬人同。説甚東風[10]，怕西風(都人竊議者稱"西頭")。　甚邊塵起，漁陽[11]慘，《霓裳》斷，廣寒宫[12]。青樓杳(都城籍妓皆隸歌舞，無敢犯)，朱門悄，鏡湖[13]空，裏湖通(葛嶺瞰裏湖，無敢過)。大纛高牙[14]去，人不見，港[15]重重。斜陽外，芳草碧，落花紅。抛盡黄金[16]無計，方知道、前此和戎。但千年傳説，夜半一聲銅[17]，何面江東[18]？

注：〔1〕周公：賈似道擅權，勢傾中外，度宗趙禥爲其所立，每上朝必答拜，稱爲師臣而不名，朝臣皆稱爲周公。　〔2〕浯溪：唐元結有《大唐中興頌》刻於浯溪石崖上。浯溪源出湖南祁陽西南松山，流入湘江。　〔3〕十五年：賈似道於理宗開慶元年拜相，至乙亥德祐元年共十五年。　〔4〕宫中贋：贋，僞也；僞者，譏其爲僞周公也。　〔5〕堂中伴：堂，中書省政事堂也；伴者，唐盧懷慎與姚崇同爲宰相，每事推姚，時人稱爲伴食宰相，此伴字之由來也。　〔6〕翻虎鼠：李白詩："君失臣兮龍爲魚，權歸臣兮虎變鼠。"　〔7〕鶴髮龐眉：鶴髮，白髮也；龐，雜亂也。鶴髮龐眉，老人之貌。　〔8〕上東封：古帝王功成治定，有東封泰山之舉。封者，封土爲壇也。　〔9〕符瑞：符，本信也，古者帝王欲加强其統治權力，每以祥瑞誇耀，以爲得天帝之信任，故曰"符瑞"。例如赤烏銜珪降於岐山，表示上天降命文王伐殷之類。王莽攝政時，假稱符瑞，吏民頌功德者，四十八萬餘人。此以莽比似道也。似道以金錢豢養江湖名士，每當生辰，獻詩文頌揚者甚衆。　〔10〕東風：俗諺有"東風壓倒西風"之語。此以當時人畏似道，不敢直言其名姓，稱賈爲"西頭"，故反言以指斥之。　〔11〕漁陽：唐玄宗天寶十四載安禄山反於漁陽。白居易《長恨歌》詠此事云："漁陽

鼙鼓動地來，驚破《霓裳羽衣曲》。” 〔12〕廣寒宫：傳説唐玄宗游月中，見一宫府，牓曰“廣寒清虚之府”。有素娥十餘人舞笑於廣庭大樹下，樂聲嘈雜清麗。玄宗歸，編律成音，製《霓裳羽衣曲》。 〔13〕鏡湖：即西湖之别稱，似道賜第在葛嶺，占地甚廣。 〔14〕大纛高牙：纛，毛羽幢也，立於車之左方；牙，牙旗也，旗上以象牙爲飾：皆大將軍中所用。〔15〕港：即序中之“魯港”。 〔16〕抛盡黄金：此指獻金求和也。〔17〕夜半一聲銅：即序中所言“鳴鑼而潰”也。 〔18〕江東：項羽敗後，自言無面目見江東父老。

此詞暴露似道罪惡，情感極爲憤慨。首言似道妄自尊大，以爲漢之燕然勒銘、唐之浯溪紀功，俱比其事業爲渺小。自以爲要立萬世之功，有再造宋室之力。乃作十五年宰相，不但只是一味虚僞，毫無建設，而且專權擅威，排斥正人，任用小人，又收買無聊文人，頌己功德，其行爲大似王莽，以致朝野竊議者，無敢直呼其名，但以“西頭”代之。後半闋更揭出其庸碌無能，但專求淫樂，一遇敵軍，即“鳴鑼而潰”，所得者千年之駡名而已。此時雖欲以歲幣求和而敵帥不許，結果惟有遁走，無面回朝。似道後被安置循州，行至漳州木綿庵，押送之使縣尉鄭虎臣將其拉殺。人民聞之，莫不稱快，而趙宋三百餘年江山亦即斷送於其手中。辰翁作此詞時，但知似道兵潰，尚未聞貶斥之訊也。

鄧　剡

剡字光薦，號中齋，官禮部侍郎，從衛王昺於海上，事急投水，爲元兵所得。元都元帥張弘範異之，待以賓禮，終不屈節。有《中齋集》。

唐多令

雨過水明霞，潮回岸帶沙。葉聲寒、飛透窗紗。堪恨西風吹世换，更吹我，落天涯。　　寂寞古豪華，烏衣日又斜。説興亡、燕入誰家？惟有南來無數雁，和明月，宿蘆花。

此哀南宋之亡也。前半闋以蕭瑟景色寓悲涼之感。“堪恨”句，似指賈似道輩促成宋之亡也。後半闋起用劉禹錫《烏衣巷》詩意，而燕入誰家，似指投降之輩。劉詩本言“舊時王謝堂前燕，飛入尋常百姓家”；此云“飛入誰家”，則非入百姓家而是飛入新朝也，雖不曾明言而意亦顯然。南來雁，則與己相同之人，南下避兵者。

徐君寶妻

岳州人，被元兵掠至杭。其主者屢欲犯之，皆以計脱。一日，主者怒甚，將强污之。告曰：“容妾祭謝先夫，然後爲君婦不遲也。君奚用怒哉?”主者許之。乃焚香再拜，題詞於壁畢，赴水死。

滿庭芳

漢上繁華，江南人物，尚遺宣政〔1〕風流。緑窗朱户，十里爛銀鈎〔2〕。一旦刀兵齊舉，旌旗擁、百萬貔貅〔3〕。長驅入，歌樓舞榭，風卷落花愁。　　清平三百載〔4〕，典章文物，掃地都休。幸此身未北，猶客南州。破鑒徐郎〔5〕何在？空惆悵、相見無由。從今後，斷腸千里，夜夜岳陽樓〔6〕。

注：〔1〕宣政：宣和、政和，皆北宋徽宗年號。　〔2〕銀鈎：簾鈎也。　〔3〕貔貅：貔，似虎，或曰似熊，遼東謂之白熊。貅，亦猛獸名。此以指元兵。　〔4〕三百載：北宋自太祖至欽宗凡一百六十七年，南宋自高宗至帝昺凡一百五十二年。三百載，舉成數也。　〔5〕破鑒徐郎：陳太子舍人徐德言尚叔寶妹樂昌公主。陳政日衰，徐謂妻曰：“國破，君必入權豪家。倘情緣未斷，尚冀相見。”乃破一鏡，人分其半，約他日以正月望日賣於都市。及陳亡，樂昌公主爲楊越公素所得。德言至京，以正月望日訪於都市。有僕賣半鏡，德言出半鏡合之，並題一詩。公主得詩，悲泣不食。楊因詰得其實，乃召德言至，還其妻。　〔6〕岳陽樓，在湖南岳陽城西門上。

此亂離中人民自言其遭遇與苦難之詞。君寶不知爲何許人，其妻之姓名亦不傳。然以一女子不但能文，且對國事關心，又智能保身不被污辱，實難能而可貴。其詞首言南宋上下安於一時之繁華，但追求享樂，以致一旦敵軍入境，無能抵禦者，而昔日之繁華，遂如“風卷落花”，言外有一種憤恨情緒。後半闋既嘆國家之“典章文物，掃地都休”，復傷此身被掠，故夫已無緣再見，乃決意自殺。讀“此身未北，猶客南州”與“斷腸千里，夜夜岳陽樓”之句，知其有生爲南宋人，死爲南宋鬼之意。惜但傳其詞與事而逸其名姓，致千百年後無從得知此愛國女子之生平也。

八、兩宋通俗詞及滑稽詞

（此類所選多爲文人學士所作，以見此體至南宋漸爲文人學士所采用，故作者比北宋爲多。）

劉　燾

燾字無言，長興人。元祐中蘇軾知貢舉，稱其文章典麗，遂中甲科。有《見南山集》。

轉調滿庭芳

風急霜濃，天低雲淡，過來孤雁聲切。雁兒且住，略聽自家說："你是離群到此，我共那人才相別。松江岸，黃蘆影裏，天更待飛雪。"　聲聲腸欲斷，和我也淚珠，點點成血。這一江流水，流也嗚咽。告你"高飛遠舉，前程事、永沒磨折。須知道，飄零聚散，終有見時節。"

此託雁以寫別情也。詞中忽記告雁之語，亦有古樂府之遺意，詞中頗少見。末尾以"終有見時節"告雁，以見不肯作絶望之想，皆由情深恩重，作此圓滿之希望也。此詞下半闋第二句中之"也"字爲襯字。

無名氏

御街行

霜風漸緊寒侵被，聽孤雁、聲嘹唳[1]。一聲聲送一聲悲，雲淡碧天如水。披衣起告："雁兒略住，聽我些兒事。　　塔兒南畔城兒裏，第三個、橋兒外，瀕河西岸小紅樓，門外梧桐雕砌。請教且與，低聲飛過，那裏有人人[2]無寐。"

注：〔1〕嘹唳：高亢而曼長之雁鳴聲也。　〔2〕人人：情人之昵稱。

此亦託雁言情之詞，較前首更爲生動。此兩首，可與元人蒲察善長《新水令》套曲比看。可知文學家用同一題材，作各種寫法。此詞作者，不知名姓，亦不知何時人，因與前首題材相同，故附於其後，以供比較。

蔡　伸

伸字伸道，仙遊人。政和進士，歷官太學博士，通判真、饒、徐、楚四州。後秦檜以其黨於趙鼎，欲收爲己用，蔡不肯往干。官至左中大夫卒。有《友古居士詞》。

長相思

我心堅，你心堅。各自心堅石也穿，誰言相見難？　　小窗前，月嬋娟。玉困花柔並枕眠，今宵人月圓。

前　調

村姑兒，紅袖衣。初發黃梅插稻時，雙雙女伴隨。　　長歌詩，短歌詩。歌裏真情恨別離，休言伊不知。

此二首皆以尋常口語描寫閨情。前首言兩心果堅，則結果必圓滿。第二首寫一村女子，以歌詞唱出別情，料其情人必然知道，言外有怨其不歸之意。

康與之

與之字伯可，號順庵，滑州人。建炎初上《中興十策》，名甚著。後附秦檜，專應製爲歌詞，一味阿諛，聲名掃地。檜死，被貶斥。有《順庵樂府》，今不傳。

望江南　九日雨

重陽日，四面雨垂垂。戲馬臺[1]前泥拍肚，龍山[2]路上水平臍，渰浸倒東籬[3]。　茱萸[4]胖，黄菊濕滋滋。落帽孟嘉尋篛笠，漉巾陶令買蓑衣，都道不如歸。

注：〔1〕戲馬臺：《南齊書》稱宋武帝爲宋公在彭城，曾於九月九日登項羽戲馬臺。　〔2〕龍山：《晉書》："孟嘉……爲征西桓温參軍。……九月九日，温燕龍山，僚佐畢集。時佐吏並著戎服，有風至，吹嘉帽墮落，嘉不之覺。温使左右勿言，欲觀其舉止。"　〔3〕東籬：陶潛九月九日無酒，宅邊東籬下菊叢中摘菊盈把。　〔4〕茱萸：漢武帝宫人賈佩蘭九月九日佩茱萸。又桓景隨費長房學道累年，長房謂之曰："九月九日汝家當有災厄，急宜去，令家人各作絳囊盛以茱萸，登高飲菊酒，此禍可消。"

此詞除滑稽外，别無用意。滑稽乃促成用口語之一原因，滑稽又爲人民口頭創作中常具的性質，因之通俗詞多帶滑稽趣味。

辛棄疾

見前。

尋芳草 嘲陳莘叟憶内

有得許多淚，更閒却、許多鴛被。枕頭兒、放處都不是，舊家時[1]、怎生睡？　更也没書來，那堪被、雁兒調戲[2]。道無書、却有書中意，排幾個、人人字。

注：〔1〕舊家時：即舊日也，往常時也。　〔2〕調戲：笑謔也。

此亦戲謔之詞也。代陳寫其思念妻子之情，即寓嘲笑之意。

劉克莊

克莊字潛夫，號後村，莆田人。嘉定間官建陽令，淳祐初特賜同進士出身，除秘書少監，兼中書舍人，揭露史嵩之罪狀，有直聲，累官龍圖閣學士，致仕，卒謚文定。詞集名《後村别調》。

鵲橋仙 鄉守[1]趙丞相生日

去年無麥，今年多稼，盡是君侯心地[2]。向來寺寺[3]總拘樁[4]，今有不拘樁底寺。　省倉展日，米場鐫[5]價，萬落千村蒙惠。更將補納[6]放寬些，便是個西京循吏[7]。

注：〔1〕鄉守：本州之太守也。　〔2〕心地：猶言心腸也，蓋稱因其心腸好，故本州今年豐收也。　〔3〕寺：古之官府皆稱曰寺。　〔4〕拘樁：宋有封樁錢物庫，猶後世之存倉、常備倉之類，平日存儲錢物以備急需也。拘樁者，拘守封樁不肯用也。　〔5〕鐫：削減也。　〔6〕補納：唐、宋時遇有本年不能完納之賦税，下年可以補納。此言“去年無麥”，“今年多稼”，是今年應補納去年所欠賦税也。　〔7〕西京循吏：《史記·太史公自序》：“奉法循理之吏，不伐功矜能，百姓無稱，亦無過行。作《循吏列傳》。”《漢書》因之，亦有《循吏傳》。

此詞因趙丞相生日，頌其賑災荒之善政，並望其更將“補納”期限

“放寬些”，使人民得減少困苦。趙丞相本先爲丞相，後出爲作者本州太守者，故曰“鄉守趙丞相”。此種直接反映社會之詞，頗不易見。由此詞可知宋時官吏常拘守封樁庫規例，不肯用以救民之急，又可知“補納”制度，如嚴限期日，大足病民，故作者勸其“放寬些”，便更是好官也。

石孝友

孝友字次仲，南昌人。乾道進士。有《金谷遺音》。

浪淘沙

好恨這風兒，催俺〔1〕分離，船兒吹得去如飛。因甚眉兒吹不展，叵耐風兒。　　不是這船兒，載起相思。船兒若念我孤悽〔2〕，載取人人篷底睡，感謝風兒。

注：〔1〕俺：北人稱我也。　〔2〕孤悽：悽，悽惶，煩惱也。孤悽，孤寂煩惱之意。

此純用口頭語寫別情者。如以與五代閨情詞相較，覺此種詞更爲親切有味。惜作者不多。

惜奴嬌

我已多情，更撞著、多情底你。把一心、十分向你。盡他們劣〔1〕心腸，偏有你。共你，撇了人、只爲個你。　　宿世冤家〔2〕，百忙裏、方知你。没前程〔3〕、阿誰似你。壞却才名，到如今、都因你。是你，我也没、星兒〔4〕恨你。

注：〔1〕劣：猶今言歹也。　〔2〕宿世冤家：宿世，前世也。冤家，情人之昵稱。　〔3〕没前程：猶言没出息也。　〔4〕没星兒：猶言没一點也。

此亦别情之詞。“盡他們”二句，言一般底人不如這人也。“撇了人”句，言拋了别人專因爲你也。後半闋用意甚爲曲折，既説他“没前程”，又説自己“壞却才名”，但只要“是你”，我就没一點恨你底心思也。此詞全用“你”字押韻，名獨木橋體。

品　令

困無力。幾度偎人，翠顰紅濕[1]。低低問、“幾時麼?”道“不遠、三五日。”　“你也自家寧耐[2]，我也自家將息。驀然地[3]、煩惱一個病，教一個、怎知得!”

注：〔1〕翠顰紅濕：翠，眉黛也；紅，胭脂也。言愁眉淚臉也。　〔2〕寧耐：安寧忍耐也。　〔3〕驀然地：忽然地也。

此男女二人將别時彼此安慰之詞。詞中作問答體，甚少見。首三句叙述之詞，以下即問答語。後半闋仍是男慰女之詞。但詞中例不明出賓、主詞，讀之自知。今有人疑舊形式之文體，不能摹繪活潑潑的生活。讀此等詞，知其不然，要看作者手法高强與否耳。

蜀　妓

鵲橋仙　答放翁客自解

説盟説誓，説情説意，動便春愁滿紙。多應念得脱空經[1]，是那個、先生教底?　不茶不飯，不言不語，一味供他憔悴。相思已是不曾閒，又那得、工夫咒你?

注：〔1〕脱空經：宋時俗語，指口是心非者爲念脱空經。

此詞有誤爲妓答陸游者，實乃陸自蜀歸，其客挾一妓偕行，歸後置之别館，率數日一往，偶以病久疎，妓頗疑之，客作詞自解。妓即用其韻答之。詞意雖怨，出語却甚滑稽。

九、南宋詠物詞

詞至南宋末，詠物之風盛行。此有二因：一、此時詞家有偏重藝術之傾向，於是專喜以比興之法填詞；二、自宋末起，直至元初，有詞社之組織，社中每以詠物爲題，入社者多宋之遺老，雖有興亡之感而不敢明言，故多託之比興。

王沂孫

沂孫字聖與，號碧山，又號中仙，又號玉笥山人，會稽人。今傳《碧山樂府》，又名《花外集》。延祐《四明志》謂沂孫當元至元年中爲慶元路學正。沂孫之詞長於詠物。後世詞家多稱其詞有君國之憂、興亡之感。大抵沂孫在南宋之末，亡國之初，不能無感，然終不能固其節操，故有爲學正之事。學正雖與行政官不同，其投身異族政權之下討生活，則無不同，蓋所謂易飄搖於風雨者也。

齊天樂 蟬

一襟餘恨宮魂[1]斷，年年翠陰庭樹。乍咽涼柯，還移暗葉，重把離愁深訴。西窗過雨，怪瑤珮流空，玉箏調柱。鏡暗妝殘，爲誰嬌鬢[2]尚如許？　銅仙[3]鉛淚似洗，嘆移盤去遠，難貯零露。病翼驚秋，枯形閱世，消得斜陽幾度？餘音更苦。甚獨抱清商[4]，頓成淒楚？謾想薰風，柳絲千萬縷。

注：〔1〕宮魂：齊宮女怨王而死。變爲蟬，王悔之，名曰齊女。　〔2〕嬌鬢：魏文帝宮人莫瓊樹始製蟬鬢，望之縹緲如蟬翼。後世詞人因以鬢比蟬翼。　〔3〕銅仙：李賀《金銅仙人辭漢歌序》："魏明帝青龍九（應作五）年八月，詔宮官牽車西取漢孝武捧露盤仙人，欲立置前殿。宮官既拆盤，仙人臨載，乃潸然淚下。"　〔4〕清商：《禮記》："孟秋之月……其音商。"故文人以秋聲爲商聲。

此詞清人端木埰有解釋，其言曰："詳味詞意，殆亦《黍離》之感。'宮魂'字，點出命意。'乍咽'、'還移'，慨播遷也。'西窗'三句，傷敵騎暫退，燕安如故。'鏡暗'二句，殘破滿眼，而修容飾貌，側媚依然，衰世臣主，全無心肝，千古一轍也。'銅仙'三句，宗器重寶均被遷奪，澤不下究也。'病翼'三句，更是痛哭流涕，大聲疾呼，言海島棲流，斷不能久也。'餘音'三句，遺臣孤憤，哀怨難論也。'謾想'二句，責諸臣到此尚安危利災，視若全盛也。"端木此解，句句比附，不免參以主觀，未可盡信。蓋以比興詠物之作，固有有意寄託之句，亦有僅詠本題與託意無關者。今句句比附，則必難免雜以主觀，流於附會。即如此詞乃王沂孫自道身世，本無可疑，借蟬以自寓，亦甚明顯。其中"宮魂"、"銅仙"等句，寓亡國之感，端木說來無誤。但"病翼"以下各句，若如端木所解則不免附會。蓋詞人託物言情，有切合人情之句，亦有描寫物象之句。詞人自道身世，有指身而言者，亦有指世而言者。其間隱顯變化，原無一定。端木謂"過雨"句爲敵退，"鏡暗"句爲山河殘破，"嬌鬢"句爲"修容飾貌"，尚不可謂爲附會，但"病翼"以下實乃屬作者本身而言，"謾想"亦作者想盛時也，端木謂爲"痛哭流涕，大聲疾呼"云云，則全係主觀之見矣。再者，端木氏見清代遭受庚子之變，仍然歌舞昇平，有所感觸，故於解此詞時一發泄之。此點亦不可不知，而且此點正足證明其爲主觀之見也。

前調　螢

碧痕初化[1]池塘草，熒熒野光相趁。扇薄[2]星流，盤明[3]露滴，零落秋原飛燐[4]。練裳[5]暗近，記穿柳生涼，度荷分暝。誤我殘編[6]，翠囊空嘆夢無準。　　樓陰時過數點，倚欄人未睡，曾賦幽恨。漢苑[7]飄苔，秦陵墜葉，千古淒涼不盡。何人爲省？但隔水餘輝，傍林殘影。已覺蕭疏，更堪秋夜永。

注：〔1〕初化：《藝文類聚》引《周書時訓》及《禮記》："腐草化爲螢。"　〔2〕扇薄：杜牧詩："輕羅小扇撲流螢。"　〔3〕盤明：此以漢承露盤之露光比螢火。　〔4〕飛燐：螢一名燐，燐音鄰，又音吝，鬼火也。　〔5〕練裳：以熟絹製成之衣裳。杜甫《見螢火》詩："疏簾巧入坐人衣。"　〔6〕殘編：晉車胤家貧，不常得燈油，以練囊盛數十螢火照書夜讀。　〔7〕漢苑：劉禹錫《秋螢引》："漢陵秦苑遥蒼蒼，陳根腐葉秋螢光。夜空寂寥金氣凈，千門九陌飛悠揚。"此詞所謂"賦幽恨"也。觀其用"漢苑"、"秦陵"，雖與劉詩之"漢陵、秦苑"微異，意實相同，皆弔古也。

此以螢火飛於秋夜寒氣之中，其光熒熒如鬼火，發人悽感，故託之以抒情。"碧痕初化"，言螢之初生。"扇薄"、"盤明"，言螢之光。"練裳"、"穿柳"、"度荷"等句，言螢之飛。以上皆寫物象之詞。"誤我"句，始切己身言。後半闋以"賦幽恨"另起，即詞人感物之情。以"漢苑"、"秦陵"切合亡國之感，所謂"幽恨"也，"淒涼"也。"何人"句，言無人知此恨，知者惟有秋螢，蓋以秋螢比己也。沂孫善於體會物象以寄託人情。此詞寫物既工，切情亦好。以螢比己，在不即不離之間。然而其情"哀以思"，《樂記》所謂"亡國之音"也。吾人讀其詠物各詞，知沂孫雖曾作元朝學正小官，内心之苦，固甚深刻，故當觸物生感之時，其言之哀痛如此。

掃花游　秋聲

商飆[1]乍發，漸淅淅初聞，蕭蕭還住。頓驚倦旅，背青燈弔影，起吟愁賦[2]。斷續無憑，試立荒庭聽取。在何許？但落葉滿階，惟有高樹。　　迢遞歸夢阻，正老耳難禁，病懷淒楚。故山院宇，想邊鴻孤唳[3]，砌蛩私語。數點相和，更著芭蕉細雨。避無處，這閒愁、夜深尤苦。

注：〔1〕商飆：秋風也。　〔2〕愁賦：此下皆暗用歐陽修《秋聲賦》中語意。《秋聲賦》曰："歐陽子方夜讀書，聞有聲自西南來者，悚然而聽之。曰：'異哉！'初淅瀝以蕭颯，忽奔騰而砰湃……余謂童子：'此何聲也？汝出視之。'童子曰：'星月皎潔，明河在天，四無人聲，聲在樹間。'"　〔3〕唳：雁鳴也。

此因耳聞秋風之聲，引起旅居淒涼之情，而有作也。起首三句，寫秋風之聲；次寫聽此聲之旅人。後半闋寫此旅人之旅況，即"老"與"病"也。"故山"以下各句，一面寫思家之情，一面用鴻唳、蟲語、蕉雨陪襯秋風之聲，三者亦動人愁思之秋聲也。末句歸結到秋夜旅人之苦。詞語甚明白，詞情却甚淒楚。至於因何旅居、因何不得歸之故，雖未明言，而讀者自覺作者有一種不得已之情在詞句之外，引起同生淒楚之感。

周　密

密字公謹，號草窗，先世濟南人，流寓吴興，居弁山，自號弁陽嘯翁，又號四水潛夫。淳祐中官義烏令，宋亡不仕。詞集名《蘋洲漁笛譜》。

法曲獻仙音　弔雪香亭[1]梅

松雪飄寒，嶺雲吹凍，紅破數椒[2]春淺。襯舞臺荒，浣妝池[3]冷，淒涼市朝輕换。嘆花與人凋謝，依依歲華晚。　共淒黯，問東風、幾番吹夢，應慣識、當年翠屏金輦[4]。一片古今愁，但廢緑、平煙空遠。無語銷魂，對斜陽、衰草淚滿。又西泠殘笛[5]，低送數聲春怨。

注：〔1〕雪香亭：南宋孝宗在杭州清波門外建聚景園，奉高宗游幸，其後遂爲累朝臨幸之所。至理宗以後，日漸荒廢。按江昱《周詞考證》，此詞所指即此園中之一亭。王沂孫次草窗韻一首題曰《聚景亭梅》，足證江説不誤。〔2〕椒：梅花含苞未放時，其狀如椒也。　〔3〕襯舞臺、浣妝池：疑是聚

景園中池臺名。〔4〕翠屏金輦：帝王游幸時所用之屏與輦。〔5〕西泠殘笛：笛曲有《梅花落》。

此宋亡後公謹游觀故苑有感而作。詞題曰弔梅，乃借弔梅花寓興亡之感也。所謂"花與人凋謝"者，梅花與當時游幸之人也。後半闋起用"共淒黯"，則作者與梅花"共淒黯"也。"應慣識"者，言今日之梅"應慣識"當日之"翠屏金輦"也。"廢緑平煙"，即今日之荒園廢亭也。末以聽笛曲《梅花落》，生人哀怨作結。觀此可知南宋帝王貪享逸樂，遨遊湖山，不圖自强，無心恢復，亡國以後尚使人追悼不已。和周此詞者有李彭老、王沂孫二人。李詞有"總依黯，念當時、看花遊冶，曾錦纜移舟，寶筝隨輦。池苑鎖荒涼，嗟事逐、鴻飛天遠"之句；王詞有"已銷黯，況淒涼、近來離思，應忘却、明月夜深歸輦。荏苒一枝春，恨東風、人似天遠"之句。二人之作，皆於興亡之際寄以無限感慨。

微睇室說詞

微睇室説詞

小　　引

一九六〇年秋，武漢大學中文系古典文學教研室青年教師約我講南宋婉約派詞，因爲這一派詞家講究修辭，藝術技巧很高，不曾熟諳古典文學藝術技巧的人讀起來是很不容易理解的。其中尤以吴文英的夢窗詞從來號稱難讀。大家希望我以夢窗詞爲重點，試圖由其藝術性入手以求達到理解其思想感情，藉以學習古典文學的藝術技巧，或於從事現代文學創作有些益處。

我接受了這一工作。細加考慮，如何方能完成任務？我對於宋詞雖然有些研究，歷年雖曾教授宋詞，却對於太艱深不易理解的詞，常放棄不選來講。因爲宋詞佳者多，不必取此類詞，而且太艱深的詞於初學者無大益處。今爲學習古典文學藝術技巧計，青年教師們既希望以夢窗詞爲重點，我也可藉此將吴詞細讀。但這可説是攻堅的工作，因爲要講授，就與個人自己欣賞不同。自己欣賞，遇着難於理解的，常常用陶潛"不求甚解"或杜甫"讀書難字過"的話自恕了。

我决定細研夢窗詞後，即寫成講稿，定名爲《微睇室説詞》。亦仿陳洵《海綃翁説詞》例也。曰微睇有二義：一、我近年患白内障，目力漸減，微睇即微明之意。二、我研習宋詞，雖用力甚久，而所得甚淺，微睇又即淺見之意。二字雖出屈賦而用意有别。復次，既説夢窗詞，不可不將其前後同源異流之詞，略加詮釋，以明此派淵源所自及流衍所至。故於周邦彦、姜夔、史達祖、周密、王沂孫、張炎各家，亦擇取其主要各首略説之，未能詳也。

從文藝理論來説，藝術技巧不能脱離思想感情，它是爲表達思想感情而設的，那末藝術手段愈高，思想感情必然表達得愈明，何以吴文英的詞反而難以理解呢？我想吴詞之所以難讀，不外三個原因，而時代背景與社會影響尚不在内。(這是屬於論世的事，一般説來，論世比知人較易。)三個原因如下：吴文英的生平事迹及其學術思想，缺乏傳記，又無詩文可以參考，因而他的詞是爲了什麽而寫的不易摸索，此其一。他的藝術手段高，但有時過於修飾，反而掩蔽了思想感情，此其二。還有古人的生活習慣有時與今人不同，我們不知，便對於他的作品有不能理解之處，此其三。(此外讀者不曾作過詞，缺少習作經驗，也是原因之一。)我們對於一種文學作品，如果遇有上舉這些情況，那就姑且就其詞中所説的什麽先看清楚，這就是先去瞭解他遣詞琢句的藝術技巧，瞭解他所用的典故，然後再從而追求他爲什麽要這樣説，爲什麽要用這些典故？因爲每一作家必然先有了思想感情，然後用詞句來表達，有時還須憑藉些典故使不易直接表達的思想感情從而顯露出來，也有時是爲增加詞的色澤而用的。這樣讀去，或許可以得其彷彿。兹先將讀詞應知的各項，簡述於後。

壹　簡述宋詞聲律溯源的總結

我曾爲求宋詞聲律的源流，乃從漢魏古詩、永明新體詩、唐律，直至宋詞的長調，作了一番檢查，得下列各條結論，今簡述之於下：

一、從檢查漢魏古詩、永明(齊武帝年號)新體詩及唐律，得排列平仄的方式四種：

第一，單句與單句相重間雙句，雙句與雙句相重間單句，其式如下：

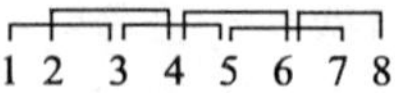

因其連續而下，故名之曰連續式。(按此無全式者，因古詩聲律本非所重也。此式乃援下三例以意補足者。)

第二，亦單句與單句相重間雙句，雙句與雙句相重間單句，但分爲兩組，1234 句爲一組，5678 句另爲一組，其式如下：

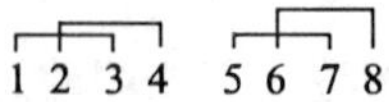

因其分爲兩組，故名之曰分組式。

第三，亦單句與單句相重間雙句，雙句與雙句相重間單句，但

1278 句爲一組，3456 句另爲一組，與前不同，其式如下：

因其 1278 一組中抱 3456 一組，故名之曰合抱式。

第四，亦單句與單句相重間雙句，雙句與雙句相重間單句，但 1234 句與 5678 句交互組成，又與前二式不同，其式如下：

因其交互組成，故名之曰交互式。

二、從檢查永明新體詩及唐律，除上列四正式外，復參互配合，得十二複式（詳我所作《宋詞聲律溯源》一书，兹不具列）。此十二複式可包括不合於四正式的詩，此外尚有半合半否之式，在律詩未成定型時常有此式，蓋係殘式，而單句與單句相重間雙句，雙句與雙句相重間單句，則是共同的規律。

三、從檢查唐律中，可知唐人五、七言律詩最通用之式爲四正式中的交互式。此式在唐律中幾成定型，在唐五代小令及宋詞之長調，如《鶯啼序》長至二百四十字者亦不出此式。（但詞與詩句法有別，詞中一調分兩段，前段中某幾行必與後段中某幾行聲律相合，非每行皆相合，（詞如以每韻爲一行橫寫，則句之長短，聲之平仄，容易看出。但小令亦有每行皆合者。）其詳見我所作《宋詞聲律溯源》一书。）唐詩人用交互式時，尚多變化，詳見後論詞調的聲律組成條。

四、唐五代宋詞見收於萬樹《詞律》者，爲調六百六十，爲體一千一百八十；見收於徐本立《詞律拾遺》者，爲調一百六十五，爲體四百九十五，兩家合計共得八百二十五調，一千六百七十五體。根據初步檢查，此一千六百七十五體詞，前後段平仄排列方式全合者三百一十；有合有不合者八百七十三，其中絶大多數是以交互式爲主要方式，通首無平仄相合之聲律者，亦有極少數。此其故有四，即或係古調訛誤，或由詞人新製之調，（姜白石自製曲《長亭怨慢·序》曰：“予頗喜自製曲，初率意爲長短句，然後協以律，故前後闋（詞家稱詞一首爲一闋，又稱一闋之前後段爲前後闋）多不同。”）或因嘌唱家（不依節度而唱詞者爲嘌唱家）傳唱時有所增減的字，（沈義父〔伯時〕《樂府指迷》曰：“古曲譜多被教師改换，亦有嘌唱一家，多添了字。”柳永的《樂章集》最難考訂，有同一調而字句多少、聲律平仄全異者，或即嘌唱之故，因柳詞在當時最爲人所喜唱也。）或出於民間新聲，爲不諳宫調者任意所作。

五、從檢查聲律，可知凡詞一調有一調之聲情。因名家製調定譜，皆煞費苦心，大抵調聲必與人情切合，然後可以表達人心各種情感。此如史達祖的《壽樓春》詞，乃其自製以悼亡者，其詞聲情沈抑，有連用四陽平之句曰：“算玉簫猶逢韋郎。”“猶逢韋郎”四字皆陽平，其聲低沉，恰與其悲悼之情切合。舉此一例，以概其餘。但詞人亦有用調不切合情者，不可爲法。後人見史詞調名有“壽”字，遂用爲祝壽之詞，則更錯了。

六、從檢查聲律，有助於校勘工作。如遇一調中有不合聲律之處，便知字句有誤。例如吴文英的《鶯啼序》第三段“水鄉尚寄旅”句，應與第四段“嘆鬢侵半苧”句聲律一致，爲仄仄平去上，今不合知其必有一誤，如將第三段此句改爲“尚水鄉寄旅”，則意不變而律合了。其他如襯字、脱字、誤字、分段之誤，皆可從聲律檢查中校正之。

七、從檢查聲律，可知詞中去、上二聲因唱腔相反，分别當嚴（去聲從高而低，上聲從低而高，唱時要分别清楚故也），一也；入可代平、上、去，二也；上聲可代平，不可代去，三也；平聲字連用，當以陰陽聲相間相重爲準，四也（如因情調關係，必須連用同聲字，如前舉史達祖《壽樓春》詞，則不在此例）；有必用平、用上、用去、用入者，當知分别，五也；有短韻（即二字一韻者）須照填，六也；有句中韻者，不可忽略，七也；有當用雙聲或叠韻者，必須照填，八也；除上各項外，詞中平仄有可互换者，不必字字嚴守古詞四聲，九也。（詞句中單數字往往可以互换處，其理與詩相同。詩家有“一、三、五不論，二、四、六分明”之説，蓋五、七言律句之聲律，其用爲調協之關鍵在偶數字，其故與詩句押韻之理相似。因一字有發聲與收韻之異，而押韻則必以收韻同部之字相協，不以發聲。五、七言律句中之偶數字，等於一字之收韻，其奇數字則等於一字之發聲。故作律句聲律調協之用者在偶數字，亦如押韻之用收韻也。倘此有關聲律調協之偶數字而任意換其平仄，則必與相關、相重之理不合，亦如詩句之韻脚，本用平聲某部字，而忽雜以仄聲某部字，其不可也明矣。但當我考索二、四、六必分明之故時，以爲五、七言律句之組織，不外二或三個兩字合成之詞加一單字，因之與二或三個兩字合成之聲加一單聲，兩兩相配，舉七言律句"秦時明月漢時關"爲證，曾著一文論之。然此説但合於五言之"二、二、一"或七言之"二、二、二、一"句法，不能適用於五言之"二、一、二"或七言之"二、二、一、二"句法，故如"群山萬壑赴荆門"即不合此例。蓋"赴荆門"爲"一、二"，而"赴荆"二字非可曰二字合成一義之詞也。因之其説偏而不全，不能作爲一種定律，不如但以單、偶字爲説，以單數字當發聲，偶數字當收韻，不與兩字合成一義之詞相關。蓋欲説明二、四、六何以必分明之理，舍此尚無别法，今姑存此説，以待識者。）

貳　略談詞家用典的問題

詞家抒情攄思有白描與設色兩種方法。白描者，純用樸素的語言直接表達情思，設色則與之相反，不直接表達而用典出之。

用典有用古事與用成語兩項。用古事的主旨在於以古事表今情，用成語的主旨在於借古語達今思。二者皆可以增加語詞的力量與色澤，有時且可以表達難言之情和幽深之思。二者皆是以少字明多意。劉勰《文心雕龍・物色》篇形容文人描繪物色有"以少總多，情貌無遺"八字，今藉以説明詞家用典的道理是很恰當的。

用古事包括用事與隸事兩項。用事是取與我情思相合的古事用之，以求得到表達我情思更加分明和有力的效果。隸事則但將古事之隸屬於本題者用之，使語詞的色澤加倍穠麗而已。

用成語亦包括取義與借字兩項。取義是取古語含義可表明我情思者用之，以求作到以少字明多意的效果。借字則但取古書中字面美麗的字，藉以增加我語詞的色澤的濃度。

用事與隸事，取義與借字，在詞家雖屬常有的事，但用事與取義比隸事與借字重要而艱難，蓋必讀書多、記誦熟方能得着恰好的事與義供我使用。劉勰在《文心雕龍・事類》篇也論到這點。他説："事類者，蓋文章之外，據事以類義，援古以證今者也。”又曰：“明理引乎成辭，徵義舉乎人事。”這是説引成語主要是“明理”，用古事主要是“徵義”，二者皆有“援古以證今”的意思。他又曰：“文章由學，能在天資。才自内發，學以外成。有學飽而才餒，有才富而學貧。學貧者迍邅於事義，才餒者劬勞於辭情。”這是説用古事與成語，既須有文學的才能，又貴於有豐富的學識。這事之非易可知了。

詞家用事又比取義爲難。劉勰在《麗辭》篇中説：“偶辭胸臆，言對所以爲易也；徵人貴學，(原作“之學”，今校改。)事對所以爲難也。”這裏所謂“言對”，是用成辭作對句，“事對”則是用古事。用古事必須博學，否則不能恰當。作者用古事如此爲難，讀者於詞家用事，有時亦不易明瞭，因用事除須博學以外，在用的時候還有問題。詞家用事，必因情思有不易直達的，或嫌於質實，或過於顯露，或有難言之隱，乃取古事用之。讀者由其所用之事，進而追求其用此事的命意所在，然後方能得其情思的真相，此其一。再者，作者用古事，係節取其中與其情思相合之一點用之，而非全用也。讀者最好先熟悉作者的生平事迹，或其時的歷史背景，然後方能知其用事的主旨，此其二。

今取王安石的《千秋歲引》一詞爲例説明之。王詞曰：

> 别館寒砧，孤城畫角。一派秋聲入寥廓。東歸燕從海上去，南來雁向沙頭落。楚臺風，庾樓月，宛如昨。
>
> 無奈被些名利縛。無奈被他情擔閣。可惜風流總閒却。當初漫留華表語，而今誤我秦樓約。夢闌時，酒醒後，思量着。

這詞前半闋但寫眼前所見、所聞的景物，而以“楚臺風、庾樓月”兩故事，將古人欣賞風月的地方用來引起下半闋“風流總閒却”的意思，以見風月“宛如昨”而我却不能欣賞。“楚臺”是用宋玉《風賦》：“楚襄王游於蘭臺之宫……有風颯然而至，王乃披襟而當之曰：‘快哉此風，寡人所與庶人共者邪！’”“庾樓”是指武昌南樓。“月”是指庾亮鎮武昌時，中秋夜登南樓賞月的故事。下半闋换頭兩句是白描語。一句是説自己爲名利所束縛，不得自由，乃自謙的意思，其實是指自己的功業。一句是説自己爲神宗所信任，不能擺脱，乃暗指自己在相位行新法有欲罷不能之意。因此所有風流韻事“總閒却”了。其中“華表語”、“秦樓約”兩故事，驟然讀去，頗不易理解。但細看歇拍三句，説“夢闌”、“酒醒”的時候，“思量着”了，知其全詞的主旨在此二故事。此二故事有關全詞如此，則讀者必須將此二故事明瞭，方能知其情思所在。“華表語”是用《搜神記》載遼東城門華表上，一日飛來一白鶴。白鶴忽作人語曰：“有鳥有鳥丁令威。去家千歲今來歸。城郭如故人民非。何不學仙冢纍纍。”“秦樓約”是用《列仙傳》言秦穆公女弄玉嫁給蕭史，蕭教弄玉吹簫。弄玉吹簫引來鳳凰，二人相約騎着鳳凰仙去。細看此二故事雖不同，但其中學仙與仙去兩點却相同，知王氏用此二故事即節取其中學仙與仙去這兩點，没有疑問。再看他於華表句中用“漫留”二字，於秦樓句中用“誤我”二字，知王氏用此二故事來表達情思，全在此四字了。就詞言詞，我們所得的意義，似乎是説：當初空留白鶴所説的“學仙”，而今却不能如蕭史、弄玉相約“仙去”，豈不是誤了我。再明白地説：則是你當初空留與我同學仙去的話，而今不同我仙去，反誤了我。但此種情況，我在“夢闌”、“酒醒”了以後，才“思量着”啊。

我們就詞言詞，即是就其詞中所説的什麽與詞中所用的典故來言詞，所得着的既如上述，但王氏爲什麽要這樣説？爲什麽要用這樣的典故？究竟爲了要表達什麽情思？則必須結合王氏生平和當時史實方能了然。王安石是厲行新法的主持者，當時在朝老一輩的人都不肯贊同，他只得引用少年人。其時有吕惠卿者，史稱吕惠卿由安石引進，及王氏罷相知江寧府(神宗熙寧七年)，吕惠卿參政(同年)，排斥安石，恐其再入相。蘇轍劾吕惠卿狀云：“安石於惠卿有卵翼之恩，父師之義，膠固爲一，以欺朝廷。及其權位既均，勢力相軋，反眼相噬，化爲讎敵。惠卿發安石私書曰：‘無使上知。’先帝由是不悦安石。”王氏此詞下半闋所説，當即指此。據此，知此詞之意，乃言吕惠卿當初曾與自己有約同退，今我退而吕進，不特不如前約，而且發我私書以排我。吕之爲人，我在事過身退之後，方才覺察，所以他説

“夢闌時，酒醒後，思量着”。安石不滿於吕惠卿這種情思，不便明説出，又不能隱忍不説，所以借二故事來表達。而在用二故事的詞句中，復用“漫留”、“誤我”四字點明，再加歇拍九字用醒悟的意思、唱嘆的口氣結束，我們讀來，自然知道他是有爲而發了。

如上所述，文家用典的意義已明。但鍾嶸著《詩品》極力反對用典，主張“直尋”。他説用典是“補假”。又説：“大明、泰始中(大明，宋孝武帝年號；泰始，宋明帝年號)，文章殆同書鈔。”可見鍾氏反對之論，乃以救當時之弊，但不免矯枉太過，不如彦和之説通達(見前)。總之，用典本修辭之一法，如用來爲了“徵義”和“明理”，爲了使難言之情得以表達，使詞語更美、更有力，是不在禁止之列的。如果内容貧乏，或情思庸俗而專在字句、聲律上用功夫，專臚列故事、成語，那就不免鍾嶸所譏了。用現今的話説，就是形式主義。

叁　詞家用字法舉例

詞家除用典來表達情思及增加語詞色澤外，用字的關係還是很重要的一環。揚雄《法言》有“言，心聲也；書，心畫也”之文。他所謂“言”，即指文字。劉勰在《文心雕龍》中特著《練字》篇，討論此事。他説：“心既託聲於言，言亦寄形於字。諷誦則績在宫商，臨文則能歸字形矣。”這是説文字乃言語之所寄以成形者，言語則情思之所託以爲聲者，由情思而言語、而文字，係由隱以至顯，因外以符内的一項過程。詩詞家爲了使其所言恰如其所欲言者，往往再三斟酌，方能如意。惟大匠不示人以樸，作者的草稿，今人不得見，因而他經營的苦心，無從得知。但詩家修改字句的故事，間或流傳於宋人筆記中。例如杜甫《曲江對酒》詩“桃花細逐楊花落”句，後有見其初稿作“桃花欲共楊花語”。又如王介甫詩“春風又緑江南岸”句，初作“又到”，圈去，注曰“不好”，改爲“過”，又圈去，改爲“入”，旋又改爲“滿”，如是改至十許字，始定爲“緑”。又黄魯直詩“高蟬正用一枝鳴”句，“用”字初作“抱”，又改曰“占”、曰“在”、曰“帶”、曰“要”，至“用”字始定。(《杜詩詳注》於“桃花”句下注曰：“蔡云：‘老杜墨迹初作“欲共楊花語”，自以淡筆改三字’。”按仇兆鰲所謂“蔡云”，乃蔡夢弼的《杜詩會箋》。介甫及魯直詩改稿見洪邁《容齋隨筆》

中。）從上三例看來，詩人求其所言恰如其所欲言者，其難如此，故劉勰有“富於萬篇，貧於一字”之説。因由無形的情思至形成有聲的文字，本非易事。杜、王、黄三君皆唐、宋大詩家，皆對於其詩一字不苟如此，豈故爲此瑣屑，斤斤求形式之美邪？

詞家婉約一派最講修辭，他們對於表達情思的字句，所費的工夫必然很大，自不待言。除此以外，他們爲了增加語詞的色澤，還運用兩種方法，即换字法與代字法。

换字法本駢文家常用的，主要是避免重複或因聲律有礙，不得不换用同義異音的字。惟詞家更有增加色澤的意思。因此之故，换字是以新鮮之字换去陳舊的字，以美麗之字换去平常的字。例如：

以霜絲换白髮
以秋鏡换秋水
以商素换秋天
以金縷换柳絲
以銀浦换天河

這種换用的字最多，隨處可見。但换字亦有限度，過限度反而損美。所謂限度者，不可太生僻，不可轉折太多。例如秋風太平常，因“秋風爲商”，（見《文選·悼亡詩》：“清商應秋至”注。）飆者，疾風也，乃换成“商飆”可也，因“商，金音，屬秋”，（見《列子·湯問》篇“當春而叩商弦”注。）乃换成“金飆”，亦可也。如因秋屬商，商爲金音，乃换成“金商”，則生僻了。又如古稱月中有蟾，因以“小蟾”作新月用可也，鈎本形容新月如鈎，以“玉鈎”、“銀鈎”作新月用可也，但如劉方叔《賀新涼》詞用“蟾鈎”，則轉折多了。姚範《援鶉堂筆記》卷五十論王安石《和文淑湓浦見寄》詩“發爲感傷無翠葆”句，用“翠葆”二字曰：“因‘頭如蓬葆’（四字見《漢書·燕剌王旦傳》注曰：“草叢生曰葆。”）遂以‘翠葆’代緑髮，不可也。”此亦太多轉折了。

代字亦詞家習用法，其與换字不同者，代字不但將本色字加以修飾，而且將加工設色的字代替本色字用，或是形容本色字，或是取其標誌作代(標誌是取某物整體中最突出的部分代整體。舊注家遇此等字，則曰此指某某)。其類别甚多，分述如下：

一、以形容詞代名詞用者，例如以“檀欒”代修竹，本出枚乘《兔園賦》“修竹檀欒”。吴夢窗《聲聲慢》“檀欒金碧”句即用此。此詞“金碧”二字又係樓臺的形容詞，即以代樓臺用。聶冠卿《多麗》詞有“況東城鳳臺沁苑，泛晴波淺照金碧”句可證。吴詞又有“婀娜蓬萊”句，“婀娜”本柳的形容詞。李商隱《贈柳》詩有“見説風流極，來當婀娜時”之句，是也。他如以“綿蠻”代鶯聲，以“暗碧”代密葉，以“紅香”代花朵，皆此類也。

二、以美麗名詞代普通名詞者。例如以“珠斗”代北斗，因北斗七星如聯珠也；以“翠幄”代密葉，因陸機有“密葉成翠幄”之句也；以“翠葆”、“青玉旆”代新竹，葆本古時車上所張的羽蓋，新竹似之，故周美成《隔浦蓮近拍》詞有“新篁摇動翠葆”之句，又《浣溪沙》詞有“翠葆參差竹徑成”句皆是。因葆又聯想到旆，故周詞又有“牆頭青玉旆”句以代新竹。以“綉幄”代繁盛花樹，則又因“翠幄”聯想花多如綉。吴夢窗《宴清都》詠《連理海棠》詞故有“綉幄鴛鴦柱”句，此以“綉幄”代海棠，以“鴛鴦柱”代連理樹，使語詞更加鮮麗。此類如以“雙鸞”、“雙鴛”代綉鞋，以“丁香結”代愁結，以“秋水”代秋波，以“水珮風裳”代荷花、荷葉，以“玉龍”代玉笛皆是。

三、以名詞代形容詞者。例如“麴塵”代柳色或水色，字本出《禮記》“鞠衣”注：“如鞠塵色。”“鞠”與“麴”二字通用。“麴塵”，乃淺緑帶黄的顔色，新柳與春水色正相似，故詩詞家用以代新柳色或春水色。劉禹錫詩有“龍墀遥望麴塵絲”句，即柳色，吴夢窗《過秦樓》詞有“藻國淒迷，麴塵澄映”句，則水色也。又春水色亦有用“蒲桃”或“葡萄”或“蒲陶”代之者。“蒲陶”本酒名，其色正如春水，故李白《襄陽歌》有“遥看漢水鴨頭緑，恰似蒲陶初醱醅”句，王沂孫《南浦》詞詠《春水》有“葡萄過雨新痕”句皆是。又以“桂華”代月色，因古傳月中有桂，故周美成《解語花》詞詠《上元》有“桂華流瓦”句。

四、以整體中突出部分代整體者，例如以“金釵”代美人，京仲遠《漢宫春・元宵十四夜作，是日立春》詞有“年年爛醉金釵”句是也。以

“紅裙”代美人，韓愈詩有“不解文字飲，惟能醉紅裙”句，與京詞同。此類皆取整體中的一部分可爲整體之標誌者，用以代表整體。如古稱月中有蟾蜍，詩詞家遂取來爲月之標誌。其例甚多，如以“小蟾”代新月，以“嫠蟾”代孤月，以“素蟾”代白月，以“寒蟾”代涼月，以“銀蟾”代明月，以“冰蟾”代冬月，其用皆同，其他標誌字，可準此類推。

五、以古代今者，此有二類：一是以古人代今人；二是以古地代今地。以古人代今人者，例如以“蠻素”代侍妾，因小蠻、樊素二人乃白居易的侍妾，故吴夢窗《霜葉飛》詞有“倦夢不知蠻素”之句。以“謝娘”、“秋娘”代姬妾或妓女，因李德裕姬人姓謝，德裕爲作《江南曲》者也。秋娘本妓女，杜牧有《杜秋娘詩》，記其生平。以“桃葉”、“桃根”代愛妾，因王獻之有迎愛妾《桃葉歌》，故李商隱詩有“桃葉、桃根雙姊妹”之句。吴夢窗《風流子》詞有“輕橈移花市，秋娘渡、飛浪濕濺行裙”句，又《桃源憶故人》詞有“桃根桃葉當時渡”句，即用以指其去妾。以“潘郎”、“檀郎”代美少年，因潘岳美風姿，檀郎乃岳的小名曰檀奴也。以“沈郎”代清瘦之人，因沈約《與徐勉書》自叙有“百日數旬，革帶常應移孔”之文，言腰圍瘦減也。以“蘭成”、“庾郎”代羈旅的人，因庾信使北周被羈留也。以“杜郎”代風流才人，因杜牧喜冶遊，有“十年一覺揚州夢，赢得青樓薄倖名”之句也。以“玉簫”代情人，因韋皋與玉簫女約七年來娶，後八年始至，玉簫已死，故史達祖悼亡詞有“算玉簫猶逢韋郎”之句。此類以不便直言今人，故以古人代之。以古地代今地者，例如“西陵”原本《蘇小小歌》“何處結同心，西陵松柏下”，故以代妓女游樂之地。吴夢窗《齊天樂》詞有“烟波桃葉西陵路”，即紀念舊日冶游之地而作。如桃根渡本王獻之《桃葉歌》“桃葉復桃葉，渡江不用楫”，又“桃葉復桃葉，桃樹連桃根”，皆言迎娶桃葉、桃根之事。吴夢窗《鶯啼序》詞有“記當時短楫桃根渡”，即以指舊妾所在地。如“桃溪”本劉晨、阮肇二人上天台采藥，山上有桃樹，山下有溪水，二人遇二仙女於此，不久思歸的故事。周美成《玉樓春》詞有“桃溪不作從容住”，即以指别舊歡。如“西州”本羊曇追念謝安，不忍過西州城門，一日，羊被酒不覺至西州門，乃痛哭而去的故事。張炎

《甘州詞》"短夢依然江表，老淚灑西州"，即用此。吴文英《西平樂慢·過西湖先賢堂》詞有"細雨西城，羊曇醉後花飛"之句，則用西城。

代字雖是以另一加工的語詞代一普通語詞，但亦不可與本色語詞相去太遠，或兩者缺乏聯繫。相去太遠，則使人不易知其所代者爲何。顏之推《顏氏家訓·勸學篇》有記用詞錯誤一條曰："《羅浮山記》云'望平地樹如薺'，故戴暠詩云'長安樹如薺'。又鄴下有一人詠樹詩云'遥望長安薺'……皆耳學之過也。"

按：戴詩用《羅浮山記》言長安樹遠望之，其小如薺。而鄴下這人逕用薺代樹，則薺與遠樹之間缺乏聯繫，故顏氏譏爲耳學。

换字與代字兩種方法，雖然是詩詞家常用以增加詞語的色澤的，但不是没有毛病，必須既能增加色澤，又能使人不難理解，否則不免流爲晦澀。晦澀則其思想感情必致爲詞藻所蒙蔽，反而不如用本色字的好。這其間非無適當的限度，但表達情思是否合於限度，要看作者的藝術修養而定。如作者已能合度，則讀者的知識是否能够領略，便成了問題。劉勰《知音》篇有曰："夫綴文者情動而辭發，觀文者披文以入情，沿波討源，雖幽必顯。世遠莫見其面，覘文輒見其心。豈成篇之足深，患識照之自淺耳。"彦和這番話對於欣賞古典文學的人，大有益處。我們不能專責備作者太艱深，必須增高自己識照的能力。昔時有人問王安石，老杜的詩頗難懂，怎麽讀？王答曰："先讀懂的。"王氏這話，却是最妙的辦法，這正是劉氏"沿波討源"四字的淺明解釋。蓋沿波而求，必有達到深源的一日，懂的讀得熟，不懂的也就不難讀了。所以説王氏的話是"沿波討源"的淺明解釋。

肆　詞調結構及聲律的組成與作法

詞調雖多，論其結構，不出起調、過拍、换頭、歇拍四項。其中起調與换頭相當於律詩的第一句與第五句，(李東陽西涯《麓堂詩話》："人但知律詩起結之難，而不知轉語之難，第五句、第七句尤宜著力。")此事從聲律與作法講，皆有待詳論。前檢查唐律多用交互式。交互者，係將八句分爲兩組，前組1234句必與後組5678句交互配合以成一首。但細加檢查，尚有兩點必須注意者：其一，律詩第一句因有押韻的關係，不能不變其聲律，故其平仄的排列，往往與第五句不合。其二，律詩用交互式過於整齊，不符合既整齊又錯綜的美術原則，故又有時將第三句與第七句的聲律變動調劑之，不令平板。今取王維《終南山》與《酬郭給事》兩詩，證明前一點，又取李商隱《詠蟬》與高適《送李二少府貶潭峽》兩詩，證明後一點，從而説明詞調聲律的構成與其作法。王維《終南山》詩曰：

太乙近天都，連山到海隅。
白雲回望合，青靄入看無。
分野中峰變，陰晴衆壑殊。
欲投人處宿，隔水問樵夫。

其全詩平仄如下：(以＋代平聲的符號，—代仄聲的符號。如有應仄而平及應平而仄的，將應平應仄的符號用括弧旁注之。)

```
(1)-  -  -  +  +。  (2)+  +  -  -  +。
                       (-)
(3)-  +  +  -  -，  (4)+  -  -  +  +。
(5)+  -  +  +  -，  (6)+  +  -  -  +。
(7)-  +  +  -  -，  (8)-  -  -  +  +。
```

《酬郭給事》詩曰：

洞門高閣靄餘輝，桃李陰陰柳絮飛。
禁裹疏鍾官舍晚，省中啼鳥吏人稀。
晨摇玉珮趨金殿，夕奉天書拜瑣闈。
强欲從君無那老，將因卧病解朝衣。

其平仄如下：

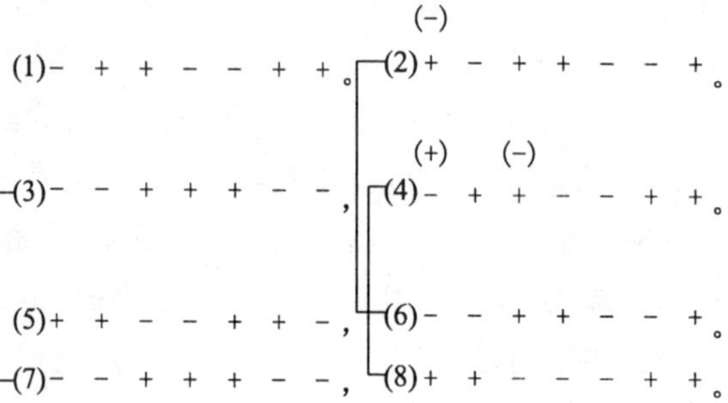

上兩詩第一句與第五句平仄不合，其餘各句則字字配合。(前首第四句第一字應仄而平，後首第二句第一字應仄而平，第四句第一字應平而仄，第三字應仄而平，依例可以通融也。)李商隱《詠蟬》詩曰：

本以高難飽，徒勞恨費聲。
五更疏欲斷，一樹碧無情。
薄宦梗猶泛，故園蕪已平。
煩君最相警，我亦舉家清。

其平仄如下：

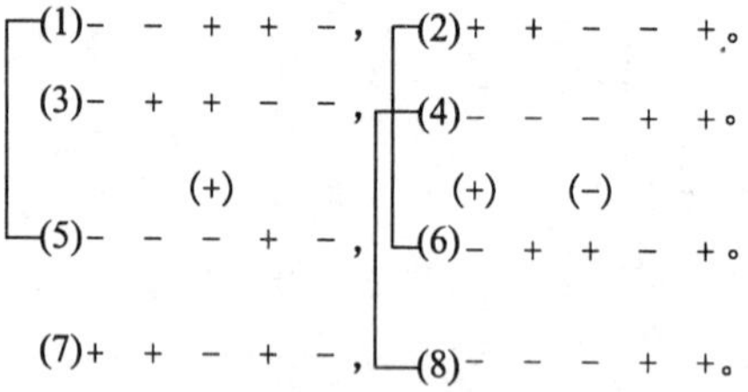

這詩的第三句平仄與第七句不合。(第五句第三字與第六句第一、第三字俱係單數字，依例平仄可以互換。)高適《送李二少府貶潭峽》詩曰：

嗟君此別意何如，駐馬啣杯問謫居。
巫峽啼猿數行淚，衡陽歸雁幾封書。
青楓江上秋天遠，白帝城邊古木疏。
聖代只今多雨露，暫時分手莫躊躕。

其平仄如下：

(1)＋　＋　－　－　－　＋　＋。	(2)－　－　＋　＋　－　－　＋。
(3)＋　－　＋　＋　－　＋　－，	(4)＋　＋　＋　－　－　＋　＋。
(5)＋　＋　＋　－　＋　＋　－，	(6)－　－　＋　＋　－　－　＋。
	(＋)　(－)
(7)－　－　－　＋　＋　－　－，	(8)－　＋　＋　－　－　＋　＋。

這詩除第一句因有押韻關係故與第五句不合外，第三句與第七句亦不合。(第八句第一字應平而仄，第三字應仄而平，皆單數字，可不拘泥也。)律詩聲律之變，大略如此。

律詩的聲律既如上述，今更從詩詞聲律相當之處，加以探索，便確知詞體實從律詩變化而來。凡詞調之起調和换頭平仄相合者，相當於律詩第一句與第五句相合之式，而其不相合者則相當於律詩第一句與第五句不相合之式。詞調除前後段中有平仄相合之句外，復有不相合者，(此所謂不相合之句，指非起調與换頭之句。)則又相當於律詩第三句與第七句不相合之理，所謂既須整齊又要錯綜也。此從詩詞聲律相當之處言之也。如從作法言，律詩前後段每每各有重心，有時前寫景、後抒情，有時相反；有時中四句皆景句或情語。(絶句的前兩句和後兩句的作法也與此相同。沈德潛引楊仲弘論“絶句以第三句爲主而第四句發之，盛唐多與此合”。王翰《葡萄美酒》詩評。又評王昌齡“秦時明月”第三句唤得起，乃見警策。)變化雖多，大抵前後段的轉折點在第五句。就詞而言，换頭既是相當於詩的第五句，也就是全詞的轉折點。因此一詞的前後兩段也各有重點。例如吴文英的《賀新郎・陪履齋先生滄浪看梅》詞，前段全從韓世忠的滄浪亭着筆，嘆息當年韓世忠恢復之功不成；後段方從陪履齋看梅另起，即其明證。然如辛棄疾《賀新郎・别茂嘉十二弟》一詞，前段歷數昭君出關、陳皇后謫居長門宫及《詩經・燕燕》詩“衛莊姜送歸妾”三事，後段又以李陵、荆軻二事直接説下，皆人生離别苦情，换頭處並不另起。但此種作法比較不多，而以换意另起者爲常。(小令分兩段的與長調同。)詞的前段結尾名過拍，從聲律言，是前段的聲律到此暫歇，然後過渡到後段也。張炎《詞源》論《製曲》條曰：“最是過片不要斷了曲意，須要承上接下。”舉姜夔《齊天樂》詠蟬詞過拍“曲曲屏山，夜涼獨自甚情緒”，後段接着以“西窗又吹暗雨”爲證。説如此則“曲之意脈不斷矣”。（過片之片乃變字的損體。）蓋後段换頭“西窗又吹暗雨”句仍是形容蟬聲也。又如蘇軾《念奴嬌·赤壁懷古》詞過拍曰：“江山如畫，一時多少豪傑。”後段接着便將周瑜、諸葛亮的豪傑風度描寫一番，然後以自己老大無成，不免美人遲暮之感作結，詞意亦不斷。結尾名歇拍者，聲律到此便停歇也。歇拍又名畢曲者，言一曲到此完畢也。從作法言，歇拍要有“有餘不盡”之意，或者就上文宕開作結，以免過於單調，或嫌索然無力。無論詩、詞、曲，結尾的重要相同，曲家有“豹尾”之説，言尾要有力也。詞中如蘇軾《赤壁懷古》詞方説到自己老大無成的感慨，接着便以“人間如夢，一尊還酹江月”宕開，自覺胸懷曠達，不至窘迫。又如王沂孫《齊天樂》詠蟬詞方説到秋來“甚獨抱清商，頓成淒楚”，接着就説“謾想薰風，柳絲千萬縷”，一筆宕開，追想盛夏景象，以見盛衰之感，詞意更顯得靈活，不至爲上文所束縛。詞之起調，有對起、單起之分。對起者蓋以兩句作對以起調也；單起則以單句開端，字數無定。對起者必須對仗精工，單起則必要能籠罩全首。前者如吴文英《高陽臺·落梅》詞“宫粉雕痕、仙雲墮影，無人野水荒灣”，後者如吴文英《齊天樂·與馮深居登禹陵》詞“三千年事殘鴉外，無言倦憑秋樹”。但不論對起、單起，必須一起便能開門見山，方是合作。詞之結尾亦有景結、情結兩種，景結者以景結情，如周美成《瑞龍吟》詞之“斷腸院落，一簾風絮”。以情結者，以情結景也，如蘇軾《水龍吟》詠楊花之“細看來不是，楊花點點，是離人淚”。又如章楶《水龍吟》此題之“望章臺路杳，金鞍游盪，有盈盈淚”。二詞皆以情結景，情景交融也。但亦有純作情語而佳者，必須有一段真情，到結尾傾瀉而出，如李煜《相見歡》之“剪不斷。理還亂。是離愁。別是一般滋味在心頭”。又如韋莊《女冠子》之“覺來知是夢，不勝悲”。又如李清照《聲聲慢》之“梧桐更兼細雨，到黄昏、點點滴滴。這次第，怎一個愁字了得”是也。學詞當知者，大略如此。其他有關藝術技巧的，待説詞時隨調説明，較爲便利。（我編有《詞論》兩卷，上卷爲通論，凡詞的起源流變以及聲韻、樂章等屬之。下卷論作法，凡學詞取徑、結構、抒情、詠物、敷藻設色的方法等屬之，可以參看。）

吴文英夢窗詞

（用朱孝臧彊村所刻詞本。詞家例以無韻句用點，有韻句用圈，短句用逗，玆從之。點作，圈作。逗作、。）

吴文英字君特，號夢窗，晚年又自稱覺翁，四明人也。君特本姓翁，出後外家遂姓吴。約生於宋寧宗趙擴開僖年間。父某，兄逢龍，字際可，號石龜。弟元龍，字時可，號處靜。逢龍兄弟皆善填詞。君特二十餘歲游德清，集中記德清風物之詞甚多。三十餘歲入蘇州倉曹幕供職，寓居蘇州甚久。淳祐三年秋冬間，始挈在蘇所納妾移居杭州。① 甲辰春，妾下堂求去，君特詞集中多懷念之作。但妾緣何事求去無考。② 在杭別有所戀，似未成娶，集中亦有詞記其事，後人或疑其有二妾，恐非。淳祐間賈似道當國，君特時爲嗣榮王趙與芮賓客，有壽似道及嗣榮王詞。君特素與吴潛善，入榮王府前，曾從吴游，及吴潛與似道生隙，爲似道所排，罷相，君特始入王府。劉毓崧《吴夢窗詞序》謂似道後刻諸文人壽詞，品其高下，無夢窗作，因知君特此時已與似道絶。夏君承燾作《夢窗繫年・後記》，舉其題詠似道園林之作，證吴晚年仍有與似道往來之迹。資料不多，頗難武斷。王鵬運校刻吴詞有跋，曾於賈、吴交往事有辨證甚詳，亦主晚年與賈絶之説。其卒年無考。劉氏以爲理宗趙昀景定癸亥年夢窗尚存，壽已八九十。夏君則疑其卒於景定元年，壽六十一，似較近實。至楊鐵夫箋注吴詞，謂其詞有宋亡後之作，似難徵實。宋詞人行誼，史多無傳，千年

① 按遣妾似在别蘇時，未必在居杭後。

② 以吴詞度之，似妾自求去，非吴棄妾。

以後，稽考不易。如吴君特即其一也。今亦只能得其大略如此。

〔附記〕：

一、宋理宗趙昀景定共五年，傳位趙禥。趙禥爲度宗，改元咸淳，在位十年崩。子㬎即位，改元德祐，僅二年被元兵虜去。陳宜中奉益王昰即位於福州，是爲端宗，改元景炎，在位二年崩。末帝爲衛王昺，在位二年，改元祥興。元兵滅宋，陸秀夫負之赴海同溺。自景定元年至祥興二年共二十年，宋亡。

二、吴文英一生與朝貴往來，如賈似道、吴潛、嗣榮王，皆有詞可證，然未一掛朝籍。考吴與賈之關係，似因吴潛與賈有隙，爲賈所排。文英與潛善，遂絶賈。又賈門下廖瑩中最被親信，文英未與之交往，亦可證文英與賈氏關係，初非慕其勢位者。至吴潛與嗣榮王非比似道，而亦未嘗一薦於朝，從文英詞中尋索，如《掃花游・贈芸隱》則諷其未能歸隱，《三部樂・賦姜石帚漁隱》則極道隱居之樂，又如《暗香疏影・賦墨梅》詞中對當時朝貴有諷意，合而觀之，似文英見國事日非，宦途污穢，已無仕進之心，故雖游於貴戚之門而不被薦舉，但以文字相交而已。論吴文英者似於此不可忽視，倘亦孟子逆志之道邪。

霜葉飛　重九

斷煙離緒。關心事，斜陽紅隱霜樹。半壺秋水薦黄花，香噀西風雨。縱玉勒、輕飛迅羽。淒涼誰弔荒臺古。記醉蹋南屏，彩扇咽、寒蟬倦夢，不知蠻素。　聊對舊節傳杯，塵箋蠹管，斷闋經歲慵賦。小蟾斜影轉東籬，夜冷殘蛩語。早白髮、緣愁萬縷。驚飆從卷烏紗去。漫細將、茱萸看，但約明年，翠微高處。

（説）《詩話總龜》載潘大臨重九得句曰“滿城風雨近重陽”。此詞起處的“斷煙”、“斜陽紅隱”，正是重九天氣，而以“離緒”、“關心事”夾在其中，則是作者此時的情緒。作者此時有此情緒，故有此詞。從

“縱玉勒”句看，那日作者並未登高。“荒臺”用劉裕重九登彭城項羽戲馬臺事。“半壺”句用蘇軾《書林逋詩後》“一盞寒泉薦秋菊”意，古人重九日以菊花泛酒中。“薦”訓借，借者，借也。“薦秋菊”，借其香也。《神仙傳》稱欒巴噀酒滅成都火災。“噀”，同“噴”。此但用其字面以切重陽風雨。“記醉蹋”二句言昔日重九情事。“彩扇”二句即昔日事而今日憶之，亦即“關心事”也。陳洵《海綃説詞》曰：“‘彩扇’屬‘蠻素’，‘倦夢’屬‘寒蟬’；徒聞‘寒蟬’，不見‘蠻素’，但彷彿其歌聲耳。今則更成‘倦夢’，故曰‘不知’。兩句神理融成一片，所謂‘關心事’者如此。”

按此二句原甚分明，蓋上言歌聲已如蟬之寒咽，“彩扇”，歌扇也。下言昔猶夢見蠻素，今則此夢已倦，故曰“不知蠻素”。“蠻素”，白居易侍妾小蠻、樊素也，今以指其去妾。陳氏既以“倦夢”屬“寒蟬”，又曰“今則更成‘倦夢’”，則復以“倦夢”屬夢窗，然則此“寒蟬”者，夢窗以自比也？且“彩扇”句本言歌聲已寂如“寒蟬”，實以比去妾，安可以爲夢窗自比！陳氏於此二句分析欠明，自生糾葛，反以爲“兩句神理融成一片”，其説不可從。

換頭以今日重九另起。曰“聊對”，曰“慵賦”，皆從上“倦”字來。“小蟾”二句言雨後夜晴也。“蚤白髮”句暗用李白“白髮三千丈，緣愁似個長”詩意，言已年老多愁也。“從卷烏紗”用晉桓温率賓僚九日登龍山，孟嘉落帽不覺事。蓋孟嘉有高情勝概，不屑屑於小節，雖風吹帽落，頗失威儀，而毫不在意，有脱略形骸之趣，故詩人於九日詩多喜用之。結句預爲明年登高之約，用杜甫“明年此會知誰健，醉把茱萸仔細看”詩意，推開作結，使詞意有餘，且有愛惜光景之意。插茱萸亦古人登高故事，取其可以辟除惡氣也。事見《風土記》及《續齊諧》。

瑞鶴仙

晴絲牽緒亂。對滄江斜日，花飛人遠。垂楊暗吴苑。正旂亭煙冷，河橋風暖。蘭情蕙盼。惹相思、春根酒畔。又争知、吟骨縈消，漸把舊衫重翦。　　淒斷。流紅千浪，缺月孤樓，總難留燕。歌塵凝扇。待憑信，拌分鈿。試挑燈欲寫，還依不忍，箋幅偷和淚卷。寄殘雲、剩雨蓬萊，也應夢見。

（説）此詞起句情景雙關。“緒”者，情緒也。“絲”者，柳絲也。用一“牽”字聯合之。“花飛”句言妾去也。“垂楊”句指妾去之地。“正旂亭”二句言當時會合的時地景色。“蘭情”句指去妾之情態。“惹相思”即起句之“牽緒亂”也。“又争知”二句謂相思之苦。“争知”，怎知也。“舊衫重翦”者，因“吟骨縈消”，舊日衣衫已嫌不稱身也。用一“舊”字，便有念往之情在。换頭用“淒斷”二字領起。其下“流紅”即前“花飛”也。“孤樓”即“人遠”也。“燕”指去妾，集中屢見。“歌塵”句物是人非也。“分鈿”暗用白居易《長恨歌》“釵擘黄金合分鈿”詩意，言别離也。“拌”者，言既離難合，只得拌棄此心願也。“挑燈”三句言本想寫别後相思之苦，又不忍寫，結果是“箋幅偷和淚卷”，則心傷極了，正换頭所謂“淒斷”二字之具體情況也。“寄殘雲”二句所謂“雲”、“雨”，暗用宋玉《高唐賦》“行雲”、“行雨”，言歡會也。“殘雲剩雨”，質言之，則是已墜之零歡也。“蓬萊”本仙境，此以指去妾所在。“也應夢見”，乃並未夢見，但應該夢見也。此二句因情太激，故詞不免晦。通觀此詞，上半闋寫“牽緒”，下半闋寫“緒亂”。换頭以下情緒宛轉，愈轉愈深，紅流矣，燕難留矣，已無可奈何矣，想訴此情，又不忍訴，於是幻想再續墜歡於夢中。一路説來，無非將起處所謂“緒亂”之亂，加倍描寫出之。

宴清都 連理海棠

綉幄鴛鴦柱。紅情密、膩雲低護秦樹。芳根鶼倚，花梢鈿合，錦屏人妒。東風睡足交枝，正夢枕、瑶釵燕股。障灔蠟、滿照歡叢，嫠蟾冷落羞度。　　人間萬感幽單，華清慣浴，春盎風露。連鬟並暖，同心共結，向承恩處。憑誰爲歌長恨，暗殿鎖、秋燈夜語。叙舊期、不負春盟，紅朝翠暮。

（説） 此詠物詞之工整者，因詠物亦託物言情，故换頭以下全以《長恨歌》中之楊妃比言，亦因明皇有妃子海棠春睡之語也。起句“綉幄”，寫海棠之繁茂，“鴛鴦柱”，即形容連理樹。“秦樹”，秦中有雙株海棠，高達十丈最有名，故以比之。“鶼”本作“兼”，今校改。鶼，比翼鳥也，用來與下“鈿合”作對。“雲低護”用陸游“乞取春陰護海棠”詩意。下用“錦屏人妒”以關合人情，言海棠如此繁艷，美人見之亦不免生妒嫉之情也。“東風”二句以花與人合寫。“瑶釵燕股”亦以燕釵爲兩股之物來形容連理。“障灔蠟”二句暗用蘇軾《海棠詩》“只恐夜深花睡去，高燒銀燭照紅妝”詩意。下句“嫠蟾”反襯連理。“嫠”者，婦人無夫之稱，“蟾”，乃月之標誌。月中嫦娥無夫，故曰“嫠蟾”。此仍是加倍渲染海棠之繁艷語。换頭六字，先用反襯之筆領起，以後皆以明皇與楊妃愛情敷寫。“人間”句言人間夫婦離多會少，故曰“萬感幽單”。陳洵謂吴氏此句“將全篇精神振起”。説下二句“有好色不與民同樂意，天寶之不爲靖康幸耳”。我意讀者雖可如此想，作者未必有此意，如切吴氏本人之事説較爲妥帖，不必用如此大的題目講。“春盎”四字將楊妃華清出浴情態與海棠臨風承露的鮮艷一齊寫出，可謂興到之筆。“同心”、“連鬟”皆以花與人並寫。“憑誰”二句則明用白居易《長恨歌》，下文仍歸到長生殿夜語事，又以“叙舊期、不負春盟”作結，語意仍是雙關。此詞既以楊妃比花，以明皇與楊妃離合之事貫穿其中，實則又以楊妃比去妾以抒寫自己離情，作者心細如髮，而用筆靈活，絶不粘滯，是卷中詠物最工之作。南宋詞人極喜作詠物詞，大都託物言情之筆，情在言外。後來之王沂孫尤稱能手。至其所託之情，不出作者所遇之世與其個人遭際之事，交相組織，古人所謂身世之感也。

齊天樂　與馮深居登禹陵

三千年事殘鴉外，無言倦憑秋樹。逝水移川，高陵變谷，那識當時神禹？幽雲怪雨。翠萍濕空梁，夜深飛去。雁起青天，數行書似舊藏處。　　寂寥西窗久坐。故人慳會遇，同翦燈語。積蘚殘碑，零圭斷璧，重拂人間塵土。霜紅罷舞。漫山色青青，霧朝煙暮。岸鎖春船，畫旗喧賽鼓。

（説）　彊村《小箋》引《絶妙好詞箋》："馮去非，號深居。"《宋史》本傳："南康都昌人，淳祐元年進士。"禹陵在會稽山禹廟側。按楊鐵夫《箋》曰："《紹興府志》：'禹廟，梁時修，忽夜風雨，飄一梁至，乃大梅山所産梅也。'"鐵夫按，梅，應作楳，楳乃枏字。《爾雅》釋木："梅、枏。"樊注："荆州曰梅，揚州曰枏。"誤爲梅杏之梅。梅樹不直不堅，非棟梁材。《志》稱大梅山産，因誤解梅字而誤會耳。今按《金陵志》載："謝安道造新宫，適有梅木浮至石頭城下，取爲梁，畫梅花於上，以表瑞。陰鏗詩'梁花畫早梅'。"此事與禹廟事同。又按《四明圖經》曰："大梅山在鄞縣東七十里，舊梅子真隱處。山頂有大梅木，其上則伐爲會稽禹廟之梁，其下則爲它山堰之梁。禹廟之梁，張僧繇畫龍於其上，夜或風雨，飛入鏡湖與龍鬥。後人見梁上水淋漓而萍藻滿焉，始駭異之，乃以鐵索鎖於柱。"吴詞有："翠萍濕空梁，夜深飛去。"蓋用此。然則梅字非誤。大抵皆系相傳神話，不必究其是非。

此詞起二句非常壯闊而又蒼涼，與題相稱。"三千年事"中有神禹神功在，而以"殘鴉外"三字接之，"三千年事"便有茫茫杳杳之想。下句説登陵而用"無言倦憑"四字，則懷古之情，含蓄已深。至"逝水"三句，言世易時移，陵遷谷變，當時神禹，更無從認識，則感慨古今之意尤爲蒼涼，神禹既不可識，則惟有憑弔神禹之遺迹而已。於是下文即寫禹廟、禹穴、禹碑，皆遺迹也。寫梅梁而先用“幽雲怪雨”四字領引，可見飛梁之事不出神怪傳説。“雁起”二句寫禹穴。古傳大禹治水時投玉簡於會稽山穴中，世號禹穴。寫禹穴玉簡而用“雁起”引起，言玉簡不可見，但仰觀雁字數行，彷佛禹書也。詞意皆空靈，不作死語，而憑弔蒼茫之意愈顯。换頭從與馮同登另起。“同翦燈語”暗用李商隱“何時共翦西窗燭”詩意，言與馮摩挲禹碑，兼叙别情也。“積蘚”三句寫禹碑。“霜紅”三句寫登時景物，亦詞中應有之義。“岸鎖”二句寫歸途所見。“畫旗賽鼓”當係那日恰遇賽會，故以作結。按此詞上言“秋樹”，言“霜紅”，結言“春船”，似與時令不合，疑“春”字誤。“春”或“游”字，言游船皆檥於岸邊以觀賽會也。

西平樂慢

過西湖先賢堂，傷今感昔，泫然出涕。

岸壓郵亭，路欹華表，隄樹舊色依依。紅索新晴，翠陰寒食，天涯倦客重歸。嘆廢緑平煙帶苑，幽渚塵香蕩晚，當時燕子，無言對立斜暉。追念吟風賞月，十載事、夢惹緑楊絲。　　畫船爲市，夭妝艷水，日落雲沉，人换春移。更誰與、苔根洗石，菊井招魂，漫省連車載酒，立馬臨花，猶認蔫紅傍路枝。歌斷宴闌，榮華露草，零落山邱，到此徘徊，細雨西城，羊曇醉後花飛。

（説）　朱《箋》引《武林舊事》：“先賢堂名仰高，祀許由以下共四十人，今歸旌德觀。”此詞當是夢窗晚年所作。考夢窗老壽，理宗趙昀景定中尚存，其時宋室江山已岌岌可危。詞起處三句，即將今昔之感，和盤託出。曰“岸壓”，曰“路欹”，曰“舊色”，皆一片荒涼景象。“依依”二字則見此景象之人之情。“紅索”三句自記過此堂時之時令物色，而“倦客重歸”四字中具有無限身世之感。其下“嘆廢緑”四句更從堂内外景物渲染以表重歸之情。曰“燕子無言對立斜暉”，則人情可知矣。此句暗用劉禹錫《烏衣巷》詩意。劉詩有“烏衣巷口夕陽斜”、“當時王謝堂前燕”句，亦以見今昔盛衰之感也。故此詞用之，所謂“傷今”也。“追念”二句寫昔時游賞之盛，而以“夢惹緑楊絲”五字作過拍，則所謂“感昔”也。換頭“畫船”八字又提昔盛，“日落”八字則爲今衰，而“更誰與”以下十一字，今衰也；“漫省”以下十七字，又昔盛也。從換頭以下，皆以昔盛今衰，迴環往復寫之，無非表達其一段“傷今感昔”之情而已，所謂言之不足則重言之也。歇拍數句以慨嘆之聲，發傷感之情，而以羊曇懷念謝安、過西州門痛哭而去以自比，正題中所謂“泫然出涕”也。西湖爲南宋建都之地，夢窗在杭，初依吴潛，後入王府，其中游從宴樂，多在此間，固一時之盛也。今日重來，迥非昔比，是以追念往情，不能自已。其託意羊曇懷念謝安，蓋有同似也。

此詞結尾數句，《鐵網珊瑚》作“到此西湖，恨擬西州，羊曇淚落沾衣”。初以爲勝。後讀温庭筠《經故翰林袁學士居》詩曰：“西州城外花千樹，盡是羊曇醉後春。”此詞結尾正用温詩，且如《鐵網珊瑚》本，亦嫌率直，不如此本。再，此調甚長而止七韻，聲調非常緊迫。蓋四字句讀之必快。此調多四字句，愈到後闋，韻愈少，調愈緊迫，極不易填。陳伯弢謂換頭“市”、“水”二字互協，舉美成此調此處用“楚”、“野”二字爲證。但“野”必讀古音方協，宋詞人不用古音協韻，且陳允平和周詞此處不協，知陳説非也。

法曲獻仙音　秋晚紅白蓮

風拍波驚，露零秋覺，斷白衰紅江上。艷拂潮妝，淡凝冰靨，別翻翠池花浪。過數點斜陽雨，啼綃粉痕冷。　宛相向。指汀洲、素雲飛過，清麝洗、玉井曉霞佩響。寸藕折長絲，笑何郎、心似春蕩。半掬微凉，聽嬌蟬、聲度菱唱。伴鴛鴦秋夢，酒醒月斜輕帳。

（説）　首八字寫秋晚，下六字則紅白蓮，此三句先泛泛地將題義交代了，以後再仔細描繪。“艷拂”八字以女美形容花。“潮妝”，紅蓮也。“冰靨”，白蓮也。女子面紅稱紅潮。“靨”者，女頰上窒，見《淮南子·説林》注。過拍合寫雨後蓮花。換頭三字紅白對寫。“指汀洲”

以下又分别描繪。“素雲”以比白蓮，“曉霞”以比紅蓮。“玉井”則用太華峰玉井蓮作渲染色澤之用。而“清麝”寫花香，“寸藕”寫藕絲。復以“何郎”形容蓮瓣之粉。“何郎”兼用何晏、何遜事。史稱何晏美姿容，粉白不去手。何遜有《看伏郎新婚詩》曰：“霧夕蓮出水，霞朝日照梁。何如花燭夜，輕扇掩紅妝。”李商隱因之有“霧夕詠芙蕖，何郎得意初”之詩。此詞又用李詩，“心似春蕩”，即得意也。以上已將有關蓮花者一一描繪，下文又回顧起處“秋晚”作結。“半掬”二句先寫“蟬”，秋晚也，後寫“菱唱”，亦秋晚事。歇拍之“鴛鴦秋夢”而以“酒醒月斜輕帳”六字連寫，是人與鴛鴦同夢，故曰“伴”。全首刻畫紅白蓮花，惟結句關合到人事，“酒醒”六字，景中有情，此詞家結尾之一法也。

高陽臺　落梅

宫粉雕痕，仙雲墮影，無人野水荒灣。古石埋香，金沙鎖骨連環。南樓不恨吹横笛，恨曉風、千里關山。半飄零、庭院黄昏，月冷闌干。　　壽陽空理愁鸞。問誰調玉髓，暗補香瘢。細雨歸鴻，孤山無限春寒。離魂難倩招清些，夢縞衣、解佩谿邊。最愁人、啼鳥晴明，葉底青圓。

（説）　起三句先泛寫落梅。“粉雕”、“雲墮”喻梅落也。“無人”句指梅落處也。其下再細加鈎勒（鈎勒本畫家的術語，詞話家用以説明作者對於描畫某事物時，用筆由淺入深，層層鈎畫模勒出之的意思）“古石”句暗用王承檢築防蕃城，掘得瓦棺，有石銘曰“深深葬玉，鬱鬱埋香”來形容泥中落梅。“金沙鎖骨”句用黄魯直詩“金沙灘頭鎖子骨”句意，（相傳延州有婦，具姿色，少年多與之狎。婦人殁後，有胡僧敬禮其墓。曰：“此乃大慈悲喜舍，即鎖骨菩薩也。”衆開墓，視其骨鈎結如鎖狀。事見《續玄秘録》。“金沙”字出《傳燈録》：“僧問風穴如何是佛穴？曰：‘金沙灘頭馬郎婦，世言觀音化身。’”與《續玄怪録》相類。）皆形容落梅也。“南樓”二句因笛調有《落梅花》曲，故藉以點染也。“關山”暗用高適《塞上聽吹笛》詩“借問梅花何處落，風吹一夜滿關山”詩意。曰“不恨吹横笛”而“恨曉風千里關山”者，不恨吹落，恨落去遠也。過拍用林逋《山園小梅》詩“暗香浮動月黄昏”句。凡此皆落梅故實，用之以增詞語的色澤耳。换頭復用壽陽公主醉卧含章殿，梅花落於額上事，亦落梅故實也。“問誰”二句又用孫和舞水精如意傷鄧夫人面頰，太醫以玉屑和藥治之無瘢痕事，言落梅難返舊枝，如人傷瘢。周密詠落梅《憶舊游》詞，亦有“誰補春痕”句。“細雨”二句暗用林逋孤山之梅，點明落梅之時地。“離魂”二句暗用杜甫“環珮空歸月下魂”詩句，與姜夔詠梅《疏影》詞“想珮環月夜歸來，化作此花幽獨”同。其下“難倩招清些”，乃從落梅難返枝着想。小説有倩女離魂事，（倩女者，張鎰女，初許嫁王宙，後别與人。王宙舍去時，忽見倩女來相就，因共去蜀，生二子，後回鄉至張家，張女方病在床，及二人相見，遂合爲一體，故有離魂復合之説。）詞中用此事與集中《鶯啼序》歇拍“怨曲重招，斷魂在否”同意，皆有所指。蓋夢窗在杭，前妾去後，復眷一女子，未及成婚而病歿，故兩詞皆有招魂之語。因梅落難返枝與春痕難補之語，皆與其情其事暗合，知此句必觸物生感而作，非上文泛用落梅故實可比，亦詠物而關合人情也。歇拍以梅子作結，故曰“葉底青圓”，此乃從題的去路作結之法，亦有餘不盡之意也。

掃花游　贈芸隱

草生夢碧，正燕子簾幃，影遲春午。倦茶薦乳。看風籤亂葉，老沙昏雨。古簡蟫篇，種得雲根療蠹。最清楚。帶明月自鋤，花外幽圃。　　醒眼看醉舞。到應事無心，與閒同趣。小山有語。恨逋仙佔却，暗香吟賦。暖通書床，帶草春摇翠露。未歸去。正長安、軟紅如霧。

（説）　此乃投贈友好之作。必其人之性情、學問、言論、風采，皆知之甚悉，然後言之親切有味。此詞一起四字，以謝靈運“池塘生春草”詩寫春時，寫芸隱乃詩人。芸隱姓施，名樞，芸隱其别號也。“燕子”二句寫其居處與時候。“倦茶”三句寫其風雅。“薦乳”者，楊文公《談苑》："茶之精者，北苑名曰白乳頭。"唐曹鄴《故人寄茶》詩，有"香泛乳花輕"之句。蓋古人謂煎茶時水面泛出白沫如乳，故曰乳。"薦"者，進飲也。"風籤"句暗用東坡"雨昏石硯寒雲色，風動牙籤亂葉聲"詩句。"籤"，書籤也。《唐書・經籍志》："甲乙丙丁四部書，各爲一庫，經庫紅牙籤，史庫緑牙籤，子庫碧牙籤，集庫白牙籤。"蘇詩言風動書籤，聲如亂葉，吴詞則言"亂葉"如風動之書籤也。合下句"老沙"看，寫風寫雨，仍是以景物點染施氏所居。楊鐵夫校疑"沙"乃"莎"誤。作"莎"，與上文"茶"、"草"、"葉"皆爲"芸"作襯，似太泥。"古簡"二句又從施之號渲染其博學，富於藏書。"芸"爲可避書蠹之草。"蟫"即書中蠹魚。"雲根"即"芸"也。"帶月"二句從隱字生出，暗用林逋"自鋤明月種梅花"詩意，但言施種芸草與林種梅花不同，故曰"花外幽圃"。但林隱居孤山，故以比施名。换頭更從施之平生着筆。"醒眼"句與"應事無心"八字，非至高潔出塵之人不能，非至熟至密之友不知。"小山"，本淮南王劉安一群賓客之稱。《楚辭》有《招隱士》篇，即小山之徒所作。原意乃招隱士出仕，後人誤認爲招其歸隱。夢窗用此，亦作招其歸隱之意。曰"有語"者，言小山之徒有招隱之言也。下文"恨逋仙"者，言千古惟林逋能高隱孤山，種梅吟詩，而他人不能。"恨"者，恨如林之人少，獨讓林佔却此等清福也。吴與施交誼最深，此詞贈施，似以施之學問、人品而猶溷迹人間，不即歸去爲可惜。吴蓋認爲世已亂，作宦其間，甚無意味。於此可以見吴本人之品格，又可以見其待友之忠實，但措辭極爲婉約，必合結尾各句觀之，此意方顯。"暖通"二句仍歸到施之品學。("通"字去聲，朱孝臧《小箋》引吴《探芳信》、《江神子》二詞作證，是也。)"帶草"，漢鄭玄宅有薤草，葉長尺餘，人號爲書帶草。"未歸去"三句，因芸隱此時尚以微官留滯京城軟紅塵土中未去，故而微諷之，正其愛重朋友之意。"長安"以指臨安。

玉樓春　京市舞女

茸茸狸帽遮梅額。金蟬羅翦胡衫窄。乘肩爭看小腰身，倦態强隨聞鼓笛。　　　問稱家住城東陌。欲買千金應不惜。歸來困頓殢春眠，猶夢婆娑斜趁拍。

（説）首二句寫舞女妝飾。“乘肩”二句寫其姿態。宋時稚女出遊，皆坐人肩上。姜夔《鷓鴣天·元月十一日觀燈》詞有“白頭居士無呵殿，只有乘肩小女隨。”又《武陵舊事·元夕》條：“都城自舊歲孟冬駕回，已有乘肩小女鼓吹舞綰者數十隊，以供貴邸豪家幕次之玩。”可見當時人家小女與舞隊小女皆有乘肩之習。換頭二句寫舞女心情。“歸來”二句體貼更細而深。在困頓春眠之中，猶夢“婆娑趁拍”，舞女之可憐如此。“拍”者，樂句也，所以節舞者。舞者隨樂調之節拍爲動作之容，故曰“趁拍”。“殢”，依戀也，猶言貪睡。此詞但見一種憐惜之心而無絲毫輕蔑之感，作者之情緒雖未明言，而躍躍紙上矣。

風入松

聽風聽雨過清明。愁草瘞花銘。樓前緑暗分携路，一絲柳、一寸柔情。料峭春寒中酒，交加曉夢啼鶯。　　　西園日日掃林亭。依舊賞新晴。黄蜂頻撲秋千索，有當時、纖手香凝。惆悵雙鴛不到，幽階一夜苔生。

（説）原本有“春晚感懷”四字，朱删。按詞本因傷春引起傷别。清明風雨，春晚也。“愁草瘞花銘”，則傷春也。“瘞”，本訓埋，此則指落花，非果有埋花作銘之事。“樓前”以下即述别情。“緑暗”二句憶别時、别地而生傷感也。“一絲柳、一寸柔情”，言其多也。觀此，知作詞主要在傷别。“料峭”二句寫别後之情事。“中酒”，日中事，“啼鶯”，曉夜事。“料峭”，薄寒也。“交加”，鳥聲也。換頭又從風停雨止着筆。“新晴”似可出遊矣，無奈“日日掃林亭”而日日望所思之人不至。“黄蜂”二句乃痴情凝望之語。此二句以下句爲上句之因。蓋蜂慣尋香，今見其“頻撲秋千索”，故疑有舊“香凝”索上也。結句點明所思之人終不來矣。“雙鴛”，綉鞋也。“幽階一夜苔生”，言無人來而苔即生也。古詩有“全由履迹少，並欲上階生”，即此句之意。

小令如詩中絶句。小令所寫，多係作者豐富生活中的片段。此片段在其生活中爲感受極深切者，或係作者平日聞見所及，藴藏心中甚久，一旦爲一時序、一境地，乃至一花、一鳥所觸發，遂形成語言而表出之。使讀者能由其所已表出之片段而窺見其整體，方爲合作。清代詩家查慎行曾有句曰：“收拾光芒入小詩。”小令與絶句之佳者，即能“收拾光芒”入於短短幾句之中。其耐人尋味，反較長調爲有力。畫家論畫龍，雖東露一鱗，西露一爪，而煙雲迷漫之中，龍之全身自在。小令、絶句正當如此。

夜游宫

竹窗聽雨坐久，隱几就睡，既覺，見水仙娟娟於燈影中。

窗外捎溪雨響。映窗裏、嚼花燈冷。渾似瀟湘繫孤艇。見幽仙，步淩波，月邊影。　　香苦欺寒勁。牽夢繞、滄濤千頃。夢覺新愁舊風景。紺雲欹，玉搔斜，酒初醒。

（説）起句點題，聽雨也。“映窗裏”句記雨映窗燈，入睡時也。“嚼花”之花即燈花也。燈唇有花如嚼。“渾似”下乃夢中聞雨聲，幻化成泛舟湘江，於是見“幽仙”者，水仙花之幻影也。“月”者，燈光之幻影也。此二句蓋夢境從實境幻出，寫夢境儼如實境，用筆用思皆奇幻，吴詞之特色也。换頭五字又將花香與雨氣融成一片。香被寒氣所欺，故曰“苦”。“欺”者，寒氣襲花，如被欺也。“牽夢”句乃覺後回味夢中夢境也。“夢覺”句含兩意：一、“新愁”，二、“舊風景”。“新愁”屬今，“舊風景”屬昔，即夢覺後所生今昔之感。此句爲作詞之由。“紺雲”三句又由水仙花而思及人，“紺雲”，髮髻也，亦花葉也。“玉搔”，髮飾也，亦花朵也。花朵未開者如玉搔頭也。“酒初醒”，則花之狀、人之態也。此三句即題中所謂“既覺，見水仙娟娟於燈影中”也。陳洵説此爲又復入夢，恐非。蓋皆想像之景而非夢中之境也。此詞夢、想與實境，三者每每不分，故使人迷惘，然非不可理解者。

點絳唇　有懷蘇州

明月茫茫，夜來應照南橋路。夢遊熟處。一枕啼秋雨。　　可惜人生，不向吴城住。心期誤。雁將秋去。天遠青山暮。

（説）此詞題曰"懷蘇州"，懷蘇州之人也。起句見月興懷，亦即作詞之由，想同此一月，此時月亦應照在蘇州南橋路上。"南橋路"即蘇州之人之處所也。而"茫茫"二字接在"明月"下，便覺有無限感慨。"夢遊"句言熟遊之南橋，而今思之成夢，非但成夢，而且夢啼。"秋雨"，淚也。换頭正寫懷字。曰"可惜"，追戀與後悔兩意皆有。此時夢窗在杭也。"心期誤"言人事多乖，不能如心所願也。歇拍言雁又"將秋去"矣。"天遠"、"山暮"是何景象，安得不使人興懷。其思去妾之情，盡在不言中而意特纏綿。

喜遷鶯　福山蕭寺歲除

江亭年暮。趁飛雁、又聽數聲柔櫓。藍尾杯單，膠牙餳淡，重省舊時羈旅。雪舞野梅籬落，寒擁漁家門户。晚風哨，做初番花訊，春還知否。　　何處。圍艷冶、紅燭畫堂，博簺良宵午。誰念行人，愁先芳草，輕送年華如羽。自剔短檠不睡，空索彩桃新句。便歸好，料鵝黄已染，西池千縷。

（説）朱箋："福山，在常熟縣治西，本名覆釜山，後改今名。"蕭寺，本梁武帝命蕭子雲題其所建浮屠，因稱蕭寺，後人以爲凡佛廟之通稱。此詞首句寫來路兼點明歲除。"藍尾"三句爲歲除情事。白居易詩"歲盞舊推婪尾酒，春盤先進膠牙餳。""婪尾"即"藍尾"，古人除夕飲婪尾酒，年少者先飲，老者後飲。"膠牙餳"，糖也，取膠固之義。"雪舞"二句乃蕭寺外景。"晚風"二句結出冬去春來之意。"初番花訊"，二十四番花訊，梅居第一。换頭以己在旅中過除夕，情事岑寂，固念他處人方行樂也。“博簺”，戲具也。杜甫《今夕行》：“咸陽客舍一事無，相與博簺爲歡娱。”此用以點染除夕。“誰念行人”三句又從他處樂者説到蕭寺孤客。“自剔”二句亦除夕故事。“彩桃新句”，唐宋時有除夕題四字或二句韻語於門曰桃符。後世除夕貼新年對聯即其餘風。歇拍想到歸時柳已萌芽，則去路也。此首尾自相照顧之作法也。

祝英臺近　除夜立春

翦紅情，裁緑意，花訊上釵股。殘日東風，不放歲華去。有人添燭西窗，不眠侵曉，笑聲轉、新年鶯語。　　舊尊俎。玉纖曾擘黄柑，柔香繫幽素。歸夢湖邊，還迷鏡中路。可憐千點吴霜，寒銷不盡，又相對、落梅如雨。

（説）凡詞寫節序，多系抒今昔盛衰之情。惟當節日易觸起舊情，故歷來詞人，此時此際，動生感慨。夢窗此類作品甚多。此詞首三句寫立春。“翦紅”、“裁緑”皆立春翦彩故事。古人於立春日翦彩爲燕，戴之頭上，以表春回也。故曰春“訊上釵股”。“殘日”二句寫除夜。“有人”三句言別人家除夜守歲之樂。姜夔《鷓鴣天・元夕不出》詞有“芙蓉影暗三更後，卧聽鄰娃笑語歸”句，則別人元夕看燈之事，意亦與此同。“新年”句用杜甫“鶯入新年語”句意。换頭三字點明由今憶昔之情，即自家舊日立春之事。“尊俎”，立春之辛盤也。古人立春以生菜爲供，謂之五辛盤。（崔寔《月令》“立春日簇葱、韭、薑絲、芥辣、蒜椒爲五辛盤。”或用於元月初一日，謂可以助發五臟之氣也。又見《風土記》。）“玉纖”、“柔香”指舊時此日與家人擘黄柑同食也。“繫幽素”者，“幽素”即幽情，言此事今日猶繫幽情，未能忘也。“歸夢”二句言今日夢亦無由得到。“鏡中路”即湖上歸路，湖水如鏡也。歇拍從眼前光景，寫出垂老逢春之人，意緒難堪，故曰“可憐”。“千點吴霜”指白髮，“寒銷不盡”應除夜，“落梅”應春訊，字字皆非空設。

望江南

三月暮，花落更情濃。人去秋千閒掛月，馬停楊柳倦嘶風。隄畔畫船空。　　懨懨醉，長日小簾櫳。宿燕夜歸銀燭外，流鶯聲在綠陰中。無處覓殘紅。

（説）此詞純寫春暮之景物而人情自見，爲夢窗詞之最疏快者。“三月暮”三字貫穿全首。“人去”，庭院春暮也。“馬停”，陌上春暮也。“隄畔畫船空”，湖上春暮也。“情濃”二字爲下半之根。换頭二句正應“情濃”。“宿燕”二句仍是春暮景物。歇拍五字應“花落更情濃”句。“宿燕”用温庭筠《池塘七夕》詩“銀燭有光妨宿燕”詩句而换其意。昔人謂宋人詞之字面多取之李商隱、温庭筠詩，蓋二人之詩，用詞華麗，可供詞用，但須看其鎔化之功，非徒填塞美麗字面也。鎔化亦無他巧，不過取古人之詞，供我之用，是用古，非爲古所用。故詞彙不足則嫌貧乏，積累多而不知運用，不善鎔化，則又呆滯。夢窗詞之佳者，即在驅使故實，鎔化成詞，以供其揮灑。況周頤《蕙風詞話》論夢窗詞，謂“夢窗密處，能令無數麗字，一一生動飛舞，如萬花爲春，非若雕璚蹙綉，毫無生氣也。”是真能識夢窗者。

八聲甘州　靈岩陪庾幕諸公游

渺空煙四遠，是何年，青天墜長星。幻蒼厓雲樹，名娃金屋，殘霸宫城。箭徑酸風射眼，膩水染花腥。時靸雙鴛響，廊葉秋聲。

宫裏吴王沉醉，倩五湖倦客，獨釣醒醒。問蒼天無語，華髮奈山青。水涵空、闌干高處，送亂鴉、斜日落漁汀。連呼酒、上琴臺去，秋與雲平。

（説）此夢窗因弔古而傷今之作。起二句化實爲虚，將靈岩寫得非常空靈而又闊大。朱《箋》引《吴郡志》：“靈岩山即古石鼓山，在吴縣西三十里，上有吴娃宫、琴臺、響屧廊。山前十里有采香徑，横斜如卧箭。”“幻蒼厓”以下所寫皆吴王夫差與西施之古迹。此三句用一幻字領起，則實處皆空靈矣。“箭徑”，采香徑也。（楊鐵夫《箋》稱采香者，香山旁一個小溪。吴王種香草於香山，使美人泛舟以采之。今岩下望一水直如矢，故俗又名箭涇。又“涇”可讀古定切，音“徑”。此云“膩水染花腥”，似作“涇”更佳。）“膩水”言宫人香膩殘水，使花香變腥，亦猶杜牧《阿房宫賦》“渭流漲膩，棄脂水也”。“膩水”正用此。“酸風射眼”與“染花腥”皆登眺時耳目所接而生之感。是則非純寫古迹，而古迹皆帶人情矣。過拍二句尤妙。“雙鴛”，西施之履也。吴宫有響屧廊，以楩梓板藉地，行則有聲，故名，見《姑蘇圖經》。“屧”，本履中薦，猶今鞋墊。此二句寫得恍惚，正是懷古深情。换頭以吴越往事另起。“吴王沉醉”與“倦客獨醒”雙舉對起。“倦客”謂范蠡也。范蠡佐越王勾踐日夜謀亡吴，而吴王沉湎酒色，全不知懼。“五湖倦客”，范蠡於功成後，放舟五湖，不樂功名，故曰“倦客”。夢窗寫吴越興亡，不但懷古，實寓傷今。蓋南宋君臣，晏安江左，忘國大仇，亦如夫差當日也。“問蒼天”以下，更切自己説。“問蒼天無語”有屈子天問之意。“天”或作“波”，非。“華髮”句則感己衰老，“奈山青”則言山色尚如古時。以“華髮”對“山青”，使人真有無可奈何之感，蓋一變衰，一如舊也。故曰“奈山青”。“水涵空”三句乃登眺時景色。“亂鴉斜日”，何等景象！以爲國亂將亡之象徵看，諒不爲過。然則當日臨眺之人，其情可想矣。歇拍二句以景作結，而憑高弔古，蒼茫四顧之狀，躍然紙上。且由“呼酒”、“上琴臺”句，可知上半闋皆在臺上耳目所接，下半闋則由見聞而生感慨，用筆極矯健，如常山之蛇，首尾相應，論章法亦至爲細密。可見詞人之筆，無施不可。夢窗不止善寫柔情，而且詠物、弔古之詞，亦多蒼勁之作，不可以一體概其全面也。

賀新郎　陪履齋先生滄浪看梅

喬木生雲氣。訪中興、英雄陳迹，暗追前事。戰艦東風慳借便，夢斷神州故里。旋小築、吴宫閒地。華表月明歸夜鶴，嘆當時、花竹今如此。枝上露，濺清淚。　　遨頭小簇行春隊。步蒼苔、尋幽别塢，問梅開未。重唱梅邊新度曲，催發寒梢凍蕊。此心與、東君同意。後不如今今非昔，兩無言、相對滄浪水。懷此恨，寄殘醉。

（説）朱《箋》引《中吴紀聞》：“滄浪亭在郡學之東，中吴軍節度使孫承祐之池館。其後蘇子美得之，爲錢不過四萬。歐公詩所謂‘清風明月本無價，可惜只賣四萬錢’是也。余家舊與章莊敏俱有其半，今盡爲韓王所得矣。”(按韓王，韓世忠也。世忠，延安人，字良臣，高宗時以平賊功官左將軍，守鎮江，屢敗金兵。秦檜收三大將權，韓拜樞密使，上疏痛詆檜誤國，罷爲醴泉觀使。自此杜門謝客，自號清涼居士。卒，進拜太師。孝宗朝追封韓王，謚忠武。南宋自理宗趙昀端平元年約元兵滅金後，復背約出兵北伐，連年爲元兵所侵，國勢日絀。吴潛主和主守而朝廷不省，卒以致亡。夢窗嘗從吴游。此詞吴有和作，附後)。

起三句即從韓世忠抗金説起，故曰“英雄陳迹”。“喬木”五字則從滄浪亭起興。“喬木”字出《孟子》“故家喬木”語，用以指韓世忠。“戰艦”二句言其戰績。曰“慳借便”，暗用孫曹赤壁之戰，吴利用東風燒曹戰艦事，言恢復之功不成也。“夢斷神州故里”即承上意言失地未復。“小築”句落到韓買滄浪亭。“華表”四句設想韓王忠魂如重來此地，定生悲感，故曰“枝上露，濺清淚”。此詞上半闋全從韓氏滄浪小築着筆，而嘆息當年恢復之功不成。直到過拍才點明看梅，詞意不在梅也。换頭從陪履齋看梅另起。“遨頭”暗用成都每年四月十九日於杜子美草堂滄浪亭開遨頭宴事，見陸游《老學庵筆記》。“小簇行春隊”句又暗用杜甫《嚴中丞枉駕見過》詩“元戎小隊出郊坰，問柳尋花到野亭”句意，以點染履齋。是時履齋方官浙東安撫使也。“步蒼苔”句正寫看梅。“重唱”二句則因賓主皆能詞，可以催梅早發也。吴潛亦能詞者，故曰與“東君同意”。“後不如今今非昔”二句又回顧上半闋，追憶“英雄陳迹”，言當年尚可圖恢復，今則國力日衰矣，恐後必更不如今也。言外有惜履齋和守之計不行，國家有危亡之懼意。此時此際，一念及此，但與履齋相對無言，但觀滄浪之水，發思古之情而已。歇拍六字所以沉痛如此也。南宋末年詞人多懷亡國之懼，夢窗詞於此感慨最深。

吴潛和詞

賀新郎　吴中韓氏滄浪亭和吴夢窗韻

撲盡征衫氣。小夷猶、尊罍杖屨，蹋開花事。邂逅山翁行樂處，何似烏衣舊里。嘆荒草、舞臺歌地。百歲光陰如夢斷，算古今、興廢都如此。何用灑，兒曹淚。　　江南自有漁樵隊。想家山、猿愁鶴怨，問人歸未。寄語寒梅休放盡，留取三花兩蕊。待老子、領些春意。皎皎風流心自許，盡何妨、瘦影横斜水。煩翠羽，伴醒醉。

（説）據吴潛和詞首句，知吴乃客游吴中，故有“征衫”之語。“小夷猶”二句點明游滄浪看梅。“夷猶”，徘徊也。“邂逅”二句言偕夢窗游韓氏舊居。“烏衣”句暗用劉禹錫“烏衣巷口夕陽斜”詩句，指韓氏舊居。“嘆荒草”句描繪韓氏舊居景象，已非昔繁華可比也。因而有“光陰如夢”與“古今興廢都如此”之感。過拍則以不必作兒女子態，對此“灑淚”，推開作小結束。换頭以下皆從思棄官歸隱着筆。蓋吴與當時政府中人政見不合，和守之計不爲朝廷采納，故有歸意。“猿愁鶴怨”用孔稚圭《北山移文》“蕙帳空兮夜鶴怨，山人去兮曉猿驚”句，表明思歸之情。“皎皎”二句略表自己心迹。“瘦影”句有以梅自比之意。歇拍六字用《龍城録》記趙師雄醉卧梅花下，夢與美人遇，醒後方知是花上翠禽事。亦梅花故事也。

古香慢 賦滄浪看桂

怨蛾墜柳，離佩摇葓，霜訊南圃。漫憶橋扉，倚竹袖寒日暮。還問月中游，夢飛過、金風翠羽。把殘雲剩水萬頃，暗熏冷麝悽苦。

漸浩渺、淩山高處。秋淡無光，殘照誰主。露粟侵肌，夜約羽林輕誤。翦碎惜秋心，更腸斷、珠塵蘚路。怕重陽，又催近、滿城風雨。

（説） 陳洵説“此亦傷宋室之衰也”。細繹詞意，陳説是也。滄浪乃韓世忠之别墅，夢窗《陪履齋先生滄浪看梅》詞已觸發恢復無人之感。此詞亦因韓氏别墅而興起危亡之憂。所謂“亡國之音哀以思”也。楊鐵夫《箋》以爲此詞乃宋亡後作。考夢窗雖老壽，不及見矣。其説推闡太遠，疑非事實。朱《箋》引劉毓崧説，劉據周密寄夢窗《拜星月慢》詞作於景定癸亥，此時夢窗年已八九十。而元兵入臨安，爲趙㬎德祐二年丙子，上距景定癸亥又十三年。夢窗若存，應已百歲，故知宋亡，夢窗已不及見。且其時各地戎馬倉皇，何能從容游園看桂。此詞之作，確實年代，雖無可考，然與前録陪履齋看梅之時相近。其情感亦相同，必非宋亡後所作。

此詞起三句從别墅秋景説。“怨蛾”，蟬也。蟬名齊女。《古今注》：“昔齊王之后怨王而死。尸變爲蟬，登庭樹嘒唳而鳴。”“離佩”，荷花也。詞家以水佩代荷花。姜夔夜泛西湖，相羊荷花中，其《念奴嬌》詞有“水佩風裳無數”之句，是也。蟬“墜柳”，荷“摇葓”，皆秋深景象。“葓”，馬蓼也。“慢憶”二句寫滄浪亭之桂。“倚竹”、“袖寒”用杜甫《佳人》詩“天寒翠袖薄，日暮倚修竹”詩意，以形容桂花之冷艷。又因桂花聯想及月宫，故以羅公遠擲杖化橋，引明皇游月宫事渲染之。“夢飛過”，即飛入月宫也。“翠羽”，陳洵説爲指七夕鵲化橋事。“把殘雲剩水”二句從“殘”、“剩”二字看，似指宋室河山已殘破，猶言殘山剩水也。“冷麝”，桂花香也。言外是説山河萬里，殘破不堪，人情對此，非常悽苦。但託桂言之，便覺空靈，且愈微婉，愈沉痛。换頭即承上過拍之意而申言之。“秋淡無光”言國勢衰微也。“殘照誰主”指救亡無人也。此兩句亦託桂爲言，然意自明白。“露粟侵肌”二句雖亦託桂立言，但詞意殊晦。從詞面看，桂花係微粒似粟，故有金粟之稱。下文“夜約羽林”，用趙飛燕私通鄰人羽林射鳥者，雪夜約期，飛燕體温，肌膚不生粟疹。射鳥者以爲神仙。事見《飛燕外傳》。“羽林”，顔師古注《漢書・百官公卿表》：“羽林，亦宿衛之官，言其如羽之疾，如林之多也。”按吴詞詠桂而用此事，除飛燕肌膚不生粟疹，與桂稱金粟略可關切外，殊無别解。陳洵説此爲“用漢武帝事。‘輕誤’則屯衛非人矣”。楊鐵夫《箋》又以爲“此追究約元攻敵之誤也”。兩説皆難確信。此正夢窗晦澀處，且存疑俟知音者可也。“翦碎”二句似亦於當時事有所指，“珠塵”言桂花落於蘚路，故曰“翦碎秋心”。曰“更腸斷”，從作者之志言之，則惜國土殘破也。“怕重陽”句表面指時序，言外似指國勢危殆。陳洵謂“重陽催近，光景無多，勢將岌岌，詞則如五雲樓閣，縹緲空際，不可企矣。”實乃詞人當國勢衰危之時，心情激動，遇物發興，雖哀而不能壯，試以較李、杜天寶時之詩，稼軒、同父淳熙間之詞，其聲情不類，乃時勢使然也。故文藝之事，不能不與時代有關，劉勰所以有“時運交移，質文代變”之論也。

孟子有讀者“以意逆志”之説，固當，但必兼有知人論世之功，方能得其心之所之。南宋詞家處於國勢阽危之時，論世尚易，獨其行誼不詳，舉凡其生活習慣，學術思想，不易了了，知人之事，因而困難。唯一之法，先就詞言詞，然後從中尋取透露本意處推究之，必非句句比附，只可於一二處得之。所謂讀書得間，所謂言外之意，如此而已。否則必流爲主觀，必多附會，不可不知。又按孟子論“意逆”之法，即“不以文害辭，不以辭害志”兩言。“志”者，作者之思想情感也。以常語釋之，則爲什麼要説也。“辭”者，思想情感託之以見之事義也，亦即作品之内容。以常語釋之，則説些什麼也。“文”者，作品之篇章字句也，而修辭語法屬之。以常語釋之，則怎麼説法也。作者必先有思想感情（志）而後託事義（辭）以表達之，有事義而後組織篇章字句（文）以成之。作者創作時，皆由隱以至顯，因内而符外，其勢順。讀者閱誦時，則從淺以至深，由末以求本，其勢逆，故曰“逆志”。至“不害”之説，則所以防主觀之失也。蓋“逆志”者，不可誤會，不可曲解，誤會曲解者，皆由讀者主觀所致，“不害”則正確矣。雖然，作者表達其“志”之方至多：有誇飾者，有微而顯者，有言在此而意在彼者，有正言若反，反言若正者，其“志”之若何，亦非一覽可得，是在讀者之學力深淺，故有智者見智，仁者見仁之説。劉勰所以有“豈成篇之足深，患識照之自淺耳”之論也。“意逆”之法，如斯而已。

高陽臺 豐樂樓分均得如字

修竹凝妝，垂楊駐馬，憑闌淺畫成圖。山色誰題，樓前有雁斜書。東風緊送斜陽下，弄舊寒、晚酒醒餘。自消凝、能幾花前，頓老相如。　　傷春不在高樓上，在燈前欹枕，雨外薰爐。怕艤遊船，臨流可奈清臞。飛紅若到西湖底，攪翠瀾、總是愁魚。莫重來、吹盡香綿，淚滿平蕪。

（説）　鄭文焯校“斜陽”字與上“斜書”復，疑作“殘”。按鄭説非也。詞非律詩，不忌復字。楊《箋》又以“魚即吾，吾即予”，説“愁魚”即“愁予”，引《浙江通志·藝文門》作“愁予”爲證，亦非。詞明説“攪翠瀾”，則應作“魚”。“愁魚”與“哀蟬”、“怨蛩”等詞同，不可因其少見而疑其與吾、予聲同通用。豐樂樓乃淳祐九年趙與籌撤舊聳翠新建而改名。《夢窗集》有題樓壁《鶯啼序》詞，爲一時傳誦。又有《醉桃源》詞，乃會飲此樓所作。此詞題“分均得如字”，“均”即“韻”字。“分均”填詞，亦會飲此樓時，同會者各分一字爲韻以填詞也。觀此詞情意悲涼，有“莫重來”之語，當係晚年所作。

起句八字，“凝妝”、“駐馬”，依然歡會，是會飲樓中之語。“憑闌”句泛寫樓前之景如畫本也。陳洵説爲指“半壁偏安也”，非。“山色”二句從“雁斜書”説到“誰題”，見如此好景，誰復能欣賞。“東風”二句點明時序。“舊寒”，則舊曾來此也。“自消凝”三句以自傷衰老作過拍。“能幾花前”，語殊悽惋。“消凝”者，消魂凝望也。换頭言傷春之情，何必登樓方有，即“燈前欹枕”、“雨外薰爐”亦已可傷。詞家每以“春”作國運的象徵，然則“傷春”作憂國説亦無不可。“怕艤”二句，自傷瘦減，怕臨流見影也。“飛紅”二句言落花滿眼，不但人愁，即令翠瀾之魚見之亦愁。陳洵説爲“殃及池魚”，不免腐氣。“莫重來”二句有今不如昔，後更不如今之慨。

此詞寫登高眺遠，感今傷昔，滿腔悲慨。作者觸景而生之情，決非專爲一己，蓋有身世之感焉。以身言則美人遲暮也，以世言則國勢日危也。大有“舉目有河山之異”之嘆。讀者自可體會得之，但未可句句比附以求，轉多滯礙。蓋凡觸景抒情之作，作者本非有心比附，而是無形觸發，故能乍合乍離，縱横往復，有時且迷離惝恍而不自覺。讀者安可刻舟求劍，然必有一二流露真情之處。即如此詞之“山色誰題”、“傷春”、“愁魚”以及“吹盡香綿，淚滿平蕪”等句之如此深切，自不能單從個人之事論之，必不能不與其所遭之世無關。讀者如參以作者所生之時，所接之事，全面探索，亦可以窺見至隱。劉勰所以有“綴文者情動而辭發，觀文者披文以入情。沿波討源，雖幽必顯。世遠莫見其面，覘文輒見其心。豈成篇之足深，患識照之自淺”之論也。

三姝媚　過都城舊居有感

湖山經醉慣。漬青衫啼痕，酒痕無限。又客長安，嘆斷襟零袂，涴塵誰浣。紫曲門荒，沿敗井、風摇青蔓。對語東鄰，猶是曾巢，謝堂雙燕。　　春夢人間須斷。但怪得當年，夢緣能短。綉屋秦箏，傍海棠偏愛，夜深開宴。舞歇歌沉，花未減、紅顔先變。佇久河橋欲去，斜陽淚滿。

（説）　陳洵説“過舊居，思故國也”。又曰：“憑弔興亡。”因此，楊鐵夫遂斷爲“作於宋亡以後，蓋黍離之什也”。今細讀此詞，確有感於昔盛今衰，但未必是國亡後作。考南宋當理、度二宗之時，外患日深，國力日弱，而賈似道一味蒙蔽，以敗爲捷，雖朝廷信之，有志之士固已有國亡無日之懼。夢窗素懷憂國之心，前録數詞可見，然而無權無位，徒託空言，其一種苦悶之況，不難想見。加以曾客貴盛之門，久預宴游之樂，今當暮年，遇此危亂，其傷感年歲，懷念舊游，自非止一身之事，固無疑問。至文人抒情，術亦多門，有時即一小景物、小事件，而包蘊甚廣。此詞題曰“過都城舊居有感”，蓋亦即小事而發興。舊來里曲，景象全非，此際都城，凋敝何如，故不必指實國亡，而亡國之懼，固已充滿字裏行間矣。此所以啓楊鐵夫之疑也。

此詞一起五字，便將昔游提出。下句“啼痕”、“酒痕”四字中包含無限悲歡離合情事。“又客”三句言今來則滿面京塵，亦周美成所謂“塵埃憔悴”也。“紫曲”二句即正寫舊游之地，一片荒涼景象。“曲”，坊曲也。鄭文焯校周美成《瑞龍吟》詞“坊陌人家”，認爲應作“坊曲”，謂“當時長安諸倡家謂之曲，其選入教坊者居處則曰坊”。然則“紫曲”乃游樂之地，非夢窗居家之地。門荒井敗，其景象與後半“綉屋秦箏”、“夜深開宴”對照，以見昔盛今衰也。“對語東鄰”，蓋用劉禹錫《烏衣巷》詩“舊時王謝堂前燕”句意。“對語”者，燕也。楊鐵夫謂“指一般委質新朝人物”。而以“元起東北，故曰東鄰”，尤爲拘泥。换頭六字言“人間”樂事終須消歇，故曰“春夢人間須斷”。“但怪得”二句承上句更推進一層説。“能”讀如那，言春夢固須斷，但怪夢緣那般短。下文便略記舊夢，所謂“綉屋秦箏，傍海棠偏愛，夜深開宴”是也。“舞歇歌沉”二句又進一層説，“紅顔”更比花“先變”。此所以“佇久河橋”，“欲去”而“斜陽淚滿”也。統觀全詞，所謂“舊居”，實乃舊歡所居，故前曰“紫曲”，後曰“綉屋”。舊日游樂之地，轉瞬荒涼，則今日都城，亦遠非昔時繁盛可知。因小見大，國事日非，兵連禍結，禦侮無人，危亡可念，俱在其中矣。但此意只可從言外得之，不可一一指爲託詞，因而斷爲宋亡後，夢窗重訪舊居之作。

齊天樂　齊雲樓

淩朝一片陽臺影，飛來太空不去。棟宇參横，簾鈎斗曲，西北城高幾許。天聲似語。便閶闔輕排，虹河平溯。問幾陰晴，霸吴平地漫今古。　　西山横黛瞰碧，眼明應不到，煙際沉鷺。卧笛長吟，層霾乍裂，寒月溟濛千里，憑虛醉舞。夢凝白闌干，化爲飛霧。净洗青紅，驟飛滄海雨。

（説）《吴地記》："齊雲樓在蘇州郡治後子城上。"朱《箋》謂樓建於唐，取古詩"西北有高樓，上與浮雲齊"之義。宋代屢次重建。吴詞疑史宅之重建時作。

起二句看似奇幻，細按之，蓋取宋玉《神女賦》中"朝雲"二字以切齊雲之雲。如此用古，既甚切貼，又非常靈變。"陽臺影"者，陽臺雲影也。下二句"参横"、"斗曲"則以切齊雲之齊。（"宇"原作"與"，從鄭校。）"西北"句正用古詩，點明名樓之義。因樓在吴郡子城上，故曰"城高幾許"。"天聲"，猶莊子之"天籟"。"天聲似語"四字是加倍鈎勒樓之高聳。此等語皆由極奇、極幻之想象而來，用筆靈變莫測如此。"便閶闔"二句再從登樓者着想。"閶闔"，天門也。"虹河"，天河也。此言登樓者由此便可"輕排"天門，"平溯"天河也。"幾陰晴"，猶言幾時也，幾許變遷也。因樓在吴，遂以吴事點綴之。"平地"，平白地之省，猶言無端的，輕易的。"漫"，猶便也。此言經過幾番變遷，吴之霸業輕易便成了歷史事迹了。"今古"猶言歷史的過程。上文"陰晴"則言過程中幾番盛衰，與滄桑同意。此二句略帶弔古之意。换頭三句，言所見之遥遠。"煙際"四字寫景之極遠者。蓋樓雖高，見雖遠，尚有所不及。"卧笛"三句又换筆寫樓中人事，而"層霾"二字言笛聲激越，可吹裂陰霾，涌現千里寒月，仍是形容樓之高聳。"憑虚"四字正寫登樓。"夢凝白"二句又入幻想。"凝白"字出李長吉詩"空白凝雲頹不流"。"闌干"而曰"凝白"，亦齊雲也。下又接以"化爲飛霧"，則幻而又幻矣。"净洗"二句又從霧重化雨，雨洗净人世青紅，再出一幻境，收束全首。言"青紅"，猶曰浮華，紛華也。

此詞首尾皆奇幻空靈，富於想象，總因樓聳入雲，使人生凌空縹緲之幻想，筆姿極其矯健。張炎病夢窗不能清空，觀此與《靈岩》、《禹陵》等作，知張氏之説，不足盡夢窗。後人以張一言而輕議夢窗，更屬矮人觀場，隨人啼笑。學古人者當擷取其長，古人非無短處，但長處不可不知。

風入松　鄰舟妙香

畫船簾密不藏香。飛作楚雲狂。傍懷半卷金爐燼，怕暖消、春日朝陽。清馥晴熏殘醉，斷煙無限思量。　　憑闌心事隔垂楊。樓燕鎖幽妝。梅花偏惱多情月，慰溪橋、流水昏黄。哀曲霜鴻淒斷，夢魂寒蝶幽揚。

（説）　此詞陳洵説"是香是夢，遊思縹緲，吴詞之費尋索者"。蓋因鄰舟之香，絪緼縹緲，引起顛倒夢想。首句入題。"飛作"句才入題便生夢想。"楚雲"本香煙，但用"楚雲"便成幻詞。宋玉《神女賦》有"朝爲行雲，暮爲行雨"句，本言神女靈踪無定，故詞人多用爲故實。此因香煙繚繞，出於鄰舟，遂由之而惹起幻想。曰"狂"者，又從"楚雲"生出，即縹緲無定之意也。"傍懷"句，從香煙加以深切刻畫，仍是想中之物。"半卷"者，香漸薄也。"怕暖消"者，怕香冷也，怕楚夢亦如香薄煙冷也。"清馥"、"斷煙"二句，曰"殘醉"，曰"思量"，總之言鄰舟香妙，使人發生冥感幻覺。至其所感所覺爲何事，留待下半闋説。此詞家所稱"留"字訣也。换頭句之"心事"即上過拍之"思量"者。曰"隔垂楊"，與其集中《珍珠簾》詞"夢隔銀屏"意同。《珍珠簾》乃聞隔墻人家簫鼓聲而作。"隔"者，有所阻礙也。"樓燕"句本言人獨處，故曰"鎖幽妝"，但託"燕"説。吴詞之"燕"，多以代其去妾。行文至此，雖未將心事明白説出，而"思量"之苦，已足够人尋味。"梅花"二句中梅以自比。言"梅花偏惱多情月"者，月把梅之心事分明照出，故可惱也。合下句觀之，詞意方顯。"流水昏黄"暗用林逋"暗香浮動月黄昏"詩意。曰"慰"，正見明月"多情"，特來相照，不知梅花却正怕此昏黄也。故曰"偏惱"。詞意在此，極爲隱約。"哀曲"二句言"哀曲"如霜鴻之聲，令人淒斷。我之"夢魂"又如"寒蝶幽揚"耳。陳氏謂"極費尋索"，亦因其託興深微，故覺其"遊思縹緲"。總全首觀之，上半闋寫鄰舟妙香，下半闋寫因香妙而引起之心事。寫心事之筆，特隱約微婉，若有萬分不得已之情，而又不忍痛快寫出者，故讀來不易尋索。

此非晦澀，而是深微，當知分别。夢窗與其妾，因何中道離析，已無可考。但觀其於離析之後，如此纏綿，其中似有難言之隱。五代詞人喜寫閨情，其間頗多纏綿婉約之作，不意夢窗以大丈夫而溺情於妾，竟如此纏綿，雖曰情之所鐘，終不免“詞人之賦麗以淫”之譏。

瑞鶴仙

淚荷抛碎壁。正漏雲篩雨，斜捎窗隙。林聲怨秋色。對小山不迭，寸眉愁碧。涼欺岸幘。暮砧催、銀屏翦尺。最無聊、燕去堂空，舊幕暗塵羅額。　　行客。西園有分，斷柳淒花，似曾相識。西風破屐。林下路，水邊石。念寒蛩殘夢，歸鴻心事，那聽江村夜笛。看雪飛、蘋底蘆梢，未如鬢白。

（説）此因風雨愁人而作。起句寫雨中荷葉。雨水落於荷葉中如碎璧之晶瑩，可謂善於形容。下二句點明雨。“林聲”，雨聲也。曰“怨秋色”，則帶出人情。“對小山”二句形雨中山色也。曰“寸眉愁碧”亦帶寫人情。“不迭”，不及也。鄭文焯釋爲“不叠”，楊鐵夫釋爲“不斷”，皆非。張相《詩詞曲語辭匯釋》引吴此句，又釋爲“來不及”，亦非。此言小山山色，雨中對之，不及寸眉碧色也。“愁碧”與毛滂《惜分飛》詞“愁到眉峰碧聚”意同。“涼欺”句寫雨中人。人不耐風雨之涼，如被所欺，故曰“涼欺”。“暮砧”二句因聞人家搗衣聲而思昔日裁翦衣服之人。“砧”，搗衣石也。古代人家當秋末時，將故衣重搗重縫，似砧聲在催人裁翦。詞意到此，由所聞而生感，故有“最無聊”二句。上文所謂愁，步步寫來，到此始將愁之原因逼出，即“燕去堂空”也。“燕”，乃吴詞常用來暗指去妾者。“舊幕”句接寫空堂淒涼景色，以補足上句之意。“額”，幕上有横布如額也。“行客”，陳洵謂“即燕，《三姝媚》之‘孤鴻’言客，此之‘燕去’亦言客”。“西園”，在蘇州閶門之西，夢窗携妾曾居之處。“有分”言去妾曾同住此處也。“斷柳”二句言西園之花柳亦曾相識者。“西風”三句謂當日西園中人今日之情況也。“念寒蛩”二句補明西園中人今日之情緒。“那聽”，那堪聽也。“看雪飛”二句以蘆花之白尚不及白髮之白作結，言外有不堪禁受此種淒涼境地之意。

珍珠簾

春日客龜溪，過貴人家，隔牆聞簫鼓聲，疑是按歌，佇立久之。

蜜沉燼暖餘煙裊。層簾卷、佇立行人官道。麟帶壓愁香，聽舞簫雲渺。恨縷情絲春絮遠，悵夢隔、銀屏難到。寒峭。有東風嫩柳，學得腰小。　　還近綠水清明，嘆孤身如燕，將花頻繞。細雨濕黄昏，半醉歸懷抱。蠹損歌紈人去久，漫淚沾、香蘭如笑。書杳。念客枕幽單，看看春老。

（説）“龜溪”，在德清縣，古名孔愉澤。晉孔愉放龜於此，故名。此因聞貴人家簫鼓，感懷舊事而作。起七字陳洵謂是“千錘百煉而出”。蓋此句涵蓋全篇也。凡詞單句起者皆應如此。下句點題。“蜜沉”，《本草》：“蜜香生交州，大樹，節如沉香。”（“餘”，朱孝臧四校本作“萸”。）“蜜沉燼暖”者，香燼微温也。“餘煙裊”者，殘香未散也。蓋用香作象徵性來寫自己此際之情事，運思如發。香燼猶暖，以言舊事已銷沉而餘情猶在也。餘煙尚裊，以言舊人之影尚存心中也。“麟帶”句用温庭筠《舞衣曲》“蟬衫麟帶壓愁香”句意，言舊日歡舞之樂。“壓愁”，猶言銷愁也。“麟帶”，李賀《秦宫》詩有“玉刻麒麟腰帶紅”句，舞女之衣飾也。“聽舞簫”五字寫今日聽簫鼓引起之情。“雲渺”者，言舞簫之聲縹渺如雲也。“恨縷”二句言此時之情緒如縷、如絲、如春絮之悠揚遠去也。下句“夢隔銀屏”言情縱悠揚而夢却隔着銀屏，難以飛到。蓋舊人遠隔，夢亦難逢也。“寒峭”切“春日”。“東風”二句想見舊人姿態，如春柳之婀娜輕盈。蓋借景言情，輕微婉約，詞筆亦如之。換頭句詞點春日，情繫舊人。夢窗懷舊之情，每逢清明而切，知此時所關，有最難忘者在。“嘆孤身”二句即歇拍之“客枕幽單”。“將花頻繞”又即起句之“餘煙裊”。皆言聞歌佇立時情懷紛亂之狀。

“細雨”二句乃當時從龜溪歸來情事，時已半醉，復聞簫鼓，不覺生感也。寫舊情至此愈益迫切，故有“蠹損”七字，將所懷爲何和盤託出，語乃分明，不似前此之婉約矣。“香蘭笑”，用李長吉《李憑箜篌引》詩“芙蓉泣露香蘭笑”句意，見有情與無情者悲歡不同也。“淚沾”即李詩之“芙蓉泣露”也。貴人家簫鼓正酣，則“香蘭笑”也。歇拍二句，又用長吉《仁和里雜敘皇甫湜》詩“客枕幽單看春老”句意，而上冠“書杳”二字，言今已音訊杳然，但看春老而已。“春老”從景物言，則春將暮，清明時也；從人情言，則己之年歲已晚也。不盡餘情，至此亦收拾盡矣。

聲聲慢

陪幕中餞孫無懷於郭希道池亭，閏重九前一日。

檀欒金碧，婀娜蓬萊，游雲不蘸芳洲。露柳霜蓮，十分點綴成秋。新灣畫眉未穩，似含羞、低護墻頭。愁送遠，駐西臺車馬，共惜臨流。　　知道池亭多宴，掩庭花、長是驚落秦謳。膩粉闌干，猶聞憑袖香留。輸他翠漣拍甃，瞰新妝、時浸明眸。簾半卷，帶黄花、人在小樓。

（説）“霜蓮”，《陽春白雪》作“霜蓬”；“低護”，毛氏汲古閣本作“低度”，似較好。夏承燾考“閏重九”當是紹定五年壬辰，夢窗此詞作於此年。（《夢窗詞集》後箋）又曰：“郭園在蘇州，詞題幕中，謂蘇州倉幕也。”倉幕者，蘇州有南、北兩倉，轉運使主之。孫無懷與夢窗皆幕中同事。郭希道池亭，朱氏《小箋・婆羅門引》曰：“按集中《花犯・郭希道送水仙》詞有‘清華池畹’語。清華，疑即希道。”“西臺”，唐高宗改中書省爲西臺，孫氏此行，當入京爲中書省屬官也。

起八字陳澧謂“極煉”，陳洵謂“殊有拙緻”。而張炎論詞則詆爲“太澀”。蓋八字皆設色描繪之詞。“檀欒”，修竹之形容詞，字出枚乘《菟園賦》：“修竹檀欒。”“婀娜”，楊柳之形容詞，字出李商隱《贈柳》

詩："見説風流極，來當婀娜時。"又魏曹丕《柳賦》："柔條婀娜而蛇伸。""金碧"指樓臺之髹漆，因以代樓臺。"蓬萊"，本海上仙山，今以代園中池沼。如質言之，則爲修竹樓臺，楊柳池塘也。下句言天晴無風雨。凡詞四字對句必密麗，對句之後，承以單句必疏宕，此詞是也。"露柳"二句點秋景。"新灣"二句指新月，皆切重陽。"護"，毛本作"度"，意較明。過拍點明送别，《九辯》有"登山臨水兮送將歸"，故曰"共惜臨流"。换頭從郭園宴飲説。曰"知道"，曰"長是"，乃指平日此地宴會有歌舞之樂也。"膩粉"二句則今日想象之詞。"輸他"二句言今不如昔，今則已無"瞰新妝、時浸明眸"，故曰"輸他"。"輸"者，比昔則差也。歇拍仍收到餞别之賓主。"黄花"仍切重陽。楊鐵夫以爲人在小樓，或當時有倚闌窺客之人，不免節外生枝。

瑞龍吟　送梅津

黯分袖。腸斷去水流萍，住船繫柳。吴宫嬌月嬈花，醉題恨倚，蠻江荳蔻。　　吐春綉。筆底麗情多少，眼波眉岫。新園鎖却愁陰，露黄漫委，寒香半畝。　　還背垂虹秋去，四橋煙雨，一宵歌酒。猶憶翠微携壺，烏帽風驟。西湖到日，重見梅鈿皺。誰家聽、琵琶未了，朝驄嘶漏。印剖黄金籀。待來共憑，齊雲話舊。莫唱朱櫻口。生怕遣、樓前行雲知後。唳鴻怨角，空教人瘦。

（説）　此因尹焕由運判除左司郎官入京，夢窗餞别而作。夏承燾考係淳祐七年，是也。陳洵説"題是夢窗送梅津，詞則説梅津傷别。所傷又是他人，置身題外作旁觀感嘆，用意透過數層。"亦是。但此詞感嘆不多，除起處點明傷别外，餘皆形容梅津風流文采，祝賀其入京任職。

首三字暗用江淹《别賦》"黯然銷魂者，惟别而已矣"，點明别情。"腸斷"二句即寫分别時，句中着"去"、"住"兩字，以見雖船尚暫繫柳下，而去者已如水之流萍，更無還意，故使人腸斷。"吴宫"三句記梅津留蘇往日情事。"荳蔻"用杜牧"娉娉裊裊十三餘，荳蔻梢頭二月初"詩意，形容與梅津分袖之人之美。"嬌月嬈花"四字寫得其人有閉月羞花之態。“醉題恨倚”四字則正寫梅津之文采風流，與上四字相映。第二段承上“醉題恨倚”，故有“吐春綉”與“筆底麗情”之句。“新園”三句點時，梅津之行在秋日，故有“露黄”、“寒香”之語。此調乃雙拽頭，第一、第二兩段音律句讀皆同。

以上兩段皆着重寫梅津之文采風流，至第三段方寫其與梅津叙别之情。“還背”三句言由蘇赴杭也。“垂虹”、“四橋”皆蘇州橋名。“一宵歌酒”，别筵也。“猶憶”二句回想往時與梅津登高事。“烏帽”暗用龍山落帽故事。“西湖”二句從别後説。“梅鈿”，梅花如婦人花鈿也。“誰家”二句用孫巨源在李太尉家宴飲，聽琵琶未終，有旨催入直草詔事，爲梅津祝頌。“印剖”句補足上句祝頌意。“待來”二句又望其回蘇叙舊也。“莫唱”句仍歸到别筵。“生怕”句之“行雲”，即上文之“荳蔻”。從歇拍幾句看，梅津所眷之人，不在别筵，故曰生怕使之知後，聞“唳鴻怨角”而生别愁，消減形容也。故陳洵謂“吴所眷者，此時不在别筵也”。“唳”原作“淚”，從鄭文焯校改。

西河　陪鶴林登袁園

春乍霽。清漣畫舫融泄。螺雲萬疊暗凝愁，黛蛾照水。漫將西子比西湖，谿邊人更多麗。　步危徑，攀艷蕊。掬霞到手紅碎。青虵細折小回廊，去天半咫。畫闌日暮起東風，棋聲吹下人世。

海棠借雨半綉地。正殘寒、初御羅綺。除酒消春何計。向沙頭、更續殘陽一醉。雙玉杯和流花洗。

（説）　朱《箋》：“《宋詩紀事》：‘吴泳，字叔永，號鶴林，潼川人，仕至權刑部尚書。’”

此記游之詞也。調亦雙拽頭，但第二段换頭多三字。起三字記時。“清漣”句乘舟往游也。“螺雲”二句寫水中山影，蓋袁園築於山上，影入水中如萬疊螺雲也。“漫將”二句用蘇軾“若把西湖比西子”及杜甫“長安水邊多麗人”詩句，寫游人之佳麗，以與湖山比美。第二段起二句寫到園。“掬霞”句之“霞”即“艷蕊”。“青虵”指園中上山曲徑，覆以迴廊也。“去天”句形容其高也。“畫闌”二句亦寫其高。此數句皆寫題中“登”字。第三段起處寫園中花木。“正殘寒”以下寫飲宴。“除酒”句寫游情。末句則映帶游歸之情景，寫足游宴之趣，以結全闋。

秋霽　雲麓園長橋

一水盈盈，漢影隔遊塵，净洗寒緑。秋沐平煙，日回西照，乍驚飲虹天北。彩闌翠馥。錦雲直下花成屋。試縱目。空際、醉乘風露跨黄鵠。　　追想縹緲、釣雪松江，恍然煙蓑、秋夢重續。問何如、臨池膾玉。扁舟空艤洞庭宿。也勝飲湘然楚竹。夜久人悄，玉妃喚月歸來，桂笙聲裏，水宫六六。

（説）　周密《癸辛雜識》：“雲麓，史彌遠之子，名宅之，字子仁。”朱《箋》引《寧波府志》稱：“子仁心非叔父彌遠所爲，著《昇聞録》以寓規諫，避勢遠嫌，退處月湖。”長橋當即湖上之橋。但《志》稱子仁乃彌遠之侄，與《癸辛雜識》不同。

此亦記游之詞也。起三句寫湖。“秋沐”三句寫長橋。“飲虹”用王褒詩：“飛橋類飲虹。”“彩闌”寫園中花木。“試縱目”二句寫橋上所感，長橋跨空，人行其間，如乘風、跨鵠也。換頭三句因游湖而聯想及松江釣雪，故有“秋夢重續”之句。“問何如”二句又設想到艤舟洞庭。“膾玉”用蘇舜欽詩“笠澤鱸肥人膾玉”，言魚鮮潔如玉也。“也勝”句承上艤舟洞庭，故有“飲湘”、“楚竹”之詞。“然楚竹”用柳宗元詩“漁翁夜傍西岩宿，曉汲清湘然楚竹”句意。“夜久”三句記游至月上始歸，因夜色空明，有似“水宫”，故有“桂笙”、“玉妃”之詞。“玉妃喚月”用温庭筠《曉仙謡》“玉妃喚月歸海宫”句意。“六六”，三十六也。駱賓王詩“漢家離宫三十六”，此因水月空明而生之幻想也。

木蘭花慢

游虎丘，陪倉幕。時魏益齋已被親擢，陳芬窟、李方庵皆將滿秩。

紫騮嘶凍草，曉雲鎖，岫眉顰。正蕙雪初消，松腰玉瘦，憔悴真真。輕藤。漸穿險磴，步荒苔、猶認瘞花痕。千古興亡舊恨，半邱殘日孤雲。　　開尊。重弔吴魂。嵐翠冷，洗微醺。問幾曾夜宿，月明起看，劍水星紋。登臨。總成去客，更軟紅、先有探芳人。回首滄波故苑，落梅煙雨黄昏。

（説）《吴地記》："闔閭死，葬於國西北名虎丘……扁諸之劍魚腸三千在焉。"又曰："秦始皇東巡至虎丘，求闔閭寶劍，其虎當墳而踞。始皇以劍擊，不及，誤中於石。……劍無獲。其石裂陷成池，故號劍池。"魏、陳、李三人皆倉幕同事。

起句言趁曉出游。"正蕙雪"三句用蕙、松雪後之狀，想像真真憔悴之容。"真真"者，真娘也，亦作貞。《吴地記》："虎丘有貞娘墓，吴國之佳麗也。""輕藤"(誤作藜，從鄭校改)以下三句正寫游。"瘞花痕"，即貞娘葬地遺迹。"千古"二句將弔古之情與游時景物結合，收上起下。换頭四句寫陪游宴飲之事，即承上過拍説來。"問幾曾"三句寫劍池，帶出往日游踪。"登臨"三句中之"去客"即魏、陳、李三人將去吴也。"更軟紅"二句言三人將入都城軟紅塵土中，先來游虎丘作探芳之人，以見三人之高情。"軟紅"，蘇軾有"軟紅猶戀屬車塵"句，自注："前輩戲語西湖風月不如東華軟紅香土。""東華"乃宋時東京一城門名，即以代京都用也。歇拍以景結情。此詞自曉寫至黄昏，記竟日之游，中間插入蒼茫弔古之情，亦題中應有之義。佈景設色，最爲工整。

齊天樂　毗陵陪兩别駕宴丁園

竹深不放斜陽度，横披淡墨林沼。斷莽平煙，殘莎剩水，宜得秋深才好。荒亭旋掃。正著酒寒輕，弄花春小。障錦西風，半圍歌袖半吟草。　　獨游清興易懶，景饒人未勝，樂事長少。柳下交車，尊前岸幘，同撫雲根一笑。秋香未老。漸風雨西城，暗欹客帽。背月移舟，亂鴉溪樹杪。

（説）朱《箋》引《漢書・地理志》"會稽郡縣毗陵"注："季札所居

舊延陵，漢改之。”又引《宋史·地理志》“兩浙路常州望毗陵郡”。

“竹深”二句從丁園景色寫起。竹深翳日，故曰“淡墨林沼”。“横披淡墨”，蓋以畫爲喻也。“斷莽”三句接寫丁園外秋景。“荒亭”四字謂開宴之前灑掃也。“正著酒”二句承上寫開宴之時。“障錦”二句則酒筵之人物也。曰“歌袖”則有妓樂，曰“吟草”，則客皆詩人也。换頭三句以“獨游清興易懶”，反托出陪游之樂。“柳下”三句正寫陪游樂事。“交車”，同游者衆也。“岸幘”字出《晉書·謝奕》傳，謂奕在桓温幕中爲安西司馬。每當温座中岸幘談笑，無異平日，不爲温權勢所屈。此用以自擬。“雲根”，石也。賈島詩有“移石動雲根”之句。“秋香”四字點明時序。曰“未老”，菊花猶盛開也。鄭谷《十日菊》詩：“自緣今日人心别，未必秋香一夜衰。”“漸風雨”二句言重陽將近也。重陽前後多有風雨，故潘大臨有“滿城風雨近重陽”之句。“攲帽”二字本出《北史·獨孤信傳》，稱信因獵日暮馳馬入城，其帽微側，人多效之。又王安石有“風行攲帽檐”之句，實則暗用孟嘉九日龍山落帽事，因此上“漸風雨西城”句，已言時近重陽也。“背月”二句寫宴罷歸途景物作結。

此詞有復處，上言“岸幘”，下又言“攲帽”不免犯復。此秋末而曰“春小”者，十月爲小春也。又“背月”毛本作“背日”，“溪樹曉”，毛本作“溪樹晚”，並非。鄭叔問校記謂當作“繞”，亦未當。“曉”字，《鐵網珊瑚》作“少”，乃“杪”之殘文，今據改。此字之所以多異文，因“背月”不當曰“曉”。雖每月下旬月落時，天方曉，然果如此，則丁園之宴，必通宵達旦，亦不近情理。觀首句言“斜陽”，歇拍言“背月”，本無不可，但“曉”必誤，作“杪”則順暢矣。

水龍吟　惠山酌泉

艷陽不到青山，古陰冷翠成秋苑。吴娃點黛，江妃擁髻，空濛遮斷。樹密藏溪，草深迷市，峭雲一片。二十年舊夢，輕鷗素約，霜絲亂，朱顔變。　　龍吻春霏玉濺。煮銀瓶、羊腸車轉。臨泉照影，清寒沁骨，客塵都浣。鴻漸重來，夜深華表，露零鶴怨。把閒愁换與，樓前晚色，棹滄波遠。

（説） 朱《箋》引陸羽《游慧山寺記》：“慧山，古華山也。山有九隴，俗謂九龍山，在無錫西七裏。寺中有方池，一名千葉蓮花池。”又“慧山於錫諸山最大，其脈宛轉歷天目而來，至是峰九起，故又曰九龍。泉出龍首爲第一峰。慧之爲山以泉名。唐人陸羽品爲天下第二，故名第二泉。”（按慧、惠古通用。）

起從游山説，曰“艷陽不到”，曰“古陰冷翠”，則是日天陰也。“吴娃”三句寫陰霾中遠景，“吴娃點黛”、“江妃擁髻”，皆以形容山色。“樹密”三句寫陰霾中近景。“藏溪”、“迷市”，寫得迷離。“峭雲”即惠山，於空濛迷漫中突出一山，如“峭雲一片”也。“二十年”四句言舊游如夢，今則發白顔衰，重踐鷗盟，再游此地也。陸游有“平湖煙水已盟鷗”句，辛棄疾有“凡我同盟鷗鷺”句，皆以遠離塵囂，與鷗鳥爲群，見其清致也。换頭從酌泉另起。“龍吻”，惠山泉出口處石刻成龍吻狀也。“羊腸車轉”，煮茶聲也。“臨泉”三句以泉之清澈，形己之塵勞，故曰“客塵都浣”。“鴻漸”三句以陸羽自比。陸羽字鴻漸，善品泉，著有《茶經》。“華表”用遼陽東門華表上丁令威化鶴歸來故事，言追念舊游，已如華表之鶴。“把閒愁”三句寫游畢而去，有一片蒼茫景色。

滿江紅　澱山湖

雲氣樓台，分一派、滄浪翠蓬。開小景、玉盆寒浸，巧石盤鬆。風送流花時過岸，浪摇晴棟欲飛空。算鮫宫、只隔一紅塵，無路通。　　神女駕，凌曉風。明月佩，響丁東。對兩蛾猶鎖，怨緑煙中。秋色未教飛盡雁，夕陽長是墜疏鐘。又一聲、欸乃過前岩，移釣篷。

（説） 朱《箋》引《元史·河渠志》：“太湖爲浙西巨浸，上受杭湖諸山水，潴蓄之餘，分匯爲澱山湖。”又引《名勝志》：“薛澱湖亦名澱山湖，以其中有澱山也。”

此亦寫景之詞也。起句總寫湖山。“雲氣”四字即蜃樓海市之意。

《南越志》:“海邊蜃氣如雲，結成樓台。”此三句，將湖山説成海上蓬萊一派，亦化實爲虚之法。“開小景”三句又以“玉盆”、“巧石”比擬湖山，言其結構玲瓏，如人造盆景。前以蓬萊相比，則從大者言之；此又以盆景相擬，則小言之，總之不着一實筆。“風送”二句正寫湖景。上句湖風，下句湖水。“晴棟”，朱校從《詞綜》作“晴練”，非也。此寫湖中樓台倒影，爲浪所摇，如欲飛去。朱彝尊《詞綜》每喜改字，不可信。“算鮫宫”二句設想更奇，言如此湖山，定通鮫宫，但“隔一紅塵，無路通”耳。“鮫宫”猶言龍宫。《博物志》:“鮫人水居如魚，不廢織績，時出人家賣綃。”又《述異記》:“南海有龍綃宫，泉光織綃之處。”换頭從湖上神女廟另起。“明月”二句形容神女衣飾。“對兩蛾”二句寫其容態。“秋色”一聯又從時序物色寫湖景。其與上半“風送”一聯不犯復者，彼寫湖水湖風，此言秋聲秋色也。歇拍寫游湖，“一聲欸乃”用柳宗元“欸乃一聲山水緑”句意，“欸乃”，讀若靄逮，櫓聲也，應讀阿那。

醜奴兒慢　雙清樓　在錢塘門外

空濛乍斂，波影簾花晴亂。正西子梳妝樓上，鏡舞青鸞。潤逼風襟，滿湖山色入闌干。天虚鳴籟，雲多易雨，長帶秋寒。　　遥望翠凹，隔江時見，越女低鬟。算堪羡、煙沙白鷺，暮往朝還。歌管重城，醉花春夢半香殘。乘風邀月，持杯對影，雲海人間。

(説)　起二句寫晴明景色。“波影”句將湖光寫得光彩絢爛。“正西子”句用蘇軾“若把西湖比西子，淡妝濃抹總相宜”句意。此詞直以西湖作西子看，故以雙清樓爲西子妝樓。“鏡舞”四字即從梳妝設想。鸞鏡乃美人梳妝之鏡。宋范泰《鸞鳥詩序》稱“昔罽賓王有一鸞，三年不鳴。夫人曰:‘鳥見其類而後鳴，何不懸鏡以映之。’王從其言，鸞睹影悲鳴，哀響衝霄，一奮而絶。”後人以鸞飾妝鏡，蓋起於此。“潤逼”二句爲登樓所見。“天虚”用莊子“天籟，風也”。“雲多”二句則天氣由晴轉雨也，故曰“帶秋寒”。换頭寫遠景。“翠凹”指平原低處如凹也。“凹”，音“坳”。“隔江”句寫遥望中之山。“時見”者，因雲多也。“低鬟”，平遠山色如女鬟也。“算堪羡”二句見白鷺往來自在而生羡，以見此身爲事所羈，不如白鷺也。“歌管”二句寫杭城繁華。歇拍用李白“舉杯邀明月，對影成三人”詩意，見獨游、獨酌也。“雲海”四字收得氣象空闊。

點絳唇　試燈夜初晴

卷盡愁雲，素娥臨夜新梳洗。暗塵不起。酥潤淩波地。
輦路重來，彷彿燈前事。情如水。小樓薰被。春夢笙歌裏。

（説）　此詞上半闋專寫題中五字，下半闋則抒寫情思之語。“卷盡”二句指初晴也。“素娥”，月也。“暗塵”句用蘇味道《元夜》詩“暗塵隨馬去，明月逐人來”，周美成《解語花·上元》詞亦有“鈿車羅帕相逢處，自有暗塵隨馬”語，皆紀士女嬉游也。今曰“不起”，則初晴之時，游人尚少。“酥潤”句寫月色着地如水，而以“酥潤”二字形容之，極能道出雨晴月地景色。换頭言重來京市。“燈前事”而以“彷彿”二字形容之，舊事往情已淡然忘之矣。“情如水”，即淡忘之意。“小樓”二句中“小樓薰被”，寂境也。“笙歌”，喧境也。小樓之人“春夢”於“笙歌”聲裏，將喧寂不同之境連綴之，而歡戚相異之感自在言外。譚獻評此詞此二句爲“咳唾珠玉”，蓋贊其用意深微而吐詞温麗也。

蝶戀花　九日和吴見山韻

明月枝頭香滿路。幾日西風，落盡花如雨。倒照秦眉天鏡古。秋明白鷺雙飛處。　　自摘霜葱宜薦俎。可惜重陽，不把黄花與。帽墮笑憑纖手取。清歌莫送秋聲去。

（説）　起從月桂説。“西風”二句寫桂花落也。“倒照”二句，上句言山色如眉黛倒影入湖中。“天鏡”，湖水平如鏡面也。李白有“開帆入天鏡，直向澎湖東”，是也。下句切秋時説。“白鷺雙飛處”，秋光最鮮明也。换頭從九日宴飲説。“自摘”句實寫宴飲。“可惜”二句言菊尚未花。“帽墮”句用孟嘉龍山落帽事，而曰“縴手取”，知宴席間有歌妓，故下有“清歌莫送秋聲去”之句。

踏莎行

潤玉籠綃，檀櫻倚扇。綉圈猶帶脂香淺。榴心空疊舞裙紅，艾枝應壓愁鬟亂。　　午夢千山，窗陰一箭。香瘢新褪紅絲腕。隔江人在雨聲中，晚風菰葉生秋怨。

（説）“潤玉”八字寫人之肌膚、檀口皆秀麗無比。“綉圈”句寫其裝飾亦極其華艷。“榴心”句寫紅裙切五月。唐耿緯有“金鈿正舞石榴裙”句。“艾枝”寫鬟飾，應端節。《荆楚歲時記》稱端午翦彩爲小虎，粘艾葉戴之，即此詞之“艾枝”。以上所寫皆端午日閨人之容飾。但“猶帶”、“空疊”、“應壓”等詞，明其人不在目前者。其所以如此描寫，須至下半闋方知。此等處即陳洵所稱留字訣也。换頭八字始將上半闋所寫點明是一場夢境。曰“千山”，夢去甚遠也。曰“一箭”，夢醒甚速也。“香瘢”句仍從端午着筆，《風俗通》謂五月五日以彩絲繫臂，辟鬼及兵，名長命縷。故曰“紅絲腕”。“香瘢新褪”者，舊事無痕也。歇拍二句言午夢醒來，别無所見，惟有“雨聲”、“菰葉”伴人悽寂而已。曰“隔江人”，楊鐵夫謂去吴之人，則是指其去妾在雨中生秋怨。如説自身是與去妾隔江，似較與詞意相合。方端午而曰“秋怨”者，愁人善感，“雨聲”、“菰葉”之中，一夢醒來，悽然其如秋也。

陳洵《海綃翁説詞》有論夢窗詞之語，頗可玩味。陳曰：“以澀求夢窗，不如以留求夢窗。見爲澀者，以用事下語處求之，見爲留者，以命意運筆中得之也。以澀求夢窗，即免於晦，亦不過極意研煉麗密止矣，是學夢窗，適得草窗。以留求夢窗，則窮高極深，一步一境。沈伯時謂‘夢窗深得清真之妙’，蓋於此得之。”又曰：“詞筆莫妙於留。蓋能留則不盡而有餘味，離合順逆，皆可隨意指揮而沉深渾厚，皆由此得。雖以稼軒之縱横而不流於悍疾，則能留故也。”按陳氏專學夢窗，所得夢窗妙處，以一“留”字概之。所謂“留”者，從陳氏所論觀之，即含蓄甚深而不出一淺露之筆，故雖千言萬語而無窮盡也。然必其人之情極真、感極深，又蓄之極久，蟠鬱於懷極厚，方能到此境地，非故作掩抑之態，但爲吞吐之聲之謂也。此等處亦非細意體會，不易區别。清末詞家頗知學夢窗，但以用事下語處求夢窗者多，其所得不過外形之麗密，爲之太過，且必至於晦澀。晦澀則吴詞之病也，學者不得其妙反得其病，則非古人之過，學古者之過也。

燭影摇紅　元夕雨

碧淡山姿，暮寒愁沁歌眉淺。障泥南陌潤輕酥，燈火深深院。入夜笙歌漸暖。彩旂翻、宜男舞遍。恣游不怕，素韈塵生，行裙紅濺。　　銀燭籠紗，翠屏不照殘梅怨。洗妝清靨濕春風，宜帶啼痕看。楚夢留情未散。素娥愁、天深信遠。曉窗移枕，酒困香殘，春陰簾卷。

（説）陳洵從“楚夢”等句看，將此詞通首説成夢窗抒寫忠愛之情。楊鐵夫則以爲憶姬而作。陳之言曰：“‘楚夢’，衰世君臣，‘留情未散’，彼昏不知，‘天深信遠’，猶望明時。‘春陰簾卷’，仍復無望。如此看去，有多少忠愛。”楊之言曰：“‘楚夢’爲指已邊説，‘素娥’指姬邊説。‘楚夢’、‘娥愁’，‘夕雨’二字俱到。”二説之差距如此大。今細讀之，皆雨中感懷之言。所感何事，作者既未明言，詞中亦未特别透露，頗難指實。大概人情多感，或身事，或世事，往往不分，讀者何可泥説。此詞題曰“元夕雨”，元夕，佳節也，應及時行樂，而雨則妨人行樂，此當是生感之由，亦即作詞之故也。

起四字乃雨中山色。“暮寒”句乃寒雨中人情。（“歌眉”，鄭氏校記謂是“欹”字形誤，恐非。）“障泥”二句，上言陌上雨，下言雨中人家。“入夜”切元夕，亦指人家説。“彩旂”句元夕故事。《事物紀原》有元旦以青繒爲小幡簪之，謂其習起於漢時，後更以五色繒爲之。“彩旂”或其遺制。“恣游”乃雨中游人。上半闋泛寫題意已完，下半闋方從己邊着筆。“銀燭”二句寫元夕之燈也。“翠屏不照”句言屏外殘梅非燭光所及，故有“怨”。“洗妝”二句即從殘梅説，言梅花帶雨如人洗妝靨，而雨濕之梅花又如人帶啼痕。“楚夢”句則因雨而想及宋玉行雨行雲之文。“留情未散”，就夢醒後説，餘情猶在也。“素娥”則又因“楚夢”而想及神女。“天深信遠”，夢後音信難通也。此二句作者之情究何所指，頗難臆測，但從詞面看，皆由雨而聯想及之者。歇拍從夕到曉之詞。“酒困香殘”，曉來情味也。“春陰簾卷”，曉來天氣也。此在作法爲推到去路作結之法。詞中“天深”，毛本作“天長”，“長”字熟，“深”字生，吴詞喜用生字，亦文家用字避熟之意也。

浪淘沙

燈火雨中船。客思綿綿。離亭春草又秋煙。似與輕鷗盟未了，來去年年。　往事一潸然。莫過西園。淩波香斷緑苔錢。燕子不知春事改，時立秋千。

（説）　此舟行感舊之詞。起五字述舟中景色。“客思”，旅懷也。“春草”、“秋煙”，言經年在途中也。“似與”二句感慨往來不止一年也。换頭句感舊事而傷情也。“莫過西園”，傷情之地，不忍重過也。“淩波香斷”，西園之人已去，空餘緑苔也。“燕子”二句言只有燕子猶來也。

點絳唇

時霎清明，載花不過西園路。嫩陰緑樹。正是春留處。
燕子重來，往事東流去。征衫貯。舊寒一縷。淚濕風簾絮。

（説）　此亦春暮懷舊之詞。“清明”爲夢窗最傷心之時，“西園”則其最傷心之地。曰“時霎”者，言一霎時又是清明了也。曰“不過”，與前詞“莫過”同，皆不忍重過也。“嫩陰緑樹”之中，春色猶在，詞乃寫景，意却懷人，言春留而人不在也。但人不在之意，留於下半闋中説。换頭之“燕子”，即夢窗之去妾。“往事東流”，人去不能再回之喻。“征衫貯”，猶言旅懷滿貯。“舊寒”，舊日傷心之情也，故歇拍有“淚濕”之語。

青玉案

短亭芳草長亭柳。記桃葉、煙江口。今日江村重載酒。殘杯不到，亂紅青冢，滿地閒春綉。　　翠陰曾摘梅枝嗅。還憶秋千玉葱手。紅索倦將春去後。薔薇花落，故園胡蝶，粉薄殘香瘦。

（説）　陳洵説“此與‘黄蜂頻撲秋千索’（《風入松》）異矣。豈其人已歿乎？詞極悽艷，却具大起大落之勢”。按從詞情觀之，殆爲悼念亡妓之作。夢窗於遣妾去後，别有所戀，未及成婚而其人已亡。《鶯啼序》及此詞似均爲此人而作。

起處之“長亭”、“短亭”乃相别之地。下文“桃葉”句用王獻之《桃葉歌》：“桃葉復桃葉，渡江不用楫。但渡無所苦，我自迎接汝。”言將迎娶也。“桃葉”，獻之侍妾名。“今日”以下皆述重來情事。詞有“殘杯”、“青冢”語，蓋言今日重來，願以一杯酹其人之冢亦不得，但見滿地春草如綉而已。换頭復回憶初遇時事。“摘梅枝”、“秋千”，皆是舊事。“紅索”，秋千索也。此言往事皆隨春去也。陳洵以此與《風入松》詞皆言及秋千，而此詞曰“春去”，彼詞則曰“香凝”，情事迥别，故與之不同。“薔薇”三句，反用杜牧《留贈》詩“不用鏡前空有淚，薔薇花謝即歸來”句意。周邦彦《虞美人》詞亦有“不須紅雨洗香腮，待得薔薇花謝、便歸來”之句。言今則“薔薇花落”，但有“故園胡蝶”飛來，而胡蝶亦“粉薄殘香瘦”。垂淚望歸之人固不可見，重來之人，亦與“故園胡蝶”相同，其情思悽苦甚矣。

解蹀躞

醉雲又兼醒雨，楚夢時來往。倦蜂剛著梨花惹游盪。還做一段相思，冷波葉舞愁紅，送人雙槳。　　暗凝想。情共天涯秋黯，朱橋鎖深巷。會稀投得輕分頓惆悵。此去幽曲誰來，可憐殘照西風，半妝樓上。

（説）　陳洵説"此蓋其人去後過其舊居而作"，是也。起二句言魂夢時往來其間。"楚夢"暗用宋玉《高唐賦》，但以"醒"、"醉"换却"朝"、"暮"二字，則夢境更迷離矣。下文又以"倦蜂"迷戀"梨花"比説。"梨花"暗用梨花雲，亦夢也。王建《夢梨花》詩："落落漠漠路不分，夢中唤作梨花雲。"夢窗最工寫夢，此詞其一也。"還做"三句補明所以迷戀之故。蓋其人已由雙槳送去，故有此"一段相思"之情。"冷波"六字乃爲下句設色，蓋送人時之景色也。换頭句之"凝想"，凝情想望也。周美成《尉遲杯》詞之"夢魂凝想鴛侶"，即此之注釋。蓋因想成夢，夢復生想，情思顛倒有如此也。"情共"二句即"黯然銷魂者，惟别而已矣"八字演化。"情共"之"情"即别情，"秋黯"之"黯"即"黯然"之黯，而冠以"秋"字，更覺悽然矣。"朱橋深巷"即"楚夢來往"之處。"會稀"句乃别後追憶之詞。言"會稀"則歡時本少。曰"輕分"，則别去又易也。"投得"，猶言臨到、到得。蓋言歡會已難，臨到分别又太易，安得不"頓惆悵"。"此去"二句又從人去後之舊居説。"幽曲"即"深巷"，不曰自己不來，而曰"誰來"，見無人來往也。下句"半妝樓上"，"半妝"，殘妝也，即夢想中之人，而以"殘照西風"渲染樓前景色，故曰"可憐"。陳洵説"'朱橋深巷'、'殘照西風'，夢境依稀"實乃意中想像之境，與上半闋之夢境又不同，此乃化實爲虚法也。楊鐵夫仍以爲"憶去姬之詞"，然從"幽曲"看，"曲"乃平康妓所聚處，楊慎校周邦彦《瑞龍吟》"愔愔坊陌人家"句，謂當作"坊曲"，指"當時長安諸倡家謂之曲"，是也。然則其人殆即夢窗新眷之妓，未成娶而殁者，作此詞時則猶未殁，但已分别矣。

鶯啼序

殘寒正欺病酒，掩沉香綉户。燕來晚、飛入西城，似説春事遲暮。畫船載、清明過却，晴煙冉冉吴宫樹。念羈情，游蕩隨風，化爲輕絮。　　十載西湖，傍柳繫馬，趁嬌塵軟霧。溯紅漸、招入仙溪，錦兒偷寄幽素。倚銀屏、春寬夢窄，斷紅濕、歌紈金縷。暝隄空，輕把斜陽，總還鷗鷺。　　幽蘭旋老，杜若還生，尚水鄉寄旅。別後訪、六橋無信，事往花萎，瘞玉埋香，幾番風雨。長波妒盼，遥山羞黛，漁燈分影春江宿，記當時、短楫桃根渡。青樓彷彿，臨分敗壁題詩，淚墨慘淡塵土。　　危亭望極，草色天涯，嘆鬢侵半苧。暗點檢、離痕歡唾，尚染鮫綃，嚲鳳迷歸，破鸞慵舞。殷勤待寫，書中長恨，藍霞遼海沉過雁，漫相思、彈入哀筝柱。傷心千里江南，怨曲重招，斷魂在否。

（説）　此詞共長二百四十字，殆同一小賦。宋人作者不多，夢窗亦止三首。詞共分四段，從聲律上看，前後各以兩段爲一組，共成兩組。作此調者，非有極豐富之情事，不易充實；非有極矯健之筆力，不能流轉。夢窗此詞，總的説來，不出悲歡離合四字。前兩段主要是寫生離，後兩段主要是寫死别，中間復以羈游之情，今昔之感，迴環往復出之，極穿插錯雜之能事，故驟讀之，不易得其曲折。考夢窗生平最使之難忘者，乃寓吴時曾納一妾。此妾於淳祐四年遣去，其因何被遣，則不可得知。遣妾之後，在杭復眷一妓。此妓似未及成娶，不久即歿，其因何未及成娶，亦不可知。此詞之作，在妓歿之後。夢窗老年獨客，追念往事，情不能已，故有此纏綿往復之詞，正姜夔所謂“少年情事老來悲”也。

陳洵説此詞專主去妾，則無以解釋“瘞玉埋香”及“怨曲重招，斷魂在否”之語。楊鐵夫又於去妾之外，亡妓之後，增一楚妓，愈加膠葛矣。今定爲懷去妾與悲亡妓，似較妥當。

夢窗是多情之人，其用情不但在婦人女子生離死别之間，大而國家之危亡，小而友朋之聚散，或弔古而傷今，或憑高而眺遠，即一花一木之微，一游一宴之細，莫不有一段纏綿之情，寓乎其中，又能於極綿密之中，運以極生動之氣。惟其修辭太過，用典過富，有時不免晦其本意，而流於生澀。但此等疵病，要亦不多，不可以一眚掩其全美。周濟稱其如“天光雲影，摇蕩緑波”(《介存齋論詞雜著》)，可謂善於形容。陳廷焯稱其“超逸處則仙骨珊珊，洗脱凡艷；幽索處則孤懷耿耿，别締古歡”(《白雨齋詞話》)，亦甚精切。況周頤稱其詞如“萬花爲春”，又曰：“夢窗密處易學，厚處難學。”又曰：“即其芬菲鏗麗之作，中間雋句艷字，莫不有沉摯之思，灝瀚之氣，挾之以流轉。”(《蕙風詞話》)則評論更爲得要。大抵吴詞不出一真字，有真情，真境，真事，然後有真詞。至於修飾字句之功，諧聲協律之事，在詞學乃末技，可學而能者也。填詞者固不可不講求，但詞之好壞，却不在此。譬之美人，亂頭粗服固不損其美，即嚴妝盛飾，亦不掩其麗。夢窗之詞，則嚴妝盛飾之美人也。故陳洵説“飛卿嚴妝，夢窗亦嚴妝，惟其國色，所以爲美。”此語亦極恰當。但嚴妝太過，亦非絶無疵病。此周濟所以有“夢窗非無生澀處，總勝空滑”之論(《介存齋論詞雜著》)。初學作詞，從夢窗入手，必不至流爲滑易，亦學者所當知也。

此詞第一段，從獨居情事説起。“殘寒”，天時也。“病酒”，人事也。“燕來”二句點春暮。“畫船”三句，曰“清明”，曰“吴宫”，遣妾之時與地也。(吴詞凡清明寫情，皆因亡妓，夏承燾説是也。但此詞似非指亡妓，因下文“吴宫”字當係與去妾有關，此説似可修正夏説。因此，凡以一節概其全體者，不免有誤。況吴詞本不易領會者，亦讀者所當注意也。)此三句徐徐引入離情，但下文過拍三句，不曰離情而曰“羈情”，不寫情濃而曰“化爲輕絮”，蓋風絮飄盪散亂，此時情緒似之。且此時夢窗獨客杭州也。如此説來，“羈情”之中有離情矣。第二段“十載”三句從客杭後説。“傍柳”二句乃昔日游冶情事也。“溯紅”二句暗用劉阮上天台遇仙女事，追念遇杭妓事。天台山下有溪，故曰“入仙溪”。“錦兒”，本錢塘妓楊愛愛之侍兒。按《侍兒小名録》，愛愛姓楊，本錢塘娼家，泛舟西湖，爲張逞所調。後三年，追念不置，感疾死。其婢錦兒出其綉巾、香囊諸物，皆鬱然如新。夢窗用此典故，蓋與其事有相合處，足爲杭妓未及娶成已死之明證。下文“倚銀屏”二句從“斷紅濕”三字看來，則是言與杭妓别後事。“歌紈”，歌扇也。“金縷”，舞衣也。此言件件皆觸目生悲也。“暝隄空”三句猶言往事成塵也。但託景物言之，是爲景中有情之句。第三段專從杭妓説。“幽蘭”三句乃旅杭時景物。“别後”四句乃重訪舊游之地也。此時杭妓已亡，“六橋無信”言舊地依然而其人已渺也。下句“瘞玉埋香”，明點出杭妓之死。四字出王承檢掘地得瓦棺石銘，有“深深葬玉，鬱鬱埋香”之語。曰“幾番風雨”，則妓亡已久也。“長波”三句以水宿所見之波光山色，想見亡妓之容色。曰“妒”，曰“羞”者，言波光山色不及斯人之美目秀眉也。“記當時”以下，“短檝桃根渡”用王獻之《桃葉歌》：“桃葉復桃葉，渡江不用檝。”又：“桃葉復桃葉，桃樹連桃根。”（《樂府詩集》卷四十五）“青樓”用杜牧：“十年一覺揚州夢，赢得青樓薄倖名。”二者皆妓事也。觀“臨分”二句如此“慘淡”，知杭妓未及娶歸，當時確有迎娶之約。至因何未及即娶，事不可知。或夢窗客游，不及如約而妓病亡，故念之悲切。第四段爲總結之詞，“危亭”三句自傷衰年獨客，與首段起處遥遥呼應。“草色”二句有對此天涯芳草，不覺萬感紛來之意。下文之“離痕”四句則生離之恨，死别之悲，去妾、亡妓，一齊涌上心來矣。“亸鳳”，指婦人之髻鬟下垂者，古婦人有鳳髻，即以代婦人用。“鸞”，指鏡，事見《藝文類聚》引范泰《鸞鳥詩》自序。蓋鸞孤則不舞不鳴，對鏡見影則悲鳴而舞，故古人以鸞爲鏡飾。“破鸞”，離鸞、孤鸞也，此以自比。曰“迷歸”，去而不返，死而不復生也。曰“慵舞”，失侣之人，無復興趣也。柳永詞有“便縱有千種風情，更與何人説”，與此意同。“藍霞”句言音訊杳然也。“漫相思”句言徒有相思之情譜入曲調而已。歇拍三句用《楚辭·招魂》篇“目極千里兮傷春心，魂兮歸來哀江南”語，尤爲沉痛。

三犯渡江雲　西湖清明

羞紅顰淺恨，晚風未落，片綉點重茵。舊隄分燕尾，桂棹輕鷗，寶勒倚殘雲。千絲怨碧，漸路入、仙塢迷津。腸漫回、隔花時見，背面楚腰身。　　　　逡巡。題門惆悵，墮履牽縈，數幽期難準。還始覺、留情緣眼，寬帶因春。明朝事與孤煙冷，做滿湖、風雨愁人。山黛暝，塵波淡緑無痕。

（説）此詞大意是描述清明憶舊游之情事，至其事爲何，從内容上看，從其用典實看，則爲昔有所遇，今未能忘，故有此作。惟其情至深微，非可徑達，説來大費經營，因而體會之亦非易易。即如起首三句，從表面看去，不過記清明景色，然細按之，已將所遇之人之容色情態，託之花木，曲曲摹繪出之矣。“羞紅”，含苞初放之花，如人含羞也。“顰淺恨”，初放之花，又如人顰眉，微帶恨意也。五字是人是花，渾不可分。“晚風未落”二句則花之盛開也。此二句雖實寫眼前所見，然而所遇之人，正當盛年之意，非不可從而得出。“舊隄”三句寫清明游踪。“桂棹”，水游，“寶勒”，山游也。“千絲”，柳也。二句寫所遇之地。“怨碧”本寫柳色，用一“怨”字，則關合人情。“漫”，徒然也。“腸回”而曰徒然，正以見事出偶爾而非可預期。“隔花”用蘇軾《續麗人行》“隔花臨水時一見，只許腰肢背後看”句意，則明點所遇之人也。换頭寫今日重游情事。“逡巡”，徘徊凝佇也。“題門”用崔護清明游城南，題詩於求漿女子門扉事。崔詩有“去年今日此門中，人面桃花相映紅。人面不知何處去，桃花依舊笑春風”之句。吴用此事，不但切清明，而“惆悵”二字，却將崔詩所寫之情指明之矣。“墮履”，用賈子記楚昭王與吴人戰，敗走，亡其隻履，已行三十步後還取之。左右問之，昭王曰：“吾悲與之偕出而不與之偕返。”吴詞用之，蓋取不忘舊之意。而“牽縈”二字即以表其返而取履之情。此二字與“惆悵”二字又即吴今日重游之情，故首冠以“逡巡”二字，其組織之細密如此。下句言後會難憑也。“還始覺”二句，用意尤深曲。蓋言當此後會難憑之時，方始感覺我之如此“惆悵”、“牽縈”，果爲何來？於是得出結論説：我之如此“留情”者，乃由彼人之“眼”。其所謂“眼”，即屈原《九歌》之“獨與予兮目成”之目也。我之因而“寬帶”者，乃因彼人之“春”。其所謂“春”，即韓偓詩“酒發臉邊春”之“春”也。“寬帶”言瘦減了腰身也。凡此皆初遇彼人時之深刻印象，至今所未忘者。“明朝”二句與歇拍句皆從"幽期難準"出，言後會渺茫也。特借景言之，更加微婉，此又以景結情之法也。

陳洵謂此詞是夢窗與去妾初遇時事："'明朝'以下，天地變色，於詞爲奇幻，於事爲不祥，宜其不終也。"蓋因此詞有"漸路入、仙塢迷津"句，與《鶯啼序》第二段"溯紅漸、招入仙溪"語意似同也。稱："'題門'、'墮履'與'錦兒偷寄幽素'是一時事。"蓋陳以《鶯啼序》詞乃專爲去妾作，彼詞又有"畫船載、清明過却"，與此詞題目尤合也。今按"題門"、"墮履"與《鶯啼序》之"錦兒"句絶不相同，何得曰"是一時事"。且遇去妾在吴，此詞所寫則在越，故知陳説不確。

復次，於此尚有一問題，即吴所遇者，究係何等之人？如係倡女，何至後會難憑？如係大家閨秀，則吴氏何得生此妄念？觀其用崔護題門故實，或係小家碧玉。蓋小家女子，苟有良媒通詞，或可望諧鴛偶。惟是湖上乍逢，難通款曲，驚鴻一瞥，踪迹無從，故有此一番繾綣情思也。總之此等詞，原不必究底尋根，反陷拘泥之失。至陳氏"天地變色"云云，尤爲主觀夸大之詞，更失之遠矣。

復次，夏承燾《夢窗詞繫年》稱"集中懷人諸作，其時夏秋，其地蘇州者，殆皆憶蘇州遣妾；其時春，其地杭者，則悼杭州亡妾。"舉《三犯渡江雲》(西湖清明)、《西子妝慢》(湖上清明薄游)、《定風波》(人家垂柳未清明)及《鶯啼序》等詞爲證，較分明可信。今按此外尚有《花心動》詠柳有"海角天涯，寒食清明，淚點絮花沾袖"句，《三姝媚》(吹笙池上道)有"禁煙殘照。往事依然，争忍重聽，怨紅悽調"句，《掃花游》(西湖寒食)有"酹入梅根，萬點啼痕暗樹"句，《風入松》(聽風聽雨過清明)有"愁草瘞花銘"句，皆於清明寒食之時，作傷春悼舊之語，合觀之，似即西湖清明所遇之人。如認爲夢窗與杭妓初遇之時，尚以爲是小家碧玉，不知其爲娼家女，故有"幽期難準"之句，亦非不可通。惟此女似未成娶便殁者，觀《鶯啼序》用錦兒事，《永遇樂·過李氏晚妝閣》用裴敬中、崔徽事可證。夏君謂爲"亡妾"，尚待考。夏君又引周岸登説，謂"夢窗少年又曾戀一杭女而死於水"，則失之遠矣。唐、宋文人常有納妾之事，或成或否，皆形之吟詠，自是當時陋習，夢窗亦未能免。但觀其用情尚真，與玩弄女性之豪門富室不可同日語。又吴詞多此等作，後來説者紛如，故詳論之如此。惟是吴氏遺事，紀載頗少，凡此所論，皆從其詞語中摭拾比勘得之者，亦未敢定其必無誤也。

法曲獻仙音　放琴客和宏庵韻

落葉霞翻，敗窗風咽，暮色淒涼深院。瘦不關秋，淚緣輕别，情消鬢霜千點。悵翠冷搔頭燕，那能語恩怨。　　紫簫遠。記桃根、向隨春渡，愁未洗、鉛水又將恨染。粉縞澀離箱，忍重拈、燈夜裁翦。望極藍橋，彩雲飛、羅扇歌斷。料鸚籠玉鎖，夢裏隔花時見。

（説）　朱《箋》引《絶妙好詞箋》："丁宥，字基仲，號宏庵。"又曰："按琴客爲柳渾侍兒。唐顧況有《宜城放琴客歌》，此則假以稱人妾也。"（按放者，遣去也。）

此詞乃因和丁作，遂爲丁妾抒情。起三句寫院落淒涼景色，爲放妾布置一淒涼環境。"瘦不關秋"二句寫放妾之容態。"情消"句則指宏庵。"悵翠冷"二句借釵燕説放妾無可告訴之情。换頭"紫簫"字用杜牧《杜秋娘詩》："閒捻紫簫吹。"秋娘初得寵於唐憲宗，及穆宗即位，命爲皇子漳王傅姆。漳王得罪，秋娘亦遣歸故鄉。故用以比放妾。"記桃根"用王獻之《桃葉歌》，記放妾初來時事。"根"原作"枝"，從朱校改。"愁未洗"句言歡期未久而被放也。"鉛水"，粉水也。"粉縞"二句言臨放時不忍見舊時衣飾，不忍拈舊時刀翦也。"澀"，羞澀也。"望極"二句，"藍橋"用裴航乞漿遇雲翹事，見裴硎《傳奇》。《傳奇》言裴遇雲翹夫人與詩云："一飲瓊漿百感生。玄霜擣盡見雲英。藍橋便是神仙窟，何必崎嶇上玉京。"後裴過藍橋，渴，一舍有老嫗，裴揖求漿。嫗令雲英以一甌漿與之。此用以指妾念舊情，已如"彩雲飛"散。"彩雲"用李白"只愁歌舞散，化作彩雲飛"詩意，故曰"羅扇歌斷"。蓋以寫放妾後之心情，猶言覆水不能重收也。歇拍二句，"鸚"原誤作"鶯"，今校改。蓋此用關中賈放鸚事，見《邵氏聞見録》，言放鸚後，其儕輩過隴，鸚鵡於林間致聲問故主。又蘇軾記周韶爲營妓落籍事作詩曰："隴上巢空歲月驚，忍看回首自梳翎。開籠若放雪衣女，應念觀音般若經。"皆放鸚事實，此用以比宏庵放妾，與妾未忘舊情也。作"鶯"非。末句言妾去後，惟有夢中可見也。

倦尋芳

花翁遇舊歡吴門老妓李憐，邀分韻同賦此詞

墜瓶恨井，分鏡迷樓，空閉孤燕。寄别崔徽，清瘦畫圖春面。不約舟移楊柳繫，有緣人映桃花見。叙分携，悔香瘢漫爇，緑鬢輕翦。　　聽細語、琵琶幽怨。客鬢蒼華，衫袖濕遍。漸老芙蓉，猶自帶霜宜看。一縷情深朱户掩，兩痕愁起青山遠。被西風，又驚吹、夢雲分散。

（説）　朱《箋》引《直齋書録解題》："《花翁集》一卷，開封孫惟信季蕃撰。在江湖中頗有標致，多見前輩，多聞舊事，善雅談，長短句尤工。"

陳洵説此詞："起從題前盤旋，結從題後摇曳，中間叙遇舊，真是俯仰陳迹。"按陳説全首結構是也。起三句皆别時事，在重遇之前，故爲題前。"墜瓶"用白居易《井底引銀瓶》詩"瓶沉簪折知奈何，似妾今朝與君别"詩。瓶墜於井，不再可得，故曰"恨"。"分鏡"用陳太子舍人徐德言尚樂昌公主，國破後與妻臨别，破一鏡各執其半，以期他日相合。見《古今詩話》。鏡一被分，不復可合，故曰"迷"。"空閉"句從上"樓"字來。蘇軾《永遇樂》登燕子樓詞，有"燕子樓空，佳人何在，空鎖樓中燕"之句，以見樓空人去也。三句中用三事形容與妓别，故陳氏曰"盤旋"。"寄别"二句言别後事。元稹《崔徽歌》序略稱：徽，河中府娼也。與裴敬中相從累月，後裴還朝，崔思之甚苦，乃託人圖其形寄裴。又杜甫有"畫圖省識春風面"句，此並用之。"不約"二句，上言不期而遇，下言再見有緣。"桃花"又暗用崔護"人面桃花相映紅"詩句。"叙分携"三句追叙當日分别時之情事。"悔香瘢"二句言今既重逢，則當日兩情難舍，至爇香、翦鬟示信爲過分，故曰“悔”。爇臂成瘢與翦鬟等習，蓋古時男女離别有此風，所以示不忘，表信念也。换頭“聽細語”，老妓訴情也。“客鬢”二句，乃花翁感舊也。上用“琵琶”，下用“衫袖濕遍”，皆暗用白居易《琵琶行》詩句。“漸老”二句言老妓雖老而色猶未衰，但措詞殊巧妙，蓋以“帶霜”“芙蓉”爲比，故不覺老妓之難堪。“一縷”二句又寫老妓愁情，蓋才逢又别也。從“漸老芙蓉”以下，將重逢之情事，已寫盡寫透，然後以“被西風，又驚吹、夢雲分散”，寫又别之事，乃題之後路，故陳氏曰“題後摇曳”。“夢雲”暗用宋玉《神女賦》。賦中寫神女靈踪無定，故有朝雲暮雨等詞，久爲詩詞家用來比擬男女離合關係。夢窗詞中亦屢見不鮮，曰“楚夢”，曰“夢雲”，皆是。

醉落魄　院姬□主去爲戍婦

柔懷難託。老天如水人情薄。燭痕猶刻西窗約。歌斷梨雲，留夢繞羅幕。　　寒更唱遍吹梅角。香消臂趁弓弰削。主家衣在羞重著。獨掩營門，春盡柳花落。

（説）　此代院姬抒情之詞也。題中空格，疑是“辭”字。主家爲誰未詳。“柔懷”四字乃無可告訴之詞也。“老天”字出李賀“天若有情天亦老”詩句。此言“老天如水人情薄”者，言天亦如水樣人情薄，蓋怨辭也。“燭痕”句重在“西窗約”三字，暗用李商隱“何當共翦西窗燭”詩句，言舊約猶在也。“歌斷”句回想在院時事。“梨雲”用王建梨雲夢。從下句“留夢”看，言當日歌院往事，但有夢如梨花雲也。换頭“寒更”句切戍地。“梅角”，角調有《梅花落》也。“香消”句切戍婦。“臂削”，人瘦也。“弰”，本弓梢也。言人臂瘦削如之。“主家衣”言“羞重著”，正以見留戀舊情之意。“營門”、“柳花”，皆戍地之景。曰“獨掩”，則孤寂也。曰“春盡”，則無歡也。曰“花落”，則飄零也。皆融情入景之詞。

絳都春

燕亡久矣，京口適見似人，悵然有感。

南樓墜燕。又燈暈夜涼，疏簾空卷。葉吹暮喧，花露晨晞秋光短。當時明月娉婷伴。悵客路、幽扃俱遠。霧鬟依約，除非照影，鏡空不見。　　別館。秋娘乍識，似人處、最在雙波凝盼。舊色舊香，閒雨閒雲情終淺。丹青誰畫真真面。便祗作、梅花頻看。更愁花變梨霙，又隨夢散。

（説）陳洵説："'南樓墜燕'，從姬去時説起，一留；'疏簾空卷'，待其歸而不歸，一留；'葉吹'二句，空中着筆，又一留。憶當時，悵恨路遠，'霧鬟依約'復'明月娉婷'，'鏡空不見'復'疏簾空卷'，筆筆斷，筆筆續，而脈絡井井，字字可循。"楊鐵夫以此詞"墜燕"指亡妓，似矣，而又以"客路"指楚妓，則大誤。今按此因在京口見似亡妓者而興感，與去妾無關，更無所謂楚妓。"似人"字出《莊子·徐無鬼》篇："見似人而喜。"

起四字點明妓亡。"燈暈"二句見樓内之悽寂。"葉吹"二句見樓外之蕭索。"當時"句與下"悵客路"句連讀，言當時有"明月"、"娉婷"相伴，今則已在京口，妓在"幽扃"，相去甚遠。"客路"，京口也。"幽扃"，妓冢也。"霧鬟"三句言欲見"依約"之"霧鬟"，"除非照影"，而"鏡空不見"，則影亦無矣。此因想極而生幻感之詞也。"影"者，心影也。與尾犯"影留人去"同。換頭之"別館"，京口之館也。"秋娘"二句指見似亡妓之人。"秋娘"，杜秋娘也，見杜牧《杜秋娘詩》，此借用。"舊色"句指亡妓也。"閒雨"句指京口妓也。念舊情深，故對似舊之人"終淺"。"丹青"句言此似舊之人，豈誰畫之"真真面"邪？疑詞也，亦幻想也。此暗用崔徽畫像事，見元稹《崔徽歌》序。"便抵作"句又一幻想，"更愁"句復"愁花變梨霙"則更想入非非矣。"梨霙"，雪花也。雪花不能久留，則欲見似舊之人，亦非可久者，故有"隨夢散"之語。後段種種幻想，皆從過拍“照影”、“鏡空”生出。陳氏所評“一留”、“又一留”，原非故爾作態，實叙真情真境，惟過拍處引出後段“丹青”等句種種幻想，或可稱留筆。於此可知，留之作法，因有種種情思，種種言語，留待後來敷寫，初不急急説出。此種作法，在初爲留，在後便爲鈎勒。鈎勒者，愈轉愈深，層出不窮也。詞家又有觸景生情，復緣情佈景之説，蓋景與情偕，情不窮則景亦隨之而多變。如此詞“丹青”以下，既疑是畫出舊人，又幻想爲化身梅花，旋又因其不可久，“更愁花變梨霙”，“隨夢”而“散”。其中“丹青”、“梅花”、“梨霙”等，皆緣情而佈設之景也。其見“别館秋娘”，遂懷念“舊色舊香”，則觸景生情也。無論層層鈎畫，或緣情佈景，皆必須作者有無窮深厚之情思，與無限精妙之言語，方能不墮纖巧，不落做作。此況周頤所以有“夢窗之密易學，夢窗之厚難學”之論也。蓋密屬於詞采，厚則有關情思也。且精妙之言語，乃善達深厚情思之語，而非僅富於詞采之謂也。

解連環　留别姜石帚

思和雲結。斷江樓望睫，雁飛無極。正岸柳、衰不堪攀，忍持贈故人，送秋行色。歲晚來時，暗香亂、石橋南北。又長亭暮雪，點點淚痕，總成相憶。　　杯前寸陰似擲。幾酬花唱月，連夜浮白。省聽風、聽雨笙簫，向别枕倦醒，絮揚空碧。片葉愁紅，趁一舸、西風潮汐。嘆滄波、路長夢短，甚時到得。

（説）此乃夢窗將行與石帚作别之詞，故曰“留别”，非送别石帚也。起四字情景融合。陳洵謂“千回百折而出之”，是也。陶潛《停雲》詩序曰：“停雲，思親友也。”此詞起句用之。“斷江樓”二句以“雁飛”興起人去。“望睫”，思而不見也。“正岸柳”句言石帚不忍折柳送别。“歲晚”句言己來時景色，今日“長亭”作别，暮雪點點，皆我相憶之淚痕也。换頭即接寫今日惜别情事。“寸陰似擲”，别時之速也。“酬花唱月”，别前之樂也。“浮白”字出《淮南子・道應訓》：“蹇重舉白而進之曰：‘請浮君。’注：‘舉白’，進酒也。‘浮’，罰也。”“省聽風”三句乃别後追憶之詞。“别枕倦醒”，省記前事，乃如“絮揚空碧”之中矣。“片葉”二句寫去舟。“嘆滄波”二句又遥想所去之地。“路長夢短”，仍從别情不盡作結。夢窗别有《惜紅衣》詞，序言：“余從姜石帚游苕、霅間三十五年。”知姜、吴交誼甚深，此詞寫將别之情如此宛轉，亦其證矣。昔人以石帚即姜夔，夏承燾以二人時不相及，斷非白石。朱彊村《小箋》説《惜紅衣》“從姜石帚游苕、霅間三十五年”句云：“按《蘋洲漁笛譜·拜星月慢》序，稱作於景定癸亥，草窗詞别題爲寄夢窗。劉毓崧據爲夢窗此年尚在，而白石詞刻在嘉泰壬戌，下距景定癸亥，已逾六十年，其寓吴興，又在嘉泰壬戌前十二三年，則景定癸亥年已八九十。其從游時代惜無可徵實矣。”今按朱、劉皆以石帚即白石，但白石詩詞，均無涉及夢窗之作，以相從三十五年之友，絶無詩詞酬唱，似不近情，然則夏君所考，殆可無疑。

三部樂　賦姜石帚漁隱

江鷗初飛，蕩萬里素雲，際空如沐。詠情吟思，不在秦箏金屋。夜潮上、明月蘆花，傍釣蓑夢遠，句清敲玉。翠罌汲曉，欸乃一聲秋曲。　越裝片篷障雨，瘦半竿渭水，鷺汀幽宿。那知暖袍挾錦，低簾籠燭。鼓春波、載花萬斛。帆鬣轉、銀河可掬。風定浪息，蒼茫外、天浸寒緑。

（説）此詠石帚釣舟之詞。“漁隱”，石帚釣舟名也。南宋時“西湖上好事者所置船舫，隨大小皆立嘉名，如泛星槎、淩風舸、雲篷、煙艇，扁額不一。”見周煇《清波雜志》卷十二“船舫立名”條。漁隱即此類也。起從舟行處説，有水天一色景象。“詠情”二句，曰“不在秦箏金屋”，正以見石帚詩情别有高逸之趣，非同歌場舞席中生活者。“夜潮”三句即就漁隱生活着筆，“潮上”寫時與地。“釣蓑”寫漁。“敲玉”，稱其“詠情吟思”之美。“翠罌”二句暗用柳宗元“曉汲清湘然楚竹”句意，仍從舟行説。“欸乃”，櫓聲也，讀如阿那，舊讀燠靄，似非。唐元結有《欸乃曲》。柳宗元詩有“欸乃一聲山水緑”句，此即用其意。换頭“越裝”，猶言杭式，指舟之形制。“瘦半竿”句，水落曰瘦，“半竿”，半篙也。此數句寫漁舟上隱逸生活之恬適，與下“錦袍”八字成對比。“那知”正以見石帚之高致，何曾知道那些熱鬧事。“鼓春波”句又極形漁舟中亦有極可樂事，仍是與“錦袍”八字作對襯。“帆鬣”句，“鬣”，須也。古時帆上飾以纓絡如鬣也。此言漾空而行如昇仙，故有“銀河可掬”句。歇拍寫得蒼茫一片，以見舟行無迹可尋。通首將隱逸生活與熱鬧場面對言，即以形容石帚之高潔品格。再者，此詞句法蒼勁，緣於轉换句意處不用虚字領起，如“但”、“尚”、“又”等字，而直捷换寫，亦吴詞句法之特色。近人朱彊村詞多用此法，與流轉便利一體特異。又“渭水”在陝西，與杭州無涉，此或借用以比杭京。

拜星月慢

姜石帚以盆蓮數十置中庭，宴客其中。

絳雪生涼，碧霞籠夜，小立中庭蕪地。昨夢西湖，老扁舟身世。嘆游蕩，暫賞、吟花酌露尊俎，冷玉紅香罍洗。眼眩魂迷，古陶洲十里。　　　翠參差、淡月平芳砌。磚花滉小浪魚鱗起。霧盎淺障青羅，洗湘娥春膩。蕩蘭煙、麝馥濃侵醉。吹不散、綉屋重門閉。又怕便、緑減西風，泣秋檠燭外。

（説）　起三句切題。“絳雪”八字寫蓮花蓮葉。雪而曰絳，霞而曰碧，皆加工設色之筆。“昨夢”二句從中庭蓮花聯想到西湖蓮花，而“昨夢”、“扁舟”，以見舊游如夢，身世如一扁舟，故有“嘆游蕩”三句接下。陳洵謂：“‘昨夢’九字，脱開以取遠神。以下即事感嘆，‘身世’、‘游蕩’四字是骨。”是也。“暫賞”二句正寫宴客於盆蓮中。“罍洗”，古酒器。“眼眩”二句則形蓮之多，使人迷惘如在十里古陶洲中也。“古陶洲”未詳。换頭二句切中庭盆蓮。“芳砌”、“磚花”即中庭。“小浪”用温庭筠“參差小浪動魚鱗”詩句，此指磚上花紋滉漾如鱗鱗小浪也。“霧盎”二句渲染盆蓮，增加詞語之色澤也。“蕩蘭煙”二句寫花香。“侵醉”，花氣薰人也。“吹不散”句承上“麝馥”。“綉屋”，花稠如綉也。歇拍想到秋深花謝，故有“又怕”句。“泣秋檠”句《鐵網珊瑚》作“泫秋檠燭淚”，不如“泣秋檠燭外”。“檠”，燭臺也。言秋深緑減，花泣於燭外，非謂燭因緑減紅衰而泫淚也。

惜紅衣

余從姜石帚游苕、霅間三十五年矣。重來傷今感昔，聊以詠懷。

鷺老秋絲，蘋愁暮雪，鬢那不白。倒柳移栽，如今暗溪碧。烏衣細語，傷絆惹、茸紅曾約。南陌。前度阮郎，尋流花踪迹。

朱樓水側。雪面波光，汀蓮沁顔色。當時醉近，綉箔夜吟寂。三十六磯重到，清夢冷雲南北。買釣舟溪上，應有煙蓑相識。

（説） 苕、霅二水在吴興烏程縣。此詞起八字，皆以襯託“鬢那不白”也。“倒柳”二句有桓温“樹猶如此，人何以堪”之慨。柳倒植亦活，故曰“倒柳”。“烏衣”二句，“烏衣”指燕，劉斧《摭遺集》記王榭航海遇風，飄至一地。其王妻以女。榭問：“此國何名?”女答曰：“此烏衣國也。”後思歸，王命取飛雲車送之。至家，見梁上雙燕呢喃，乃悟至燕子國也。“絆惹茸紅”，亦燕事，《南史》載王整姊以絲縷繫孤燕足，明歲燕歸，猶帶前縷。此用以形容重來也。過拍方點明重來之人，故有“前度阮郎”兩句。“阮郎”原作“劉郎”，從朱校改。此句第三字，白石、玉田、李萊老詞均用仄聲。“阮郎”，阮肇也。此用劉、阮入天台故事，故曰“尋流花踪迹”。换頭數句，即所謂“流花踪迹”。“朱樓”，昔來之地，“雪面”二句形昔游之人，“當時醉近”寫昔日之宴，“夜吟”爲昔宴之事，皆“踪迹”也。“三十六磯”二句寫重來之情味。“三十六磯”即姜夔詠吴興荷花詞之“三十六陂”。“清夢冷雲”六字寫重來感昔之情。此六字將“朱樓”以下所寫之“踪迹”，皆歸之“清夢”。“冷雲南北”則夢境也。歇拍見昔時之人，已無存識者，有之，其漁翁乎！三十五年之時間，不爲不久，其間人事之變，定不爲少。此詞一起，便感喟甚深，中間寫今情昔感，迴環往復，縈繞筆端，使人讀之，猶見此老當日懷抱。

齊天樂 會江湖諸友泛湖

麴塵猶沁傷心水，歌蟬暗驚春換。露藻清啼，煙蘿淡碧，先結湖山秋怨。波簾翠卷。嘆霞薄輕綃，氾人重見。傍柳追涼，暫疏懷袖負紈扇。　　南花清鬥素靨，畫船應不載，坡静詩卷。泛酒芳筒，題名蠹壁，重集湘鴻江燕。平蕪未翦。怕一夕西風，鏡心紅變。望極愁生，暮天菱唱遠。

（説）起句明點湖水。湖水而曰“傷心水”，從人情言之也。下文“驚春換”等句即傷心之故。“麴塵”字出《禮記》“鞠衣”，注：“如鞠塵色。”鞠、麴通用字，淺黄嫩緑色也。下句“驚春換”，“春换”而曰“驚”，見光陰易逝也。“露藻”、“煙蘿”八字，皆情中之景物，故有“先結湖山秋怨”之句，未秋而曰“秋怨”，人情多感，見“露藻”、“煙蘿”，便生秋意也。“波簾”下各句寫湖游。“波簾”，船上簾紋如波也。“嘆霞薄”二句寫湖荷也。“氾人”出沈亞之《湘中怨》，述太學進士鄭生度洛橋，見一女欲赴水死。鄭勸與同歸，號曰氾人。後數年辭去，自稱湘中蛟宫之娣也。留之不可，竟去。此以仙女比荷花。“傍柳”寫時，曰“負紈扇”，秋氣漸涼也。换頭三句記攜妓同游也。“南花”，茉莉也。“素靨”，粉面也。茉莉花白色，故曰“清鬥素靨”。載妓與清游不同，故曰“不載坡静詩卷”。“坡”，東坡；“静”，和静也。和靖亦作和静。“泛酒”三句寫會諸友。“芳筒”，《酉陽雜俎》載鄭公慤摘荷葉連莖，簪穿蒂爲孔，注酒吸之，名碧筒杯。此藉以説酒杯。“題名”四字，題名於湖上諸寺壁也。“湘鴻江燕”即江湖諸友。“平蕪”四字寫時景。“怕一夕”二句雖未秋而先怕秋至，荷花便紅衰也。“望極”二句從上句生出，亦以見人事難常，聚游不易，“暮天菱唱”句以景結情也。

還京樂

友人泛湖，命樂工以筝、笙、琵琶、方響迭奏。

宴蘭溆，促奏、絲縈管裂飛繁響。似漢宫人去，夜深獨語，胡沙淒哽。對雁斜玫柱，瓊瓊弄月臨秋影。鳳吹遠，河漢去杳，天風飄冷。　　泛清商竟。轉銅壺、敲漏瑶床，二八青娥，環珮再整。菱歌四碧無聲，變須臾、翠翳紅暝。嘆梨園、今調絶音希，愁深未醒。桂檝輕如翼，歸霞時點青鏡。

（説）起二句總説題意。“似漢宫”三句用王昭君入胡故事，點明琵琶。“對雁斜玫柱”二句，上寫筝之形制，筝有十二絃，十二柱也；下用唐薛瓊瓊事，點明筝。《麗情集》：“薛瓊瓊理筝，開元宫中第一手也。”“鳳吹”三句點明笙。笙有十六管，左右各八，形如鳳翼，故曰“鳳吹”。此數句連寫題中各樂器，而以“胡沙淒哽”、“弄月臨秋影”、“天風飄冷”等句描寫其聲調，故不嫌平板。换頭既以“銅壺敲漏”，復以“青娥環珮”形容方響之音節鏗鏘。“繁響”以鐵片爲之，與拍板相似。“銅壺”以銅爲器，實以清水，下各開孔，以玉虬吐漏水入兩壺，右爲夜，左爲晝。水滴入壺，聲如瑟，故詩人以瓊瑟形容之。温庭筠《織錦詞》有“丁東細漏侵瓊瑟”是也。“菱歌”二句切泛湖。“翠翳紅暝”則指荷葉荷花。曰“變須臾”者，總贊衆樂迭奏，使花亦爲之變色也。“嘆梨園”二句嘆梨園今已“調絶音希”，而“愁深未醒”，不如此之衆樂也。“桂檝”二句寫泛湖歸路所見，晚霞反映湖水中，景色絢麗也。

霜花腴　重陽前一日泛石湖

翠微路窄，醉晚風、憑誰爲整欹冠。霜飽花腴，燭消人瘦，秋光做也都難。病懷强寬。恨雁聲、偏落歌前。記年時、舊宿淒涼，暮煙秋雨野橋寒。　　妝靨鬢英争艷，度清商一曲，暗墜金蟬。芳節多陰，蘭情稀會，晴暉稱拂吟箋。更移畫船。引珮環、邀下嬋娟。算明朝、未了重陽，紫萸應耐看。

（説） 石湖在蘇州西南，與太湖近。詞家起句，有以掃爲生之法。如歐陽修《采桑子》"群芳過後西湖好"，周邦彦《齊天樂》"緑蕪凋盡臺城路，殊鄉又逢秋晚"，譚獻《詞評》皆以爲以掃爲生法。蓋先掃去一層意思，然後入本題也。如此詞先設言登高則山路崎嶇，"憑誰爲整攲冠"邪？因重陽宜登高，今乃游湖，故先言不登高，然後入游湖本意。"攲冠"暗用龍山落帽事。"霜飽"四字，菊花盛開也。"燭消"四字，人瘦如菊也。李清照有"人比黄花瘦"句。菊待霜而腴，人因秋而瘦，故曰"秋光做也都難"。"病懷强寬"四字以下，轉折極多，陳洵謂"'病懷强寬'領起'恨雁聲、偏落歌前'，轉身才寬又恨，才恨便記，以提爲煞"是也。蓋"病懷强寬"者，有及時行樂意，而"雁聲"驟報秋期，使人生歲暮之感，則妨人行樂，故"恨"之。"記年時"三句則因驚秋而記起往日此時情景，而"暮煙秋雨"亦非登臨之事。此數句於一頃刻間，情緒屢變，正詞人善感善覺處。换頭三句正寫今時行樂之事，與上文相映成趣。"芳節"三句先言佳時難得，暗用"滿城風雨近重陽"詩意。"蘭情"句言人事無常，會少離多，雖有芳懷而不易常聚。因以見今日之會之可樂，故有"晴暉"六字。"更移"二句言游湖至月上也。"引珮環"句以歌女關合月裏嫦娥。此等無情關合，詞家往往有之，蓋興會所至，不覺其不合情理也。"算明朝"二句點明"重陽前一日"。"紫萸"句暗用杜甫"醉把茱萸仔細看"詩意。此詞佈局精密，情事豐富，而興會軒舉。夢窗以此調名其詞集，足見此詞乃其得意之作。

應天長　吴門元夕

麗花鬥靨，清麝濺塵，春聲遍滿芳陌。竟路障空雲幕，冰壺浸霞色。芙蓉鏡，詞賦客。競綉筆、醉嫌天窄。素娥下，小駐輕鑣，眼亂紅碧。　　前事頓非昔。故苑年光，渾與世相隔。向暮巷空人絶。殘燈耿塵壁。凌波恨，簾户寂。聽怨寫、墮梅哀笛。佇立久，雨暗河橋，譙漏疏滴。

（説） 此詞上、下兩半闋作對比，以寫昔盛今衰之感。其轉折點在换頭處。夢窗老壽，當其少年時，南宋國事尚未全非，雖苟安江左，表面尚有承平氣象。故周密《玉漏遲·題吴夢窗詞集》有“閒自笑。與君共是，承平年少”之句，又《玲瓏四犯·戲調夢窗》詞亦有“年少忍負韶華，盡占斷艷歌芳酒”之句，皆追述往日之詞。及夢窗暮年，外患日深而朝廷闒茸，一味欺蒙粉飾，勢已岌岌而不知懼。故夢窗每撫今追昔，感慨甚深。此等情况，詞中多有，雖或但切己身言，而世事即在言外，亦詞人憂衰憫亂之情之發於文字者。

此詞從起句至過拍，全述昔日元夕景象，非常絢爛。真有萬花爲春之概。“麗花”三句寫元夕游事，花則與人靨鬥麗，塵土亦帶春人衣麝香氣，已極艷矣，而“春聲”六字再總説一句，更見繁華。“竟路”二句，古代貴室婦女出游或在外飲宴，皆以幕障之。《晉書》謝道藴施青綾步障自蔽。又王愷與石崇競富，愷以紫絲步障四十里，崇以錦步障五十里敵之，即此句之意。“冰壺”形容月色。“芙蓉”句寫文士春游歌酒之樂也。《酉陽雜俎》載李固遇一老姥言，郎君明年芙蓉鏡下及第。李應試詩賦有“人鏡芙蓉”之語，後人遂以此爲狀元及第故事。“醉嫌天窄”極言其豪情勝概也。“素娥下”總寫游人駐賞作過拍。换頭五字由前盛轉入今衰，故下有“與世相隔”之語，言前事如隔世也。以下皆寫今日之衰與昔日之盛成對比。“向暮巷空人絶”與“春聲遍滿芳陌”成對比，“殘燈耿塵壁”與“冰壺浸霞色”迥然不同。“淩波恨”六字與“聽怨寫、墮梅哀笛”句又與“綉筆醉嫌天窄”有天壤之異。歇拍與過拍亦兩兩相形，以見今昔之不同。“譙漏”，古代設漏壺於城樓上以測時也。

六　醜　壬寅歲吴門元夕風雨

漸新鵝映柳，茂苑鎖、東風初掣。館娃舊游，羅襦香未滅。玉夜花節。記向留連處，看街臨晚，放小簾低揭。星河瀲灧春雲熱。笑靨欹梅，仙衣舞纈。澄澄素娥宫闕。醉西樓十二，銅漏催徹。

紅消翠歇。嘆霜簪練髮。過眼年光，舊情盡别。泥深厭聽啼鴂。恨愁霏潤沁，陌頭塵韈。青鸞杳、鈿車音絶。却因甚、不把歡期，付與少年華月。殘梅瘦、飛趁風雪。向夜來，更説長安夢，燈花正結。

（説） 此詞題壬寅歲，據夏承燾《夢窗詞繫年》，夢窗四十三歲作。前詞亦題《吴門元夕》，而無歲次，似在此詞之後。夏承燾考夢窗於理宗紹定五年壬辰，在蘇州爲倉臺幕僚，至淳祐四年甲辰秋始居杭，計居蘇十三年。其後又嘗至蘇，或有所作，但不知究在何年。此詞有“館娃舊游”、“過眼年光，舊情盡別”等句，皆重來之辭，豈居蘇十餘年中，尚因事一度他去邪？詞人行迹不詳，亦只可得其大略耳。

此詞亦以今昔對寫，以見節序風物之感。起句言春氣漸回也。“新鵝”形容新柳色。“館娃”二句記昔日元夕光景。“玉夜”四字加倍描寫，措語甚奇。“記向”三句則昔日元夕之事。“向”，嚮日也。“看街臨晚”、“小簾低揭”皆瑣事之留連不忘者，正以見念舊情深。夢窗另有《塞垣春·丙午歲旦》詞，亦有：“漸街簾影轉，還似新年，過郵亭、一相見。”丙午爲淳祐六年，夢窗四十七歲居杭，在此詞後，亦以新年提到街簾，似指此詞所記之事。“星河”句，元夕天氣澄明也，與後闋“愁霏”對襯。曰“瀲灔”，曰“春雲熱”，皆加意烘染之筆。“笑靨”二句，元夕人事繁華也，與後闋“青鸞杳”對襯。曰“欹梅”，曰“舞纈”，亦極力渲染之辭。“纈”，《説文》：“結也。”胡三省《通鑑注》：“纈，撮彩以綫結之而後染色，既染則解其結。凡結處皆原色，餘則入染色矣。其色斑斕，謂之纈。庾信詩‘花鬟醉眼纈’，言眼醉生花，如纈之斑斕。”此詞則言舞衣斑斕也。“澄澄”句，元夕月色也。過拍寫通宵醉飲，皆以極形舊日元夕晴朗，人情歡娱，游事甚盛，以爲下半闋之反襯。换頭四字從今日芳菲消歇説起，已與起調之“茂苑”、“東風”句相反。以下逐層鈎勒。“嘆霜簪”三句言今日人意，對此“過眼年光，舊情盡別”也。“泥深”句用屈賦“恐鶗鴂之先鳴兮，使夫百草爲之不芳”，因見風雨蕭蕭，雖在元夕，即已使人懷芳草消歇之恐也。蓋鶗鴂之鳴，當在春晚。“恨愁霏”二句言風雨愁人，不能出游也。“青鸞”句與前半闋“笑靨”、“仙衣”對照。“却因甚”二句問得突兀。蓋正好歡游之時，因何風雨，故怪而問之也。“殘梅”，風雪交加以致梅花飄落也。

“向夜來”二句宕開一筆，説到京城元夕燈事作結。“來”從朱校改，原作“永”。

思佳客　癸卯除夜

自唱新詞送歲華。鬢絲添得老生涯。十年舊夢無尋處，幾度新春不在家。　　衣懶换，酒難賒。可憐此夕看梅花。隔年昨夜青燈在，無限妝樓盡醉嘩。

（説）此詞“十年舊夢”二句，足證夢窗居蘇十餘年中曾因事離去。“十年”舉成數也。歇拍二句與姜夔《鷓鴣天·元夕不出》詞歇拍句“卧聽鄰娃笑語歸”，同是以他人之歡，形自己之戚。因“衣懶换，酒難賒”，故對梅花便覺可憐也。又姜夔《鷓鴣天·丁巳元日》詞有“慵對客，緩開門。梅花閒伴老來身”之句，與吴氏“衣懶换”三句，語意俱同。

花　犯　謝黄復庵除夜寄古梅枝

翦横枝，清溪分影，翛然鏡空曉。小窗春到。憐夜冷孀娥，相伴孤照。古苔淚鎖霜千點，蒼華人共老。料淺雪、黄昏驛路，飛香遺凍草。　　行雲夢中認瓊娘，冰肌瘦、窈窕風前纖縞。殘醉醒，屏山外、翠禽聲小。寒泉貯、紺壺漸暖，年事對、青燈驚换了。但恐舞、一簾胡蝶，玉龍吹又杳。

（説）起處從黄復庵翦梅枝説起。“分影”即翦枝也。“小窗”三句，夜寄梅枝也。“夜冷孀娥”，月也。“古苔”二句，一面寫梅，一面即結合人。“料淺雪”二句正寫寄梅枝，暗用陸凱寄梅枝與范曄事。陸詩有“折梅逢驛使，寄與隴頭人”之句，故曰“驛路”。换頭三句從得見梅枝，加以渲染。“瓊娘”、“冰肌”、“纖縞”，皆形容梅花之辭，而以從“行雲夢中”認識，何等空靈。“殘醉”二句切除夜，又暗用趙師雄在羅浮山夢見縞衣女郎，醒後見梅枝上翠鳥事，以足成上“夢中認瓊娘”之意。“寒泉”二句言以梅枝插瓶，作歲除清供也。歇拍又想到梅枝凋落。“玉龍”，笛也。笛有《落梅花》曲，詞家詠梅多喜用之。“恐舞”二句以見愛惜之意，且以表鄭重感謝之情。

解語花　梅花

門横皺碧，路入蒼煙，春近江南岸。暮寒如翦。臨溪影、一一半斜清淺。飛霙弄晚。蕩千里、暗香平遠。端正看，瓊樹三枝，總似蘭昌見。　　酥瑩雲容夜暖。伴蘭翹清瘦，簫鳳柔婉。冷雲荒翠，幽棲久、無語暗申春怨。東風半面。料準擬、何郎詞卷。歎未闌，烟雨青黄，宜晝陰庭館。

（説）　首三句寫梅花之地與時。“皺碧”，水也。“暮寒”二句承上，“半斜清淺”四字暗含林逋“疏影横斜水清淺”句意。“飛霙”句又承“暮寒”來。《埤雅》：“雪寒甚爲粒，淺則成華，華謂之霙。”“蕩千里”句亦用林詩“暗香浮動月黄昏”句意。過拍二句及换頭三句，皆暗用薛昭於蘭昌宮見張雲容、蕭鳳臺、劉蘭翹三美女事。事出唐裴鉶《傳奇》，見《太平廣記》卷六十九及羅燁《醉翁談録》。昭詩有“自疑飛到蓬山上，瓊樹三枝半夜春”之句，爲吴詞所本。但“簫”字乃吴氏所改，原係蕭姓。揣吴氏意，既似以三美女爲渲染梅花之用，復將雲、蘭、簫作爲三種物態加以形容，而有“酥瑩”、“清瘦”、“柔婉”之詞。此種作法，雖若靈活，然靈活太甚，使人無從捉摸，轉成晦澀矣。（予初亦不解所謂，曾以元稹《連昌宮詞》寫楊氏三姨從游，爲瓊樹三枝之所本，遂以爲蘭昌乃連昌之誤。今承研究生劉慶雲示我《醉翁談録》，始悟前説之非。於此可見解説古詞之不易，且以知吴氏之詞晦澀之故與此等作法之非。）自此以下，又寫梅花殘時，故有“冷雲荒翠”句。“東風”二句中之“何郎”，何遜也。何遜有《早梅》詩。“半面”字出《南史·徐妃傳》，此以比半殘之梅。“歎未闌”三句又從殘梅説到梅子作結。全首抵一篇梅花賦，寫其由盛極而衰殘。誦“無語暗申春怨”句，似託意於才人落拓，豈夢窗自寫照邪？楊鐵夫謂爲妓女作，並謂“門”是“倡家之門”。“臨溪影”之“臨”字，有倚門賣笑意。於是以“三株”(三枝之誤)爲倡家“姊妹花”，如此論詞，真孟子所譏“固哉！高叟”矣。如此論詞，且固而近於陋矣。

花犯 郭希道送水仙索賦

小娉婷，清鉛素靨，蜂黄暗偷暈。翠翹欹鬢。昨夜冷中庭，月下相認。睡濃更苦淒風緊。驚回心未穩。送曉色、一壺葱茜，才知花夢準。　　湘娥化作此幽芳，淩波路、古岸雲沙遺恨。臨砌影，寒香亂，凍梅藏韻。熏爐畔、旋移傍枕，還又見、玉人垂紺鬒。料喚賞、清華池畹，臺杯須滿引。

(説)“池畹”原作“池館”，從《鐵網珊瑚》改。鄭文焯《校議》曰：“左思賦《魏都》：‘疏圃曲池，下畹高堂。’‘池畹’正自有本。”陳洵説此詞，“自起句至‘相認’，全是夢境。”又曰：“後片是夢非夢，純是寫神。”按夢窗最工寫夢，是化實爲虛法。此詞一起，句句皆將水仙人格化。水仙花瓣爲白色，故曰“清鉛素靨”，花蕊爲黄色，故曰“蜂黄暗偷暈”。“翠翹”，《群芳譜》：“水仙冬間於葉中抽一莖，莖頭開花數朵，大如簪頭。”故曰“翠翹欹鬢”。凡翹起之物皆曰翹，如鳥尾、花枝、冠飾及釵、簪皆然。“昨夜”二句本郭送來水仙，却説爲水仙忽降於“中庭月下”，境界便空靈。驟讀此數句，尚未知是寫夢境。至“睡濃”二句，有“驚回”之詞，乃知上文是夢。過拍更明説“花夢”。“一壺葱茜”即實寫水仙。水仙花葉皆從一壺狀體内抽出，故曰“一壺葱茜”。“花夢準”者，初夢水仙降於“中庭月下”，“驚回”果見郭送水仙，故曰“花夢準”。换頭忽又幻想此花乃“湘娥”化身，因有“古岸雲沙”句，此句暗用《湘君》篇。湘君，舊説爲舜妃。舜南巡不返，湘君望之久，死爲水神。故有“遺恨”之句。“臨砌影”三句用梅作陪襯，因黄庭堅《水仙》詩，有“山礬是弟梅是兄”之句也。“熏爐”句則醒眼所見之水仙。曰“還又見”，回顧上半闋“月下相認”句，故曰“又見”。“玉人垂紺鬒”

仍以人狀花。歇拍之“清華池畹”，乃郭希道之園圃，此言花在郭園，供主人賞玩也。“臺杯”句雙關花之形狀與賞花之酒盞。《山堂肆考》：“世以水仙爲金盞銀臺，蓋單葉者，其中似一酒盞，深黄而金色。”陳洵謂“後半闋寫神，蓋以湘君之幻化，亂凍梅之寒香，及見玉人之紺鬟，皆攝取水仙之神韻爲詞也。”至謂“是夢非夢”，不如説是想像之詞，方與前半闋寫夢不犯復。

花心動 柳

十里東風，裊垂楊、長似舞時腰瘦。翠館朱樓，紫陌青門，處處燕鶯晴晝。乍看摇曳金絲細，春淺漾、鵝黄如酒。嫩陰裏、煙滋露染，翠嬌紅溜。　　此際雕鞍去久。空追念郵亭，短枝盈首。海角天涯，寒食清明，淚點絮花沾袖。去年折贈行人遠，今年恨、依然縴手。斷腸也、羞眉畫應未就。

（説）　南宋詞家詠物之作最多，亦最工。美成詠柳，邦卿詠燕，已極精工。夢窗此類之作，亦多而佳。此外如王聖與、周密、張炎皆有詠物佳作。其時有詞社組織，社中類以詠物爲題，如《南浦》之詠春水，《齊天樂》之詠蟬，《綺羅香》之詠紅葉，《疏影》之詠梅影，王、周、張集中皆有，即是社題。此等詞，詞家多以寄託身世之感，或以抒羈旅離别之情，大抵不出比興之義，其描繪物態，以不粘不脱爲妙。

此詞題係詠柳，意却寄情。古人折柳送别，故柳歷來用爲離愁别苦之標誌。起句用“長似舞時腰瘦”，説柳即有人在。“翠館”三句寫柳之地與時。“乍看”二句，新柳也。“金絲”、“鵝黄”，皆新柳之色。過拍説成陰之柳。“煙滋”二句與上“燕鶯”對照，一寫柳中禽鳥，一寫柳時花卉。上半闋寫柳至此已透。題中之義，應有盡有矣。换頭即從折柳贈别起，以抒寫離情。自“此際”六字點明，以下皆從别離之情着筆。“空追念”，别後之情也。“短枝盈首”與周邦彦《蝶戀花》詠柳詞“擬插芳條須滿首”同。“海角天涯”，别去之遠也。“寒食清明”，别離之時也。“絮花沾袖”以柳絮比離人“淚點”。東坡《水龍吟》詠楊花詞“細看來、不是楊花點點，是離人淚”，與此正同。夏承燾謂夢窗懷人諸作，其時春，則悼亡妾。此詞雖有“淚點”語，尚非傷其人亡，當是與之初别時作，故有“去年”、“今年”之語。夢窗在杭初遇一妓，適在西湖清明，《三犯渡江雲》詞可證。但此妓未及娶歸即亡，其亡或在吴以他事别去之時，此詞或即記其事。歇拍補寫柳葉，亦綰合人情。曰“斷腸”，則是與之作别之人，因離愁而“斷腸”也。惟其“斷腸”，故“羞眉畫應未就”。温庭筠《菩薩蠻》詞“懶起畫蛾眉，弄妝梳洗遲”，正是離愁滿腹人之情態。此詞但寫其人傷離，不寫己之惜别，却已表明己對其人之情感深厚，故於其人傷離之情，念之如此也。

雙雙燕

小桃謝後，雙雙燕飛來，幾家庭户。輕煙曉暝，湘水暮雲遥度。簾外餘寒未卷，共斜入、紅樓深處。相將占得雕梁，似約韶光留住。　　堪舉。翩翩翠羽。楊柳岸泥香，半和梅雨。落花風軟，戲促亂紅飛舞。多少呢喃意緒。盡日向、流鶯分訴。還憐又過短墻，誰會萬千言語。

（説）　此調本史邦卿自製，夢窗用之。燕子春社始來，“小桃謝後”寫社後之時序。“輕煙”二句寫其來處。“簾外”二句因社後猶有“餘寒”，故“未卷”簾，因樓簾未卷，故雙燕欲入紅樓，只得“斜入”，用心甚細，足與史詞並美。過拍二句寫其穩住雕梁之意。换頭三句寫其營巢、啣泥之事。“落花”二句寫其穿花。“多少”二句寫其呢喃，“向流鶯分訴”，以鶯作陪襯也。歇拍二句朱本原作“還過短墻”，此從詞譜。此處史詞作“愁損翠黛雙蛾”，係六字句。此二句聲律與過拍二句同。歇拍與過拍有時可不同，但此調似不然，細按史詞自明。且如詞譜添二字，語氣似較足，故從之。此詞“亂紅飛舞”以上，從各方面描寫燕子，“多少”以下四句，則關合人情。誦“誰會萬千言語”之句，似有知音難遇之感。“過短墻”者，依人之意。燕子巢於人家庭户，與人之入幕爲賓，正相類似，此或夢窗詠燕之本意。考夢窗一生，皆以游幕爲事，詞中可考者，四十二歲以前，在蘇州倉臺幕中，其後又從吴潛、史宅之、尹焕諸人游，與吴交誼尤厚。六十歲後又客嗣榮王趙與芮邸。所與游者雖多貴盛，然未被薦引。其一生或尚曾在他人幕中，但詞中無考。"短墻"之語，或指此類人物。此詞作法，與史達祖所作，亦約略相似。今附史詞於後，觀其謀章措語，或可發人新悟。

史達祖詞

雙雙燕

過春社了，度簾幕中間，去年塵冷。差池欲住，試入舊巢相並。還相雕梁藻井。又軟語、商量不定。飄然快拂花梢，翠尾分開紅影。　　芳徑。芹泥雨潤。愛貼地爭飛，競夸輕俊。紅樓歸晚，看足柳昏花暝。應自棲香正穩。便忘了、天涯芳訊。愁損翠黛雙蛾，日日畫闌獨憑。

（説） 起三句從燕子來時説。"差池"二句寫其飛入舊巢。"差池"用《詩・邶風》："燕燕于飛，差池其羽。"雙飛貌也。"還相"二句寫其相度營巢之處。"藻井"，古時宫殿或貴人家有藻井之制，以厭火災。"藻井"乃於殿頂中央作倒垂深洞，内繪水藻之屬。"飄然"二句寫其啣泥。换頭二句寫其啣泥之地。"愛貼地"二句則狀其雙飛也。"紅樓"二句則總寫其終日爲營巢忙碌也。"應自"下四句，則從閨人望燕之情作結。全詞自此四句以前，皆細細描繪燕子之詞，觀其"看足柳昏花暝"句，言外蓋有所指。考史爲韓侂胄中書省堂吏。凡韓有所作爲，史無不知者，其間不少"昏"、"暝"之事，皆所"看足"者。史雖"看足"韓之"昏"、"暝"，而不早引退，卒之韓敗，史亦遭黥面之辱。證以史他作《滿江紅·書懷》詞，有“一錢不值”之語，則亦非無悔悟之心者，但意志不堅耳。後人論此詞者，特賞其“柳昏花暝”四字，非無故也。再從歇拍四句看，乃閨人盼望燕來之語，以燕子“棲香正穩”，託爲游子遠游爲樂，忘了家人之意，然則以前所寫之燕子，皆閨人想象中者，燕子實未來也。全詞筆調極其靈活，可以“輕俊”二字評之。吴詞亦不少遜，但託意不同，人品遂别。

過秦樓 芙蓉

藻國淒迷，麴瀾澄映，怨入粉煙藍霧。香籠麝水，膩漲紅波，一鏡萬妝争妒。湘女歸魂，珮環玉冷無聲，凝情誰愬。又江空月墮，淩波塵起，彩鴛愁舞。　　還暗憶、鈿合蘭橈，絲牽瓊腕，見的更憐心苦。玲瓏翠屋，輕薄冰綃，穩稱錦雲留住。生怕哀蟬，暗驚秋被紅衰，啼珠零露。能(原注去聲)西風老盡，羞趁東風嫁與。

（説）　此詞首三句爲總括之詞。“藻國”、“麴瀾”皆芙蓉所生之處，“淒迷”言香氣絪緼，“澄映”言水色清朗，而“粉煙藍霧”則以形容芙蓉花葉之多，如煙如霧也。“香籠”三句，再加鈎勒，水爲荷香所籠，則成“麝水”，波爲荷色所染，則如紅波。“一鏡萬妝”又總贊其多，如彼此争妍角艷，故曰“争妒”。“湘女”三句，又换筆寫芙蓉之神態，如“湘女歸魂”、“珮環玉冷無聲”，雖滿懷幽情，無可與“愬”者，此既以芙蓉人格化，又暗用杜甫“環珮空歸月下魂”句而點化之。過拍三句又换一境，寫芙蓉兼鴛鴦。“淩波”字出曹植《洛神賦》：“淩波微步，羅襪生塵。”亦寫芙蓉態度，如洛妃淩波也。“彩鴛”句言芙蓉淩波而步，使彩鴛亦羞舞也。换頭又换筆换意，寫采芙蓉之人事。“鈿合”、“絲牽”，菱藻之形容詞也。“蘭橈”，采芙蓉之舟，“瓊腕”，采芙蓉之人，“見的更憐心苦”則采芙蓉之人之情思也。“的”，《爾雅》作“菂”，同，蓮子也。“玲瓏”三句又换一意。“玲瓏翠屋”寫葉，“輕薄冰綃”寫花瓣，言如此“玲瓏”之葉，與如此“輕薄”之花，似應被“錦雲”好好維護，故曰：“穩稱錦雲留住。”此句反激起下“生怕”三句。上言應“留住”，此言“生怕哀蟬”一鳴，便使花葉飄零。“秋被”，葉也，“紅衰”，花也，“啼珠”，葉上露珠也。歇拍二句，作此詞之託意。“能”，自注去聲，乃寧可之意，此言芙蓉寧可老盡西風之中，而“羞趁東風嫁與”也。賀鑄《芳心苦》詠荷有“當年不肯嫁春風”之語，“不肯”即“羞趁”也。蓋芙蓉開於秋日，與桃、李之爛漫於春風者，品格自高也。誦此二句，夢窗蓋自道己志，自占身分語，且可知夢窗雖多貴盛之交而不被薦引之故，非交友不思薦引，實夢窗“羞趁東風”也。再證以集中《賦姜石帚漁隱》詞極寫隱逸之人，不知繁華之可樂，《贈芸隱》詞暗喻梅津留連長安塵土之非計，此詞歇拍之託意愈明矣。

丁香結　小春海棠

香裊紅霏，影高銀燭，曾縱夜游濃醉。正錦温瓊膩。被燕踼、暖雪驚翻庭砌。馬嘶人散後，秋風換、故園夢裏。吴霜融曉，陡頓暗動、偷春花意。　　還似。海霧冷仙山，唤覺環兒半睡。淺薄朱唇，嬌羞艷色，自傷時背。簾外寒掛淡月，向立秋千地。懷春情不斷，猶帶相思舊子。

（説）　毛本題《秋日海棠》，《鐵網珊瑚》作《小春海棠》。鄭文焯《校議》據之曰：“《初學記》：‘十月爲小春。’《山堂肆考》謂‘南方冬温，草木常茂。今江南十月，春卉再華，俗呼爲迎小春。’柳耆卿有《望梅》一解，題：‘詠小春。’諦審詞義云‘秋風換、故園夢裏’，又云‘暗動偷春花意’，皆原作‘小春’佳證。”按鄭説是也，今從之。楊鐵夫《箋釋》不以鄭説爲然，釋爲秋海棠，反謂“如鄭氏説，好好一篇靈活局勢佳詞，看成死局”。其言殊非，不可從。

此詞起四字寫海棠香色，非常精工。“影高”四字用蘇軾“只恐夜深花睡去，高燒銀燭照紅妝”句意，因有“曾縱夜游濃醉”之句，亦點化古人之句作法也。此三句又皆從春日海棠着筆。“正錦温”以下三句則寫春日海棠謝也。曰“燕踼、暖雪”，即春日海棠爲春燕蹴落也。

“暖雪”者，海棠花也。“馬嘶人散”二句從容轉入小春海棠。“馬嘶人散”，游觀之人因花謝而去也。“秋風换”句落到小春海棠。看其由春日海棠轉到小春海棠，何等靈活，楊氏何以反説爲死局。“吴霜”二句，曰“陡頓”，曰“暗動”，皆不期然而然之辭。曰“偷春”，則非真是春時而是偷來之春也。换頭二字换意另起，小春海棠無故實，故用楊貴妃“海棠春睡”故事渲染之。“海霧冷仙山”，暗用白居易《長恨歌》“忽聞海上有仙山，山在虚無縹緲間”及“雲髻半偏新睡覺，花冠不整下堂來”等句，寫小春海棠。“環兒”，貴妃名玉環也。白詩寫臨邛道士所覓得之玉環，非長生殿中之貴妃，故以比小春海棠，亦以見非春日之海棠也。其用心之細，運典之活如此。“淺薄”與“香裊紅霏”不同，且亦白詩“玉容寂莫”之意。“自傷時背”亦是想象楊妃此時自傷之情。誦此句似暗露夢窗自傷生不逢時之意，故陳洵謂“‘自傷時背’，賢者退而窮處意”，似矣，但又云：“‘秋風换、故園夢裏’，朝局變遷也。”則推闡太遠。蓋此“自傷時背”原是寫小春海棠，非真春日海棠，但此等語，與作者平時心中所感，恰好契合，故言雖在此，而意可在彼，讀者自可從此言而得彼意。且此等作法，只可認爲作者無形流露，而非有意比附，是興而非比。因此亦只一二語帶自己感情，不可據此句句比附。如陳氏所謂“朝局變遷”，似非作者本意。“簾外”二句加重鈎勒非春日。曰“淡月”，曰“寒掛”，秋月與春月不同也。曰“向立秋千地”，則春日婦女嬉春之秋千已拆除，但有秋千之地耳。歇拍二句，以雖非春時而人睹海棠再花，自引“春情不斷”，一筆鈎轉，力量甚大。下句更進一步言，小春之海棠非可結子，但人情猶作此想，故曰“猶帶相思舊子”。此詞中“陡頓”原作“陡覺”，從《鐵網珊瑚》改。“立”原作“日”，“子”原作“字”，從朱校改。

暗香疏影　賦墨梅

占春壓一。卷峭寒萬里，平沙飛雪。數點酥鈿，淩曉東風□吹裂。獨曳横梢瘦影，入廣平、裁冰詞筆。泛五湖、清夜推篷，臨水一痕月。　　何遜揚州舊事，五更夢半醒，胡調吹徹。若把南枝，圖入淩煙，香滿玉樓瓊闕。相將初試紅鹽味，到煙雨、青黄時節。想雁空、北落冬深，淡墨晚天雲闊。

（説） 墨梅，墨畫梅也。首四字泛寫春梅。“壓一”，宋人常語。吴潛詞有：“看恰好園地，隨宜亭榭，人道瀛洲壓一。”秦觀《品令》亦有：“天然個標格，於中壓一。”猶言第一也。質言之，則壓倒一切也。廿四番花訊，梅居第一，故曰“壓一”。“卷峭寒”二句寫其時。“數點”二句正寫初開之梅。“酥鈿”，形容梅花之辭，“酥”，本乳酪，“鈿”，婦女首飾，用翡翠、丹粉爲之。合之以狀梅花之香潤與花瓣之形色。“東風”下空格，或補“爲”字，疑或係“與”字。“獨曳”二句寫賦中之梅。宋璟有《梅花賦》，璟封廣平郡公，故曰“入廣平、裁冰詞筆”。“泛五湖”二句則水邊梅也。“臨水”五字得水邊梅花之神，將林逋《梅》詩兩句融成五字，益見精彩。換頭又從何遜《詠早梅詩》與笛中《落梅》調二事，用一“夢”字聯繫之，便非呆用故實。“若把南枝”三句始入畫梅，而“玉樓瓊闕”句復結合雪景言。此句寫畫梅而有“圖入淩煙，香滿玉樓瓊闕”之語，雖意在推尊畫梅，但淩煙乃唐太宗圖畫功臣像之閣，今乃曰“若把南枝圖入”，且“香滿玉樓瓊闕”，似擬於不倫，豈故爲此狡獪以嘲笑時無人邪？下文寫梅子復有“試紅鹽味”之語，而文家用鹽梅，皆有調和鼎鼐之意，本出《書·説命》篇：“若作和羹，爾惟鹽梅。”乃高宗命傅説佐己之辭。然則夢窗用此等字面，豈見時無賢能如傅説之佐商，不如畫梅於閣，反能“香滿玉樓瓊闕”也。“玉樓瓊闕”與蘇軾之“瓊樓玉宇”亦正相同，皆以指朝廷也。此雖推測之言，然詠畫梅而忽想及“圖入淩煙”，豈不耐人尋味。歇拍聯想及“冬深”而以“淡墨晚雲”渲染墨梅作結。

探芳訊

爲春瘦。更瘦如梅花，花應知否。任枕函雲墜，離懷半中酒。雨聲樓閣春寒裏，寂寞收燈後。甚年年、鬥草心期，探花時候。

嬌懶强拈綉。暗背裏相思，閒供晴晝。玉合羅囊，蘭膏漬紅豆。

舞衣疊損金泥鳳，妒折闌干柳。幾多愁、兩點天涯遠岫。

（説） 此閨情詞也。閨情乃詩詞家最喜描寫之主題。自唐五代小令以來，此題之作，已極盡其能事。凡閨情之作，或有本事，或係泛寫，或乃作者託之以抒一己之情，有時不易指實。即夢窗此作，用意何在，亦費尋討。陳洵説此詞："本是傷離，却説'爲春'。"蓋傷春即由傷離引起。李商隱詠杜牧詩，有"刻意傷春復傷别，人間惟有杜司勛"之句。"傷春"、"傷别"，乃曰"人間惟有杜司勛"，可見天下惟有真性情人方解傷春與傷别。夢窗多情，亦杜牧一流人物。

此詞首句提出"爲春瘦"，下文有"離懷半中酒"，是傷春即由於傷離，已明白言之矣。"中酒"，被酒也。"枕函雲墜"，雲髮墜於枕上，無心起而梳洗，因"中酒"也。"雨聲"二句記時，"收燈"，宋時汴京正月十九日收燈畢，都人争先出城探春，見《東京夢華録》。觀下"甚年年"二句，"鬥草"、"探花"，即探春事。曰"甚年年"，則收燈後之寂寞，不止一年也。换頭以"嬌懶"二字寫傷春人之心情，此種心情，在過拍中已包含之，至换頭方點明之。其心情如此者，下文"暗背裏相思"，乃其原因。"閒供晴晝"者，晴晝本可出城探春，而終日爲相思而"嬌懶"，故曰"閒供"。"玉合"二句，皆閨人之化妝品。"舞衣"二句言不但不思"拈綉"，且歌舞亦無心也。歇拍言千種離情，萬種春思，皆在"兩點"眉山中也。

掃花遊　春雪

水雲共色，漸斷岸飛花，雨聲初峭。步帷素裊。想玉人誤惜，章臺春老。岫斂愁蛾，半洗鉛華未曉。艤輕棹。似山陰夜晴，乘興初到。　　心事春縹緲。記遍地梨花，弄月斜照。舊時鬥草。恨凌波路鑰，小庭深窈。凍澀瓊簫，漸入東風郢調。暖回早。醉西園、亂紅休掃。

（説） 朱校："'路鎖'，原鈔'鎖'作'鑰'，毛本同。鄭文焯曰：'宜從王校作鎖。'”按王、鄭校非也。此字周邦彦、吴文英皆用入聲。前有《宴清都》詞，亦有“瑶扉乍鑰”句。皆以“鑰”代“鎖”。

起四字寫雪天景象。“漸斷岸”二句，“飛花”，雪花也。“峭”，本嚴峻、急切義，此言雨雪交下之聲。“步帷”四字，雪飛入游人帷幕也。古時貴婦女外游，必施步障。《晉書》稱謝道蘊施青綾步障自蔽。“步帷”，即步障。“想玉人”二句暗用謝安冬日集子女，命各擬句詠雪。謝道蘊曰：“未若柳絮因風起”事。“章臺”多種柳。此言“誤惜”者，謝女誤以雪爲柳絮也。此等處，雖係以古人雪事來點染春雪，必須融化，不然便成事類賦矣。“岫斂”二句又寫山上之雪。“艤輕棹”三句則水中之雪。寫山雪但言雪改换了山色，寫水雪，用王子猷在山陰，大雪中乘興訪戴安道事。一虚寫，一實事，以見用筆變化。换頭五字，入作詞本意。陳洵謂“换頭五字，貫徹上下，通體渾融”，是也。此以春雪之縹緲形容“心事”亦如之也。“記遍地”以下，即縹緲之“心事”。“梨花”和“月”，用以點染雪之白。但以一“記”字領起，則“心事”也。“舊時”四字承上皆昔日之事。“恨淩波”二句言昔時“鬥草”游春，常恨凍結不能行舟，故曰“路鑰”。“凍澀”二句寫雪之寒，因簫聲“凍澀”，遂聯想及曲調郢人有《陽春白雪》之歌，故曰“東風郢調”。歇拍以“暖回”作結，亦從題之後路着筆也。

澡蘭香　淮安重午

盤絲繫腕，巧篆垂簪，玉隱紺紗睡覺。銀瓶露井，彩箑雲窗，往事少年依約。爲當時、曾寫榴裙，傷心紅綃褪萼。黍夢光陰，漸老汀洲煙蒻。　　莫唱江南古調，怨抑難招，楚江沉魄。薰風燕乳，暗雨梅黄，午鏡澡蘭簾幕。念秦樓、也擬人歸，應翦菖蒲自酌。但悵望、一縷新蟾，隨人天角。

（説）　陳洵説：“此懷歸之賦也。”但懷吴寓或懷越寓，不可知。首三句以重午風俗引起往事。“盤絲”，《荆楚歲時記》：“五月五日以五彩絲繫臂名辟兵，一名長命縷。”“巧篆”，《抱朴子》：“午日朱書赤靈符著心前以辟兵疫百病。”今曰“垂簪”，則是戴之頭上也。“玉隱”句言玉肌之人睡於紺色紗帳中也。此三句皆指當年舊事。“銀瓶”二句言唐、宋時風俗。李賀《五月樂詞》有“井汲鉛華水，扇織鴛鴦紋”，即其事。“爲當時”二句今昔之感，上句昔日之事，下句今日之情。“榴裙”，切午日，蘇軾有“石榴半吐紅巾蹙”句，以榴花比紅巾，此則以比紅裙。“寫榴裙”暗用王獻之書羊欣裙事，是古人有書裙之習。“紅綃褪萼”即就榴花説。曰“傷心”者，傷其“褪萼”也。過拍又從己亦老去，覺往事如一夢也。《枕中記》謂吕翁予盧生枕，夢中歷盡一生榮辱而醒，翁方炊黄粱未熟也。“黍夢”用此。换頭用招屈故事切重午。“江南古調”，《楚辭・招魂》有“魂兮歸來哀江南”句也。“薰風”二句爲今日重午景物。“澡蘭”用《大戴禮》“五月五日，蓄蘭沐浴”事。“念秦樓”二句不言己之懷歸，而以家人望己歸説，己懷歸之情自見。“翦菖蒲”酌酒，亦重午故事。《荆楚歲時記》謂端午以菖蒲一寸九節者泛酒飲之，辟瘟氣。歇拍三句，己未能歸，“但悵望、一縷新蟾，隨人天角”而已。此以景結而情在其中也。

滿江紅　甲辰歲盤門外寓居過重午

結束蕭仙，嘯梁鬼、依還未滅。荒城外、無聊閒看，野煙一抹。梅子未黄愁夜雨，榴花不見簪秋雪。又重羅、紅字寫香詞，年時節。　　簾底事，憑燕説。合歡縷，雙條脱。自香消紅臂，舊情都别。湘水離魂菰葉怨，揚州無夢銅華闕。倩卧簫、吹裂晚天雪，看新月。

（説）　此詞記爲甲辰歲作，是年夏秋即遣妾去之時。此時猶未赴杭，蓋已去與妾同居之西園而暫寓盤門外也。起二句以重午起。“蕭仙”，荆楚風俗，端午日結艾爲人懸門以闢邪惡。“蕭仙”，即艾人也。“嘯梁鬼”用韓愈《原鬼》“有嘯於梁，從而燭之，無見也”語。“荒城”二句，盤門外景色。“梅子”二句，上點明時物，五月梅黄時，有雨曰黄梅雨。下句結合己年説。言不見榴花簪髮也。“秋雪”指白髮。“又重羅”二句，從今日記起往日此際之情味也。“簾底”二句，即“年時事”而申説之，言但有燕知耳。下文“合歡縷，雙條脱”亦即“年時事”。“合歡縷”，即《荆楚歲時記》之長命縷。“條脱”，釧也。“自香消”二句即承上説。“合歡縷”、“雙條脱”，皆臂飾。今日一切都非，故有“香消”、“情别”之句。“湘水”二句，上用招屈事點題，“菰葉”，《風土記》謂以菰葉裹黍投江中，不致爲蛟龍所食。今日端午食粽，即其遺俗。下句以揚州舊鑄江心鏡結合己與妾分離説。“銅華”，鏡也。“闕”者，暗用樂昌公主與徐德言分鏡事，言鏡破不能重合也。歇拍以景作結。

六么令　七夕

露蛩初響，機杼還催織。婺星爲情慵懶，佇立明河側。不見津頭艇子，望絶南飛翼。雲梁千尺。塵緣一點，回首西風又陳迹。

那知天上計拙。乞巧樓南北。瓜果幾度淒涼，寂寞羅池客。人事回廊縹緲，誰見金釵擘。今夕何夕。杯殘月墮，但耿銀河漫天碧。

（説）　陳洵説：“此事偏要實叙，却全是世間痴兒女幻境極力逼出。”按據陳説是此詞乃虚事實寫，與化實爲虚之法又自不同。《爾雅翼》：“七日河鼓與織女會於漢東，役烏鵲爲梁以渡。”楊鐵夫據《星經》：須女四星，一名婺女，主布帛爲珍寶藏。又織女三星，主瓜果絲帛。《箋》云：“按婺與織女星數不同，所主不同，顯爲兩星。今以婺爲織女，混爲一矣。”按婺女非織女，夢窗非不知。此詞但曰“婺星”，是夢窗未嘗以婺女爲織女。疑“婺”乃“嫠”誤。嫠，無夫之稱。夢窗《宴清都・連理海棠》詞有“嫠蟾冷落羞度”句。“嫠蟾”，指月，與此“嫠星”指織女星同，其誤無疑。

此詞作於何年，不可考，但就詞意觀之，似在妾去以後，蓋有感於牛、女會合而作。首句從秋來景物引起。“露蛩”，促織也，故曰“催織”。“婺星”二句與下“不見”二句同指織女，意在去妾，豈猶望其歸來邪？“雲梁”，烏鵲橋也。“塵緣”二句言雖有鵲橋，奈“塵緣”太短。蓋古傳牛、女一年一度相會，且“回首西風”，又成“陳迹”矣。换頭别出一意，言牛、女“塵緣”如此短，亦拙於計矣，而人猶於此時“乞巧”，故曰“那知”。“瓜果”二句，乞巧故事。“羅池客”，柳宗元也。宗元貶柳州居羅池，曾撰乞巧文。曰“淒涼”，曰“寂寞”，實以己之情加之古人，即以古人代己也。“人事”二句，暗用明皇與楊妃七夕私語事。“回廊縹緲”，懸想長生殿二人私語之處也。“金釵擘”用白居易《長恨歌》“釵留一股合一扇”句意，皆暗切己之心情之語，非泛泛引用七夕故事也。歇拍言己今夕酒餘月墮之時，不見牛女渡河，但見銀河耿耿於碧天之上耳。

塞垣春　丙午歲旦

漏瑟侵瓊管。潤鼓借、烘爐暖。藏鉤怯冷，畫鷄臨曉，鄰語鶯囀。殢緑窗、細咒浮梅盞。换蜜炬、花心短。夢驚回、林鴉起，曲屏春事天遠。　迎路柳絲裙，看爭拜東風，盈灞橋岸。髻落寶釵寒，恨花勝遲燕。漸街簾影轉。還似新年，過郵亭、一相見。南陌又燈火，綉囊塵香淺。

（説）丙午爲理宗趙昀淳祐六年，夢窗四十七歲，居杭州時。從起句至“花心短”皆説除夕事。“漏瑟”用温庭筠《織錦詞》“丁東細漏侵瓊瑟”句，言夜漏也。“潤鼓”句，除夕人家擊鼓，謂之年鼓。鼓潤則聲啞，必借爐火烘之也。“藏鉤”，婦女之戲。除夕寒甚，不便此戲，故曰“怯冷”。“畫鷄”，古時元旦，貼畫鷄於户上，故曰“臨曉”。“鄰語”四字用杜甫“鶯入新年語”句，此以形容鄰女除夕守歲之笑聲如鶯囀也。集中《祝英臺近·除夜立春》詞，亦有“笑聲轉、新年鶯語”之句可證。“殢緑窗”二句，“殢”，困頓也。言除夕爲酒所困也。“細咒”，李商隱詩有“終當咒酒卮”語，此言以吉語咒除夕之酒也。“浮梅盞”，古時以梅花泛酒飲之，取其香也。《四民月令》：“梅花酒元日服之却老”，亦其習也。“夢驚回”三句入題，切元旦，故曰“春事”。陳洵説此詞：“下闋寫春事如許，回憶曲屏，向所謂遠者，今乃歷歷在目矣。”换頭以下，皆“春事”。“迎路”句言柳絲如裙也。集中《訴衷情》詞亦有“柳腰空舞翠裙煙”句可證。“争拜”句以清真詞校之，多二字。清真詞作“天然自、風韻嫻雅”。擬改此句爲“看争拜、東風灞岸”，則與清真詞句法一致矣。“鬢落”二句言元旦婦女翦彩爲花勝事。唐、宋時，立春日婦女翦彩戴之以迎春，曰花勝。花勝有翦作燕子者。“遲燕”之遲，非延遲意，乃待候也。言燕雖未來，翦燕戴之，候其來也。以上皆從婦女元日春事着筆。“漸街簾”三句疑有本事，今不可考。集中《六醜·壬寅歲吴門元夕風雨》詞亦有“記向留連處，看街臨晚，放小簾低揭”句，或即其事。“南陌”句言元宵燈火也。“綉囊”，香囊也。此或當時習俗有佩香囊事也。

解連環

暮檐涼薄。疑清風動竹，故人來邈。漸夜久、閒引流螢，弄微照素懷，暗呈纖白。夢遠雙成，鳳笙杳、玉繩西落。掩練帷倦入，又惹舊愁，汗香闌角。　　銀瓶恨沉斷索。嘆梧桐未秋，露井先覺。抱素影、明月空閒，早塵損丹青，楚山依約。翠冷紅衰，怕驚起、西池魚躍。讓湘娥、絳綃暗解，褪花墜萼。

（説）起三句以時序景物引動人情。“故人”，似指去妾。言聞“清風動竹”，疑其遠來也。“漸夜久”三句爲待其來時之情事。夜久所見只“流螢”於暗中呈現點點白光而已，蓋待久之人終杳然也。“夢遠”二句又由夜寫至晨。“雙成”、“鳳笙”用《漢武内傳》：“西王母命侍女董雙成吹雲和之笙”事。“夢遠”者，言故人遠去，如吹笙仙女之杳然難遇也。“掩練帷”三句則晨起後事。“惹舊愁”句言忽似汗香猶在闌角，思之心切也。以上從暮至夜，從夜至晨，輾轉不寐之事，而“掩練帷倦入”則既出又入，其情事與李清照《聲聲慢》詞起句“尋尋覓覓”四字相同。古詩有“出户獨徬徨，愁思當告誰。引領還入房，淚下沾裳衣”，又即此四字之注釋。蓋人當愁極，心中如有所失，其情事正如此也。换頭六字，直捷提出事已無可爲也。“瓶沉”句言故人斷絶，如索斷瓶沉，空有恨而已。白居易《井底引銀瓶》詩曰："井底引銀瓶，銀瓶欲上絲繩絶。……瓶沉簪折知奈何，似妾今朝與君别。"此句用此。"嘆梧桐"二句言梧葉未落而露井已先有秋意，以喻己怨懷易感，有如此也。"抱素影"三句睹物思人也。"明月"指扇，"楚山"，扇上所畫。此言故人遺物，雖已塵損，尚抱持之，不忍抛棄也。"翠冷紅衰"，復及時序景物，以見物色全非，不但人愁，即西池之魚，亦當"驚起"。歇拍雙關今昔，以"绛綃暗解"記舊情，"褪花墜萼"比今事。

齊天樂

烟波桃葉西陵路，十年魂斷潮尾。古柳重攀，輕鷗驟别，陳迹危亭獨倚。涼颸乍起。渺煙磧飛帆，暮山横翠。但有江花，共臨秋鏡照憔悴。　　　華堂燭暗送客，眼波回盼處，芳艷流水。素骨凝冰，柔葱蘸雪，猶憶分瓜深意。清尊未洗，夢不濕行雲，漫沾殘淚。可惜秋宵，亂蛩疏雨裏。

（説）　此詞亦追念舊歡而作。首句"桃葉"、"西陵"，皆指舊歡之人之地。"桃葉"本王獻之妾，王爲作《桃葉歌》："桃葉復桃葉，渡江不用檝。""西陵"則用《蘇小小歌》："妾乘油壁車，郎躍青驄馬。何處結同心，西陵松柏下。""十年"句總提十年前事。夢窗追念舊游之詞，多提到十年前事。《夜合花》既有"十年一夢凄涼"之句，《思佳客·癸卯除夜》詞又有"十年舊夢"之語。據夏承燾考《吴夢窗繫年》，夢窗於紹定五年壬辰爲蘇州倉臺幕僚，至淳祐四年甲辰冬始去吴寓越，在吴共十年左右。夢窗在蘇州與其妾同居即在此十年内，此其詞中所以屢提十年之故。"魂斷潮尾"指遣妾後情事。"古柳"三句言再逢又别。"驟"原作"聚"，《陽春白雪》作"叙"，予疑乃"驟"之殘文，今改作"驟"。觀下文知此言乍逢又别也。"涼颸乍起"正寫倚亭。"渺煙磧"二句乃倚亭所見。"但有江花"，言無人與共也。换頭補出舊游情事另起。"燭暗送客"，用《史記·淳于髡傳》："堂上燭滅，主人留髡而送客。"夢窗以淳于髡自比，客則同游宴之友也。送客而留髡者，美人於髲情獨厚也。此或記初遇去妾時事。陳洵説此詞，“送客”爲送去妾，非也。“眼波”二句正寫留髲之人之美。“素骨”三句，又即此人剖瓜同吃之事。與周邦彦《少年游》詞“纖手破新橙”同是寫小小情節以點染一時情趣之語。陳洵謂“分瓜”乃“别後始覺不祥”，亦設想太過。“清尊未洗”、“夢不濕行雲”，言别之速，夢不成也。“可惜”二字則惜别之詞，此亦以景結情而融情入景之結尾法。

烏夜啼 桂花

西風先到岩扃。月籠明。金露啼珠滴翠，小銀屏。　　一顆顆，一星星。是秋情。香裂碧窗煙破，醉魂醒。

（説）　起句點明時地。“金露”六字描繪桂花極工麗。曰“小銀屏”，則此所詠者瓶桂也。换頭之“顆顆”、“星星”，本寫桂花，而以“是秋情”三字連綴之，以關合人情，便見景中有情。歇拍以桂花香氣酷烈、破人醉眠作結。

唐多令

何處合成愁。離人心上秋。縱芭蕉、不雨也颼颼。都道晚涼天氣好，有明月、怕登樓。　　年事夢中休。花空煙水流。燕辭歸、客尚淹留。垂柳不縈裙帶住，漫長是、繫行舟。

（説）　此詞爲張炎所稱，以其“疏快不質實”。然非夢窗高處。張炎嘗評吴“檀欒金碧”詞如“七寶樓台，眩人眼目，碎拆下來，不成片段”。蓋因夢窗工於修辭，有時太密，與其作風不同，此詞略異他作，故特拈出之。

此詞首句，只是小巧，無甚深意，與山谷“門裏安心”爲“悶”字、“女邊著子”爲“好”字，少游“一鈎殘月帶三星”爲“心”字，同一游戲之筆。“縱芭蕉”句以下半闋聲律觀之，此句多一字，蓋“也”字爲襯字，詞家偶亦用之。蕉雨最使愁人聽之生愁，今曰“不雨也颼颼”，是進一層説法。换頭言當年之事皆從夢中消失，正如“花空煙水流”。“燕辭”句之燕係雙關，觀下句“不縈裙帶住”可知。下句言“垂柳”不爲人縈住裙帶，空繫淹留之人之舟也。“漫”有“徒然”之義，“徒然”長繫行舟，即空繫行人之舟也。

點絳唇

推枕南窗，楝花寒入單紗淺。雨簾不卷。空礙調雛燕。
一握柔葱，香染榴巾汗。音塵斷。畫羅閒扇。山色天涯遠。

（説） 朱刻謂原鈔：“題‘初夏感情’，毛本無題，據删。”按此雨中懷人之詞也。“推枕”，不能寐也。“楝花”句首先出一“寒”字，因雨而寒也，故下即寫“雨簾”。楝，三四月開花，二十四番花訊風，楝花風最後。“寒入單紗”，衾寒也。風雨淒然，不能入寐，故爾生感，爲作詞之因。“雨簾”二句乃言燕爲雨簾所礙，不能調其雛燕。意則念去妾因故不能撫其子。楊鐵夫謂夢窗去妾已生子，似可信。换頭遂及所懷之人。“柔葱”，手指也。“榴巾”，妾之遺物，當時手汗尚染在巾，睹物思人也。故即接“音塵斷”三字。歇拍更從扇上“山色”，念及人去便成天涯之遠也。曰“閒扇”，則擱置已久可知。巾也，扇也，皆去妾之遺物，睹之皆有“物是人非”之感。“山色”五字與温庭筠《菩薩蠻》詞見枕屏上“小山重疊”而思及人去之遠同意，正可互證。

浣溪沙 琴川慧日寺蠟梅

蝶粉蜂黄大小喬。中庭寒盡雪微消。一般清瘦各無聊。
窗下和香封遠訊，墻頭飛玉怨鄰簫。夜來風雨洗春嬌。

（説） “琴川”在常熟，寺梁時所建。“蠟梅”，本名黄梅，范成大《梅譜》云：“本非梅種，以其與梅同時而香又近之也。”張翊《花經》曰：“人言臘時開，故以臘名，非也，爲色似黄蠟耳。”起句以白梅陪襯蠟梅，故曰“蝶粉蜂黄”。“大小喬”本三國時喬公二女，今以比黄白梅花。“中庭”句點時。“一般”句言黄白梅花當此“寒盡雪微消”時“一般清瘦”，故曰“無聊”，蓋梅已漸落也。换頭上句，古用蠟封信，因蠟梅之名而思及“遠信”。下句見落梅而思及玉簫，皆有人在。如此，則非泛詠物而爲觸物思人。但此意深微，不着痕迹耳。末言殘梅亦爲風雨洗盡矣，語帶感慨。

浣溪沙

門隔花深夢舊游。夕陽無語燕歸愁。玉纖香動小簾鈎。
落絮無聲春墮淚，行雲有影月含羞。東風臨夜冷於秋。

（説） 此憶舊之詞。所憶不願實説而托之夢。“門隔花深”，不得親近，故但有夢也。“夕陽”句爲門外所見之景。“玉纖”句乃花中所聞之聲。换頭上句所憶之情，“落絮無聲”乃“春墮淚”，以比人之情；下句所憶之人，“行雲有影”使月含羞，以比所憶之人。“東風”句言憶舊之情懷如此，覺春夜東風亦如秋氣之淒涼矣。觀此詞，知詞家所説之夢，不必是真夢，而寫來似真，亦寫虚爲實之法也。

鷓鴣天 化度寺作

池上紅衣伴倚闌。棲鴉常帶夕陽還。殷雲度雨疏桐落，明月生涼寶扇閒。　　鄉夢窄，水天寬。小窗愁黛淡秋山。吴鴻好爲傳歸信，楊柳閶門屋數間。

（説） 化度寺在杭州仁和縣北江漲橋。此詞夢窗寓杭時憶去妾作。“楊柳閶門屋”，去妾吴中所居也。上半闋化度寺即目之景。曰“紅衣伴倚闌”者，“紅衣”，蓮花也，蓮花作伴，則無人可知。既曰“雨”，又曰“月”，知非一日。下半闋設想去妾之心情，而“吴鴻傳信”，歇拍告“吴鴻”以去妾所居之地也。夢窗與去妾之事，其詳雖不可知，但從其詞中所表現之情觀之，似妾求去，非吴遣去妾也。

周邦彦清真詞

周邦彦字美成，錢塘人。史稱其疏雋少檢，不爲州里推重而博涉百家之書。元豐初游京師，獻《汴都賦》萬餘言，神宗異之。自太學諸生一命爲正，出教授廬州，知溧水縣，還爲國子主簿。哲宗朝官至衛尉宗正少卿，以直龍圖閣、知河中府。徽宗朝提舉大晟府，未幾，知順昌府，徙處州卒，年六十六。邦彦好音樂，能自度曲，製樂府長短句，詞韻清蔚。集名《清真》。陳廷焯《白雨齋詞話》曰："詞至美成乃有大宗，前收蘇、秦之終，復開姜、史之始，自有詞人以來，不得不推爲巨擘。後之爲詞者，亦難出其範圍。然其妙處，亦不外沉鬱頓挫。頓挫則有姿態，沉鬱則極深厚。既有姿態，又極深厚，詞中三昧，亦盡於此矣。"按自來論清真詞者，張炎則曰："美成詞渾厚和雅，善於融化詩句。"沈伯時則曰："美成最知音，下字用韻，皆有法度。"陳氏所謂"頓挫"，指其造語；"沉鬱"指其用意。張氏"渾厚和雅"之評，"渾厚"亦就用意言；"和雅"則指措詞。沈氏則指出其"知音"。三家之評，已足盡美成之長矣。蓋當美成之時，詞體變而與詩近。美成知音又能文，故所作獨得其體之正，雖多賦麗情，而出之以和雅之筆，故不傷格，所以享盛名於時。每製一詞，名流輒和，方千里、楊澤民至和其全集，非無故也。後人以周與柳耆卿並稱，蓋二人皆長於抒寫别離之情，羈旅之感。而周之深静和雅，與柳之奇爽疏快則異趣。讀周詞須看其疏密相間，虚實互發處，而筆姿宛轉流美，意趣不窮，復有無垂不縮之妙。至其鑄詞協律，則沈伯時所謂"法度"也。不善學者，務講法度，則爲所束縛，易流爲軟媚。救弊之法，唯有一"真"字。有真情，寫真景，乃有真詞。故知學古之難，不在文字之末，而在性情之真。

風流子

楓林凋晚葉，關河迥、楚客慘將歸。望一川暝靄，雁聲哀怨，半規涼月，人影參差。酒醒後，淚花銷鳳蠟，風幕卷金泥。砧杵韻高，喚回殘夢，綺羅香減，牽起餘悲。　　亭皋分襟地，難堪處、偏是掩面牽衣。何況怨懷長結，重見無期。想寄恨書中，銀鉤空滿，斷腸聲裏，玉筯還垂。多少暗愁密意，惟有天知。

（説）起處先點明秋時景色，引起離情。“將歸”而曰“慘”，著語甚奇。至何以“慘”，則待下文細説。“望一川”下四句，寫臨别時之物色人情。“酒醒”二句爲别後居者所在。“砧杵”四句則爲别後居者之情。换頭四句乃行者追憶别時與别後。“想寄恨”四句又行者遥想居者之情。歇拍總結離情。

此詞大開大合，美成特色。因此調中四字句多，他人作來，易成平板，而美成此詞，仍流轉自如，一也；又美成此詞，四句一轉，此非筆力極健者，不易圓美，二也；再則此詞四字句層次分明，不復不雜，三也。全詞除起結總寫外，將居者、行者之情，曲曲描出而不嫌瑣屑，亦由力量大，情意深所致。

氐州第一

波落寒汀，村渡向晚，遥看數點帆小。亂葉翻鴉，驚風破雁，天角孤雲縹緲。官柳蕭疏，甚尚掛、微微殘照。景物關情，川途换目，頓來催老。　　漸解狂朋歡意少。奈猶被、思牽情繞。坐上琴心，機中錦字，覺最縈懷抱。也知人、懸望久，薔薇謝、歸來一笑。欲夢高唐，未成眠、霜空又曉。

（説）此詞前半闋皆“景物關情，川途换目”，而以“頓來催老”作小結。起處三句將時、地、人事俱寫到。“亂葉”三句則晚景從遠處寫，“官柳”二句又晚景從近處寫，皆川途景物關情換目者也。換頭以下寫情，轉折極多，隨生隨掃。換頭七字由過拍“催老”來。“狂朋”言人見已老來“歡意少”也。下句七字言彼此猶不免牽縈也。“坐上”句屬己邊言，“機中”句則屬人言。“琴心”用《漢書·司馬相如傳》相如以琴心挑文君事。“機中”用《晉書》竇滔妻蘇蕙以回文錦寄竇滔事。蓋“歡意”雖少，猶有情也。“也知”句又遥想人“懸望”而以“薔薇謝歸來”慰之。“薔薇”句用杜牧《留贈》詩“不用鏡前空有淚，薔薇花謝即歸來”句意。“欲夢”二句又入己邊説來作結。後半闋中“漸解”二句兩層，“坐上”三句一層，“也知”二句兩層，“欲夢”二句三層，共得八層，亦一特色也。

慶宮春

雲接平岡，山圍寒野，路回漸轉孤城。衰柳啼鴉，驚風破雁，動人一片秋聲。倦途休駕，淡煙裏、微茫見星。塵埃憔悴，生怕黄昏，離思牽縈。　　　華堂舊日逢迎。花艷參差，香霧飄零。絃管當頭，偏憐嬌鳳，夜深簧暖笙清。眼波傳意，恨密約、匆匆未成。許多煩惱，只爲當時，一晌留情。

（説）此詞前後兩半，用對比法描寫，以見今昔情事，如此不同，而人情可知。過拍“離思”四字爲全首主旨。“雲接”三句爲秋時遠景，“衰柳”三句則秋時近景。此六句寫景頗工，寫遠景則寫目所見，寫近景則寫耳所聞，六句中上八字皆密，下六字句皆疏，此疏密相間之法也。“倦途”二句寫休歇時，而“塵埃”四字又將上面所寫概括净盡，於是提出旅情離思，以結上起下。換頭以下即專從離思着筆。“華堂”三句形容舊日之樂，如此香艷。“絃管”三句又寫舊日音樂之盛。皆以形今日旅途之愁情也。“眼波”則寫舊日歡樂中人事。歇拍三句以今日之愁，由昔日之樂來作結，故極深厚。歇拍所言“一晌留情”，尚非極歡，蓋上言“密約匆匆未成”也。然即此“一晌”之情，已足使人生出許多“煩惱”矣。此所以深厚也。

解連環

怨懷無託。嗟情人斷絶，音信遼邈。縱妙手、能解連環，似風散雨收，霧輕雲薄。燕子樓空，暗塵鎖、一床絃索。想移根換葉，盡是舊時，手種紅藥。　　汀洲漸生杜若。料舟依岸曲，人在天角。記得當日音書，把閒語閒言，待總燒却。水驛春回，望寄我、江南梅萼。拚今生、對花對酒，爲伊淚落。

（説）此詞作法又换，一起即作决絶語。"怨懷"之所以"無託"者，蓋因"情人斷絶，音信遼邈"也。"縱妙手"三句再縱寫一筆，更見"無託"之懷。"解連環"用《國策》秦遣使以連環致齊求解。齊后椎破之，報秦曰"連環解矣"事。"燕子"二句蓋室邇人遠，物是人非也。此用張建封妾於張亡後，獨居燕子樓事。"想移根"二句則時過事非也。换頭點明"情人"所往。"記得"三句言舊日書信，閲之生怨，不如"燒却"。"水驛"二句又於"音信遼邈"之後，仍望其"寄我江南梅萼"。"寄梅"用陸凱寄范曄梅枝事。"拚今生"二句更進一層説，不但望其寄信，且願"拚今生""爲伊淚落"，可謂一往情深。而此種痴情，乃從"情人斷絶，音信遼邈"，從"燕子樓空"、"人在天角"種種絶望之後生出。且方言"待總燒却"當日音書，又"望寄我江南梅萼"，將種種矛盾心情，一一寫出，亦奇筆也。

意難忘

衣染鶯黄。愛停歌駐拍，勸酒持觴。低鬟蟬影動，私語口脂香。簷露滴，竹風涼。拚劇飲淋浪。夜漸深，籠燈就月，子細端相。

知音見説無雙。解移宫换羽，未怕周郎。長顰知有恨，貪耍不成妝。些個事，惱人腸。試説與何妨。又恐伊，尋消問息，瘦減容光。

（説）此詞描寫一稚齡歌舞妓，極其工細，既以見此妓之美，亦可知作者愛惜之深。而且語不流於褻，此較柳七爲勝，即前人所謂周詞和雅處也。起四字寫衣着，次句寫其酬錯，“低鬟”句寫其丰姿，“私語”句寫其言語。“蓮露”三句寫飲宴之時，“夜漸深”三句更添寫一筆，以見“輕憐細閱”之情。(“輕憐”四字周氏《華胥引》詞句。“蓮露”原作“檐露”，從鄭文焯校改。)换頭寫其歌舞之妙。“未怕周郎”言其唱曲之佳，暗用周瑜知音，聞曲有誤必顧。時人謡曰：“曲有誤，周郎顧。”今言“不怕”，則無誤也。“長顰”句寫其情態，“貪耍”句寫其嬌痴。結尾數句，言不忍以“惱人腸”之“些個事”告之，怕他“尋消問息，瘦減容光”。“惱人腸”之事，乃將與之離别之事也。從此數句看，作者對於此女子愛惜甚深。宋代詞人，從柳永以來，多有同情妓女的作品，其原因蓋即白居易《琵琶行》所言“同是天涯淪落人”也。宋初晏幾道有《浣溪紗》一首曰：“日日雙眉鬥畫長。行雲飛絮共輕狂。不將心嫁冶游郎。　　濺酒滴殘歌扇字，弄花熏得舞衣香。一春彈淚説淒涼。”此詞尤託意分明。蓋寫此女之遭遇與其内心之矛盾，即作者本人之遭遇與内心之矛盾也。

蝶戀花

月皎驚烏棲不定。更漏將闌，轣轆牽金井。唤起兩眸清炯炯。淚花落枕紅綿冷。　　執手霜風吹鬢影。去意徘徊，别語愁難聽。樓上闌干横斗柄。露寒人遠鷄相應。

(説)　此詞上半闋寫别之前一刹那的時間，下半闋寫臨别及别後一刹那的時間，而上半過拍二句，爲全首最佳者。蓋行者聞人汲水聲而驚起，即須早行，乃唤起與之作别之人。而此人睡意方酣，驟然唤醒，尚未意識到即須離别，故有“兩眸清炯炯”之句。然立即省悟别離在即，故有“淚花落枕紅綿冷”之句，可謂傳神之筆。否則亦平平别情詞也。

姜夔白石道人歌曲

姜夔字堯章，晚自號白石道人，鄱陽人。幼隨父官漢陽，後常往來沔、鄂幾二十年。淳熙間客湖南，識蕭德藻。蕭工詩，與楊萬里、范成大、陸游、尤袤齊名。既遇夔，自稱四十年作詩，始得此友，以其兄之子妻之，携之同寓湖州。嘗以楊萬里介，謁范成大於蘇州。並時名流，若樓鑰、葉適、京鏜、謝深甫皆折節與交。朱熹愛其深於禮樂，辛棄疾深服其長短句。夔於寧宗慶元三年進《大樂議》及《琴瑟考古圖》於朝，詔付太常寺與議，不合，且嫉其能，不獲盡其所議。五年，又上《聖宋鐃歌》十二章。詔免解與試禮部，不第歸。夔除工詩詞著有《白石詩集》、《詩説》、《歌曲》外，又有《續書譜》、《絳帖平》等書。京鏜嘗稱其駢儷文，今均佚，無一篇傳者。中歲以後，曾依張俊之孫名鑒字平甫者於杭十年。鑒卒，旅食浙東、嘉興、金陵間，卒於西湖，年約六十餘。貧不能殯，吴潛諸人助之葬於錢唐門外西馬塍。子二：瓊，太廟齋郎；瑛，嘉禾郡簽判。

揚州慢

淳熙丙申至日，予過維揚。夜雪初霽，薺麥彌望。入其城則四顧蕭條，寒水自碧。暮色漸起，戍角悲吟。予懷愴然，感慨今昔，因自度此曲。千岩老人以爲有《黍離》之悲也。

淮左名都，竹西佳處，解鞍少駐初程。過春風十里，盡薺麥青青。自胡馬、窺江去後，廢池喬木，猶厭言兵。漸黄昏清角，吹寒都在空城。　　杜郎俊賞，算而今、重到須驚。縱荳蔻詞工，青樓夢好，難賦深情。二十四橋仍在，波心蕩、冷月無聲。念橋邊紅藥，年年知爲誰生。

（説） 千岩老人即蕭德藻。鄭文焯曰：“紹興三十年，完顔亮南寇，江淮軍敗，中外震駭。亮尋爲其臣下弑於瓜州。此詞作於淳熙三年，寇平已十有六年，而景物蕭條，依然‘廢池喬木’之感。此與《淒涼犯》當同屬江淮亂後之作。”起三句，“過維揚”也。“淮左”，宋置淮東路，亦稱淮左。“竹西”，杜牧詩：“誰知竹西路，歌吹是揚州。”揚州府城東北有竹西亭也。“過春風”二句，“薺麥彌望”也。“自胡馬”三句，“感慨今昔”也。“漸黄昏”二句，“暮色漸起，戍角悲吟”也。换頭託之杜牧以寫己情。即“予懷愴然”也。看“算而今、重到須驚”句自明。“縱荳蔻”三句即從上“俊賞”出。杜牧《贈别》詩曰：“娉娉裊裊十三餘。荳蔻梢頭二月初。”“荳蔻詞工”，指此。杜又有“十年一覺揚州夢，赢得青樓薄倖名”詩句，“青樓夢好”指此。“難賦深情”者，杜乃個人之事，今則爲家國之感，即令杜牧重來，已難賦也。“二十四橋”二句仍從杜牧詩來。杜《寄揚州韓綽判官》詩有“二十四橋明月夜，玉人何處教吹簫”句。“二十四橋”，沈括《夢溪補筆談》：“揚州在唐時最爲富盛，舊城南北十五里一百一十步；東西七里三十步，可記者有二十四橋。”“波心”七字寫得蒼涼，足見感愴。歇拍有花木無情，依然繁茂而“俊賞”無人矣。故曰“爲誰生”。“紅藥”，芍藥也。紅藥橋見李斗《揚州畫舫録》。“漸黄昏”句，鄭文焯《校》謂“漸黄昏清角”句對下片“念橋邊紅藥”，應斷於“角”字。又謂“角”、“藥”二字旁譜“ㄌ”皆是“打”字，宜用入聲。按鄭説是也。夏承燾《姜白石詞編年箋校》不以爲然，舉宋、元人填此調者，皆作上七下四句法。又曰：“或謂下片結當依此句，以‘邊’‘年’爲斷。然白石自謂自度曲前後闋不同，似不必上下一致。”夏君所舉白石語，見其《長亭怨慢·序》。“前後闋”句乃“前後闋多不同”。夏君删去“多”字，則皆不同矣。又鄭君謂“旁譜”字同，亦確不可易。且詞家於長句中讀句每每不能一致，故夏君雖舉宋、元作者與姜詞句、讀有同異，均不足爲憑，而鄭説從旁譜證其前後闋應同，則甚合宋詞聲律也。

暗　香

辛亥之冬，予載雪詣石湖，止既月，授簡索句，且徵新聲，作此兩曲。石湖把玩不已，使工妓隸習之，音節諧婉，乃名之曰《暗香》、《疏影》。

舊時月色。算幾番照我，梅邊吹笛。喚起玉人，不管清寒與攀摘。何遜而今漸老，都忘却、春風詞筆。但怪得、竹外疏花，香冷入瑶席。　　江國。正寂寂。嘆寄與路遥，夜雪初積。翠尊易泣。紅萼無言耿相憶。長記曾携手處，千樹壓、西湖寒碧。又片片、吹盡也，幾時見得。

（説）　此與後首《疏影》説者頗不一。張惠言《詞選》謂“石湖蓋有隱遁之志，白石賦此二詞以阻之。首章言己嘗有用世之志，今老無能，望之石湖耳。”宋翔鳳《樂府餘論》謂：“《暗香》、《疏影》，恨偏安也。”二家皆以南宋國事立説。近人夏承燾一反舊説，謂“白石此詞亦與合肥别情有關”：如“嘆寄與路遥”、“紅萼無言耿相憶”、“早與安排金屋”等句，皆可作懷人體會。又二詞作於辛亥之冬，正其最後别合肥之年(時所眷者已離合肥他去，參前《秋宵吟》箋)；范成大贈以小紅，似亦爲慰其合肥别情。以此互參，寓意可見。按夏君此説，蓋由《疏影》詞中有“昭君不慣胡沙遠”句，諸家之説難明，故改爲懷合肥所眷者。然細按此二詞，似不可作懷所眷者説。如此首“江國。正寂寂”、“路遥”、“夜雪”，後首“胡沙”、“暗憶江南江北”、“深宫舊事”等詞，何可以之指合肥所眷勾闌中妓女。夏説殆不然也。

此詞起四字便有情，下二句即舊時月下梅邊之韻事。“喚起”二句亦舊時之風趣。“何遜”二句言今日之情懷，借用何遜以自擬。何遜有《詠早梅詩》，故曰“春風詞筆”。“但怪得”二句以今日逢花遇酒，尚不免有情作過拍。换頭以下正逢花遇酒之情。“江國寂寂”四字包含偏安朝廷苟且局勢。“嘆寄與”二句用陸凱寄范曄梅枝事，意却指徽、欽二宗被幽之地，故用“夜雪初積”點明北地。“翠尊”二句曰“泣”，曰

“憶”，用意甚明，如以爲懷合肥舊妓，則未免使白石難堪。歇拍數句，仍切梅作結，而言外有歲晚芳殘之慨。大抵詠物之詞，要不粘不脱，乍合乍離。細玩此詞，不難領會。

疏　影

苔枝綴玉。有翠禽小小，枝上同宿。客裏相逢，籬角黄昏，無言自倚修竹。昭君不慣胡沙遠，但暗憶、江南江北。想珮環、月夜歸來，化作此花幽獨。　　猶記深宫舊事，那人正睡裏，飛近蛾緑。莫似春風，不管盈盈，早與安排金屋。還教一片隨波去，又却怨、玉龍哀曲。等恁時、重覓幽香，已入小窗横幅。

（説）　張惠言謂“此章更以二帝之憤發之，故有‘昭君’句。”鄭文焯謂“此蓋傷心二帝蒙塵，諸后妃相從北轅，淪落胡地，故以‘昭君’託諭。考唐王建《塞上詠梅》詩曰：‘天山路邊一株梅，年年花發黄雲下。昭君已殁漢使回，前後征人誰繫馬。’白石詞意當本此。”按此詞“昭君”究何所指，如不能明，則白石之意終無從知。我曾以徽宗在北所作《眼兒媚》詞説之，覺最確切。《眼兒媚》詞曰：“玉京曾憶舊繁華。萬里帝王家。瓊樓玉殿，朝喧絃管，暮列笙琶。　　花城人去今蕭索，春夢繞胡沙。家山何在，忍聽羌管，吹徹梅花。”《疏影》詞中“昭君”二句顯係即用《眼兒媚》詞意。“暗憶”句即“春夢繞胡沙。家山何在”也。也即“玉京曾憶舊繁華”也。“又却怨、玉龍哀曲”亦即“忍聽羌管，吹徹梅花”也。“徹”，樂曲最末一遍之名。“梅花”，笛曲有《梅花落》調也。夏君《白石詞箋校》引我之説曰：“近劉永濟氏以《南燼記聞》載徽宗北行道中聞笳笛，作《眼兒媚》詞，有‘春夢繞胡沙，向晚不堪回首，坡頭吹徹梅花’之句，謂即白石昭君云云之由來；此又前人所未及者。”夏君又謂“然靖康之亂，距白石爲此詞時已六七十年，謂專爲此作，殆不可信。此猶今人詠物，忽無故闌入六十年前光緒庚子八國聯軍之事，豈非可詫。若謂石湖曾使金國，故詞涉徽、欽，亦不甚切事理。予謂白石此詞亦與合肥别情有關。”按夏君所引我説，乃我所編《唐五代兩宋詞選注釋》。我所引《眼兒媚》詞乃據朱氏《彊村叢書》録出，與《南燼記聞》所載不同。至夏君謂白石不應於靖康亂後六七十年作詠物詞尚涉及之，謂我説不可信，則殊可怪。靖康之亂，二帝及諸后妃、王公被擄北去，爲國家奇耻大辱，豈有愛國之士，六七十年後便可淡然忘之。且白石此詞詠梅，《眼兒媚》詞明有"胡沙"、"梅花"等句，何不可涉及？假使今人詠頤和園中花木樓臺，涉及清咸豐十年（一八六〇）英法聯軍焚燬圓明園事，亦何可詫？又石湖把玩此詞不已，如係白石僅爲懷念合肥舊眷，則無甚意義，更何得用"昭君"、"胡沙"、"深宫"等詞，豈非更可詫。至夏君提出"寄與路遥"、"紅萼無言"、"安排金屋"等句爲懷人之證，亦難取信，見後説中。

此詞一起點題。"有翠禽"二句暗用趙師雄於羅浮山梅花樹下夢美人歌，醒見翠禽事，見《龍城録》，梅花故事也。"客裏"三句又以梅襯出人情岑寂。"倚修竹"句暗用杜甫"天寒翠袖薄，日暮倚修竹"詩。"黄昏"字則林逋《梅》詩"暗香浮動月黄昏"也。此三句乃作者從梅花體現出作者自身感慨，故後有無言倚竹之句。"無言"者，感慨極深時之詞，與夢窗登禹陵詞"無言倦憑秋樹"之情懷正同，故下即接寫"昭君"二句，提明念君。此時徽宗已歿，故有"想珮環"二句。此等處正是詠物詞不粘不脱、乍合乍離處，非故作迷離之詞也。换頭三句又從往昔之事設想，詞語雖用宋壽陽公主醉卧含章殿，梅花落於額上事，詞意却指昔日宫中耽樂廢政之事。"那人正睡"，語意可想。"莫似"三句言莫同"春風"之"不管盈盈"，宜"早與安排金屋"，免使零落也。此三句不難使人感到善謀國者宜先事預防，方可免危殆。"還教"二句言今花已零落而却"怨玉龍哀笛"復有何益。仍切徽宗"忍聽羌管，吹徹梅花"詞意也。但從詞面看，則寫落梅也。歇拍又以畫中梅花，另出一意作結。言外有及到國事已壞，尚念玉京舊日繁華，已如畫裏看花，徒存空影而已。統觀全首，張、鄭二家之論，大旨無誤，惟於"昭君"、"胡沙"等辭，未能從徽宗之詞着眼，乃搜索唐人詩，得王建《塞上詠梅》詩，遂以爲"白石詞意當本此"，則尚未達一間，不可不辨。

鷓鴣天　丁巳元日

柏緑椒紅事事新。鬲籬燈影賀年人。三茅鐘動西窗曉，詩鬢無端又一春。　　慵對客，緩開門。梅花閒伴老來身。嬌兒學作人間字，鬱壘神荼寫未真。

（説）“三茅鐘”，《咸淳臨安志·行在所録》：“寧壽觀在七寶山，本三茅堂。紹興中賜古器玩三種……其二唐鐘……禁中每聽鐘聲以爲寢興食息之節。”“柏緑椒紅”皆元日故事。《玉燭寶典》：“正月爲端月，其一日爲元日。……庭前爆竹，進椒柏酒。”“詩鬢無端”句，“無端”言其容易又一年春到也。以上皆叙元日事。换頭乃寫元日人情。曰“慵”，曰“緩”，曰“閒”，寫出老人逢令節情態如此。歇拍二句换寫兒童過元日之事，皆老人眼中所見者，閒閒説來，自有風味。“鬱壘神荼”，二神名，相傳能縛鬼，見《風俗通》。後人元日書二神名於門，以禦凶物。“鬱壘”二字筆畫甚繁，故兒童寫不真也。

鷓鴣天　正月十一日觀燈

巷陌風光縱賞時。籠紗未出馬先嘶。白頭居士無呵殿，只有乘肩小女隨。　　花滿市，月侵衣。少年情事老來悲。沙河塘上春寒淺，看了游人緩緩歸。

（説）“籠紗”，紗燈也。“乘肩小女”，小女乘肩隨之出游也。“沙河塘”乃杭州街名，在餘杭門内，其地燈事最盛。蘇軾《湖上夜歸》詩有“繁燈鬧河塘”，即沙河塘也。

鷓鴣天　元夕不出

憶昨天街預賞時。柳慳梅小未教知。而今正是歡游夕，却怕春寒自掩扉。　　　簾寂寂，月低低。舊情惟有絳都詞。芙蓉影暗三更後，卧聽鄰娃笑語歸。

（説）“預賞”，陳思《白石詞疏》引《武林舊事》：“元夕禁中自去歲九月賞菊燈之後，迤邐試燈，謂之預賞。”“絳都詞”，夏承燾《箋校》引《草堂詩餘》丁仙現《絳都春》詞：“融和又報”一首詠汴都燈夕爲證。按白石此語，或係記昔日曾作此調，寫元夕觀燈事，未必定指丁作。“芙蓉”，花燈也。以上三詞，反復吟詠，如見此老當日情態，蓋由其情真景實，不假雕琢，自能動人。

史達祖梅溪詞

史達祖字邦卿，號梅溪，汴人。韓侂胄爲平章，史爲其堂吏，一切奉行文字、擬帖、撰旨皆出其手。工詞，有《梅溪詞》。姜夔稱其詞："奇秀清逸，蓋能融情景於一家，會句意於兩得。"張鎡序其詞曰："史生詞織綃泉底，去塵眼中，妥帖輕圓，辭情俱到，有瓌奇警邁、清新閒婉之長，而無訑蕩污淫之失，端可分鑣清真，平睨方回。"按邦卿不得進士，屈爲權相堂吏，韓敗，至被黥面之辱，人每以此少之。周濟《四家詞選・序論》謂其："好用偷字，品格便不高。"然讀其《雙雙燕》詞"看足柳昏花暝"句及《滿江紅・書懷》詞"好領青衫，全不向、詩書中得。……三徑就荒秋自好，一錢不值貧相逼"，則亦有不得已者在。但惜其知"柳昏花暝"而不早抽身(紅樓歸晚)，致與之同敗。或者以爲被黥之吏，乃別一人，則亦愛其才者欲爲之開脱之言，不足爲據。邦卿在宋詞中，要是能手，故姜、張二家稱之如此，亦可見南宋詞風，趨重婉約柔麗一派，而蘇、辛剛健豪放之氣衰矣。

綺羅香　詠春雨

做冷欺花，將煙困柳，千里偷催春暮。盡日冥迷，愁裏欲飛還住。驚粉重、蝶宿西園，喜泥潤、燕歸南浦。最妨他、佳約風流，鈿車不到杜陵路。　沉沉江上望極，還被春潮晚急，難尋官渡。隱約遥峰，和淚謝娘眉嫵。臨斷岸、新緑生時，是落紅、帶愁流處。記當日、門掩梨花，翦燈深夜語。

(説)　此詞亦詠物詞最精工之作。起八字虚寫春雨之神，"千里"

七字點明時序。“盡日”二句漸入人情，“冥迷”，人情所感之雨色也，故曰“愁裏”。“驚粉重”二句寫春雨中景物。“最妨他”二句爲春雨中人事。“杜陵”，在長安，此借用，言雨阻游人也。換頭三句乃春潮帶雨也。暗用韋應物《滁州西澗》詩“春潮帶雨晚來急，野渡無人舟自横”句意。“隱約”二句寫春雨中山色。“臨斷岸”二句則春漲兼春暮兩層俱到。寫春雨至此，無餘義矣。歇拍又結合雨中往事説。“門掩”句用秦觀“雨打梨花深閉門”詞意。用“記當日”點清時間，即見念往之情。

東風第一枝　詠春雪

巧沁蘭心，偷粘草甲，東風欲障新暖。漫凝碧瓦難留，信知暮寒較淺。行天入鏡，做弄出、輕鬆纖軟。料故園、不卷重簾，誤了乍來雙燕。　　青未了、柳回白眼。紅欲斷、杏開素面。舊游憶着山陰，後盟遂妨上苑。寒爐重暖，便放慢、春衫針綫。怕鳳靴、挑菜歸來，萬一灞橋相見。

（説）起處八字，刻畫春雪。蘭已抽心，草亦坼甲，春雪乃沁之、粘之，故下句有“東風欲障新暖”之説。“障”者，使之緩來也。史用“偷”字，皆有暗中使人不覺之意。周濟以此論其品格，不免太苛。“漫凝”二句，上言雪，下言春。“行天”二句刻畫雪之神，暗用韓愈《春雪》詩“入鏡鸞窺沼，行天馬渡橋”詩句。“故園”二句渲染春來物候。換頭兩句，上以春柳襯春雪，下以春杏襯春雪。柳本青，因被雪故“回白眼”；杏本紅，因被雪故“開素面”。“舊游”二句，上以雪之故事言，“山陰”用王徽之雪夜泛舟山陰剡溪訪戴逵事；下以春游舊俗言，“上苑”用唐人立春游苑風俗。“寒爐”二句形雪中閨情。言春猶有雪，春衫可暫緩縫紉。“怕鳳靴”二句又言閨人挑菜歸來，或猶見雪也。“挑菜”本宫中嬉春故事，見周密《武林舊事》。當時貴邸亦有仿行者，其風後或遍及民間。“灞橋”又暗用唐鄭綮“詩思在灞橋風雪中驢背上”語，以點染春雪。此詞從各方面着筆寫春雪，或分或合，而以閨情、舊俗穿插其中，亦詠物詞之一格也。

王沂孫花外集

王沂孫字聖與，號碧山，會稽人。《延祐四明志》謂沂孫當元至元年中爲慶元路學正。沂孫之詞長於詠物，後世詞家多稱其詞有君國之憂，興亡之感。大抵沂孫生當南宋之末，親睹亡國，不能無感，然終不能固其節操，故有爲新朝學正之事。學正雖與行政官不同，其投身異族政權之下討生活，則無不同，蓋亦易飄摇於風雨者也。

齊天樂 詠蟬

一襟餘恨宫魂斷，年年翠陰庭樹。乍咽涼柯，還移暗葉，重把離愁深訴。西窗過雨。怪瑶珮流空，玉筝調柱。鏡暗妝殘，爲誰嬌鬢尚如許。　　銅仙鉛淚似洗，嘆移盤去遠，難貯零露。病翼驚秋，枯形閲世，消得斜陽幾度。餘音更苦。甚獨抱清商，頓成淒楚。謾想薰風，柳絲千萬縷。

（説） 此詞清人端木埰有詳釋。其言曰："詳味詞意，殆亦碧山《黍離》之悲也。首句'宫魂'字點出命意。'乍咽'、'還移'，慨播遷也。'西窗'三句傷敵騎暫退，燕安如故也。'鏡暗妝殘'，殘破滿眼。'爲誰'句指當日修容飾貌，側媚依然，衰世臣主，全無心肝，真千古一轍也。'銅仙'三句傷宗器重寶均被遷奪北去也。'病翼'三句更是痛哭流涕，大聲疾呼，言海徼棲流，斷不能久也。'餘音'三句，遺臣孤憤，哀怨難論也。'謾想'二句，責諸臣當此，尚安危利災，視若全盛也。"陳廷焯曰："指王昭儀改裝女冠。"又曰："'餘音'數語，或有感於'太液芙蓉'一闋乎。"按二家所説雖不同，此詞之作，決非尋常詠物之語，實作者抒寫其家國淪亡之感。“宫魂”句用齊王妃怨王而死，化爲蟬事，此陳氏據以爲指王昭儀之故。王昭儀乃王清惠，宋亡入元爲女道士，號沖華。“太液芙蓉”乃其被擄北去題驛壁《滿江紅》詞首句也。端木不從王昭儀一人立説，似勝陳氏。然句句比附，亦太拘牽。蓋詞家以比興詠物，固有有意寄託之句，亦有僅詠本題，與託意無關者，故此詞家論詠物詞，當不粘不脱，乍合乍離，方爲佳作。即如此詞前半，句句從蟬説。從起句以齊王妃寫蟬至“重把離愁深訴”止皆是。其中“乍咽”、“還移”皆渲染蟬之語。“西窗”以下則聽蟬者之詞。“瑶珮”、“玉筝”皆形容蟬聲也。過拍用“嬌鬢”，乃以古婦人之鬢比蟬翼。蟬鬢雖出於魏文帝宫人莫瓊樹所製，作者用之，未必以指王清惠。换頭三句用李賀《金銅仙人辭漢歌·序》。端木謂指“宗器重寶”，蓋因李賀序有“魏明帝青龍元年八月，詔宫官牽車西取漢孝武捧露盤仙人，欲置前殿。宫官既拆盤，仙人臨載，乃潸然淚下”之語也。如謂元人破宋後，取重器北去，亦無不可。因此事與蟬關係不切，知作者用之，除“零露”二字略切蟬飲露一點外，别無可説。“病翼”三句雖亦從蟬立言，實作者自指身世。觀“驚秋”、“閲世”等辭可知。“餘音”則寫秋後之蟬，曰“獨抱清商”，曰“頓成淒楚”，皆遺民之痛也。“謾想”二句，從詞法言，乃宕開作結法；從詞意言，則回憶盛時也。按端木於“病翼”以下，必切宋事，恐非作者本意。於此有一問題當注意者，即讀者與作者之關係，讀者體會作者之志，不可横生枝節，攙入主觀，方合於孟子“以意逆志”之論。蓋逆志所重，在“不害辭”、“不害志”，而害辭、害志之失，皆讀者體會作品之時，從主觀偏見立説所致。考端木説此詞中各語，如以“過雨”爲“敵騎暫退”，以“鏡暗”爲“殘破滿眼”，以“嬌鬢”爲“修容飾貌”，以“餘音”爲“遺臣孤憤”，以“謾想”二句爲“責諸臣當此，尚安危利災，視若全盛”，雖似可比附，實非可盡信。蓋端木生當清末，目睹清廷於庚子八國聯軍入京之後，仍然歌舞昇平，心有感觸，故於讀此詞時一發泄之，遂不免攙入個人主觀感覺也。

齊天樂 詠螢

碧痕初化池塘草，熒熒野光相趁。扇薄星流，盤明露滴，零落秋原飛燐。練裳暗近。記穿柳生涼，度荷分暝。誤我殘編，翠囊空嘆夢無準。　　　　樓陰時過數點，倚闌人未睡，曾賦幽恨。漢苑飄苔，秦陵墜葉，千古淒涼不盡。何人爲省。但隔水餘暉，傍林殘影。已覺蕭疏，更堪秋夜永。

（説）起二句，從腐草化螢起。“立秋腐草化爲螢”，見《易通卦驗》。“扇薄”三句，一用杜牧詩“輕羅小扇撲流螢”，二用張耒“影落金盤月中露”，三用秋燐比襯螢火。“練裳”三句用杜甫“巫山秋夜螢火飛。簾疏巧入坐人衣”。“穿柳”、“度荷”，寫螢飛處也。“誤我”二句用車胤囊螢夜讀事，見《續晉陽秋》。曰“誤我”，曰“空嘆”，有不得詩書力之意。“練裳”三句虛寫，此二句則切己身言。换頭三句從詠螢之意另起。“漢苑”三句即詠螢之本意，蓋有“千古淒涼”之感也。“漢苑”、“秦陵”，用劉禹錫《秋螢引》“漢陵秦苑遥蒼蒼。陳根腐葉秋螢光”詩意。“何人”句言我之“幽恨”，“何人省”知，知者，其螢耳，故有下二句。詞本詠螢，今乃以螢作我之陪襯，化主爲客，亦一作法也。歇拍再追進一層作結。

眉　嫵 新月

漸新痕懸柳，淡彩穿花，依約破初暝。便有團圓意，深深拜，相逢誰在香徑。畫眉未穩。料素娥、猶帶離恨。最堪愛、一曲銀鈎小，寶簾掛秋冷。　　　　千古盈虧休問。嘆謾磨玉斧，難補金鏡。太液池猶在，淒涼處、何人重賦清景。故山夜永。試待他、窺户端正。看雲外山河，還老桂花舊影。

（説）張惠言謂：“碧山詠物諸篇，並有君國之憂。此喜君有恢復之志而惜無賢臣也。”按張氏論詞主言之有物，所以救浙派專講清空之失，故於王沂孫詞每推求詞外之意立説。此詞起處數句，詞寫新月，意似指新君，合以换頭數句，張氏之言，似非附會。考沂孫約生於南宋理宗趙昀淳祐朝，新君當是度宗趙堪，若德祐趙㬎則似太晚。度宗之初，賈似道已位至太師，其人實無能，張氏謂“君有恢復之志而惜無賢臣”，亦於時事相合。“新痕”、“淡彩”，皆新月之形容辭。“破初暝”者，晦盡朔初也。“便有”句之“團圓意”即張氏所稱“恢復之志”也。“深深拜”暗用唐李端《拜新月》詩意。“畫眉未穩”，新月初生也。“素娥”句而用“離恨”二字，所恨爲何，可以想見。過拍换月光照臨之處，因上文句句從月説，恐其太粘，故换筆寫光所照處。换頭忽發“千古盈虧”之嘆，而“磨玉斧”、“補金鏡”，詞雖説月，意實有山河破碎、恢復無期之感。“玉斧”用《酉陽雜俎》載修月人以玉斧裝七寶修月事。“太液池”二句亦風景全非之意。“故山”二句之寄意甚明，蓋以“團圓”望之未來也。歇拍即從此意推到未破之家國，意更鄭重矣。

水龍吟 落葉

曉霜初着青林，望中故國淒涼早。蕭蕭漸積，紛紛猶墜，門荒徑悄。渭水風生，洞庭波起，幾番秋杪。想重崖半没，千峰盡出，山中路，無人到。　　前度題紅杳杳。溯宫溝、暗流空繞。啼螿未歇，飛鴻欲過，此時懷抱。亂影翻窗，碎聲敲砌，愁人多少。望吾廬甚處，只應今夜，滿庭誰掃。

（説）起從未落葉説，是題前着筆。“望中故國”謂汴京也。“蕭蕭”三句指漸落之葉。“蕭蕭”寫聲，“紛紛”寫影。“渭水”三句，“渭水”用賈島詩“西風吹渭水，落葉滿長安”詩句，北地秋時也。“洞庭”用《湘夫人》“洞庭波兮木葉下”辭句，南方秋時也。過拍總説。换頭用御溝流紅，逗引出秋情另起。“題紅”用僖宗宫人韓氏於紅葉上題詩流出御溝，爲于祐所得事。“啼螿”三句以“啼螿”、“飛鴻”點明秋時。“螿”，蟬也。以陪襯葉聲，下句以“鴻”陪襯葉影。“亂影”三句正寫葉聲、葉影。“望吾廬”三句以思家作結。

掃花游 秋聲

商飆乍發，漸淅淅初聞，蕭蕭還住。頓驚倦旅。背青燈弔影，起吟愁賦。斷續無憑，試立荒庭聽取。在何許。但落葉滿階，惟有高樹。　　迢遞歸夢阻。正老耳難禁，病懷淒楚。故山院宇。想邊鴻孤唳，砌蛩私語。數點相和，更着芭蕉細雨。避無處。這閒愁、夜深尤苦。

（說）此因聞秋聲引起旅居淒涼之情而作。起三句寫秋風之聲。“頓驚”三句寫聽秋聲之旅人。“愁賦”以下皆取材於歐陽修之《秋聲賦》。《秋聲賦》曰：“歐陽子方夜讀書，聞有聲自西南來者，悚然而聽之曰：‘異哉！初淅瀝以蕭颯，忽奔騰而砰湃’。……余謂童子：‘此何聲也？汝出視之。’童子曰：‘星月皎潔，明河在天。四無人聲，聲在樹間。’”此詞“斷續”下五句皆是。換頭旅人之情。曰“老”，曰“病”，皆無聊之旅況。“故山”下六句又以“鴻唳”、“蛩語”、“芭蕉細雨”以襯託秋風之聲。歇拍以旅愁總結。清末王鵬運論學詞當從王沂孫入。蓋王詞脈絡分明，辭情交錯而不晦不露，色澤濃淡之間，豐潤停勻，聲律諧婉，初學得之，易於領會也。

周密草窗詞

周密字公謹，號草窗，先世濟南人。流寓吴興弁山，又號弁陽嘯翁。淳祐中官義烏令。宋亡不仕。詞集名《蘋洲漁笛譜》。周濟謂“草窗鏤冰刻楮，精妙絶倫，但立意不高，取韻不遠，當與玉田抗行，未可方駕王、吴也。”按草窗交游甚廣，詞友甚多，其詞亦雜衆長，有吴之麗而無其深，有王之工而無其鬱，此周氏之所以謂其“未可方駕王、吴也”。

法曲獻仙音　弔雪香亭梅

松雪飄寒，嶺雲吹凍，紅破數椒春淺。襯舞臺荒，浣妝池冷，淒涼市朝輕换。嘆花與人凋謝，依依歲華晚。　　共悽黯。問東風、幾番吹夢，應慣識、當年翠屏金輦。一片古今愁，但廢緑、平煙空遠。無語銷魂，對斜陽、衰草淚滿。又西泠殘笛，低送數聲春怨。

（説）　江昱《蘋洲漁笛考證》引《西湖游覽志》：“清波門外舊有聚景園。先是高宗居大内，時時屬意湖山。孝宗乃建園奉上皇游幸。其後累朝臨幸。理宗以後，日漸荒落。”又：“按《武林舊事》，葛嶺集芳園内有雪香扁。説者因謂周詞乃即指此。不知集芳初雖張婉儀别墅，理宗朝即賜賈似道，改名後樂園，終屬賈氏，並未復還官家。今觀倡和諸作，（江昱考證引李彭老和詞有‘念當時、看花游冶，曾錦纜移舟，寶筝隨輦。池苑鎖荒涼，嗟事逐、飛鴻天遠’之句。王沂孫和詞有‘已銷黯。況淒涼、近來離思，應忘却、明月夜深歸輦。荏苒一枝春，恨東風、人似天遠’之句。）皆苑御興亡之感，無一語涉賈。”江氏主此詞乃弔聚景園梅，不可以爲賈氏後樂園，是也。此詞蓋宋亡後，周氏游觀故苑，有感而作。詞題曰弔梅，乃借弔梅寓興亡之感也。首八字寫梅開之候。“紅破”句言梅初放也。“椒”，梅含苞未放時，其狀如椒也。“襯舞臺”、“浣妝池”，或是園中池臺名。過拍二句謂梅花與當時游幸之人也。换頭之“共悽黯”則作者與梅花“共悽黯”也。“問東風”二句，包涵許多時事，而“應慣識”則言今日之梅，“應慣識”當日之“翠屏金輦”也。“一片”二句點明今見荒園而生盛衰之感，故有下“無語銷魂”二句。歇拍又從落梅作結。“殘笛”因笛調有《梅花落》，故曰“低送數聲春怨”。

張炎山中白雲詞

張炎字叔夏，號玉田，又號樂笑翁，循王諸孫，本西秦人，家臨安，生於淳祐間。宋亡，落魄縱游，滄桑之感，一寄於詞，有《山中白雲詞》、《樂府指迷》。元仇遠謂："《山中白雲詞》意度超玄，律吕協洽……當與白石老仙相鼓吹。"按張炎深通樂律，其詞尚疏爽，不爲麗密，與吴文英異趣而微近姜夔，故清初浙派詞人，以姜、張並稱。仇遠之論，已發其端。然不善學者，易入空疏，此常州派所以以"言之有物"救其失也。

高陽臺　西湖春感

接葉巢鶯，平波卷絮，斷橋斜日歸船。能幾番游，看花又是明年。東風且伴薔薇住，到薔薇、春已堪憐。更淒然。萬緑西泠，一抹荒煙。　　當年燕子知何處，但苔深韋曲，草暗斜川。見説新愁，如今也到鷗邊。無心更續笙歌夢，掩重門、淺醉閒眠。莫開簾。怕見飛花，怕聽啼鵑。

（説）此宋亡後，作者重到西湖，感於春景闌珊，而生亡國哀思，故有此作。蓋自南宋建都杭州，西湖乃都人士游樂宴會之地，周密《武林舊事》記載甚詳，可供參考。起首三句即從游歸着筆。"接葉"二句乃春晚之景。"接葉"用杜甫"接葉暗巢鶯"詩句。"能幾番游"二句，誦之使人有朝不保夕之感。"東風"二句尤令人懷好景無多之懼。"薔薇"開花於春末夏初，故有"到薔薇春已堪憐"之句。過拍"萬緑"八字則將亂後西湖殘破景象全面寫出。換頭以下，更將家國興亡之感詠嘆一番。“當年燕子”用劉禹錫“舊時王謝堂前燕”詩意，見今昔盛衰。“韋曲”本在陝西長安皇子陂西，唐時諸韋聚居之地。“斜川”在江西，陶潛有正月五日《游斜川詩》，此以古地寓南北淪喪，故有“苔深”、“草暗”之語。“新愁也到鷗邊”仍歸到游湖有感。“無心”二句正感傷之情緒。“飛花”、“啼鵑”，雖亦春晚之物候，實指故宫人及遺民之流落者，曰“怕見”，曰“怕聽”，作者之哀思深矣。

解連環 孤雁

楚江空晚。悵離群萬里，恍然驚散。自顧影、欲下寒塘，正沙净草枯，水平天遠。寫不成書，只寄得、相思一點。嘆因循誤了，殘氈擁雪，故人心眼。　　　誰憐旅愁荏苒。漫長門夜悄，錦箏彈怨。想伴侣、猶宿蘆花，也曾念春前，去程應轉。暮雨相呼，怕驀地、玉關重見。未羞他、雙燕歸來，畫簾半卷。

（説）周密謂：“此詞‘自顧影’以下五句，雖丹青難畫矣。”蓋此詞乃託辭孤雁以寓身世之感。從託辭言，寫孤雁之處，有非畫筆所能傳者；從寓身世言，則又有非言語所能盡者。孤雁與身世兩方面寫來俱極工，能盡離合之致，故當時即有張孤雁之稱。詞一起即有離群索居之慨。“自顧影”句用唐崔塗《孤雁》“暮雨相呼急，寒塘欲下遲”詩意，原詩本佳，而“沙净”八字，更以秋景爲孤雁渲染，色彩更鮮，故周密特標舉之。“寫不成書”二句，更着重摹繪“孤”字，而以“相思”二字關合人情。過拍三句從雁書想到蘇武使匈奴被留，用雁傳書至漢故事，又由蘇武使北，想到投身北庭之故人。此數句中，“相思”、“嘆因循誤了”等詞，最宜體會。“相思”乃己懷念投北之人之情，“嘆因循誤了”又是“嘆”雁傳信太遲，誤了“故人”相望之“心眼”。用意非常委婉。蓋當時或有投身北庭之人，被迫如蘇武者，己未能及早勸止，故有“因循誤了”之嘆。此等處，既可見作者對於朋友惋惜之情，又可見作者運用故實技術之巧。换頭之“旅愁”從孤雁言與從己身言皆可。“漫長門”二句從詞言則是寫雁聲哀怨也。從意言則此“彈怨”者即上

“旅愁”之人也。“想伴侣”二句從詞言乃是以群雁反襯孤雁，從意言則係指與己同行止者，或正懷念己離群索居也。曰“春前”，曰“去程”，蓋雁乃候鳥，常以春北去，秋南歸也。“暮雨”二句，詞説邊雁，意指己所在地。“未羞他”二句復以雙燕作陪襯，而用“未羞他”三字，却有不屑之意。細按全詞，用筆空靈，用意微婉，極盡託物抒情之能事，故時人至以孤雁品題其人，非緐美也。

《劉永濟集》後記

今年是父親劉永濟教授誕辰 122 周年，又是他在“文化大革命”中慘遭迫害、不幸去世的 43 周年。當此之際，《劉永濟集》由中華書局出版發行，這不禁令我們悲喜交集，感慨萬端。

父親劉永濟，字弘度，別號誦帚，湖南省新寧縣人。他出生於 1887 年 12 月 25 日，正值晚清社會發生激烈變革的前夜。曾祖父劉長佑，晚清朝廷重臣，歷任雲貴總督、直隸總督等職。祖父劉思謙，曾在廣東、雲南省擔任知縣。受到家風的薰陶，父親自幼喜愛文學，先後就讀於湖南長沙明德學校、上海復旦公學、天津高等工業學校、北京清華留美預備學校。辛亥革命後，在上海曾就學於著名詞人況周頤(蕙風)、朱祖謀(彊村)門下，深研詞學。

從二十世紀二十年代開始，他先後任教於湖南長沙明德學校、東北大學、武漢大學。1942 年至 1949 年，擔任武漢大學文學院院長，並主持建立了武漢大學文科研究所，兼任研究所所長。又曾在浙江大學、湖南大學短期執教。1956 年，經教育部批准，評爲高教一級教授。

在史無前例的文化大革命災難中，年已 79 歲高齡、卧病在床的父親，作爲“反動學術權威”被揪出來批鬥，並被抄家，於 1966 年 10 月 2 日含冤而逝。1966 年 12 月 24 日母親黄惠君亦含恨而歿。家庭慘遭如此横禍，凝聚着父親心血的著作、書信、日記以及手批藏書、典册亦皆流落散失，自然難以保全。

1979 年 5 月 15 日，武漢大學爲蒙冤去世的父親平反昭雪，並補行了莊嚴隆重的追悼大會。母親亦於同日舉行了平反昭雪和追悼大會。

1985年4月25日，武漢大學爲父母建墓於武漢市九峰山陵園，並爲父母合墓立碑。此乃武漢大學建校百年，首次以學校名義，爲教授夫婦的合墓立碑。

父親畢生致力於教育與學術研究，他執教上庠，篤志學問，勤於著述。他撰寫的著作，生前公開出版的專著有《文學論》、《國風樂府合選》、《宋代歌舞劇曲録要》、《十四朝文學要略》、《屈賦通箋·箋屈餘義》、《文心雕龍校釋》等六種。另有大量著作以武漢大學講義的形式印行。此外還有大批學術論文、詩、詞發表於各報紙、雜誌。

文化大革命結束後，經大姐茂舒、姐夫皮公亮整理出版發行的著作有十種：

1.《誦帚庵詞集兩卷》，武漢大學印刷廠 1980 年 10 月影印

2.《唐五代兩宋詞簡析》，上海古籍出版社 1981 年 2 月出版

3.《詞論》，上海古籍出版社 1981 年 3 月出版

4.《元人散曲選》，上海古籍出版社 1981 年 7 月出版

5.《唐人絶句精華》，人民文學出版社 1981 年 9 月出版

6.《屈賦音注詳解附屈賦釋詞》，上海古籍出版社 1983 年 9 月出版

7.《十四朝文學要略》，黑龍江人民出版社 1984 年 2 月出版

8.《劉永濟詞集》，湖南人民出版社 1984 年 2 月出版

9.《微睇室説詞》，上海古籍出版社 1987 年 5 月出版

10.《雲巢詩存·默識録》，臺灣文史哲出版社 1992 年 1 月出版

上述著作，遠非父親畢生著述的全部。其内容涉及文學、史學、文字、目録、校勘等衆多領域，無一不是精品；在學術界産生了廣泛而深遠的影響。

2003年8月21日，武漢大學人文科學學院特爲父親召開“劉永濟與詞學國際學術研討會”。來自國内外的七十多位文史專家、學者，對父親的學術成就作出了高度評價。與會學者一致反映，劉永濟教授的一系列著作是近代文史領域重要的學術遺産，也是當代教學、科研不可缺少的參考書。可惜除《唐人絶句精華》外，全部著作均已絶版多年，難以覓得，只能輾轉複印以滿足急需。爲此，敦促我們儘快出版《劉永濟集》。

爲保全父親著作，出版《劉永濟集》，既是父母、也是我們子女最大的心願。但要完整收集文稿和整理出版，面臨很大、很多的困難。

此次《劉永濟集》的成書，要感謝武漢大學的支持和幫助。爲便於父親遺著的整理，胡德坤副校長(歷史學院世界史教授、博士生導師)特批退還父親有關圖書、手稿、講義。2004 年 2 月 29 日，武漢大學圖書館送還了共計 122 種 396 册，並提供了四十餘萬字講義的清晰影印件。三年多來，我們從中清理出載有父親手批眉識的珍貴藏書、典册共計 130 册。

2005 年、2006 年 4 月，胡德坤副校長率領社會科學部負責人和文學院教授，代表學校和文學院，先後兩次到深圳我家進行座談，商定有關遺著的收集辦法及出版事宜。

武漢大學還撥出專款，由檔案館派人前往湖南長沙、吉首等地收集文稿。成效雖不理想，但給了我們極大支持和鼓勵。

這次出版《劉永濟集》所用的文稿，來源有二：一是已經出版的專著及公開發表的詩、詞、文論，二是部分未出版的講義、手稿。

目前，父親的許多講義、手稿、書信尚未收集齊全。其中，已定稿或未定稿的遺著散失甚多。例如：《屈賦音注詳解手稿定本(正本)》佚失(注：1983 年 9 月由上海古籍出版社出版的《屈賦音注詳解附屈賦釋詞》，是用副本出版的；《校字記》從闕，見該書第 208 頁及出版説明)；父親研究屈賦五種之最後一種《我研究屈原及其作品的總結》定稿佚失；《文心雕龍詞典》未定稿佚失。以及其他著作手稿，至今還未收集到，只能暫付闕如。

父親生前藏書也佚失甚夥，其中他研讀最爲用功的《劉舍人文心雕龍十卷》上册 1—4 卷佚失。此書爲梁劉勰撰、北平黄叔琳注、河間紀昀評。先父詳注於天地頭、字裏行間。爲此，特插一小照於《文心雕龍校釋》中。父親攻讀之勤奮，歷歷可見，感人至深。

在父集文稿的收集、聯繫出版中，得到許多師友、後學者的熱情幫助，各盡其能，做了大量的工作。

首先，要感謝父親生前同事、摯友的子弟們，他們是：著名文學家吴宓教授之女吴學昭老師(《吴宓日記》《吴宓詩集》《吴宓書信集》的整理注釋者)，在父集出版的全過程中，她以高超之聰明才識，給予了切實的指點和幫助；著名數學家李國平教授之子李工真(武漢大學歷史學院教授、博士生導師)，百忙之中承擔撰寫《劉永濟先生傳略》；著名歷史學家唐長孺教授之子唐剛卯(湖北省博物館原副館長、研究員)，爲了父集的出版，多方聯繫出版社，直至定妥；著名語言學家李格非教授之子李也周(武漢大學計算機學院副教授)，通過各種渠道爲父親收集字畫、書信、文稿，並製作成光盤，又將我曾祖父劉長佑所書條幅複製如新……

與此同時，我們誠懇地感謝武漢大學檔案館原館長徐正榜先生，以館藏檔案資料爲依據，爲父親首次撰寫《年譜》，對父親畢生的“爲人、爲學、爲事”資料進行搜羅整理，使父親的生平事蹟有了清晰的脈絡和可靠的依據。讀過年譜，我們對父母又新增了許多認識。徐正榜先生還花費了大量的時間與精力，重新收集整理了《誦帚詞集·雲巢詩存》，收入了現在所能找到的全部詩詞和著述。

父集的出版，還得到許多資深教授的鼎力相助。他們以廣博精深的學識，指導並參與了文稿的整理、校訂、標點等具體工作，參與了詩、詞、年譜的詳盡審定工作。他們是武漢大學文學院的李中華、羅立乾、熊禮彙、宗福邦、陳美蘭、唐榮昆教授和暨南大學文學院的劉紹瑾教授。在此，謹向各位教授及所有關心、支持和參與父集出版工作的老師們，表示衷心的感謝。

近幾年來，二十餘家圖書館、檔案館爲父親文集提供了文稿。其中湖北省圖書館、上海圖書館、四川省圖書館、東北大學檔案館爲父親二十世紀二三十年代作品提供了完好的各種珍貴版本。同時還查出當年的盜印本，詳見《劉永濟集》第九種《文學論》版本彙編。

父集的出版，還要深深感謝當年冒着風險，爲父母送回文稿和字畫者。那是在父親遭到批鬥、被抄家以後，我家處境極爲險惡。武漢大學中文系原黨委副書記、老師彭未成先生在垃圾堆裏撿到字畫條幅一卷送來；原中文系寇國成同學拾到並送回原家中珍藏的父親手抄詞集一本。我們還在家門前拾到過文稿。他們的作爲使我們在黑暗裏看到了一線光明，在寒夜中得到一絲溫暖，重拾着生的希望。他們的正直、善良行爲，我們將永遠銘記在心中。

父集的出版，還得到大姐茂舒的長子皮知遠先生，堂姐劉容、堂姐夫陳暄將軍(抗日將領)次子陳書良教授以及全體劉永濟親屬的積極支持和幫助。在此一併深切致謝！

常常懷念父親！他禀賦豁達、堅忍而樂觀。爲了昌明國粹，弘揚學術，常以人生"前有千年，後有千年"的信念，忍辱坎坷，攻讀不停，創作不止。又樂於書法、篆刻，不論書於紙、篆於石，風格獨到，個性非凡。常品議紙質，尤鍾情於灑金宣紙。藝技之精彩，讓人歎絶！但見封面。

最後，我們懇請個人或單位爲《劉永濟集續集》、《劉永濟書信集》，提供文稿、函件或線索。能盡力彌補缺失、完善文本，實不勝感盼之至。

劉茂新於深圳
2009 年 9 月 28 日

郵址：maoxinliu@126. com
zengzuqin@126. com